LES MARTIENS

DU MÊME AUTEUR
CHEZ LE MÊME ÉDITEUR

Mars la Rouge
Mars la Verte
Mars la Bleue
S.O.S. Antarctica

Kim Stanley Robinson

LES MARTIENS

Traduction de Dominique Haas

Roman

PRESSES DE LA CITÉ

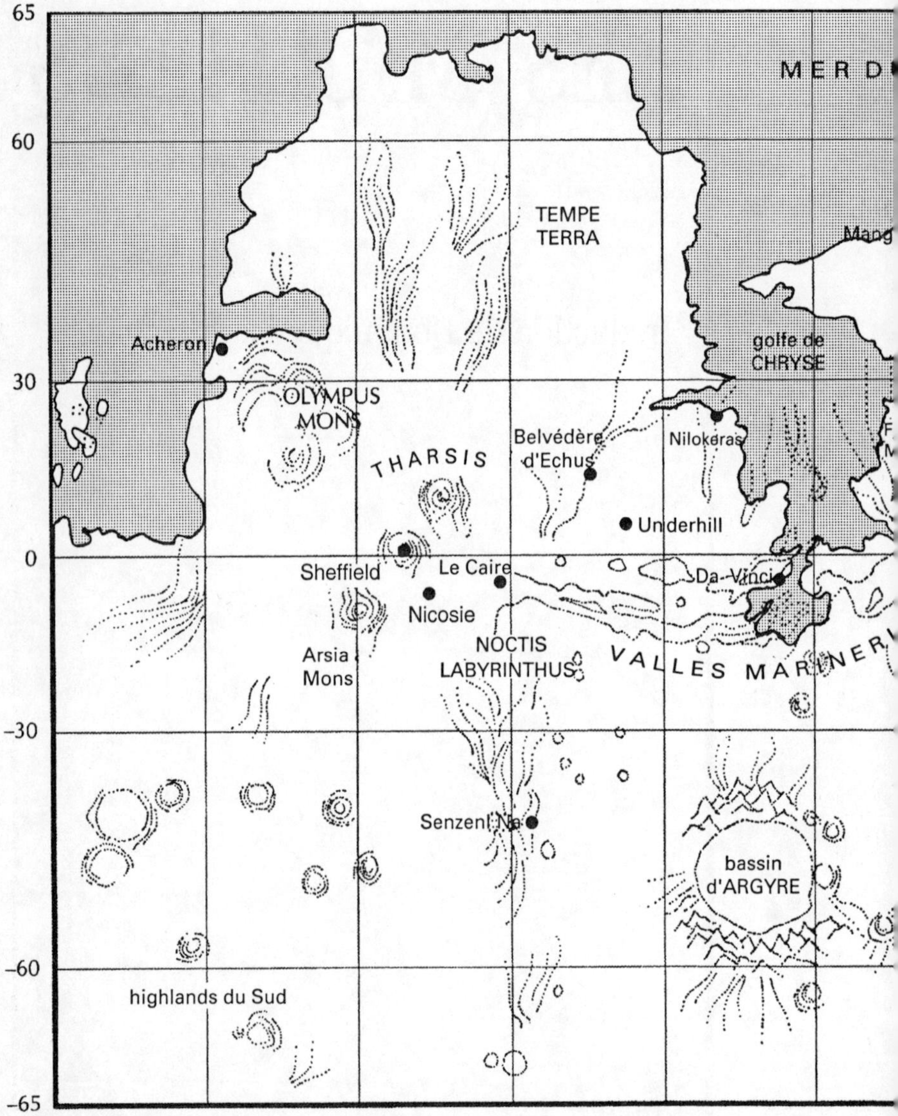

65
60
30
0
-30
-60
-65
180
150
120
90
60
30
MER D
TEMPE
TERRA
Acheron
OLYMPUS
MONS
THARSIS
Belvédère
d'Echus
Nilokeras
golfe de
CHRYSE
Underhill
Sheffield
Le Caire
Nicosie
Da Vinci
Arsia
Mons
NOCTIS
LABYRINTHUS
VALLES MARINER
Senzeni Na
bassin
d'ARGYRE
highlands du Sud

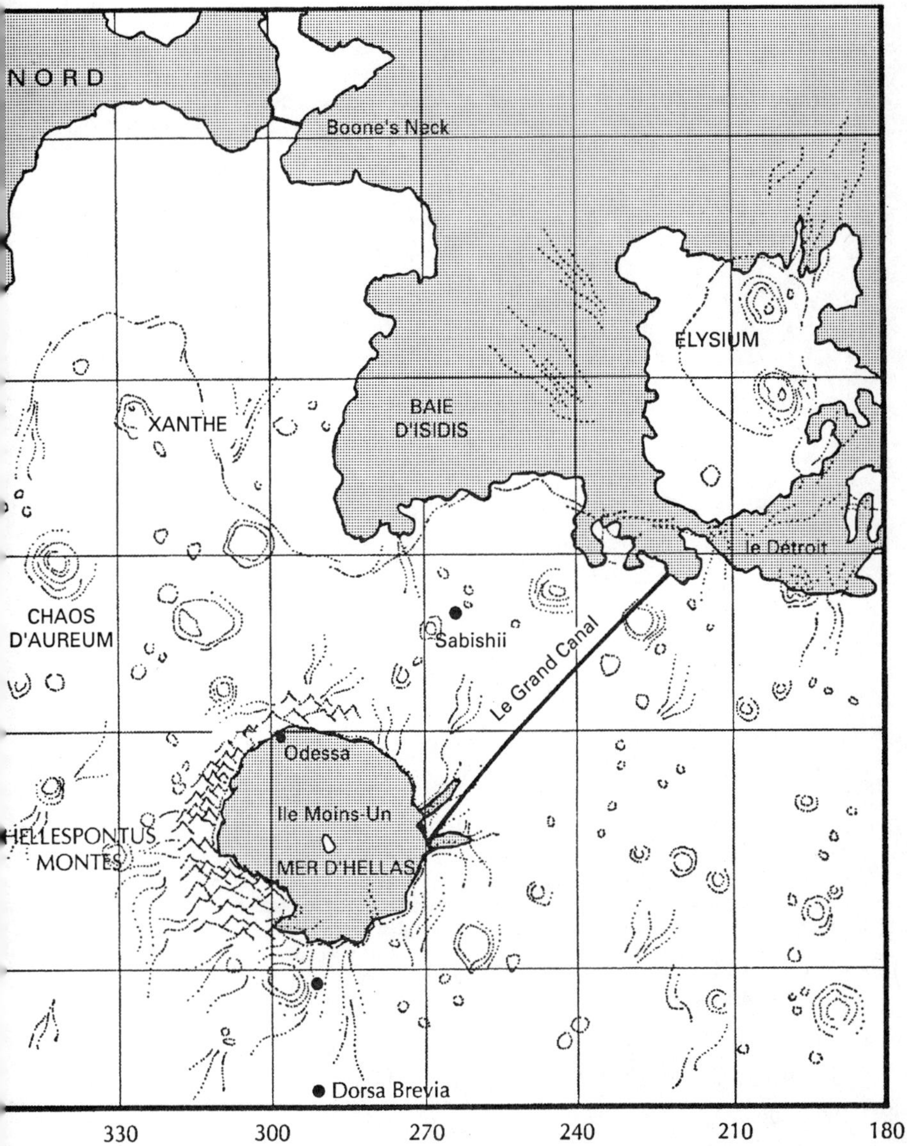

NORD
Boone's Neck
ELYSIUM
BAIE
D'ISIDIS
XANTHE
le Détroit
CHAOS
D'AUREUM
Sabishii
Le Grand Canal
Odessa
Ile Moins-Un
HELLESPONTUS
MONTES
MER D'HELLAS
Dorsa Brevia
330
300
270
240
210
180

Titre original : *The Martians*

La traductrice tient à remercier pour ses conseils éclairés Christian Blacher, entraîneur national de base-ball.

ISBN 2-258-05422-2

Michel dans l'Antarctique

Au début, c'était formidable. Les gens étaient bien. La Vallée de Wright était un endroit terrible. Tous les jours, Michel se réveillait dans son box et regardait par le hublot (chacun avait le sien) la surface plane du lac Vanda, un ovale de glace bleue craquelée qui occupait le fond de la vallée. Une vallée immense et profonde encaissée entre des parois de roche marron, striée horizontalement. En voyant tout cela, il éprouvait un petit sursaut, et la journée commençait bien.

Ils avaient toujours beaucoup à faire. On les avait largués dans la plus vaste des vallées sèches de l'Antarctique, avec tout un tas de baraquements préfabriqués et, pour leur installation dans l'immédiat, des tentes Scott. Leur tâche, pendant l'éternelle journée qu'était l'été dans l'Antarctique, consistait à assembler leur habitat hivernal, lequel s'était révélé, au cours du montage, être un ensemble assez important, et confortable, de cubes rouges reliés entre eux. Ça paraissait à bien des égards annoncer ce qui attendrait les voyageurs lorsqu'ils arriveraient sur Mars, et c'était donc évidemment très intéressant pour Michel.

Ils étaient cent cinquante-huit, mais cent seulement seraient du premier voyage, celui qui établirait une colonie permanente. C'était le plan échafaudé par les Russes et les Américains, qui avaient mis sur pied une équipe internationale pour le mener à bien. Ce séjour dans l'Antarctique était donc une sorte de test, ou d'entraînement. Mais tous ceux qui étaient là donnaient l'impression de penser qu'ils feraient partie des heureux élus, et Michel n'observait que très rarement chez eux la tension caractéristique des candidats à l'embauche. Comme ils disaient quand la question se posait — en d'autres termes, quand Michel la leur posait —, certains postulants s'élimineraient d'eux-mêmes, d'autres seraient sélectionnés pour les missions ultérieures sur Mars ou, au pire, éliminés. Il n'y avait donc pas de quoi s'en faire. La plupart n'étaient pas du genre à s'en faire, de toute façon. C'étaient des gens compétents, brillants, sûrs d'eux, habitués à réussir. Ce qui inquiétait Michel.

Ils achevèrent le montage de leur habitat d'hiver le 21 mars, à l'équinoxe d'automne. Après cela, l'alternance des jours et des nuits devint spectaculaire. Les rayons obliques du soleil jetaient leurs derniers feux avant de disparaître derrière la chaîne d'Olympus Mons, au nord. Commençait alors un interminable crépuscule précédant une nuit d'un noir de poix, piquetée d'étoiles. Ces nuits, de plus en plus longues, finiraient par ne plus faire qu'une. Une seule nuit qui durerait des mois. A cette latitude, la nuit éternelle commencerait peu après la mi-avril. Les constellations étaient les étoiles d'un ciel étrange, étranger à cet habitant du bout du monde qu'était Michel, et elles lui rappelaient l'immensité de l'univers. Chaque jour était sensiblement plus court que le précédent, et le soleil passait plus bas sur l'horizon, ses rayons filtrant comme des coups de projecteur entre les pics de l'Asgaard et d'Olympus Mons. Les gens avaient appris à se connaître.

Lors des présentations, Maya avait dit « Alors vous êtes censé nous évaluer ! » sur un ton incitant à penser que ladite évaluation pourrait s'effectuer dans les deux sens. Michel avait été impressionné. Frank Chalmers, qui suivait l'échange dans le dos de Maya, l'avait bien vu.

Tous les types de personnalités étaient représentés, comme il fallait s'y attendre. Mais pour en arriver là, il fallait qu'ils aient un minimum d'aisance sociale, de sorte que, extravertis ou introvertis, ils parvenaient tous à communiquer assez facilement. Ils s'intéressaient les uns aux autres, bien sûr. Michel voyait beaucoup de relations se nouer autour de lui. Des relations amoureuses, entre autres. Naturellement.

Pour Michel, toutes les femmes du camp étaient belles. Il tomba un peu amoureux de la plupart d'entre elles, selon son habitude. Il aimait les hommes comme des grands frères, et les femmes comme des déesses auxquelles il ne pourrait jamais vraiment faire la cour (par bonheur). Oui : toutes les femmes étaient belles, et tous les hommes étaient des héros. Enfin, peut-être pas tous, bien sûr. Mais la plupart. C'était un défaut inhérent à l'humanité. Voilà ce qu'il pensait ; ce qu'il avait toujours pensé. C'était une programmation émotionnelle qui relevait de la psychanalyse, et, de fait, il avait entrepris une analyse, sans changer d'avis le moins du monde (par bonheur). C'était sa vision des gens, comme il avait dit à ses analystes. Naïve, crédule, d'un optimisme débile ; et pourtant, ça ne l'empêchait pas d'être un bon psychologue clinicien. C'était un don qu'il avait.

Tatiana Durova, par exemple, il la trouvait aussi belle qu'une vedette de cinéma, avec en plus une intelligence et un individualisme dus à une vie passée dans le monde réel du travail et de la vie en communauté. Michel aimait Tatiana.

Et il aimait Hiroko Ai, une créature lointaine et charismatique, absorbée dans ses histoires mais profondément bonne. Il aimait Ann Clayborne, qui était déjà martienne. Il aimait Phyllis Boyle, cette petite cousine de Machiavel. Il aimait Ursula Kohl comme la sœur à qui il pouvait toujours parler. Il aimait Tya Jimenez pour ses cheveux noirs et son sourire éclatant, il aimait Marina Tokareva pour sa logique implacable, il aimait Sasha Yefremova pour son sens de l'humour.

Mais surtout, il aimait Maya Toïtovna, qui était aussi exotique pour lui qu'Hiroko, en plus extravertie. Elle n'était pas aussi belle que Tatiana, mais elle attirait les regards. Elle exerçait une sorte d'autorité naturelle sur le contingent russe. Elle avait quelque chose de rébarbatif, d'assez inquiétant, quelque part. Elle observait tout le monde un peu comme lui, mais d'un œil moins indulgent, il en avait la quasi-certitude. La plupart des Russes semblaient la craindre, à la façon de ces rongeurs voyant planer un faucon au-dessus d'eux. Mais peut-être craignaient-ils seulement de tomber désespérément amoureux d'elle. Si Michel allait sur Mars (ce qui n'était pas le cas), c'est à elle qu'il se serait intéressé avant tout.

Evidemment, Michel, qui était l'un des quatre psychologues censés participer à l'évaluation des candidats, ne pouvait succomber à aucune de ces affections. Ça ne l'ennuyait pas. Tout au contraire, il aimait cette contrainte, qu'il avait toujours eue avec ses clients. Ça lui permettait de se complaire dans ses pensées sans jamais envisager de passer à l'action. « Si on n'agit pas conformément à ses sentiments, c'est qu'on n'était pas sincère », disait un vieux dicton. Il se pouvait que ce soit vrai, mais si on n'avait pas le droit d'agir pour de bonnes raisons, alors on était peut-être sincère quand même. Il pouvait donc à la fois se permettre d'être sincère et éviter de prendre des risques. D'ailleurs, le dicton se trompait : l'amour de son prochain pouvait rester contemplatif. Il n'y avait rien de mal à ça.

Maya était à peu près persuadée d'aller sur Mars. Michel ne constituait donc pas une menace pour elle, et elle le traitait comme un parfait égal. Ils étaient plusieurs dans ce cas : Vlad, Ursula, Arkady, Sax, Spencer et d'autres. Mais avec Maya, ça allait plus loin. Il y avait une certaine intimité entre eux, depuis le tout début. Elle s'asseyait, elle lui parlait d'à peu près n'importe quoi, y compris du processus de sélection proprement dit. Ils parlaient anglais ensemble, leur connaissance partielle de la langue et leur accent à couper au couteau formant une musique pittoresque.

— Vous utilisez des critères objectifs pour sélectionner les gens, des profils psychologiques, ce genre de choses.

— Oui, bien sûr. Différentes sortes de tests, vous savez bien. Divers critères.

— Mais votre jugement personnel doit compter aussi, non ?

— Si, bien sûr.

— Ça ne doit pas être facile de dissocier ses sentiments personnels de son jugement professionnel, hein ?

— J'imagine que non, en effet.

— Comment vous en sortez-vous ?

— Eh bien... Disons que c'est une gymnastique mentale. J'aime les gens, comme tout le reste, pour des raisons différentes de celles pour lesquelles ils pourraient ou non avoir leur place dans un projet comme celui-ci.

— Pour quelles raisons aimez-vous les gens ?

— Eh bien... j'essaie de ne pas trop analyser le phénomène. Vous savez, c'est un des risques de mon métier : devenir trop analytique. J'essaie de ne pas trop disséquer mes propres sentiments, tant qu'ils ne me perturbent pas exagérément.

Elle hocha la tête.

— C'est très sensé, je trouve. Je ne sais pas si j'y arriverais. Il faudrait que j'essaie. C'et pareil, pour moi. Ce n'est pas toujours bon ; enfin, pas politiquement correct, ajouta-t-elle en lui jetant un coup d'œil en diagonale.

Elle pouvait lui parler de n'importe quoi. Il y réfléchit, et décida que ça venait de leurs situations respectives : comme il allait rester là et qu'elle allait partir (elle avait l'air d'en être tellement sûre), elle pouvait lui raconter ce qu'elle voulait, c'était sans conséquence ; il aurait aussi bien pu mourir. Et elle s'abandonnait à lui, elle lui ouvrait son cœur, comme en cadeau d'adieu.

Mais lui, il aurait voulu que ça compte pour elle.

Le 18 avril, le soleil disparut pour de bon. Le matin, il jeta quelques feux dans l'axe de la vallée, à l'est. Il brilla ainsi pendant une minute ou deux et il se glissa, après un vague éclair verdâtre, derrière le mont Newell. Après ça, plus rien. Juste une sorte de crépuscule en milieu de journée, plus court tous les jours, sinon : la nuit. Une nuit très très étoilée. C'était pire que sur Mars, cette obscurité constante, avec la seule lueur des étoiles, et ce froid mortel au-dehors. Une sorte d'expérience de privation sensorielle : plus rien, que l'impression de froid. Michel, qui était du Midi, se rendit compte qu'il avait autant horreur du froid que du noir. Comme la plupart des autres. Ils avaient vécu un été dans l'Antarctique, ils avaient pensé que ce serait la belle vie, que Mars ne serait pas un défi si terrible, après tout. Et puis l'hiver était arrivé, et soudain ils avaient réalisé à quoi pourrait ressembler Mars. Pas complètement, mais au moins en ce qui concernait la gamme des privations. Le choc avait été si rude qu'ils n'en étaient pas revenus.

Evidemment, il y en avait qui s'en sortaient mieux que d'autres. Certains semblaient ne même pas s'en rendre compte. Les Russes avaient déjà eu l'occasion de se trouver dans des conditions de froid et d'obscurité presque aussi rigoureuses. La tolérance à l'enfermement était pratiquement aussi bonne parmi les chercheurs les plus âgés : Sax Russell, Vlad Taneev, Marina Tokareva, Ursula Kohl et Ann Clayborne. Comme tous les savants obsédés par leurs recherches, ils semblaient avoir la faculté de passer le plus clair de leur temps à lire, à bavarder, ou le nez collé sur un écran d'ordinateur. Sans doute cela venait-il du fait qu'ils vivaient de toute façon cloîtrés dans leur labo.

Ils comprenaient aussi que c'était la vie que Mars allait leur offrir. Quelque chose de pas très différent de ce qu'ils avaient toujours connu. Alors, au fond, la meilleure analogie avec la vie martienne n'était peut-être pas l'Antarctique mais une vie de recherches intenses en labo.

Ce qui l'amena à réfléchir au profil optimal en vue de l'intégration dans le groupe : le chercheur d'âge moyen, passionné, accompli ; sans enfant ; célibataire ou divorcé. Des tas de candidats répondaient à ces critères. D'une certaine façon, ça faisait réfléchir. Sauf que ce ne serait pas juste ; c'était un schéma de vie qui avait son intégrité, ses satisfactions. Michel lui-même répondait aux critères à tous points de vue.

Il s'efforçait naturellement de porter un égal intérêt à tous les candidats. Pourtant, un jour, il se retrouva seul avec Tatiana Durova pour une randonnée dans la branche sud de la Vallée de Wright. Ils escaladèrent par la gauche la crête insulaire, plate, appelée le Dais, qui divisait la vallée dans le sens longitudinal, et continuèrent en remontant par le bras sud de la Vallée de Wright vers la Mare de Don Juan.

La Mare de Don Juan... Drôle de nom pour cette désolation extraterrestre ! C'était une mare peu profonde, incroyablement salée. Pour qu'elle gèle, il fallait que la température descende en dessous de -54 °C. La couche de glace qui couvrait la mare ayant été distillée par le gel, c'était de la glace d'eau douce, qui fondait seulement quand la température remontait au-dessus de zéro, ce qui se produisait généralement au cours de l'été suivant, lorsque la lumière solaire était piégée dans l'eau, sous la glace, et, par effet de serre, la fondait par en dessous. Pendant que Tatiana lui expliquait le processus, Michel le tournait et le retournait dans son esprit, comme une sorte d'analogie à leur propre situation, planant juste à la limite de sa compréhension mais n'émergeant jamais tout à fait.

— Bref, dit-elle, la mare pourrait faire office de thermomètre à minima. Il suffit de venir ici au printemps pour savoir si, l'hiver précédent, la température est descendue au-dessous de -54 °C.

Ce qui s'était déjà produit plusieurs fois, cet automne-là, lors de quelques nuits glaciales. Une pellicule de glace blanche s'était formée sur la mare. Michel et Tatiana restèrent un moment plantés sur la berge blanchâtre, bosselée, incrustée de sel. Au-dessus du Dais, le ciel de midi était d'un noir bleuté. Tout autour d'eux, les parois abruptes de la vallée tombaient sur le fond du canyon. De gros blocs de pierre noirs émergeaient de la pellicule de glace qui couvrait la mare.

Tatiana s'aventura sur la surface blanche, la crevant à chaque pas, ses bottes faisant gicler l'eau — de l'eau salée, qui se répandait sur la glace fraîche, la dissolvant, soulevant un nuage de givre. Une vision : la Dame du Lac, de chair et de sang, trop lourde pour marcher sur l'eau.

Mais la mare ne faisait que quelques centimètres de profondeur. Elle couvrait à peine le chaussant de ses grosses bottes. Tatiana se pencha en soulevant son masque, mit le bout d'un de ses doigts gantés dans l'eau et le porta à ses lèvres d'une impossible beauté. Qui se crispèrent en une grimace rectangulaire. Elle renvoya la tête en arrière et éclata de rire.

— Dieu du Ciel ! Venez goûter, Michel ! Mais allez-y doucement, je vous préviens : c'est épouvantable !

Il s'approcha donc lourdement, à travers la glace, sur le sable humide de la mare. Un éléphant dans un magasin de porcelaine.

— Goûtez-moi ça. C'est cinquante fois plus salé que la mer !

Michel se pencha, mit son doigt dans l'eau. Incroyable qu'elle soit encore liquide, par ce froid mortel ! Il porta son doigt à sa bouche, goûta prudemment... Un feu glacial ! Ça brûlait comme de l'acide.

— Doux Jésus ! s'exclama-t-il en recrachant machinalement. Ce n'est pas toxique ?

Un alcali mortel, ou un lac d'arsenic...

— Non, non ! fit-elle en riant. Ce n'est que du sel. Cent

vingt-six grammes par litre. L'eau de mer n'en contient que trois grammes sept au litre. C'est incroyable.

Tatiana, qui était géochimiste, secouait la tête, l'air stupéfaite. Ce genre de chose était son travail. Michel lut en elle une autre beauté, masquée, mais parfaitement claire.

— Du sel porté à un pouvoir supérieur, dit-il distraitement.

Du concentré. Et si c'était pareil dans la colonie martienne ? Soudain l'idée qui l'avait vaguement effleuré se cristallisa. L'isolement concentrerait le dosage de sel marin caractéristique de l'humanité en une mare empoisonnée.

Il eut un frisson et cracha à nouveau, comme s'il pouvait rejeter cette idée détestable. Mais le goût était toujours là.

Quand la nuit s'éternise, il devient difficile de ne pas se dire que c'est pour toujours. Nous sommes encore là, mais le soleil s'est éteint à jamais. Les gens (certains, du moins) réagissent enfin comme s'ils étaient l'objet d'un examen. Comme si le monde avait réellement disparu, et que nous étions dans une antichambre, dans l'attente du jugement dernier. Imaginez une époque véritablement religieuse, où tout le monde aurait cette impression en permanence.

Certains d'entre eux évitaient Michel et les autres psychologues, Charles, Georgia et Pauline. D'autres se montraient excessivement chaleureux. Mary Dunkel, Janet Blyleven, Frank Chalmers. Michel devait prendre garde à ne pas se retrouver seul avec ces trois-là, ou il sombrerait dans la dépression en contemplant le spectacle de leur charme immense.

Le mieux était de rester en mouvement. En repensant au plaisir qu'il avait pris à marcher avec Tatiana, il accompagnait le plus souvent possible les autres lorsqu'ils sortaient effectuer leurs divers travaux scientifiques et d'entretien. Les jours passaient dans leur ronde artificielle, tout était programmé et effectué comme si le soleil se levait le matin et se couchait le soir. Réveil, petit déjeuner, travail, déjeuner, travail, dîner, soirée de détente, coucher. Exactement comme chez soi.

Un jour, il alla avec Frank voir un anémomètre, près du Labyrinthe, dans l'espoir de trouver une faille dans sa surface agréable, mais ça ne marcha pas. Frank était trop froid, trop professionnel, trop amical. Des années de travail à Washington en avaient fait un personnage lisse et impénétrable. Il s'était occupé de l'envoi de la première expédition humaine sur Mars, quelques années auparavant. C'était un vieil ami de John

Boone, le premier homme qui avait mis le pied sur Mars. Il était, à ce qu'on disait, très impliqué dans la préparation de cette expédition. En tout cas, il faisait partie de ceux qui paraissaient sûrs de partir avec les cent premiers. Il avait une voix, comment dire ? très américaine, qui retentissait à la gauche de Michel alors qu'ils marchaient.

— Regardez ces glaciers qui dégringolent des passes et sont soufflés avant d'atteindre le fond de la vallée. C'est vraiment un endroit terrible.

— Oui.

— Ces vents catabatiques, qui descendent de la calotte polaire... rien ne peut les arrêter. Ils sont plus froids que la mort. Je me demande si la petite éolienne que nous avons installée ici y sera encore.

Elle y était. Ils en retirèrent la cartouche de données, la remplacèrent. Autour d'eux, l'énorme masse de roche brune se dressait jusqu'au ciel étoilé. Ils amorcèrent la descente.

— Pourquoi voulez-vous aller sur Mars, Frank ?

— Qu'est-ce que c'est ? Une nouvelle séance ?

— Non, non. Simple curiosité.

— Tu parles. Eh bien, j'ai envie d'essayer. J'ai envie d'essayer de vivre dans un endroit où on peut vraiment tenter de faire du neuf. De mettre en place de nouveaux systèmes, vous voyez. Je suis un enfant du Sud, comme vous. Sauf que le sud des Etats-Unis n'a pas grand-chose à voir avec le sud de la France. Nous avons été longtemps prisonniers de notre histoire. Et puis les choses se sont ouvertes, en partie parce que ça allait vraiment mal. Et en partie à cause des tornades qui venaient ravager la côte ! Ce qui nous donnait l'occasion de rebâtir. C'est ce que nous faisions, sauf que ça ne changeait pas beaucoup les choses. Pas assez, en tout cas. Et voilà pourquoi j'ai envie d'essayer à nouveau, Michel. C'est la vérité.

Il dit cela en regardant Michel comme pour souligner le fait que ce n'était pas seulement la vérité, mais encore une vérité qu'il exprimait rarement. Michel ne l'en aima que davantage après cela.

Un autre jour (ou à un autre moment de leur interminable nuit), Michel sortit avec un groupe pour vérifier les stations météo situées autour de la rive du lac. Ils avaient chargé des traîneaux-banane de batteries de remplacement, de bouteilles d'azote liquide et tout le fourniment. Michel, Maya, Charles, Arkady, Iwao, Ben et Elena.

Ils traversèrent le lac Vanda, Ben et Maya attelés aux traîneaux. La vallée paraissait gigantesque. La surface gelée du lac brillait comme un œil noir sous leurs pieds. Pour un homme du Nord, le ciel semblait déjà anormalement plein d'étoiles. Maya, qui marchait à côté de lui, braqua le rayon de sa lampe vers le bas, révélant le champ de failles et de bulles qui s'étendait sous leurs pieds. C'était comme si elle avait déversé de la lumière dans une masse de verre sans fond. Elle éteignit la lampe, et Michel eut aussitôt l'impression que les étoiles de l'autre hémisphère brillaient à travers un monde transparent, une planète étrangère beaucoup plus proche du centre de sa galaxie. Il plongeait le regard dans le trou noir qui était au centre de tout, à travers une brume d'étoiles. On aurait dit la mare insondable, fracassée, de l'ego. Chaque pas fracturait cette image selon une réfraction différente, un kaléidoscope de points blancs sur le fond noir. Il aurait pu rester ainsi pour toujours, le regard perdu dans les profondeurs du lac Vanda.

Ils arrivèrent de l'autre côté. Michel se retourna : leur complexe brillait comme une constellation hivernale étincelante qui se serait levée sur l'horizon. A l'intérieur de ces boîtes, leurs compagnons travaillaient, bavardaient, faisaient la cuisine, lisaient, se reposaient. Les tensions à l'intérieur étaient subtiles mais fortes.

Une porte s'ouvrit dans le complexe, projetant un pinceau lumineux sur la roche couleur de rouille. Ils auraient pu être sur Mars, en effet; d'ici un an ou deux, ce serait le cas. Bien des tensions actuelles auraient été résolues. Mais il n'y aurait toujours pas d'air. Ils sortiraient parfois au-dehors, certes. Mais en combinaison. Est-ce que cela aurait une importance? La tenue d'hiver qu'il portait en ce moment était ce que ses concepteurs avaient pu imaginer de plus proche du scaphandre spatial, et respirer le vent glacial, pétrifiant, mortifère, qui soufflait le long de la vallée revenait à inhaler l'oxygène pur échappé d'une bouteille de gaz comprimé, mal réchauffé. Le froid infrabiologique de l'Antarctique, de Mars. Pas grande différence entre les deux. Rien que pour ça, cette année d'entraînement et de test était une bonne idée. Ça leur donnait au moins un aperçu de ce qui les attendait.

Ben trébucha sur la glace fracturée du niveau inférieur, estival, du lac, glissa et tomba d'un bloc. Il poussa un cri et les autres se précipitèrent, Michel le premier parce qu'il avait vu venir le coup. Ben se tortillait en gémissant, les autres accroupis autour de lui.

— Excusez-moi, dit Maya en écartant Michel et Arkady pour s'agenouiller à côté de Ben. C'est votre hanche ?

— Aïe ! Ouais...

— Cramponnez-vous à moi. Tenez bon.

Ben lui agrippa le bras et elle le soutint par l'autre côté.

— Attendez, on va décrocher votre harnais du traîneau. Bien. Maintenant, glissez le traîneau sous lui. Déplacez-le doucement ! Là, c'est bon. Ne bougez pas. Restez bien tranquille, on va vous ramener à la base. Ça ira comme ça, ou vous voulez qu'on vous attache ? D'accord. Allons-y. Vous allez nous aider à stabiliser le traîneau. Que quelqu'un prévienne la base par radio et qu'ils se tiennent prêts à nous recevoir.

Elle amarra son propre harnais au traîneau-banane et repartit en sens inverse à travers le lac, vite mais d'un pas régulier, un pas de patineuse. La lampe braquée de façon à voir la glace sous ses bottes. Les autres suivaient à côté de Ben.

De l'autre côté de la mer de Ross, la base de McMurdo disposait d'un contingent supplémentaire de personnel, précisément pour les aider à tenir le coup cet hiver-là au lac Vanda, de sorte que l'hélicoptère arriva dans un grand bruit de pales, une heure à peine après leur arrivée. A ce moment-là, Ben s'en voulait à mort d'être tombé. Il paraissait plus atteint dans son amour-propre que physiquement, même s'ils découvrirent par la suite qu'il s'était bel et bien fracturé la hanche.

— Il est tombé comme une masse, dit plus tard Michel à Maya. C'est allé si vite qu'il n'a pas eu le temps de se retenir. Je ne suis pas étonné qu'il se soit cassé quelque chose.

— C'est vraiment moche, répondit Maya.

— Vous avez été parfaite, là-bas, reprit Michel, à son propre étonnement. Vous avez réagi en vitesse.

Elle écarta la remarque d'un geste de la main accompagné d'un bruit dépréciatif.

— Je ne sais pas combien de fois j'ai vu ça. J'ai passé toute mon enfance sur la glace.

— Oui, bien sûr.

L'expérience. Une expérience riche était la base de toute prise de décision naturelle. Il avait l'impression que Maya en avait à revendre dans toutes sortes de domaines. L'ergonomie, sa spécialité, consistait à faire en sorte que les gens soient en harmonie avec les choses. Elle irait sur Mars. Pas lui. Il l'aimait. Enfin, il aimait des tas de femmes. Il était comme ça. Mais elle...

Extrait des notes personnelles de Michel, sérieusement cryptées :

Janet Blyleven : belle. Parle vite, avec assurance. Amicale. Chaleureuse. L'air saine. De beaux seins. Le copinage n'est pas une véritable amitié.

Maya : très belle. Une tigresse entre dans la pièce, odeur de sexe et de meurtre. La femelle alpha qui soumet toutes les autres. Rapide en tout, changement d'humeur compris. Avec elle, on peut parler. Nous avons de vraies conversations parce qu'elle se fiche de ce que je fais ici. Est-ce possible ?

Spencer Jackson : une puissance. Une âme secrète. Des profondeurs au-delà de tout calcul, même pour lui. Le lac Vanda qui est en chacun de nous. Son esprit est celui dans lequel s'abîme toute la communauté, transmuée en art. Capable d'esquisser un portrait en une douzaine de coups de crayon, et voilà une âme mise à nu. Mais je ne crois pas qu'il soit heureux.

Tatiana Durova : très belle. Une déesse piégée dans un motel. Elle cherche une issue. Elle sait que tout le monde la trouve belle, et n'a donc confiance en aucun de nous. Elle devrait retourner dans l'Olympe, où son physique passerait inaperçu. Là, elle pourrait établir un contact. Avec ses pareils. Mars est peut-être une sorte d'Olympe pour elle.

Arkady Bogdanov : autre puissance. Un homme fiable, solide, sérieux presque jusqu'à l'ennui. On lit dans ses pensées : il ne prend pas la peine de les cacher. Ce que je suis suffira à me faire aller sur Mars, dit-il à sa manière. Vous n'êtes pas d'accord ? Eh bien, si.

Un ingénieur, rapide, ingénieux, pas concerné par les grands problèmes.

Marina Tokareva : une beauté. Très sérieuse, intense. Avec elle, pas question de parler pour ne rien dire. On est obligé de réfléchir. Et comme elle part du principe que son interlocuteur est aussi rapide qu'elle, elle n'est pas toujours facile à suivre. Des traits finement ciselés, des cheveux noir de jais. Quand je croise son regard, j'ai parfois l'impression qu'elle fait partie de ces homosexuelles qui sont forcément parmi nous ; d'autres fois, elle semble faire une fixation sur Vlad Taneev, l'homme le plus âgé du groupe.

George Berkovic et Edvard Perrin s'intéressent tous les deux à Phyllis Boyle. Sauf que c'est moins une concurrence qu'une association. Ils se croient tous les deux amoureux d'elle, mais en fait, ce qui leur plaît c'est la façon dont l'autre reflète leur affection. Et Phyllis aime ça aussi.

Ivana est assez belle, malgré un visage étroit et une bouche trop grande ; un sourire nunuche illumine cette face d'accro de la paillasse, révélant soudain la déesse qui sommeille en elle. A partagé un prix Nobel de chimie, mais il faut bannir la pensée que c'est à ce sourire qu'elle le doit. Un sourire qui rend heureux. On lui donnerait le Nobel rien que pour le voir.

Simon Frazier : la force tranquille. Anglais. Education privée depuis l'âge de neuf ans. Une écoute remarquable. Parle bien, mais dix fois moins que les autres, ce qui lui vaut évidemment une réputation d'autiste. Il en joue calmement. Je pense qu'il en pince pour Ann, qui lui ressemble d'une certaine façon, bien que moins accentuée. Très différent par d'autres côtés. Ann ne joue pas de son image auprès des autres, elle en est complètement inconsciente — le sans-gêne américain par opposition à l'humour britannique de Simon.

Ann est une vraie beauté, mais un peu austère. Grande, anguleuse, osseuse, forte. De corps comme de visage. Elle attire le regard. Elle prend Mars très au sérieux. Les gens s'en rendent compte et l'apprécient pour ça. Ou non, c'est selon. Une ombre caractéristique.

Alexander Zhalin : autre puissance. Il aime les femmes de tous ses yeux. Certaines s'en rendent compte, d'autres non. Mary Dunkel et Janet Blyleven sont souvent avec lui. Un enthousiaste. Quoi qu'il ait en tête, ça devient l'horizon de toutes ses passions.

Nadia Cherneshevsky : peut paraître terne au premier abord, et puis on se rend compte que c'est l'une des plus belles. Ça vient de sa solidité — physique, intellectuelle et morale. Le roc sur lequel tout le monde s'appuie. Sa beauté physique réside dans sa forme athlétique — courte, ronde, râblée, preste, gracieuse, forte — et dans ses yeux : ses iris piquetés de points colorés, un tapis très dense, marron et vert, avec un peu de bleu et de jaune, toutes ces petites taches disposées en anneaux concentriques, troués de rayons selon un schéma aléatoire, fondus dans un seul regard en un ton proche du noisette. On pourrait plonger dans ces yeux et ne jamais en ressortir. Et elle vous rend votre regard sans crainte.

Frank Chalmers : une puissance. Enfin, je pense. Il est difficile de ne pas voir en lui l'adjoint de John Boone. Le comparse, le second couteau. Tout seul, ici, moins impressionnant. Diminué. Un personnage moins historique. Un peu fuyant. Grand, massif, aux traits sombres. Il garde le profil bas. Il est assez amical, mais ça n'a pas l'air d'être de la véritable chaleur. Un animal politique, comme Phyllis. Sauf qu'ils ne s'aiment pas. C'est Maya qu'il aime. Et Maya s'arrange pour lui faire sentir qu'il fait partie de son monde à elle. Mais ce qu'il veut vraiment n'est pas clair. Il y a là un personnage que personne ne connaît.

Plus formellement, il leur fit passer, par groupes de dix, une version révisée du MMPI, l'Inventaire multiphasique de personnalité du Minnesota. Des centaines de questions, étalonnées afin de fournir des profils psychologiques significatifs d'un point de vue statistique. Ce ne fut que l'un des nombreux tests qu'il fit passer, cet hiver-là. C'était l'une de leurs principales distractions.

Ils passaient ce test dans la Salle Claire, ainsi nommée parce qu'elle était éclairée par des dizaines de lampes fortes, au point que tout à l'intérieur paraissait incandescent, à commencer par les visages. En les regardant alors qu'ils planchaient sur son test, Michel eut soudain une conscience aiguë de l'inanité de la situation : il se retrouvait en position de maître d'école de tous ces gens brillants. Et il eut soudain, à voir leurs visages illuminés, la certitude absolue que leurs réponses ne lui apprendraient pas qui ils étaient, mais plutôt comment ils pensaient qu'ils devaient être pour aller sur Mars. Evidemment, en dépouillant leurs réponses dans cette perspective, il en apprendrait presque autant sur eux que s'ils avaient répondu sincèrement. Et pourtant, c'était un choc de voir cela si clairement inscrit sur leurs faces.

Ça n'aurait pas dû l'étonner. Le visage révélait le caractère et bien d'autres choses avec une extrême précision. Chez la plupart des gens, en tout cas. Peut-être chez tout le monde. Un visage de joueur de poker trahissait une personnalité sur ses gardes. Non, se disait-il en les regardant, avec un peu d'attention, on pourrait définir à partir de là tout un nouveau langage. Pour les aveugles, les acteurs parlaient faux, d'une voix artificielle, or dans ce monde ils étaient aveugles aux visages, mais s'ils savaient regarder... On pourrait en déduire une sorte de phrénologie visuelle. Il pourrait devenir le borgne au royaume des aveugles.

C'est ainsi qu'il les dévisageait avec fascination. La Salle Claire était vraiment très claire. On avait constaté que passer du temps dans des endroits bien éclairés permettait d'éviter les dépressions saisonnières. Dans cette vive lumière, chacun des visages translucides semblait lui parler, et même constituer un rébus complet permettant de deviner le caractère de l'individu : plus ou moins solide, intelligent, doté du sens de l'humour, réservé et tutti quanti, mais en tout cas la personnalité complète était là, sous la surface. Il y avait Ursula, légèrement amusée, pour qui ce n'était que l'une des nombreuses idioties dont les psychologues étaient coutumiers. En tant que femme de science — elle était médecin — elle estimait que c'était à la fois nécessaire et ridicule. Elle savait que les disciplines médicales tenaient autant de l'art que de la science. Alors que Sax, lui, prenait ça très au sérieux, comme tout, d'ailleurs. Pour lui, c'était une expérience scientifique, et il comptait sur les savants des autres disciplines pour assumer honnêtement les problèmes méthodologiques posés par celle-ci. C'était écrit sur son visage.

Ils étaient tous experts en quelque chose. Michel, qui avait étudié la Prise de décision naturaliste, était un expert dans ce domaine, et il savait que les experts prenaient les informations limitées à leur disposition dans une situation donnée, les comparaient à leur vaste corpus d'expérience et décidaient rapidement en se basant sur des analogies avec leurs expériences passées. C'est pourquoi, en ce moment et dans cette situation, les experts de ce groupe faisaient ce qu'ils auraient fait pour obtenir une bourse, ou pour emporter l'adhésion d'un jury à une soutenance de thèse. Quelque chose dans ce genre-là. Le fait qu'ils n'aient jamais affronté une mission de ce genre était problématique, mais pas inhibant.

A moins de considérer la situation comme étant instable au point de défier toute tentative de prévision. Il y avait des situations comme ça. Même les meilleurs météorologues avaient du mal à prédire les chutes de grêle. Les meilleurs chefs de guerre ne pouvaient prévoir l'issue d'une attaque surprise. Certaines études récentes montraient qu'il en allait à peu près de même pour les psychologues qui tentaient d'établir des diagnostics mentaux prévisionnels à partir des résultats de tests psychologiques standard. Ils n'avaient pas assez de données. Et voilà pourquoi Michel regardait intensément leurs visages, ces résumés roses ou bruns de leur personnalité, en essayant de déchiffrer le tout à partir de la partie.

Sauf que ce n'était pas tout à fait vrai. Les visages pouvaient être trompeurs, ou ne livrer aucune information. Et les théories psychologiques étaient notoirement contrariées par de profondes incertitudes de toute sorte. Les mêmes événements et les mêmes environnements produisaient des résultats radicalement différents selon les individus, telle était la vérité. Il y avait trop de facteurs perturbateurs pour pouvoir tirer des conclusions nettes de n'importe quel aspect de la personnalité. Tous les modèles psychologiques proprement dits — les nombreuses, trop nombreuses théories — n'étaient en fait qu'une codification de leurs intuitions par des psychologues isolés. Peut-être était-ce un aspect commun à toutes les sciences, mais c'était particulièrement évident en psychologie, où toute nouvelle proposition s'appuyait sur des théories antérieures, qui défendaient souvent leur point de vue en faisant référence à d'autres, plus anciennes, et ainsi de suite, en remontant jusqu'à Freud et

Jung, sinon Galen. Le fascinant ouvrage qu'était *Psychoanalytic Roots of Patriarchy* en offrait un parfait exemple, de même que le classique de Jones, *The New Psychology of Dreaming.* C'était une technique courante : citer une hypothèse d'un grand nom du passé ajoutait du poids à ses propres assertions. C'est ainsi que, souvent, les tests statistiques à large spectre administrés par des psychologues contemporains étaient surtout conçus pour confirmer ou infirmer des intuitions préliminaires avancées par des quasi-victoriens comme Freud, Jung, Adler, Sullivan, Fromm, Maslow, etc. Vous preniez l'expert antérieur dont les idées vous paraissaient justes, puis vous passiez ses intuitions au crible des techniques scientifiques actuelles. S'il fallait remonter aux origines, Michel préférait Jung à Freud. Plus récemment, il avait un faible pour les tenants de l'autodéfinition utopique — Fromm, Erikson, Maslow — et les philosophes de la liberté contemporains qui allaient de pair, comme Nietzsche et Sartre. Et, bien sûr, les derniers représentants de la psychologie moderne, éprouvée, revue par des spécialistes et publiée dans les organes spécialisés.

Mais toutes ses idées n'étaient que des développements élaborés à partir d'un ensemble originel d'impressions sur les gens. Une question d'intuitions. A partir de là, il était censé déterminer qui s'en sortirait si on l'envoyait sur Mars. Autant essayer de prévoir les chutes de grêle et les attaques surprise. Interpréter des tests de personnalité conçus selon les paradigmes des alchimistes. Même interroger les gens sur leurs rêves, comme s'il fallait y voir autre chose que les déchets du cerveau endormi. Ah, l'interprétation des rêves ! Une fois, Jung avait rêvé qu'il tuait un homme appelé Siegfried, et il s'était démené pour trouver un sens à ce rêve, sans se demander un seul instant si ça ne pouvait pas avoir un rapport avec son immense colère envers son vieil ami Freud. Ainsi que devait le faire remarquer plus tard Fromm : « Le léger changement de Sigmund en Siegfried avait suffi à cacher la signification réelle de ce rêve à un homme dont le plus grand talent était l'interprétation des rêves. »

C'était une parfaite image du pouvoir de leur méthodologie.

Un jour, au déjeuner, Mary Dunkel était assise à côté de lui, sa jambe collée à la sienne. Ce n'était pas un accident. Michel en fut surpris; c'était un risque terrible de sa part, après tout. Il répondit d'une pression équivalente de la jambe, avant de prendre le temps de réfléchir. Mary était belle. Il l'aimait non pour son audace mais pour ses cheveux bruns, ses yeux marron et le balancement de ses hanches quand elle franchissait les portes, devant lui. Elena, il l'aimait pour la douceur de ses beaux yeux clairs, et pour ses épaules carrées, des épaules d'homme. Tatiana, il l'aimait pour sa splendeur, sa réserve.

Mais c'était Mary qui était collée contre lui. Que voulait-elle lui faire comprendre par là? Espérait-elle influencer sa décision en sa faveur, ou en sa défaveur? Elle devait pourtant savoir qu'un tel comportement risquait d'être retenu contre elle. Elle devait bien s'en douter. Le fait qu'elle le fasse quand même voulait dire qu'elle agissait poussée par d'autres raisons, plus importantes pour elle que le fait d'aller sur Mars. Qu'elle le voulait personnellement, en d'autres termes.

C'était trop facile! Une femme n'avait qu'à le regarder d'une certaine façon, et il était à elle pour toujours. Elle pouvait l'étendre pour le compte d'une pichenette.

Et voilà que son corps s'apprêtait de nouveau à le trahir, par un réflexe comparable au réflexe rotulien. Mais une partie de sa conscience, suivant son petit bonhomme de chemin avec un décalage de plusieurs minutes sur la réalité (il arrivait parfois qu'elle soit à la remorque de plusieurs heures, voire des jours), commença à s'inquiéter. Il ne pouvait pas être sûr de ses intentions. C'était peut-être une femme du genre à tout risquer sur un coup de dés. A tenter de se concilier ses bonnes grâces en le séduisant. Ça marchait souvent comme un sortilège.

Il se rendait compte qu'avoir un pouvoir sur le destin d'autrui était intolérable. Ça pourrissait tout. Il n'avait qu'une envie : se laisser tomber sur le premier lit venu avec elle et faire l'amour. Mais faire l'amour n'était possible, par définition, qu'entre deux êtres libres. Or il était son geôlier, son juge, le jury de ce groupe...

A cette idée, il laissa échapper un gémissement, «*ouiin*», un petit bruit de gorge comme s'il avait pris le problème en plein plexus solaire, l'air ainsi chassé passant entre ses cordes vocales. Mary lui jeta un coup d'œil, un sourire. Maya, assise en face d'eux, repéra leur petit manège et les regarda. Elle avait peut-être entendu son gémissement. Elle voyait tout. Si elle s'apercevait qu'il avait bêtement, imprudemment envie de Mary, alors qu'en réalité c'était elle, Maya, qu'il désirait de tout son cœur, alors ce serait un double désastre. Michel aimait Maya pour sa vision de faucon, son intelligence farouche, affûtée, Maya qui le regardait en cet instant précis, mine de rien, mais en profondeur.

Il se leva et alla chercher une part de gâteau au fromage au comptoir, sentant ses jambes fléchir sous son poids. Il n'osait pas se retourner pour les regarder, ni l'une ni l'autre.

D'un autre côté, il se pouvait que le contact sur sa jambe et tous ces regards n'aient existé que dans son imagination.

Ça commençait à devenir très bizarre.

Deux Russes, Sergei et Natasha, avaient amorcé une relation peu après leur arrivée au lac Vanda. Ils n'essayaient même pas de se cacher, comme d'autres couples que connaissait Michel, ou qu'il soupçonnait. Au contraire, ils auraient même été un peu trop démonstratifs, compte tenu de la situation; leurs témoignages d'affection mettaient certaines personnes mal à l'aise. D'ordinaire, on pouvait ignorer les étrangers qui s'embrassaient en public, on pouvait les observer ou non, à son gré. Là, il y avait des décisions à prendre. Qu'est-ce qui était pire : le voyeurisme ou la pruderie? Participait-on au programme en tant qu'individu, ou en tant qu'élément d'un couple? Qu'est-ce qui leur donnait le plus de chances? Qu'en pensait Michel?

Et puis, pendant la soirée du solstice d'hiver, le 21 juin — tout le monde avait bu une coupe de champagne et se sentait soulagé d'avoir franchi ce cap psychologique, cette marée montante de l'année —, Arkady les appela pour voir l'aurore australe, une danse électrique, évanescente, de voiles et de draperies rose, bleu et vert pastel, planant sur le grain de leur réalité, esquissant ses rapides ondes sinusoïdales sur la nuit de velours noir. Soudain, au milieu de cette magie, des cris s'élevèrent de l'intérieur du complexe — des hurlements étouffés, des mugissements. Michel regarda autour de lui et vit que tous ces gens en cagoule de ski le regardaient, l'air de penser qu'il aurait dû prévoir ce qui allait arriver et l'empêcher d'une façon ou d'une autre, comme si c'était sa faute. Il se rua à l'intérieur et tomba sur Sergei et Natasha, qui s'étaient littéralement jetés à la gorge l'un de l'autre. Il tenta de s'interposer et, pour la peine, prit un coup dans la figure.

Après cette débâcle théâtrale, Sergei et Natasha avaient été expédiés à McMurdo, ce qui n'avait pas été une mince affaire : il avait fallu obtenir l'accord des intéressés pour leur départ et faire venir l'hélicoptère pendant une tempête mémorable. A la suite de tout ça, le crédit de Michel en prit un sacré coup. Les gens n'avaient plus confiance en lui. Même les administrateurs du programme, dans le Nord, se montrèrent désagréablement inquisiteurs. Il avait eu un entretien avec Natasha la veille de la bagarre, c'était dans le dossier ; ils lui demandèrent de quoi ils avaient parlé, et s'il voulait bien leur communiquer ses notes, ce qu'il refusa en arguant du secret professionnel.

Natasha Romanova : très belle. Une allure sensationnelle. La Russe la plus calme que j'aie jamais rencontrée. Biologiste, travaille sur les cultures hydroponiques. A rencontré Sergei Davydov ici, au camp, est tombée amoureuse de lui. Très heureuse, à présent.

Mais tout le monde savait qu'il avait participé à l'enquête sur l'incident, et naturellement ils avaient dû faire des gorges chaudes du fait qu'il les jugeait et leur faisait passer des tests. Et qu'il tenait des dossiers sur eux, bien sûr. Mary ne colla plus sa jambe contre la sienne, si tant est qu'elle l'ait jamais fait. En tout cas, elle ne vint plus s'asseoir près de lui. Maya l'observait plus attentivement que jamais, sans en avoir l'air. Tatiana continuait à chercher l'âme sœur, parlant toujours à la personne cachée dans ou derrière chacun. Ou en elle-même. Et Michel se demandait de plus en plus, alors que s'égrenait le cycle des divisions arbitraires du temps qu'ils appelaient les jours — dormir, manger, travailler, Salle Claire, tests, détente, sommeil —, si le groupe tiendrait le coup, mentalement ou socialement, une fois sur Mars.

Ce qui était son souci depuis le début, évidemment. Souci exprimé aux autres lors du comité de programmation, mais en partie seulement, à la blague : puisqu'ils allaient tous devenir dingues, n'importe comment, pourquoi ne pas éviter toutes ces simagrées et y envoyer tout de suite des dingues ?

Maintenant qu'il s'efforçait de chasser un sentiment d'angoisse croissant, dans la Salle Claire et dans le monde ténébreux du dehors, la blague était de moins en moins drôle. Les gens l'esquivaient. Des relations se nouaient, relations que Michel voyait en creux, dans leurs absences. Comme s'il suivait des empreintes dans le vide. Certaines personnes cessaient de se faire des mamours, évitaient de se regarder dans les yeux. Il y avait des gens qui ne se regardaient plus, et qui étaient pourtant attirés l'un vers l'autre comme par une force magnétique trop puissante pour être exprimée et en même temps trop forte pour être dissimulée. Il y avait des balades dans la nuit étoilée, glaciale, souvent orchestrées de telle sorte que les intéressés se retrouvaient dehors en même temps, mais sortaient et rentraient séparément et de préférence avec d'autres. Lorsqu'on observait Lookout Point, une butte rocheuse dressée sur le Dais, la nuit, avec des lunettes infra-rouge, on voyait parfois deux corps verts, flottants, se découper sur le fond de phosphore noir, les deux silhouettes se superposant en une lente danse, un élégant ballet. Michel fredonnait une vieille chanson des Doors en les regardant sans vergogne : « Je suis un espion dans la maison de l'amour — je connais les choses auxquelles tu penses... »

Certaines de ces liaisons pouvaient rapprocher la communauté, d'autres risquaient de la disloquer. Maya jouait un jeu très dangereux avec Frank Chalmers, par exemple. Elle sortait se promener avec lui ; ils parlaient tard le soir. Elle mettait sans se gêner la main sur son bras et riait à gorge déployée, comme elle ne l'avait jamais fait avec Michel. Un prélude à une intensification ultérieure, jugea Michel alors qu'ils commençaient tous les deux à faire figure de chefs naturels de l'expédition. Mais en même temps, elle le jetait en pâture aux mâles russes, à qui elle racontait, en russe, des histoires sur les non-Russes, ignorant peut-être que Frank parlait un peu russe, ainsi que français (très mal) et plusieurs autres langues. Frank se contentait de la regarder, un petit sourire aux lèvres, même quand c'était lui qui faisait les frais de ses blagues, qu'il comprenait. Il lui arrivait parfois de regarder Michel, pour voir s'il saisissait, lui aussi, ce qu'elle faisait. Comme s'il y avait entre eux une complicité fondée sur leur intérêt pour Maya !

Elle jouait aussi avec lui, Michel ; il le voyait bien. Etait-ce purement machinal, une sorte de réflexe, ou quelque chose de plus personnel ? C'était impossible à dire. Il aurait tant voulu compter pour elle...

En attendant, d'autres petits groupes s'éloignaient du groupe principal. Arkady avait ses admirateurs. Vlad son cercle d'intimes ; des gardiens du harem, peut-être. D'un autre côté, Hiroko Ai et Phyllis avaient chacune leur bande. D'abord la polygamie, et maintenant la polyandrie, en tout cas Michel ne pouvait l'exclure. Tout cela avait déjà une existence, potentielle ou imaginaire, c'était difficile à dire. Mais il était impossible de ne pas voir, au moins en partie, dans ce qui se passait entre eux la dynamique de groupe d'une troupe de primates réunis alors qu'ils ne se connaissaient pas, et qui essayaient de régler leurs problèmes, de se trouver des alliés, de constituer des hiérarchies de domination et tout ce qui s'ensuit. Parce qu'ils étaient des primates : des singes en cage. Ils avaient choisi leur cage, mais ils étaient dedans quand même. Dans la nasse. Comme dans *Huis clos* de Sartre. Sans issue. La vie sociale. Perdus dans une prison qu'ils avaient eux-mêmes conçue.

Même les plus équilibrés d'entre eux étaient affectés. Michel regarda, fasciné, les deux personnalités les plus introverties du groupe, Ann Clayborne et Sax Russell, s'intéresser l'une à l'autre. Au début, c'était purement scientifique pour l'un comme pour l'autre. Ce en quoi ils se ressemblaient beaucoup, ainsi que par le fait qu'ils étaient tous les deux tellement directs et sans détours que Michel surprit la plupart de leurs conversations, au début. Que des histoires de boulot : la géologie martienne, Sax la passant sur le gril la plupart du temps, la questionnant comme si elle était une prof et lui un élève, mais toujours capable d'apporter son point de vue de théoricien de la physique, l'un des astres les plus brillants de la galaxie, dix ou vingt ans auparavant, lors de son post-doc. Non qu'Ann semblât y attacher la moindre importance. Elle était géologue, planétologue, et elle faisait des recherches sur Mars depuis la fac, si bien qu'elle était à présent, à une quarantaine d'années, l'une des autorités reconnues en la matière. Une Martienne avant la lettre. Si ça intéressait Sax, elle pouvait lui parler de Mars pendant des heures ; et ça intéressait Sax. Alors ils parlaient, interminablement.

— C'est la pureté absolue, il ne faut pas l'oublier. Il se pourrait même qu'il y ait une vie indigène dans le sous-sol, depuis la période humide et chaude antérieure. Nous devons donc veiller à ce que l'atterrissage soit stérile et établir une colonie stérile. Etablir un cordon sanitaire entre Mars et nous. Et procéder à des recherches exhaustives. Si nous laissions la vie terrestre envahir le sol avant que nous ayons pu déterminer la présence ou l'absence de vie locale, ce serait un désastre pour la science. Et la contamination pourrait se produire dans l'autre sens aussi. On n'est jamais trop prudent. Non, si quelqu'un tente d'infecter Mars, il y aura de la résistance. Peut-être même des représailles. Empoisonner l'empoisonneur. On ne peut jamais savoir de quoi les gens sont capables.

A cela, Sax ne répondit pas grand-chose, peut-être même rien.

Et puis, un beau jour, ou plutôt un soir, ils se mirent en tête de sortir, l'air plus impassibles et détachés que jamais, au même moment (soigneusement décalé), et Michel les vit avec ses lunettes infra-rouge se diriger vers Lookout Point. Ils faisaient peut-être partie de ceux que Michel avait déjà vus là-bas. Ils restèrent un moment assis l'un auprès de l'autre, dans le noir.

Quand ils rentrèrent, Sax avait pris des couleurs, et il ne voyait rien de ce qui l'entourait, dans le complexe. Un véritable autiste. Ann, quant à elle, avait l'œil hagard et le sourcil froncé. Après cela, ils ne se parlèrent plus, ils n'échangèrent plus un regard pendant des jours. Il s'était passé quelque chose, là-bas !

En les observant, fasciné par la tournure des événements, Michel arriva à la conclusion qu'il ne saurait jamais ce qui leur était arrivé. Il éprouva une vague de... de quoi, au fait ? De tristesse ? D'angoisse devant la distance qui se creusait entre eux, les isolait, ou à l'idée qu'ils s'enfermaient chacun dans son petit monde, tels des vaisseaux étanches qui se heurtaient aveuglément, coupés de tout ? Ou devant l'inanité de son travail, le froid mortel de la nuit noire, la souffrance de vivre une vie si inéluctablement solitaire ? Il prit la fuite.

Car, étant l'un des évaluateurs, il pouvait fuir. Il pouvait quitter de temps en temps le lac Vanda lors des rares visites de l'hélicoptère. Il évitait de le faire, afin de préserver la solidarité du groupe. Il le fit tout de même une fois, au cœur de l'hiver, juste avant le solstice, après avoir vu Maya et Frank ensemble. Profitant du retour du crépuscule en milieu de journée, il accepta l'invitation d'une connaissance de McMurdo qui lui proposait de l'emmener voir les cabanes de Scott et de Shackleton, juste au nord de McMurdo, sur l'île de Ross.

Maya vint le retrouver dans le sas alors qu'il s'apprêtait à sortir.

— Quelle... est cette fuite?

— Non, non! Je vais juste voir les cabanes de Scott et de Shackleton. Une sorte de recherche. Je reviens aussitôt après.

Elle le regarda comme si elle ne le croyait pas. Et aussi comme si elle s'intéressait à ce qu'il faisait.

C'était bien une sorte de recherche, dans le fond. Les petites cabanes abandonnées par les premiers explorateurs de l'Antarctique étaient des vestiges des très rares expéditions humaines qui ressemblaient même de loin à ce qu'ils se proposaient de faire sur Mars. Même si toute analogie était illusoire et dangereuse, bien sûr, dans la mesure où ils s'attaquaient à quelque chose de totalement nouveau, une entreprise inédite de l'histoire humaine, à nulle autre pareille.

Pourtant, les premières décennies de l'exploration de l'Antarctique avaient été un peu comme celle qu'ils projetaient, il devait bien l'admettre alors que l'hélicoptère se posait sur la roche noire du cap Evans, puis en suivant les autres distingués visiteurs. La petite cabane de bois couverte de neige dressée sur la plage était l'équivalent dix-neuvième siècle de leur complexe du lac Vanda, qui était tout de même infiniment plus luxueux. Ici, au cap Evans, ils n'avaient que le strict nécessaire, mais tout le nécessaire à l'exception de quelques vitamines et de la compagnie du sexe opposé. C'est fou comme la privation de ces choses, ainsi peut-être que le manque de soleil, les avait rendus pâles et étranges. Des troglodytes sous-alimentés, menant une vie monastique, souffrant de dépression saisonnière et ignorant la gravité de ce problème psychologique (de sorte que ça n'en avait peut-être pas été un). Ecrire des journaux, jouer des saynètes, mettre des rouleaux de musique dans un piano électrique, lire des livres, effectuer des recherches et trouver un peu à manger en pêchant et en chassant le phoque.

Oui, ils avaient eu des plaisirs — si dépourvus de tout qu'ils aient pu être, ces hommes vivaient néanmoins sur notre Mère la Terre, à la froide lisière de sa générosité. Sur Mars, il n'y aurait aucun de ces délices inuits pour passer le temps et adoucir leur réclusion.

Mais la structure post-moderne du sentiment les avait peut-être déjà habitués à la déconnexion de la Terre. Tous ceux qui vivaient dans leur vaisseau spatial individuel, l'emportant avec eux comme un bernard-l'ermite sa coquille, d'un endroit à l'autre : maison, bureau, voiture, avion, appartement, chambre d'hôtel, centre commercial. Une vie en dedans, une vie virtuelle, même. Combien d'heures par jour passaient-ils dans le vent ? Alors, peut-être que Mars ne leur paraîtrait pas si différente.

Michel se promenait dans la grande salle principale de la cabane de Scott et examinait tous les objets à la lumière grisâtre en ruminant ces questions. Scott avait érigé un mur de caisses pour séparer les officiers et les savants des vulgaires marins. Tant de facettes différentes ; Michel sentait ses pensées ricocher d'une paroi à l'autre.

Ils remontèrent ensuite la côte en hélicoptère vers le cap Royds, où la cabane de Shackleton se dressait tel un reproche adressé à celle de Scott, plus petite, plus propre, mieux abritée du vent. Où tout le monde vivait ensemble. Shackleton et Scott s'étaient fâchés lors de la première expédition dans l'Antarctique, en 1902. Les mêmes désaccords se produiraient probablement dans la colonie martienne, mais ils n'auraient pas l'occasion de construire un autre habitat plus loin. Pas au début, du moins. Et ils ne rentreraient pas chez eux. C'est ce qui était prévu, du moins. Mais était-ce bien sage ? Là encore, l'analogie avec les premiers habitants de l'Antarctique ne tenait pas. Parce que, si inconfortables qu'aient été ces cabanes (et celle de Shackleton avait l'air assez douillette, en réalité), ils savaient qu'ils ne seraient là que pour un an, trois au maximum, et qu'ils finiraient par rentrer en Angleterre. On peut à peu près tout supporter quand on sait que la délivrance est au bout, plus proche de jour en jour. Sinon, autant être condamné à perpétuité, sans grâce envisageable. Le bannissement dans un désert de roche glacée, stérile, méta-antarctique, sans air.

Il aurait sûrement été plus sensé de proposer aux savants et aux techniciens envoyés sur Mars de se relayer, comme les premiers occupants de l'Antarctique. D'effectuer un roulement dans de petites bases scientifiques, occupées en continu, mais par des équipes tournantes, qui restaient trois ans sur place. Ç'aurait été plus conforme aux doses de radiations maximales recommandées, d'ailleurs. Boone et les autres, qui étaient revenus deux ans plus tôt de la première mission sur Mars, avaient absorbé près de 35 rads. Les savants qui leur succéderaient pourraient faire un peu pareil.

Mais les programmes spatiaux russe et américain en avaient décidé autrement. Ils voulaient une base permanente, et ils avaient convié des savants à s'y installer définitivement. Ils voulaient que les gens s'investissent, sans doute dans l'espoir d'un engagement similaire du public, de son identification à une distribution permanente, la vie de ces personnages devenant une sorte de soap-opéra pour les spectateurs terriens, si avides d'histoires dramatiques. La biographie en tant que spectacle. Une partie de l'effort fondateur. Ça tenait debout, dans un sens.

Mais qui aurait bien pu accepter de faire une chose pareille ? C'était une question qui troublait beaucoup Michel. Elle figurait en haut de la longue liste de contradictions à laquelle il avait l'impression que les candidats étaient soumis lors du processus de sélection. En bref, pour être choisis, il fallait qu'ils soient sains d'esprit, mais il fallait qu'ils soient dingues pour avoir envie de partir.

On leur demandait beaucoup de choses et leur contraire. Les candidats devaient être assez extravertis pour frayer avec les autres, mais assez introvertis pour avoir étudié à fond une discipline parfois ardue. Ils devaient être assez âgés pour maîtriser une profession du secteur primaire, secondaire ou tertiaire, et en même temps assez jeunes pour supporter la rigueur du voyage jusqu'à Mars, puis du travail, une fois sur place. Ils devaient avoir un comportement acceptable en groupe, mais avoir envie de quitter pour toujours tous ceux qu'ils connaissaient. On leur demandait de dire la vérité, mais il était clair qu'ils devaient mentir afin d'accroître leurs chances d'arriver à leurs fins. Ils devaient être à la fois ordinaires et extraordinaires.

Oui, on leur demandait tout et son contraire. Et pourtant, ce groupe presque définitif était issu d'un vivier initial de plusieurs milliers de candidats. Des contradictions ? Et alors ! Rien de nouveau — rien d'inquiétant sous le soleil. Tout le monde, sur Terre, était prisonnier d'un vaste réseau de contradictions. Aller sur Mars contribuerait peut-être à en réduire le nombre, à diminuer la tension ! Allez savoir si ce n'était pas en partie ce qui les attirait !

C'était peut-être pour ça que les premiers explorateurs de l'Antarctique étaient volontaires pour descendre si loin dans le Sud. Et pourtant... Michel n'en revenait pas que des hommes aient réussi à rester sains d'esprit après avoir passé un hiver entier dans cette cabane. Sur l'un des murs de bois nu, il y avait une photo de trois hommes blottis devant un poêle noir. Michel regarda longuement cette photo évocatrice. Ils étaient manifestement au bout du rouleau, sales, meurtris par les gelures. Et en même temps, il émanait d'eux une sorte de calme, de sérénité. Ils donnaient l'impression de pouvoir rester assis sans rien faire, à regarder le feu dans leur poêle, et d'en être pleinement satisfaits. Ils avaient l'air gelés, et en même temps réchauffés. La structure du cerveau était différente, à l'époque, plus endurcie, rompue aux privations, habituée à supporter de longues, lentes heures d'existence purement animale. La structure affective avait assurément changé. C'était une question de déterminisme culturel. Le cerveau avait donc, nécessairement, changé à son tour. Un siècle plus tard, leur cerveau était dépendant d'apports massifs, rapides, de stimuli médiatiques, inexistants aux générations précédentes. De sorte qu'ils avaient plus de mal à vivre sur leurs ressources intérieures. La patience exigeait d'eux un plus grand effort. Ils étaient des animaux différents de ceux de cette photo. L'interaction épigénétique de l'ADN et de la culture changeait maintenant les gens si vite qu'il suffisait d'un siècle pour que la différence soit tangible. Une évolution accélérée. Ou l'une des ponctuations de la longue saga de l'évolution. Mars jouerait plus ou moins le même rôle. Il n'y avait pas moyen de prévoir ce qu'ils allaient devenir.

De retour au lac Vanda, les vieilles cabanes ne furent bientôt plus qu'une sorte de rêve interrompant la seule réalité, une réalité si froide que l'espace-temps semblait s'être figé, les obligeant à revivre à jamais la même heure. Le cercle glacé de l'enfer de Dante, le pire de tous, s'il se rappelait bien.

Ils étaient en proie à une sorte d'engourdissement de tous les sens. Chaque « matin », il se réveillait déprimé. Il mettait des heures à chasser ce fardeau et à se concentrer sur les tâches de la journée. Il parvenait généralement à un certain niveau de neutralité lorsque le crépuscule bleuissait les vitres. Il trouvait alors la force de proposer à ceux qui sortaient de les accompagner. Dehors, dans l'atonie d'un crépuscule gris, bleu ou violet, il suivait les masses sombres, engoncées dans leurs tenues chaudes. On aurait dit des pèlerins dans un hiver médiéval, ou des hommes préhistoriques s'efforçant de survivre dans une ère glaciaire. Cette forme mince pouvait être Tatiana. Sa beauté moins apparente se laissait deviner quand même à sa façon d'évoluer comme une danseuse sur le miroir craquelé du lac, entre les murailles de la vallée. Là, ça pouvait être Maya, Maya à tous les autres attachée, et en même temps assez amicale et diplomate avec lui. Ça l'ennuyait. A côté d'elle se dressait la masse indistincte de Frank.

Tatiana était plus facile à comprendre, et tellement jolie. Le jour où il l'avait suivie sur la glace, ils s'étaient arrêtés de l'autre côté du lac pour examiner la carcasse d'un phoque momifié. On trouvait de ces phoques de Weddell désorientés un peu partout dans le haut des Vallées Sèches. Le froid les avait conservés pendant des centaines ou des milliers d'années, puis le vent les avait lentement délités, faisant apparaître le squelette sous les chairs. On aurait dit, alors, une âme enlevant son manteau de fourrure, une âme blanche, articulée, polie par le vent.

Voyant cela, Tatiana avait poussé un petit cri et l'avait pris par le bras. Elle parlait bien français. Elle venait passer l'été sur la Côte d'Azur, quand elle était petite. A cette seule idée, il se sentait fondre. Ils avaient parlé en se tenant par la main, avec leurs gros gants, regardant ce *memento mori* dans la lumière grisâtre, à travers les trous de leurs cagoules de ski. Son cœur cognait contre ses côtes à la pensée de la beauté emprisonnée dans la chrysalide de la parka, à côté de lui, et qui disait : « Ça fait un choc de tomber sur le squelette de cette pauvre bête égarée toute seule, comme ça, au milieu de ces rochers. On dirait un bracelet que quelqu'un aurait égaré. »

De l'autre côté du lac, Frank les observait.

A partir de ce jour-là, Maya laissa tomber Michel comme une vieille chaussette, sans un mot, sans un signe exprimant que la situation avait changé, juste un rapide coup d'œil évocateur en direction de Tatiana, suivi par une politesse de pure forme, radicalement dépourvue de contenu. Michel sut alors, avec une précision absolue, de quel membre du groupe la compagnie lui était la plus précieuse. Sauf qu'il ne l'aurait plus jamais.

Tout ça à cause de Frank.

C'était la même chose partout, autour de lui : les guerres irraisonnées du cœur. Tout cela était si petit, si mesquin, si minable. Et en même temps tellement important. C'était leur vie. Sax et Ann étaient morts l'un pour l'autre, de même que Marina et Vlad, Hiroko et Iwao. De nouvelles cliques se formaient autour d'Hiroko, de Vlad, d'Arkady et de Phyllis, chacun poursuivant son orbite distincte. Non, ce groupe allait connaître de graves dysfonctionnements. Ça avait déjà commencé, là, sous ses yeux. C'était trop difficile de vivre isolé dans cette privation sensorielle sub-biologique. Et c'était le paradis, par rapport à Mars. Il n'y avait pas de bon test ; ça n'existait pas. Il n'y avait pas de bonnes analogies. Il n'y avait que la réalité, unique, différente à chaque instant, à vivre comme ça, sans répétition, sans révision. Mars n'aurait rien à voir avec cette nuit sans fin, glaciale, cette nuit du bout du monde ; ce serait pire. Bien pire que ça ! Ils deviendraient fous. Cent personnes enfermées dans des conteneurs et envoyées sur une planète morte, glaciale, empoisonnée, un endroit à côté duquel l'hiver dans l'Antarctique ressemblerait au paradis. Un univers-prison, comme l'intérieur de la tête quand on fermait les yeux. Ils allaient tous devenir fous.

Pendant la première semaine de septembre, le crépuscule de la mi-journée devint presque aussi clair que le jour, et ils virent enfin briller le soleil sur les pics de l'Asgaard et d'Olympus Mons, qui encadraient la profonde vallée. Laquelle était tellement encaissée entre ces hautes chaînes qu'ils devraient peut-être encore attendre une dizaine de jours avant que les rayons du soleil tombent directement sur la base. Arkady organisa une virée sur le flanc du mont Odin afin de le revoir sans attendre. Cela tourna à l'expédition générale, presque tout le monde ayant manifesté le désir de revoir le soleil le plus vite possible. C'est ainsi que, tôt dans la matinée du 10 septembre, ils se plantèrent sur une plate-forme située à mille mètres au-dessus du lac Vanda, près d'une petite mare de glace. Il y avait beaucoup de vent, et l'escalade ne les avait guère réchauffés. Le ciel était bleu pâle, sans une étoile ; les flancs est des deux chaînes brillaient comme de l'or. Finalement, à l'est, au bout de la vallée, au-dessus de la plaque de bronze lisse de la mer de Ross prise par les glaces, le soleil émergea au-dessus de l'horizon et embrasa le ciel. Son apparition fut saluée par de grands hourras. L'émotion, le vent glacial, cette soudaine lumière éblouissante leur mirent les larmes aux yeux. Les gens se donnaient l'accolade, par groupes mouvants. Mais Maya resta de l'autre côté du groupe par rapport à Michel, en veillant à ce que Frank soit entre eux. Et Michel eut l'impression que la liesse générale avait quelque chose de désespéré, comme s'ils venaient de survivre à une catastrophe.

C'est ainsi que, lorsque le moment vint pour Michel de faire son rapport aux comités de sélection, il se déclara opposé au projet ainsi conçu.

Aucun groupe ne peut rester indéfiniment fonctionnel dans des conditions pareilles, écrivit-il.

Et lors des réunions, il détailla ses arguments, point par point. La longue liste d'exigences contradictoires était particulièrement impressionnante.

Ça se passait à Houston. Il faisait si chaud, si lourd, qu'on se serait cru dans un sauna. L'Antarctique n'était déjà plus qu'un souvenir de cauchemar, qui s'estompait rapidement.

— C'est la vie sociale qui est comme ça, objecta Charles York, un peu égaré. Toute existence sociale est un ensemble de contradictions.

— Non, non, répondit Michel. La vie sociale est un ensemble d'exigences contradictoires. C'est normal, je suis bien d'accord. Mais ce qui se passe, c'est que nous exigeons des gens qu'ils soient à la fois une chose et son contraire. Le nœud gordien classique. Et ça provoque déjà la plupart des réactions classiques. Des doubles vies. Des personnalités multiples. Une foi défaillante. La répression, et le retour du réprimé. Il vous suffira d'examiner les résultats des tests que j'ai fait passer là-bas pour comprendre que ce n'est pas un projet viable. Je suggérerais plutôt de commencer par des petites stations scientifiques avec des équipes tournantes. C'est d'ailleurs comme ça que les choses se passent actuellement dans l'Antarctique.

Ce qui donna lieu à bien des discussions et pas mal de controverses. Charles continuait à plaider pour l'envoi d'une colonie permanente, comme prévu au départ, mais il s'était rapproché de Mary. Georgia et Pauline étaient plutôt d'accord avec Michel; seulement elles en avaient bien bavé au lac Vanda.

Charles passa voir Michel dans son bureau d'emprunt. Il le regarda en secouant la tête, l'air grave mais distant, comme s'il n'était pas vraiment impliqué, au fond. Professionnel.

— Ecoute, Michel, dit-il. Ils veulent y aller. Ils sont capables de s'adapter. Beaucoup d'entre eux s'en sont très bien sortis, si bien qu'aucun de tes tests n'a réussi à les repérer. Et ils veulent partir, c'est clair. C'est comme ça que nous devrions choisir ceux que nous allons envoyer. Nous devrions leur donner la possibilité de faire ce qu'ils ont envie de faire. Ce n'est pas à nous de décider à leur place.

— Mais ça ne marchera pas. On l'a bien vu.

— Moi, je ne l'ai pas vu. Et eux non plus. Ce que tu as vu, c'est ton problème, eux, ils ont le droit de tenter leur chance. Il aurait pu arriver n'importe quoi, là-bas, Michel. N'importe quoi. Et ce monde ne tourne pas assez rond pour que nous mettions des bâtons dans les roues de gens désireux de tenter autre chose. Ça pourrait être bon pour nous tous. Je te demande d'y réfléchir, dit-il en se levant brusquement.

Michel y réfléchit. Charles était un homme sensé, avisé. Il y avait du vrai dans ses paroles. Michel se sentit parcouru par un soudain vent de panique, aussi froid que les coulées catabatiques qui dévalaient la Vallée de Wright : en projetant sa propre peur, il risquait d'empêcher une chose qui recelait une vraie grandeur.

Il revint sur sa décision, en exposant toutes ses raisons. Il expliqua pourquoi il optait en faveur de la poursuite du projet ; il fournit aux comités sa liste des cent meilleurs candidats. Georgia et Pauline, au contraire, maintinrent leur opposition au projet tel qu'il avait été conçu. C'est ainsi qu'un panel d'experts fut constitué afin de procéder à une évaluation, de proposer des recommandations et d'émettre un avis. Vers la fin du processus, Michel se retrouva dans son bureau avec le président des Etats-Unis, qui s'assit en face de lui et lui dit qu'il avait probablement vu juste depuis le début, il fallait toujours se méfier de sa première impression, c'était généralement la bonne, toute réflexion ultérieure se révélait la plupart du temps inutile. Michel ne put que hocher doctement la tête. Plus tard, il assista à une réunion à laquelle participaient les présidents russe et américain. Les enjeux étaient à ce niveau. Ils voulaient l'un et l'autre une base martienne, dans un but politique, Michel le vit clairement. Mais il fallait, pour l'un comme pour l'autre, que ce soit un succès, que le projet marche. Dans cette optique, le projet de colonie permanente imaginé au départ était à l'évidence le plus risqué qui s'offrait maintenant à eux. Or aucun des deux présidents n'était du genre à prendre des risques. L'option consistant à relever régulièrement les équipes était intrinsèquement moins intéressante, mais si les équipes étaient assez importantes et la base assez vaste, l'impact politique (publicitaire) serait presque identique ; les résultats scientifiques seraient pratiquement les mêmes. Et ce serait beaucoup plus sûr, tant du point de vue médiatique que sur le plan psychologique.

Et c'est ainsi que le projet fut annulé.

Exploration du canyon fossile

Deux heures avant le coucher du soleil, leur guide, Roger Clayborne, décréta qu'il était temps de dresser le campement, et huit membres du groupe redescendirent des crêtes ou des canyons latéraux qu'ils avaient explorés ce jour-là, au cours de leur lente progression vers Olympus Mons, à l'ouest. Eileen Monday, qui avait coupé son intercom au début de la journée (le guide pouvait à tout moment passer outre à cette surdité), se rebrancha sur la fréquence commune et écouta le bavardage de ses compagnons. Le Dr Mitsumu et Cheryl Martinez avaient tiré le chariot de matériel toute la journée, sur le fond d'un canyon particulièrement étroit, et leurs récriminations véhémentes faisaient rire Mrs Mitsumu. John Nobleton suggéra, comme d'habitude, qu'ils établissent le campement plus loin, dans l'ancien arroyo qu'ils suivaient. Eileen se demanda vaguement laquelle des silhouettes en scaphandre poussiéreux était Nobleton, et se dit que ça devait être l'enthousiaste qui sautait comme un cabri dans les alluvions déposées par le ravinement, et qui soulevait le sable à chaque bond. Leur guide, au contraire, était bien reconnaissable : il était très grand, même adossé à ce gros rocher, assez haut sur l'arête qui flanquait l'une des parois du canyon. Quand les autres le repérèrent, ils râlèrent un peu. Le chariot de matériel pesait moins de sept cents kilos sous la gravité martienne, mais ils devraient se mettre à plusieurs pour lui faire gravir la pente sur laquelle Clayborne avait jeté son dévolu.

— Dites, Roger, et si on le tirait juste un peu plus loin sur cette route ? On pourrait camper là, au coin, non ? insista John.

— Ça, on pourrait sûrement, répondit Roger, si bas que sa voix sèche était à peine audible sur le circuit audio. L'ennui, c'est que j'ai du mal à dormir quand je suis plié à quarante-cinq degrés.

Mrs Mitsumu émit un gloussement. Eileen eut un « tsk » irrité, et espéra que Roger saurait d'où ça venait. Sa réflexion était un concentré de tout ce qu'elle détestait chez lui : il était à la fois taciturne et sarcastique, cocktail insolite qu'elle n'appréciait pas pour autant. Et son sourire ironique n'était pas fait pour arranger les choses.

— J'ai trouvé un bon endroit plat, là-bas, protesta John.

— Je l'ai vu. Mais je doute fort que nous ayons la place d'y dresser notre tente.

Eileen rejoignit l'équipe qui halait le chariot sur la pente.

— *Je doute fort*, répéta-t-elle d'un ton persifleur en commençant à suer et à haleter dans sa combinaison.

— Vous voyez ? reprit la voix de Roger, à son oreille. Miss Monday est d'accord avec moi.

Elle tiqua à nouveau, plus ennuyée qu'elle ne voulait bien se l'avouer. Jusque-là, à son avis, l'expédition était un fiasco. Et leur guide avait une lourde responsabilité dans cet échec, même s'il était tellement effacé qu'elle n'avait guère fait attention à lui pendant les trois ou quatre premiers jours. Jusqu'à ce que ses remarques finaudes attirent son attention.

Elle glissa sur une plaque de terre, tomba sur les genoux, rebondit et se releva, mais ce contact lui rappela que Mars n'était pas pour rien dans sa déception. Elle était moins disposée à l'admettre que son aversion pour Clayborne, mais c'était pourtant vrai, et ça la dérangeait. Elle avait consacré son cursus, à l'Université martienne de Burroughs, à l'étude de la planète, d'abord dans la littérature (elle s'était un jour vantée d'avoir lu toutes les histoires qui avaient jamais été écrites sur Mars), puis sous l'angle de l'aréologie, et plus particulièrement de la sismologie. Seulement elle avait vécu à Burroughs pendant la majeure partie de ses vingt-quatre années d'existence, et la grande cité n'avait rien à voir avec les canyons. Son expérience du paysage martien se bornait jusque-là à une visite de la magnifique section sous dôme de Hephaestus Chasma appelée Lazuli Canyon, où l'eau glacée jaillissait en sources et ruisselets, en cascades et en mares, et où toutes les plages rouges, humides, étaient couvertes d'herbes de la toundra. Evidemment, elle savait que le paysage martien ne ressemblait pas à Lazuli, mais quelque part dans sa tête, quand elle avait vu la publicité pour cette expédition — « Une nature vierge, où nul n'a jamais mis le pied » —, elle avait dû visualiser quelque chose qui ressemblait à ce monde vert. Cette pensée l'amena à se maudire de sa stupidité. La pente contre laquelle ils luttaient en ce moment précis était une parfaite illustration du terrain sur lequel ils avaient crapahuté toute la semaine écoulée : il était composé de terre de tous les tons et de toutes les consistances imaginables, si bien qu'on aurait dit une immense tranche napolitaine en train de fondre lentement. Une tranche napolitaine faite d'ingrédients qui ressemblaient à du soufre, de la levure, de la poussière de brique, du curry, de la suie et de la bauxite. Et ce n'était qu'une tranche parmi des milliers, empilées les unes sur les autres à perte de vue. Un gigantesque tas de merde, oui.

Ils s'arrêtèrent pour se reposer juste avant l'endroit où Roger avait décidé d'établir le campement. Une goutte de sueur avait roulé dans l'œil gauche d'Eileen, et ça la piquait furieusement.

— On va amener le chariot ici, dit Roger en descendant pour les aider.

Ses clients le regardèrent comme s'ils allaient le mordre et ne bougèrent pas. Le docteur se pencha pour rajuster sa botte, lâchant la poignée du chariot, et les autres furent pris par surprise. Un gravillon roula sous la roue arrière du chariot, qui leur échappa et dévala la pente...

Roger plongea, tête baissée, soulevant une gerbe de poussière, et cala la roue arrière avec une pierre de la taille d'une miche de pain. Le chariot chassa la pierre sur quelques mètres et s'arrêta enfin. Le groupe regarda, pétrifié, le guide couché à plat ventre. Eileen n'en revenait pas. Elle ne l'avait jamais vu bouger aussi vite. Il se releva avec sa lenteur coutumière et essuya la poussière qui couvrait la visière de son casque.

— Il vaut mieux caler le chariot pour l'empêcher de rouler, murmura-t-il avec un petit sourire.

Ils unirent leurs efforts pour hisser le chariot sur le plat, tout en se remettant à bavarder. Eileen se prit à penser que si le chariot avait dévalé la pente jusqu'au fond du canyon, il aurait pu être endommagé. On ne pouvait éliminer ce risque. Et si les dégâts avaient été importants, ils auraient pu tous y rester. Elle fit la moue et grimpa sur le plat.

Roger et Ivan Corallton récupérèrent la base de la tente dans le chariot et l'étalèrent sur les piquets qui la maintiendraient bien à plat et un peu surélevée par rapport au sol glacé. Ivan et Kevin Ottalini assemblèrent les montants incurvés du dôme, puis John les aida à les mettre en place, et ils tendirent le matériau transparent sur le cadre. Lorsqu'ils eurent fini, les autres se relevèrent, non sans raideur — ils avaient bien fait une vingtaine de kilomètres ce jour-là —, et entrèrent dans le sas souple en tirant le chariot derrière eux. Roger tourna des valves sur le côté du chariot et l'air comprimé se rua dans l'enveloppe protectrice. Le Dr Mitsumu et sa femme n'attendirent pas qu'elle soit gonflée pour commencer à assembler le coin douche et les toilettes qu'ils avaient tirés du chariot. Roger brancha le chauffage, regarda les cadrans pendant quelques instants, hocha la tête et prononça la phrase rituelle :

— Et voilà, on est chez nous.

La condensation perlait sur la paroi interne, transparente, du dôme. Eileen déboucla le casque de son scaphandre et l'ôta.

— Il fait trop chaud, dit-elle.

Elle s'approcha du chariot et baissa le chauffage, surprenant du coin de l'œil le sourire sardonique de Roger. Elle trouvait toujours qu'il faisait trop chaud sous la tente. Le Dr Mitsumu ôta sa combinaison et fila aux toilettes, comme chaque fois. Tout le monde se mit à l'aise, et ça commença à sentir la sueur et l'urine. Les déchets liquides furent versés dans le purificateur d'eau du chariot. Doran Stark passa à la douche en premier, comme d'habitude — Eileen s'amusait de constater à quelle vitesse un groupe pouvait s'installer dans ses habitudes —, et pataugea dans l'eau qui lui arrivait aux chevilles en chantant « Je l'ai rencontrée dans un restaurant de Phobos ». Eileen vida son scaphandre dans le purificateur et, à l'idée qu'ils effectuaient ces tâches domestiques dans une bulle transparente, au milieu de cette interminable désolation couleur de rouille, elle se prit à sourire.

Elle se lava en dernier — enfin, à part Roger. On pouvait tirer un rideau de douche à hauteur d'épaules autour du petit baquet, mais les autres ne l'avaient pas fait, alors elle ne le fit pas non plus, malgré les regards en coin, un peu gênants, de John et du docteur. Elle se lava consciencieusement, à l'éponge, sa peau propre frémissant agréablement au moindre souffle d'air. Et puis c'était une vision plutôt glorieuse que celle de tous ces corps nus, rougeauds, accrochés sur cette paroi qui se dressait à plusieurs milliers de mètres au-dessus d'eux et autant en dessous. Ajoutez à ça la roche sculptée par un inextricable réseau de canyons, Olympus Mons qui semblait crever le dôme du ciel, à l'ouest, et le soleil rouge sang sur le point de se coucher derrière… force était à Eileen d'admettre que ce Roger savait choisir le site de ses campements. (Un dernier coup d'éponge, le dos tourné, le rideau en partie tiré, et, encore tout mouillé, il enfila ses fringues, donnant le signal du rhabillage à tout le groupe.) Le panorama était vraiment sublime, comme celui de tous leurs autres campements, d'ailleurs. Le sublime : sentir, par tous ses sens, qu'on était en danger quand on savait qu'on ne l'était pas. Telle était plus ou moins la définition qu'en donnait Burke. Elle collait pratiquement à chaque instant de ces journées, de l'aube au crépuscule. Mais ça pouvait devenir lassant, à force. Le sublime n'était pas le beau, après tout, et ce n'était pas une vie de se sentir perpétuellement en danger. Mais au coucher du soleil, sous la tente, cette appréhension pouvait être voluptueuse : sa peau nue, le paysage nu, monstrueux ; le *lento* du dernier quatuor à cordes de Beethoven, qu'Ivan passait tous les soirs, cette ultime sérénité dans l'agonie du soleil couchant…

Cheryl leur lut un passage de son compagnon de tous les instants, *Si Wang Wei avait vécu sur Mars* :

La nuit passée dehors à réfléchir.
Le soleil à peine né dix kilomètres à l'est.
La pulsation du sang dans l'air immobile :
Le profil d'une montagne, très très loin.
Rien ne bouge que le soleil,
Son lever muant le sang en feu.
Combien encore de ces aurores ?
Sommes-nous loin de chez nous ?
Les étoiles pâlissent. Les roches se fendent
La grande peur de l'esprit :
La paix ici. La paix, ici.

C'était un joli passage, se dit Eileen, surtout grâce aux éléments spécifiquement humains du paysage. Elle se rhabilla, comme les autres, fouilla dans son tiroir personnel du chariot en tournant ostensiblement le dos à John Nobleton. Puis ils se mirent à préparer le dîner. Pendant plus d'une heure après que le soleil eut disparu derrière Olympus Mons, le ciel resta clair; rose à l'ouest, virant au noir d'encre à l'est. Ils firent la cuisine et mangèrent dans cette lumière. Le menu, choisi par Roger, se composait d'un ragoût de légumes avec du pain frais, un genre de baguette, et du café. La plupart d'entre eux coupaient la fréquence commune pendant de longs moments de la journée, et comme ils n'exploraient pas tous les mêmes canyons latéraux en montant, ils discutaient maintenant de ce qu'ils avaient vu. Le canyon principal qu'ils suivaient était le lit asséché d'un cours d'eau formé par des inondations soudaines dévalant une petite ligne de faille dans un vaste plateau incliné. D'après Roger, il était relativement jeune. Ça voulait tout de même dire deux milliards d'années, mais c'était beaucoup moins ancien que la plupart des canyons forés par le ravinement de l'eau de Mars. L'érosion éolienne et les merveilles erratiques provoquées par les bombardements volcaniques d'Olympus Mons fournissaient aux membres de l'expédition des quantités de sujets de discussion : les plages en terrasse de lacs depuis longtemps disparus, les chenaux sinueux, les bombes de lave en forme de larmes géantes, ou dont les couleurs faisaient soupçonner la présence de certains gaz dans l'atmosphère... Cette dernière chose, plus le fait que ces canyons avaient été sculptés par l'eau, suscitait évidemment toutes sortes de spéculations sur l'éventuelle présence de vie sur Mars dans un lointain passé. De plus, l'eau courante et les résiliences de la roche avaient créé des formes assez fantastiques pour faire penser à des créations artistiques extraterrestres. Ils parlaient donc, avec l'enthousiasme et la liberté que seuls les amateurs semblent pouvoir apporter au débat : des aréologues de journaux du dimanche, se disait Eileen. Il n'y avait pas un seul vrai scientifique parmi eux; elle était ce qui y ressemblait le plus et elle ne possédait que des rudiments d'aréologie. Elle suivait néanmoins la conversation avec intérêt.

Contrairement à Roger, qui n'avait jamais pris part à ces

échanges décousus, et ne les suivait même pas. Pour le moment, il était absorbé dans l'installation de son lit de camp et du mur de sa «chambre». Chaque dormeur, ou chaque couple, pouvait, s'il le désirait, isoler son lit de camp à l'aide de panneaux. Roger était seul à s'en servir. Les autres préféraient dormir ensemble, à la lumière des étoiles. Roger disposa deux panneaux contre la paroi transparente du dôme, laissant juste assez de place pour son lit sous la pente du toit. Encore une façon de s'isoler des autres, se dit Eileen en secouant la tête. Les guides de randonnée étaient d'ordinaire si gentils... Comment réussissait-il à garder son boulot? S'était-il fait une clientèle d'habitués? Elle arrangea son propre lit de camp en le regardant faire : il était grand, même pour un Martien. Il faisait bien plus de deux mètres (le lamarckisme était de nouveau en vogue, et il semblait que plus on avait de générations d'ancêtres martiens, plus on était grand. C'était le cas d'Eileen elle-même, qui était de la quatrième génération : une yonsei). Avec son visage en lame de couteau, son long nez et ses grands pieds maladroits quand il enlevait ses bottes, il était d'une laideur digne de la famille royale d'Angleterre. Cela dit, il se joignit à eux, ce soir-là, ce qui n'était pas toujours le cas, et il alluma une lanterne alors que le ciel violet foncé virait au noir et s'emplissait d'étoiles. Le couchage organisé, ils s'assirent qui sur son lit de camp, qui par terre, autour de la maigre lueur de la lanterne, et parlèrent à bâtons rompus. Kevin et Doran firent une partie d'échecs.

Pour la première fois, ils interrogèrent Eileen sur sa spécialité. Etait-il vrai que les hauts plateaux du Sud avaient conservé la croûte des deux hémisphères primitifs? La ligne droite des trois grands volcans de Tharsis indiquait-elle un point chaud du manteau? De l'aréologie pour journaux du dimanche, encore une fois, mais Eileen leur répondit de son mieux. Roger parut écouter.

— Vous pensez qu'il y aura un jour un séisme perceptible par la population? demanda-t-il avec un sourire.

Tout le monde se mit à rire, et Eileen se sentit rougir. C'était la vanne classique. Il n'en resta évidemment pas là :

— Si ça se trouve, c'est vous, les sismologues, qui inventez ces tremblements de Mars rien que pour garder votre boulot.

— Vous êtes là depuis assez longtemps, répondit-elle. Un jour, une faille s'ouvrira sous vos pieds et vous engloutira.

— Ça, c'est ce qu'elle voudrait, insista Ivan.

Leurs échanges aigres-doux n'avaient évidemment pas échappé aux autres.

— Alors vous pensez qu'il pourrait y avoir un séisme, un jour ? insista Roger.

— Bien sûr. Il y en a des milliers tous les jours, vous savez.

— Ça, c'est parce que vos sismographes enregistrent le moindre pas. Je parle d'un vrai grand tremblement de Mars.

— Absolument. Je ne vois pas qui pourrait davantage mériter une bonne secousse.

— Vous seriez peut-être amenée à utiliser l'échelle de Richter, hein ?

Ça, ce n'était pas juste. Les séismes de faible amplitude étaient gradués sur l'échelle de Harrow. Mais plus tard, dans la même conversation, elle eut sa revanche. Cheryl et Mrs Mitsumu demandèrent à Roger où il était allé en randonnée, combien de groupes il avait guidés et ainsi de suite.

— Je suis guide des canyons, dit-il à un moment donné.

— Alors quand serez-vous promu à Marineris ? rétorqua Eileen.

— Promu ?

— Oui, Bien sûr. Marineris n'est-il pas le but ultime de tous les amateurs de canyons ?

— Eh bien... Oui, dans une certaine mesure.

— Alors vous devriez vous y faire muter au plus vite. J'ai entendu dire qu'il faudrait une vie entière pour en faire le tour.

Roger avait l'air d'avoir une quarantaine d'années.

— Oh, pas pour notre Roger, susurra Mrs Mitsumu, prenant part à la joute.

— Personne ne fera jamais le tour de Marineris ! se récria Roger. Il fait huit mille kilomètres de long, et il y a des centaines de canyons latéraux...

— Et Gustafsen ? rétorqua Eileen. J'ai entendu dire qu'il en connaissait chaque pouce. Ils seraient même plusieurs dans ce cas.

— Eh bien...

— Vous devriez vous occuper de ce transfert, je vous assure.

— C'est-à-dire que, personnellement, je suis plutôt un passionné de Tharsis, expliqua-t-il d'un ton penaud qui les fit rire.

Eileen lui lança un sourire et prépara du thé.

Quand tout le monde fut servi, John et Ivan abordèrent l'un de leurs sujets préférés : le terraforming des canyons.

— Ce système serait aussi beau que Lazuli, dit John. Vous imaginez l'eau dévalant les pentes que nous avons suivies aujourd'hui ? De l'herbe partout, des oiseaux dans le ciel, des petits crapauds cornus dans les failles... des fleurs de montagne pour mettre un peu de couleur dans tout ça...

— Oui, ce serait magnifique, renchérit Ivan.

Quelques cratères et des canyons avaient été couverts avec le matériau dont était faite leur tente, et on y avait injecté de l'air froid et pur, permettant l'existence d'une flore et d'une faune alpines et arctiques. Lazuli était le plus grand de ces terrariums, mais on en installait un peu partout.

Roger marmonna quelque chose.

— Vous n'êtes pas d'accord ? demanda Ivan.

Roger secoua la tête.

— Ça reviendrait, au mieux, à imiter la Terre. Mars n'est pas faite pour ça. Nous sommes sur Mars, nous devons nous adapter à ce qu'elle est, l'aimer pour ce qu'elle est.

— Il y aurait toujours des canyons et des montagnes naturels, reprit John. Il y a autant de terre émergée sur Mars que sur la Terre, non ?

— A peu près, oui.

— Alors il faudrait des siècles pour terraformer tout cet espace. Et sous cette gravité, ce ne sera peut-être jamais possible. En tout cas, ça prendrait des siècles.

— Certes, mais c'est la voie qui a été choisie, ajouta Roger. S'ils commencent à mettre des miroirs en orbite et à faire sauter les volcans pour obtenir du gaz, la surface entière sera changée.

— Ce serait merveilleux ! s'exclama Ivan.

— Vous n'êtes pas contre le fait que l'on puisse vivre à la surface, quand même ? demanda Mrs Mitsumu.

— Moi, j'aime Mars comme elle est.

John et les autres continuèrent à parler des problèmes considérables posés par le terraforming et, au bout d'un moment, Roger se leva et alla se coucher. Une heure plus tard, Eileen quitta le cercle à son tour et les autres en firent autant, se brossant les dents, allant aux toilettes, bavardant encore un peu... Longtemps après que les autres furent couchés, Eileen s'approcha du dôme transparent de la tente et regarda les étoiles. Là-haut, près de la constellation du Scorpion, pareille à une étoile du soir brillait la Terre, petit point nettement bleuâtre accompagné par un autre, plus indistinct : la Lune. Une double planète d'une beauté éclatante dans l'infinité des constellations. Ce soir-là, cette vision lui inspira une nostalgie incompréhensible, une envie lancinante de la voir de près, de se tenir un jour debout dessus.

Soudain, John fut auprès d'elle, trop près d'elle, épaule contre épaule, son bras se levant comme animé d'une vie propre, pour la prendre par la taille.

— On arrive au bout de la randonnée.

Elle ne répondit pas. C'était un très bel homme au profil aquilin, aux cheveux noir de jais. Il ne pouvait imaginer à quel point Eileen en avait assez des hommes séduisants. Elle avait mené ses histoires d'amour avec le discernement d'un pigeon dans un jardin public, et ça ne lui avait valu que des déboires. Ses trois derniers amants étaient assez beaux garçons, et en plus, le dernier, Eric, était riche. Sa maison de Burroughs était faite de pierres rares, comme toutes les nouvelles maisons des riches : un véritable palais de silex violet foncé, incrusté de calcédoine et de jade, de quartz rose et de jaspe. Le sol était un tapis compliqué d'ardoise jaune, de corail et de turquoise. Et les soirées ! Des pique-niques autour d'une partie de croquet, dans le labyrinthe de verdure, les bals dans la grande salle, les personnages masqués partout, dans les immenses jardins... Eric, quant à lui, était un beau parleur, plutôt superficiel, doublé d'un coureur de jupons. Eileen avait mis un moment à s'en rendre compte, et elle l'avait mal vécu. En quatre ans, c'était sa troisième déception amoureuse, et il y avait de quoi perdre confiance en soi. Elle n'était pas heureuse, et elle en avait particulièrement marre de cette attraction mutuelle, automatique, des gens séduisants, qui lui avait déjà coûté si cher, et qui était ce sur quoi John comptait en ce moment précis.

Il ne pouvait évidemment pas le savoir, l'inconscient qui refermait son bras autour de sa taille (il n'avait sûrement pas la facilité d'élocution d'Eric), mais elle n'était pas d'humeur miséricordieuse. Elle envisagea différentes tactiques pour s'esquiver diplomatiquement et reprendre ses distances. C'était la première fois qu'il tentait une manœuvre d'approche. Elle décida d'opter pour une feinte : se pencher pour lui planter un baiser sur la joue et profiter de ce qu'il baissait sa garde pour s'éloigner. Elle s'apprêtait à mettre cette tactique en action quand, d'une secousse, Roger écarta l'un de ses panneaux et sortit en caleçon, l'air vaseux, les yeux larmoyants.

— Oh ? bredouilla-t-il, avant de les reconnaître et de remarquer leur position. Ah, ajouta-t-il, prenant aussitôt la direction des toilettes.

Eileen profita de cette diversion pour se défiler et aller se coucher. Le lit était un territoire infranchissable, John le savait très bien. Elle se coucha, en proie à une certaine agitation. Ce sourire, ce « Ah », tout l'incident l'agaçait tellement qu'elle eut du mal à trouver le sommeil. Et pendant tout ce temps, l'étoile double, bleu et blanc, lui rendit son regard.

Le lendemain, c'était au tour d'Eileen et de Roger de tirer le chariot. C'était la première fois qu'ils tiraient ensemble, et pendant que les autres s'égaillaient dans la nature ils durent régler les nombreux petits problèmes que comportait cette tâche. Une fracture de terrain exigeait parfois un treuil, une cale, un palan — voire même l'aide d'un ou deux de leurs compagnons — mais leur rôle consistait essentiellement à guider le petit chariot flexible dans le lit du cours d'eau à sec. Ils convinrent de tenir leurs conversations privées sur le canal 33, mais, en dehors des questions strictement pratiques, ils n'avaient pas grand-chose à se dire. « Attention à cette pierre », « Vraiment jolis, ces trois éperons rocheux »... Il était clair pour Eileen que Roger ne s'intéressait pas beaucoup à elle, non plus qu'à son bavardage. Mais peut-être se disait-il la même chose d'elle, ajouta-t-elle *in petto*.

A un moment donné, elle lui demanda :

— Et si on lâchait tout, là ?

Le chariot était en équilibre au bord d'une corniche, et ils le descendaient, au treuil, d'une hauteur de six ou sept mètres.

— Il tomberait, répondit-il d'un ton solennel, son sourire visible derrière la visière de son casque.

D'un coup de pied, elle lui lança des gravillons.

— Allez, il exploserait ? Sommes-nous en danger de vie ou de mort à chaque instant ?

— Absolument pas. Ces trucs-là sont pratiquement indestructibles. Ce serait trop dangereux, sans ça. On en a vu tomber du haut de falaises de quatre cents mètres — pas verticales, bien sûr, mais assez abruptes — et s'en sortir intacts.

— Je vois. Alors, quand vous avez empêché le chariot de dévaler cette pente, hier, ce n'était pas vraiment vital ?

— Oh non ! C'est ce que vous avez pensé ? Je voulais juste éviter d'avoir à redescendre le chercher.

— Ah.

Elle laissa tomber le chariot et ils descendirent le rejoindre. Après cela, il n'y eut plus d'échange entre eux pendant un long moment. Eileen se disait qu'elle serait de retour à Burroughs d'ici trois ou quatre jours, sans avoir résolu un seul de ses problèmes, sans que rien ait changé dans sa vie.

Enfin, ce serait bon de se retrouver à l'air libre, l'illusion du plein air. De l'eau courante. Des plantes.

Roger eut un claquement de langue ennuyé.

— Qu'y a-t-il ? demanda-t-elle.

— Une tempête de sable en préparation. (Eileen l'entendit passer sur la fréquence commune.) A tout le monde : regagnez le canyon principal. Il va y avoir une tempête de sable.

Il y eut des gémissements sur la fréquence commune. Personne n'était en vue. Roger descendit le canyon en bondissant avec un équilibre impressionnant.

— Pas un seul campement correct dans les environs, annonça-t-il d'un ton chagrin. (Il s'aperçut qu'Eileen le regardait et tendit le bras vers l'horizon, à l'ouest.) Vous voyez ce panache dans le ciel ?

Elle ne voyait qu'un endroit où le rose du ciel était peut-être un peu plus jaune, mais elle répondit :

— Oui ?

— Une tempête de sable. Qui vient vers nous. J'ai l'impression de sentir le vent, déjà.

Il leva la main. Eileen pensa que sentir le vent à travers un scaphandre, par une pression atmosphérique de trente millibars, relevait du pur fantasme, ou de la rodomontade de guide, mais elle leva aussi la main et crut sentir une légère fluctuation de la pression.

Ivan, Kevin et les Mitsumu apparurent au bout du canyon.

— Des campements possibles par là ? demanda Roger.

— Non. Le canyon se rétrécirait plutôt.

Et puis, aussi soudaine qu'un raz-de-marée, la tempête de sable fut sur eux. Eileen n'y voyait pas à plus de quinze mètres. Ils avaient l'impression d'être dans un dôme fluctuant de sable volant en tous sens, et il faisait aussi sombre que pendant leurs longs crépuscules, sinon plus.

Sur le canal 33, dans son oreille gauche, Eileen entendit un long soupir. Puis dans son oreille droite, sur la fréquence commune, la voix de Roger :

— Vous tous, dans le canyon, regroupez-vous et rapprochez-vous de nous. Doran, Cheryl, John, où êtes-vous ? Je ne vous entends pas.

Un grésillement d'électricité statique, très fort.

— Roger ! Nous sommes pris dans une tempête de sable ! Je vous entends à peine !

— Doran et John sont-ils avec vous ?

— Doran est avec moi. Il est juste au-dessus de cette crête. Je l'entends, mais il dit qu'il ne vous entend pas.

— Revenez vers le canyon principal, tous les deux. Et John, où est-il ?

— Je ne sais pas. Il y a bien une heure que je ne l'ai pas vu.

— Bon. Restez avec Doran, surtout...

— Roger ?

— Oui ?

— Doran est auprès de moi, maintenant.

— Je vous entends de nouveau, fit la voix de Doran, l'air plus effrayé que Cheryl. Il y avait trop d'interférences sur cette crête.

— Ouais, j'imagine que c'est pareil pour John, reprit Roger.

Eileen regarda la silhouette sombre de leur guide remonter la paroi latérale du canyon dans le crépuscule ambré, mouvant. Plutôt que du « sable », c'était de la poussière que charriait le vent, ou des particules plus fines encore, impalpables, une sorte de fumée. Mais il arrivait qu'un grain plus gros heurte avec un petit cliquetis la visière de son casque.

— Roger, nous n'arrivons pas à retrouver le canyon principal, annonça Doran d'une voix entrecoupée de parasites.

— Comment ça ?

— Eh bien, nous avons rebroussé chemin dans le canyon que nous suivions, mais nous avons dû prendre un embranchement différent, parce que nous sommes dans un cul-de-sac.

— Bon. Vous allez retourner au plus proche embranchement et prendre plus au sud. Si je me souviens bien, vous êtes dans le premier canyon, juste au nord par rapport à nous.

— Exact, confirma Doran. Nous allons essayer ça.

Les quatre qui étaient plus loin dans le canyon principal apparurent tels des fantômes dans le brouillard.

— Nous voilà ! fit Ivan avec satisfaction.

— Nobleton ! John ! Vous me recevez ?

Pas de réponse.

— Il doit être un peu plus loin, fit Roger en s'approchant du chariot. Aidez-moi à tirer ça vers le haut de la pente.

— Pour quoi faire ? demanda le Dr Mitsumu.

— Nous allons dresser la tente à cet endroit. Nous dormirons pliés en deux, pour une fois.

— Mais pourquoi là-haut ? insista le Dr Mitsumu. Nous ne pourrions pas dresser la tente ici, dans le fond du canyon ?

— C'est le vieux problème des arroyos, répondit machinalement Roger. Si la tempête se poursuit, le canyon pourrait s'emplir de poussière comme si c'était de l'eau. Et vous n'avez sûrement pas envie d'être ensablés.

Ils halèrent le chariot sur la pente, non sans mal, et calèrent les roues avec des pierres. Roger dressa la tente presque tout seul. Il allait trop vite pour que les autres puissent lui donner un coup de main.

— D'accord, vous quatre, vous allez entrer là-dedans et commencer les préparatifs. Eileen…

— Roger ?

C'était la voix de Doran.

— Oui ?

— Nous n'arrivons pas à retrouver le canyon principal.

— Nous pensions l'avoir trouvé, précisa Cheryl, mais en descendant, nous sommes tombés sur un immense à-pic !

— D'accord. Ne bougez plus pour le moment. Eileen, vous allez venir avec moi dans le canyon principal. Vous allez me servir de relais radio. Vous resterez dans le fond, comme ça, si jamais nous sommes séparés, vous pourrez retrouver la tente.

— D'accord, fit Eileen.

Les autres firent précautionneusement rouler la voiture dans le sas. Roger s'arrêta pour surveiller l'opération, puis il repartit vers le haut du canyon, dans le brouillard jaune. Eileen le suivit.

Ils avançaient à vive allure. Sur le canal 33, Eileen entendit Roger dire, sur le ton de la conversation, pas inquiet pour deux sous :

— Je déteste les situations de ce genre.

On aurait dit qu'il parlait d'un lacet cassé.

— Je vous crois! répondit Eileen. Comment allons-nous retrouver John?

— En remontant. On remonte toujours quand on est perdu. Je crois l'avoir dit à John. Vous avez dû l'entendre aussi.

— Oui.

Cela dit, Eileen l'avait oublié, et elle se demanda si John s'en souvenait, lui.

— Même s'il est perdu, reprit Roger, quand nous serons assez haut, les ondes radio seront moins parasitées, et nous devrions pouvoir lui parler. Au pire, nous pourrons toujours envoyer le signal vers un satellite et le renvoyer vers la surface; mais je serais étonné que nous y soyons obligés. Hé, Doran! appela-t-il sur la fréquence commune.

— Oui? répondit Doran d'un ton angoissé.

— Que voyez-vous, maintenant?

— Euh... Nous sommes sur un éperon rocheux, c'est tout ce que nous voyons. Le canyon, sur la droite...

— Vers le sud?

— Ouais, le sud, c'est celui dans lequel nous étions. Nous pensions que celui-ci, au nord, serait le canyon principal, mais il est trop petit, et il y a un à-pic, au bout.

— Bon, d'accord. D'après mon APS, vous êtes encore au nord par rapport à nous, alors revenez vers la crête opposée. Nous nous reparlerons quand vous y serez. Vous pouvez faire ça?

— Bien sûr, répondit Doran, piqué au vif. Mais ça risque de prendre un moment.

— Ça ne fait rien. Prenez votre temps.

Eileen trouva que le ton détaché de Roger avait quelque chose d'insultant. Elle sentait que John était en danger. Leur scaphandre était fait pour les maintenir en vie pendant quarante-huit heures au moins, mais il arrivait souvent que ces tempêtes de sable durent une semaine, parfois plus.

— Continuons, fit Roger, sur le canal 33. Je pense que nous n'avons pas à nous en faire pour ces deux-là.

Ils reprirent la marche, sur le fond du canyon, qui montait selon une pente de trente degrés environ. Eileen remarqua la quantité de poussière qui dévalait la pente, les grains de sable qui roulaient, les fines en suspension dans l'air. Par moments, elle ne voyait plus ses pieds. Elle ne voyait même plus le sol, et elle avançait au jugé.

— Comment ça va, au campement ? demanda Roger sur la fréquence commune.

— Très bien, répondit le Dr Mitsumu. Le sol est trop incliné pour qu'on se tienne debout, alors on s'est assis et on écoute ce qui se passe là-haut.

— Vous avez gardé vos scaphandres ?

— Oui.

— Bon. Si vous les enlevez, que l'un de vous garde le sien.

— Comme vous voudrez.

Roger s'arrêta à l'endroit où deux larges canyons tributaires rejoignaient le canyon principal, un de chaque côté.

— Attention, je vais monter le son, annonça-t-il, Eileen baissant aussitôt le volume de sa radio sur son bloc-poignet. John ! Hé, JOHN ! You-hou, JoOohn ! Allez, John ! Répondez sur la fréquence commune, s'il vous plaît !

Seul lui répondit un bruit d'électricité statique étrangement semblable au crépitement des grains de sable. Rien d'autre, que des craquements.

— Hon-hon, fit Roger dans l'oreille gauche d'Eileen.

— Hé, Roger !

— Cheryl ! Alors, comment ça va ?

— Eh bien, nous sommes dans ce que nous pensions être le canyon principal, mais...

Doran poursuivit, un peu embarrassé :

— Nous ne pouvons vraiment plus rien affirmer, maintenant. Tout se ressemble tellement.

— A qui le dites-vous ! répondit Roger.

Eileen le regarda se pencher comme pour inspecter ses pieds. Il fit quelques pas ainsi plié en deux.

— Essayez de descendre jusqu'au point le plus bas du canyon dans lequel vous vous trouvez.

— C'est là que nous sommes.

— Alors, penchez-vous et regardez si vous voyez des empreintes de pas. Vérifiez bien que ce ne sont pas les vôtres. Elles devraient être à moitié effacées, maintenant, mais nous venons de monter le canyon, Eileen et moi, alors vous devriez encore les voir...

— Hé ! Il y a des marques de pas ! s'exclama Cheryl.

— Où ça ? demanda Doran.

— Là. Regardez.

Le crépitement de l'électricité statique.

— Ouais. Roger, nous avons trouvé des empreintes qui montent et qui descendent dans le fond du canyon.

— Bon. Vous allez les suivre dans le sens de la descente. Dr M, vous avez toujours votre scaphandre ?

— Oui, comme vous nous l'aviez conseillé, Roger.

— Parfait. Vous pourriez sortir de la tente et aller vers le lit de l'ancien cours d'eau ? Prenez bien garde à ne pas vous égarer, surtout. Comptez vos pas. Ensuite, attendez Cheryl et Doran, qu'ils ne manquent pas la tente en redescendant.

— Bonne idée.

Encore quelques échanges, et puis :

— Vous tous, passez sur le canal 5 pour vos communications et évitez de parler sur la fréquence commune. Nous aurons besoin d'écouter, là-haut. Montons encore un peu, ajouta-t-il sur le canal 33. Je crois me souvenir d'avoir vu un piton sur la crête, là-haut, d'où on devrait avoir un bon point de vue.

— Très bien. Où pensez-vous qu'il pourrait être ?

— Là, vous me posez une colle.

Lorsque Roger eut localisé le piton rocheux auquel il pensait, ils appelèrent les autres, les rappelèrent, mais en vain. Eileen se posta sur le piton, en haut de la crête : un endroit étrange, où il n'y avait rien à voir, que le sable fin charrié par un vent fantomatique qu'elle sentait à peine sur son dos, comme le souffle d'un climatiseur, malgré la ressemblance visuelle avec un épouvantable typhon. Elle tentait d'appeler John de temps à autre. Roger patrouilla vers le nord puis vers le sud, sur le sol accidenté, restant toujours à distance radio d'Eileen, bien qu'une fois il ait du mal à la retrouver.

Trois heures passèrent ainsi, et le ton désinvolte de Roger changea. Se mua non en inquiétude, se dit Eileen, mais plutôt en une sorte d'ennui. Il était embêté pour John. Eileen, quant à elle, était carrément angoissée. Si John avait confondu le nord et le sud, ou s'il était tombé...

— Je propose que nous montions encore un peu, soupira Roger. Sauf que je pense l'avoir vu quand nous avons redescendu le chariot jusqu'ici. Et je doute qu'il soit remonté.

Soudain, des craquements se firent entendre dans les écouteurs d'Eileen :

— *Pss ftunk bdzz*... (La liaison redevint claire, et puis, de nouveau :) *Ckk ssss* ger, alors ! *ckk !*

— Il était donc bel et bien monté, conclut Roger avec satisfaction (et une touche de soulagement, songea Eileen). Hé, John ! Nobleton ! Vous me recevez ?

— *Ckk ssssssssssss* ouais ! Dites, *sssssssss kuh ssssss*.

— Nous vous recevons mal, John ! Continuez à parler, en marchant ! Vous êtes...

— Roger ! *Ckk*. Hé, Roger !

— John, nous vous recevons. Ça va ?

— ... *ssss* pas très sûr de l'endroit où je suis.

— Vous allez bien ?

— Oui ! Je suis juste perdu !

— Eh bien, vous ne l'êtes plus. Enfin, vous ne devriez plus l'être. Dites-nous ce que vous voyez.

— Rien du tout !

C'est ainsi que commença le lent processus de localisation puis de récupération de la brebis égarée. Eileen alla, de sa propre initiative, à gauche et à droite, dans l'espoir de repérer John, qui avait pour consigne de continuer à parler, mais en restant sur place.

— Vous n'allez pas me croire ! disait-il d'une voix rigoureusement dépourvue de crainte, et même plutôt exaltée. Vous n'allez pas me croire, Eileen, Roger. *Crk !* Juste avant le début de la tempête, j'étais dans un canyon tributaire, au sud, et j'ai trouvé...

— Oui, vous avez trouvé quoi ?

— Eh bien, j'ai trouvé des fossiles, je suis sûr que c'est ça. Je vous assure ! Une formation rocheuse pleine de fossiles !

— Ah bon ?

— Oui, je vous assure ! J'en ai pris avec moi. De minuscules coquillages, comme des espèces de petits escargots de mer, ou des crustacés. Des nautiles miniatures, ce genre-là. Ça ne peut être que ça. J'en ai quelques-uns dans ma poche, mais il y en a une paroi entière, là-bas. Je me suis dit que si je partais comme ça, je ne pourrais plus jamais le retrouver, avec cette tempête, alors j'ai fait une piste en empilant des pierres, en regagnant le canyon principal, si c'est bien là que je suis. Et puis j'ai cherché un endroit où la radio passait à nouveau.

— De quelle couleur sont-ils ? demanda Ivan, d'en bas.

— Vous, là-bas, taisez-vous ! ordonna Roger. Nous ne nous sommes pas encore rejoints.

— Nous devrions pouvoir retrouver le site. Eileen, vous arrivez à croire ça ? Nous allons tous être… Hé !

— C'est moi, dit Roger.

— Ah ! Vous m'avez fait peur !

Eileen sourit en imaginant John surpris par l'apparition spectrale de ce grand échalas de Roger engoncé dans son scaphandre. Roger ramena John vers le bas du canyon, auprès d'Eileen. John lui donna l'accolade, et ils rejoignirent le Dr Mitsumu, qui les conduisit vers la tente, plus haut. Eileen ne se souvenait pas que la tente était aussi en pente.

Une fois à l'intérieur, le groupe enfin réuni bavarda pendant une heure, commentant l'aventure. Roger prit sa douche et cala le chariot pour le remettre à l'horizontale pendant que John leur montrait ce qu'il avait trouvé : on aurait dit des petits cailloux ou de minuscules coquillages, rouge et noir moucheté. Enfin, plus noir que rouge. Certains étaient incrustés dans une croûte de grès. Le dessous était spiralé.

Ça ne ressemblait à aucune des pierres qu'Eileen avait eu l'occasion de voir. En fait, ça rappelait bel et bien les rares coquillages terriens qu'elle avait vus à l'école. Elle regarda, en retenant son souffle, les petites choses que John tenait dans le creux de sa main. De la vie sur Mars, même si ce n'étaient que des traces de vie fossile. *De la vie sur Mars.* Elle prit l'un des petits coquillages, l'examina, le retourna, l'examina encore.

Elle ne pouvait en détacher son regard. Il se pourrait bien que ce soit ça…

Ils disposèrent leurs lits de camp en tenant compte de la pente du sol et les calèrent à l'aide de vêtements et autres objets domestiques trouvés dans le chariot. Ils étaient installés depuis longtemps qu'ils parlaient encore de la découverte de John, et Eileen se rendit compte qu'elle était de plus en plus excitée à cette idée. Le sable qui criblait sans bruit les parois de la tente ne manifestait sa présence que par l'absence complète d'étoiles. Elle regarda leurs reflets incurvés sur la surface du dôme et réfléchit. L'Expédition Clayborne, dans les livres d'histoire. De la vie sur Mars… Et les autres parlaient, parlaient…

— On y retourne demain, d'accord, Roger? demanda John.

— Dès la fin de la tempête, en tout cas, c'est promis, dit Roger, que l'inclinaison de la tente empêchait d'installer sa chambre à coucher privée.

Roger n'avait jeté qu'un coup d'œil aux coquillages, et il avait secoué la tête en marmonnant : «Je ne sais pas. Ne vous faites pas trop d'illusions quand même. Je ne voudrais pas que vous soyez déçu…» Eileen s'en était étonnée.

De là à ce qu'il soit jaloux de John, maintenant!

Ils continuèrent à bavarder. Mais avec toutes ces émotions, Eileen était épuisée. Elle s'endormit comme une masse, bercée par le son de leurs voix.

Elle fut réveillée en sursaut par l'écroulement de son lit de camp. Elle roula à terre et ne réussit à s'arrêter que lorsqu'elle se retrouva contre Mrs Mitsumu et John. Elle s'éloigna précipitamment de John et vit Roger, près du chariot. Il regardait les cadrans en souriant. Son lit de camp était près du chariot; aurait-il tiré sur l'un des vêtements qui calaient son lit de camp, la faisant tomber? Ce type avait une tête à faire des farces…

Le bruit avait réveillé les autres. La conversation reprit aussitôt, toujours sur le même sujet : la découverte de John. Roger confirma qu'ils avaient assez de provisions pour faire l'aller et retour jusqu'en haut du canyon. La tempête avait cessé. Le dôme était couvert de poussière, il y en avait un bon centimètre du côté de la colline, mais le ciel était dégagé. Alors, aussitôt après le petit déjeuner, ils s'équipèrent, non sans mal sur le sol en pente, et quittèrent leur abri.

Eileen se fit la réflexion que l'endroit où ils avaient retrouvé John était moins éloigné qu'il ne lui avait semblé, dans la tempête. Toutes leurs empreintes avaient disparu, même les traces plus profondes laissées par le chariot. John menait la marche en faisant des bonds de géant comme s'il avait du mal à se contrôler.

— C'est là-haut que nous vous avons retrouvé, dit Roger en montrant un piton, sur leur droite, à John qui les attendait en s'agitant nerveusement.

— Voilà le premier cairn, dit-il. Là-bas, vous voyez ? Mais avec tout ce sable, on dirait n'importe quel tas de cailloux. Ça risque d'être plus compliqué que je ne pensais...

— Nous allons les retrouver, lui assura Roger.

Ils suivirent vers le sud l'enfilade de canyons qui formaient un réseau tentaculaire de tranchées profondes, sculptées dans la roche en pente, face à Olympus Mons. John ne savait pas très bien jusqu'où il était allé, si ce n'est qu'il n'avait pas dû beaucoup s'écarter du niveau auquel ils se trouvaient. Certains des cairns étaient difficiles à repérer, mais Roger avait un don pour ça, et les autres en trouvèrent aussi quelques-uns. Lorsqu'ils ne le voyaient pas, ils se déployaient en tirailleurs, dans l'espoir que l'un d'eux s'écrierait : « Le voilà ! », comme des enfants cherchant des œufs de Pâques. Puis ils se regroupaient et recommençaient à scruter le paysage. Une seule fois, leurs efforts demeurèrent vains, et Roger dut cuisiner John pour l'aider à retrouver ses souvenirs. Après tout, comme le souligna Ivan, il faisait grand jour quand il avait trouvé le site. John avoua, un peu abattu, que tous ces petits canyons rouges se ressemblaient tellement qu'il ne se rappelait pas vraiment où il était allé.

— Tiens, le voilà, le cairn ! s'exclama Roger en indiquant une petite niche marquant l'entrée d'une ravine latérale.

Puis, quand ils furent arrivés à la niche, John s'écria :

— C'est là ! Juste là, en bas de cette gorge, dans la paroi. Il y en a plein par terre, regardez !

La fréquence commune retentit du brouhaha de leurs voix tandis qu'ils s'engouffraient en file indienne dans la ravine aux parois abruptes. Eileen se faufila par l'entrée étroite et se retrouva face à la paroi sud, presque verticale. Là, incrustés dans le grès dur, il y avait des milliers de petits escargots de pierre noire. Le sol en était couvert. Ils étaient à peu près tous de la même taille, percés d'un trou qui s'enfonçait dans la coquille creuse. Beaucoup étaient cassés et, en inspectant les fragments, Eileen vit l'enroulement spiralé qui caractérisait si souvent la vie. Les voix surexcitées de ses compagnons se répondaient dans ses écouteurs. Roger était grimpé sur la paroi et l'examinait, la visière de son casque à quelques centimètres de la pierre.

— Vous voyez ce que je veux dire ? demandait John. Des escargots martiens ! C'est comme ces strates de bactéries fossiles dont vous avez sûrement entendu parler, sauf que c'est plus avancé. La vie a bel et bien commencé quand il y avait de l'eau et une atmosphère à la surface de Mars. Seulement elle n'a pas eu le temps d'aller très loin.

— Les escargots de Nobleton, dit Cheryl, tout le monde éclatant de rire.

Eileen ramassa plusieurs fragments avec une excitation croissante. Ils étaient tous très similaires. Elle se mit à transpirer dans sa combinaison. Le système de régulation thermique devait être soumis à rude épreuve. Elle retira un spécimen intact de la roche et l'examina attentivement. Elle avait du mal à se concentrer avec tous ces cris excités qui résonnaient sur la fréquence commune, et elle s'apprêtait à couper le son quand elle entendit la voix de Roger dire lentement :

— Euh... Dites... Hé, les gars, attendez.

Lorsque le silence fut rétabli, il dit d'un ton hésitant :

— Je ne voudrais pas jouer les rabat-joie, mais... Ce ne sont pas des fossiles.

— Comment ça ?

— Que voulez-vous dire ? fit Ivan, avec agressivité. Comment pouvez-vous le savoir ?

— Eh bien, il y a plusieurs raisons, répondit Roger dans le silence à peu près complet, à présent, tout le monde s'étant tu et le regardant. D'abord, je crois que les fossiles sont créés par un processus de filtration qui s'étend sur des millions d'années. Ce qui n'a pas eu le temps de se produire sur Mars.

— C'est ce qu'on pense actuellement, objecta Ivan, mais ce n'est pas forcément la vérité. Il est certain qu'il y a eu de l'eau sur Mars depuis le début. Et puis, après tout, ces choses sont là, non?

— Eh bien... reprit-il. (Eileen comprit qu'il préférait ne pas relever cet argument.) Vous avez peut-être raison, mais il se trouve que je sais ce que c'est. Ce sont des granulés de lave, des granulés bulle. J'en ai entendu parler, mais je n'en avais jamais vu de si petits. De minuscules bombes de lave projetées lors d'une éruption d'Olympus Mons. Une sorte de vaporisation.

Chacun regardait les petits objets qu'il tenait dans le creux de sa main.

— Je vous explique : quand des granulés de lave tombent sur une certaine sorte de sable, ils s'enfoncent dedans, fondent rapidement la silice, dégageant des gaz qui forment une bulle, et cet intérieur vitreux. Quand le granulé tourne, ça produit ces chambres spiralées. Enfin, c'est ce que j'ai entendu dire. La plaine devait être plate, à l'origine, puis le plateau s'est incliné, a commencé à glisser le long de cette pente, ces couches se sont fracturées et se sont retrouvées enfouies sous les dépôts ultérieurs...

— Ce n'est pas forcément comme ça que ça s'est passé, déclara John pendant que les autres observaient la paroi.

Mais même lui en avait l'air assez convaincu.

— Nous allons en rapporter quelques-uns, bien sûr. Comme ça nous en aurons le cœur net, conclut Roger d'un ton conciliant.

— Pourquoi ne nous avez-vous pas parlé de ça hier soir? demanda Eileen.

— Eh bien, je ne pouvais rien dire avant d'avoir vu la roche dans laquelle ils étaient incrustés. C'est du grès avec une pulvérisation de lave. C'est pourquoi les couches supérieures sont tellement dures. Mais vous êtes aréologue, non? dit-il avec sérieux, sans une ombre d'ironie. Il ne vous semble pas que c'est de la lave?

— C'est ce qu'on dirait, en effet, convint Eileen à contrecœur, en hochant la tête.

— Eh bien, il n'y a pas de fossiles dans la lave.

Une demi-heure plus tard, c'est un groupe un peu démoralisé qui repartit en sens inverse le long de la piste de cairns.

John et Ivan s'attardaient loin derrière les autres, chargés de plusieurs kilos de granulés de lave. Des pseudo-fossiles, ainsi que les appelaient les aréologues et les géologues. Roger marchait en tête. Il bavardait avec les Mitsumu et s'efforçait de remonter le moral de tout le monde, pensa Eileen. Elle s'en voulait de ne pas avoir identifié les roches, la veille au soir. Elle se sentait plus déçue qu'elle n'était prête à l'admettre, et ça la mettait en colère. Tout était tellement vide, ici, tellement dépourvu de sens, de forme...

— Une fois, j'ai cru que j'avais trouvé des traces de présence extraterrestre, disait Roger. J'étais de l'autre côté d'Olympus, à explorer les canyons, comme d'habitude, mais tout seul. Je traversais un terrain vraiment fracturé, mâchuré, quand tout à coup je suis tombé sur une piste de cairns. Les pierres ne s'empilent jamais toutes seules. Comme vous le savez, maintenant, la Société d'Exploration tient un registre des expéditions et randonnées. J'avais vérifié avant de partir, je savais que j'étais en territoire inexploré, exactement comme nous en ce moment. Jamais aucun être humain n'avait mis les pieds dans cette partie des badlands, à la connaissance de la Société, du moins. Et je tombe sur ce cairn. Et j'en trouve d'autres, tout de suite après. Disposés non en ligne droite, mais en zigzag, ou en quinconce. Et petits. De petits empilements de pierres plates, quatre ou cinq l'une sur l'autre. Comme s'ils avaient été faits par de petits extraterrestres qui y auraient bien vu du coin de l'œil.

— Vous avez dû être drôlement surpris, avança Mrs Mitsumu.

— Ça oui. Enfin, il y avait trois possibilités. Soit c'était une formation rocheuse naturelle — très improbable, mais il se pouvait que des formations en strates aient glissé latéralement et que l'érosion les ait séparées en fragments distincts, encore empilés les uns sur les autres. Soit ces pierres avaient été disposées là par des extraterrestres. Tout aussi invraisemblable, à mon avis. Ou bien quelqu'un était venu se promener par là sans le signaler, et s'était bien amusé en pensant à ceux qui tomberaient là-dessus plus tard. Pour moi, c'était l'explication la plus plausible. Mais pendant un instant, à cet endroit...

— Vous avez dû être déçu, reprit Mrs Mitsumu.

— Oh non, répondit Roger avec spontanéité. Plus amusé qu'autre chose, je crois.

Eileen regarda la silhouette de leur guide, loin devant avec les autres. Il se fichait sincèrement que la découverte de John ne soit pas d'origine vivante, se dit-elle. En cela, il était différent d'eux, de John, d'Ivan ou d'elle-même. Parce que son explication, manifestement correcte, de la formation des petites coquilles lui laissait une impression de perte plus grave qu'elle n'aurait imaginé. Elle aurait voulu qu'il y ait eu de la vie à cet endroit. Elle le voulait aussi fort que John, qu'Ivan ou que tous les autres, elle s'en rendait compte à présent. Tous les livres qu'elle avait lus pendant ses études... C'est pour ça qu'elle avait oblitéré l'information selon laquelle il n'y avait jamais de fossiles dans les roches ignées. Si seulement il y avait eu de la vie, autrefois, à cet endroit — des escargots, des lichens, des bactéries, n'importe quoi —, la terrible nudité du paysage en aurait été un peu édulcorée.

Et si Mars elle-même ne pouvait en fournir, il devenait nécessaire de lui en apporter, de faire en sorte que la vie puisse exister dans cette désolation, de la transformer le plus vite possible, pour lui *donner vie*. Elle percevait, à présent, la connexion entre les deux principaux sujets de conversation du soir, dans leur campement isolé : le terraforming et la découverte de formes de vies martiennes disparues. On tenait les mêmes conversations d'un bout à l'autre de la planète, peut-être moins intensément qu'ici, dans les canyons, mais quand même. Toute sa vie Eileen avait attendu cette découverte. Elle y avait cru.

Elle prit dans la poche de son scaphandre la demi-douzaine de granulés de lave qu'elle avait récupérés et les regarda. Brusquement, amèrement, elle les jeta au loin, dans le désert couleur de rouille. Ils ne trouveraient jamais de vestiges de vie martienne ; personne n'en trouverait jamais. Elle le savait au plus profond d'elle-même. Toutes les prétendues découvertes, les Martiens de ses livres — tout cela relevait de la pure et simple projection, rien de plus. Les êtres humains voulaient qu'il y ait des Martiens, point final. Or il n'y en avait pas, il n'y en avait jamais eu, il n'y avait pas de bâtisseurs de canaux ; pas de créatures filiformes à la tête énorme et aux yeux lançant des rayons, pas de sauterelles ou de lézards géniaux, de raies manta intelligentes, d'anges ou de démons. Nulle part il n'y avait d'êtres à quatre bras terrés dans des jungles bleues, de monstres squelettiques assoiffés de sang, de beautés ténébreuses aux yeux de biche avides de sperme terrien, de petits lutins rusés errant, ahuris, dans le désert, de télépathes à la peau noire et aux yeux dorés, de race d'ectoplasme. Il n'y avait pas de palais de coquillages en ruine, de châteaux dans des oasis asséchées, de mystérieuses habitations troglodytes bourrées comme un musée, de tours hologrammes prêtes à rendre fous les pauvres humains. Pas de réseau de canaux compliqués aux écluses pleines de sable, pas un seul canal, à vrai dire. Il n'y avait même pas de marécages descendant tous les étés des calottes polaires, d'animaux vivant sous terre, comme des lapins, pas de créatures éoliennes, de lichens capables de projeter des champs électriques meurtriers, ni même aucune sorte de lichens. Pas d'algues dans des sources chaudes, de microbes dans le sol, de micro-bactéries dans le régolite, de stromatolites, de nanobactéries dans le cœur des roches… pas de soupe primitive.

Tant de rêves… Mars était une planète morte. Eileen frappa du pied la terre asséchée par le gel et regarda, à travers ses larmes, le sable rosé s'envoler sous ses bottes. Tout était mort. C'était chez elle : Mars la morte. Même pas. La mort c'était la fin de la vie. Non, rien du tout. Un néant rouge.

Ils regagnèrent le canyon principal. Leur tente était loin en bas. On aurait dit qu'elle allait dévaler la pente d'un instant à l'autre. Enfin un signe de vie. Eileen eut un rictus sinistre derrière la visière de son casque. Dehors, il faisait moins quarante, et l'air n'était pas de l'air.

Roger pressa l'allure, devant eux, sans doute pour brancher l'air comprimé et chauffer la tente, ou pour tirer le chariot dehors, dans le canyon. Dans la gravité extraterrestre qu'elle avait connue toute sa vie, il dévorait l'espace. Il ne bondissait pas comme un chamois, à la manière de John ou de Doran ; il allait tout droit, selon la trajectoire la plus efficace, dans une sorte de ballet martien d'autant plus gracieux qu'il était plus simple. Eileen appréciait cela. Voilà un homme réconcilié avec le néant absolu de Mars, se dit-elle. Il avait l'air d'être chez lui, dans son paysage. Un vieux vers du temps jadis lui revint à l'esprit : « Nous avons rencontré l'ennemi, et c'était nous. » Et puis une phrase de Bradbury : « Les Martiens étaient là : Timothée, Robert, Michael, Papa et Maman. »

Elle tourna et retourna cette idée dans sa tête en suivant Clayborne dans le canyon, essayant d'imiter sa démarche.

— Mais il y a eu de la vie sur Mars.

Elle le regarda, ce soir-là. Ivan et Doran bavardaient avec Cheryl. John ruminait sur son lit de camp. Roger faisait la causette aux Mitsumu, qui l'aimaient bien. Au coucher du soleil, quand ils procédèrent à leurs ablutions (ils avaient déménagé la tente sur un autre site plus plat) et qu'il repartit tout nu vers son réduit, Eileen trouva soudain du meilleur goût le bracelet d'onyx qu'il portait au poignet gauche. Elle se rendit compte qu'elle le regardait exactement comme John et le docteur la regardaient, elle — sauf que ce n'était pas la même chose —, et elle rougit.

Après dîner, pendant que les autres regagnaient leur lit de camp en silence, Roger resta à bavarder avec Eileen et les Mitsumu. Il ne leur en avait jamais autant dit. Il était toujours aussi sarcastique avec elle, mais son sourire démentait ses paroles. Elle le regardait bouger... et soupira, furieuse contre elle-même. N'était-ce pas exactement ce qu'elle cherchait à fuir en venant ici ? Avait-elle vraiment envie ou besoin d'éprouver à nouveau ce sentiment, cet intérêt croissant ?

— Ils n'arrivent pas encore à décider s'il y a ou non des nanobactéries ultra-microscopiques dans le lit de roche. Les revues scientifiques se font régulièrement l'écho de la controverse. Il se pourrait qu'il y en ait, mais qu'elles soient si petites qu'on ne pourrait pas les voir. On a signalé des contaminations survenues lors de forages... Mais j'en doute.

Cela dit, il était assurément différent des hommes qu'elle avait connus ces dernières années. Lorsque tout le monde fut couché, elle se concentra sur cette différence, cette qualité. Il était... martien. Il était cette vie non terrestre, et elle avait envie de lui comme elle n'avait jamais désiré ses autres amants. Mrs Mitsumu leur souriait, comme si elle avait vu qu'il se passait quelque chose, une chose qu'elle voyait venir depuis longtemps, lorsqu'ils n'arrêtaient pas de se chamailler, tous les deux... Ah, ces Terriennes qui en pinçaient pour les virils Martiens ! se dit-elle en riant d'elle-même. C'était pourtant vrai.

Elle continuait à bâtir des histoires pour peupler cette planète, à tomber amoureuse, malgré elle. Et elle avait envie que ça change. Comme disait l'autre : Si on n'agissait pas conformément à ses sentiments, c'est qu'ils n'étaient pas assez profonds. Elle avait toujours vécu en fonction de ce précepte. Qui lui avait valu de sacrés ennuis, mais tout était à présent oublié. Demain, ils seraient au petit avant-poste qui était leur destination finale, et l'occasion serait à jamais perdue. Pendant une heure, elle y réfléchit, évaluant les regards qu'il lui avait jetés toute la soirée. Comment évaluait-on les regards d'un extraterrestre ? Allons, il était humain, juste adapté à Mars comme elle aurait bien voulu l'être elle-même, et il y avait eu dans ses yeux quelque chose de très humain, de très compréhensible. Autour d'elle, les collines noires se dressaient sur le ciel noir. Et là-haut, au-dessus d'eux, l'étoile double, ce foyer sur lequel elle n'avait jamais mis les pieds. C'était un endroit très solitaire.

Enfin, elle n'avait jamais été particulièrement timide dans ce domaine, mais elle avait toujours privilégié une certaine retenue, préférant encourager les avances plutôt que de les faire elle-même (d'habitude), de sorte que lorsqu'elle se leva sans bruit et enfila une chemise et un short, son cœur battait la chamade. Elle s'approcha des panneaux sur la pointe des pieds en pensant que la chance souriait aux audacieux, et se glissa sous les draps, à côté de lui.

Il se redressa. Elle lui mit la main sur la bouche, ne sachant trop ce qu'elle allait faire à présent. Son cœur cognait contre ses côtes. Ça lui donna une idée. Elle se pencha et lui colla la tête contre sa poitrine pour lui faire entendre les battements de son cœur. Il la regarda, l'attira sur lui. Ils s'embrassèrent. Il y eut des murmures. Le lit de camp était trop étroit et grinçait, alors ils s'allongèrent par terre et s'embrassèrent. Elle le sentit durcir contre sa cuisse. Une sorte de pierre martienne, se dit-elle, comme ce jade de chair… Ils se murmurèrent des choses à l'oreille, leurs lèvres pareilles à des écouteurs. Elle avait du mal à faire l'amour en silence, explorant cette roche martienne qui l'explorait à son tour… Puis elle perdit un moment toute conscience et, lorsqu'elle recouvra ses esprits, elle tremblait spasmodiquement. Un choc en retour, se dit-elle.

Une sismologie sexuelle. Il sembla lire dans ses pensées, parce qu'il lui murmura joyeusement à l'oreille :

— Tes sismographes ont probablement enregistré nos vibrations, à l'heure qu'il est.

Elle eut un petit rire assourdi et répondit par la blague traditionnelle des étudiants de littérature :

— Oui, c'était vraiment bien. La Terre a tremblé.

Au bout d'une seconde, il comprit et étouffa un rire.

— Ça fait quelques milliers de kilomètres.

Il est plus difficile d'étouffer les rires que les bruits de l'amour.

Evidemment, il est impossible de dissimuler ce genre d'activité à un groupe, surtout sous une tente de dimensions aussi restreintes, et le lendemain matin Eileen croisa certains regards éloquents de John et des sourires de Mrs M. C'était un matin radieux, et lorsqu'ils repartirent, après avoir rangé la tente dans le chariot, Eileen se surprit à siffloter. Alors qu'ils descendaient vers la vaste plaine sur laquelle débouchait le canyon, ils se branchèrent, Roger et elle, sur le canal 33 et bavardèrent.

— Tu ne penses pas que ce serait tout de même mieux avec des cactées et de la sauge, par exemple ? Ou de l'herbe ?

— Non. Ça me plaît comme ça. Tu vois ces cinq éperons rocheux, là-bas ? dit-il en tendant le doigt. C'est beau, non ?

Avec l'intercom, ils pouvaient s'éloigner l'un de l'autre et continuer leur conversation à l'insu de leurs compagnons, leur voix présente à l'oreille de l'autre. Ils parlèrent ainsi longtemps, longtemps. Chacun a tenu des conversations cruciales au cours de son existence. Cruciales par la clarté d'expression, la fulgurance des sentiments, l'attention aux paroles de l'autre, la confiance en la réalité de ses dires — pour toutes ces raisons et bien d'autres, alors même que les propos échangés portaient sur les sujets les plus simples, les plus banals :

— Regarde cette roche.

— C'est vraiment joli, cette crête contre le ciel. Elle doit être à des centaines de kilomètres, et on a l'impression qu'il suffirait de tendre la main pour la toucher.

— Tout est si rouge.

— Oui. Mars la Rouge. Celle que j'aime. Je suis pour Mars la Rouge.

Elle se plongea dans ses réflexions. Ils descendaient loin devant les autres, sur les parois opposées du canyon qui allait en s'élargissant. Ils allaient bientôt retrouver le reste du monde, le monde des villes. Il y avait des tas de gens là-bas, des gens qu'on pouvait rencontrer sans jamais être sûr de les revoir. D'un autre côté... Elle regarda le grand gaillard dégingandé qui arpentait les dunes avec une grâce martienne, féline, dans une gravité de rêve. Un danseur.

— Quel âge as-tu ? lui demanda-t-elle.

— Vingt-six ans.

— Seigneur !

Il était déjà assez ridé. Par le soleil, surtout.

— Qu'y a-t-il ?

— Je te croyais plus vieux.

— Eh bien, non.

— Il y a longtemps que tu fais ça ?

— Quoi ? Explorer les canyons ?

— Oui.

— Depuis que j'ai six ans.

— Oh.

Voilà pourquoi il connaissait si bien ce monde.

Elle traversa le canyon et se rapprocha de lui. En la voyant faire, il descendit à son tour et ils poursuivirent dans le lit de l'ancien cours d'eau asséché.

— Je pourrai faire une autre randonnée avec toi ?

Il la regarda. Eut un sourire, derrière la visière du casque.

— Oh oui. Il y a des tas de canyons à voir.

Le canyon s'ouvrit, s'aplatit, et ses parois se fondirent dans la vaste plaine jonchée de blocs erratiques sur laquelle était installé le petit avant-poste, quelques kilomètres plus loin. Eileen le voyait déjà, dans le lointain, comme un château de verre : une tente assez semblable à la leur, en réalité, mais plus grande. Et derrière, Olympus Mons partait à l'assaut du ciel.

Le complot archéobactérien

Le petit peuple rouge n'aimait pas le terraforming. De son point de vue, ça détruisait tout, exactement comme le réchauffement global détruisait la Terre, mais à la puissance deux, comme d'habitude. Tout, sur Mars, était à la puissance deux par rapport à la Terre — plus grave au carré, en somme.

Evidemment, les relations entre le petit peuple rouge et les organismes terriens nouvellement implantés étaient déjà complexes. Pour bien comprendre, il faut penser à ces encore plus petits cousins du petit peuple rouge, leurs anciens, les archéobactéries. Comme les bactéries et les eucaryotes, ce troisième ordre du vivant était issu, par génération spontanée, de la panspermie. Il avait été apporté sur Mars quatre milliards d'années auparavant, par un nuage venu des environs d'une étoile primitive de la seconde génération située à des années-lumière de là. Il s'agissait surtout de *Thermoproteus* et de *Methanospirillum*, avec une pincée de *Haloferax*. Comme c'étaient des hyperthermophiles, Mars leur convenait bien, à l'époque des premiers bombardements intenses. Mais certains de ces voyageurs avaient été chassés de la surface de Mars par une pluie de météores et s'étaient déposés sur la troisième planète après le Soleil, la Terre, qu'ils avaient ensemencée, donnant le coup d'envoi de la longue et sauvage course à l'évolution. La vie terrestre était donc, d'une certaine façon — limitée —, d'origine martienne, bien qu'en fait elle soit aussi infiniment plus ancienne que ça.

Par la suite, Paul Bunyan, le lointain descendant de ces

archéobactéries issues de la panspermie, était revenu sur Mars et avait trouvé une planète glaciale, manifestement stérile. Pourtant, certains des anciens avaient survécu tant bien que mal, au gré des percolations volcaniques sub-martiennes. Paul et son grand taureau bleu, Babe, avaient été, comme vous le savez, supplantés par le Grand Homme qui les avait assimilés à la planète, incorporés au cœur et à la croûte de Mars. A partir de là, la famille bactérienne interne de Paul s'était diffusée dans tout le régolite de la planète et avait amorcé le grand bond en avant cryptoendolithique, comme on disait, ce premier terraforming sub-martien qui avait engendré, à la fin de son évolution, le petit peuple rouge tel que nous le connaissons.

C'est ainsi que les Martiens étaient rentrés chez eux, pas beaucoup plus gros que la première fois — à peu près comme si on avait élevé à la puissance deux les anciens qui étaient restés sur la planète, en fait. Mais les relations entre le petit peuple rouge et les archéobactéries n'étaient pas simples, évidemment. De lointains cousins ? Quelque chose comme ça.

Malgré ce lien du sang, le petit peuple rouge avait vite découvert, dès le début de la civilisation, que ses ancêtres, les archéobactéries, pouvaient être cultivés, récoltés et utilisés comme nourriture, matériaux de construction, fibres textiles et bien d'autres choses. La découverte de cette forme de culture, d'élevage ou d'industrie avait favorisé l'explosion de la population. Le petit peuple rouge avait gravi un échelon dans la chaîne alimentaire en exploitant l'ordre du vivant qui se trouvait juste en dessous de lui. Tant mieux pour lui, et tant mieux aussi pour les humains sur Mars, car il nous avait subtilement mais considérablement aidés. Seulement, pour les archéobactéries, c'était de la barbarie. Le petit peuple rouge interprétait leurs regards mornes, bovins, comme une preuve d'asservissement, et pendant ce temps-là les archéobactéries les regardaient en se disant : Espèces de cannibales, un jour, on vous aura.

C'est ainsi qu'elles échafaudèrent un plan. Elles voyaient bien que le terraforming n'était qu'une répétition du vieux processus aérobie. Que le petit peuple rouge s'y adapterait, s'intègrerait au nouveau système plus vaste. Il migrerait vers la surface et prendrait sa petite place rouge dans la biosphère en expansion. Et pendant ce temps, les anciens resteraient piégés dans un noir de poix, vivant de chaleur, d'eau et des réactions chimiques entre l'hydrogène et le dioxyde de carbone. Ce n'est pas juste, se disaient les archéobactéries. Ça ne va pas du tout. C'était notre planète, d'abord. Nous devons la récupérer.

Mais comment? répliquaient certaines. Il y a de l'oxygène partout, maintenant, sauf ici, au fond. Et ça empire tous les jours.

Nous trouverons une solution, répondaient les autres. Nous sommes les *Thermoproteus*; nous aurons bien une idée. Nous réussirons à les infiltrer, d'une façon ou d'une autre. Ils nous ont empoisonnés; nous les empoisonnerons à notre tour. Prenez patience, restons en contact. Le jour viendra de la révolte anaérobie.

Comment le sol nous parlait

1. LE GRAND ESCARPEMENT

Vous savez que l'origine de la grande dichotomie entre les plaines du Nord et les hauts plateaux grêlés de cratères du Sud fait encore l'objet d'une controverse entre les aréologues. Il se pourrait qu'elle résulte d'un impact majeur survenu lors du bombardement primitif, le Nord ayant été le principal bassin d'impact. Mais il se pourrait aussi que des forces tectoniques aient longtemps déstabilisé la croûte primitive, et qu'un craton protocontinental primitif, comparable à la Pangée sur Terre, se soit soulevé dans l'hémisphère sud et solidifié sur place. En effet, étant plus petite que la Terre, Mars se serait refroidie plus vite, sans cassure et sans dérive subséquente des plaques tectoniques. On aurait pu penser que ces interprétations radicalement différentes auraient amené l'aréologie à élaborer rapidement des questions qui auraient rendu l'une ou l'autre de ces théories soit probable soit improbable, mais ça n'a pas été le cas à ce jour. Les partisans des deux explications ont échafaudé des théories pour étayer leur point de vue, si bien que la question a pris la forme de l'un des débats primitifs de l'aréologie. Personnellement, je n'ai pas d'opinion.

Les ramifications de l'affaire vont bien au-delà de l'aréologie, mais il est bon de rappeler ce qu'est au juste la grande dichotomie pour ceux qui se promènent à la surface de Mars. C'est peut-être en traversant Echus Chasma en direction de l'est que l'on a la vision la plus spectaculaire du « Grand Escarpement », puisque tel est son nom, qui sépare les deux.

Le fond d'Echus Chasma est le chaos le plus chaotique qui se puisse imaginer, et pour le randonneur à pied, c'était la perspective assurée d'innombrables tours et détours. Aujourd'hui, il y a une piste qui réduit les montées, les descentes et les culs-de-sac qui obligeaient souvent le marcheur à rebrousser chemin avant de reprendre la direction choisie. Maze Trail, la Piste du Labyrinthe, est une réussite en matière de recherche de trajectoire en terrain accidenté. Cela dit, si on veut avoir une idée de ce que ça donnait dans le temps, il vaut peut-être mieux quitter la piste et tenter de trouver un itinéraire nouveau, non reproductible, au milieu de cette désolation.

Si vous vous y risquez, vous découvrirez vite que vous n'avez pas une perspective suffisante pour projeter votre trajet très loin vers l'avant. La plupart du temps, on n'y voit pas à plus d'un kilomètre, et parfois moins. D'énormes blocs de basalte et d'andésite fracassés, érodés, forment l'intégralité du paysage. C'est comme si on traversait un talus constitué de particules d'un ordre de grandeur deux ou trois fois supérieur à celui auquel on est habitué. On comprend un peu ce que doit éprouver une fourmi. Partout où porte le regard, il se heurte à des falaises pas très hautes mais infranchissables. La seule façon d'avancer est de rester sur les lignes de crête afin de contourner les trous immenses, en espérant que les crêtes se rejoindront, permettant le passage de l'une à l'autre. Ça revient à essayer de parcourir un labyrinthe de verdure en restant sur le haut des haies.

Un terrain chaotique : on ne saurait mieux dire. A cet endroit, la surface de la planète a perdu son appui au moment du drainage accéléré de l'aquifère, en dessous, et du déversement de ses eaux en contrebas de la pente, de l'autre côté de l'horizon — inondant, en l'occurrence, Echus Chasma et, par-delà l'immense courbe de Kasei Vallis, le canyon encaissé de Kasei, et même Chryse Planitia, près de deux mille kilomètres plus loin. C'est à la suite de ça que le sol s'est effondré.

Vous crapahutez donc pendant des jours et des jours sur les plans inclinés et les parois disloquées des énormes blocs formés par l'éboulement de la croûte. Et vous comprenez ce qui s'est passé : le sol est tombé; il s'est fracassé. Et comme il n'y avait pas assez de place pour lui en dessous, il s'est retrouvé bancal et en mille morceaux. La violence de cette antique catastrophe a été à peine effacée par trois milliards d'années d'érosion éolienne et d'accumulation de poussière. Le paradoxe, c'est que ce paysage à l'air particulièrement instable est en réalité incroyablement ancien et immuable.

C'est donc une accumulation de roches fracturées, à perte de vue. Cela dit, le regard ne porte pas très loin, il faut bien le reconnaître. Même sur les points les plus élevés du parcours (la piste passe de l'un à l'autre), l'horizon n'est jamais à plus de trois ou quatre kilomètres de distance. C'est un désert stérile, assez limité, de roche rubigineuse, tout de guingois.

Et puis, au sommet d'une arête pareille à une longue poutre, vous vous trouvez assez haut pour que loin à l'est, juste au-dessus du chaos, apparaissent les sommets d'une chaîne de montagnes, d'un orange clair dans la lumière de la fin de l'après-midi. Vus de cette éminence rocheuse, sous cet éclairage rose, les pics dressés dans le lointain offrent une vision d'un autre monde qui apparaîtrait lentement dans le ciel.

Le lendemain matin, vous redescendez dans le dédale de nids-de-poule et de goulets, de lignes de crête et parfois de blocs aplatis comme les toits des gratte-ciel de Manhattan, en moins haut. La traversée de cette zone exige toute votre attention, et les problèmes sont tellement énormes que vous en oubliez presque le spectacle des montagnes dans le lointain (c'est par là que nous avons trouvé, dans une falaise de trente mètres de haut, une faille providentielle qui nous a permis de poursuivre sans encombre, en faisant descendre nos paquets avec des cordes) — jusqu'à ce qu'elles réapparaissent au hasard de la prochaine éminence que vous gravissez au cours de vos pérégrinations dans ce chaos. Elles ont l'air plus proches, maintenant, et plus énormes, aussi, car le regard embrasse une plus grande hauteur de paroi. Ce n'est pas une chaîne de montagnes, vous vous en apercevez à ce moment-là, mais une falaise, qui court du nord au sud, d'un horizon à l'autre, au sommet quelque peu déchiqueté, mais à part ça massive et compacte, et gravée, comme toutes les falaises de l'univers, de chevrons et de rayures — gravures sans profondeur aucune, pareilles à celles que l'on voit sur les plaques de métal brossé.

Tous les jours, lorsqu'elle apparaît au-dessus de votre horizon, elle se rapproche. Elle est de plus en plus longtemps visible mais elle ne le reste jamais en permanence, parce que très souvent vous plongez dans les replis de peau de cette terre convulsée. Et puis, au fur et à mesure que vous poursuivez plus ou moins vers l'est, chaque fois que vous n'êtes pas carrément au fond d'un trou, la falaise se dresse bel et bien au-dessus du monde, à l'est, domine l'horizon, obstinément figé à cinq kilomètres, pas plus. Alors, à ce stade, vous avez en réalité deux horizons : l'un proche et bas, l'autre lointain et plus haut.

Pour finir, vous vous en rapprochez tellement que la falaise finit tout bonnement par boucher le ciel à l'est. Elle se dresse étonnamment près du zénith. C'est comme si vous vous précipitiez sur la paroi d'un monde plus vaste. Comme si vous rampiez sur le littoral asséché, craquelé, d'une plate-forme continentale. Les gorges et les renfoncements de la falaise forment à présent des paysages entiers, des mondes canyons incroyablement profonds, et encore plus abrupts. Les éperons qui les séparent apparaissent comme d'énormes contreforts, déchirant la paroi d'un monde plus élevé. Les corniches horizontales qui marquent çà et là les contreforts paraissent assez énormes pour supporter des domaines insulaires entiers. Mais c'est difficile à dire d'en dessous.

Et, de fait, le temps que vous arriviez à l'endroit appelé Cliff Bottom View — « le point de vue du pied de la falaise » —, l'un des derniers points surélevés du chaos, presque aussi élevé que l'étroite bande mamelonnée qui s'étend entre le chaos et l'escarpement, le temps que vous arriviez enfin à voir tout l'espace qui vous sépare du pied de l'immense falaise, vous n'en voyez plus le haut. Sa masse obstrue votre champ visuel, et ce que vous voyez à la limite du ciel, presque au zénith, n'est pas le vrai sommet, bien que ça puisse donner cette impression à un observateur peu attentif. Ce n'est qu'une proéminence située vers le milieu de la paroi.

Vous ne la verrez en entier qu'en prenant une bulle volante. Elevez-vous dans les airs, prenez du recul et vous verrez : ce que de votre dernière halte vous avez pris pour le sommet de la falaise n'était qu'aux deux tiers de la paroi et vous cachait le reste. Et vous constaterez que, de toute façon, l'effet optique très fort de raccourci dû à la perspective vous aurait abusé sur la véritable hauteur de la chose. Continuez à monter, plus haut, plus haut, encore plus haut, comme un oiseau profitant d'un courant ascendant. Quand enfin nous l'avons vue en entier, nous nous sommes mis à rire, nous ne pouvions pas nous retenir — de rire et de pleurer, les deux à la fois, nous étions littéralement bouche bée, nous regardions la falaise en ouvrant des yeux comme des soucoupes, incapables de dire quoi que ce soit, tellement c'était immense.

2. PLANÉITÉ

Certains endroits du Bassin d'Argyre ne sont qu'une étendue de sable à perte de vue, dans toutes les directions.

D'habitude, avec le sable, le vent forme des dunes. Des dunes de toute sorte, depuis les fines ondulations à peine sensibles sous les pieds jusqu'aux dunes barkhanes. Mais dans certaines zones, il n'y a même pas une ride, juste une étendue plate comme le dos de la main sous le bol du ciel.

On dit que si on sait regarder, le ciel forme l'équivalent visuel d'un dôme au-dessus de nous. Ce n'est pas un véritable hémisphère ; il est un peu aplati. C'est une illusion d'optique à peu près universelle, qui résulte de la sous-estimation des distances verticales par rapport aux distances horizontales. Sur Terre, l'horizon semble être deux à quatre fois plus éloigné que le zénith, au-dessus de nous, et si on demande à quelqu'un de diviser en deux parties égales l'arc qui sépare le zénith de l'horizon, le point choisi se situe bien en dessous de quarante-cinq degrés. Près de vingt-deux degrés le jour, d'après mes constatations, et de trente degrés la nuit. Le rouge accentue cet effet. Si on regarde le ciel à travers des verres rouges, il paraît plus plat. Avec des verres bleus, il est plus haut.

Sur Mars, l'horizon dépourvu de tout obstacle est moitié plus proche que sur Terre — à cinq ou six kilomètres environ — et, du coup, le zénith paraît parfois encore plus bas — à deux kilomètres de hauteur, peut-être. Ça dépend de la limpidité de l'air, qui est évidemment très variable. J'ai parfois eu l'impression que le dôme du ciel était à dix kilomètres de hauteur, ou même d'une transparence infinie. Mais la plupart du temps, il paraissait beaucoup plus bas que ça. En fait, la voûte céleste change de forme tous les jours, si on veut bien se donner la peine d'y faire attention.

Mais quelle que soit la transparence du ciel, ou la hauteur du dôme qu'il forme au-dessus de nous, le sable est toujours pareil. Plat ; d'un brun rougeâtre. Plus rouge vers l'horizon. Il suffit, pour que la rougeur caractéristique apparaisse, que la roche ou la poussière qui couvre le sol contienne un pour cent d'oxydes de fer comme la magnétite. C'est le cas partout sur Mars, en dehors de la plaine de lave de Syrtis, qui est presque noire quand le vent chasse la poussière. C'est l'un de mes endroits préférés (et aussi le premier endroit caractéristique qui fut repéré de la Terre à l'aide d'un télescope, par Christiaan Huygens, en 1654).

Bref : une surface rouge, parfaitement plane dans toutes les directions, jusqu'à l'horizon circulaire. Quand on se tient au centre de certains cratères de faible profondeur, on voit un horizon double : le plus bas, à cinq kilomètres de distance, parfaitement rectiligne ; l'autre, plus haut et plus loin, généralement moins lisse, voire fracturé. (Ce second horizon a aussi pour effet d'abaisser considérablement le dôme du ciel.)

Mais les zones complètement planes sont celles qui offrent la vue la plus pure. La majeure partie de Vastitas Borealis est si plate que, pendant des millions d'années, ça a dû être le fond d'un océan ; c'est la seule explication. Certaines parties d'Argyre Planitia sont également planes. Nous ne pouvons nous permettre de perdre ces endroits. On y est confronté à un paysage radicalement simplifié. Regarder autour de soi devient une expérience surréelle, au sens propre du terme : on a l'impression de se trouver dans un endroit « sur-réel » ou « plus que réel » — à un niveau de réalité supérieur. La réalité révélée dans ce qu'elle a de plus dépouillé, dans sa simplicité la plus héraldique. Le monde dit alors : « C'est de ça qu'est fait le cosmos : de la roche, du ciel, du soleil, de la vie (ça, c'est vous). » Ah, l'impact esthétique de ce paysage simplifié à l'extrême ! Il force votre attention ; il est tellement remarquable que vous ne pouvez vous empêcher de le contempler, vous ne pouvez pas faire autrement, vous ne pouvez penser à rien d'autre — comme si vous viviez dans un perpétuel état d'éclipse totale, ou dans un autre miracle physique. Et c'est bien le cas. Ne l'oubliez jamais.

Maya et Desmond

1. LE TROUVER

Maya était hantée par l'étrange visage qu'elle avait vu à travers la bouteille, dans la ferme de l'*Arès*. Elle avait eu peur, et pourtant elle n'avait pas froid aux yeux. Seulement ce n'était pas l'un des Cent Premiers. Il y avait un étranger. Là, à bord de son vaisseau.

Alors elle en parla à John, et il la crut. Il la croyait, généralement. Elle devait retrouver cet étranger.

Pour commencer, elle consulta les plans du vaisseau et les étudia comme elle ne l'avait encore jamais fait. Elle fut surprise par le nombre de recoins, et l'importance de leur volume total. Elle connaissait le bâtiment comme on peut connaître un hôtel, un bateau ou un avion. Ou son village natal, d'ailleurs : comme un ensemble de sentiers vitaux, serpentant dans son paysage mental, et elle se le représentait avec une précision stupéfiante. Mais le reste, lorsqu'il lui arrivait d'y songer, était vague, déduit des parties qu'elle connaissait. Et mal déduit, elle s'en rendait compte à présent.

L'espace vital était pourtant limité, à bord. Les cylindres axiaux n'étaient pas habitables, dans l'ensemble. Les huit tores l'étaient plus ou moins, mais ils étaient très fréquentés. Il ne serait pas facile d'y trouver une cachette.

Elle l'avait vu dans la ferme. Il paraissait possible, voire probable, que l'homme ait, parmi le personnel de la ferme, des alliés qui l'aidaient à se cacher. Elle avait du mal à croire à la présence d'un passager clandestin, solitaire, inconnu de tout le monde à bord.

Alors elle commença par la ferme.

Chacun des tores était un octogone constitué par huit réservoirs de carburants comme ceux de la navette américaine, qui avaient été assemblés en orbite. Un long faisceau de réservoirs formait l'axe longitudinal de ces tores octogonaux, lesquels étaient reliés par des tubes étroits rayonnant à partir d'un long axe central. Autour de cet axe qui se propulsait vers Mars, le vaisseau spatial tournait à une vitesse suffisante pour créer une force centrifuge équivalente à la gravité martienne, près de la paroi extérieure des tores, du moins. La force de Coriolis avait pour effet que si on marchait en sens inverse de la rotation du vaisseau, on avait l'impression d'être un peu penché en avant. L'effet opposé, lorsqu'on marchait dans l'autre sens, était moins remarquable, allez savoir pourquoi. Il fallait se pencher sur la réalité pour avancer.

La ferme était un vaste espace localisé dans le tore F. Les rangées éclairées *a giorno* de légumes et de céréales étaient disposées selon une infinité circulaire. Les marchandises étaient stockées au-dessus des plafonds et sous les planchers. Autant dire que ça faisait beaucoup de cachettes, quand on cherchait quelqu'un. Surtout quand on s'efforçait de le chercher discrètement, ce qui était le cas de Maya. Elle faisait ça la nuit, quand tout le monde dormait. Ils avaient beau être dans l'espace, les gens étaient encore incroyablement diurnes, comme s'ils avaient une pendule dans le ventre. A vrai dire, c'était bien une pendule qui réglait leur rythme circadien : leur propre horloge biologique. Caractéristique de ce qu'il y avait d'animal en eux. En tout cas, Maya en profita.

Elle commença par l'endroit de la ferme où elle avait vu le visage, en veillant à ce que personne ne remarque son manège. Comme si elle était déjà l'alliée de cet homme. Elle avança systématiquement, rangée après rangée, réservoir après réservoir, un compartiment de stockage après l'autre. Personne. Elle se rapprocha d'un tore vers l'intérieur du vaisseau et les réservoirs d'entreposage, et recommença. Les jours passaient. Mars était de la taille d'une pièce de monnaie, loin devant.

Alors que sa recherche progressait, elle se rendit compte à

quel point toutes les chambres étaient semblables, quelle que soit l'utilisation qui leur était dévolue. Ils vivaient dans des réservoirs de métal qui se ressemblaient tous, un peu comme les années d'une vie. Tout à fait comme la vie dans les villes qu'elle avait vues un peu partout : une pièce après l'autre et recommencer. A l'occasion, la grande chambre à bulle qui était le ciel. La vie humaine, réduite à une succession de boîtes. L'évasion de la liberté.

Elle fouilla tous les tores et ne le trouva pas. Elle fouilla les réservoirs axiaux — en vain.

Il pouvait se trouver dans une chambre. Beaucoup étaient verrouillées comme dans n'importe quel hôtel. Il pouvait être à un endroit où elle n'avait pas regardé. Il savait peut-être qu'elle le cherchait, il jouait avec elle au chat et à la souris.

Elle recommença à chercher.

Le temps passait. Mars était de la taille d'une orange. Une orange meurtrie, tavelée. Ils n'allaient plus tarder à venir en approche, amorcer l'aérofreinage, se mettre en orbite.

Elle avait la vague impression qu'on l'observait. Elle s'était toujours plus ou moins sentie observée, comme si elle vivait sur une scène invisible, jouant un rôle devant un public invisible qui suivait sa destinée avec intérêt, la jugeait. Il devait bien y avoir quelqu'un pour entendre l'interminable cheminement de ses pensées, non?

Mais c'était plus concret que ça. Ses journées étaient bien remplies. Elle les passait à préparer l'arrivée, à s'esquiver pour faire l'amour avec John, à éviter Frank pour ne pas avoir à le faire avec lui, tout ça en ayant constamment l'impression qu'un regard était braqué sur elle. Elle avait appris que, où qu'elle soit, elle était dans un réservoir plein d'objets, et elle s'était entraînée à voir les choses qui le remplissaient sous la forme platonique du réservoir proprement dit, à la recherche d'anomalies comme des faux murs, des faux planchers, qu'elle trouvait parfois. En sursautant à l'occasion. Mais jamais elle ne surprenait ce regard.

Une nuit, elle sortait de la chambre de John et elle avait l'impression d'être seule. Elle retourna aussitôt à la ferme et l'explora du plafond aux réservoirs axiaux. Entre le plafond et la courbe formée par la paroi intérieure du réservoir, il y avait un local d'entreposage dont la cloison paraissait trop près de l'entrée pour être le vrai fond du réservoir. Elle s'en était aperçue en prenant son petit déjeuner, un matin, sans penser à grand-chose. Elle poussa une pile de caisses empilées contre cette fausse cloison, et constata que c'était une porte. Munie d'une poignée.

Elle était fermée à clé.

Elle s'adossa au panneau, réfléchit. Tapa doucement à la porte, trois fois.

— Roko ? fit une voix rauque, à l'intérieur.

Maya ne répondit pas. Son cœur battait la chamade. La poignée tourna. Elle la saisit, tira la porte vers elle à la volée, attrapa un mince bras brun. Elle lâcha la porte, referma sa prise sur le bras. Elle fut aussitôt happée dans une sorte de réduit, empoignée par des mains fortes comme des serres.

— Arrêtez ! hurla-t-elle.

L'homme tenta de se faufiler sous son bras, alors elle se laissa tomber sur lui, heurtant lourdement des caisses, le rembourrage isolant, mais toujours cramponnée à son poignet.

Elle s'assit sur lui de tout son poids, comme si elle voulait clouer au sol un enfant enragé.

— Arrêtez ! C'est fini. Je sais que vous êtes là !

Il renonça à se débattre.

Ils changèrent de place pour se mettre plus à l'aise et elle desserra son étreinte sur le bras de l'homme, sans le lâcher, car elle ne lui faisait pas confiance et craignait qu'il ne tente à nouveau de s'échapper. C'était un petit homme noir, noueux, au visage étroit, asymétrique ou tordu, c'était difficile à dire, et aux grands yeux noirs de biche effrayée. Le poignet était mince, mais les muscles de l'avant-bras étaient aussi durs que de la pierre sous la peau. Elle le sentait trembler dans l'étau de sa main. Des années plus tard, quand elle repenserait à leur première rencontre, elle se souviendrait de sa chair vibrante sous sa main. On aurait dit un faon effarouché.

— Qu'est-ce que vous croyez que je vais faire ? dit-elle férocement. Vous croyez que je vais parler de vous à tout le monde ? Vous renvoyer sur Terre ? Vous me prenez pour qui, hein ?

Il secoua la tête, le visage détourné, mais la regardant avec une soumission nouvelle.

— Non, souffla-t-il. Je sais que vous n'êtes pas comme ça. Mais moi vraiment peur.

— Vous n'avez rien à craindre de moi, dit-elle.

Elle tendit impulsivement sa main libre et lui effleura le côté de la tête. Il frémit comme un cheval. Il avait un corps de lutteur, poids coq. Un animal, réagissant involontairement au contact d'un autre animal. Sevré de contact, peut-être. Elle recula un peu, lui lâcha le bras, resta assise par terre, adossée au rembourrage du mur, et le regarda. Il avait un drôle de visage, étroit et triangulaire, avec cette asymétrie, en plus. Comme ces Rastas jamaïcains. L'odeur de la ferme montait vers eux. Il ne sentait rien, pour autant qu'elle puisse le dire, sinon l'odeur de la ferme.

— Alors, qui vous aide? demanda-t-elle. Hiroko?

Il haussa les sourcils. Et répondit, au bout d'un moment :

— Ouais. Evidemment. Hiroko Ai. Maudite soit-elle. Ma patronne.

— Votre maîtresse.

— Ma propriétaire.

— Votre amante.

Déconcerté, il baissa les yeux sur ses mains. Elles paraissaient énormes, disproportionnées par rapport à son corps.

— Moi, et la moitié de l'équipe de la ferme, dit-il avec un petit sourire en coin. Tous entortillés autour de son petit doigt. Et moi, je vis dans ce réduit, pour l'amour du Ciel.

— Pour aller sur Mars.

— Pour aller sur Mars, répéta-t-il amèrement. Pour être avec elle, vous voulez dire. Imbécile que je suis, satané crétin, imbécile et stupide.

— D'où êtes-vous?

— Tobago. Trinité Tobago, vous connaissez?

— Les Caraïbes? Je suis allée à la Barbade, une fois.

— Comme ça, ouais.

— Et maintenant, Mars.

— Un jour.

— Nous sommes presque arrivés, dit-elle. J'avais peur que nous n'arrivions avant que je ne vous aie trouvé.

— Hmph, fit-il en lui jetant un coup d'œil, comme s'il la jaugeait. Bah, maintenant, je ne suis plus si pressé d'arriver.

Il releva les yeux avec un sourire timide.

Elle éclata de rire.

Elle lui posa encore quelques questions, auxquelles il répondit, puis il l'interrogea à son tour. Il était drôle — un peu comme John, d'une certaine façon, mais plus affûté que John. Il y avait de l'amertume en lui. Elle réalisa soudain qu'elle trouvait ça intéressant, quelqu'un de nouveau, quelqu'un qu'elle ne connaissait pas encore trop bien. A un moment, il lui conseilla de se méfier d'Hiroko.

— Hiroko, Phyllis, Arkady — que des ennuis, ceux-là. Eux et Frank, évidemment.

— Parlez-moi de ça.

— C'est une sacrée équipe que vous avez, répondit-il, finaud, en l'observant.

— Oui, répondit-elle en levant les yeux au ciel.

Que pouvait-elle ajouter à ça ?

— Vous ne leur parlerez pas de moi ? demanda-t-il avec un grand sourire.

— Non.

— Non.

Il la prit par le poignet à son tour.

— Je vous aiderai. Je vous le jure. Je serai votre ami.

Et il la regarda droit dans les yeux, pour la première fois.

— Et vous serez le mien, répondit-elle, touchée, puis soudain heureuse. Je vous aiderai, moi aussi.

— On s'aidera mutuellement. Il y aura les Cent et tous leurs combats, et puis il y aura vous et moi, et on s'aidera.

Elle hocha la tête. Cette idée lui plaisait.

— Amis.

Elle lui lâcha le bras, lui serra brièvement l'épaule et se leva. Elle sentit qu'il tremblait encore un peu.

— Attendez. Comment vous appelez-vous ?

— Desmond.

2. L'AIDER, LUI

Maya savait donc depuis le début, à Underhill, que son passager clandestin, Desmond, était là, dans la ferme, survivant dans des conditions qui faisaient de lui un quasi-prisonnier, à peu près comme à bord de l'*Arès*. Elle l'oubliait pendant des jours et des mois d'affilée, qu'elle consacrait à bousiller ses relations avec John et Frank, irritant Nadia et Michel qui avaient si peu d'intérêt pour elle, s'irritant elle-même aussi souvent sinon plus — se sentant nulle, déprimée, sans savoir pourquoi —, un problème d'adaptation à la vie sur Mars, sans doute. C'était une vie misérable à bien des égards, cet enfermement dans les caravanes et dans le quadrangle, les uns sur les autres. Ce n'était pas très différent de la vie à bord de l'*Arès*, à vrai dire.

Mais, de temps à autre, Maya surprenait un mouvement du coin de l'œil et elle pensait à Desmond. Sa situation était bien pire que la sienne, et il ne se plaignait jamais, lui. Enfin, pas à sa connaissance, en tout cas. Elle ne voulait pas l'embêter, le traquer. S'il venait à elle, tant mieux; sinon, il l'observerait de sa cachette, il verrait ce qu'il avait envie de voir. Il saurait à quels problèmes elle était confrontée et, s'il voulait lui parler, il saurait bien la trouver.

Et c'est ce qu'il fit. De temps en temps, elle se retirait dans son réduit, dans le quadrilatère formé par les chambres voûtées en forme de barrique, ou bien dans l'espace plus vaste de l'arcade que Nadia avait construite, et elle entendait le *scritch-tap-scritch* qui était plus ou moins devenu leur signal secret. Alors elle ouvrait la porte, et il était là, petit, noir, vibrant d'énergie et débordant de paroles, toujours prononcées à mi-voix. Ils échangeaient leurs informations. Dans la serre, ça commençait à devenir bizarre, disait-il. La polyandrie d'Hiroko devenait contagieuse, et Elena et Rya étaient elles aussi impliquées dans un système de relations multiples qui se banalisait, en quelque sorte. Desmond restait manifestement à part, d'une façon ou d'une autre, bien qu'elles soient ses seules complices. Il aimait venir en parler à Maya; et quand elle voyait ensuite, dans le cours des échanges normaux, leur air innocent, elle ne pouvait retenir un petit sourire. Allons, elle n'était pas seule à avoir du mal à gérer ses affaires. Tout le monde devenait bizarre. Tout le monde, sauf Desmond et elle, ou du moins c'est l'impression qu'elle avait quand ils étaient assis par terre, dans son réduit, à parler de leurs collègues comme on égrène les perles d'un rosaire. Rituellement, quand la litanie s'arrêtait, elle trouvait un prétexte pour tendre la main, le toucher, le prendre par l'épaule, alors il lui serrait le bras dans sa main pareille à un étau, frémissante d'énergie, comme si sa dynamo interne tournait trop vite et qu'il avait du mal à se retenir. Et puis il disparaissait, comme ça. Après, les journées passaient plus facilement. C'était une thérapeutique, oui. C'était ce que les conversations avec Michel auraient dû être et n'étaient pas, Michel étant à la fois trop familier et trop étrange. Noyé dans ses propres problèmes.

Ou submergé par ceux de tous les autres. Une fois, alors qu'ils étaient sortis voir les pyramides de sel en cours de construction, il lui parla de l'étrangeté croissante de l'équipe de la ferme. Maya tendit l'oreille en se disant : Et encore, tu ne sais pas tout. Mais il poursuivit :

— Frank pense qu'ils devraient se soumettre aux investigations d'une sorte de commission d'enquête ou quelque chose comme ça. Apparemment, du matériel aurait disparu, des marchandises, des pièces détachées, je ne sais pas. Il n'arrive pas à obtenir le décompte de leurs heures, et les gens de Houston commencent à poser des questions. Frank dit qu'il y en a même, en bas, qui parlent d'envoyer un vaisseau pour évacuer ceux qui auraient participé à la fauche. Je pense que ça n'arrangerait rien, la situation est déjà assez fragile comme ça, mais Frank... Eh bien, tu le connais. Il n'aime pas que les choses échappent à son contrôle.

— Raconte-moi ça, marmonna Maya en feignant de s'inquiéter pour Frank.

On pouvait tout faire gober à Michel, il était manifestement de plus en plus distrait, perdu dans son propre monde.

Mais après ça, c'est pour Desmond qu'elle s'en fit. L'équipe de la ferme, elle s'en moquait pas mal. Qu'on les vire et qu'on les renvoie sur Terre, ça leur ferait les pieds. A Hiroko, surtout, mais elle les mettait tous dans le même sac. Ils étaient tellement sûrs d'eux, imbus d'eux-mêmes, un clan dans un village trop petit pour les querelles de clocher. Enfin, ce genre d'histoire arrivait partout, même dans des contextes trop petits pour ça.

Seulement s'ils se faisaient virer comme ils le méritaient, c'est Desmond qui aurait des ennuis.

Elle ne savait ni où il se cachait ni comment le contacter, mais de ses conversations avec Frank sur les problèmes d'Underhill, elle avait déduit que celui des relations avec l'équipe de la ferme était à évolution lente. Alors, au lieu de partir à la recherche de Desmond, comme elle l'avait fait à bord de l'*Arès*, elle se contenta de se promener dans la serre, tard le soir, à un moment où elle ne l'aurait normalement pas fait, et de poser à Iwao des questions sur des choses qui ne l'auraient normalement jamais intéressée. Quelques heures plus tard elle entendit le *scritch-tap-scritch* à sa porte, et elle s'empressa de le laisser entrer, se rendant compte seulement à son regard baissé qu'elle ne portait qu'une chemise sur ses sous-vêtements. Enfin, ce n'était pas la première fois. Ils étaient amis. Elle ferma la porte à clé, s'assit par terre, à côté de lui, et lui dit ce qu'elle avait appris.

— Il y en a vraiment qui volent des choses ?

— Oui, bien sûr.

— Mais pourquoi ?

— Eh bien, pour avoir des choses à eux. Pour pouvoir sortir, explorer d'autres endroits de Mars, faire en sorte que leurs virées échappent aux radars.

— Ils font vraiment ça ?

— Ouais. J'y suis moi-même allé. Tu sais, ils disent qu'ils vont juste faire un tour vers Hebes Chasma, et ils disparaissent à l'horizon, ils partent vers l'est, pour la plupart. Dans le chaos. C'est beau, Maya, vraiment beau. Je veux dire, c'est peut-être parce que j'ai été enfermé si longtemps, mais j'aime être dehors, là-bas. J'adore ça. C'est pour ça que je suis venu ici, en fin de compte. Toute ma vie. J'ai eu du mal à me décider à revenir.

Maya le regarda attentivement en réfléchissant.

— C'est peut-être ce que vous devriez tous faire.

— Quoi donc ?

— Partir.

— Et où est-ce que j'irais ?

— Pas seulement toi, les autres aussi. Tout le groupe d'Hiroko. Partez, fondez votre propre colonie. Allez à un endroit où Frank et la police de Mars ne pourront pas vous retrouver. Sans ça, vous risquez de vous faire virer et renvoyer sur Terre.

Elle lui répéta ce que Michel lui avait dit.

— Hmm.

— Vous croyez que vous pourriez le faire ? Vous cacher comme tu t'es caché ?

— Peut-être. Il y a un système de grottes, dans le chaos, à l'est d'ici. Si je te disais ce que j'ai vu, tu ne le croirais pas. On aura besoin de tout l'essentiel, reprit-il après réflexion. Et il faudrait dissimuler notre signal thermique. L'envoyer dans le permafrost, fondre notre propre eau. Ouais, ça devrait être possible. Hiroko y a déjà réfléchi.

— Alors, tu devrais lui dire de se dépêcher. Avant qu'elle se fasse virer.

— Okay. Je vais le faire. Merci, Maya.

La fois suivante, en pleine nuit, ce fut pour lui dire au revoir. Il la serra contre son cœur, elle se cramponna à lui, puis elle l'attira sur elle et, tout à coup, sans transition aucune, ils enlevèrent leurs vêtements et firent l'amour. Elle roula sur lui, choquée de sa maigreur. Il se cambra pour la prendre, et soudain ils furent dans l'autre monde du sexe, un monde de plaisir sauvage. Elle n'avait pas besoin d'user d'artifices avec lui. C'était le parfait outsider, un hors-la-loi, son passager clandestin et, en ce moment difficile de son existence, l'un de ses seuls vrais amis. Le sexe en tant qu'expression d'amitié. Ça lui était arrivé plusieurs fois, quand elle était jeune, mais elle avait oublié à quel point ça pouvait être drôle, amical et pur, ni romantique, ni banal.

Après, elle dit :

— Ça faisait un bail.

Il roula comiquement les yeux et se pencha pour lui mordiller la clavicule.

— Des années ! dit-il avec allégresse. Ma dernière fois comme ça, c'était quand j'avais une quinzaine d'années, par là.

Elle rit et l'écrasa sous son poids.

— Flatteur. Ton Hiroko ne s'occupe pas assez de toi, on dirait.

Il émit un bruit incongru.

— On verra bien comment ça va se passer dans l'arrière-pays.

Cette idée la déprima.

— Tu vas me manquer, dit-elle. Les choses ne seront plus pareilles quand tu seras parti.

— Toi aussi, tu vas me manquer, dit-il avec ferveur, le visage presque collé au sien. Je t'aime, Maya. Tu as été mon amie, une bonne amie, quand je n'en avais pas. Quand j'en avais vraiment besoin. Je ne l'oublierai jamais. Je reviendrai te voir chaque fois que je pourrai. Je suis un ami très tenace, tu sais. Enfin, tu verras.

— C'est bien, dit-elle, se sentant un peu mieux.

Son passager clandestin allait et venait, il en avait toujours été ainsi. Ça ne ferait guère de différence, même s'il quittait Underhill. Enfin, elle pouvait toujours l'espérer.

3. L'AIDER, ELLE

Et c'est ainsi que les équipes de la ferme s'en allèrent, disparurent dans le désert stérile de l'outback. Bon débarras, se dit Maya. Mieux valait isoler ces mystiques imbus d'eux-mêmes, cette secte qui déshonorait la première ville martienne. En public, elle affecta la surprise et l'indignation comme les autres, et sa véritable réaction passa inaperçue.

En réalité, elle était surprise et indignée que Michel ait disparu avec eux. Rien de ce que Desmond lui avait dit ne lui avait laissé supposer que Michel faisait partie du culte de la ferme. Ça lui ressemblait tellement peu ! Maya n'arrivait pas à le croire. Et pourtant, il était bel et bien parti, lui aussi. Maintenant, elle avait perdu ses deux meilleurs amis dans la colonie — même si la présence de Michel l'avait laissée aussi insatisfaite que les visites occasionnelles de Desmond avaient pu la combler. Elle se sentait malgré tout proche de Michel, comme deux inadaptés dans une communauté de gens ordinaires. Comme la cliente mélancolique d'un thérapeute lui-même mélancolique. Il lui manquait, lui aussi, et elle lui en voulait d'être parti sans un au revoir. Elle ne pouvait s'empêcher de faire la comparaison avec Desmond. Et au fur et à mesure que le temps passait, elle ressentait plus durement l'incandescence résiduelle de l'amour avec un homme qui l'aimait bien mais ne l'« aimait » pas, c'est-à-dire qui n'avait pas envie de la posséder, comme Frank, ou John.

Et la vie continuait, sans amis. Elle rompit avec Frank, puis avec John. Nadia la méprisait, ce qui mettait Maya hors d'elle — être regardée de haut par une larve de cette espèce ! Et sa sœur, en plus. C'était déprimant. Cette satanée situation était complètement déprimante. Tatiana tuée par la chute d'une grue. Chacun enfermé dans son propre monde.

Voilà pourquoi personne n'était plus impatient que Maya de voir arriver d'autres colons sur Mars. Elle en avait jusque-là des Cent Premiers. D'autres colonies furent établies et, dès qu'elle put, Maya quitta Underhill et alla s'installer ailleurs, bien décidée à ne jamais y remettre les pieds, pas plus qu'elle n'avait l'intention de retourner en Russie. On ne revient jamais en arrière, comme disaient les Américains. Ce qui était à la fois vrai et faux.

Elle s'installa à Low Point, dans une dépression située vers le milieu du Bassin d'Hellas. Etant le point le plus bas de Mars, ce serait le premier endroit où ils pourraient respirer l'air nouveau généré par l'effort de terraforming. C'est du moins ce qu'ils croyaient à l'époque, et ils se trouvaient très prévoyants d'avoir eu cette idée ! Quels imbéciles ! Là, elle tomba amoureuse d'un ingénieur appelé Oleg, et ils s'installèrent ensemble, dans une enfilade de pièces au bout de l'un des longs modules tubulaires. Elle travailla comme une forcenée pendant des années pour construire une cité qui devait finir au fond d'une mer.

Et puis, pour tout arranger, elle cessa d'aimer Oleg. C'était pourtant un brave homme, admirable par bien des côtés, et il était éperdu d'amour pour elle. C'était son problème à elle ; seulement c'était lui qui allait avoir le cœur brisé. Si bien que, pendant longtemps, elle ne put rien faire, et ça la mettait en colère, alors elle lui volait dans les plumes, jusqu'à ce qu'ils soient aussi malheureux que peuvent l'être deux personnes qui se déchirent.

Il s'accrochait à elle, bien qu'il en soit arrivé à la haïr. A l'aimer et à la haïr en même temps. A l'aimer et à redouter qu'elle ne le quitte. Maya était de plus en plus écœurée par sa lâcheté, par sa dépendance envers elle. Le fait qu'il puisse aimer le monstre qu'elle était devenue lui inspirait un mélange de mépris et de pitié. Le soir, elle rentrait chez elle par les tubes de communication bondés, en traînant les pieds, appréhendant l'horrible soirée et la nuit qui l'attendaient.

Et puis, un jour, lors d'une sortie en patrouilleur dans les interminables plaines à l'est d'Hellas, une silhouette en scaphandre sortit de derrière un amas de roches et lui fit signe de s'arrêter. C'était son Desmond. Il grimpa dans le sas, aspira la poussière qui s'était déposée sur sa tenue, enleva son casque et entra dans le compartiment principal.

— Salut !

Elle manqua l'étouffer en le serrant contre elle.

— Qu'y a-t-il ?

— Je voulais te dire bonjour, c'est tout.

Ils s'assirent dans le véhicule et parlèrent tout l'après-midi, en se tenant les mains, en se touchant constamment, regardant l'ombre des rochers s'allonger sur l'ocre désolation.

— Tu es ce Coyote dont tout le monde parle ?

— Oui.

Son sourire de gueule cassée. Que c'était bon de le revoir !

— C'est bien ce que je pensais. J'en étais sûre, même ! Alors, maintenant, tu es une légende !

— Non. Je suis Desmond. Mais Coyote est une sacrée bonne légende, ça oui. Ça m'aide beaucoup.

La colonie perdue s'en sortait bien. Michel allait de mieux en mieux. Ils vivaient pour la plupart dans des abris du Chaos d'Aureum et vadrouillaient dans des véhicules camouflés en rochers, complètement isolés de façon à ne pas émettre de signal thermique.

— Le sol se dégrade si vite avec cette hydratation qu'un nouveau rocher sur une photo satellite est la chose la plus banale du monde. Alors je sors beaucoup, maintenant.

— Et Hiroko ?

— Je ne sais pas, répondit-il avec un haussement d'épaules. (Il regarda un long moment par la vitre.) C'est Hiroko, qu'est-ce que tu veux ? Elle se fait tout le temps mettre enceinte, pour avoir des enfants. Elle est dingue. Mais j'aime encore assez être avec elle. On s'entend bien. Je l'aime toujours.

— Et elle ?

— Oh, elle aime tout, elle.

Ils éclatèrent de rire.

— Et toi ?

— Oh, soupira Maya, le cœur serré.

Alors elle vida son sac comme elle n'aurait pu le faire avec personne d'autre : Oleg qui s'accrochait lamentablement, sa noble souffrance, ce qu'elle pouvait détester ça ! Et elle qui ne pouvait pas se décider à partir, pour une raison ou une autre.

Le soleil se coucha sur le paysage et sur leur silence.

— Ce n'est pas brillant, dit-il enfin.

— Non. Je ne sais pas quoi faire.

— Moi, je crois que tu sais ce qu'il faut faire, mais que tu ne le fais pas.

— Eh bien... commença-t-elle.

Elle n'acheva pas sa pensée. Il lui répugnait de l'exprimer à haute voix.

— Ecoute, dit-il, c'est l'amour qui compte. Tu dois chercher l'amour, quoi qu'il en coûte. La pitié ne sert à rien. C'est très toxique.

— Un faux amour.

— Pas faux, non, mais une sorte de substitut à l'amour. Ou de... Je veux dire, l'amour et la pitié ensemble, c'est de la compassion, enfin je crois. Quelque chose comme Hiroko. Nous avons besoin de ça. Mais la pitié sans amour, ou à sa place, c'est lamentable. J'ai connu ça, je sais.

Lorsqu'il fit tout à fait nuit et que les étoiles brillèrent dans le ciel noir, il la serra contre lui et lui planta un baiser sur la joue dans l'intention manifeste de partir, mais elle le retint, et ils s'abandonnèrent l'un à l'autre. Ils firent l'amour si passionnément, là, tout seuls dans leur patrouilleur, qu'elle ne pouvait pas le croire. C'était comme si elle se réveillait après des années de léthargie. Etre là, dans cette solitude. Alors elle rit, elle cria, elle poussa des hurlements, et lorsqu'elle jouit, elle gémit comme une louve. Des hurlements rythmiques de liberté.

— Reviens quand tu voudras, dit-elle en plaisantant quand ce fut fini.

Ils rirent tous les deux, et il disparut dans la nuit, sans se retourner.

Elle repartit lentement pour Low Point, se sentant réchauffée. Elle avait eu la visite du Coyote, son passager clandestin, son ami.

Ce soir-là, et bien d'autres après celui-là, elle le passa dans son petit salon avec Oleg, sachant qu'elle allait le quitter. Ils dînaient, puis elle s'asseyait par terre, le dos appuyé au mur, selon son habitude, et ils regardaient les nouvelles sur Mangalavid en buvant de petits verres d'ouzo ou de cognac. Des sentiments énormes et nébuleux gonflaient sa poitrine — c'était sa vie, après tout, ces soirées rituelles avec Oleg, toujours les mêmes, semaine après semaine. Ce serait bientôt fini, pour toujours. Leur relation avait mal tourné, mais ce n'était pas un mauvais bougre, et après tout, ils avaient eu de bons moments ensemble. Ça faisait près de cinq ans, maintenant, toute une vie, figée dans des voies séparées. Bientôt pulvérisée, réduite à néant. Elle se sentait pleine de chagrin, pour Oleg et pour elle aussi — simplement pour le passage du temps, et l'explosion, la dispersion de leurs vies, l'une après l'autre. Enfin, même Underhill avait à jamais disparu ! C'était difficile à croire. Et assise là, dans le petit monde qu'elle avait construit avec Oleg et qu'elle allait bientôt détruire, elle ressentait comme jamais les assauts du temps. Même si elle ne le quittait pas, tout finirait par s'écrouler, n'importe comment. Il n'y aurait plus un seul soir où elle n'éprouverait cette mélancolie, une sorte de nostalgie du présent, qui coulait comme de l'eau dans le trou de vidange de l'évier.

Des années plus tard, elle se souviendrait avec une clarté aveuglante de cette époque étrange et douloureuse. Elle en garderait le souvenir d'une de ces périodes où elle était pour ainsi dire sortie d'elle-même et s'était regardée vivre du dehors. C'était curieux la terrible signification que pouvaient revêtir certains moments de calme. Ils lui faisaient l'impression d'être lourds de sens, comme si elle était dans l'œil du typhon, d'autant que c'était elle qui provoquait la venue de ce typhon, où les événements se succédaient si vite qu'elle vivait dans une sorte d'engourdissement.

Alors ils avaient suivi le traitement, John et elle, ils s'étaient remis ensemble, et ç'avait été mieux que jamais. Puis il avait été assassiné, la révolution avait éclaté, et tourné court. Elle avait traversé tout cela comme dans un rêve, un cauchemar dont l'un des pires aspects était son incapacité, dans la précipitation, à vraiment sentir les choses. Elle avait fait tout ce qu'elle pouvait pour rejoindre Frank et tenter de mettre fin au chaos qui se préparait, mais il s'était produit quand même. Puis Desmond était sorti de la fumée des combats et les avait sauvés de la chute du Caire. Elle avait récupéré Michel, ils avaient tenté désespérément d'aller jusqu'à Marineris. Frank s'était noyé, ils avaient trouvé asile dans le refuge de glace de l'extrême Sud — tout cela était allé si vite que c'est à peine si Maya y avait compris quelque chose. C'est bien après, dans le long crépuscule du refuge d'Hiroko, que tout lui était tombé dessus : le chagrin, la colère, le désespoir. Non seulement à cause de tous ces désastres, mais aussi parce qu'ils avaient eux-mêmes disparu. Elle était si vivante, en ce temps-là, et elle ne s'en était même pas rendu compte ! Et c'était passé, tout ça, ce n'était plus que des souvenirs. Elle ne ressentait les choses qu'après coup, quand ça ne pouvait plus lui servir à rien.

Des années de chagrin passèrent à Zygote, comme en hibernation. Maya donnait des cours aux enfants et ignorait généralement Hiroko et les autres adultes. Sauf Sax, dont le calme plat était encore ce qui l'agaçait le moins. Elle vivait donc dans une des chambres de bambou circulaires du haut, ils dispensaient, Sax et elle, leur savoir à la jeune génération d'ectogènes, et sinon elle restait dans son coin.

Le Coyote passait de temps en temps, et là, au moins, elle avait quelqu'un à qui parler. Quand il se montrait, elle souriait, certaines parties de sa personne qui s'étaient fermées à tout s'ouvraient, et ils se promenaient le long du petit lac, de l'autre côté du bosquet d'Hiroko, vers le Rickover et retour, faisant crisser l'herbe givrée sous leurs pieds. Il lui donnait des nouvelles de l'underground, elle lui parlait des enfants, des survivants des Cent Premiers. C'était leur monde privé. Ils ne dormaient pas ensemble, enfin, juste une ou deux fois, se contentant de suivre leurs sentiments, leur amitié, qui comptait plus que n'importe quel rapprochement physique. Après, il partait sans dire au revoir aux autres.

Une fois, il secoua la tête.

— Tu mérites mieux que ça, Maya. Le vaste monde est toujours là. Et on dirait qu'il t'attend pour recommencer à bouger.

— Eh bien, il faudra qu'il attende encore un peu.

Une autre fois :

— Pourquoi t'es pas maquée avec un homme ?

— Qui ?

— Ça, c'est à toi de le dire.

— En effet.

Il laissa tomber le sujet. Il ne se mêlait jamais de sa vie privée, ça faisait partie de leur amitié.

Et puis Sax partit pour ce que Desmond appelait le demimonde, ce qui fit tout drôle à Maya et, curieusement, l'attrista. Elle pensait que Sax appréciait sa compagnie, en tant qu'autre principal professeur des enfants. Enfin, c'était difficile à dire avec lui. Mais se faire charcuter la figure pour pouvoir sortir de Zygote et retourner dans le Nord... Elle avait eu l'impression d'une rebuffade. De compter pour du beurre dans ses plans, après toutes ces années passées avec lui dans cette planque, alors que le monde était toujours là, et qu'il changeait tous les jours. Et puis il lui manquait aussi, le tracé plat de son affect, sa pensée particulière, de grand gamin surdoué, ou de représentant d'une espèce de primates cousine de la leur : l'*Homo scientificus*. Il lui manquait. Alors elle commença à se dire que le moment était venu pour elle d'amorcer le dégel, de sortir de son hibernation, de commencer une autre vie.

Desmond l'y aida. Il passa après être resté étrangement longtemps sans la voir et demanda à Maya de repartir avec lui.

— Il y a un homme de Praxis, ici, sur la planète, à qui je veux parler. Nirgal pense qu'il est le messager, ou je ne sais quoi.

— Oh oui, oh oui ! répondit Maya, enchantée.

Une demi-heure plus tard, ses paquets faits, elle était prête à partir pour toujours. Elle alla trouver Nadia et lui demanda d'annoncer aux autres qu'elle s'en allait. Nadia hocha la tête.

— Parfait. Ça te fera du bien de prendre un peu l'air.

— Mais oui, mais oui, répondit sèchement Maya.

Elle allait au garage quand elle vit Michel qui partait en direction des dunes. Elle l'appela. Il avait quitté Underhill sans dire au revoir, et ça l'avait beaucoup ennuyée. Elle ne voulait pas lui faire le même coup. Elle s'avança jusqu'à la première rangée de dunes de sable.

— Je pars avec le Coyote.

— Non, pas toi aussi ! Tu reviendras ?

— On verra.

Il la regarda bien en face.

— Eh bien, bonne chance.
— Tu devrais partir d'ici, toi aussi.
— Oui... Je vais peut-être le faire, maintenant.
Il la regardait avec attention, l'air sérieux, et même grave. C'était peut-être de lui que Desmond voulait parler, se dit-elle.
— Tu crois que le moment est venu ? demanda-t-il.
— Le moment de quoi ?
— Le moment que nous soyons là. Notre moment.
— Oui, risqua-t-elle.
Et puis elle partit rôder dans le Nord avec le Coyote, vers l'équateur, à l'ouest de Tharsis, suivant les canyons, arpentant les plaines jonchées de blocs erratiques. C'était merveilleux de se retrouver dans la nature, sauf qu'ils étaient obligés de se cacher, et elle n'aimait pas ça. Ils s'abritèrent, dans une région glacée à mi-chemin de Tharsis, vers l'ouest, sous le câble de l'ascenseur abattu, et ils le suivirent vers le bas des collines pendant deux jours. Ils arrivèrent à un gigantesque bâtiment mobile qui se déplaçait le long du câble, l'équipant de petites voitures qui remontaient vers Sheffield, et Desmond dit :
— Regarde, le type a pris un véhicule de terrain. Suis-moi.
Maya regarda le Coyote forcer la porte du bâtiment pendant que le pauvre homme était en vadrouille. Puis elle resta prudemment à côté de lui, s'attendant à tout, lorsqu'il s'approcha du bonhomme qui tapait craintivement sur la porte. Mais il lui lança facétieusement :
— Bienvenue sur Mars !
Tu parles. Au premier coup d'œil Maya comprit qu'il savait parfaitement qui ils étaient, et qu'il avait été envoyé pour entrer en contact avec eux, afin de tenter d'apprendre ce qu'il pouvait et d'en informer ses maîtres, sur Terre.
— C'est un espion, dit-elle à Desmond quand ils furent seuls.
— C'est un messager.
— Tu ne peux pas en être sûr !
— D'accord, d'accord. Mais fais attention avec lui. Pas de grossièretés.

Et puis ils apprirent que Sax avait été capturé. Toute prudence fut bannie — et ne devait pas revenir dans la vie de Maya avant de nombreuses années.

Desmond se changea en une version différente de lui-même, férocement concentré sur le sauvetage de Sax. Voilà le genre d'ami qu'il était. Et il aimait Sax comme n'importe lequel d'entre eux. Maya le regarda avec une sorte de crainte. Puis Michel et Nirgal se joignirent à eux alors qu'ils allaient à Kasei, et, sans lui accorder un regard, Desmond lui ordonna de monter dans la voiture de Michel, qui devait attaquer le complexe de sécurité par l'ouest. Et elle comprit qu'elle avait vu juste ; c'était à Michel que Desmond pensait pour elle.

Ce qui la fit réfléchir. Michel était déjà dans son cœur, à vrai dire. C'était d'une certaine façon son ami le plus proche, depuis leur séjour dans l'Antarctique. Un jour, il faudrait qu'elle lui pardonne d'avoir quitté Underhill sans la prévenir. C'était un homme en qui elle avait confiance, après tout. Et qu'elle aimait — tellement que Desmond s'en était aperçu. Evidemment, elle n'avait pas idée de ce que pensait Michel.

Mais elle pouvait le découvrir. Et elle s'y employa, là, dans ce patrouilleur camouflé en rocher, en attendant que Desmond fasse souffler le vent et la tempête. Elle prit Michel dans ses bras et le serra si fort qu'elle s'inquiéta pour ses côtes.

— Mon ami.

— Oui.

— Celui qui me comprend.

— Oui ?

Puis le vent retomba. Ils entrèrent dans Kasei, en suivant leur fil d'Ariane, se faufilèrent dans les entrailles de la forteresse, et à chaque pas Maya sentait croître sa peur et sa rage — peur pour sa vie, rage qu'il y ait un endroit pareil sur Mars, et des gens pour faire des choses comme ça, lâches, méprisables, dégoûtants, des tyrans qui avaient tué John, tué Frank, tué Sasha au Caire, dans des circonstances désespérées très semblables à celles-ci. Elle aurait pu à tout moment tomber à terre, morte, le sang sortant par les oreilles comme Sasha, au milieu de ces salauds qui avaient tué tous ces innocents en 61. Les forces de la répression qui étaient là-bas s'étaient retrouvées ici, dans ces murs de béton, au milieu d'un vacarme à vous crever les tympans et de tous ces cris qui ajoutaient à sa colère. C'est pourquoi, quand elle vit Sax attaché sur une table, elle le libéra en hurlant, et quand elle s'aperçut que Phyllis

Boyle était là, parmi ses tortionnaires, elle dégoupilla l'une des charges explosives et la lança dans la pièce. Une pulsion meurtrière, mais elle n'avait jamais éprouvé une telle colère, elle était littéralement « hors d'elle ». Il fallait qu'elle tue quelqu'un, et ça allait être Phyllis.

Par la suite, quand ils eurent repris leurs véhicules et retrouvé les autres au sud de Kasei, Spencer défendit Phyllis et accusa Maya de l'avoir tuée de sang-froid. Choquée de l'entendre plaider l'innocence de Phyllis, elle réagit en hurlant à son tour, pour se défendre et dissimuler son trouble, mais elle eut alors l'impression, devant eux, de n'être qu'une meurtrière.

— J'ai tué Phyllis, dit-elle à Desmond lorsqu'il les rejoignit.

Tous ces hommes la regardèrent avec horreur, comme une sorte de Médée. Tous sauf Desmond qui s'approcha d'elle et l'embrassa sur la joue, chose qu'il n'avait, jusqu'alors, jamais faite en public.

— Tu as bien fait, déclara-t-il avec une pression électrique de sa main. Tu as sauvé Sax.

Tous sauf Desmond. Cela dit, pour être juste, Michel avait reçu un coup sur la tête qui l'avait bel et bien assommé, et il n'était plus lui-même. Plus tard, il prit, lui aussi, sa défense contre Spencer. Elle hocha la tête et se blottit dans ses bras. Elle avait peur pour lui, et fut grandement soulagée lorsqu'il retrouva son état normal. Elle le serra contre elle comme il l'avait serrée, avec la ferveur de ceux qui ont regardé ensemble de l'autre côté. Son Michel.

C'est ainsi qu'ils donnèrent, Michel et elle, forme à leur amour, né dans les ténèbres de l'Antarctique, forgé dans le creuset de cette tempête, dans le sauvetage de Sax et le meurtre de Phyllis. Ils retournèrent se cacher à Zygote, qui était maintenant une prison effroyable pour elle. Michel aida Sax à retrouver la parole, et Maya fit aussi de son mieux. Elle travailla sur l'idée de révolution avec Nadia, Nirgal, Michel et même Hiroko. Elle vivait sa vie, et de temps en temps ils voyaient Desmond lorsqu'il était de passage. Elle aimait toujours autant le voir, mais évidemment, ce n'était plus tout à fait pareil. Il les regardait, Michel et elle, avec affection. Ou plutôt, il portait sur eux un regard bienveillant, comme s'il était content de la voir enfin heureuse. Il y avait là-dedans quelque chose qui ne lui plaisait pas, une sorte de supériorité : l'ami qui en savait plus long, peut-être.

En tout cas, les choses changeaient. Ils s'éloignaient l'un de l'autre. Ils étaient toujours amis, mais moins proches. C'était inévitable. Sa vie tournait maintenant autour de Michel, et de la révolution.

N'empêche qu'elle retrouvait le sourire quand le Coyote sortait de nulle part et pointait son nez. Et quand ils apprirent l'attaque de Sabishii et la disparition de tous les membres de la colonie perdue, ce fut un plaisir différent de revoir Desmond, qui était passé leur dire ce qu'il avait vu : du soulagement. Un plaisir négatif. La levée d'une grande peur. Elle pensait qu'il avait été tué, lui aussi, dans l'attaque.

Il était choqué. Il avait besoin de son réconfort, et il l'obtint. Il fut réconforté. Contrairement à Michel, qui resta lointain pendant tout le désastre, retiré dans son propre monde de chagrin. Desmond n'était pas comme ça. Elle pouvait le consoler, essuyer les larmes sur ses joues étroites, mal rasées. Et en se laissant réconforter, en faisant en sorte que ça paraisse possible, il la réconforta à son tour. En regardant les deux amants ravis à Hiroko, si différents, elle réfléchit sur elle-même. Les vrais amis peuvent s'aider mutuellement en cas de besoin. Et se faire aider. C'est pour ça qu'ils sont faits.

C'est ainsi que Maya et Michel vécurent à Odessa, ensemble — aussi mariés que n'importe qui, pendant des dizaines et des dizaines d'années de leur existence extraordinairement prolongée. Mais Maya avait souvent l'impression qu'ils étaient plus amis qu'amants, qu'ils n'étaient pas « amoureux », comme elle se rappelait vaguement l'avoir été de John, de Frank ou même d'Oleg. Ou bien, quand Coyote venait à passer et qu'elle revoyait son visage à la porte, le souvenir lui revenait parfois du choc qu'elle avait éprouvé quand elle avait découvert son passager clandestin à bord de l'*Arès*, dans la zone d'entreposage, puis de leur première conversation, de la nuit où ils avaient fait l'amour avant qu'il ne parte avec le groupe d'Hiroko, et des quelques autres fois... Oui, aucun doute, elle l'avait aimé aussi. Mais ils n'étaient plus qu'amis, à présent, et ils étaient comme des frères, Michel et lui. C'était bon d'avoir une famille de Cent Premiers, ou plutôt de Cent Un Premiers, tout ce qui s'était passé entre eux s'entremêlant pour constituer un lien familial. Au fur et à mesure que les années passaient, elle y trouvait un réconfort croissant. Et maintenant que la seconde révolution approchait comme un orage qu'ils ne pouvaient éviter, ils lui étaient plus indispensables que jamais.

Certains soirs, alors que les crises s'intensifiaient et qu'elle avait du mal à dormir, elle lisait des choses sur Frank. Frank et son mystère intrinsèque, qui résistait à toutes les sommations. Dans son esprit, il n'arrêtait pas de lui échapper. Pendant des années, elle n'avait pas osé s'interroger à son sujet, et puis Michel lui avait conseillé d'affronter sa peur, d'approfondir la question, en réalité, et elle avait lu tout ce qu'elle avait pu trouver sur lui. Ça n'avait servi qu'à lui faire confondre ses souvenirs et les spéculations des autres. Maintenant, elle lisait dans l'espoir de tomber sur un article qui ressemblerait à ce dont elle se souvenait de moins en moins, ce qui lui permettrait de se rafraîchir la mémoire. Ça ne marcha pas, mais ça paraissait possible, alors elle s'y remettait de temps en temps, un peu comme on appuie avec sa langue sur une dent gâtée pour vérifier qu'elle fait toujours mal.

Une nuit, alors que Desmond était resté dormir chez eux, elle rêva de Frank. Alors, prise d'un regain de curiosité, elle alla chercher un livre sur lui. Desmond dormait sur un canapé, dans le bureau. Elle tomba sur un chapitre qui parlait de l'assassinat de John, et elle gémit en repensant à cette horrible nuit, maintenant réduite dans son esprit à quelques images confuses (elle debout avec Frank sous un réverbère, passant devant un corps gisant dans l'herbe, tenant la tête de John entre ses mains, assise dans une clinique), images maintenant enfouies sous les innombrables histoires qu'elle avait entendues depuis.

Desmond, troublé par des rêves personnels, eut un gémissement et passa devant elle, à moitié réveillé, pour aller à la salle de bains. Elle se rappela brusquement qu'il était aussi à Nicosia, cette nuit-là. C'est du moins ce qu'elle avait lu quelque part. Elle vérifia dans l'index du livre. Son nom n'était pas cité. Mais elle en était sûre, elle l'avait lu, il était là, cette funeste nuit.

Lorsqu'il revint, elle prit son courage à deux mains et lui posa la question :

— Desmond, tu étais à Nicosia, la nuit de la mort de John ?

Il s'arrêta et braqua sur elle un regard impassible — trop indifférent, trop contrôlé. Il réagissait vite, se dit-elle.

— Oui, j'y étais, répondit-il avec une grimace, en secouant la tête. Sale nuit, ajouta-t-il.

— Que s'est-il passé ? insista-t-elle en se redressant, vrillant son regard dans le sien. Que s'est-il passé ? C'est Frank qui a fait ça, comme je l'ai parfois entendu dire ?

Il lui rendit son regard, et elle eut à nouveau l'impression de voir, par les fentes de ses yeux, les rouages tourner dans sa tête. Qu'avait-il vu ? De quoi se souvenait-il ?

— Je ne pense pas que ce soit Frank qui l'ait tué, répondit-il lentement. Je l'ai vu dans ce parc triangulaire, juste au moment où John a dû se faire attaquer.

— Mais Selim et lui...

Il secoua la tête comme pour s'éclaircir les idées.

— Personne ne sait ce qui s'est passé entre eux, Maya. Ce ne sont que des parlotes. Personne ne saura jamais ce qu'ils se sont vraiment dit. C'est pure invention, tout ça. C'est sans importance, d'ailleurs, ce que les gens peuvent se dire. Ça n'a aucune importance à côté de ce qu'ils font. Même si Frank a pris cet Arabe et lui a dit : « Va tuer John, je veux que tu le fasses, tue-le, tue-le », même s'il avait dit ça, ce dont je doute vivement, parce que Frank n'a jamais été aussi direct, tu me l'accorderas... (Il attendit qu'elle acquiesce d'un hochement de tête et se force à sourire.) Même dans ce cas-là, si ce Selim est allé tuer John, avec l'aide de ses amis, alors c'est encore eux qui l'ont fait, tu vois ? Pour moi, ce sont les gens qui agissent qui sont responsables. Toute cette histoire d'obéissance à des ordres, « c'est lui qui m'a dit de le faire », tout ça, c'est des mauvaises excuses, rien que des conneries.

— Ouais. Hitler n'a tué personne de ses propres mains, alors...

— Alors il n'est pas aussi coupable que les types, dans les camps, qui appuyaient sur la gâchette ou qui ouvraient le gaz ! C'est vrai. Ce n'était qu'un vieux fou d'enculé. Les assassins, c'étaient eux. Et ils étaient beaucoup plus nombreux. Vu comme ça, c'est triste.

— Ouais.

Si triste qu'elle n'arrivait pas à l'imaginer.

— Enfin, écoute, Nicosia, c'était compliqué. Beaucoup de gens se sont battus, cette nuit-là. Les factions arabes se battaient entre elles, les Arabes étaient en bagarre avec les Suisses, les équipes de construction se prenaient à la gorge. Il y en a qui disent : « Oh, c'est ce Frank Chalmers qui a tout organisé, il a fomenté les émeutes pour couvrir l'organisation du meurtre de John Boone... » Pff, laisse-moi rire ! C'est simpliste. Mais les gens veulent une histoire pas compliquée, tu comprends, alors ils font porter le chapeau à un type, un seul, parce que c'est plus facile, pour eux. Ils ne peuvent pas comprendre les histoires compliquées, comme ça, il n'y a qu'un seul responsable, au lieu de tous les gens qui se sont battus cette nuit-là.

Elle hocha la tête, se sentant soudain réconfortée.

— C'est vrai, ça. Mais... je veux dire... nous aussi, on y était. Alors on fait aussi partie de l'histoire.

Il opina du chef, fit la grimace. S'approcha d'elle, s'assit sur le canapé à côté d'elle, lui prit la tête entre ses mains.

— J'y ai réfléchi, dit-il d'une voix étouffée, en baissant les yeux. Parfois. Je rôdais dans la ville selon mon habitude, et je me payais du sacré bon temps. C'était comme le carnaval, à Trinidad, je crois. Il y avait de la musique, tout le monde dansait avec des masques. Moi aussi, j'avais un masque rouge, une tête de monstre, et je pouvais aller partout où je voulais. J'ai vu John, j'ai vu Frank, je t'ai vue parler à Frank, dans ce parc... Tu portais un masque blanc, tu étais si belle. J'ai vu Sax, dans la médina. Et John faisait la fête, comme d'habitude. Si seulement j'avais su qu'il avait des ennuis, ahhh... Je veux dire, je n'avais pas idée que quelqu'un en avait après lui. Si j'avais su, j'aurais pu le prendre à part, lui dire de se tenir à carreau. Je m'étais présenté à lui, lors de cette soirée, sur Olympus, juste un peu avant. Il était content de me voir. Il savait, pour Hiroko et Kasei. Il m'aurait écouté, je crois. Mais je ne savais pas.

Maya posa la main sur sa cuisse.

— Aucun de nous ne savait.

— Non.

— Sauf Frank, peut-être.

Desmond eut un soupir.

— Peut-être. Mais ce n'est pas sûr. S'il était au courant, là, ce serait grave, c'est sûr. Mais si je le connais bien, il l'aurait payé plus tard, dans sa tête. Parce qu'ils étaient très proches, ces deux-là. Ce serait comme s'il avait tué son frère. Les gens le payent dans leur tête, je crois. Enfin, reprit-il en soupirant comme pour évacuer ces pensées. Ça ne sert à rien de ruminer tout ça, Maya. Ils sont partis tous les deux, maintenant, dit-il en la regardant.

— Oui.

— Ils sont partis, mais nous, nous sommes là, reprit-il avec un grand geste englobant Michel, ou l'ensemble d'Odessa. Ce sont les vivants qui comptent. C'est la vie qui compte.

— Oui. C'est la vie qui compte.

Il se leva en chancelant, retourna dans le bureau.

— Bonne nuit.

— Bonne nuit.

Elle posa le livre par terre et se rendormit.

4. LES ANNÉES

Pendant les années qui suivirent, elle repensa rarement à Frank. Il reposait en paix, ou bien il s'était perdu dans le tumulte de l'époque. Les années coulaient comme l'eau d'une rivière. Pour Maya, la vie des Terriens ressemblait à leurs fleuves, rapides et impétueux à la source, dans les montagnes, puissants dans les plaines, lents et sinueux près de la mer. Alors que sur Mars leur vie ressemblait au cours accidenté des fleuves qu'ils étaient en train de créer et qui dévalaient des falaises, disparaissaient dans des trous, étaient aspirés et remontaient à des hauteurs surprenantes, très loin de là.

C'est ainsi qu'elle vécut, dans la tension, l'approche de la seconde révolution, cascadant avec tous les autres avant de faire le voyage de retour vers la Terre. Quand elle pensait à sa jeunesse, sur ce monde, c'était comme une autre incarnation. Elle travailla avec Nirgal et les Terriens, visita la Provence avec Michel et, quand elle retourna sur Mars, elle vit les deux hommes comme elle ne les avait jamais vus. Elle s'installa avec Michel à Sabishii, et elle aida Nadia à mettre le gouvernement sur ses rails... quand Nadia avait le dos tourné. Elle savait ce qui se passerait si elle tentait d'intervenir ostensiblement. Elle s'installa donc à Sabishii, et la vie se calma un peu ou, du moins, suivit un cours plus prévisible. Michel avait ses clients et travaillait un peu à l'université, pendant que Maya s'occupait du projet hydrologique du massif de Tyrrhena et enseignait de temps à autre dans les écoles de la ville. Elle voyait très rarement Desmond et ne pensait plus guère à lui. Et à vrai dire, Michel et elle voyaient de moins en moins les anciens. Leur cercle relationnel se limitait dans l'ensemble à leurs relations de travail et à leur voisinage, que des nouveaux, comme tout, d'ailleurs, dans la seconde Sabishii. Ils vivaient dans un appartement au deuxième étage d'un grand immeuble construit autour d'un très joli jardin intérieur, et ils parlaient à leurs voisins, jouaient à des jeux, lisaient, bricolaient. C'était une vraie communauté. Il arrivait à Maya de se dire, en regardant tout ça, qu'il y avait là une réalité historique qui ne serait jamais consignée nulle part : un bon environnement solide, où chacun assumait sa part de travail et ses proches, tout cela formant une sorte de projet collectif, dans lequel chaque famille avait un sens, en tant que partie d'un tout plus vaste difficile à définir. Des dizaines d'années passèrent dans ce bien-être anonyme, où les fantômes de ses incarnations antérieures ne venaient que très rarement la hanter. Ni ses vieux amis, d'ailleurs.

5. L'AIDER, LUI

Et puis, des années après cela, alors que Maya commençait à avoir des problèmes de déjà-vu et autres «épisodes psychosensoriels», comme disait Michel, Desmond passa, une nuit, après le laps de temps martien, à un moment où personne n'aurait pensé à faire des visites.

Michel dormait déjà et Maya lisait. Elle embrassa Desmond, l'emmena à la cuisine, le fit asseoir et prépara du thé. En le serrant contre elle, elle avait senti qu'il tremblait.

— Qu'est-ce qui ne va pas? demanda-t-elle.

Il craqua.

— Oh, Maya!

— Allons, qu'y a-t-il?

Il haussa les épaules.

— Je suis passé voir Sax à Da Vinci, et Nirgal était là aussi. Sa maison dans les collines a été engloutie par la poussière, tu le savais ?

— Ouais. Quel dommage. Un vrai drame.

— Ouais. En tout cas, ils ont commencé à parler d'Hiroko. Comme si elle était encore en vie. Sax a même dit qu'il l'avait vue une fois, dans une tempête. Et je... ça m'a mis tellement en colère, Maya, j'aurais pu les tuer !

— Pourquoi ? demanda-t-elle.

— Parce qu'elle est morte et qu'ils refusent de voir les choses en face. Ils n'ont pas vu son corps, alors ils inventent toutes ces histoires.

— Ils ne sont pas les seuls.

— Non. Mais ils croient à ces histoires parce qu'ils veulent y croire. Comme si ça allait leur donner une réalité.

— Comme si ce n'était pas le cas, fit-elle en versant l'eau bouillante dans leurs tasses.

— Non, ce n'est pas vrai. Elle est morte. Avec toute l'équipe de la ferme. Ils ont tous été tués.

Il posa sa tête sur la table de la cuisine et se mit à pleurer.

Surprise, Maya vint s'asseoir à côté de lui, posa la main sur son dos. Il tremblait toujours, mais plus de la même façon. Elle rapprocha sa tasse de thé, en prit une gorgée. Les spasmes qui secouaient les côtes de Desmond s'apaisèrent.

— C'est cruel, dit-elle. Sa... sa disparition. Quand on ne voit pas le corps, on ne sait quoi penser. On reste dans les limbes.

Il se redressa, hocha la tête, but son thé.

— Tu n'as jamais vu le corps de Frank, dit-il. Mais tu ne passes pas ton temps à raconter qu'il est toujours vivant.

— Non, dit-elle en éludant l'argument d'un geste. Mais cette inondation... Enfin, soupira-t-elle comme il acquiesçait, l'équipe de la ferme... Les gens se sentent concernés, il faut les comprendre. Ils auraient pu fuir, après tout. Théoriquement.

Il opina du chef.

— Mais ils étaient derrière moi dans le labyrinthe. J'ai juste eu la chance de partir à temps. Maya, je suis resté dans le coin pendant des jours, et ils ne sont jamais ressortis. Ils ne s'en sont pas tirés. (Il fut repris de tremblements convulsifs. Décidément, il y avait beaucoup d'énergie nerveuse dans ce petit corps noueux, se dit-elle.) Non. Ils ont été capturés et massacrés. S'ils étaient sortis, je les aurais vus. Ou elle aurait repris contact avec moi. C'était une femme cruelle, mais pas à ce point-là. Elle m'aurait laissé savoir, depuis le temps.

Il avait les traits convulsés par le chagrin, la colère. Il lui en voulait toujours, elle le voyait bien. Ça lui rappelait Frank. Elle lui en avait voulu pendant des années après sa mort. Elle se demandait s'il avait tué John. Desmond lui en avait parlé, des années auparavant. Elle s'en souvenait : Desmond l'avait réconfortée, cette nuit-là. Peut-être lui avait-il menti. S'il connaissait une vérité différente, s'il avait vu Frank poignarder John, le lui aurait-il dit ? Sûrement pas.

Elle essaya d'imaginer ce qui pourrait l'aider, lui, ce qu'il valait mieux qu'il pense d'Hiroko. Elle but son thé dans le silence du laps de temps martien, et il en fit autant.

— Elle t'aimait, dit-elle enfin.

Il la regarda, l'air étonné, et hocha la tête.

— C'est vrai, ce que tu dis : si elle était encore de ce monde, elle te l'aurait fait savoir, d'une façon ou d'une autre.

— C'est ce que je crois.

— Alors elle est probablement morte. Mais Nirgal et Sax... Et Michel aussi, d'ailleurs...

— Michel aussi ?

— La moitié du temps, en tout cas. La moitié du temps, il pense que ce n'est qu'une compensation, un mythe qui les aide. Le reste du temps, il est convaincu qu'ils sont toujours là. Enfin, si ça peut les aider, hein...

— Ouais, peut-être, soupira-t-il.

Elle réfléchit encore un peu.

— Tu l'aimes toujours.

— Oui.

— Eh bien, c'est encore la vie. Enfin, un genre de vie. Le mouvement de la vie, quoi. La structure d'Hiroko. Dans ton esprit. Les sauts quantiques, comme dit Michel. Et que sommes-nous d'autre, en fin de compte ? Tu n'es pas d'accord ?

Desmond regarda le dos de sa main, ses rides, ses cicatrices.

— Je ne sais pas. Je pense que nous devons être plus que ça.

— Si c'est ce que tu crois... C'est la vie qui compte, c'est ce que tu m'as dit, une fois, non?

— Vraiment?

— J'ai l'impression, oui. Une bonne base de travail, de toute façon, quel que soit celui qui l'a dit.

Il opina du chef. Ils finirent leur thé, leurs reflets transparents inscrits dans les fenêtres noires. Un oiseau, dans le sycomore, dehors, rompit le silence de la nuit.

— Je crains que nous ne soyons bientôt confrontés à une nouvelle période difficile, dit Maya, pour changer de sujet. Je ne pense pas que la Terre nous laisse encore longtemps limiter l'immigration. Ils passeront outre, Mars Libre fera du tintouin, et nous serons en guerre avant d'avoir eu le temps de dire ouf.

Il secoua la tête.

— On devrait pouvoir éviter ça.

— Mais comment? Jackie déclarerait une guerre rien que pour garder le pouvoir.

— Ne t'en fais pas pour Jackie. Elle ne compte pas. Le système pèse beaucoup plus lourd qu'elle.

— Et si le système s'effondre? Le temps nous est compté. Les deux mondes ont des intérêts trop divergents, maintenant. Et ils divergent de plus en plus. Ce sont les gens au sommet qui comptent.

Il écarta son argument d'un geste évasif.

— Ils sont tellement nombreux. Nous pourrions les amener à se comporter de façon raisonnable.

— Tu crois vraiment? Je voudrais bien savoir comment.

— Eh bien, on pourrait toujours brandir la menace des Rouges. Ils sont encore là, à comploter dans l'ombre. Ils essaient d'empêcher le terraforming par tous les moyens. On pourrait utiliser ça à notre profit.

Ils parlèrent politique jusqu'à ce que le ciel derrière les vitres devienne gris et que les pépiements épars se muent en un concert de chants d'oiseaux. Maya incitait toujours Desmond à s'exprimer. Il connaissait très bien toutes les factions de Mars; il avait de bonnes idées. Elle trouva ça très intéressant. Ils échafaudèrent des stratégies. A l'heure du petit déjeuner, ils avaient élaboré une sorte de plan à mettre en action le moment venu. Ce qui arracha à Desmond un sourire.

— Après toutes ces années, nous croyons encore pouvoir sauver le monde.

— Mais on pourrait ! rétorqua Maya. Enfin, à condition qu'ils acceptent de suivre nos conseils.

Michel fut réveillé par la bonne odeur du bacon frit et les beuglements de Desmond qui chantait des calypsos dans la chambre. Maya se sentait bien. Elle avait chaud, faim, envie de dormir. La journée de travail serait pénible, mais elle s'en fichait.

6. LE PERDRE

La vie suivit son cours. Elle vivait avec Michel, elle travaillait, elle aimait, elle s'occupait de sa santé. Dans l'ensemble, elle était contente. Même s'il lui arrivait parfois de regretter cette étincelle de passion depuis longtemps disparue, si instable et farouche qu'elle ait pu être. Elle se disait de temps à autre qu'elle aurait sûrement été plus heureuse si John avait survécu, ou Frank. Ou si elle s'était installée dans la vie avec Desmond pour compagnon. Si, alors qu'ils étaient libres tous les deux, ils s'étaient engagés l'un envers l'autre dans une sorte de monogamie intermittente, comme ces cigognes qui se retrouvent, d'une année sur l'autre, après leurs voyages et leurs migrations. Ils n'avaient pas suivi cette voie ; et tout avait été différent.

Ce qui s'était passé, à la place, c'était que la vie continuait, et que lentement, au fil des ans, ils s'éloignaient l'un de l'autre. Non par manque de sentiment, à ce qu'il lui semblait, mais parce qu'ils se voyaient si rarement, et que d'autres personnes, d'autres soucis monopolisaient leurs pensées. C'était comme ça ; on vivait et on allait de l'avant, et vos proches faisaient pareil, et la vie vous séparait, d'une façon ou d'une autre — le travail, les partenaires, tout. Au bout d'un moment, quand ils n'étaient plus là, quand ils ne faisaient plus partie de votre vie quotidienne, par leur présence physique, un corps dans une pièce, une voix disant de nouvelles choses, alors il arrivait qu'on ne les aime plus que comme des souvenirs très spéciaux. On les avait aimés, mais on se souvenait de cet amour plus qu'on ne le ressentait comme à l'époque où ils faisaient partie du tissu de la vie quotidienne. On ne pouvait vraiment continuer à les aimer qu'avec son partenaire, parce qu'on partageait sa vie. Et même de lui on pouvait s'éloigner, on s'installait dans des habitudes différentes, des pensées différentes. Si c'était comme ça avec celui dont on partageait le lit, alors qu'est-ce que ça devait être avec les amis qui s'étaient éloignés et qui vivaient maintenant à l'autre bout du monde ? On finissait par les perdre, et il n'y avait rien à faire. A moins d'avoir partagé leur vie. Et on ne pouvait avoir qu'un compagnon à la fois. S'ils avaient eu ce genre de relation, Desmond et elle, qui sait comment les choses auraient tourné ? Les cendres accumulées d'une vieille amitié distante. Quand des étincelles auraient pu voler pour toujours, comme crachées par un feu de forge. Elle aurait pu le faire frémir chaque fois qu'elle le touchait. Elle aimait le souvenir de l'avoir aimé au point de penser parfois qu'il aurait pu en être ainsi.

Elle avait parfois l'intuition que Desmond pensait un peu la même chose. Ce qui était agréable. Un jour par exemple, des années plus tard, alors que Michel était en voyage, Desmond sonna à la porte en début de soirée. Ils allèrent se promener sur la corniche, le long du front de mer. C'était vraiment bon d'être à nouveau ensemble, comme ça, se dit Maya alors qu'ils marchaient, bras dessus, bras dessous, au bord de la mer d'Hellas. Ils allèrent ensuite se réchauffer dans un bistro et dînèrent en bavardant autour d'une table couverte d'assiettes et de verres. Les hommes qu'elle aimait, ses amis.

Cette fois-là, il était juste de passage. Il prenait le train de nuit pour Sabishii. Alors, après dîner, elle gravit avec lui le grand escalier qui menait à la gare. Et comme ils arrivaient en vue de la gare, il éclata de rire et dit :

— Il faut que je te raconte mon dernier rêve de Maya.

— Un rêve de Maya ?

— Oui ; j'en fais un par an, à peu près. Je rêve de nous tous, en fait. Mais celui-là, il était marrant. J'ai rêvé que j'allais à Underhill pour assister à une conférence, sur l'économie de don ou je ne sais quoi, et là-bas, devine quoi ? tu étais là, toi aussi, et tu assistais à une conférence sur l'hydrologie. Une coïncidence. Et ce n'est pas tout : nous étions au même hôtel...

— Un hôtel à Underhill ?

— Dans mon rêve, c'était une ville comme les autres, avec

des gratte-ciel et un tas d'hôtels ; un centre de conférence ou quelque chose comme ça. Bref, non seulement nous étions descendus dans le même hôtel, mais encore ils avaient fait une erreur et nous avaient mis dans la même chambre. On était vraiment contents de se retrouver dans le hall de l'hôtel, parce qu'on ne savait pas qu'on serait dans la même ville en même temps, et puis, en allant chercher nos clés, on s'est aperçus qu'on nous avait mis par erreur dans la même chambre. Comme on est des adultes responsables, on est retournés à la réception expliquer qu'il y avait une erreur...

A ces mots, Maya eut un reniflement, sentit son bras serrer celui de Desmond par un mouvement réflexe, auquel il répondit par un sourire et un geste évasif de la main...

— Mais l'employé de la réception nous a jeté le même regard que tu as eu, là, tout de suite, et il a dit : « Ecoutez, vous deux, je suis Cupidon, le dieu de l'Amour, et je l'ai fait exprès, pour vous permettre d'être ensemble sans l'avoir voulu, alors remontez là-haut et amusez-vous bien. Et n'essayez plus de contrecarrer mes projets ! »

Maya éclata de rire, et Desmond en fit autant.

— Génial, ton rêve, dit-elle en s'arrêtant pour lui prendre les mains dans les siennes. Et après ?

— Après ? Eh bien, je me suis réveillé ! Je riais trop fort, juste comme maintenant. Je me suis dit : Non, non, ne te réveille pas encore ! Le meilleur est encore à venir !

Elle rit de plus belle, lui serra les mains.

— Non. Le meilleur a déjà eu lieu.

Il opina du chef, la serra contre lui. Puis son train arriva et il monta dedans.

Quatre pistes téléologiques

1. FAUSSE ROUTE

Patrouille de l'aube sur la paroi intérieure ouest du cratère de Crommelin. La routine : le tram jusqu'aux Bulles, grimper par l'une des pistes les plus abruptes du cratère, bifurquer vers celle qui fait le tour du lac à Featherbed, redescendre par une autre piste et récupérer la route circulaire pour reprendre le tram à quelques kilomètres à peine.

Mais ce matin-là il pleuvait à verse, il y avait du brouillard et pas ou peu de vent, de sorte qu'une centaine de mètres après avoir quitté le terminus du tram, je ne savais plus où j'étais. Je suivis ce que je croyais être la piste, mais qui se perdit presque immédiatement. Ce n'était donc pas le bon chemin. Seulement au lieu de faire demi-tour et de redescendre, je me dis qu'elle devait être quelque part sur ma droite, et je coupai par là dans l'espoir de la retrouver. Je n'y arrivai jamais. Mais à part dans quelques coins de Precipice Arc, tous les chemins mènent à Crommelin, c'est bien connu, alors je décidai de remonter à travers la forêt, dans l'espoir de retomber enfin sur la piste. Je tombais, d'ailleurs, sans arrêt, sur ce qui ressemblait à une version plus ancienne de la piste : trois ou quatre marches qui menaient à une rupture de la paroi; une longue dépression; quelques branches cassées; et surtout, des marques rectangulaires, à la peinture grise, sur les arbres de la forêt de Cimmeria. Je m'étonnai qu'on ait choisi le gris comme couleur, et je me dis que ça devait être une sorte de lichen, mais j'eus beau regarder de tout près, ça avait bien l'air d'être de la peinture, même quand je grattai la marque avec l'ongle. C'était de la peinture, je le jure, appliquée à hauteur de la poitrine ou de la tête, sur le tronc des arbres, selon une ligne brisée, mais nettement distincte, suivant la pente. C'était une paroi de cratère en saillie, disloquée, avec beaucoup d'arbres, de vieux chicots érodés et quelques parois de roche qu'il faudrait contourner, à moins de trouver un passage. Je me dis que partout où les arbres poussaient, je devais pouvoir grimper, alors je suivis la piste des arbres en me faufilant sous les branches, recevant des tonnes d'eau sur les épaules, mais il pleuvait à verse, alors un peu plus ou un peu moins, hein ? Non, le véritable problème, c'est que j'avais du mal à garder mon équilibre, à cause des couches de feuilles mortes qui étaient autant de pièges dans cette jungle de pierre.

Je gravissais toujours, obstinément, la pente glissante, en espérant évidemment qu'aucun des créneaux formés par la roche ébréchée ne me barrerait la route sur une distance infranchissable. Chaque fois que l'espace entre les dents de basalte se rétrécissait, des empilements grossiers de pierres m'aidaient à monter, à peine visibles sous les débris accumulés au fil des ans. Et puis, au moment où je commençais à me dire que c'était une piste qui devait monter jusqu'en haut, elle disparaissait et je me retrouvais en pleine brousse. Une question commença à m'obnubiler pendant toute la montée, occupant chacune de mes pensées lorsque j'inspectais la paroi brouillée par la pluie qui s'insinuait partout, formait des mares de boue sous mes pieds : ces blocs, là, avaient-ils été empilés pour m'aider à progresser ? Sur ce tronc, là, au milieu de ce petit bosquet, était-ce une marque grise indiquant une piste ? Mais pourquoi l'avoir mise là, entre ces arbres serrés ?

Je grimpais toujours, péniblement, en me protégeant la figure des branches griffues, l'épaule en avant pour écarter les plus grosses. Je montais toujours, mais j'avais beau scruter les environs, je n'arrivais pas à décider s'il s'agissait vraiment d'une piste. Ça avait souvent l'air d'un flanc de colline sauvage, vierge. Puis une petite section d'escalier apparaissait, m'aidant à franchir une zone difficile.

L'escalade était si longue que je commençai à me poser des questions. Il n'y avait que quatre cents mètres de dénivellation, j'aurais dû les parcourir depuis longtemps, non? Puis les nuages commencèrent à se dissiper, et la lumière revint. Cela dit, il pleuvait toujours et le vent se mit à souffler par rafales. La pente s'aplanit et j'arrivai sur une bande à peu près horizontale, couverte d'arbres, au centre de laquelle courait une vieille voie de tram rouillée. J'eus un petit choc en la voyant, je dois dire. Je me rappelai avoir lu qu'un vieux tram à crémaillère montait vers le sommet du pic, mais c'était sur la paroi sud du cratère. Un peu plus loin, je tombai sur West Apron Road, la route qui suit la lèvre du cratère sur son dernier segment, et la longeai pendant quelques minutes avant d'arriver aux installations du tramway et à la boutique qui se trouvaient au bord du cratère. J'étais content d'être arrivé en haut et de savoir enfin où j'étais par rapport à la circonférence du cratère, même si ça m'avait pris deux fois plus de temps et trois fois plus d'énergie que prévu, mais quand je repartis vers le nord, le long de la piste, je la perdis à nouveau! Il pleuvait, il y avait du brouillard, et la lèvre du cratère est très large, à l'ouest. Elle est constituée de roches fracturées qui forment des terrasses à ciel ouvert, marquées par des empilements de pierres, avec çà et là de petites forêts d'arbres convulsés, qui vous arrivent à la taille, parfois plus haut. Beaucoup de pistes entraient dans ces arbres, y tournicotaient un moment et se perdaient dans un fourré. Ça commençait à devenir très frustrant. Si ça continuait, j'allais arriver en retard. Quand je pars en patrouille à l'aube, j'essaie de rentrer au moment où les gens se lèvent, ou quand ils prennent leur petit déjeuner.

Alors je m'arrêtai et je réfléchis. Je n'y voyais rien avec la pluie qui tombait sur mes lunettes et j'avais l'impression d'avaler du brouillard. On n'y voyait pas à plus de vingt mètres, et là-haut, ce n'était vraiment pas assez.

Je fis demi-tour et repartis le long de la lèvre du cratère, en direction de la route. J'avais décidé de suivre celle qui menait au fond du cratère et de reprendre le tram aux Bulles. Dans le cratère, les distances sont tellement courtes, me disais-je, que ça ferait dix kilomètres tout au plus, et en descente sur la majeure partie du trajet. C'était moins drôle que de crapahuter sous la pluie, mais ça irait plus vite.

Avant de me mettre en route, j'entrai dans la boutique et achetai à boire. Ils venaient d'ouvrir. J'allai à la caisse payer mon soda, et les deux jeunes femmes qui étaient là me regardèrent en ouvrant de grands yeux lorsque je pris mon portefeuille dans ma poche. Mon pantalon était en tissu imperméable, mais il était trempé, et même la carte qui se trouvait dedans était mouillée. On aurait dit que j'avais piqué une tête dans le lac. Je décidai de faire l'impasse sur les explications et allai boire mon soda dehors.

La descente au pas de course fut une promenade de santé, malgré la pluie et le brouillard à couper au couteau. Je n'avais pas idée du niveau auquel je pouvais être sur la paroi. La route en zigzag traversa une falaise qui avait été transformée en une très jolie cascade. J'entrai sous les arbres, un tunnel couvert d'un long dais vert, et la pluie tombait toujours. J'arrivai à la gare et rentrai chez moi en tram, mais ce jour-là, je ratai le petit déjeuner.

Et tout le reste de la journée — et aujourd'hui encore, même si, ce jour-là, la question me hanta véritablement — je me demandai si j'avais été sur une ancienne piste ou non.

2. LES ERREURS ONT PARFOIS DU BON

J'emmenai mes parents à Precipice Trail alors qu'ils avaient une soixantaine d'années, mais à vrai dire, les dernières fois que j'avais emprunté cette piste, c'était en courant, histoire de boucler la boucle en vitesse et de retourner en ville assumer mes obligations familiales. Je n'en gardais donc que de vagues souvenirs. Je m'en rendis compte lorsque j'entrepris de leur faire faire l'excursion à allure réduite. Il y a une quantité monstrueuse d'échelles le long de cette piste. Après la traversée assez acrobatique de l'immense pente jonchée de blocs de pierre épars, ce n'est plus qu'une succession d'échelles, avec certains passages sur les crêtes pour aller du haut d'une échelle au pied de la suivante. Lors d'un de ces passages, ma mère prononça mon nom sur ce ton dont elle a le secret et qui veut dire : « Tu plaisantes, là ? », quant à mon père, qui était un peu à la traîne, il ne dit rien. Il n'était peut-être pas en aussi bonne forme que Maman, et il portait un jean serré. Il m'avoua, plus tard, avoir pensé que je me vengeais de tout ce qu'ils avaient pu me faire et qui ne m'avait pas plu. Mais il était costaud, et Maman aussi.

Arrivés au sommet, nous redescendîmes aussitôt, ce qui était moins fatigant sur le plan physique, mais encore assez sportif — et même pire, en réalité. Les échelles ne sont que des barres de fer rouillé fixées sur des parois verticales qui peuvent faire cinq mètres de haut. Regarder en bas quand on descend peut être assez éprouvant. Quand nous fûmes revenus à notre point de départ, je leur montrai où nous étions allés : vu d'en bas, ça ressemblait à une falaise à pic, et il y avait des grimpeurs qui s'équipaient en vue de l'escalade, juste à gauche de la piste. C'était vraiment impressionnant. Nous regagnâmes le campement, et ils étaient très excités. Je dirais même qu'ils étaient survoltés. Ils n'arrivaient pas à croire qu'ils avaient fait tout ça. Alors, même si c'était une erreur au départ, ç'avait été une bonne chose.

3. ON NE PEUT PAS PERDRE LA PISTE

Je parcourais le cratère de Crommelin depuis des années lorsque quelqu'un publia une histoire des pistes des cratères, et je le vis sous un éclairage tout à fait nouveau. Jusque-là, je voyais, mais je ne comprenais pas. Les pistes n'avaient pas été créées, comme je l'avais cru, par les coops qui administraient le cratère, mais par une succession de dingues inspirés, qui avaient rivalisé d'imagination et de talent. Les parois de granit fragmenté étaient devenues, il y avait vingt ou trente ans, avant le début du siècle, le canevas de la nouvelle forme d'art qui était leur mode d'expression. Quelqu'un avait eu l'idée de construire des pistes sur la paroi juste au-dessus et derrière la maison-disque de la coop, et ç'avait été à qui ferait la plus belle.

Mais quand l'administration actuelle était arrivée aux affaires, la moitié des pistes du cratère avaient été fermées sous prétexte qu'elles faisaient double emploi. Ce n'était pas faux. Seulement c'étaient aussi des œuvres d'art, magnifiquement construites avec d'énormes blocs de pierre, et beaucoup étaient encore là, même si elles ne figuraient plus sur les cartes. Dans son livre, cet homme avait publié les vieilles cartes et donnait des indices pour trouver les pistes que l'administration actuelle avait laissées à l'abandon. La recherche de ces pistes, « la chasse aux pistes fantômes », comme il disait, était une nouvelle forme d'art, dérivée de l'ancienne et qui la préservait. Je commençai à le faire moi-même et j'adorai ça. Ça ajoutait les plaisirs de la chasse au trésor, de l'archéologie, et surtout de la marche dans la jungle, à l'expérience déjà magnifique qu'était une randonnée dans le cratère.

Un jour, nous emmenâmes les enfants à la recherche d'une des vieilles pistes des coops. Nous trouvâmes d'abord ce qui avait dû être jadis une large esplanade qui courait le long du pied de la paroi, et qui était maintenant envahie de bouleaux. Nous traversâmes la piste la plus au nord qui figurait encore sur la carte et poursuivîmes vers le nord sur l'esplanade envahie par la végétation, en scrutant l'immense paroi à la recherche de traces. Je crus en voir un grand nombre, comme d'habitude. Et puis, au milieu des feuilles, je repérai une grande pierre dressée, tel un tronc humain. Nous courûmes voir ça de plus près, et nous tombâmes dessus : un escalier de pierre enfoui dans les feuilles mortes, qui montait le long de la paroi. C'était excitant.

Nous commençâmes à monter, les enfants en tête. Nous avions du mal à les suivre. La piste n'était pas très difficile. Elle consistait essentiellement en volées d'escalier incrustées dans la paroi. Il était évident qu'on ne l'avait guère empruntée depuis des années. Une section transversale avait perdu ses étais, et dix ou douze blocs avaient dévalé la pente, formant une boucle de pierre qu'il nous fallut franchir. A un endroit, un énorme bouleau était tombé en travers de la piste et nous dûmes contourner la souche. Grâce à ces détours, nous nous rendîmes compte à quel point la pente aurait été difficile à gravir sans la piste. Alors qu'avec elle, c'était une succession d'allées et d'escaliers.

Et puis, en regardant plus loin, nous vîmes que la piste coupait la pente d'un talus ombragé, juste sous une section incurvée de la paroi. L'immense éboulis de granit rose était envahi de lichen vert. Ces cercles vert clair sur cet amas rose pâle, on aurait dit un tapis vert pâle jeté sur un escalier colossal, rose pastel. Un monument construit par les Incas, ou par des visiteurs de l'Atlantide. Même les enfants s'arrêtèrent pour regarder ça.

4. GÉNIE NATUREL

Il est clair qu'avant de concevoir ses pistes, Dorr explora à fond la paroi est du cratère afin de tirer parti de ses caractéristiques. C'est ainsi qu'il la fit passer sous des surplombs, derrière des blocs de pierre éboulés, dans des ravines, à travers des tunnels. A un moment donné, la paroi était déformée par une énorme bosse de granit, un pluton apparent, plutôt inhabituel, fendu du haut en bas par une faille verticale si profonde qu'on aurait pu y entrer à mi-corps, sinon plus. Naturellement, Dorr fit passer une piste par cette faille, encastrant dans le fond un escalier étroit, abrupt, formant une volée de plusieurs centaines de degrés.

Je suivis cette piste magnifique sous la pluie, lors d'une de mes patrouilles de l'aube. Il faisait gris, il y avait de la brume, et je n'y voyais pas très loin, ni en haut ni en bas. Le temps que j'arrive à cette partie de la piste, la fissure était devenue le lit d'un torrent qui cascadait d'une marche à l'autre comme dans ces ascenseurs à saumons qu'on voit sur le côté des barrages. L'eau écumante jaillissait du brouillard et descendait en clapotant sur les degrés. C'était irréel.

Je ne pouvais continuer l'escalade sans tremper mes bottes ; j'allais avoir de l'eau jusqu'aux chevilles, sinon aux genoux. Dans l'outback, ç'aurait été un problème, mais là je savais que je serais chez moi vingt minutes après la fin de la randonnée ; je pourrais prendre une douche et mettre mes bottes à sécher devant le feu. Ce ne serait pas génial pour le cuir, mais qu'importe ! J'estimai que si c'était le prix à payer pour avoir le plaisir de gravir cet escalier d'eau, ça valait le coup. Pas après pas, *splash, splash,* l'eau blanche, son bruit, la pluie et le vent. Chaque pied posé prudemment, les mains agrippées à la paroi de granit, des deux côtés, en guise de rampe. Une escalade magnifique. Je pensais bien ne plus jamais revoir ça.

Et puis, en haut de l'escalier, la piste s'interrompait. Pour une raison ou une autre, Dorr n'avait jamais relié cette piste aux autres, et elle s'arrêtait en haut de la bosse de granit, à mi-chemin de la paroi. Pour rejoindre l'escalier suivant, je devais traverser un vaste talus couvert de bouleaux et de branches mortes, alors détrempé, et perdu dans le brouillard.

Je m'y engageai vaille que vaille, en me réjouissant du changement de nature du problème. Ici, c'était la réunion de toutes les pistes fantômes qui créait la piste, me dis-je, et j'en cherchai des indices. Je ne m'inquiétai pas trop de n'en trouver aucun. Les pistes vont et viennent, en fonction de leur utilité. Quand il y a de nombreux chemins, les gens se dispersent, les empruntent un peu tous, de sorte que la piste s'estompe et disparaît. Elle n'est pas indispensable. Quand le passage est difficile, la piste redevient nette — il n'y a que peu de chemins possibles, et les voies existantes sont très fréquentées. C'est partout pareil. La plupart des pistes n'ont jamais été tracées sciemment, vous comprenez ; elles ont été foulées au fil du temps par des gens qui avaient évalué la pente à leur façon et étaient plus ou moins arrivés aux mêmes conclusions. Alors, chaque fois que je perds une piste et que je la retrouve, je me dis avec satisfaction que j'ai estimé le problème de la même façon que mes prédécesseurs. Je me dis : Tiens, encore une manifestation du génie naturel qui est en chacun de nous. C'est vraiment chouette.

C'est ainsi que je me précipitai, tout content, à travers ce talus détrempé. C'était amusant. Je finirais bien par retrouver la piste de Dorr.

Je repérai sur un tronc d'arbre, juste devant moi, l'une des marques à la peinture grise que j'avais vues lors d'une de mes autres patrouilles de l'aube sous la pluie. Hé, hé ! me dis-je, croyant avoir trouvé confirmation de ce que je pensais. Et puis je remarquai qu'il y avait d'autres taches grises sur les arbres autour du premier. En fait, il y en avait sur tous les troncs visibles de cet endroit, dans toutes les directions. Je me rendis compte que la piste sur laquelle j'étais tombé, de l'autre côté du cratère, n'existait probablement que dans mon imagination. J'avais vu dans le paysage une chose qui n'y était probablement pas.

Sauf qu'elle y était, je le jure. Il y a quelque chose, là-bas. Je pense que nous aurions tort d'éliminer à priori l'idée d'une sorte de téléologie dans l'histoire. Le paysage lui-même semble appeler la piste. Il nous impose la meilleure façon d'avancer. Et il se pourrait qu'il y ait dans le paysage humain, voire dans le continuum temporel, des rampes et des degrés invisibles qui guident notre avance. Nous pouvons effectuer certains choix, bien sûr, mais il y a un terrain donné à traverser. Alors je soupçonne que le fait de voir des pistes qui ne sont pas là est en réalité une activité quotidienne de l'esprit humain. Quand le chemin est difficile, les gens se regroupent. Et les pistes sortent de nulle part.

Plus tard, j'appris qu'il existe bel et bien un lichen issu du génie génétique appelé «lichen peinture grise». Je suis sûr que celui qui l'a conçu a dû trouver ça très drôle.

Ce jour-là, sous la pluie, ça n'avait pas d'importance. Je tombai bientôt sur une autre piste de Dorr, une merveille de pierre, et cette fois elle était encore portée sur les cartes. Elle était tellement fréquentée qu'elle brillait sous son manteau d'eau, qui, à l'endroit où la piste traversait la pente, était peu profonde.

Mais elle redescendait très vite à flanc de colline, repartait vers la ville et redevenait une cascade bondissante. J'arrivai à une section où la paroi du cratère était plus raide et s'incurvait pour former une bosse qui surplombait une profonde ouverture vers le bas, à côté d'une butte. A cet endroit, la piste dévalait un énorme escalier abrupt niché dans une ravine entre le tertre et la paroi. Cette ravine était à présent une grande cascade impétueuse, ou plutôt plusieurs cascades qui formaient une draperie liquide devant la paroi et s'engouffraient dans le goulet en rapides tumultueux, rugissant entre des pierres qui arrivaient d'ordinaire à hauteur de taille ou de poitrine. Pour continuer, il allait falloir que je franchisse ce torrent.

J'avançais précautionneusement, en me cramponnant aux roches ou aux branches de chaque côté. L'eau m'arriva d'abord aux genoux, puis aux cuisses. Je sentais ses coups de boutoir sur le derrière de mes jambes.

C'est alors que la pluie redoubla, et la paroi du cratère devint une énorme cascade. Puis l'averse changea de nature, et un rideau de grêle s'abattit sur l'eau écumante qui se ruait sur moi. Je me cramponnai des deux mains à une pierre, le long de la piste, et rentrai la tête dans les épaules en regardant l'écume formée par la grêle flottante monter, monter jusqu'à ce que j'en aie jusqu'à la poitrine, et continuer à monter tout en dévalant la ravine. L'espace d'un instant, je me pris à redouter que l'eau ne m'emporte ou me noie sur place. Puis le niveau de l'eau baissa un peu, je réussis à traverser les rapides et à me hisser, pas à pas, de l'autre côté de la ravine, l'eau rugissant autour de moi. J'agrippai solidement un bouleau ruisselant et éclatai de rire, tout haut. Ce devait être l'un des moments les plus civilisés de mon existence.

Coyote fait des siennes

La cité était belle, la nuit. La tente était invisible, et ils auraient aussi bien pu vivre sous les étoiles. Des étoiles, c'était comme s'il y en avait même dans la ville, sur les parois des neuf mesas, et quand il marchait dans les rues, il avait l'impression de voguer parmi une flotte d'immenses paquebots de luxe. Il repensait alors à cette fameuse soirée de son enfance, quand ces quatre grands vaisseaux blancs étaient apparus dans les eaux de Port of Spain, chacun pareil à un monde étincelant. On aurait dit que des galaxies étaient descendues du ciel pour s'ancrer dans le port.

Les cafés de la promenade, le long du canal, restaient ouverts tard le soir ; et rares étaient les nuits où les étoiles du canal n'étaient pas mises en déroute par le plongeon d'un fêtard aviné ou d'un passant bousculé. Coyote passait la plupart de ses soirées vautré dans l'herbe, devant le restaurant grec, au bout de la double rangée de colonnes de Bareiss. Quand personne ne tombait dans le canal, Coyote y lançait des petits cailloux pour faire danser les étoiles sous ses bottes. Les gens venaient s'asseoir à côté de lui, lui faisaient leur rapport, lui annonçaient leurs projets et repartaient. La situation était tendue, depuis quelque temps. Ce n'était plus si simple d'entretenir un réseau d'espions dans la capitale de l'Autorité transitoire de l'Organisation des Nations unies. Mais il y avait encore, dans les chantiers de construction, des milliers d'ouvriers qui creusaient les neuf mesas pour les changer en bâtiments colossaux. Tant que vous aviez une carte de travail à présenter aux postes de contrôle, personne ne vous ennuyait. Pour le moment. C'est ainsi que, le jour, Coyote travaillait (certains jours ; il n'était pas fiable), et la nuit il faisait la foire, comme des milliers d'autres. Tout ça en récoltant des informations pour l'underground auprès d'un groupe disparate constitué de vieux amis et de quelques nouveaux.

Ce cercle incluait Maya et Michel, qui habitaient dans un appartement au-dessus d'un studio de danse, partageaient leurs informations avec Coyote (et les mettaient à profit), mais se tenaient généralement à carreau et évitaient les points de contrôle, parce qu'ils étaient sur la liste des personnes recherchées par l'ATONU — liste qui allait en s'allongeant, d'ailleurs. Et après ce qui était arrivé à Sax, et à Sabishii, personne n'avait envie de se faire épingler.

La situation actuelle inquiétait Coyote et le mettait en rage. Hiroko et son groupe, qui avaient disparu — avaient été tués, en d'autres termes (bien qu'il n'en soit pas encore sûr) ; Sax, qui avait subi des dommages cérébraux ; Maya et Michel, qui vivaient terrés comme des rats dans leur trou ; on ne pouvait pas se retourner sans voir des agents de la sécurité de l'ATONU. Et des postes de contrôle. Même son réseau d'espions : rien ne prouvait que l'un d'eux n'avait pas changé de camp. Par exemple, cette jeune femme, employée au quartier général de l'ATONU de Burroughs, une Dravidienne très séduisante, qui était assise dans l'herbe à côté de lui. Elle lui racontait que Hastings devait arriver par le train de Sheffield, le surlendemain. Hastings, la Némésis de Coyote. Mais était-ce vrai ? Il trouvait la séduisante jeune femme plus laconique que d'habitude, aimable, mais les yeux brillants. Ses mouchards lui disaient qu'elle n'était pas équipée de micro clandestin, mais elle avait pu se laisser retourner et lui raconter des histoires, ou lui tendre un piège, comment savoir ?

Elle était censée se renseigner sur ce que la sécurité de l'ATONU savait sur les Rouges radicaux. Irrité, il l'interrogea sur ce sujet et elle hocha la tête : elle avait aussi des informations sur ce dossier. Apparemment, ils en savaient un rayon. Pas mal. Il la soumit à un feu roulant de questions. C'était de plus en plus intéressant. Elle lui dit sur les Rouges des choses qu'il ne savait pas lui-même.

Il finit par la laisser partir avec un sourire chaleureux. Il était toujours égal à lui-même avec tout le monde, et il ne pensait pas qu'elle ait perçu ses soupçons. Il siffla son verre de métaxa, l'abandonna dans l'herbe et s'aventura dans la rue des Cyprès, vers le petit studio de danse. Des gens pirouettaient derrière la vitre. Il se faufila à l'étage et gratta-tapa à la porte selon son code personnel. Maya le fit entrer.

Ils commentèrent les dernières nouvelles et comparèrent leurs informations. L'une des craintes de Maya, à ce moment-là, était que les Rouges radicaux ne frappent avant que le reste de la résistance ne soit prêt, et Coyote convint que c'était une possibilité inquiétante, même s'il appréciait généralement l'attitude des Rouges. Mais il avait d'autres nouvelles pour elle.

— Ils croient apparemment pouvoir interrompre le terraforming, lui dit-il. Renverser le système. L'ATONU a infiltré une taupe quelque part, et ils ont appris ça. Il y a une faction Rouge qui croit pouvoir y arriver par des moyens biologiques. Une autre faction voudrait intervenir sur les bombes thermiques enfouies dans le sous-sol. Saboter un de ces réacteurs nucléaires de telle sorte que les radiations remontent à la surface, ce qui entraînerait la fermeture de l'installation.

Maya secoua la tête, écœurée.

— Irradier la surface ! C'est dingue.

Coyote ne pouvait qu'acquiescer bien qu'il ait généralement de la sympathie pour eux.

— Espérons que l'ATONU écrasera ces groupes avant qu'ils ne passent à l'action.

Maya fit la grimace. Qu'ils soient mal inspirés ou non, les Rouges étaient leurs alliés et l'ATONU leur ennemi commun.

— Non. Il faut les prévenir qu'ils sont infiltrés. Et les convaincre de renoncer à cette folie. De suivre la stratégie générale.

— Sinon, il faudra peut-être que nous mettions nous-mêmes fin aux agissements de ces cinglés...

— Non. Je vais parler à Ann.

— Très bien.

De l'avis de Coyote, c'était une perte de temps pour tout le monde. Mais Maya y tenait mordicus, alors...

Michel arriva et ils s'interrompirent pour prendre le thé. Coyote sirota le sien et secoua la tête.

— Compte tenu de la crispation du débat, il se pourrait que nous soyons obligés de passer à l'action avant d'être tout à fait prêts.

— Je préférerais attendre Sax, répondit Maya, comme toujours.

Lorsqu'il eut fini son thé, Coyote se leva.

— Je voudrais faire quelque chose au cas où Hastings viendrait par ici, dit-il.

Maya secoua la tête. Ce n'était pas le moment d'abattre leur jeu.

Mais Maya n'avait qu'une idée en tête, ces temps-ci : attendre sans bouger jusqu'au dernier moment. Elle vivait cachée comme un cloporte sous une pierre, et tout le mouvement devait en faire autant. Elle ne voulait pas en démordre, et elle réussissait généralement à faire valoir son point de vue auprès de la plupart des membres du mouvement. Il y aura un événement déclencheur, disait-elle en substance. Je le saurai quand je le verrai.

Mais les voyant, Michel et elle, dans leur tanière, Coyote s'énervait.

— Juste un petit signe, dit-il. Rien de méchant.

— Non, répliqua-t-elle.

— Bon, on verra, dit-il.

Il quitta leur cachette, retourna au bord du canal et but quelques verres en fulminant. Cette Maya recluse dans son gourbi l'énervait. Enfin, c'était une dangereuse révolutionnaire. La prudence s'imposait. Et pourtant, la situation devenait sérieuse et pire que ça : ennuyeuse. Il fallait faire quelque chose.

Et puis il fallait qu'il sache si cette jeune femme jouait un double jeu ou non.

Le lendemain soir, à l'heure où les serveurs commençaient à retourner les chaises sur les tables des restaurants désertés en s'engueulant d'une voix morne et lasse, Coyote flâna ostensiblement vers le bout du canal Niederdorf en s'assurant qu'il n'était pas suivi. Ses contacts l'attendaient près de la dernière colonne de Bareiss. Ils repartirent séparément vers les boutiques situées au coin du boulevard du Grand Escarpement et de la rue des Cyprès. Coyote les aborda là, entre deux cyprès : deux jeunes femmes en noir, dont celle du quartier général.

— Telles des dryades dans la nuit, dit-il.

Les deux femmes partirent d'un rire étranglé.

— Vous avez la banderole ?

Elles hochèrent la tête d'un air tendu et lui montrèrent un paquet qui tenait dans le creux de la main.

Ils les mena dans la nuit, vers le haut de la butte d'Ellis, jusqu'à ce qu'ils se retrouvent au-dessus des cyprès qui ondoyaient doucement dans la brise nocturne. Il paraissait faire agréablement frais au début, mais la pente était assez forte et ils furent vite en nage.

Coyote avait depuis longtemps mémorisé le sentier de terre battu qui empruntait une saignée dans la paroi nord de la mesa. Les neuf mesas de Burroughs étaient devenues des gratte-ciel stupéfiants et dans l'esprit des gens ça n'avait jamais été autre chose que cette congrégation de cathédrales massives, de sorte que les escalader maintenant revenait à gravir la paroi d'un bâtiment, ce qui ne se faisait plus que rarement. Mais chacune des mesas était enlacée par d'anciens sentiers, quand on savait ou chercher. Et Coyote avait ses chemins à lui, un peu partout.

Le sommet de la butte d'Ellis n'était plus qu'un domaine résidentiel luxueux, mais il y avait, sous la mesa proprement dite, une étroite corniche qui était restée à l'état de piste. Il y conduisit les deux jeunes femmes en les tenant par la main. Il avait l'impression de sentir battre leur cœur dans leurs paumes en sueur. Ils arrivèrent à un affleurement de basalte qui barrait la piste, bloquant le passage. En se penchant ils avaient l'impression de plonger directement sur le boulevard du Grand Escarpement. La gare arc-boutée contre la paroi de la tente était encore éclairée, mais aucun train de nuit n'était arrivé depuis plus d'une heure, et tout était calme. Tellement tranquille, en fait, qu'ils entendaient parler des gens, au-dessus d'eux, sur une terrasse privée. Coyote fit signe à ses compagnes, et l'une d'elles tira le paquet de sa poche. L'autre effleura un bouton sur son bloc-poignet.

— Que personne ne bouge, dit une voix amplifiée, des silhouettes apparaissant derrière eux, sur la corniche.

Coyote bondit, empoigna la rambarde de la terrasse privée et effectua un rétablissement acrobatique digne de John Carter. Il tomba sur une calme réception où l'on fit à peine attention à lui ; il avait déjà disparu dans les allées pittoresques du haut de la mesa, une vraie providence pour un homme en fuite. De l'autre côté du plateau, il y avait une piste dont peu de gens connaissaient l'existence. Coyote avait déjà parcouru une bonne distance dans le noir quand des agents de la sécurité se penchèrent sur la rambarde, au-dessus de lui, et braquèrent des projecteurs dans sa direction. Il se recroquevilla et se changea en rocher pendant qu'ils scrutaient la paroi. Il attendit qu'ils repartent et poursuivit sa descente.

Mais au bout de la piste, ça grouillait de sbires qui essayaient de cerner cette satanée mesa. Coyote remonta, par un terrier de lapin, vers l'un des niveaux médians, au cœur de la mesa. Là, un ascenseur le déposa directement dans une station du réseau de transport souterrain. Il monta dans la première rame, s'assit et reprit son souffle en essayant de se faire oublier jusqu'à Hunt Mesa, où il descendit.

Il ressortit sur le boulevard du Grand Escarpement, loin du tumulte de la butte d'Ellis. Libre de ses mouvements dans la nuit noire de la cité. Mais le Coyote était fou. Quand ils avaient préparé le premier paquet, il en avait fait quelques-uns de plus, alors il retourna en chercher un dans sa carrée à peine plus grande qu'un cercueil, dans le cantonnement des travailleurs de Black Syrtis Mesa. Il remonta le boulevard Thoth en réfléchissant. Il avait prévu d'accrocher la première banderole entre Ellis et Hunt, au-dessus du boulevard du Grand Escarpement, afin d'accueillir les voyageurs qui sortaient de la gare. Ils ne pouvaient pas le rater. Cet emplacement ne lui paraissait plus aussi judicieux. Mais en descendant le boulevard, on arrivait au parc du canal et on se retrouvait à un grand carrefour, à l'endroit où le boulevard Thoth tombait sur le parc. Il allait plutôt la suspendre entre la montagne de la Table et Branch Mesa, et attendre pour la déclencher que les voyageurs soient juste dans l'axe.

Il n'avait pas de temps à perdre. La nuit était déjà bien avancée, et il devait agir subrepticement. Bref, juste le genre de chose que le Coyote adorait. Alors, aussi furtivement que l'animal dont il portait le nom, il grimpa sur la montagne de la Table et s'arrêta devant un bloc de roche situé en haut de la paroi est pour sceller un piton (il avait préparé Ellis et Hunt à l'avance) ; un jeu d'enfant avec un laser. Seul léger inconvénient, le bruit; mais dans les grandes villes, il y a tout le temps plein de bruit, même la nuit. Il attacha un bout de la banderole de rechange à l'anneau et redescendit en tirant derrière lui son fil d'Ariane, impalpable dans le doux air de la nuit. Il traversa le boulevard Thoth comme n'importe quel travailleur de nuit (dans les grandes villes, il y a tout le temps plein de gens, même la nuit), en se hâtant discrètement afin que le fil d'Ariane soit le moins longtemps visible des passants. Puis il gravit une autre piste oubliée sur la proue de Branch Mesa, jusqu'à ce qu'il se retrouve en face de l'anneau qu'il avait scellé dans la montagne de la Table, à quelque deux cent cinquante mètres au-dessus du niveau de la rue.

Il scella un autre anneau. Ça avait l'air de se calmer, autour d'Ellis. Quand l'anneau fut solidement fixé, il tira au-dessus du vide le fil d'Ariane accroché à l'anneau qui se trouvait à plus d'un kilomètre de là. Malgré sa finesse impalpable, il dut tirer vraiment fort vers la fin, longueur de bras après longueur de bras, jusqu'à ce que l'impalpable filin, pareil au fil à pêche de son enfance mais beaucoup plus résistant, soit bien tendu au-dessus du vide. Il attacha l'extrémité du fil à l'anneau et se fendit d'un grand sourire en effectuant le dernier nœud. Plus tard, ce matin-là, si Hastings sortait bien de la gare avec sa bande de bureaucrates, Coyote déclencherait le déploiement de la banderole d'un déclic de stylo à laser, et les visiteurs seraient accueillis par une banderole surplombant le boulevard Thoth. Celle qu'il avait perdue sur la butte d'Ellis suite à la traîtrise des deux jeunes femmes arborait un slogan de leur cru : *La véritable transition n'a pas encore commencé*, fine allusion, sans doute, à l'Autorité Transitoire des Nations Unies. Mais Coyote avait prévu le coup et préparé un message de secours. La banderole de Coyote proclamait : *ATONU, on va te virer de Mars à coups de pompes dans le train.*

Il éclata de rire à cette idée. Il n'osait espérer que la chose resterait là plus d'une dizaine de minutes, mais il y aurait des photos. Certains riraient, d'autres fronceraient les sourcils. Maya lui en voudrait, il le savait. Mais c'était une guerre des nerfs, à ce stade, et il fallait que l'ATONU le sache : la population leur était en majorité opposée. Ce qui était très important, aux yeux de Coyote. Aussi important que d'avoir les rieurs de son côté. Il discuterait stratégie avec elle, s'il le fallait.

Et dans sa tête il lui dit rageusement : « On va les virer de la planète sous les éclats de rire », et il éclata de rire à cette idée. L'aube rosissait le ciel, à l'est. Plus tard, ce jour-là, il faudrait qu'il quitte la ville. Mais d'abord, un bon petit déjeuner. Arrosé au champagne, pourquoi pas ? Le long du canal, avant l'arrivée du train. Ce n'était pas tous les jours qu'on annonçait une révolution.

Michel en Provence

Des années plus tard, Michel arriva quand même sur Mars. Il y avait une représentation de l'Union européenne sur Argyre Planitia, au pied de Charitum Montes. Michel prit l'une des fusées Lorenz rapides, de sorte que le voyage ne dura que six semaines. Une fois arrivé, il s'installa pour un an et demi, le temps qu'il fallait aux planètes pour se réaligner de telle sorte que le voyage de retour soit le moins cher possible. Et malgré la vision spectaculaire des sommets de Charitum, qui rappelait les crêtes recuites des montagnes de l'Atlas ou certains endroits du désert Mojave, malgré la lumière parfaite (par comparaison avec les nuits de l'Antarctique), pas une seule fois il ne se retrouva vraiment dehors. Il était toujours enfermé, même quand il sortait en patrouilleur, ou dans les scaphandres spatiaux modifiés qui ressemblaient en fait à des combinaisons de plongée avec leur casque et leur sac à dos, si légers dans la gravité magique. Il était enfermé quand même. Hermétiquement. Cloîtré. Et Michel, comme la plupart de ceux qui étaient là, en souffrait de plus en plus au fur et à mesure que le temps passait. Tout le monde, dans les huit stations scientifiques, présentait des symptômes de claustrophobie. A part une petite minorité qui souffrait d'agoraphobie. Michel fit des dossiers sur chacun d'eux et enregistra en particulier des dépressions nerveuses spectaculaires et quelques évacuations médicales d'urgence. Aucun doute : il avait raison. Mars n'était pas un endroit habitable à long terme. Le terraforming, qui était théoriquement possible, prendrait des milliers d'années. En attendant, ce ne serait qu'un caillou dans l'espace, un astéroïde géant. Comme tout le reste de son équipe, Michel était fou de joie lorsque le moment vint de regagner leur monde bleu et chaud, à ciel ouvert.

D'un autre côté… Et s'il avait tort ? Mars était-elle vraiment différente de McMurdo, ou même de Las Vegas, cette ville qui avait poussé dans un désert invivable ? N'y avait-il aucun espoir qu'une colonie martienne permanente donne à l'humanité une sorte de but, une existence symbolique pour la guider à travers les splendeurs et les misères de ce siècle de ténèbres, ce millénaire de tous les dangers ? On faisait des miracles, sur Terre. La science progressait tous les jours, entraînant des changements radicaux. En médecine, surtout : la multiplication des traitements anti-viraux et anti-cancéreux, le rajeunissement des cellules repoussaient toujours plus loin la mort. Les implications étaient affolantes pour l'esprit. La durée de vie des gens, de Michel ! était allongée de plusieurs dizaines d'années, elle dépassait de très loin l'échéance normale. S'ils avaient la chance d'accéder au traitement — s'ils pouvaient se le payer, en d'autres termes —, ils pouvaient espérer vivre des dizaines d'années de plus. Des dizaines d'années ! Et compte tenu de l'expansion logarithmique vertigineuse de la connaissance scientifique, qui sait ? ils pourraient peut-être changer les décennies en siècles.

D'un autre côté, personne ne savait quoi faire de ce cadeau incompréhensible, toutes ces années en plus. Ça défiait le bon sens, parce que les autres problèmes du monde n'avaient pas disparu. Au contraire, l'accroissement de la longévité posait un problème pratique, immédiat, pervers : plus de gens sur Terre, ça voulait dire d'autant plus d'affamés, de jalousies, de guerres, de morts inutiles. La mort semblait répondre coup pour coup, avec ingéniosité, aux avancées de la science. C'était un bras de fer titanesque, et Michel avait parfois l'impression, tout en détournant les yeux des gros titres, qu'ils ne gagnaient des années d'existence que pour avoir plus de gens à massacrer ou à plonger dans la misère. La famine tuait des millions d'êtres dans les pays sous-développés, et en même temps, sur la même planète, des gens increvables faisaient du sport dans leur Xanadu.

Peut-être la création d'un village international sur Mars aurait-elle permis à tout le monde de voir plus clairement qu'ils étaient une culture unique sur un monde unique. Les souffrances individuelles de tous les colons martiens auraient été négligeables par rapport aux avantages qu'ils auraient retirés de cette grande leçon. Le projet les aurait justifiées. Tels les bâtisseurs de cathédrales, ils auraient effectué un travail pénible, inutile, qui leur bouffait la vie, mais au service d'une chose magnifique qui aurait voulu dire : Nous ne faisons qu'un. Et il s'en serait certainement trouvé quelques-uns parmi eux pour aimer ce travail, et la vie qu'il leur imposait, à cause de sa finalité. De son but, le seul fait de se sacrifier pour les autres, d'œuvrer pour le bien des générations futures. Afin que les gens sur Terre puissent lever les yeux vers le ciel nocturne et se dire : *Nous sommes aussi ça*. Et pas seulement les horreurs des gros titres. Un monde vivant dans le ciel. Un projet à l'échelle de l'histoire.

Michel n'était donc pas à l'aise quand l'étoile rouge brillait dans le ciel, et pendant des dizaines d'années, après son retour de Mars, il avait vécu en proie à un trouble profond. Il tournait en rond, en Provence et même dans toute la France et les pays francophones, à la recherche d'un endroit où se poser. Il finissait toujours par lever le pied et par revenir en Provence. C'est là qu'il était chez lui. Pourtant, il n'y était pas à l'aise. Il n'était bien nulle part.

Et lui qui était thérapeute, il se faisait l'impression d'un escroc ; le docteur était malade. Mais il n'avait pas d'autre métier dans les mains. Alors il parlait avec des gens malheureux, il leur tenait compagnie, c'était son gagne-pain. Il essayait d'éviter la lecture des gros titres. Et il ne levait jamais les yeux la nuit.

Et puis, une année, à l'automne, il y eut à Nice un grand colloque sur l'habitat dans l'espace, en partie financé par le programme spatial français. Comme Michel avait été là-haut et avait étudié le problème, il fut invité à y prendre la parole. Ça se passait à quelques kilomètres à peine de chez lui, et comme cette idée n'arrêtait pas de lui tourner dans la tête, il eut beau résister, il accepta — par orgueil, sentiment de culpabilité, sens des responsabilités, ou sur un coup de tête, comment savoir? —, bref, il accepta d'y participer. C'était le centenaire de leur hiver dans l'Antarctique.

Et puis il n'y pensa plus. Il s'en voulait d'avoir accepté l'invitation, peut-être même avait-il un peu peur. Alors il ignora toutes les informations qu'il reçut par la poste. C'est ainsi qu'il alla à la conférence, un matin, en sachant seulement qu'il devait participer à une table ronde cet après-midi-là... et Maya Toïtovna était là, dans le hall, au milieu d'un cercle d'admirateurs.

Elle le vit et se rembrunit légèrement. Elle haussa les sourcils et, les doigts écartés comme les plumes du bout de l'aile, elle effleura le haut du bras de l'homme qui se trouvait auprès d'elle, s'excusa et quitta le cercle. Et puis elle se trouva devant lui, lui serra la main.

— Je m'appelle Toïtovna. Vous vous souvenez de moi?

— Je t'en prie, Maya, dit-il péniblement.

Elle eut un bref sourire et l'attira sur sa poitrine. Le tint à bout de bras.

— Tu vieillis bien, décréta-t-elle. Tu as l'air en pleine forme.

— Toi aussi.

Elle éluda le compliment d'un geste. C'était pourtant vrai. Elle avait les cheveux d'un blanc argenté, le visage strié de rides, mais ses grands yeux gris étaient aussi clairs et pénétrants que dans son souvenir. D'une immarcescible beauté. Même quand Tatiana était là pour lui faire de l'ombre, elle avait toujours été la plus belle femme de sa vie, la plus magnifique.

Ils parlèrent, plantés là, se regardant. Ils étaient vieux, maintenant, ils avaient bien plus d'un siècle. Michel devait faire un effort pour parler anglais, et elle parlait avec un accent marqué, ce qui l'obligeait à se concentrer. Il apprit qu'elle aussi, elle était allée sur Mars. Elle y était restée six ans, vers 2060, pendant les années de trouble. Elle haussait les épaules en y repensant.

— C'était difficile d'en profiter avec tout ce qui se passait de terrible, à ce moment-là.

Le cœur battant, Michel suggéra qu'ils dînent ensemble.

— Très bonne idée, répondit-elle.

La conférence en fut transformée. Michel regardait les gens avec un regard neuf. La plupart étaient beaucoup plus jeunes que Maya et lui, impatients de repartir dans l'espace, de vivre sur la Lune, sur Mars, sur les lunes de Jupiter — partout, sauf sur la Terre. Il était évident pour Michel que leur désir profond comportait une bonne dose de fuite en avant, mais il décida de fermer les yeux ou plutôt d'essayer de voir les choses comme eux, de modérer ses réactions, de les juger à l'aune de leur désir. Sans désir, qui aurait pu vivre ? Pour ces gens, Mars n'était pas un endroit, même pas une destination, mais une lunette d'approche qui leur permettait de focaliser leur vie. Les choses étant ce qu'elles étaient, il ne souhaitait pas considérer le problème avec son dédain habituel, position qui avait d'ailleurs cent ans de retard, et n'était peut-être plus adaptée au moment présent. Le monde foutait le camp. Mars amenait les gens à s'en rendre compte. Une fuite, oui, peut-être. Mais aussi une lunette d'approche. En s'y mettant, il pouvait contribuer à la mettre au point. Ou à la braquer sur certains problèmes.

Compte tenu de tout ça, il réfléchit à ce qu'il allait raconter. Il apparut que Maya participait à la même réunion que lui, cet après-midi-là. Un groupe de vétérans de Mars sur une estrade, partageant leur expérience avec le public, lui disant ce qu'il fallait faire à leur avis. Maya leur parla de la vie à la limite, du regard en arrière. De la perspective que ça vous donnait. Sous cet angle, les choses reprenaient leurs véritables proportions, et il était évident qu'une culture permanente, stable, était la chose la plus importante à laquelle la société devait œuvrer pour le moment.

Quelqu'un, dans l'auditoire, demanda s'ils pensaient que le projet russo-américain original, qui consistait à envoyer une centaine de colons permanents, n'aurait pas été, rétrospectivement, la meilleure façon de procéder.

Du bout de la rangée d'orateurs, Maya se pencha en avant et le regarda. Il était apparemment le plus qualifié pour répondre.

Il attira à lui son micro.

— Tout est possible, dans n'importe quelle situation donnée, dit-il en réfléchissant intensément. Une colonie martienne vers 2020 aurait pu devenir… tout ce que nous espérions. Mais…

Il secoua la tête, ne sachant comment poursuivre. Mais j'ai

perdu mon sang-froid. J'ai perdu mon amour ; j'ai perdu tout espoir.

— Mais les probabilités étaient contre nous. Les conditions auraient été trop difficiles à supporter, à long terme. Les Cent auraient été condamnés à...

— Condamnés à la liberté, dit Maya dans son micro.

Michel la regarda, à l'autre bout de la rangée, choqué, sentant le désespoir monter en lui.

— La liberté, oui, mais dans une boîte. Dans une prison. Sur un monde de pierre, sans atmosphère. Ç'aurait été trop dur, physiquement. Vivre dans une boîte c'est vivre dans une prison, même si c'est une prison qu'on a conçue soi-même. Non, nous serions devenus fous. Beaucoup de ceux qui vont là-bas ne s'en remettent jamais. Ils présentent les symptômes d'une sorte de désordre, de tension post-traumatique...

— Mais vous avez dit que tout était possible, reprit la personne dans le public.

— Certes. La situation aurait pu évoluer. Nous ne le saurons jamais. « Et si ? » est une question sans réponse. En étudiant les données, j'ai dit à l'époque que le projet posait problème. Nous devons maintenant considérer la situation actuelle. Nous sommes quand même allés sur Mars, progressivement, en prenant les choses dans l'ordre. L'infrastructure est maintenant en place ; on peut commencer à en faire un endroit où la vie sera plus facile. Le moment est peut-être venu pour les colons de s'installer à demeure.

Et, par bonheur, d'autres prirent le relais, le décrochant de l'hameçon, le sauvant de leur interrogatoire.

Mais ce soir-là, au dîner, Maya l'observa attentivement. Et la conférence de l'après-midi lui revint à l'esprit.

— Je ne savais pas quoi dire, avoua Michel.

— Le passé, répondit évasivement Maya, évacuant la notion de passé d'un geste de la main.

Michel se sentit allégé d'un grand poids. Elle n'avait pas l'air de lui en vouloir.

Ils passèrent une soirée merveilleuse.

Le lendemain, ils explorèrent la côte, du côté de Nice, les petites plages que Michel connaissait depuis son enfance. Sur l'une d'elles, elle ôta ses vêtements et se baigna en slip et soutien-gorge dans la Méditerranée, une vieille femme au port de reine, aux épaules larges, aux longues jambes. C'était le cadeau de la science, ces années de vie et de santé supplémentaires alors que selon tous les critères ils auraient dû être morts depuis longtemps. Ils auraient dû être morts et enterrés depuis des dizaines d'années, et ils étaient là, au soleil, à jouer dans les vagues, forts et vigoureux, même pas courbés par les ans. Physiquement, en tout cas. Alors qu'il sortait en titubant des flots, ruisselant, aussi élancé qu'un dauphin, Maya rejeta la tête en arrière et partit d'un rire tonitruant. A côté d'elle, les jeunes femmes qui se doraient au soleil sur la plage étaient des gamines de cinq ans.

Ce soir-là, ils séchèrent la conférence et Michel l'emmena à Marseille dans un restaurant qu'il connaissait, au-dessus du port. Ce fut encore une soirée formidable. Quand ils rentrèrent, tard dans la nuit, à l'hôtel qui hébergeait la conférence, Maya le prit par la main et l'emmena dans sa chambre. Ils s'embrassèrent comme des jeunes de vingt ans et se laissèrent tomber sur son lit, tous les sens en feu.

Michel s'éveilla juste avant l'aube et regarda le visage de son amante. Le sommeil donnait des airs enfantins à ce profil de vieux faucon. Une beauté. C'était du caractère que naissait la beauté — l'intelligence, le tonus, le pouvoir de ressentir intensément, d'aimer. Le courage, c'était la beauté, le reste était dérisoire. En fin de compte, l'âge seul ajoutait à la beauté.

Il était heureux — heureux de voir au cœur des choses, de se sentir si présent, dans la réalité, dans cette aube grise. Mais surtout il éprouvait un soulagement sur lequel il n'arrivait pas tout à fait à mettre le doigt. Il la regarda respirer en réfléchissant. Si elle avait couché avec lui — avait fait l'amour avec lui, passionnément et avec quelle joie de vivre! — alors elle ne devait pas lui en vouloir d'avoir sabré le projet martien, des années auparavant, n'est-ce pas? A l'époque, elle voulait y aller, il le savait. Alors... alors elle avait dû lui pardonner. Le passé, avait-elle dit en évacuant tout ça. Tout ce qui comptait pour elle, c'était le présent. Le moment qu'on appelait maintenant, où tout pouvait arriver.

Elle se réveilla, ils se levèrent et ils allèrent prendre leur petit déjeuner. Michel éprouvait la sensation infiniment curieuse d'évoluer sous une gravité martienne. Il se sentait léger, il avait l'impression de planer légèrement, comme s'il effleurait à peine le sol. Il marchait sur un coussin d'air! Il rit à l'idée de ce cliché devenu réalité, là, dans son propre corps, en ce moment même. Et il sut tout à coup qu'il se souviendrait de cette matinée jusqu'à la fin de ses jours, quoi qu'il arrive, même s'il vivait un millier d'années. Que tes dernières pensées soient pour ces instants, se dit-il, et tu seras heureux, à l'heure de ta mort, de savoir que tu auras un jour vécu un moment pareil. Le bilan sera positif, et même au-delà.

Après le petit déjeuner, ils laissèrent complètement tomber la conférence. Michel l'emmena faire un tour en voiture et lui fit visiter sa Provence. Il lui montra Nîmes, Orange, Montpellier et Villefranche-sur-Mer, sa vieille plage, où ils se baignèrent aussi. Il lui montra le pont du Gard, où les Romains avaient réalisé leur plus bel ouvrage d'art. « Nadia adorerait ça. » Puis il l'emmena aux Baux, ce village perché sur une colline, au-dessus de la Camargue et de la mer, les antiques cellules de l'ermitage creusé dans les pics, par ces pauvres moines exilés là-haut, au-dessus du monde et de tous ces Sarrasins... Plus tard, à Avignon, ils s'assirent à une terrasse de café sous les platanes, près du palais des Papes. Michel sirota une liqueur de cassis en la regardant se prélasser comme une chatte dans la chaleur de l'après-midi.

— C'est vraiment bien, dit-elle. Ça me plaît.

Du coup, il eut à nouveau une sensation d'apesanteur, et elle rit en voyant le sourire idiot plaqué sur son visage.

Mais le symposium prenait fin le lendemain. Alors cette nuit-là, après avoir fait l'amour, comme ils étaient allongés l'un contre l'autre, tout chauds et humides de sueur, il demanda impulsivement :

— Tu restes encore un peu?

— Euh... non, répondit-elle. Non. Il faut que je rentre.

Elle se leva brusquement pour aller dans la salle de bains. Quand elle revint, elle vit la tête qu'il faisait et elle dit aussitôt :

— Mais je reviendrai! Je reviendrai voir tout ça.

— Vraiment?

— Evidemment. Quoi? Tu as cru que je ne reviendrais pas? Pour qui me prends-tu? Tu crois que je n'étais pas là, moi aussi?

— Non.

— Tu crois que je suis tout le temps comme ça ?

— Non.

— J'espère bien !

Elle retourna se coucher et se redressa pour le regarder.

— Je ne suis pas du genre à déclarer forfait quand les enchères commencent à monter.

— Moi non plus.

— Sauf dans l'Antarctique, hein ? On aurait pu partir là-haut il y a un siècle, avoir notre monde à nous, y vivre ensemble. Exact ? insista-t-elle en lui enfonçant le bout du doigt dans les côtes.

— Ahh...

— Mais tu as dit non. (Et voilà, les poignards étaient sortis. Rien ne s'effaçait jamais, pas vraiment.) Tu aurais pu dire oui, on y serait depuis cent ans, depuis 2026. On aurait pu former un vrai couple, là-haut, peut-être. On aurait pu vivre ensemble. Si ça se trouve, on serait ensemble depuis soixante ou soixante-dix ans, qui sait !

— Allez, allez, dit-il.

— Mais si, ça aurait pu se faire ! Tu me plaisais, je te plaisais. C'était un peu comme ça, même dans l'Antarctique, reconnais-le. Mais tu as dit non. Tu as perdu ton sang-froid.

Il secoua la tête.

— Ça ne se serait pas passé comme ça.

— Tu n'en sais rien ! Tout était possible, tu l'as dit toi-même, à la conférence, l'autre jour. Tu l'as admis devant tout le monde.

Il eut une soudaine impression de pesanteur. De s'enfoncer de tout son poids dans le matelas.

— Oui, convint-il. Tout était possible.

Il devait l'admettre, l'admettre pour elle, juste pour elle, allongée, nue, à côté de lui.

— C'est vrai. Et j'ai dit non. J'ai eu peur. Si tu savais comme je regrette.

Elle hocha la tête, aussi sévère qu'un faucon.

Il s'allongea sur le dos et observa le plafond, incapable de soutenir son regard. Le plafond d'une chambre d'hôtel. Il s'alourdissait d'instant en instant. Il devait réagir, nager pour refaire surface.

— Enfin, dit-il. Maintenant, c'est maintenant. Et... on y est quand même arrivés, tous les deux, non ?

— Je t'en prie, dit-elle. On dirait John quand il a mis les pieds sur Mars.

Ils avaient formé, John Boone et elle, un couple célèbre pendant quelques années, il y avait des décennies de ça. Elle avait brièvement abordé le sujet, la veille. Un homme creux, avait-elle dit. Il ne pensait qu'à s'amuser.

— En attendant, c'est vrai, reprit Michel. Nous y sommes arrivés.

— Mais oui, mais oui. Et je reviendrai ; je te l'ai dit. Mais j'ai des choses à faire.

— Tu reviendras ? insista-t-il en lui prenant le bras. Même si... même si j'ai...

— Oui, oui, répondit-elle d'un ton évasif. Enfin, tu l'as admis. C'est ce que je voulais entendre. Nous en sommes là, maintenant. Alors je reviendrai.

Elle l'embrassa, roula sur lui.

— Quand je pourrai, dit-elle.

Le lendemain matin, elle partit. Michel la conduisit à l'aéroport, lui donna un baiser d'adieu. Il regagna sa voiture, regarda l'intérieur défraîchi, étouffa un gémissement. Il n'était pas sûr qu'elle revienne jamais.

Enfin, elle avait dit qu'elle le ferait. Et ils étaient là, sur Terre, en 2126. Ce qui aurait pu être n'était qu'un rêve, oublié au réveil. Ils devaient repartir d'ici et maintenant. Il fallait qu'il arrête de ruminer le passé, il devait penser à ce qu'il allait faire à présent. Une chose était sûre : si Maya devait revenir, ce ne serait pas pour consoler un vieil homme malheureux, écrasé sous le fardeau de la culpabilité. Maya regardait vers l'avant. Elle était prête à continuer sa vie, quoi qu'il ait pu arriver dans le passé. C'était l'une des qualités pour lesquelles il l'aimait. Elle vivait dans le présent, pour le présent. Et elle voudrait que son partenaire soit comme ça aussi. Alors il devait s'y faire ; il devait construire une vie ici et maintenant, en Provence. C'était digne de l'amour de Maya. Ça lui donnerait envie de revenir, encore et encore, peut-être pour de bon, au moins en visite. Peut-être pour l'inviter à l'accompagner en Russie. Peut-être à vivre ensemble.

C'était un projet.

La question était maintenant *où* : où s'installer, où bâtir un chez soi ? Il était provençal ; il s'installerait donc en Provence. Mais il avait tellement bourlingué au fil des ans qu'il n'y avait aucun endroit où il se sentait vraiment chez lui. Or il voulait un chez lui. Quand Maya reviendrait (si elle revenait ; au téléphone, elle donnait l'impression d'avoir beaucoup de choses à faire chez elle, en Russie), il voulait pouvoir lui montrer un Michel centré dans le moment, heureux. Chez lui, et qui, étant chez lui, justifierait après coup le fait d'avoir dit non à Mars, d'opter plutôt pour la Méditerranée, ce berceau de la civilisation éternellement bercé par la mer, ses rochers inondés de lumière, sa côte brillant au soleil. Séduire la beauté russe avec la chaleur de la Provence.

Un signe apparut sous la forme d'un événement familial. Le grand-oncle de Michel mourut, lui laissant, ainsi qu'à son neveu Francis, une maison sur la côte, à l'est de Marseille. Pensant à l'amour de Maya pour la mer, Michel alla voir son neveu. Francis, qui était très pris par ses affaires à Arles, accepta de vendre sa part de la maison à Michel, comptant y être toujours bienvenu, ce qu'il serait assurément — le fils du défunt frère de Michel faisait partie des gens qu'il appréciait le plus au monde, un homme sain, plein de joie de vivre. Et, loué soit-il, parfaitement conciliant. Il semblait comprendre ce que mijotait Michel.

L'endroit appartenait donc à Michel. Une vieille maison de vacances sans grand confort au bord de la plage, à l'arrière d'une petite crique entre la pointe du Défens et Bandol. Un endroit modeste, conforme au caractère de son grand-oncle, et à son projet à lui, Michel. Maya ne pourrait qu'aimer cette maison joliment ombragée par les platanes, sur une petite butte de trois ou quatre mètres à peine, située juste en retrait d'une petite plage, nichée entre deux pointes rocheuses. Une rangée de cyprès soulignait un creux dans les collines où couraient des ruisselets.

Un soir, après que l'endroit fut officiellement devenu le sien, Michel passa la journée à installer ses affaires et alla se planter sur la plage, les deux pieds dans l'eau. Il regarda la porte ouverte de la vieille maison, puis l'immense horizon de la mer, et il éprouva à nouveau cette impression martienne de légèreté.

Oh, Provence, ô Terre, le plus beau des mondes, où chaque plage est un don du temps et de l'espace, pendant de la mer, étincelant au soleil… Il flanqua un coup de pied dans une vague qui se retirait après avoir léché la plage, et une gerbe d'eau jaillit sous son pied, verni de bronze par les rayons obliques du soleil. Le ciel était une barre d'étain brillant sur la mer éblouissante. C'est chez moi, Maya, se dit-il. Reviens vivre avec moi.

Mars la Verte

Olympus Mons est la plus haute montagne du système solaire. C'est un énorme volcan en bouclier de six cents kilomètres de diamètre, qui culmine à vingt-sept kilomètres d'altitude. Les pentes font avec l'horizon un angle moyen de cinq degrés seulement, mais la circonférence du bouclier de lave forme une falaise presque continue, à peu près circulaire, de six kilomètres de hauteur, entourée de forêts. Les sections les plus hautes et les plus abruptes de cet escarpement se trouvent près de South Buttress, une masse rocheuse isolée qui divise les arcs sud et sud-est de la falaise (sur la carte, elle se situe à 15° de latitude nord et 132° de longitude). Là, sous la paroi est de South Buttress, on peut se tenir sur la crête rocheuse à la limite de la forêt de Tharsis, et lever les yeux vers une falaise de six mille mètres de hauteur.

Plus haute qu'El Capitan, presque autant que l'Everest ou que les contreforts du Dhaulagiri : une falaise de six mille mètres occupe tout le ciel à l'ouest. Vous imaginez ça ? (C'est difficile.)

— Je n'arrive pas à me faire une idée de l'échelle ! hurle Arthur Sternbach, un Terrien, en bondissant sur place.

Dougal Burke, qui regarde dans ses jumelles, répond :

— La vision qu'on a d'ici est un peu en raccourci.

— Non, non. Ce n'est pas ça.

Le groupe d'escalade était arrivé en caravane : sept énormes véhicules tout-terrain, vert métallisé, avec des pneus démesurés aux sculptures hypertrophiées, qui mâchaient la poussière et la recrachaient dans le vent. Le compartiment passagers était abrité par une bulle transparente. Leurs conducteurs les avaient rangés selon un cercle approximatif et maintenant, au milieu de la prairie caillouteuse, on aurait dit un énorme collier d'émeraudes artificielles.

Cette prairie bosselée, avec ses petits bouquets de pins à cônes épineux et ses genévriers de Noctis, sert traditionnellement de camp de base pour les escalades de South Buttress. Autour des voitures on trouve des traces de pas, des murets coupe-vent de pierre sèche, des tranchées à usage de latrines à moitié pleines, des fosses à détritus sur lesquelles on a entassé des pierres et du matériel abandonné. Les membres de l'expédition font le tour du campement pour se dégourdir les jambes et bavardent en regardant certains des objets. Marie Whillans ramasse deux cartouches d'oxygène ultra-légères : les inscriptions au pochoir les identifient comme des vestiges d'une expédition avec laquelle elle est partie il y a plus d'un siècle. Elle les brandit au-dessus de sa tête avec un grand sourire, les secoue en direction de la falaise, les cogne l'une contre l'autre. *Ping! Ping! Ping!*

— Marie Whillans, le retour!

Un dernier véhicule tout-terrain s'avance dans la plaine et s'immobilise. Les premiers arrivés l'entourent aussitôt. Deux hommes descendent du véhicule. On les accueille avec enthousiasme :

— C'est Stephan! Et Roger est là aussi!

Mais Roger Clayborne est de mauvaise humeur. Il a fait un long voyage. Il est parti de Burroughs il y a six jours, après avoir quitté pour la dernière fois son bureau au palais du gouvernement, mettant fin à vingt-sept années au poste de ministre de l'Intérieur. Il a franchi les immenses portes du palais du gouvernement, descendu le majestueux escalier de silex noir et pris le trolley qui l'a ramené chez lui. Il a passé tout le trajet, le nez dans le vent tiède, à regarder la capitale plantée d'arbres qu'il a si rarement quittée pendant les vingt-sept années qu'il a passées au gouvernement, et une pensée lui a soudain traversé l'esprit : ça faisait vingt-sept ans de défaite ininterrompue. Trop d'opposants, de compromis, jusqu'au dernier, inacceptable, et voilà pourquoi il était là, hors de la ville, avec Stephan, dans la nature qu'il avait évitée pendant toutes ces années, sur les collines couvertes d'herbe, piquetées de bouquets de noyers, de peupliers, de chênes, d'érables, d'eucalyptus et de pins. Et chaque feuille, chaque brin d'herbe était la vivante preuve de son échec. Stephan ne lui a pas été d'un grand secours. Bien que conservateur, comme Roger, il était membre des Verts depuis des années. « C'est là que ça se passe, qu'on peut vraiment agir », disait-il en sermonnant Roger, oubliant qu'il était au volant et négligeant sa conduite. Roger aimait assez Stephan pour feindre d'être d'accord avec lui et regardait par la vitre de son côté. Il aurait préféré voir Stephan à doses plus homéopathiques, disons lors d'un déjeuner ou d'un match de batball. Mais ils étaient là, sur la large route de gravier, dans les steppes battues par les vents de la Bosse de Tharsis, au-delà des fermes et des villes de Noctis Labyrinthus, dans les forêts de krummholz à l'est de Tharsis, jusqu'à ce que Roger ait cette impression qu'on a toujours vers la fin d'un long voyage : l'impression d'avoir été en vadrouille toute sa vie, que le voyage ne prendra pas fin de ce côté de la tombe, qu'il était condamné à errer interminablement dans le décor de ses défaites, de ses échecs, et à les voir tous, éternellement, dans le rétroviseur. La route avait été longue.

Parce que — et c'était bien ça le pire — il se souvenait de tout.

Il descend maintenant du véhicule, prend pied sur le sol du camp de base. En tant qu'inscrit de dernière minute (Stephan lui a proposé de l'accompagner quand il a appris sa démission), on le présente aux autres grimpeurs, et il revêt le masque de cordialité qu'il s'est fabriqué pendant toutes ces années de politique.

— Hans ! dit-il en reconnaissant le visage souriant, familier, de Hans Boethe, l'aréologue. Ravi de vous voir. Je ne savais pas que vous faisiez de l'escalade.

— Pas à votre niveau, Roger, mais j'ai pas mal crapahuté dans Marineris.

— Alors, reprend Roger avec un geste en direction de l'ouest, vous allez trouver l'explication de cet escarpement ?

— Je la connais déjà, déclare Hans, tandis que les autres se mettent à rire. Mais si je pouvais trouver de quoi prouver ma théorie…

Une grande femme robuste, aux yeux noisette dans un visage boucané, apparaît à la périphérie du groupe. Stephan s'empresse de la lui présenter.

— Roger, voici le chef de notre expédition, Eileen Monday.

— Nous nous sommes déjà rencontrés, dit-elle en lui serrant la main. Il y a longtemps, reprend-elle, les yeux baissés, avec un sourire un peu confus. Quand vous étiez guide dans les canyons.

Ce nom, cette voix… Le passé remonte à la surface, des images fugitives lui reviennent à l'esprit, et à la mémoire stupéfiante de Roger se présente le souvenir d'un trek — (il guidait jadis des expéditions dans les fossae, plus au nord) — une aventure, oui, avec une fille tout en jambes : Eileen Monday, qui se tient à présent devant lui. Leur relation a duré quelque temps, il s'en souvient, maintenant ; elle était étudiante à Burroughs, une fille de la ville, et lui, il était tout le temps dans la nature. Ça n'avait pas duré. Il y avait deux cents ans qu'il ne l'avait pas revue.

— Vous vous souvenez… ? demande-t-il avec une étincelle d'espoir.

— J'ai bien peur que non, répond-elle avec ce sourire embarrassé, en plissant les paupières, des rides partant en éventail autour de ses yeux. Mais quand Stephan m'a dit que vous alliez vous joindre à nous, eh bien, on sait que vous avez une mémoire exhaustive, et je me suis dit que j'allais me renseigner. Ça veut peut-être dire que je me souvenais quand même de quelque chose. Alors j'ai relu mon journal d'autrefois, et j'ai retrouvé votre nom. Seulement j'avais déjà plus de quatre-vingts ans quand j'ai commencé à écrire, et les allusions ne sont pas très précises. Je sais que nous nous sommes rencontrés, mais je ne peux pas dire que je m'en souvienne.

Elle relève les yeux, hausse les épaules.

Cette situation est assez banale pour Roger. Sa « mémoire

absolue » (qui n'a évidemment rien d'absolu) couvre la plupart de ses trois cents années d'existence, et il tombe sans arrêt sur des gens dont il se souvient et qui l'ont oublié. La plupart trouvent ça intéressant ; il y en a que ça met mal à l'aise. Les joues burinées par le soleil d'Eileen rosissent ; elle a l'air à la fois embarrassée et peut-être un peu amusée.

— Il faudra que vous me racontiez ça, dit-elle avec un petit rire.

Mais Roger n'est pas d'humeur à jouer les phénomènes de foire.

— Vous deviez avoir vingt-cinq ans, par là.

— Vous vous rappelez vraiment tout, répond-elle en esquissant un sifflement muet.

Roger secoue la tête. Ils sont maintenant dans l'ombre, et il éprouve une soudaine impression de froid. L'excitation passagère de la reconnaissance, de la résurgence des souvenirs, s'estompe. La route a été vraiment longue.

— Et nous étions... ? risque-t-elle.

— Nous étions amis, répond Roger, avec l'intonation voulue pour qu'elle se pose des questions.

Il trouve désespérante cette façon qu'ont les gens de tout oublier. Son don inhabituel fait de lui une sorte de monstre, une voix d'une autre époque. Peut-être son souci de préservation de la planète vient-il du fait qu'il emmagasine le passé. Il sait encore à quoi ressemblait Mars, au tout début. Quand il n'a pas le moral, il a tendance à en vouloir à sa génération de son ingratitude, de son manque de vigilance, et il se sent souvent un peu seul. Comme en ce moment.

Eileen incline la tête, l'air de se demander ce qu'il a bien pu vouloir dire.

— Allez, Mr Mémoire ! appelle Stephan. Viens manger ! Je meurs de faim et on gèle, ici !

— Il fera encore plus froid là-haut, répond Roger avec un haussement d'épaules désabusé, avant de suivre Stephan.

Dans la lumière vive de la plus grande tente du campement, tout le monde bavarde, le visage rayonnant. Roger savoure une écuelle de ragoût bien chaud. Les présentations ont été rapidement effectuées. Il connaît Stephan, Hans et Eileen, de même que le Dr Frances Fitzhugh. Les ouvreurs de voie sont

Dougal Burke et Marie Whillans, les vedettes actuelles de l'école de montagne de Nouvelle-Ecosse. Il a entendu parler d'eux. Ils sont dans un coin avec quatre jeunes collègues d'Eileen, des guides d'escalade recrutés par Stephan comme porteurs.

— Nous sommes les sherpas, dit allègrement Ivan Vivanov à Roger, et voici Ginger, Sheila et Hannah.

Les jeunes guides ont l'air très à l'aise dans leur rôle de comparses. Dans un groupe aussi important, tout le monde aura largement l'occasion de grimper. Le dernier membre du groupe est Arthur Sternbach, un alpiniste américain qui est venu voir Hans Boethe. Sitôt les présentations achevées, ils se mettent à vibrionner sous la tente comme dans n'importe quel cocktail. Roger s'occupe de son ragoût et regrette de s'être joint à l'expédition. Il a (plus ou moins) oublié à quel point les grandes escalades peuvent être intensément sociales. Trop d'années de solitude, dans les vallées rocheuses, au nord de Burroughs. Il se rend compte que c'est ce qu'il recherchait : une escalade interminable, en solo, toujours plus haut, hors du monde.

Stephan pose des questions à Eileen sur l'expédition, et elle a la précaution d'inclure Roger dans son auditoire.

— Nous allons commencer par escalader le Grand Goulet, qui est la voie classique pour les mille premiers mètres de la paroi. Mais alors que la voie a été ouverte par la cordillère de Nansen, à gauche du Goulet, nous avons l'intention de continuer par la droite. Dougal et Marie ont vu, sur les photos aériennes, une voie qui leur paraît réalisable, et ça nous donnera l'occasion de tenter quelque chose de nouveau. Nous suivrons donc une voie nouvelle sur la majeure partie du trajet. Et nous aurons été le plus petit groupe à avoir jamais escaladé l'escarpement de la région de South Buttress.

— Vous voulez rire ! s'exclame Arthur Sternbach.

Eileen le regarde avec un bref sourire.

— En raison de la taille du groupe, nous transporterons le minimum d'oxygène. Nous en aurons besoin pendant les derniers milliers de mètres.

— Et si nous réussissons l'escalade ? demande Roger.

— Nous trouverons un refuge en arrivant au sommet, nous

changerons d'équipement là-haut et nous ferons le tour de la lèvre de la caldeira. Ce sera la partie facile de l'expédition.

— Je ne vois même pas l'intérêt de le faire, coupe Marie.

— C'est la voie la plus aisée pour redescendre. Et puis, certains d'entre nous ont envie de voir le sommet d'Olympus Mons, répond gentiment Eileen.

— Ce n'est qu'une grosse butte, réplique Marie.

Par la suite, Roger quitte la tente avec Arthur, Hans, Dougal et Marie. Tout le monde va passer une dernière nuit confortable dans les voitures. Roger suit les autres, les yeux levés vers l'escarpement. Le violet intense du crépuscule teinte encore le ciel, au-dessus. L'énorme masse de la paroi est zébrée par la cicatrice noire du Grand Goulet, une faille verticale, profonde, à peine visible dans la lumière déclinante. Au-dessus, la paroi a l'air lisse. Des arbres bruissent dans le vent. La plaine est sombre, rébarbative.

— C'est tellement gigantesque que je n'arrive pas à le croire ! s'exclame Arthur pour la troisième fois, avant d'ajouter dans un rire : C'est tout simplement incroyable !

— De ce point de vue, répond Hans, le sommet est à plus de soixante-dix degrés au-dessus de l'horizon réel.

— Vous voulez rire ! Je n'arrive pas à le croire !

Et Arthur part d'un rire inextinguible. Les Martiens qui suivent Hans et son ami le regardent avec une réserve amusée. Arthur est un peu moins grand qu'eux, et soudain, à Roger, il fait l'impression d'un gamin pris la main dans le sac, ou plutôt dans le cabinet à liqueurs. Il s'arrête et laisse les autres prendre de l'avance.

La tente brille comme une lanterne sourde, d'un jaune lumineux dans l'obscurité. La paroi de la falaise est noire, inerte. De la forêt monte un jappement modulé, inquiétant. Sans doute des sortes de loups mutants. Roger secoue la tête. Il y a longtemps, tous les paysages avaient le don de l'exalter. Il était amoureux de la planète. Maintenant, l'immense falaise lui fait l'impression de planer au-dessus de lui comme sa vie, son passé, oblitérant le ciel, barrant le passage vers l'ouest. Il est tellement déprimé qu'il doit se retenir pour ne pas s'asseoir dans l'herbe de la prairie et se cacher la figure dans les mains. Mais les autres ne vont pas tarder à sortir de la tente. Ce sinistre hurlement, encore une fois : la planète criant « Mars a disparu ! Mars a disparu ! A-ouuuuuuuuuuuuuuuh ! ». Le vieil homme qui n'a plus de maison va dormir dans une voiture.

Mais, comme toujours, l'insomnie dévore sa nuit. Roger est allongé sur sa couchette, le corps détendu, la conscience bondissant malgré lui d'une scène à l'autre de sa vie. L'insomnie, la mémoire : des docteurs lui ont dit qu'il y avait un rapport entre les deux. Ce qui est certain, c'est que les heures d'insomnie consciente et de demi-sommeil sont le terrain de jeu de ses souvenirs et, entre le moment où il s'allonge et celui où il s'endort enfin, il a beau essayer de meubler le temps (en lisant jusqu'à l'épuisement complet, ou en griffonnant des notes), la tyrannie du souvenir a son heure.

Cette nuit-là, il repense à toutes ces autres nuits à Burroughs. Tant d'adversaires, de compromis. Le Président lui donnant l'ordre de construire un barrage et d'inonder Coprates Chasma, et ça avec ce petit sourire, ce geste chevaleresque de sadique qui s'ignore. L'hostilité ouverte de Noyova, ce soir-là, des années auparavant, après sa nomination par le Président : « Les Rouges sont finis, Clayborne. Vous n'avez rien à faire à ce poste : vous êtes le chef d'un parti mort. » La lecture du décret ordonnant la construction du barrage remis par le Président, les souvenirs de Coprates au siècle précédent, quand il l'avait exploré, et il se dit que quatre-vingt-dix pour cent de ce qu'il a fait au cours de son mandat, il ne l'a fait que pour pouvoir continuer à faire n'importe quoi. C'est ça, être au gouvernement. Enfin, quatre-vingt-dix pour cent, ou plus. Qu'a-t-il fait, en réalité, pour préserver la planète ? Certains décrets de loi ont été abrogés avant d'être mis en application. Quelques projets de développement ont été retardés. C'est tout ce qu'il a pu faire : résister aux actions des autres. Sans grand succès. On pourrait même dire que le fait de tourner le dos au Président et à son cabinet de « coalition » n'est qu'une posture, une défaite supplémentaire.

Les souvenirs défilent. Sa première journée au gouvernement. Un matin dans les plaines polaires. Une journée à Burroughs, dans le parc. Dans son cabinet, à discuter avec Noyova. Et ainsi de suite, pendant une heure ou plus, scène après scène, jusqu'à ce que les souvenirs deviennent fragmentaires, oniriques, leur rapprochement quasi surréaliste, alors il quitte le royaume de la mémoire et entre dans celui du sommeil.

Il y a des topographies de l'esprit, et c'en est une.

Le lever du jour sur Mars. D'abord, le ciel violet, sur lequel brille le losange formé par les quatre miroirs de l'aube en orbite autour de la planète, et qui lui renvoient un petit supplément de lumière solaire. Des hordes de corvidés poussent des cris ensommeillés, prennent leur envol et planent au-dessus de la pente du talus. La quête quotidienne de nourriture commence. Des pigeons des neiges roucoulent dans un bouquet de bouleaux aux feuilles rousses. Plus haut, sur le talus, un bruit de pierres ; trois mouflons de Dall, surpris de voir des gens dans le camp de base de la prairie. Des alouettes filent dans le ciel.

Roger, qui s'est levé tôt avec un fort mal de tête, observe avec indifférence l'éveil de la vie sauvage. Il monte dans les roches brisées du talus pour s'en abstraire. La lèvre supérieure de l'escarpement est effleurée par les premiers rayons du soleil levant. Maintenant, une bande d'or rougeâtre barre le ciel, et sa lueur se reflète sur la pente encore dans l'ombre, en dessous. Les miroirs de l'aube blêmissent dans le ciel mauve. Des couleurs apparaissent dans les touffes de fleurs qui ponctuent la roche, et les aiguilles des genévriers verts se mettent à briller. La bande de falaise éclairée s'élargit rapidement ; même dans la pleine lumière, le haut de la paroi est encore morne et dénudé. Mais c'est l'effet de la distance et de la vision en raccourci. Plus bas, le système de failles fait comme des taches d'humidité brunes, et la roche a l'air rugueuse, ce qui est bon signe. Lorsqu'ils monteront, la muraille révélera ses irrégularités.

Dougal sort du champ de pierres où il se promenait tout seul. Il salue Roger d'un signe de tête.

— Ils n'ont pas encore bougé, hein ?

Son anglais est coloré d'un accent écossais caractéristique.

En fait, si. Eileen, Marie et Ivan ont sorti les premiers paquets des véhicules, et quand Roger et Dougal reviennent, ils les distribuent. Le bruit monte dans la prairie alors que la longue distribution prend fin et qu'ils s'apprêtent à partir. Les sacs à dos sont lourds, et les sherpas prennent leur fardeau en gémissant, font des plaisanteries. Arthur ne peut retenir un petit rire en les regardant.

— Sur Terre, vous ne pourriez même pas soulever un sac de cette taille, dit-il en poussant l'un des sacs surdimensionnés du bout du pied. Comment réussissez-vous à garder votre équilibre avec ça sur le dos ?

— Vous allez voir, répond joyeusement Hans.

Arthur découvre qu'il n'est pas facile de rester d'aplomb sous cette masse, même avec la gravité martienne. Le sac à dos est un gros tube vert presque cylindrique qui lui va du bas des fesses jusqu'au-dessus de la tête. Avec ça sur le dos, il a l'air d'un gros escargot vert. Il s'émerveille de sa légèreté relative, mais alors qu'il s'engage sur la pente du talus, sa masse le déporte beaucoup plus qu'il ne s'y attendait.

— Ouaouh ! Attention ! Pardon !

Roger répond d'un hochement de tête, essuie la sueur qui lui coule dans les yeux. Il voit que le premier jour est une longue leçon d'équilibre pour Arthur, alors qu'ils suivent le chemin accidenté menant vers le haut de la pente, à travers la forêt de blocs gros comme des maisons.

Des groupes précédents ont laissé une piste faite de cairns et d'éclats taillés dans la paroi des roches, et ils la suivent chaque fois qu'ils parviennent à la repérer. La marche est pénible. Bien que ce soit l'un des plus petits éventails de roche brisée du pied de la falaise (à certains endroits, elle est complètement éboulée), il leur faudra une longue journée pour négocier l'immense amas de caillasse qui les sépare du pied de la paroi proprement dite, à sept cents mètres environ au-dessus du campement.

Au début, Roger apprécie cette équipée à travers ce champ de pierres, semé de blocs de la taille d'une maison.

— La Cascade de Pierre du Khumbu ! crie Ivan, assumant son rôle de sherpa, alors qu'ils passent sous un gros amas de roche.

Contrairement à la fameuse Cascade de Glace du Khumbu, dans l'Himalaya, ce terrain accidenté est relativement stable. Les surplombs ne risquent pas de leur tomber dessus et rares sont les crevasses susceptibles de s'ouvrir sous leurs pieds.

Non, ce n'est qu'un champ de cailloux, et ça plaît à Roger. Pourtant, en avançant, ils passent devant de petites touffes de genévriers, des pins asiatiques à longues aiguilles, et Hans semble se croire obligé de désigner chaque fleur à Arthur.

— Voilà des aconits, et là des anémones, ça, c'est une espèce d'iris, et ça, des gentianes, et des primevères...

Arthur s'arrête et tend le doigt.

— Et ça, qu'est-ce que c'est ?

Un petit mammifère au corps couvert de fourrure les regarde depuis un rocher au sommet plat.

— C'est un chien des sables, répond fièrement Hans. Ils ont clippé des gènes de marmotte et de phoque de Weddell sur ce qui est, à la base, un glouton.

— Vous voulez rire ! On dirait un ours polaire miniature !

Derrière eux, Roger secoue la tête, flanque distraitement un coup de pied dans un cactus de la toundra en pleine floraison. C'est le début du printemps martien, qui dure six mois dans le Nord. Sur tous les méplats sablonneux humides pousse de l'herbe de Syrtis. Partout où porte le regard, ce ne sont que de petites expériences de biologie : la planète entière est un immense laboratoire. Roger pousse un soupir. Arthur essaie de cueillir une fleur de chaque variété, réalisant un bouquet digne de funérailles nationales, mais c'est trop acrobatique ; il y renonce, et le bouquet multicolore pend au bout de son bras. A la fin de la journée, ils arrivent au pied de la paroi. Le monde entier est plongé dans l'ombre alors que le ciel est encore très lumineux, couleur lavande, au-dessus d'eux. Quand ils lèvent les yeux, ils ne voient plus le haut de l'escarpement. Ils ne le reverront que lorsqu'ils auront achevé leur escalade.

Le premier campement est un large disque de sable plat entouré de blocs de pierre qui se sont naguère détachés de la paroi. Comme il est placé sous le léger surplomb formé par le rempart de basalte qui se dresse sur la droite du Grand Goulet, il est abrité des chutes de pierres. Le Camp Numéro Un est vaste, confortable ; c'est l'emplacement idéal pour une halte à basse altitude. Il a déjà été utilisé. Entre les pierres, ils trouvent des pitons, des bouteilles d'oxygène et des latrines enterrées, sur lesquelles poussent des mousses vertes, luxuriantes.

Le lendemain, ils rebroussent chemin et redescendent au camp de base — tous sauf Dougal et Marie : ils passent la journée à examiner les voies qui partent du camp numéro un. Les autres repartent avant le lever du jour et retraversent le talus à vive allure, en courant presque. Ils font rapidement le plein de matériel et remontent en faisant la course afin de regagner le camp numéro un avant la tombée du jour. Ils passeront les quatre jours suivants à faire ainsi la navette entre les blocs de pierre, et les sherpas continueront encore pendant plus de trois jours, jusqu'à ce que tout l'équipement soit hissé jusqu'au camp numéro un.

Exactement comme on appuie sans cesse avec sa langue sur une dent qui fait mal, Roger se met à suivre Hans et Arthur, pour écouter les explications de l'aréologue. Il s'est rendu compte, à son grand dépit, qu'il n'en sait pas beaucoup plus long qu'Arthur sur ce qui vit à la surface de la planète.

— Vous voyez ce faisan rouge ?

— Non. Où ça ?

— Là-bas. Il a une aigrette de plumes noires sur la tête. Son camouflage est assez réussi.

— Vous voulez rire ! Hé, mais c'est vrai !

— Ils adorent ces pierres. Les faisans rhésus, les rouges-queues, les accenteurs. On en voit des quantités, maintenant.

Plus tard :

— Regardez !

— Où ça ?

Roger regarde dans la direction indiquée par Hans.

— Sur cette grosse pierre, vous voyez ? On appelle ça un lapin chasseur. C'est une blague.

— Une blague, hein ? relève Arthur pendant que Roger revient sur son estimation de la subtilité du Terrien. Un lapin avec des crocs ?

— Pas tout à fait. En réalité, il n'a pas grand-chose à voir avec un lièvre. Ce serait plutôt un lemming croisé avec un pika, auquel on aurait injecté une bonne dose de lynx. Une créature très réussie. En partie due à Harry Whitebook. Il est vraiment très fort.

— Un de vos fameux designers biologiques ?

— Très fameux. C'est l'un des meilleurs concepteurs de

mammifères. Et tout le monde a un faible pour les mammifères, non ?

— C'est mon cas, du moins. La seule chose…, halète Arthur, quelques marches de pierre plus haut — des marches qui lui arrivent à la taille. Ce que je me demande, c'est comment ils résistent au froid.

— Oh, il ne fait pas si froid que ça ici, d'abord. Nous sommes en fait à la limite supérieure de la zone alpine. L'adaptation au froid est généralement empruntée à des créatures arctiques et antarctiques. La plupart des phoques savent couper la circulation dans leurs extrémités lorsque c'est nécessaire pour conserver leur chaleur. Et ils ont une espèce d'anti-gel dans le sang, une glycoprotéine qui s'attache à la surface des cristaux de glace et les empêche de se multiplier, stoppant l'agrégation des sels. Une merveille. Les membres de certains de ces mammifères peuvent geler et dégeler sans inconvénient pour les chairs.

— Vous voulez rire ? murmure Roger pour lui-même en continuant à grimper.

— Vous voulez rire ! fait Arthur.

— Et ces adaptations caractérisent la plupart des mammifères martiens. Regardez ! Voilà une oursette. Encore un coup de Whitebook !

Roger décide de ne plus les suivre. Il en a jusque-là, de Mars.

C'est la nuit noire. Les six grandes tentes en forme de boîte du camp numéro un brillent comme un collier de perles lumineuses au pied de la falaise. Roger les regarde avec curiosité en se soulageant dans la caillasse. Ils forment un drôle de groupe, se dit-il. Des gens venus de tout Mars (et un Terrien). Qui font une escalade en commun, c'est tout. Les ouvreurs de voie sont drôles. Dougal donne parfois l'impression d'être muet, il regarde toujours en coin sans rien dire. Un système autonome. Marie parle pour deux, peut-être. Roger entend sa grosse voix des Midlands, une voix de pocharde, en train d'expliquer à quelqu'un comment escalader la paroi. Elle a l'air dans son élément.

Dans la tente d'Eileen, il tombe sur une discussion animée. Marie Whillans dit :

— Ecoutez, nous avons déjà grimpé près de mille mètres dans ces prétendues dalles lisses, Dougal et moi. Elles sont pleines de failles d'un bout à l'autre.

— Il y en a jusqu'à l'endroit où vous vous êtes arrêtés, répond Eileen. Les vraies dalles se trouvent au-dessus des premières failles. Quatre cents mètres de roche lisse. Nous pourrions être brutalement dans l'impossibilité d'aller plus loin.

— Bah, il doit bien y avoir quelques fissures. Et s'il le faut, on pourra toujours continuer en artif, en pitonnant les passages vraiment lisses. Au moins, comme ça, on ouvrirait vraiment une voie.

Hans Boethe secoue la tête.

— Ce ne sera pas une partie de plaisir de planter des pitons dans ce basalte.

— Je n'aime pas les pitons, de toute façon, reprend Eileen. Ce qu'il y a, c'est qu'en prenant le Goulet jusqu'au premier amphithéâtre, nous savons que nous avons une bonne voie jusqu'en haut, et tous les passages au-dessus seront nouveaux.

Stephan acquiesce d'un hochement de tête, Hans et Frances aussi. Roger les regarde avec intérêt en buvant son thé.

— Ce qu'il y a, relève Marie, c'est quel genre d'escalade on veut faire !

— Nous voulons arriver en haut, répond Eileen en jetant un coup d'œil à Stephan, qui acquiesce.

C'est lui qui a financé l'essentiel de cette expédition, de sorte que la décision lui appartient plus ou moins.

— Attendez une seconde, coupe sèchement Marie en les parcourant rapidement du regard. La question n'est pas là : nous ne sommes pas venus uniquement pour reprendre la voie du Goulet, hein ? fait-elle d'un ton accusateur, personne n'osant soutenir son regard. Enfin, ce n'est pas ce qu'on m'avait dit. On m'avait assuré que nous ferions une première, et c'est pour ça que je suis venue !

— Ce sera inévitablement une première, insiste Eileen. Vous le savez bien, Marie. En haut du Goulet, nous serons en terrain inexploré. Ça nous permettra seulement d'éviter les dalles lisses qui se trouvent à droite du Goulet !

— Je pense que nous devrions tenter le coup quand même, insiste Marie. Nous avons vérifié, Dougal et moi, que c'était faisable.

Elle énumère les arguments en faveur de cette voie, et Eileen l'écoute patiemment. Stephan a l'air ennuyé. Marie est persuasive, et il n'est pas impossible que son caractère volontaire emporte l'adhésion d'Eileen, leur faisant emprunter une voie qu'on dit impossible.

Mais Eileen répond :

— Faire gravir cette paroi à un groupe de onze personnes, par n'importe quelle voie, sera déjà un exploit en soi. Ecoutez, la question ne se pose que pour les mille deux cents premiers mètres de l'escalade. Au-delà, nous prendrons vers la droite dès que possible, et au-dessus de ces dalles nous nous retrouverons en terrain inconnu.

— Je ne crois pas que ces dalles soient infranchissables, répète Marie. (Après quelques échanges elle ajoute :) Enfin, si c'est comme ça, je ne vois pas pourquoi vous nous avez envoyés, Dougal et moi, gravir cette paroi, tous ces jours-ci...

— Je ne vous ai pas envoyés là-haut, réplique Eileen, un peu agacée. C'est vous qui avez choisi de partir en éclaireurs, vous le savez très bien. Mais c'est un choix fondamental, et je pense que le Goulet est la voie que nous sommes venus prendre. Nous voulons arriver en haut, vous comprenez. Pas seulement en haut de la paroi ; en haut de cette montagne.

La discussion se poursuit encore un moment, puis Marie hausse les épaules.

— D'accord. C'est vous le chef. Mais je me demande pourquoi nous faisons cette escalade.

Roger repense à la question en regagnant sa tente. Il respire l'air froid en regardant autour de lui. Au camp numéro un, le monde a l'air d'un endroit plissé, ridé : une moitié horizontale se perd dans les ténèbres, redescend dans le passé mort ; l'autre partie, verticale, monte vers les étoiles, vers l'inconnu. Seules deux tentes sont encore éclairées de l'intérieur, deux douces masses jaunes dans tout ce noir. Roger s'arrête devant sa tente plongée dans l'obscurité et les regarde. On dirait qu'elles essaient de lui dire quelque chose. Les yeux de la montagne, qui l'observent. Pourquoi fait-il cette escalade ?

Et les voilà partis à l'assaut du Grand Goulet. Dougal et Marie grimpent en tête, passage après passage, dans la roche rugueuse, instable. Ils laissant derrière eux un guide-rope, une corde fixée à des pitons, le plus près possible du Goulet, pour éviter les pierres qui se détachent et dévalent trop fréquemment la paroi. Les autres grimpeurs les suivent, longueur après longueur, par petits paquets de deux ou trois. En montant, ils voient les quatre sherpas retraverser le talus vers le camp de base, comme de petits animaux rampants.

Roger fait équipe avec Hans pour la journée. Ils s'accrochent à la corde fixe au moyen d'un jumar, une sorte de poignée de métal qu'on pousse vers le haut et qu'on bloque, l'empêchant de redescendre. Ils transportent de lourds paquets vers le camp numéro deux, et bien que la pente du Goulet ne soit que de quinze degrés à cet endroit, et que la roche noire soit bosselée et facile à escalader, le passage leur donne du fil à retordre. Il fait très chaud au soleil, et ils sont vite en sueur.

— Je ne suis pas dans la forme idéale pour ce genre d'exercice, hoquette Hans. Il va peut-être me falloir quelques jours pour trouver le rythme.

— Ne vous en faites pas pour moi, répondit Roger. Je ne supporterais probablement pas d'aller plus vite non plus.

— Je me demande si le camp deux est encore loin.

— On ne devrait plus tarder à y arriver. Trop d'allers et retours, sans treuil ni poulie.

— J'ai hâte d'arriver aux passages verticaux. Tant qu'à faire de l'escalade, autant que ça grimpe, hein?

— D'autant que les charges seront treuillées, hein?

— Oui.

Ils rigolent, à bout de souffle.

Une ravine profonde, abrupte. De l'andésite, une roche volcanique ignée, d'un gris moyen piqueté de cristaux plus sombres, déformée par de petites bosses dures. Les pitons sont fixés dans de minuscules fissures verticales.

A la mi-journée, ils retrouvent Eileen, Arthur et Frances, l'équipe d'en haut, assis sur une vire, une étroite plate-forme sur la paroi du Goulet. Ils s'octroient un rapide casse-croûte. Le soleil est presque au zénith; d'ici une heure, il disparaîtra. Roger et Hans s'asseyent avec soulagement. Le déjeuner se compose de «rations de survie» concoctées par Frances, arrosées de limonade. Les autres discutent du Goulet, de l'escalade de la journée, et Roger mange en écoutant. Il réalise qu'Eileen est assise à côté de lui, sur la vire. Son talon heurte doucement la paroi, et ses quadriceps, ces gros muscles hypertrophiés en haut de ses cuisses, se crispent et se décrispent, se crispent et se décrispent, tendant le tissu de son pantalon d'escalade. Elle suit la description que fait Hans de la roche et n'a pas l'air de remarquer le discret examen de Roger. Se peut-il vraiment qu'elle ne se souvienne pas de lui ? Roger soupire en silence. Longue aura été sa vie. Et tous ces efforts...

— Allez ! Destination : camp numéro deux ! annonce Eileen en le regardant d'un air intrigué.

Au début de l'après-midi, ils retrouvent Marie et Dougal sur une large corniche en saillie sur la paroi abrupte, à droite du Grand Goulet. C'est là qu'est établi le camp numéro deux : quatre grandes tentes en forme de boîte, conçues pour résister à des chutes de pierres assez importantes.

A présent, la verticalité de la falaise devient immédiate et tangible. Ils ne voient de la paroi que quelques centaines de mètres, au-dessus d'eux. Au-delà, elle est invisible, à part dans l'anfractuosité formée par la gorge verticale du Grand Goulet, qui fend la paroi verticale juste à côté de leur corniche. En regardant vers le haut de ce gigantesque couloir, ils voient une section supplémentaire de falaise, sombre et menaçante sur le ciel rose.

Roger passe une heure de ce froid après-midi assis au bord de la corniche, les yeux levés vers le haut du Goulet. Ils ont encore du chemin à faire. Il a mal aux mains dans ses gros gants laineux. Il en a plein les jambes, plein les épaules, ses pieds sont glacés. Surtout, il voudrait secouer la dépression qui l'envahit, mais rien que d'y penser, ça s'aggrave.

Eileen Monday s'assied à côté de lui.

— Alors, vous avez dit que nous étions amis, dans le temps.

— Ouais. Vous ne vous en souvenez vraiment pas ? demande Roger en la regardant dans les yeux.

— C'était il y a si longtemps...

— Oui. J'avais vingt-six ans et vous vingt-trois.

— Vous vous souvenez de ça, après tout ce temps ?

— En partie, oui.

Eileen secoue la tête. Elle a un visage agréable, se dit Roger. De beaux yeux.

— Je voudrais bien pouvoir en dire autant. Mais plus ça va, plus ça empire. J'ai l'impression de perdre une année de souvenirs chaque fois que je vieillis d'un an. C'est triste. J'ai tout oublié des soixante-dix ou quatre-vingts premières années de ma vie. Enfin, soupire-t-elle, je sais que la plupart des gens sont comme moi. Vous êtes une exception.

— J'ai l'impression que certaines choses sont gravées à jamais dans ma mémoire, répond Roger. (Il n'arrive pas à croire que tout le monde ne puisse en dire autant. Enfin, c'est ce qu'ils disent tous, et ça le rend mélancolique. A quoi bon vivre tout court ?) Vous avez passé le cap des trois cents ans ?

— D'ici quelques mois. Mais allez-y. Racontez-moi.

— Eh bien... Vous étiez étudiante. Ou vous veniez de finir vos études, je ne sais plus. Bref, poursuit-il, la voyant sourire, je guidais des groupes comme celui-ci dans les petits canyons, au nord. Vous étiez dans un de ces groupes. Une petite balade de rien du tout, si je me souviens bien. Nous nous sommes revus pendant un moment, après notre retour, mais vous étiez à Burroughs, et moi j'étais toujours guide d'excursion, et... Enfin, vous savez ce que c'est, ça n'a pas duré.

Eileen sourit à nouveau.

— Alors je suis devenue guide de montagne. C'est ce que j'ai toujours été, aussi loin que remontent mes souvenirs. Et pendant ce temps-là, vous vous êtes installé en ville et vous avez fait de la politique ! (Elle a un petit rire ; Roger esquisse un sourire crispé.) Nous nous sommes fait une grosse impression, manifestement.

— Mais si ! confirme Roger avec un petit rire. Seulement nous nous cherchions. (Il a un sourire en coin ; il se sent plein d'amertume.) En réalité, il n'y a que quarante ans que je suis au gouvernement. Il faut croire que j'y suis entré trop tard.

Un moment de silence.

— Alors, c'est comme ça qu'ils ont eu votre peau ? dit-elle.

— Comment ça ?

— Les Rouges. Le parti est tombé en défaveur.

— Il a disparu, vous voulez dire.

Elle réfléchit.

— Je n'ai jamais pu comprendre le point de vue des Rouges...

— Vous n'étiez pas la seule, apparemment.

— ... jusqu'à ce que je lise un passage de Heidegger où il fait la distinction entre la terre et le monde. Vous connaissez ce passage ?

— Non.

— La terre est la matérialité nue de la nature préexistante, qui fixe plus ou moins les paramètres de nos possibilités. Sartre appelait ça la facticité. Le monde est le domaine humain, la dimension sociale, historique, qui donne son sens à la terre.

Roger hoche la tête en signe d'assentiment.

— Alors, si j'ai bien compris, poursuit-elle, les Rouges défendaient la terre. Enfin, Mars, dans ce cas précis. Ils essayaient de préserver la primauté de la planète sur le monde, ou du moins de maintenir l'équilibre entre les deux.

— Oui, confirme Roger. Mais le monde a envahi la planète.

— Exact. Vu sous cet angle, on se dit que vos efforts étaient voués à l'échec. Un parti politique fait inévitablement partie du monde, et toutes ses actions aussi. Et comme nous ne connaissons la matérialité de la nature que par l'intermédiaire de nos sens humains, en réalité, nous ne connaissons directement que le monde.

— Mouais. Je ne sais pas, objecte Roger. Enfin, c'est logique, et généralement, je suis sûr que c'est vrai — mais il y a des moments... (Il flanque de sa main gantée un coup sur la paroi de la corniche.) Vous comprenez ?

Eileen met la main sur son gant.

— Le monde.

Roger a un rictus irrité. Il enlève son gant, frappe à nouveau la roche glacée.

— La planète.

Eileen a un froncement de sourcils pensif.

— Peut-être.

Or il y avait de l'espoir, se dit farouchement Roger. Nous aurions pu vivre sur cette planète telle que nous l'avons trouvée, affronter la matérialité de la terre chaque jour de notre vie. Nous aurions pu.

On appelle Eileen pour aider à organiser les transferts du lendemain.

— Nous aurons l'occasion d'en reparler, dit-elle avec une petite tape sur l'épaule de Roger.

Il se retrouve seul pour franchir le Goulet. La mousse colore la roche en dessous de lui, elle pousse partout dans les failles de la roche. Des hirondelles filent dans le couloir comme des pierres qui tombent, à la recherche de souris ou de lézards à sang chaud. A l'est, au-delà de la grande ombre du volcan, des forêts sombres marquent la Bosse de Tharsis inondée de soleil. On dirait des plaques de lichen. Nulle part on ne voit Mars, rien que Mars, la Mars primitive. Ils ont oublié à quoi ça ressemblait de marcher sur la face nue de la vieille Mars.

Une fois, il était allé explorer le grand désert au nord de Vastitas Borealis. Toutes les caractéristiques géographiques de Mars sont immenses selon les critères terriens, et de même que l'hémisphère Sud est marqué par des canyons, des bassins, des volcans et des cratères énormes, l'hémisphère Nord est étrangement, immensément lisse. Il y avait, dans les latitudes les plus septentrionales, autour de ce qui était, à l'époque, la calotte polaire (c'est maintenant une petite mer), une bande géante de sable vide, lisse, qui faisait le tour de la planète. Un désert infini. Un matin, avant l'aube, il avait quitté le campement et fait quelques kilomètres sur les grandes dunes pareilles à des vagues qui ridaient le désert balayé par les vents, et il s'était assis en haut de l'une des plus hautes bosses. Il n'y avait aucun bruit, que sa respiration, le sang battant à ses oreilles et le doux sifflement du régulateur d'oxygène dans son casque. La lumière avait commencé à filtrer au-dessus de l'horizon, au sud-est, faisant ressortir l'ocre terne du sable, piqueté de rouge. Puis le soleil avait émergé à l'horizon, sa lumière avait rebondi sur les courts versants abrupts des dunes et tout investi. Il avait profondément inspiré l'air doré, et senti poindre quelque chose en lui. Il était devenu une fleur dans un jardin de rocaille, l'unique conscience du désert, son cœur, son âme. Il n'avait jamais éprouvé une telle exaltation, jamais il n'avait à ce point ressenti la lumière éclatante, l'immensité, la présence intense, fulgurante, de la matière. Il avait regagné son campement, à la fin de la journée, avec l'impression qu'une époque, une ère entière avait passé. Il avait dix-neuf ans, et sa vie en avait été changée.

Le seul fait de pouvoir se rappeler cet incident, près de deux cent quatre-vingts ans plus tard, fait de Roger un monstre.

Moins d'un pour cent de la population partage ce don (ou cette malédiction) : une mémoire puissante, à long terme. Ces jours-ci, cette faculté lui fait l'impression d'un fardeau. Chaque année est une pierre, et il charrie en tout lieu le poids écrasant de trois cents pierres rouges. L'oubli des autres le met en colère. Une colère peut-être mêlée d'envie.

Le souvenir de ce moment marquant de ses dix-neuf ans lui en rappelle un autre, survenu des années plus tard, à la lecture du *Moby Dick* de Melville. Le petit garçon de cabine noir, Pip (Roger s'était toujours identifié à Pip, dans *De grandes espérances*), «le plus insignifiant des membres de l'équipage du *Pequod*», tombe par-dessus bord alors que sa baleinière est tirée par une baleine harponnée. Le navire prend le large, abandonnant Pip tout seul sur l'océan. «Cette intense concentration, ce resserrement de soi sur soi au cœur de ces impitoyables immensités, mon Dieu! qui peut les dire?» Pip a de plus en plus peur. Et puis : «Par le plus grand des hasards, le navire lui-même, au bout du compte, tomba sur lui et le sauva. Mais à partir de cette heure, le pauvre petit Noir erra sur le pont comme égaré, ayant perdu l'esprit... L'océan railleur n'avait pas voulu de son corps physique et l'avait rendu; mais il avait englouti son âme immatérielle.»

Cette lecture avait beaucoup troublé Roger. Quelqu'un avait vécu une heure très semblable à sa journée dans le désert du pôle, le vide infini de la nature. Et ce que Roger avait trouvé exaltant avait fait basculer Pip dans la folie.

Il s'était demandé, en regardant le gros livre, s'il n'était pas devenu fou, lui aussi. La terreur, l'exaltation — ces extrêmes de l'émotion faisaient des tours et des détours dans l'esprit et se rapprochaient, bien que partant à l'origine de la perception dans des directions opposées. Fou de solitude, extatique à l'idée d'être — ces deux pans de la reconnaissance de soi allaient étrangement ensemble. Mais la folie de Pip avait seulement imposé à Roger, choqué, un amour plus aigu pour sa propre expérience des «impitoyables immensités». Il la voulait. Soudain, les coins les plus éloignés, les plus désolés de Mars devinrent sa joie très particulière. Il se réveillait la nuit et il s'asseyait dans son lit comme Jean dans le désert, voyant Dieu dans les pierres, le gel et le ciel qui se convulsait, tel un rideau de théâtre embrasé.

Il est maintenant assis sur une saillie d'une falaise, sur une planète qui n'est plus la sienne, à contempler des plaines et des canyons pleins de vie, une vie issue de l'esprit humain. C'est comme si l'esprit s'était extrudé dans le paysage : chaque fleur est une idée, chaque lézard une pensée... Il n'y a plus d'impitoyable immensité, plus de miroir du vide dans lequel se regarder. Il n'y a que soi, partout, en tout, étouffant la planète, affadissant toute sensation, emprisonnant le vivant.

Peut-être cette perception était-elle en elle-même une sorte de folie.

Après tout, se dit-il, le ciel lui-même est, nuit après nuit, une impitoyable immensité qui passe la faculté d'entendement.

Il avait peut-être besoin d'une immensité dont il aurait pu imaginer l'étendue, qu'il aurait pu percevoir comme une extase plutôt que comme une épouvante.

Et donc Roger se remémore sa vie et il pense à tout ça en lançant des gravillons par-dessus la corniche, dans l'espace, et ça fait de petits *pip*.

A sa grande surprise, Eileen le rejoint. Elle s'assied sur ses talons, récite tout bas :

— « J'aime les endroits vastes et isolés/Où l'on savoure le plaisir de rêver/Qu'est infini ce que nous voyons, tout/Comme nos âmes, du moins le voudrions-nous. »

— De qui est-ce ? demanda Roger, surpris.

— Shelley, répond-elle. Dans *Julien et Maddalo*.

— J'aime beaucoup.

— Moi aussi, dit-elle en lançant à son tour un petit caillou dans le vide (*pip*). Vous venez dîner ?

— Comment ? Oh oui, bien sûr. Je ne savais pas qu'on allait manger tout de suite.

Le raclement, dans la nuit, de la tente chahutée par le vent. Crissement de la pensée, frottement d'un monde contre une planète.

Le lendemain, ils commencent à se déployer. Marie, Dougal, Hannah et Ginger s'engagent très tôt dans le Goulet et disparaissent derrière une arête, laissant derrière eux une guide-rope fixée à la paroi. De temps à autre, ceux qui sont restés en arrière entendent leurs voix, ou le tintement d'un piton qu'on fixe dans la roche dure. Un autre groupe redescend vers le camp numéro un pour le démonter. Lorsqu'ils auront tout remonté au camp numéro deux, les derniers grimpeurs rapporteront la corde avec eux, jusqu'au bivouac, en se l'enroulant autour de la taille.

A la fin de la journée, le lendemain, Roger monte de la corde à Marie, Dougal, Hannah et Ginger. Frances l'accompagne.

Le Grand Goulet est plus raide au-dessus du camp numéro deux et, au bout de quelques heures de lente progression, Roger trouve son paquetage de plus en plus lourd. Il a les mains endolories, les prises pour les pieds deviennent de plus en plus petites, et il est obligé de s'arrêter tous les cinq ou dix pas.

— Je ne suis pas en forme, aujourd'hui, dit-il alors que Frances prend la tête.

— Moi non plus, répond-elle en cherchant sa respiration. Je pense que nous allons bientôt devoir utiliser l'oxygène.

Mais les grimpeurs de tête ne sont pas d'accord. Dougal franchit un rétrécissement du Goulet en cassant la glace d'une faille avec son piolet, puis en éliminant les morceaux à coups de poing. Il coince ses semelles de chaussure en les tordant comme des marches et il escalade la faille aussi vite qu'il la dégage. Marie l'assure, et ce sont Hannah et Ginger qui accueillent Roger et Frances.

— Génial ! disent-ils. Un peu plus, nous allions manquer de corde.

Dougal s'arrête et Marie en profite pour indiquer la paroi gauche du Goulet.

— Regardez-moi ça, dit-elle, dégoûtée. (Roger et Frances voient un trait bleu, lumineux : une longueur de corde de xylar pendue à un piton rouillé.) Je parie que c'est l'expédition terrienne, dit-elle. Il paraît qu'ils ont abandonné des cordes tout du long.

D'en haut, elle entend Dougal rire. Marie secoue la tête.

— Moi, je ne supporte pas.

— Je pense que nous allons bientôt devoir nous brancher sur l'oxygène, dit Frances.

Sa remarque est accueillie par des regards surpris.

— Pourquoi? demande Marie. Nous venons à peine de commencer.

— Eh bien, nous sommes à près de quatre mille mètres au-dessus du niveau moyen...

— Exactement, répond Marie. Je vis plus haut que ça.

— Oui, mais nous faisons des efforts importants, ici, et nous montons assez vite. Je ne veux pas que vous fassiez un œdème.

— Je ne ressens aucun symptôme, réplique Marie, Hannah et Ginger hochant la tête.

— Personnellement, je ne cracherais pas sur un peu d'oxygène, dit Dougal, d'en haut, avec un rapide sourire.

— On ne sent pas venir l'œdème, dit Frances avec raideur.

— L'œdème, répète Marie, comme si elle n'y croyait pas.

— Marie est immunisée! lance Dougal de son perchoir. Sa tête ne peut pas enfler plus qu'elle ne l'est déjà.

Hannah et Ginger ricanent en voyant le regard faussement noir que leur lance Marie, en tirant sur la corde de Dougal.

— Allez, descends, sale gosse!

— D'accord, mais sur ta tête!

— On va voir comment le temps évolue, propose Frances. Mais de toute façon, si nous avançons comme prévu, nous aurons bientôt besoin d'oxygène.

C'est trop évident, manifestement, pour justifier une discussion. Dougal arrive en haut de la faille et place un piton. Le tintement des coups de marteau devient de plus en plus clair au fur et à mesure que le piton entre dans la pierre.

Cet après-midi-là, Roger aide les grimpeurs de tête à dresser un petit abri mural, une tente très étroite, munie d'un tapis de sol rigide, gonflable. On peut le fixer à l'aide d'un unique piton si nécessaire, de sorte que les occupants évoluent sur un coussin d'air suspendu dans le vide, comme les laveurs de carreaux. Mais la plupart du temps ces tentes murales reposent sur des vires ou des indentations de la paroi, qui contribuent à supporter le tapis de sol. Ils ont découvert, ce jour-là, au-dessus de l'étranglement du Grand Goulet, un ressaut plus ou moins plan, abrité par un surplomb. Les failles au-dessus de cette échancrure sont de médiocre qualité, mais après avoir fixé quelques pitons, les grimpeurs paraissent satisfaits. Ils seront protégés des chutes de pierres, et le lendemain ils monteront voir s'ils peuvent trouver, pas trop loin, un meilleur emplacement pour le camp numéro trois. Comme il y a tout juste la place (et de quoi manger) pour deux, Roger et Frances repartent vers le camp numéro deux.

Au cours de la descente, Roger se représente la paroi de la falaise comme un terrain plat, et se laisse distraire par la nouvelle perspective que cela lui procure. Par exemple, les ravines creusées dans ce terrain plat : verticalement on les appelle des goulets, des couloirs, des dièdres ou des cheminées, selon leur forme et leur inclinaison. La pente y est moins forte et on est mieux protégé. La plaine est mamelonnée, déformée par des rangées de collines : verticalement, elles deviennent des tertres, des crêtes, des étagères ou des contreforts. Qui peuvent, selon leur forme et leur inclinaison, constituer soit des obstacles, soit, dans le cas de certaines crêtes, des voies faciles vers le sommet. Puis les parois deviennent des corniches, les lits des cours d'eau des failles, sauf que celles-ci suivent leur propre pente et ressemblent rarement à des sentiers creusés par l'eau.

Alors que Roger aide Frances à descendre en rappel un passage difficile (ils voient mieux, maintenant, pourquoi l'escalade était tellement épuisante), il regarde autour de lui le peu qu'il y a à voir : la roche noir et gris du Goulet, un peu au-dessus et en dessous de lui ; la paroi abrupte du rempart, à gauche du Goulet. Et c'est tout. Etrange dualité. Parce que cette topographie se dresse presque à la verticale, à certains égards, il ne la verra jamais aussi bien que s'il s'agissait d'un banal flanc de colline horizontal. Mais par d'autres côtés (en observant le grain de la pierre pour voir si un bloc presque détaché va supporter le poids de son corps pour une longue enjambée vers le bas, par exemple), il la voit beaucoup plus nettement, plus intensément qu'il ne verra jamais le monde sûr de l'horizontalité. Cette intensité de vision est une richesse pour le grimpeur.

Le lendemain, Roger et Eileen gravissent le Goulet avec une autre longueur de corde lorsqu'une pierre grosse comme un homme de belle taille tombe à côté d'eux, heurte une aspérité et explose, ses débris criblant les plus petites pierres en dessous. Roger s'arrête et la regarde disparaître. Son casque ne l'aurait pas protégé contre la chute d'une pierre de cette taille.

— Je commence à me demander si nous ne ferions pas mieux de sortir de ce Goulet...

— C'est presque aussi sérieux sur la paroi. L'an dernier, Marie guidait un groupe sur la paroi quand une pierre est tombée sur une corde fixe et l'a sectionnée alors qu'un client effectuait une traversée. Il a été tué.

— C'est réjouissant, comme boulot.

— Ces chutes de pierres sont redoutables. Je déteste ça.

Sa voix trahit une émotion surprenante. Peut-être un accident s'est-il produit alors qu'elle guidait une expédition ? Roger la regarde avec un regain de curiosité. C'est drôle de ne pas faire preuve de plus de stoïcisme envers ce genre de danger quand on est guide de montagne.

D'un autre côté, les chutes de pierres sont un danger sur lequel la compétence ne peut rien.

Elle lève les yeux. Désespérée.

— Vous comprenez.

— On a beau faire attention..., acquiesce-t-il.

— Exactement. Enfin, on peut toujours prendre des précautions, mais ça ne suffira jamais.

Le campement des grimpeurs de tête a disparu sans laisser de trace, et une nouvelle corde monte à gauche du Goulet, passe par une anfractuosité du surplomb et disparaît au-dessus. Ils s'arrêtent pour boire et manger et repartent. Ils sont impressionnés par la difficulté du passage suivant. Même avec la corde, il a l'air infranchissable. Ils s'insinuent dans l'interstice entre une colonne de glace et la paroi gauche et montent péniblement, pouce par pouce.

— Je me demande pour combien de temps on en a, fait Roger en regrettant qu'ils n'aient pas emporté de crampons.

Eileen, qui est au-dessus de lui, ne répond pas tout de suite.

— Plus que trois cents mètres, dit-elle au bout d'une longue minute, d'une voix qui sort de nulle part.

Roger pousse un gémissement théâtral, de client persécuté par son guide.

En réalité, il adore suivre Eileen dans ce passage difficile.

Elle observe et se déplace selon un rythme rapide qui lui rappelle Dougal, mais son choix de prises est tout à fait personnel. Et plus proche de celui que ferait Roger à sa place. Son calme alors qu'ils commentent les ancrages, la façon coulée dont elle se hisse sur les appuis, les proportions élégantes de ses longues jambes, se tendant vers les prises incertaines : c'est une belle grimpeuse. Et de temps en temps, Roger éprouve un petit pincement à la mémoire.

Trois cents mètres plus haut, ils retrouvent leurs ouvreurs de voie, qui sont sortis du Goulet et se sont arrêtés sur une plate-forme de près d'un hectare, du côté gauche, cette fois. De ce point de vue, ils voient des sections de la paroi situées à droite du Goulet, au-dessus d'eux.

— Bel emplacement pour bivouaquer, remarque Eileen.

Marie, Dougal, Hannah et Ginger s'asseyent pour se reposer avant l'installation de leurs petites tentes murales.

— On dirait que vous avez passé une sale journée, en bas.

— Ravigotante, répond Dougal en haussant les sourcils.

Eileen les passe en revue, l'un après l'autre.

— J'ai l'impression que vous n'aurez pas volé un peu d'oxygène.

Le groupe de tête proteste.

— Je sais, je sais. Rien qu'un peu. Un apéritif.

— Ça ne fait que regretter de ne pas en avoir plus, décrète Marie.

— Peut-être. Mais nous ne pouvons pas en prendre beaucoup aussi bas, de toute façon.

Au cours du point radio avec les campements du bas, Eileen dit aux autres de replier les tentes du camp numéro un.

— Amenez-les en premier, avec les treuils électriques. Nous devrions pouvoir utiliser les treuils entre les campements.

Ils accueillent ces paroles avec de grands hourras. Le soleil disparaît derrière la falaise, au-dessus d'eux, et ils poussent tous des gémissements. Le groupe de tête s'affaire au montage des tentes. L'air se rafraîchit très vite.

Roger et Eileen redescendent dans l'ombre de l'après-midi vers le camp numéro deux, parce qu'il y a juste assez de matériel pour héberger le groupe de tête au camp numéro trois. La descente est moins pénible que la montée pour les muscles, mais elle exige tout autant de concentration. Le temps qu'ils arrivent au camp numéro deux, Roger est très fatigué et la paroi froide, sans soleil, l'a de nouveau déprimé. Monter, descendre, remonter, redescendre...

Ce soir-là, l'échange radio entre Eileen et Marie tourne à la discussion quand Eileen ordonne à l'équipe de tête de redescendre pour effectuer du portage.

— Enfin, Marie, les autres n'ont pas ouvert un seul passage, que je sache ? Et nous ne sommes pas venus ici pour vous servir de porteurs, hein ?

La voix d'Eileen a quelque chose de tranchant, de mordant, quand elle est contrariée. Marie insiste pour que l'équipe de tête avance rapidement, elle n'est pas encore fatiguée.

— Ce n'est pas le problème. Demain, vous allez redescendre au camp numéro un et finir de tout remonter. L'équipe du bas va remonter à son tour et relier le camp deux au camp trois, et ceux d'entre nous qui seront au camp deux effectueront un trajet vers le camp trois et reprendront la tête. C'est comme ça, Marie : avec moi, on fait des sauts de puce, vous le savez.

Derrière le bruit d'électricité statique de la radio, on entend Dougal parler à Marie. Pour finir, Marie reprend :

— Ouais, eh ben, vous serez bien contents de nous avoir quand ça se compliquera. Mais nous ne pouvons pas nous permettre de trop ralentir.

Après l'échange radio, Roger sort de la tente et s'assied sur la corniche pour regarder le coucher de soleil. Loin à l'est, il y a encore du soleil, mais sous ses yeux le paysage s'assombrit, devient vaguement violet sous le ciel cassis. La poussière qui fait miroir. Quelques étoiles piquettent le dais, très haut au-dessus de lui. L'air est froid mais il n'y a pas un poil de vent, et il entend Hans et Frances qui s'engueulent sous leur tente au sujet du poli glaciaire. Frances est une aréologue assez réputée, et elle n'est apparemment pas d'accord avec Hans sur les origines de l'escarpement. Elle passe un certain temps, au cours de l'escalade, à chercher des preuves dans la roche.

Eileen s'assied à côté de lui.

— Je vous dérange ?

— Non.

Elle n'ajoute rien et il se dit qu'il l'a peut-être froissée.

— Dommage que Marie soit d'un contact si difficile, dit-il.

Elle élude sa remarque d'un revers de sa main gantée.

— C'est toujours pareil, avec elle. Ça ne veut rien dire. La seule chose qui l'intéresse, c'est de grimper. C'est toujours comme ça, chaque fois qu'on part ensemble, dit-elle en riant. Enfin, je l'aime bien quand même.

— Hmph, fait Roger en haussant les sourcils. Je n'aurais pas cru.

Pendant un long moment ils restent là. Les pensées vagabondes de Roger remontent dans le passé et il ne peut empêcher son moral de sombrer à nouveau.

— Vous avez l'air... ennuyé par quelque chose, risque Eileen.

— Bof, répond Roger. Par tout, j'imagine.

Et il lui fait un clin d'œil pour excuser sa confidence. Mais elle a l'air de comprendre.

— Alors vous avez toujours combattu le terraforming? reprend-elle.

— Pour l'essentiel, ouais. D'abord, à la tête d'un groupe de lobbying. Vous devez en faire partie, maintenant : les Explorateurs Martiens.

— Je paie la cotisation.

— Alors j'ai été dans le gouvernement Rouge. Et au ministère de l'Intérieur, quand les Verts ont pris le dessus. Mais ça n'a servi à rien.

— Pourquoi?

— Parce que... bredouille-t-il. Parce que j'aimais la planète comme elle était quand nous l'avons trouvée. Comme beaucoup d'entre nous, à l'époque. Elle était si belle... Plus que ça. Elle était plus renversante que belle. La taille des choses, leur forme... La planète avait évolué, les formes géologiques, je veux dire, pendant cinq milliards d'années, et on trouvait encore en surface des traces de ces cinq milliards d'années, visibles, lisibles. A condition de savoir regarder. C'était tellement merveilleux, rien que d'être là.

— Le sublime n'est pas toujours beau.

— Exact. Ça transcendait la beauté, vraiment. Une fois, je suis sorti me promener dans les dunes du pôle, vous voyez ce que je veux dire... Et puis... et puis je me suis dit que nous avions déjà une Terre, vous voyez ? Nous n'avions pas besoin d'une Terra ici. Ils ont érodé la planète sur laquelle nous étions arrivés. Ils l'ont détruite ! Et maintenant, c'est... n'importe quoi. Un genre de parc de loisirs. Un laboratoire d'essai pour nos nouvelles plantes, nos animaux, tout ça. Tout ce que j'aimais tant au début a disparu. Vous ne le verrez plus nulle part.

Il la voit à peine hocher la tête dans le noir.

— Alors, le travail de toute votre vie...

— Inutile ! Tout ça pour rien.

Il ne peut s'empêcher de laisser paraître une certaine frustration dans sa voix. Soudain, il n'a plus envie de se retenir, il veut qu'elle comprenne ses sentiments. Il la regarde, dans le noir.

— Trois cents années vécues en pure perte ! J'aurais aussi bien pu...

Il ne sait que dire.

Un long silence.

— Au moins, vous vous en souvenez, dit-elle tout bas.

— A quoi bon ? Je préférerais tout oublier, je vous assure.

— Ah. Vous ne savez pas quel effet ça fait.

— Oh, le passé ! Ce foutu passé ! Il n'a rien de génial. Ce n'est qu'une chose morte.

Elle secoue la tête.

— Le passé ne meurt jamais. Vous connaissez Sartre ?

— Non.

— C'est bien dommage. Pour des gens qui vivent aussi longtemps que nous, son œuvre peut être d'une aide réelle. Par exemple, à plusieurs reprises, il suggère qu'il y a deux façons de considérer le passé. On peut y voir une chose morte, à jamais figée ; qui fait partie de soi mais qu'on ne peut pas changer et dont on ne peut pas changer le sens. Dans ce cas, votre passé limite ou même domine ce que vous pouvez être. Mais Sartre n'est pas d'accord avec cette vision des choses. Il dit que le passé est constamment modifié par ce qu'on fait dans le moment présent. Le sens du passé est aussi fluide que notre liberté dans le présent, parce que chacune de nos actions nouvelles peut tout remettre en perspective !

Roger émet un grognement.

— C'est l'existentialisme.

— Appelez ça comme vous voudrez. Ce qui est sûr, c'est

que ça fait partie de sa philosophie de la liberté. Pour Sartre, le seul moyen de nous approprier notre passé — et moi j'ajoute : que nous nous en souvenions ou non — consiste à y ajouter de nouvelles actions qui lui confèrent une valeur nouvelle. Il appelle ça « assumer son passé ».

— Ce n'est pas toujours possible.

— Pour Sartre, si. Pour lui, le passé est toujours assumé, parce que nous n'avons pas la liberté de cesser d'y ajouter de nouvelles valeurs. La seule question est de savoir ce que seront ces valeurs ; ce n'est pas de savoir si on va assumer son passé, c'est *comment.*

— Et pour vous ?

— Sur ce point, je le suis totalement. C'est pour ça que je lis son œuvre depuis plusieurs années. Ça m'aide à comprendre les choses.

— Hum, fait-il d'un ton méditatif. Vous avez fait des études d'anglais, à la fac, vous le saviez ?

Elle ignore sa remarque.

— Alors, dit-elle en lui flanquant un petit coup d'épaule, vous n'avez plus qu'à décider comment vous allez assumer votre passé. Maintenant que votre Mars a disparu.

Il réfléchit.

Elle se lève.

— Il faut que je m'occupe de la logistique en prévision de la journée de demain.

— D'accord. On se revoit tout de suite, à l'intérieur.

Un peu déconcerté, il la regarde s'éloigner, grande silhouette noire qui se découpe en ombre chinoise sur le ciel. La femme dont il se souvient n'était pas comme ça. A la lumière de ce qu'elle vient de dire, pour un peu, cette idée le ferait rire.

Pendant quelques jours après cela, tous les membres de l'équipe s'échinent à transporter le matériel au camp numéro trois, sauf deux d'entre eux qui sont envoyés, chaque jour, en reconnaissance pour repérer la voie qui mène au camp suivant. Il se trouve qu'il y a, dans le Goulet même, une voie qui permet de treuiller le matériel, lequel est presque complètement monté au camp numéro trois dès son arrivée au camp numéro deux. Tous les soirs, il y a un point radio au cours duquel Eileen évalue les stocks, jongle avec la logistique de l'escalade et donne les ordres pour le lendemain. Depuis le premier soir, Roger écoute sa voix transmise par les ondes, intéressé par sa relaxation, sa façon de décider, au vu et au su de tout le monde, l'aisance avec laquelle elle change de ton en fonction de son interlocuteur. Il décide qu'elle est très bonne dans son métier et se demande si leurs conversations font partie de son savoir-faire. Quelque part, il pense que non.

Roger et Stephan prennent la tête très tôt, dès les miroirs de l'aube, et gravissent rapidement les cordes fixes au-dessus du camp numéro trois, à la lumière de leurs lampes frontales, celle des miroirs étant insuffisante. Ce départ matinal met Roger en pleine forme. En haut du passage, les cordes fixes sont assujetties à un nid de pitons, dans une vaste faille désagrégée. Le soleil se lève et baigne soudain la paroi de sa lumière blafarde. Roger continue à grimper, confirme les signaux pour l'ancrage et entame l'escalade du Goulet.

Il est enfin premier de cordée. Il n'y a plus de guide-rope au-dessus de lui pour s'assurer. Il n'y a que l'immense falaise noire, rugueuse, qui a l'air plus verticale que jamais. Roger choisit la paroi de droite et grimpe sur une butte arrondie. La roche est de l'andésite bosselée, délitée, noirâtre, parfois d'un gris rougeâtre dans la lumière blafarde du matin. La paroi noire du Goulet est plus lisse, stratifiée comme une ardoise au grain très grossier, occasionnellement rompue par des fissures horizontales. A la jonction entre le fond et la paroi latérale, les fissures s'élargissent un peu, offrant par endroits des prises parfaites pour les pieds. Grâce à elles et aux nombreuses bosses de la paroi, Roger arrive à se hisser vers le haut. Il s'arrête plusieurs mètres au-dessus de Stephan dans une faille qui lui offre une bonne vue vers le bas et fixe un piton. Le seul fait de le prendre dans son logement, à sa ceinture, est une tâche ardue. Quand il est en place, il fait passer une corde dans l'anneau et lui imprime une secousse. Ça a l'air de tenir. Il recommence à monter. Il a les pieds écartés, l'un dans une fissure, l'autre sur une bosse, et il palpe, avec les doigts, une fissure située juste au-dessus de sa tête. Il monte encore, les deux pieds sur une bosse, à l'intersection des parois, la main gauche tendue sur la paroi arrière du Goulet, cramponnée à une petite indentation. Un souffle âpre lui racle la gorge. Il a les doigts gelés, engourdis. Le Goulet s'élargit, devient moins profond, et la jonction entre la paroi latérale et le fond devient une rampe étroite, abrupte, indépendante. Un quatrième piton, et le tintement des coups de piolet emplit l'air matinal. Un nouveau problème : la roche désagrégée de la rampe ne présente pas de bonnes fissures, et Roger doit effectuer une traversée au milieu du Goulet pour trouver une meilleure voie vers le haut. S'il dévisse, il pendulera et heurtera la paroi latérale. Or il est dans la zone de chute de pierres. La paroi latérale gauche, vite, un piton. Problème résolu. Il aime l'immédiateté de la résolution des problèmes posés par l'escalade, bien qu'en cet instant il ne soit pas conscient de ce plaisir. Un rapide coup d'œil vers le bas : Stephan est à une bonne distance en dessous de lui ! Il se concentre à nouveau sur la tâche en cours. Un replat aussi large que sa botte lui offre un point d'appui. Il reste un moment collé là, reprend son souffle. Une traction sur la corde — c'est Stephan. Il a déroulé la corde. Bon travail, se dit-il en pensant à la façon dont il ouvre la voie. Il regarde, vers le bas du Goulet, la longue piste tracée par la corde verte qui serpente de piton en piton. Peut-être un meilleur moyen de traverser le Goulet de droite à gauche ? Le visage casqué de Stephan hurle quelque chose dans sa direction. Roger fixe trois pitons et ancre la corde. « Remontez ! » crie-t-il en réponse. Il a les doigts et les mollets endoloris. Il a tout juste la place d'appuyer la pointe de ses fesses sur le replat où il a posé ses bottes : un monde immense s'étale là, sous le soleil matinal, d'un rose éclatant ! Il aspire l'air à grandes goulées et assure la montée de Stephan, remontant la corde et l'enroulant soigneusement. Pour le prochain passage, ce sera au tour de Stephan d'être premier de cordée. Roger aura un peu plus de temps pour rester assis sur son replat et ressentir la solitude intense de sa position dans cette désolation verticale. « Ah ! » dit-il. Sortir du monde en grimpant...

C'est la plus forte des dualités : quand il grimpe, face à la paroi, inspectant chacune de ses failles, de ses aspérités, son attention est fortement concentrée sur la roche, dans un rayon d'un mètre ou deux. Ce n'est pas une roche particulièrement favorable à l'escalade, mais le Goulet forme une pente de près de soixante-dix degrés à cet endroit, et la difficulté technique n'est pas si grande. Ce qui est important, c'est de s'imprégner de la logique de la roche afin de ne trouver que les bonnes prises et les bonnes failles, de reconnaître les prises suspectes et de les éviter. Ces cordes fixes devront supporter un poids considérable, et même s'il est possible que les pitons soient refixés, ils resteront probablement à l'endroit où il les a mis. Il faut voir la roche et le monde sous la roche.

Alors, ayant trouvé une saillie pour s'asseoir et se reposer, il se retourne et contemple l'immense étendue de la Bosse de Tharsis. Tharsis est une masse continentale de la surface martienne ; au centre, elle culmine à onze kilomètres au-dessus du niveau moyen des océans martiens. Les trois princes des volcans sont alignés, du nord-est au sud-est, sur le plus haut plateau de la bosse. Olympus Mons est à la limite nord-ouest, presque sur l'immense plaine d'Amazonis Planitia. De là, alors qu'il n'est même pas à la moitié de l'escarpement, Roger voit tout juste les trois princes des volcans qui pointent à l'horizon, au sud-est, parfaite démonstration de la taille de Mars elle-même. Son champ de vision englobe un huitième de la planète.

Au milieu de l'après-midi, Roger et Stephan ont épuisé leurs trois cents mètres de corde et ils rentrent au camp trois très contents d'eux. Le lendemain matin, ils repartent à la lueur des miroirs de l'aube, remontent à toute vitesse le long des cordes fixes et recommencent. Roger ouvre la voie pour la troisième fois lorsqu'il tombe sur le site idéal pour dresser le campement : une sorte de pilier qui monte à droite du Grand Goulet et se termine abruptement par un plat qui paraît très prometteur. Après avoir négocié une traversée brève mais difficile pour arriver au sommet du pilier, ils attendent le point radio de la mi-journée. Eileen leur confirme que le pilier est à peu près à la bonne distance du camp numéro trois, et tout d'un coup, ça y est : ils sont au camp numéro quatre.

— Vous n'êtes pas loin du haut du Goulet, de toute façon, reprend Eileen.

Roger et Stephan ont donc quartier libre jusqu'à la fin de la journée pour dresser une paroi de tente et explorer les environs. L'escalade se passe bien, se dit Roger, pas de difficultés techniques majeures, un groupe qui s'entend bien... Peut-être South Buttress ne sera-t-il pas si difficile, après tout.

Stephan sort un petit carnet de croquis. Roger jette un coup d'œil aux pages déjà pleines alors que Stephan le feuillette.

— Qu'est-ce que c'est?

— Un pin asiatique à longues aiguilles. J'en ai vu qui poussaient dans la roche, au-dessus du camp numéro un. C'est fou la vie qui grouille sur cette paroi de falaise.

— Oui, dit Roger.

— Oh, je sais, je sais. Ça ne te plaît pas. Je ne vois vraiment pas pourquoi, je t'assure, dit-il en s'arrêtant sur une page blanche de son carnet de croquis. Regarde dans les failles, de l'autre côté du Goulet. Il y a beaucoup de glace, à cet endroit, et des plaques de mousse. Tu vois les fleurs lavande sur les coussins de mousse? C'est de la silène acaule.

Il se met à crayonner, et Roger le regarde, fasciné.

— C'est merveilleux d'avoir le don du dessin comme ça.

— C'est une technique. Regarde, il y a des edelweiss et des asters qui poussent presque les uns sur les autres. (Il sursaute, porte son doigt à ses lèvres.) Des pikas, murmure-t-il.

Roger regarde les fractures de la roche dans le Goulet, en face d'eux. Il y a un mouvement et, soudain, il les voit : deux petites boules de fourrure grise avec de petits yeux noirs, brillants — non, trois, le dernier bondit sans crainte dans les roches. Ils ont fait leur nid dans un trou, au fond d'une anfractuosité de la paroi. Stephan esquisse rapidement, met les trois créatures en place, ajoute les détails. Des yeux martiens, brillants.

Jadis, dans l'automne septentrional de Burroughs, quand le sol disparaissait sous les feuilles qui crayonnaient l'air d'arabesques couleur de sable et de craie, beige antilope, vert pomme ou jaune beurre — il traversait le parc. Une petite bise âpre soufflait du grand entonnoir formé par le delta, au sud-ouest, chassant les nuages qui filaient au-dessus de leurs têtes, boules de coton blanc éparses à l'ouest, masses menaçantes, bleu ardoise, à l'est. Les conifères agitaient leurs branches de tous les tons de vert foncé, tandis que devant flamboyaient les feuilles rousses des arbres feuillus. Au-dessus, à l'est, une lumière d'orage embrasait les murs blancs d'une église avec ses tuiles rougeâtres, son clocher blanc, sous les nuages sombres. Des enfants jouaient à la balançoire, de l'autre côté du parc, des peupliers jaune orangé oscillaient dans le vent au-dessus du bâtiment de briques de la mairie, plus loin, au nord, et Roger sentait — en se promenant entre les arbres au tronc blanc qui levaient vers le ciel leurs branches fantomatiques —, il sentait — en voyant le vent emporter les feuilles mortes —, il sentait ce que tous les autres avaient dû sentir quand ils se promenaient là, que Mars était devenue un endroit d'une beauté exquise. Dans l'air ténu, il voyait tout avec une extrême acuité, les branches, les feuilles et les aiguilles dansant dans la marée du vent, les corbeaux qui rentraient au nid, les nuages bas, gonflés de blancheur, sous le dais plus sombre, et ça l'avait soudain frappé : Quel monde ! Quel monde, avec ses couleurs fraîches, sa lumière éclatante, son espace, sa vie dans le vent — quel monde !

Seulement, une fois arrivé à son bureau, il avait été incapable d'en parler. Ce n'était pas son genre.

En pensant à cela, en repensant à sa récente conversation avec Eileen, Roger se sent mal à l'aise. Son passé envahissait la promenade de ce jour-là, à travers le parc : quel genre de postulat était-ce là ?

Roger passe l'après-midi à grimper librement autour du camp numéro quatre, à regarder un peu autour de lui, content de pouvoir exercer ses dons de grimpeur. Ils reviennent enfin. Mais il n'y a presque plus de fissures dans la roche depuis qu'ils sont sortis du Goulet, et il décide que ce n'est pas une bonne idée de faire de la varappe. Et puis il remarque une chose étrange : à une cinquantaine de mètres au-dessus du camp quatre, le Grand Goulet central a disparu. Il se perd dans un empilement de surplombs qui évoque ce que l'on appelle en architecture les échines d'un toit. Ce n'est sûrement pas la bonne voie pour monter. Cela dit, à droite des surplombs, la paroi n'est pas vraiment meilleure. Elle commence par faire des bosses et des creux, mais elle est bientôt à peu près lisse. Les rares lézardes visibles sur cette masse ne seront pas faciles à escalader. En fait, Roger commence à se demander si ce sera possible, et si les premiers de cordée seront à la hauteur. Et puis il se dit que oui, bien sûr. Ils escaladeraient n'importe quoi. N'empêche que ça a l'air terrible. Hans leur a parlé de «la période difficile» du volcan, une époque où la lave qui se déversait de la caldeira était plus dense, plus consistante qu'au cours des premières années de son existence. Les nombreuses strates horizontales de l'escarpement, qui est une sorte de géant issu de l'histoire volcanique de la planète, reflètent naturellement les changements de consistance de la lave. Jusque-là, ils ont grimpé sur de la roche relativement tendre, mais ils viennent d'arriver à la limite inférieure d'une bande plus dure. En regagnant le camp quatre, Roger regarde la partie visible de la falaise, en haut, et se demande par où ils vont passer.

Autre dualité : les deux parties de la journée, le matin et l'après-midi. Le matin est ensoleillé, donc chaud : une douche matinale de glace et de pierres dans le Goulet, et le temps de faire sécher les sacs de couchage et les chaussettes. Et puis, à midi, le soleil disparaît derrière la falaise, au-dessus d'eux. Pendant une heure à peu près, c'est la maigre clarté des miroirs du crépuscule ; mais ils disparaissent à leur tour, et l'air est soudain d'un froid mordant. Sans gants, les gelures sont à peu près assurées. La lumière est indirecte, inquiétante : un monde d'ombres. L'eau gèle sur la paroi, délogeant des pierres. Autre période au cours de laquelle les pierres tombent en sifflant à côté d'eux. Les gens bénissent leur casque, rentrent la tête dans les épaules et évoquent pour la énième fois la possibilité de se protéger à l'aide de rembourrages. Dans le froid, l'allégresse du matin est oubliée et c'est comme si toute l'escalade avait lieu dans l'ombre.

Quand le camp numéro quatre est installé, ils tentent plusieurs escalades de reconnaissance à travers ce que Hans appelle la Bande de Jaspe. Il leur montre une roche terne et la découpe au laser, exposant une surface brune, lisse, piquetée de petits cercles jaunes, verts, rouges et blancs.

— On dirait des lichens, remarque Roger. Des lichens fossiles.

— Oui. C'est du jaspe orbiculaire. Le fait qu'il soit piégé dans le basalte indique une coulée métamorphique, de la lave qui aurait partiellement fondu la roche dans la gorge, au-dessus de la chambre magmatique, et tout éjecté au-dehors.

Telle était donc la Bande de Jaspe, et ce n'était pas une partie de plaisir. Trop abrupte — presque verticale, en fait, et sans voie évidente vers le haut.

— Au moins, c'est de la bonne roche bien dure, dit allègrement Dougal.

Et puis, un jour, Arthur et Marie rentrent en vitesse, en souriant d'une oreille à l'autre, d'une longue traversée vers la droite et vers le haut.

— C'est une corniche, annonce Arthur. Une corniche parfaite, d'une cinquantaine de centimètres de large. Incroyable. Elle longe ce rempart sur quelques centaines de mètres. Un vrai trottoir ! Nous avons marché dessus jusqu'à ce détour de la paroi ! C'est complètement vertical en dessus et en dessous. Quand vous verrez ça...

Pour une fois, Roger trouve l'enthousiasme d'Arthur justifié. La Corniche Grâce-à-Dieu, ainsi que l'a baptisée Arthur (« Il y en a une comme ça sur le Half Dome de Yosemite »), est une fracture horizontale de la falaise, qui a produit une dalle plate juste assez large pour qu'on puisse marcher dessus. Roger s'arrête au milieu et regarde autour de lui. Vers le haut : la roche et le ciel. Vers le bas : le petit amas de débris du talus, qui a l'air d'être juste en dessous d'eux, parce que Roger n'a pas très envie de se pencher suffisamment pour voir la paroi qui l'en sépare. La vue est stupéfiante.

— Vous avez suivi cette corniche sans vous assurer, Marie et vous ? demande Roger.

— Oh, elle est assez large, répond Arthur. Vous ne trouvez pas ? J'ai fini à quatre pattes, à l'endroit où elle se rétrécit un peu. Mais la plupart du temps, c'était parfait. Marie a marché tout du long.

— Ça, je n'en doute pas.

Roger secoue la tête, heureux d'être accroché par un mousqueton à la corde fixée au-dessus de la corniche, à hauteur de poitrine, et qui lui permet d'apprécier cette étrange saillie — un parfait trottoir dans un monde rigoureusement vertical : la paroi dure, bosselée, juste à droite de sa tête, et, en dessous de lui, la surface lisse de la corniche, et le vide, l'espace.

La verticalité. Un balcon élevé en fournit une médiocre analogie : il faut l'avoir vécue. Sur la face de cette falaise, contrairement à la façade d'un bâtiment, il n'y a pas de sol en dessous. Le monde, en bas, est un monde du dessous. Un sous-monde ; l'air qui se rue sous vos pieds. La paroi noire, lisse et rébarbative de la falaise dressée là, à côté de vous, occupe la moitié du ciel. Il y a la terre, l'air. Le solide, ici et maintenant, l'infini de l'air. La paroi de basalte, la mer de gaz. Autre dualité : grimper c'est vivre en même temps sur le plan d'existence le plus symbolique et le plus physique qui soit. Ça aussi, c'est une richesse pour le grimpeur.

Tout au bout de la Corniche Grâce-à-Dieu, il y a un système de faille qui fissure la Bande de Jaspe — on dirait une version réduite, plus étroite, du Grand Goulet, et elle est envahie par la glace. Ça renouvelle l'escalade. Ces failles mènent vers un demi-entonnoir plein de glace qui divise encore plus loin la Bande de Jaspe. Le fond de l'entonnoir est juste assez en pente pour qu'ils y installent le camp numéro cinq, qui devient le plus étroit de leurs campements jusqu'alors. L'ennui, c'est que le passage par la Corniche Grâce-à-Dieu interdit l'utilisation du treuil électrique entre les camps quatre et cinq. Chacun doit effectuer dix ou douze allers et retours entre les deux campements. Chaque fois que Roger emprunte cette corniche suspendue dans le vide, il éprouve la même stupéfaction.

Pendant le démantèlement des campements deux et trois et les portages par le biais de la corniche, Arthur et Marie ont commencé à explorer les voies vers le haut. Roger monte avec Stephan pour leur apporter de la corde et de l'oxygène. C'est une escalade mixte, à moitié sur la roche, à moitié sur la glace noire bordée de neige sale, durcie. Ce n'est pas une partie de plaisir. Il y a des passages qui les font suer et transpirer, et ils se regardent, épuisés, en ouvrant des yeux ronds.

— Marie devait être première de cordée.

— Mmm, je ne sais pas. Cet Arthur est sacrément bon.

La roche est couverte, en de nombreux endroits, par de la glace noire, dure et cassante : des années de pluies d'été suivies par des gelées ont cristallisé les surfaces exposées à cette altitude. Les bottes de Roger glissent sans arrêt sur la glace lisse.

— Il va nous falloir des crampons, ici.

— Sauf que la glace est tellement fine qu'on va heurter la roche.

— Escalade mixte.

— C'est marrant, hein ? dit-elle, le souffle rauque, le cœur battant.

Des trous dans la glace ont été faits au piolet ; la roche en dessous est saine, striée de fissures verticales. Un bloc de glace tombe dans un sifflement, se fracasse sur la paroi, en dessous d'eux.

— Je me demande si c'est Arthur et Marie qui les ont faits.

Seule la corde fixe permet à Roger de franchir ce passage, tellement il est difficile. Un autre bloc de glace dégringole, et ils poussent un juron.

Un pied apparaît en haut de la fissure pareille à un livre ouvert dans laquelle ils grimpent — un dièdre.

— Hé ! Faites attention, là-haut ! Vous nous balancez des blocs de glace sur la tête !

— Oh, pardon ! Nous ne savions pas que vous étiez là !

Arthur et Marie descendent en rappel vers eux.

— Pardon, répète Marie. Nous ne pouvions pas penser que quelqu'un monterait si tard. Vous avez encore de la corde ?

— Ouais.

Le soleil disparaît derrière la falaise, abandonnant le ciel aux miroirs du crépuscule et leur lumière de réverbère. Arthur les regarde alors que Marie bourre leur sac de corde.

— C'est magnifique ! s'exclame-t-il. Sur Terre aussi, ils connaissent le parhélie, vous savez : c'est un effet d'optique qui se produit quand il y a des cristaux de glace dans l'atmosphère. On l'observe généralement dans l'Antarctique : de grands halos autour du soleil, et de faux soleils en deux points du halo. Mais je ne pense pas qu'ils aient jamais eu quatre faux soleils de chaque côté. C'est magnifique !

— Allons-y, dit Marie sans lever les yeux. On se retrouve au camp cinq, ce soir.

Et les voilà partis, très vite, vers le haut de la falaise, à l'aide de la corde et des deux parois du dièdre.

— Drôle de couple, dit Stephan en redescendant vers le camp cinq.

Le lendemain, ils remontent encore des longueurs de corde. A la fin de l'après-midi, au bout d'une très longue escalade, ils retrouvent Arthur et Marie assis dans une grotte, à flanc de falaise. L'anfractuosité est assez vaste pour contenir tout le campement.

— Vous imaginez ça ? s'écrie Arthur. On se croirait à l'hôtel !

L'ouverture de la grotte est une faille horizontale de près de quatre mètres de haut et d'une quinzaine de mètres de largeur. Le sol est relativement plan, couvert, près de l'entrée, par une mince couche de glace, et jonché de débris tombés de la voûte, qui est irrégulière, mais solide. Roger ramasse l'une des pierres trouvées à terre et la dépose dans l'ouverture de la grotte, à l'endroit où le sol rencontre la paroi, formant une fissure étroite. Marie essaie de joindre quelqu'un en bas, à la radio, pour raconter sa trouvaille. Roger s'aventure vers le fond de la grotte, à une vingtaine de mètres de l'entrée, et se penche pour inspecter l'amas de gravats, à l'endroit où le sol et la voûte se rencontrent.

— Ça va être agréable de dormir à plat, pour changer, dit Stephan.

En regardant par l'ouverture de la grotte, Roger voit un grand sourire de ciel lavande.

Quand Hans arrive et voit ça, il est tout excité. Il donne des coups de poing et de piolet partout, braque sa lampe-torche dans les creux et les anfractuosités de la grotte.

— C'est du tuf, vous voyez ? dit-il en leur montrant un bout de caillou. C'est un volcan en bouclier, ce qui veut dire qu'il a craché très peu de cendres, d'où sa forme aplatie. Mais il a bien dû y avoir quelques éruptions de cendres, au fil des ans, et quand les cendres sont comprimées ça devient du tuf — cette roche que vous voyez là. Le tuf est beaucoup plus tendre que le basalte et l'andésite, et avec le temps, la couche supérieure, exposée aux intempéries, s'est érodée, nous laissant ce magnifique hôtel.

— Magnifique, vraiment, commente Arthur.

Le reste de l'équipe les rejoint dans le crépuscule des miroirs, et il y a encore de la place dans la grotte. Ils dressent les tentes pour dormir, posent les lampes à même le sol et prennent leur dîner en formant un vaste cercle autour d'une collection de petits réchauds rougeoyants. Les grimpeurs avalent des écuelles de ragoût, les yeux brillants d'allégresse. Il y a quelque chose de merveilleux dans cet abri sûr, creusé à même la paroi de la falaise, trois mille mètres au-dessus de la plaine. C'est une joie inespérée de se prélasser sur le sol plat, sans être obligé de s'accrocher. Hans n'a pas cessé de rôder dans la grotte, sa lampe torche à la main. De temps en temps, il pousse un sifflement.

— Hans ! appelle Arthur après dîner, quand les bols et les gamelles ont été nettoyés. Allez, venez par ici. Asseyez-vous là, tenez.

Marie fait circuler sa flasque de cognac.

— Expliquez-moi, Hans : comment se fait-il que cette grotte soit là ? Et pourquoi, d'ailleurs, cet escarpement est-il là ? Pourquoi Olympus Mons est-il le seul volcan du monde connu à être entouré d'une telle falaise ?

— Ce n'est pas le seul volcan dans ce cas, objecte Frances.

— Allons, Frances, répond Hans. Vous savez bien que c'est le seul grand volcan en bouclier à être encerclé par une falaise. Ceux auxquels vous songez, qui ont été remarqués en Islande, ne sont que les petits évents de volcans plus vastes.

— D'accord, convient Frances en hochant la tête. Mais l'analogie tient peut-être quand même.

— Peut-être, convient Hans avant de se tourner vers Arthur. Comme vous pouvez le constater, il n'y a pas de consensus général quant à l'origine de l'escarpement, mais je crois pouvoir dire que ma théorie est généralement admise… vous êtes d'accord, Frances ?

— Oui…

Hans a un bon sourire et parcourt le groupe du regard.

— Vous comprenez, Frances fait partie de ceux qui croient que les éruptions du volcan se sont produites, à l'origine, à travers une calotte glaciaire, et que le glacier a agi comme une muraille qui aurait contenu la lave, créant cet effet de falaise après la disparition de la glace.

— On retrouve en Islande des volcans assez analogues,

confirme Frances. Leur formation s'explique par le fait que la lave jaillissait sous la glace et à travers elle.

— Quoi qu'il en soit, reprend Hans, je crois plutôt, et je ne suis pas le seul, que c'est le poids d'Olympus Mons qui a provoqué l'escarpement.

— Je vous l'ai déjà entendu dire, intervient Arthur, mais je ne comprends pas comment les choses auraient pu se passer.

Stephan se déclare d'accord avec cette objection, et Hans soutire un peu de cognac dans la flasque.

— Le volcan est très vieux, vous comprenez, reprend-il d'un air réjoui. Près de trois milliards d'années, sur le même site, ou tout près — la dérive tectonique est infime, contrairement à ce qui se passe sur Terre. Alors, le magma jaillit vers le haut, la lave se répand à l'extérieur, de façon répétée, se dépose sur une roche plus tendre — probablement le régolite labouré résultant du bombardement météoritique intense qui a suivi la naissance de la planète. Un poids énorme s'est trouvé accumulé à la surface, et ce poids n'a cessé d'augmenter au fur et à mesure que le volcan croissait. Je n'ai pas besoin de vous dire que c'est un très, très gros volcan. A la fin, son poids était tel qu'il a écrasé la roche plus tendre en dessous. On retrouve de cette roche au nord-est, sur la partie aval de la Bosse de Tharsis ; c'est par là que la roche compressée a dû être repoussée. L'un de vous a-t-il visité l'auréole d'Olympus Mons ? C'est une région fascinante, commente-t-il comme plusieurs d'entre eux hochent la tête en signe d'acquiescement.

— D'accord, reprend Arthur. Mais pourquoi cela n'a-t-il pas tout simplement enfoncé la zone entière ? Normalement, ça aurait dû former une dépression autour du bord du volcan, plutôt que cette falaise ?

— Exactement ! s'exclame Stephan.

Hans secoue la tête en souriant. Et fait un geste en direction de la flasque de cognac.

— Ce qu'il y a, c'est que le bouclier de lave d'Olympus Mons n'est qu'une seule et unique masse de roche — stratifiée, je vous l'accorde, mais dans l'ensemble une grosse calotte de basalte déposée sur une surface un peu plus tendre. Bon, l'essentiel du poids de cette calotte, et de loin, se trouve près du centre — le pic du volcan, vous me suivez ? Le basalte a une certaine flexibilité, comme toutes les roches. La calotte proprement dite est donc quelque peu déformable. Ça explique que le centre, qui est le plus lourd, s'enfonce le plus, et que la périphérie du bouclier, qui est solidaire d'une unique calotte flexible, remonte vers le haut.

— De six kilomètres ? objecte Arthur. Vous voulez rire !

Hans hausse les épaules.

— N'oubliez pas que le volcan se dresse à vingt-cinq kilomètres au-dessus de la plaine environnante. Le volume du volcan est cent fois supérieur au volume du plus grand volcan de la Terre, le Mauna Loa, et pendant trois milliards d'années au moins il appuie sur cet endroit.

— Même si c'est comme ça que les choses se sont passées, ça n'explique pas la symétrie de l'escarpement, objecte Frances.

— Mais si, justement. C'est même l'aspect le plus révélateur. La périphérie du bouclier de lave se soulève, d'accord ? De plus en plus haut, jusqu'à ce que la limite de flexibilité du basalte soit atteinte. En d'autres termes, le bouclier n'est pas déformable à l'infini. Lorsque les tensions sont trop importantes, la roche cède. La partie qui se trouve à l'intérieur de la cassure continue à s'élever tandis que ce qui est au-delà s'effondre. C'est ainsi que la plaine qui se trouve en dessous de nous fait encore partie du bouclier de lave d'Olympus Mons, bien qu'elle soit au-delà du point de rupture. Et comme la lave faisait partout à peu près la même épaisseur, elle a cédé partout à la même distance à peu près du pic, nous donnant l'escarpement vaguement circulaire que nous sommes en train d'escalader !

Hans agite la main avec une fierté d'architecte. Frances renifle.

— J'ai du mal à imaginer ça, dit Arthur en tapotant le sol. Vous voulez dire que l'autre moitié de cette grotte serait sous le talus couvert de débris, en contrebas ?

— Exactement, répond Hans, rayonnant. Sauf que l'autre moitié n'a jamais été une grotte. C'était probablement une petite plaque plus ou moins circulaire de tuf, emprisonnée dans cette lave basaltique beaucoup plus dure. Lorsque le bouclier s'est rompu, entraînant la formation de l'escarpement, le dépôt de tuf a été coupé en deux, et l'endroit de la section a été exposé à l'érosion. Et voilà comment, quelques siècles plus tard, nous avons cette petite grotte si confortable...

— J'ai du mal à imaginer ça, répète Arthur.

Roger s'octroie une gorgée de cognac et acquiesce sans mot dire. Décidément, il n'est pas facile de transposer les théories de l'aréologie, où les montagnes se comportent comme de la pâte à modeler ou du dentifrice, à l'immense réalité de basalte dur et concret qui se trouve tout autour d'eux.

— C'est le temps nécessaire à ces transformations qui est difficile à imaginer, dit-il tout haut. Ça a dû prendre...

Il agite la main.

— Des milliards d'années, poursuit Hans. Nous ne pouvons pas nous représenter correctement cette durée. Mais nous pouvons voir des signes certains de son passage.

Et il ne nous aura pas fallu plus de trois siècles pour réduire ces signes à néant, ajoute silencieusement Roger. Ou la plupart. Et faire un parc à la place.

Au-dessus de la grotte, la paroi de la falaise recule un peu, et la Bande de Jaspe lisse laisse place à une pente chaotique, confuse, de goulets de glace, de contreforts et de rainures horizontales, peu profondes, qui singent leur grotte, en contrebas. Ces rainures, qu'ils appellent des marches, sont à éviter comme les crevasses sur sol horizontal, car le surplomb forme à chaque fois un obstacle redoutable à franchir. Les goulets de glace procurent la meilleure voie vers le haut, et l'escalade se résume à négocier ce qui apparaît comme un delta à la verticale, ou le tracé d'un éclair figé dans la paroi par le gel. Tous les matins, lorsque le soleil frappe la paroi, il y a une heure environ de chutes de pierres et de glace assez pénible. Ils ont parfois des sueurs froides. Un matin, Hannah est sérieusement contusionnée par un bloc de glace reçu en pleine poitrine.

— Le truc, c'est de rester dans la faille entre la glace de la cheminée et la paroi rocheuse, dit Marie à Roger alors qu'ils battent en retraite dans un cul-de-sac.

— Ou d'arriver à destination avant le lever du soleil, répond Dougal.

C'est ce qu'il suggère à Eileen et, suivant sa recommandation, ils commencent à se lever bien avant l'aube pour effectuer les parties exposées de l'escalade. Dans l'obscurité glaciale, l'alarme d'un bloc-poignet se met à sonner. Roger se retourne dans son duvet, essaie d'éteindre le sien, mais c'est celui de sa compagne de tente. Il pousse un gémissement, s'assied, tend le bras et allume son réchaud. Bientôt, les résistances brillent d'une lueur orangée réconfortante qui permet d'y voir un peu, et la température remonte sous la tente. Eileen et Stephan se redressent et tentent de chasser les dernières bribes de sommeil. Ils ont les cheveux ébouriffés, le visage bouffi, fatigué, marqué par ce qui leur tenait lieu d'oreiller. Il est trois heures du matin. Eileen pose un faitout de glace sur le réchaud, faisant baisser la lumière. Elle allume une lampe au minimum, arrachant néanmoins un gémissement à Stephan. Roger fouille dans les provisions, sort du thé et du lait en poudre. Le petit déjeuner est merveilleusement revigorant, et puis, tout à coup, il faut qu'il aille aux toilettes — providentielles mais glaciales. Il enfile ses bottes — le moment le plus pénible de la séance d'habillage. Autant mettre ses pieds dans des blocs de glace. Et puis il faut sortir de la tente bien chaude dans le froid intense de la grotte. Il va, dans le noir, aux toilettes. Les autres tentes brillent d'une douce lueur — le moment est venu de partir, dans le petit matin, à l'assaut du haut des pentes.

Le temps qu'Archimède, le premier des miroirs de l'aube, apparaisse, ils sont sur les pentes, au-dessus de la grotte, depuis près d'une heure, et ils grimpent à la lueur de leurs lampes frontales. C'est mieux avec les miroirs de l'aube : ils ont assez de lumière pour voir où ils mettent les pieds, mais la roche et la glace ne sont pas encore assez réchauffées pour se mettre à tomber. Roger escalade les cordons de glace à l'aide de ses crampons ; il adore les utiliser, taper dans la glace souple avec les pointes de devant, et adhérer à la paroi comme avec de la glu. Dessous, Arthur chante un hymne en l'honneur de ses crampons : « Spiderman, Spiderman, Spiderman, Spidermannnnn. » Mais une fois au-dessus des cordes fixes, le souffle lui manque pour chanter ; être premier de cordée n'est pas de tout repos. Roger se retrouve bras et jambes écartelés sur une faille, le pied droit enfoncé dans la cascade de glace, le pied gauche calé dans une niche de la taille de l'ongle de son gros orteil, la main gauche tenant le manche du piolet, qui est fermement planté dans la glace, au-dessus, la main droite en train de tourner laborieusement la poignée d'une broche à glace qui servira de piton dans ce petit couloir. L'espace d'un instant, il se dit qu'il est à dix mètres au-dessus du premier ancrage, suspendu par trois pitons minuscules. Et à bout de souffle.

En haut de cette faille, il y a une petite vire sur laquelle se reposer, et quand Eileen se hisse au-dessus de la corde fixe, elle trouve Roger et Arthur allongés sur la roche, dans le soleil du matin, comme des poissons mis à sécher. Elle les regarde en reprenant son souffle.

— Le moment est venu d'utiliser l'oxygène, déclare-t-elle, haletante.

Lors du point radio du milieu de la matinée, elle dit à l'équipe du dessous de monter les bouteilles d'oxygène au campement suivant avec les tentes et le reste du matériel.

Trois bivouacs ont été montés au-dessus de la grotte, qui sert en quelque sorte de camp de base, auquel ils peuvent retourner de temps en temps, et ils avancent assez bien. Chaque nuit, ils dorment par petits groupes, dispersés dans chacun des bivouacs. Ils sont obligés d'utiliser l'oxygène pendant presque toute l'escalade, et ils dorment pour la plupart avec un masque, le régulateur tourné au minimum. Ils essaient de monter les campements d'altitude sans oxygène, mais ils sortent de l'opération épuisés et gelés. Quand les bivouacs sont dressés, à la fin de la journée d'escalade, ils passent les après-midi dans l'ombre, à rôder en buvant des boissons chaudes et en battant la semelle pour se réchauffer les pieds, dans l'attente du point radio du soir et des consignes pour la journée du lendemain. A ce stade, c'est un plaisir de laisser réfléchir Eileen.

Une après-midi, en grimpant au-dessus du campement le plus élevé avec Eileen, Roger se tient dos à la paroi parce qu'il assure Eileen pour franchir un point difficile. Le vent souffle dans leur direction des nuages d'orage pareils à des champignons à longue queue. Seul le haut des nuages est plus haut qu'eux. C'est la fin de l'après-midi, et la paroi de la falaise n'est qu'une ombre. La tige cotonneuse des nuages est sombre, d'un gris menaçant. Au-dessus s'épanouissent les nuages proprement dits, d'un blanc étincelant, dans la partie du ciel éclairée par le soleil, et cette lumière est partiellement renvoyée sur la falaise. Roger tend la corde, lève les yeux vers Eileen. Elle amorce le franchissement d'un dièdre, un angle de rocher qui a la forme d'un livre ouvert à quatre-vingt-dix degrés. Son masque à oxygène lui couvre la bouche et le nez. Roger effectue une traction. Elle baisse les yeux, et il lui indique l'immense amas de nuages. Elle hoche la tête, écarte son masque.

— On dirait des vaisseaux ! De gros paquebots ! dit-elle.

Roger repousse son masque sur sa joue.

— Vous pensez qu'il pourrait y avoir de l'orage ?

— Je n'en serais pas surprise. Nous avons eu de la chance, jusque-là.

Elle replace son masque et commence à grimper en enfonçant les doigts des deux mains dans la faille, plaquant les semelles de ses deux bottes sur la paroi, juste en dessous de ses mains, et se hissant sur le côté, si bien qu'elle se retrouve à marcher latéralement vers le haut sur l'une des parois. Roger veille à ce que la corde qui l'assure reste bien tendue.

Les vents d'ouest dominants de Mars se heurtent sur Olympus Mons et les masses d'air montent le long du pic au lieu de se déverser sur ses flancs. La montagne est si haute qu'elle se dresse au-dessus de l'atmosphère, repoussant les vents de part et d'autre. L'air ainsi compressé redescend en tournoyant le long du flanc est, froid et glacé, après avoir abandonné son humidité sur le flanc ouest, où se forment les glaciers. C'est le schéma habituel, en tout cas ; mais quand un système cyclonique souffle du sud-ouest, il assène au volcan un coup violent venu du sud, se comprime en heurtant le quart sud-est du bouclier et rebondit avec une force accrue vers l'est.

— Que dit le baromètre, Hans ?

— Quatre cent dix millibars.

— Vous voulez rire !

— Ce n'est pas tellement en dessous de la normale, en fait.

— Vous voulez rire ?

— D'un autre côté, c'est assez bas quand même. Je pense que nous entrons dans un système de basses pressions.

L'orage commence par des vents catabatiques : de l'air froid qui tombe sur le bord de l'escarpement et s'abat sur la plaine. Parfois, la force du vent d'ouest soufflant sur le bouclier provoque des bourrasques sur la falaise dressée dans sa parfaite immobilité. La légère dépression ainsi provoquée est rapidement comblée par un coup de vent vers le bas, qui fait claquer la paroi des tentes et soumet leur structure à rude épreuve. Roger pousse un grognement alors qu'une bourrasque manque écraser la tente, et regarde Eileen en secouant la tête.

— Il va falloir s'y habituer, dit-elle. Il arrive que des coulées de vents descendants heurtent le haut de la paroi. (Et SBAM !) Cela dit, celle-ci semble un peu plus forte que d'habitude. Enfin, tant qu'il ne neige pas, hein ?

Roger jette un coup d'œil par le petit hublot pratiqué dans le rabat de la tente.

— Non, il ne neige pas. Mais il fait un froid épouvantable, dit-il en se retournant dans son duvet.

— Tant mieux. S'il neigeait, ce serait très mauvais signe.

Elle commence à lancer des appels radio. Ils sont, Roger et elle, au camp huit (la grotte a maintenant été rebaptisée camp six) ; Dougal et France sont au camp neuf, le plus haut et le plus exposé des nouveaux campements. Arthur, Hans, Hannah et Ivan sont au camp sept, et les autres en bas, dans la grotte. Ils sont un peu trop éparpillés, mais Eileen rechignait à démonter les dernières tentes de la grotte. Roger commence maintenant à comprendre pourquoi.

— Tout le monde reste à l'abri, demain matin, jusqu'à ce que je donne de nouvelles instructions. On fera le point aux miroirs de l'aube.

Le vent forcit toute la nuit, et Roger est réveillé à trois heures du matin par un coup de boutoir particulièrement violent contre les parois de la tente. On n'entend presque pas le vent qui heurte la roche, et puis il y a un WHAOUF ! et brusquement la tente rugit et se convulse comme une baleine torturée. Le vent faiblit quelque peu, les roches se mettent à ululer doucement. Un moment de calme. Il écoute le souffle du vent, ses soudaines bourrasques, les grincements de la tente, repoussée dans le fond de la niche où ils l'ont dressée, puis de nouveau aspirée vers le haut. Le sifflement réconfortant d'un masque à oxygène, qui lui réchauffe le nez, pour une fois — et WHAOUF ! Eileen a l'air de dormir, la tête enfouie dans son duvet ; seuls son bonnet et le tuyau d'oxygène émergent du haut, resserré. Roger s'émerveille que les hurlements du vent ne la réveillent pas. Il regarde sa montre et décide qu'il est inutile d'essayer de se rendormir. Le givre formé par la condensation, sur la paroi intérieure de la tente, lui tombe sur la figure comme de la neige, l'effrayant un instant. Mais il braque rapidement le rayon de sa lampe sur le petit hublot transparent pratiqué dans le rabat de la tente et vérifie qu'il ne neige pas. A la maigre lueur de la lampe, Roger pose un faitout de glace sur le réchaud cubique, l'allume. Il remet ses mains glacées dans le duvet et regarde le réchaud. Très vite, les résistances concentriques brillent d'un bel orange vif et irradient une chaleur palpable.

Une heure plus tard, il fait sensiblement plus chaud sous la tente. Roger déguste un thé bouillant et essaie d'anticiper les coups de vent. Il y a apparemment du dépôt dans l'eau obtenue en fondant la glace de la grotte. Roger a eu des problèmes digestifs, ainsi que trois ou quatre autres, et il éprouve à nouveau les premiers symptômes de dysenterie glaciaire. Il se retient à grand-peine. Un coup particulièrement violent sur la paroi de la tente réveille Eileen. Elle passe la tête hors de son duvet, l'air désorientée.

— Le vent souffle de plus en plus fort, lui explique Roger. Vous voulez du thé ?

— Mmouais, fait-elle en ôtant son masque à oxygène avant de prendre la tasse pleine qu'elle vide goulûment. Hé, j'avais soif !

— Oui. C'est un effet de l'oxygène, apparemment.

— Quelle heure est-il ?

— Quatre heures.

— Ah. Mon réveil a dû sonner. C'est presque l'heure du point radio.

Il y a des nuages à l'est, mais ils constatent un sensible accroissement de la lumière quand Archimède se lève. Roger enfile ses bottes glaciales et gémit.

— Il faut que j'y aille, dit-il à Eileen tout en baissant juste assez la fermeture à glissière de la tente pour sortir.

— Restez attaché, surtout !

Dehors, une bourrasque catabatique manque le plaquer au sol. Il fait très froid, peut-être moins vingt, et l'effet aggravant du vent soufflant avec cette violence doit être extrême. Il a de nouveau la courante, hélas. Très soulagé, et complètement gelé, il remonte son pantalon et rentre dans la tente. Eileen est à la radio. Tout le monde doit rester à l'abri jusqu'à ce que le vent soit un peu retombé, dit-elle. Roger acquiesce vigoureusement. Lorsqu'elle coupe la communication, elle le regarde en souriant.

— Vous savez ce que dirait Dougal ?

— Mmm, très ravigotant !

Elle éclate de rire.

Le temps passe. Roger somnole. Il a enfin réussi à se réchauffer. En réalité, il préfère dormir pendant la journée, quand il fait plus chaud sous la tente.

Il est brutalement réveillé en fin de matinée par un cri poussé du dehors. Eileen sautille dans son duvet jusqu'au rabat de la tente. Dougal passe la tête par l'ouverture, abaisse son masque à oxygène sur sa poitrine, les refroidit avec son souffle haletant, glacé.

— Notre tente a été écrasée par un bloc de pierre, annonce-t-il d'un ton d'excuse. Frances a le bras cassé. J'ai besoin d'aide pour la faire redescendre.

— Redescendre où ça ? lance Roger, sans réfléchir.

— Je pensais à la grotte, ou au moins ici. Notre tente est écrasée, elle est exposée à tous les vents. Elle est dans son duvet, mais autant dire qu'il n'y a plus de tente.

Eileen et Roger enfilent gravement leur tenue d'escalade.

Dehors, le vent s'acharne sur eux, et Roger se demande s'il arrivera à grimper. Ils s'accrochent à la corde et montent, grâce à un jumar, avec la célérité que commande l'urgence. Les coups de vent qui s'abattent sur eux sont parfois si brutaux qu'ils doivent attendre, accrochés au rocher, réduits à l'impuissance. Au cours d'une bourrasque particulièrement violente, Roger commence à paniquer : il paraît impossible que la chair et les os, les étriers, la corde, les pitons et les mousquetons, que tout ça résiste aux forces incroyables déchaînées par le vent descendant, mais qu'y faire ? Alors il attend, blotti dans l'anfractuosité de la roche que suit la corde, en se refroidissant à chaque instant.

Ils entrent dans un long couloir sinueux, gelé, qui les protège un peu du vent, de sorte que leur progression est un peu facilitée. Des pierres, des blocs de glace dégringolent autour d'eux, comme des bombes ou des grêlons géants. Dougal et Eileen grimpent si vite qu'il a du mal à les suivre. A un moment donné, il est pris de faiblesse et se sent glacé ; il est bien couvert, mais il a le nez et les doigts gelés. Ses intestins se rappellent à son mauvais souvenir alors qu'il rampe sur un bloc de pierre encastré dans le couloir, et il pousse un gémissement. Il aurait mieux fait de rester sous la tente, ce jour-là.

Soudain, ils sont au camp neuf, une grande tente en forme de boîte, aplatie d'un côté. Le vent s'acharne sur les pans déchirés et elle claque comme un grand drapeau dans la tourmente, si fort qu'ils ont du mal à s'entendre. Frances est heureuse de les voir. Elle a les yeux rouges derrière ses lunettes.

— Je pense que je pourrai m'asseoir dans un anneau de corde et descendre en rappel si vous m'aidez ! crie-t-elle pour se faire entendre malgré le vacarme.

— Comment ça va ? demande Eileen.

— J'ai le bras gauche cassé juste au-dessus du coude. Je me suis fabriqué une espèce d'attelle. Je crève de froid, sinon je ne me sens pas trop mal. J'ai pris des analgésiques, mais pas assez pour être vaseuse.

Ils s'entassent dans ce qui reste de la tente, et Eileen allume un réchaud. Dougal se démène au-dehors dans l'espoir de rattacher la partie endommagée de la tente et de l'empêcher de claquer, mais ses efforts sont vains. Ils se font du thé et se glissent dans des duvets pour le déguster.

— Quelle heure est-il ?

— Deux heures.

— Mmm. Nous ferions mieux de partir tout de suite.

— Ouais.

Ramener Frances au camp huit prend du temps et ils sont tous gelés. Tant qu'ils grimpaient rapidement à l'aide de la corde fixe, ils arrivaient à garder leur chaleur, mais là, ils restent longtemps cramponnés à la roche pendant que Frances franchit en rappel l'une des sections les plus difficiles. Elle les aide de son mieux, avec son bras droit.

Elle négocie le bloc de pierre qui a donné tant de fil à retordre à Roger quand un coup de vent la heurte comme un poing géant et elle bascule, se retrouve à plat ventre sur la roche. Roger remonte d'un bond et la rattrape juste avant qu'elle ne roule sur son côté gauche, incapable de se retenir. L'espace d'un moment, il reste accroché là sans pouvoir faire autre chose que la stabiliser. Au-dessus d'eux, Dougal et Eileen poussent des cris. Mais il n'y a pas de place pour eux. Roger bloque le jumar sur la guide-rope au-dessus de lui, se hisse avec un bras, l'autre passé dans le dos de Frances. Ils se regardent dans les yeux à travers leurs lunettes. Elle cherche frénétiquement une prise avec son pied, en trouve plus ou moins une et le soulage d'une partie de son poids. En attendant, ils sont coincés là. Roger montre sa main à Frances, essaye de lui faire comprendre son plan : il va lui faire la courte échelle. Elle acquiesce. Il détache le jumar de la corde fixe, le rattache juste en dessous de Frances et descend jusqu'à ce qu'il trouve une bonne prise pour ses pieds. Il croise les mains, les lève vers le pied libre de Frances, le guide vers lui. Elle porte son poids sur son pied et descend — bel effort de sa part, car elle doit déguster... Ils n'ont pas le temps d'achever le mouvement qu'un nouveau coup de vent manque les déséquilibrer, mais ils se cramponnent l'un à l'autre et tiennent bon. Ils sont sous le rocher; Dougal et Eileen peuvent maintenant passer par-dessus et redescendre Frances en rappel.

Ils repartent donc vers le bas. Hélas, l'effort a déclenché certaines réactions physiologiques chez Roger, qui est pris de coliques. Il maudit l'eau de la grotte et se retient désespérément, mais ses tripes ne veulent rien savoir. Il explique ce qui lui arrive, par geste, aux autres, descend le long de la corde fixe, dégageant la voie pour ceux qui descendent, et trouve un petit coin tranquille. Baisser son pantalon alors que le vent s'acharne sur lui et le fait tourner comme un pantin autour de la corde fixe est un véritable exploit, et il ne cesse de jurer tout en se soulageant. C'est indiscutablement la chiasse la plus glacée de toute sa vie. Le temps que les autres le rejoignent, il tremble si fort qu'il arrive à peine à avancer.

Ils déboulent au camp huit vers le coucher du soleil. Eileen lance des appels radio, informe les camps d'en bas de la situation et leur donne ses instructions. Personne ne discute quand elle prend ce ton tranchant.

Le problème est que les ressources en vivres et en oxygène du camp huit sont au plus bas.

— Je vais descendre chercher du ravitaillement, propose Dougal.

— Vous êtes dehors depuis assez longtemps, objecte Eileen.

— Non, non. Un bon repas chaud et j'y retourne. Restez là avec Frances et Roger, qui est gelé.

— On pourrait demander à Arthur ou à Hans de monter nous rejoindre...

— Je ne vois pas l'intérêt. Ils seraient obligés de rester ici, et nous sommes déjà assez à l'étroit. Et puis je suis le plus habitué à grimper dans le noir, avec ce vent.

— D'accord, acquiesce Eileen.

Dougal se tourne vers Roger.

— Vous avez assez chaud ? lui demande-t-il.

Roger frissonne, incapable de répondre. Ils l'aident à se glisser dans son duvet et lui font prendre du thé, mais il a du mal à boire. Il tremble encore longtemps après le départ de Dougal.

— C'est bon signe, ces frissons, commente Frances. Mais il a affreusement froid. Trop pour se réchauffer. Il est peut-être en hypothermie. J'avoue que je n'ai pas chaud, moi non plus.

Eileen monte le réchaud au maximum jusqu'à ce qu'une sorte de touffeur emplisse la tente. Elle se glisse dans le duvet de Frances, à côté d'elle, en faisant bien attention à ne pas heurter son bras blessé. La situation n'est pas brillante et, à la lumière rougeoyante du poêle, ils ont les traits pincés.

— Ça va mieux, murmure Frances au bout d'un moment. J'ai bien chaud. Occupez-vous de lui, maintenant.

Roger se rend à peine compte qu'Eileen se glisse dans son duvet auprès de lui. Elle le bouscule, et il n'est pas content.

— Enlevez vos vêtements de dessus, ordonne Eileen.

En se contorsionnant, à moitié dans le duvet, à moitié au-dehors, ils réussissent à ôter la tenue d'escalade de Roger. Ils sont enfin blottis l'un contre l'autre dans leurs sous-vêtements thermiques, et Roger se réchauffe lentement.

— Dites donc, vous êtes gelé, commente Eileen.

— J'apprécie, murmure mollement Roger. Sais pas ce qui m'est arrivé.

— J'aurais dû me méfier. Vous n'avez pas assez bougé pendant la descente. Vous avez dû vous mettre le postérieur à l'air par ce vent glacial. Je n'ose imaginer l'indice éolien du froid.

Elle lui communique sa chaleur corporelle, son long corps dur collé contre le sien. Elle ne le laisse pas dormir.

— Pas encore. Retournez-vous. Tenez, buvez ça.

Frances le titille, lui maintient les paupières ouvertes.

— Allez, buvez !

Il s'exécute. Et elles finissent par le laisser dormir.

Dougal les réveille en faisant irruption sous la tente avec le ravitaillement. Il est couvert de neige.

— Af-freux, dit-il avec son sourire inimitable.

Il se précipite dans un duvet et se gave de thé. Roger regarde sa montre : minuit. Dougal est sur la brèche depuis près de vingt-quatre heures. Après avoir englouti une gamelle de ragoût, il remet sa cagoule, se roule en boule dans un coin de la tente et s'endort du sommeil du juste.

Le lendemain matin, la tempête fait toujours rage. Ils se préparent, non sans mal : ils sont quatre dans une tente prévue pour trois, et ils doivent faire attention au bras de Frances. Eileen contacte, par radio, ceux d'en bas. Elle leur ordonne de lever le camp sept et de se replier dans la grotte. Lorsqu'ils reprennent l'escalade, ils se rendent compte que Frances a tout le côté engourdi. Ils doivent fixer de nouveaux pitons et attacher des cordes de rappel pendant que l'un d'eux descend, à l'aide d'un jumar, le long de la corde fixe, à côté d'elle, la tête rentrée dans les épaules pour offrir le moins de prise possible au blizzard. Ils font une halte d'une heure au camp sept pour se reposer, manger un morceau, et ils repartent vers la grotte, en dessous. Le temps qu'ils regagnent ce sombre refuge, c'est le crépuscule.

Ils sont donc tous de retour dans la grotte où s'engouffre le vent. Les autres ont passé la journée de la veille à empiler les pierres du côté sud de l'entrée afin de construire un muret protecteur. Ça améliore un peu les choses.

La quatrième journée de tempête se passe dans les hurlements du vent, parfois entrecoupés de silence, avec de temps en temps une chute de neige. Tous les membres du groupe sont entassés dans l'une des grandes tentes carrées. Ils sont assis tout raides et jouent des coudes afin de se faire une place.

— Ecoutez, je ne vais pas redescendre rien que parce que l'un de nous a un bras amoché, dit Marie.

— Je ne peux plus grimper, dit Frances.

Roger trouve qu'elle donne vraiment bien le change. Elle a une mine de papier mâché et un regard de droguée, mais elle est très cohérente et très calme.

— Je sais, répond Marie, mais nous pouvons nous diviser. Il ne faudra pas beaucoup de monde pour vous ramener aux voitures. Les autres pourraient prendre le matériel et continuer l'escalade. Si nous arrivons à la cache en haut de l'escarpement, nous n'aurons plus de problème de ravitaillement. Et dans le cas contraire, nous n'aurons qu'à redescendre comme vous. Mais je ne vois pas l'utilité d'abandonner maintenant. Nous ne sommes pas montés jusqu'ici pour redescendre si nous pouvons faire autrement.

Eileen regarde Ivan.

— Normalement, ce serait à vous d'aider Frances à redescendre.

Ivan fait la grimace, acquiesce d'un hochement de tête.

— C'est à ça que servent les sherpas, dit-il bravement.

— Vous pensez pouvoir y arriver à quatre ?

— A plus de quatre, nous ne ferions que nous gêner.

Il y a une rapide discussion sur l'état de leurs provisions. Hans est d'avis qu'ils en ont juste assez pour que la séparation en deux groupes présente un risque.

— Il me semble que notre responsabilité première doit être de veiller à ce que Frances redescende saine et sauve. Nous pourrons achever l'escalade une autre fois.

Marie argumente avec lui, mais Hans reçoit le soutien de Stephan, et tout le monde reste sur ses positions. Après un silence plein d'appréhension, Eileen s'éclaircit la gorge.

— Le plan de Marie me paraît jouable, dit-elle. Il y a suffisamment de provisions pour tout le monde, et les sherpas pourront redescendre Frances tout seuls.

— Ça ne nous laisse pas beaucoup de marge d'erreur, remarque Hans.

— Nous pouvons laisser l'eau au groupe qui redescend,

insiste Marie. Il y aura assez de glace et de neige jusqu'au sommet pour ceux qui continueront l'escalade.

— Il va falloir nous rationner en oxygène, reprend Hans, pour que Frances en ait assez jusqu'en bas.

— D'accord, convient Eileen. Je propose que nous repartions demain ou après-demain, quel que soit le temps.

— Pas de problème, décrète Marie. Nous avons prouvé que nous pouvions monter et descendre par tous les temps avec les cordes fixes. Il va falloir que nous montions installer le camp neuf le plus vite possible. Disons demain.

— Pourvu que le temps s'arrange un peu.

— Nous devons remonter des vivres dans les campements du haut...

— Ouais. Nous allons nous en occuper, Marie. Ne vous en faites pas.

Tandis que les éléments se déchaînent, ils font les préparatifs en vue de la séparation. Roger, qui ne tient pas à s'en mêler, aide Arthur à ériger le muret à l'entrée de la grotte. La faille est complètement fermée du côté sud, d'où ils sont partis, et ils la poursuivent vers l'autre extrémité, mais ils doivent se contenter d'un mur de deux mètres de haut, car ils finissent par épuiser les blocs de pierre qui jonchent le sol de la grotte. Alors ils s'adossent à leur mur et regardent les autres se répartir les provisions. Le vent souffle toujours dans la grotte, mais de leur position, au pied du mur, ils se rendent compte qu'ils ont bien fait.

La répartition du matériel pose quelques problèmes. Marie est intransigeante sur le chapitre des bouteilles d'oxygène.

— Ecoutez, vous redescendez, non? lance-t-elle à Ivan. Vous n'en aurez plus besoin d'ici un camp ou deux.

— Frances en aura besoin beaucoup plus longtemps que ça, réplique Ivan. Et nous ne pouvons pas savoir combien de temps nous allons mettre à la redescendre.

— Allons! Vous pourrez la treuiller quand vous aurez passé la Corniche Grâce-à-Dieu. Vous devriez y arriver en un rien de temps.

— Marie, ne vous mêlez pas de ça! lance Eileen. Nous allons nous diviser équitablement le matériel. Vous n'avez pas à mettre votre grain de sel là-dedans.

Marie la foudroie du regard, s'éloigne en frappant le sol du pied et rentre sous sa tente.

Arthur et Roger échangent un coup d'œil éloquent. La division se poursuit. La corde est apparemment le plus gros point d'achoppement. Mais le partage sera juste.

Dès que le vent s'apaise un peu, l'équipe de sauvetage — Frances et les quatre sherpas — part. Roger descend avec eux pour les aider à franchir la Corniche Grâce-à-Dieu et récupérer la corde fixe qui se trouve là. Le vent souffle toujours par rafales, mais moins violemment. Au milieu du franchissement de la corniche, Frances perd l'équilibre et se retrouve pendue au bout d'une corde. Roger plonge sans même s'en rendre compte, la rattrape et la maintient.

— Nous ne pouvons plus nous rencontrer comme ça, dit Frances d'une voix étouffée par sa cagoule. On va jaser.

Lorsqu'ils arrivent au Grand Goulet, Roger leur dit au revoir. Les sherpas sont assez chaleureux, mais Frances est pâle comme un linge, et ne dit pas grand-chose. C'est à peine si elle a prononcé deux paroles au cours des deux derniers jours, et Roger se demande ce qu'elle peut bien penser.

— C'est la malchance, lui dit-il. Mais vous aurez une autre occasion un jour.

— Merci de m'avoir rattrapée quand je suis tombée après le camp neuf, dit-elle, l'air mal à l'aise, alors qu'il s'apprête à repartir. Vous êtes rudement rapide. Je me serais fait un mal de chien si j'avais roulé sur le côté gauche.

— Ravi d'avoir pu vous aider, dit-il avant d'ajouter, en repartant : Vous avez du cran. Franchement, chapeau.

Elle lui fait une grimace.

Sur le chemin du retour, Roger doit récupérer la corde fixe pour la suite de l'escalade, de sorte que sur la Corniche Grâce-à-Dieu, il est uniquement assuré par le piton d'au-dessus. S'il dévissait, il tomberait de vingt-cinq mètres peut-être et se balancerait comme un pendule sur le basalte rugueux. La corniche devient tout autre. Il s'aperçoit que la surface de cette chaussée est assez large, en effet, pour marcher dessus, mais le vent lui souffle brutalement dans le dos, il est tout seul, le ciel est bas et sombre, et la neige menace. Alors, tout d'un coup, il sent ses poils se hérisser, il avale à grandes goulées l'oxygène qui siffle dans son masque, la paroi rocheuse tavelée semble briller d'une lueur interne, et le monde entier paraît se dilater indéfiniment, devenir plus immense à chacune de ses pulsations. Et il se gonfle, se gonfle, se gonfle les poumons.

Roger ne parle pas de ce moment étrange et inquiétant sur la corniche lorsqu'il retrouve Eileen et Hans dans la grotte. Les autres sont montés ravitailler les campements d'en haut. Dougal et Marie sont même repartis jusqu'au camp neuf. Eileen, Hans et Roger chargent leurs sacs — très lourdement, ils s'en rendent compte lorsqu'ils ressortent de la grotte — et remontent en se hissant à la guide-rope. La corde est parfois glacée, et la montée pénible, parfois dangereuse. Le vent souffle de la gauche, maintenant, et non plus d'en haut. Le temps qu'ils arrivent au camp sept, il fait presque nuit, et Stephan et Arthur occupent déjà l'unique tente. Dans le crépuscule des miroirs et le fort vent latéral, ils ont du mal à dresser une seconde tente. D'autant qu'il n'y a pas d'autre endroit horizontal. Ils doivent l'ériger sur une pente, et la fixer à l'aide de pitons fixés dans la falaise. Lorsque Eileen, Roger et Hans entrent enfin dans la nouvelle tente, Roger est gelé, il meurt de faim et de soif. «Af-freux», dit-il avec accablement, imitant Marie et les sherpas. Ils font fondre de la neige et réchauffent un faitout de ragoût, blottis dans leurs duvets. Quand ils ont fini de manger, Roger met son masque à oxygène, règle le débit pour dormir et s'endort aussitôt.

L'épisode de la Corniche Grâce-à-Dieu lui revient à l'esprit et le réveille un instant. Le vent s'acharne sur les parois tendues de la tente, et Eileen, qui rédige des notes logistiques pour la journée du lendemain, glisse le long de la pente sous la tente, jusqu'à ce que leurs deux duvets ne forment plus qu'une masse informe. Roger la regarde : un bref sourire de ce visage las, bouffi, marqué par les gelures. De grands deltas de rides sous les yeux. Il commence à se réchauffer les pieds et se rendort, bercé par les claquements de la toile de tente, le sifflement de l'oxygène, le *scritch-scratch* d'un stylo.

Cette nuit-là, la tempête reprend toute sa violence.

Le lendemain matin, ils démontent la tente par grand vent — rude tâche — et entreprennent de transférer le matériel vers le camp huit. A mi-chemin entre les deux, il se met à neiger. Roger regarde ses pieds à travers des tourbillons de granulés durs et secs. Ses doigts gantés s'enroulent autour du jumar glacé, il le fait glisser vers le haut de la corde gelée, le bloque, se hisse vers le haut. Il a un mal fou à repérer les appuis pour ses pieds dans le poudrin que le vent chasse horizontalement devant la paroi. La falaise entière semble réduite à un fleuve d'écume fouettée. Toute son attention est concentrée sur ses pieds et ses mains. Il a très froid aux doigts, au nez, aux orteils. Il se frotte le nez à travers son masque, ne sent rien. Le vent le secoue violemment, comme un géant qui essaierait de le faire tomber. Dans les passes étroites, le vent est moins fort, mais ils ont l'impression de se retrouver sous une avalanche : la neige s'accumule par paquets entre les corps et la pente, les enfouit, se glisse entre leurs jambes et continue à couler. Ils franchissent une rigole qui leur paraît interminable. Roger s'en fait pour son nez, par intermittence, mais il est surtout préoccupé par la situation immédiate : grimper à la corde, garder une prise pour le pied. La visibilité est inférieure à vingt mètres. Ils ont l'impression d'être dans une petite bulle blanche qui vole vers la gauche à travers la neige.

A un moment donné, Roger doit attendre Eileen et Hans pour franchir le bloc de pierre avec lequel Frances a eu tant d'ennuis. Ses pensées vagabondent et il se prend à songer que leurs chances de succès ont radicalement changé — et avec elles, la nature de l'escalade. Peu de vivres, confrontés à une voie inconnue dans des conditions météo qui vont en se détériorant... Roger se demande comment Eileen va s'en tirer. Elle a déjà mené des expéditions, mais les circonstances sont assez exceptionnelles.

Elle le dépasse à vive allure, chasse la glace de la corde, balaye le grésil du haut du rocher. Se hisse, le franchit d'un mouvement coulé. Tout en regardant Hans répéter l'opération, Roger sent le vent qui le transperce à travers les multiples couches de la combinaison d'escalade, l'épais rembourrage de la combinaison intérieure, sa peau... Il essuie le grésil de ses lunettes d'une main engourdie par le froid et les suit.

C'est le printemps, mais le système hivernal de basses pression est encore en place au-dessus d'Olympus Mons. Il attire les vents humides du sud, créant des conditions de tempête sur les arcs est et sud de l'escarpement. Si la neige tombe par intermittence, le vent souffle en permanence. Pendant presque toute la semaine, les sept alpinistes abandonnés sur la paroi se débattent dans des conditions épouvantables. Un soir, pendant le point radio, ils réussissent à avoir des nouvelles de Frances et des sherpas. Ils ont regagné le camp de base. Il y a beaucoup de sable dans la neige martienne, et leurs voix sont couvertes par des parasites dus à l'électricité statique, mais le message est clair : ils sont bien arrivés, ils sont en bas, sains et saufs, et ils partent pour Alexandria faire soigner Frances. Roger surprend sur le visage détourné d'Eileen une expression d'indicible soulagement, et il se rend compte que son silence au cours des derniers jours était une manifestation d'inquiétude. Et c'est d'un ton satisfait et déterminé qu'elle donne à présent leurs instructions aux derniers grimpeurs.

Arrivée de nuit au campement, dans le froid, tremblants de faim, trop las, presque, pour mettre un pied devant l'autre. De gros paquets partout, sur les corniches, dans les anfractuosités de la roche. Le camp — le numéro treize, pense Roger — se trouve sur une selle entre deux crêtes surplombant une cheminée profonde, convulsée. « Exactement comme la Cuisine du Diable, sur le Ben Nevis », remarque Arthur quand ils entrent dans la tente. Il mange de bon appétit. Roger grelotte, tend les mains au-dessus de l'anneau incandescent du réchaud. Passer du mode escalade au mode tente est un processus complexe, et ce soir-là il ne s'en sort pas très bien. A cette altitude, dans ce vent, le froid est devenu leur plus sérieux adversaire. Lorsqu'ils enlèvent leurs gros gants d'escalade, ils doivent faire rapidement ce qu'ils ont à faire afin de protéger le plus vite possible leurs mains revêtues de gants légers. Même si le reste du corps se réchauffe à cause de l'exercice, le bout des doigts risque de geler s'il est trop longtemps exposé au froid. Et pourtant, la plupart des opérations que l'on effectue dans le campement sont plus faciles à faire sans gants. Il en résulte souvent des gelures, qui leur sensibilisent les doigts, de sorte que l'effort de se hisser sur une paroi rocheuse, ou même le seul fait de boutonner ses vêtements, de remonter une fermeture éclair, devient une torture. C'est une nécrose de la peau, caractérisée par des marques noires qui mettent parfois plus d'une semaine à guérir. Maintenant qu'ils sont assis dans les tentes autour de la lueur rougeoyante du réchaud, observant solennellement la préparation du repas, ils ne peuvent faire autrement que de voir au-dessus du faitout les visages tachés au nez ou sur les joues : la peau noire pèle, révélant une nouvelle peau rose vif en dessous.

Ils grimpent sur une bande de roche pourrie, un agrégat de tuf et de lave qui leur reste parfois dans les mains. Marie et Dougal mettent deux journées entières à trouver des points d'ancrage convenables pour les cent cinquante mètres du passage, et tous les matins les chutes de pierres sont fréquentes et terrifiantes. « C'est un peu comme de nager en remontant le courant, non ? » commente Dougal. Lorsqu'ils retrouvent la roche dure au-dessus, Eileen ordonne à Dougal et Marie de redescendre leur « échelle » pour se reposer. Marie ne râle même plus. Se retrouver tous les jours premier de cordée est un exercice épuisant, et Marie et Dougal sont vannés.

Tous les soirs, Eileen prépare la journée du lendemain, révisant ses projets en fonction des circonstances, de l'état de santé du groupe, de l'éventuelle baisse de forme de l'un ou de l'autre. La logistique est complexe et, chaque jour, les sept grimpeurs changent de partenaires et de formation. Eileen griffonne dans son carnet de notes et papote à la radio tous les soirs, au crépuscule, modifiant les emplois du temps et revenant sur ses instructions chaque fois, ou presque, qu'elle reçoit de nouvelles informations des campements d'en haut. Sa méthode donne une impression chaotique. Marie l'a surnommée la « Mad Mahdi ». Elle ironise à chaque changement de plan, mais elle obéit sans discuter. Et ça marche : chaque soir, ils sont dispersés dans les deux ou trois camps en amont et en aval de la falaise, et ils ont tout ce qu'il leur faut pour passer la nuit et repartir le lendemain. Et chaque jour ils font un nouveau saut de puce, démontent le camp inférieur, trouvent un endroit pour établir un nouveau campement, plus haut. Le vent souffle inlassablement, âprement. Tout est difficile. Ils perdent le compte des numéros de camp et disent « celui d'en bas », « celui du milieu », « celui d'en haut ».

Evidemment, les trois quarts de leur tâche consistent à transporter le matériel. Roger commence à se dire qu'il supporte mieux que la plupart des autres les rigueurs du froid et de l'altitude. Il porte des choses plus lourdes, plus vite, et même si, à chaque fin de journée, il est dans un tel état qu'il paye chaque pas de dix inspirations agonisantes, il a l'impression d'arriver à en faire un peu plus chaque jour. Ses problèmes intestinaux se stabilisent, ce qui est une vraie bénédiction — un vrai plaisir physique, en fait. Peut-être l'amélioration de son état masque-t-elle les effets de l'altitude, à moins qu'il n'en souffre pas encore. Il est certain que l'altitude n'affecte pas tout le monde de la même façon, pour des raisons qui n'ont rien à voir avec la force intrinsèque, des raisons qu'on ne comprend pas vraiment.

C'est ainsi que Roger devient le porteur principal. Dougal l'appelle le sherpa Roger, et Arthur le surnomme Tensing. Le défi du jour devient d'effectuer le plus efficacement possible la myriade d'activités dévolues à chacun, sans gelures, sans inconfort excessif, sans souffrir de la faim, de la soif, de l'épuisement. Il fredonne tout seul de petites phrases musicales. Sa préférée est le thème en huit notes qui revient vers la fin du premier mouvement de *la Neuvième* de Beethoven : six notes graves, deux notes plus hautes, sans cesse répétées. Et tous les soirs, c'est une petite victoire de se retrouver allongé, au chaud, le ventre plein, dans son duvet.

Une nuit, il se réveille dans le noir et le silence, le cœur battant, tous les sens en alerte. Il pense confusément qu'il a dû rêver de la Corniche Grâce-à-Dieu. Et puis il remarque le silence et se rend compte qu'il est à court d'oxygène. Ça arrive à peu près toutes les semaines. Il découple la bouteille du régulateur, en trouve une autre dans le noir, la remet en place. Et quand il en parle à Arthur, le lendemain matin, celui-ci lui répond en riant : « Ça m'est arrivé il y a une nuit ou deux. Je ne crois pas qu'on puisse continuer à dormir quand on n'a plus d'oxygène. Vous avez dû vous réveiller d'un seul coup, pas vrai ? »

Dans la bande de roche dure, Roger effectue un portage sur un segment qui le laisse tout pantelant dans son masque : il n'y a plus de couloirs, il n'y a plus, au-dessus de lui, qu'un mur noir, presque vertical, uniquement rompu par une fissure pareille à un éclair, maintenant marquée par une corde fixe à laquelle sont attachées des sangles, ce qui en fait une sorte d'échelle de corde. Tant mieux pour lui, mais celui qui a ouvert la voie... ! « Encore ce Dougal, sûrement ! »

Le lendemain il se retrouve lui-même premier de cordée avec Arthur, sur la continuation de la même paroi. Ouvrir une voie n'a rien à voir avec le fait de porter. Porter, ça vous vide la tête. Soudain, le travail obsessionnel, obsédant, répétitif, laisse place à une concentration angoissée. Arthur ouvre la première longueur et passe le relais à Roger en bouillonnant d'enthousiasme. Seul son masque à oxygène l'empêche de mener une longue conversation. Roger se retrouve à son tour là-haut, au-dessus de la dernière travée de roche vide, en train de chercher la meilleure voie. La fascination de l'ouverture revient, il est dopé par le plaisir de régler les problèmes. Il a complètement retrouvé l'esprit « premier de cordée » et collabore avec Arthur — qui se révèle être un grimpeur technique, ingénieux et plein de ressources — pour leur plus belle journée de tempête à ce jour : cinq cents mètres de corde fixe, tout ce qu'il leur reste, fixée en une seule journée. Ils s'empressent de redescendre au camp et retrouvent Eileen et Marie qui préparent à manger pour les quelques jours à venir.

— Seigneur, on fait une sacrée équipe ! s'écrie Arthur alors qu'ils décrivent leur journée. Eileen, vous devriez nous mettre ensemble plus souvent ; pas vrai, Roger ?

Roger se fend d'un grand sourire, hoche la tête, regarde Eileen.

— Ça, on s'est bien marrés.

Marie et Eileen repartent pour le camp d'en dessous pendant qu'Arthur et Roger font chauffer un grand faitout de ragoût en se racontant des dizaines d'histoires d'escalade. Qui se terminent toutes par : « Mais ce n'était rien à côté d'aujourd'hui. »

La neige se remet à tomber par paquets, les piégeant dans leur tente, et ils ne peuvent rien faire pour ravitailler le camp d'en haut. « Absolument af-freux ! » se lamente Marie, comme si elle n'arrivait pas y croire, tellement c'est pénible. Après une après-midi épouvantable, Stephan et Arthur sont dans le camp d'en haut, Eileen et Roger dans celui du milieu, et Hans, Marie et Dougal dans celui d'en bas avec tout le matériel. Le vent secoue si fort la tente de Roger et d'Eileen qu'ils envisagent de remettre des pierres pour la caler quand leur radio émet un bourdonnement. Eileen répond.

— Eileen, ici Arthur. J'ai peur que Stephan ne soit monté trop vite...

Elle fronce les sourcils, l'air inquiète, étouffe un juron. Stephan est allé du camp du bas à celui du haut en deux jours d'escalade forcenée.

— Il a le souffle très court, il crache du sang et il tient des propos confus.

— Je vais bien ! hurle Stephan derrière le bruit blanc d'électricité statique. Je vais très bien !

— Ta gueule ! Vous n'allez pas bien du tout ! Eileen, vous avez entendu ? J'ai peur qu'il ne fasse de l'œdème.

— Ouais, répond Eileen. Il a mal à la tête ?

— Non. Pour le moment, c'est juste les poumons. Enfin, je crois. Taisez-vous ! J'entends comme des bulles, dans sa poitrine, vous voyez ce que c'est ?

— Ouais. Le pouls ?

— Faible et rapide, ouais.

— Et merde ! Réglez l'oxygène au maximum, dit Eileen en regardant Roger.

— C'est déjà fait. Mais...

— Je sais. Il faut le faire redescendre.

— Je vais très bien !

— Mais oui, répond Arthur. Il faut qu'il redescende. Jusqu'à votre niveau, au moins, peut-être plus bas.

— Et merde ! s'écrie Eileen quand la communication est coupée. Je l'ai fait monter trop vite !

Une heure plus tard — les autres prévenus, en bas, tout le monde sur les dents —, Roger et Eileen sont de nouveau dans la tempête, dans le noir, leurs lampes frontales ne leur montrant qu'une portion de la chute de neige. Ils ne peuvent pas se permettre d'attendre le matin — l'œdème pulmonaire peut être rapidement fatal, et le meilleur traitement consiste à faire redescendre la victime à un endroit où ses poumons pourront évacuer l'eau qu'ils contiennent. Une petite différence d'altitude peut radicalement changer les choses. Les voilà donc repartis, Roger en tête. Il casse la glace qui s'est formée sur la corde, pousse le jumar vers le haut, racle aveuglément la roche avec ses crampons afin de prendre prise dans la neige et la glace. Il fait un froid mortel. Ils arrivent au pied du mur nu qui a tellement impressionné Roger, et l'escalade est traîtresse. Il se demande comment ils vont faire descendre ça à Stephan. S'ils parviennent à monter, c'est grâce à la corde fixe, mais elle leur facilite de moins en moins la tâche au fur et à mesure que la glace la recouvre, ainsi que la paroi rocheuse. Le vent s'acharne sur eux et Roger a soudain une conscience aiguë du vide qui s'étend derrière eux. Le faisceau de leurs lampes ne révèle que des tourbillons de neige. La peur ajoute son propre frisson à ce cocktail glacé.

Le temps qu'ils arrivent au campement d'en haut, Stephan va très mal. Il ne proteste plus.

— Je me demande comment nous allons le faire redescendre, dit Arthur, avec angoisse. Je vais lui faire une petite injection de morphine pour dilater les vaisseaux périphériques.

— Très bien. Nous n'aurons qu'à l'équiper d'un harnais et à le faire descendre.

— Ouais. Facile à dire, dans ce merdier.

Stephan est à peine conscient. Il tousse et crache à chaque inspiration. L'œdème pulmonaire est une inondation des alvéoles par la fraction liquide du sang. A moins d'inverser le processus, il va se noyer. Le seul fait de le mettre dans le sac de hissage (autre usage des petites parois de tente) est unc véritable épreuve. Et puis ils se retrouvent dehors, bousculés par le vent, accrochés aux cordes fixes. Roger passe en premier, Eileen et Arthur descendent Stephan à l'aide d'un treuil électrique, et Roger le récupère comme un ballot de linge sale. Après l'avoir mis debout et avoir ôté, en tapant dessus, le grésil qui recouvre le bas de son masque, Roger attend les deux autres et, quand ils sont arrivés, il repart. La descente leur paraît interminable, et tout le monde commence à avoir dangereusement froid. La neige chassée par le vent, la paroi rocheuse, d'un froid absolu : il n'y a plus rien d'autre au monde. A la fin d'un passage, Roger n'arrive pas à défaire le nœud au bout de sa corde de rappel pour la renvoyer à Stephan. Pendant un quart d'heure, il bataille avec le nœud gelé, dur comme un bretzel de fer mouillé. Il n'a rien pour le couper. Pendant un moment, ils ont l'impression qu'ils vont tous mourir gelés parce qu'il n'arrive pas à dénouer cette corde. Alors il enlève ses gants d'escalade et tire sur le nœud avec ses doigts nus jusqu'à ce qu'il cède.

Ils arrivent enfin au camp d'en bas, où Hans et Dougal attendent Stephan avec un kit médical. On le fourre dans un duvet, on lui donne un diurétique et une nouvelle dose de morphine. Le repos, la baisse d'altitude devraient le remettre sur pied, mais pour le moment il est cyanosé et sa respiration est erratique. Le pronostic est réservé. Il se peut qu'il meure — un homme qui aurait pu vivre mille ans —, et soudain leur entreprise devient dingue. Sa toux sonne creux derrière le masque à oxygène, qui siffle follement, réglé sur le débit maximal.

— Il devrait s'en sortir, prononce Hans. Mais nous n'en serons sûrs que d'ici quelques heures.

Et ils sont là, sept personnes entre deux parois de tente.

— Allez, on remonte, dit Eileen en regardant Roger.

Il hoche la tête.

Et les revoilà dehors. Le tourbillon de neige blanche dans le faisceau de leurs lampes frontales, le froid, les coups de boutoir du vent... Ils sont fatigués, et ils progressent lentement. A un moment donné, Roger glisse et les jumars ripent sur la corde gelée, de sorte qu'il dévisse sur près de trois mètres, puis ils se bloquent brusquement, imprimant une rude secousse à son harnais et au piton, au-dessus. La chute! Le sursaut de peur lui donne un second souffle. Il décide que la difficulté est essentiellement d'ordre mental, et rien ne l'en fera démordre : il fait nuit, il y a du vent, mais en réalité, la seule différence entre ça et ses escalades en plein jour de la semaine passée, c'est le froid, et le fait qu'il n'y voit pas grand-chose. Or, avec sa lampe frontale, la roche sur laquelle il s'active est quand même visible au centre d'une sphère blanche, mouvante. Elle est recouverte par une pellicule de glace et de neige compacte. Par endroits, la glace est transparente, elle brille à la lumière comme du verre coulé sur la roche noire en dessous. Les crampons sont géniaux, dans ce genre de situation — les pointes avant, acérées, mordent fermement dans la neige et la glace. Le seul problème est le verre noir, friable, qui éclate en grandes plaques coupantes. Or on peut le distinguer dans la lumière bleutée, vive, des lampes frontales, et ce n'est pas un véritable obstacle. C'est une escalade comme les autres, se dit-il, tout en frappant frénétiquement avec son pied gauche pour dégager une fissure où il enfoncera un nouveau piton pour assurer une meilleure prise. La liberté étourdissante d'un rétablissement par-dessus un surplomb ; la longue quête d'une bosse solide : sa progression lui apparaît soudain comme une sorte de jeu, un ensemble de problèmes à résoudre malgré le froid, la soif, la fatigue (il commence à avoir mal aux mains ; il a grimpé toute cette longue nuit, et chaque prise lui fait mal). Vu comme ça, ça change tout. Maintenant, le vent est un ennemi à vaincre, mais un ennemi respectable. Ce qui est vrai aussi, bien sûr, de la roche, sa principale adversaire — et elle est de taille, une adversaire qui exige le meilleur de lui-même. Il donne un coup de pied dans une pente de neige durcie et grimpe rapidement.

Il baisse les yeux vers Eileen qui négocie la paroi à coups de pied : brève remise en mémoire des enjeux de la partie. Avec sa lampe en haut de son casque, on dirait un poisson des profondeurs. Elle le rejoint très vite. Une main gantée sur le haut de la paroi, et elle le rattrape d'une souple contraction des biceps. Une forte femme, se dit Roger, mais il décide de continuer en tête. Il est maintenant dans une telle forme que personne, à part Dougal peut-être, ne pourrait aller aussi vite.

Et c'est ainsi qu'ils grimpent dans les blanches ténèbres de cette nuit de neige.

Le plus bizarre, c'est qu'ils peuvent à peine communiquer. Roger « entend » Eileen grâce à des tractions sur la corde qui les relie. S'il met trop de temps à étudier un point délicat vers le haut, il sent une légère traction interrogatrice sur la corde. Deux coups lorsqu'il l'assure signifient qu'elle monte. Un coup long : elle a compris qu'il franchit un passage difficile. La communication par corde peut donc être à la fois complexe et subtile. Mais en dehors de ça, et du rare cri poussé en écartant son masque (ce qui implique la punition d'un visage plein de grésil), ils sont isolés. Des partenaires muets. Le passage de relais se passe bien : l'un dépasse l'autre avec un signe de main — tout va bien. Eileen monte donc, et Roger la regarde en tendant la corde. Pas le moment de réfléchir à leur situation, heureusement. Mais tandis qu'il se repose sur les pointes de ses crampons dans des creux effectués avec son piolet, Roger éprouve avec acuité l'« être-là » de sa position, coupée du passé ou de l'avenir, irrévocablement dans ce moment, sur cette paroi de falaise qui monte pour toujours et descend à jamais, interminablement. Et s'il ne fait pas ce qu'il faut, il n'y aura plus jamais d'autre réalité.

Et puis, au milieu d'un passage, la corde fixe est coupée au milieu. Tranchée net par la chute d'une roche ou d'un bloc de glace. Maintenant, Roger doit escalader un passage sans corde, en pitonnant pour s'assurer. Chaque mètre au-dessus du dernier relais représente une chute de deux mètres...

Roger ne pensait pas que l'escalade serait aussi difficile, et l'adrénaline bannit tout épuisement. Il étudie les tout premiers mètres d'un passage qui doit en faire dix ou douze, invisible dans les sombres tourbillons de neige. Ça ne peut être que Marie, ou Dougal, qui a ouvert cette voie. Il a juste la place de mettre ses mains dans la fissure. Une faille presque verticale sur une certaine longueur, avec des marches taillées dans la glace. Il se faufile donc vers le haut, en crabe, le pied sûr. Et puis la fissure s'élargit et la glace est trop loin au fond pour lui être utile — mais il peut coincer ses bottes à crampons dans la faille et les tourner sur le côté, afin de les bloquer dans la glace peu épaisse dont l'intérieur est tapissé. Il crée ainsi son propre escalier, en utilisant surtout la torsion des crampons. Soudain, la fissure se referme et il doit chercher autour de lui... ah, là ! Une faille horizontale et, dedans, le piton vide. Très bien. Il s'y accroche ; bon, jusque-là, il est en sécurité. Peut-être le piton suivant est-il en haut de la rampe, à droite ? Il palpe la paroi, à la recherche des légères indentations susceptibles de lui offrir une prise, s'accroupit et franchit la rampe en canard, tout en se demandant où peuvent bien être les chevilles suivantes... Ah ! En voilà une juste au niveau de ses yeux. Parfait. Et puis il y a une strate horizontale d'un mètre d'épaisseur environ, formant une échelle abrupte. Très abrupte.

Arrivés au bout du passage, ils s'aperçoivent que la tente du camp d'en haut a été écrasée sous une masse de neige. Une avalanche. Un coin de la tente bat lamentablement au vent.

Eileen observe les dégâts à la double lumière de leurs deux lampes frontales. Elle tend le doigt vers la neige, fait mine de creuser. Le froid est tellement intense que les flocons de neige n'adhèrent pas les uns aux autres, et la déblayer revient à pelleter des grains de sable grossiers. Mais ils n'ont pas le choix et se mettent au travail. Ils finissent par déblayer la tente, et — bénéfice annexe — l'effort les a réchauffés, bien que Roger ait l'impression de ne plus pouvoir bouger le petit doigt. Certains montants sont tordus, d'autres cassés, et ils doivent les redresser avant de retendre la toile dessus. Roger entasse la neige et la glace à coups de pieds autour de la base de la tente jusqu'à ce qu'elle soit « rigoureusement à l'épreuve des bombes », comme diraient leurs ouvreurs de voie. Ils n'ont plus qu'à espérer qu'une autre avalanche ne l'enfouira pas de nouveau, option qu'ils n'osent envisager, car ils ne peuvent déplacer le campement. Ils sont bien obligés de courir le risque. A l'intérieur, ils posent leurs paquets, allument le réchaud et mettent un faitout de glace à fondre. Ils enlèvent leurs crampons, se blottissent dans leurs duvets. Ainsi encoconnés jusqu'à la taille, ils entreprennent de remettre de l'ordre dans le désastre. Il y a du grésil partout, mais il ne fondra pas à moins qu'ils ne le rapprochent du réchaud. En cherchant un paquet de ragoût dans les piles de matériel renversées, Roger prend à nouveau conscience de sa fatigue. Ils enlèvent leur masque à oxygène afin de pouvoir boire. « Sacrée promenade ! » Une soif inextinguible. Ils rient, soulagés. Il effleure un faitout inutilisé de sa main nue. C'est la gelure assurée. Eileen calcule sans émotion visible les risques d'avalanche. « Bon, si le vent se maintient, nous devrions être tranquilles. » Ils parlent de Stephan et histoire, en jouant des naseaux, les premiers effluves de ragoût. Eileen exhume la radio et appelle le camp d'en bas. Stephan dort. Il respire bien, apparemment. « C'est la morphine », commente Eileen. Ils engloutissent leur repas en quelques minutes.

La neige, sous la tente, est marquée d'empreintes de bottes et Roger n'arrive pas à dormir sur le sol inégal. A la recherche d'un peu de chaleur et d'une surface plus plane, il roule et se déplace jusqu'à ce qu'il soit coincé contre le duvet d'Eileen, mais là aussi le sol est rembourré avec des noyaux de pêche.

Eileen se colle contre lui. Il se réchauffe rapidement et se demande s'ils ne seraient pas mieux dans le même duvet.

— C'est fou ce que les gens peuvent inventer pour s'amuser, commente Eileen d'une voix ensommeillée.

Un petit rire.

— Ce n'est pas amusant.

— Pas amusant ? Cette escalade...

Un énorme bâillement. Roger sent venir la vague de sommeil qui va l'emporter.

— Ouais, sacrée escalade, convient-il.

Il ne peut pas dire le contraire.

— C'était génial.

— Hm-hm, d'autant que personne n'est mort.

— Exact, dit-elle en bâillant à son tour. J'espère que Stephan ira mieux. Sinon, il va falloir que nous le redescendions.

Les quelques jours suivants, chacun est obligé de sortir dans la tempête pour assurer le ravitaillement du camp d'en haut et dégager la glace qui se forme sur les cordes fixes. C'est un travail épuisant — quand ils parviennent à le faire, ce qui n'est pas toujours possible : il y a des jours où le vent empêche tout le monde de sortir et ils doivent rester blottis à l'intérieur en espérant que les tentes resteront accrochées à la paroi. Par une triste journée, Roger et Stephan sont assis dans le camp du bas. Stephan, qui est remis de son œdème, a hâte de reprendre l'escalade.

— Rien ne presse, répond Roger. Personne n'ira nulle part, et se retrouver les poumons pleins d'eau, ce n'est pas de la rigolade. Alors vas-y mollo.

Quelqu'un écarte le rabat de la tente, et Dougal entre, précédé par un nuage de neige. Il les salue avec un grand sourire. Le silence semble exiger un commentaire. Un « C'est plutôt ravigotant, dehors », pour dire quelque chose, et il cherche une théière. Le premier moment de gêne passé, il parle du temps sur un ton léger avec Arthur. Le thé fini, il repart. Il a hâte de remonter un chargement au camp d'en haut. Un rapide sourire, et il ressort de la tente. Roger se dit qu'il y a deux sortes de grimpeurs dans cette expédition (encore une dualité) : ceux qui subissent le mauvais temps, les accidents, les embûches de la paroi, bref, tous les aspects pénibles de l'escalade, et ceux qui, d'une façon particulière, viscérale, raffolent de tous ces problèmes. Dans le premier groupe, il y a Eileen, qui a la responsabilité écrasante de la réussite de l'expédition, Marie, qui n'a qu'une hâte : arriver au sommet, et Hans et Stephan, qui ont moins d'expérience et aimeraient autant faire tout ça par beau temps, en évitant les traquenards. Ce sont des gens solides, résolus, qui ignorent le doute ; ils encaissent.

Et puis, de l'autre côté, il y a Dougal et Arthur. Il est clair que ces deux-là s'amusent, et plus ça va mal, plus ils ont l'air de se régaler. Des pervers, se dit Roger. Dougal, le réticent, le solitaire, sautant avec une jubilation silencieuse sur toutes les occasions possibles de braver la tourmente et de grimper...

— En tout cas, il donne l'impression d'en profiter, dit-il tout haut.

— Sacré Dougal ! s'esclaffe Arthur. Un vrai Rosbif. Ces alpinistes sont partout pareils. Quand je pense que je suis venu sur Mars pour rencontrer le même genre de gars que sur le Ben Nevis... Enfin, ça n'a rien d'étonnant, au fond, avec cette nouvelle école écossaise et tout ça...

C'est vrai. Depuis le tout début de la colonisation, les alpinistes anglais viennent sur Mars en quête de nouveaux sommets à vaincre, et nombre d'entre eux restent sur la planète.

— Je vais vous dire, poursuit Arthur, ces types ne sont jamais plus heureux que par des vents à décorner tous les bœufs, et quand ça tombe à seaux. Et pas de la neige, de la grêle ! C'est ça qu'ils aiment : de la pluie verglaçante ou de la neige fondue. Là, ils prennent leur pied. Et vous savez pourquoi ? Parce que, comme ça, ils peuvent rentrer à la fin de la journée et dire : « Plutôt af-freux, aujourd'hui, hein, vieux frère ? » Ils crèvent tous d'envie de pouvoir dire ça. « Ploutôt affreux, aujourd'houi, hum, vieux fraère ? » Ha ! Enfin, vous voyez ce que je veux dire. C'est comme si on leur décernait une médaille ou je ne sais quoi.

Roger et Stephan hochent la tête en souriant.

— Très macho, commente Stephan.

— Sacré Dougal ! s'exclame Arthur. Il est trop cool. Il sort dans les pires conditions imaginables — enfin, vous l'avez vu, tout à l'heure : il aurait fait n'importe quoi pour ressortir ! Il ne pouvait pas laisser passer une occasion pareille ! Et il choisit les passages les plus durs qu'il peut trouver. Vous n'avez pas remarqué? Vous voyez bien les voies qu'il trace, quand même. Mon vieux, ce type escaladerait une vitre huilée dans un cyclone. Et qu'est-ce qu'il dit? Vous croyez qu'il dirait «Affreux?» Non, il dit «Plutôt ravigotant»!

Et Roger et Stephan joignent leur chœur à sa voix.

— Ça, c'est vrai que c'est plutôt ravigotant, dehors, en ce moment! confirme Stephan en riant.

— Ces Ecossais, fait Arthur en gloussant. Des Ecossais martiens, voilà ce que c'est. Je ne peux pas le croire!

— Oh, ils ne sont pas seuls à être bizarres, relève Roger. Regardez-vous, Arthur. J'ai remarqué que tout ça vous faisait bien rigoler, vous aussi.

— Bof, fait Arthur. Je m'amuse bien. Pas vous? Je vais vous dire, à partir du moment où nous avons commencé à utiliser l'oxygène, je me suis senti dans une forme formidable. Avant, ce n'était pas aussi facile; j'avais l'impression de manquer d'air. Au sens littéral du terme. L'altitude ne veut rien dire, ici. Je veux dire, il n'y a pas de niveau de la mer à proprement parler, alors l'altitude n'a pas vraiment de sens, hein? Non, je trouve qu'il n'y a pas d'air, ici. Alors quand on a commencé à respirer avec les bouteilles, j'ai vraiment senti la différence. Ça m'a sauvé la vie. Et puis il y a la gravité. Ça, c'est vraiment merveilleux. Elle est de quoi? des deux cinquièmes de la gravité terrestre? Autant dire rien! On pourrait aussi bien être sur la Lune! A partir du moment où j'ai trouvé mon équilibre, j'ai vraiment commencé à prendre du bon temps. Un vrai Superman! Sur cette planète, monter les côtes, c'est de la rigolade, moi je vous le dis. (Il rit, porte un toast à la ronde avec son thé.) Sur Mars, je suis Superman.

L'œdème aigu du poumon en haute altitude est un syndrome fulgurant, et soit on en meurt, soit on s'en remet très vite. Quand les poumons de Stephan sont complètement dégagés, Hans lui ordonne de régler le débit d'oxygène au maximum, d'alléger sa charge, d'y aller doucement et de ne pas brûler les étapes. A ce stade, se dit Roger, il serait plus difficile de lui faire redescendre la falaise que de continuer jusqu'au sommet — une situation d'escalade assez classique, dont on ne parle jamais. Stephan se plaint d'être relégué à un rôle de figuration, mais accepte de s'y conformer. Pendant les premiers jours, Roger fait équipe avec lui et le tient à l'œil. Mais Stephan grimpe assez vite en n'arrêtant pas de se plaindre de la sollicitude de Roger, et de râler contre le vent glacial. Roger en conclut que c'est bon signe.

Ils reprennent le portage. Hans et Arthur, qui ouvrent la voie, essaient de franchir tout droit un large rempart abrupt qui leur donne du fil à retordre. Pendant quelques jours, ils sont tous au point mort : les campements sont démontés, et le groupe de tête n'arrive pas à faire plus de cinquante ou soixante-dix mètres par jour. Un soir, à la radio, Hans décrit un surplomb difficile lorsque Marie prend le micro et dit :

— Eh bien, je ne sais pas ce qui se passe là-haut, mais avec Stephan qui pompe tout l'oxygène et vous qui avancez à une allure d'escargot, on va finir par se dessécher sur cette fichue paroi ! Et alors quoi ? Je me fous pas mal de vos problèmes, les potes, si vous n'êtes pas foutus d'ouvrir la voie, redescendez et laissez faire quelqu'un qui sait s'y prendre !

— C'est une large bande de tuf, réplique Arthur, sur la défensive. Quand nous l'aurons franchie, ça devrait être du gâteau jusqu'en haut...

— A condition qu'on ait encore de l'oxygène, oui ! Ecoutez, c'est quoi, ça ? Une coopérative ? Je ne me suis pas inscrite dans une putain de coop !

Roger regarde attentivement Eileen. Elle suit l'échange, le doigt sur l'intercom, les sourcils froncés, l'air concentrée. Il s'étonne qu'elle ne soit pas encore intervenue. Elle laisse Marie lâcher encore quelques tirades avant de mettre son grain de sel :

— Marie ! Marie ! Ici Eileen...

— Ouais, je sais.

— Arthur et Hans vont bientôt redescendre, c'est prévu. En attendant, vous allez la boucler.

Et le lendemain, Arthur et Hans fixent trois cents mètres de corde et arrivent en haut de la bande de tuf. Quand Hans annonce la nouvelle, lors du point radio du soir (Roger entend tout juste Arthur dire, à l'arrière-plan, de sa voix de fausset : « Ah, tout de même ! Vous avez vu ! »), Eileen a un petit sourire en coin, les félicite et passe aux instructions pour la journée. Roger hoche pensivement la tête.

Quand ils ont franchi la bande de Hans et Arthur, la pente devient un peu moins forte et ils avancent plus vite, bien que le vent souffle toujours aussi fort. La falaise est pareille à un immense mur de briques irrégulières qui auraient été repoussées vers l'arrière, de sorte que chacune est posée un peu en retrait de celle du dessous. Ce gigantesque amas de blocs et de corniches permet une escalade en zigzag assez aisée et fournit de bons emplacements pour les campements. Un jour, Roger s'arrête un instant pour se reposer et regarde autour de lui. Il porte une charge du camp du milieu à celui d'en haut, et il est devant Eileen. Il n'y a personne en vue. Une couche de nuages, loin en dessous d'eux, recouvre le monde d'une couverture grise, froissée. Et puis il y a le monde vertical de la falaise, une muraille de blocs entassés dans un désordre inimaginable, qui monte vers un plafond nuageux, lisse, à peine marqué d'infimes rides pareilles à des vagues. Un plancher et un plafond de nuages, une muraille de roche. Il lui semble, l'espace d'un instant, que cette escalade se poursuivra jusqu'à la fin des temps ; c'est un monde en soi, un mur infini, en haut duquel ils n'arriveront pas. Quand en a-t-il jamais été autrement ? Pris en sandwich comme ça entre deux tranches de nuées, il est facile de ne pas croire au passé ; la planète est peut-être une falaise, infiniment variée, un éternel défi.

Et puis, du coin de l'œil, Roger perçoit un point coloré. Il regarde la faille profonde entre la corniche sur laquelle il se trouve et le prochain bloc vertical. Dans la glace biscornue se niche une touffe de silène acaule : un cercle d'une centaine, peut-être, de minuscules fleurs rose vif sur un coussin de mousse vert foncé presque noir. Après trois semaines dans un monde presque exclusivement en noir et blanc, la couleur semble jaillir des fleurs et lui sauter aux yeux. Un rose si intense, si soutenu ! Roger s'accroupit pour les examiner. La structure de la mousse est très fine et paraît enracinée dans la roche même, bien qu'il y ait sans doute du sable au fond de la fissure. Le vent a dû souffler une spore ou un fragment de mousse du plateau du bouclier vers le bas de la falaise, et elle s'est fixée ici.

Roger se relève, regarde à nouveau autour de lui. Eileen l'a rejoint et l'observe avec intensité. Il écarte son masque.

— Regardez ça, dit-il. On ne peut pas y échapper, nulle part.

Elle secoue la tête, abaisse son masque.

— Ce n'est pas le nouveau paysage que vous détestez tant, dit-elle. J'ai vu comment vous regardiez cette plante. Parce que ce n'est qu'une plante, après tout, qui s'efforce de survivre. Non, je pense que vous avez fait un transfert. Pour vous, la topographie est un symbole. Ce n'est pas le paysage ; ce sont les gens. C'est l'histoire que nous avons faite que vous détestez. Le terraforming n'est qu'une partie de ça, le signe visible d'une histoire d'exploitation.

Roger réfléchit à ce qu'elle vient de dire.

— Nous ne sommes qu'une colonie terrienne parmi d'autres, vous voulez dire. Le colonialisme...

— Oui. C'est ça que vous détestez, vous comprenez. Pas la topographie, mais l'histoire. Parce que le terraforming, jusque-là, est du gâchis. Il n'a pas été fait pour de bonnes raisons.

Roger secoue la tête, mal à l'aise. Il n'y avait jamais réfléchi, et il n'est pas sûr d'être d'accord. C'est le sol qui a le plus souffert, après tout. Encore que...

Eileen continue :

— Il y a du bon là-dedans, quand on y réfléchit. Parce que le paysage ne rechangera plus jamais. Alors que l'histoire... l'histoire ne peut que changer, par définition.

Elle reprend la tête, laissant Roger sur place. Il la regarde partir en ouvrant de grands yeux.

Cette nuit-là, le vent tombe. La tente cesse de claquer, et le silence réveille Roger. Il fait un froid glacial, même dans son duvet. L'oxygène siffle doucement dans son masque. Quand il comprend ce qui s'est passé, il sourit. Regarde sa montre. C'est presque l'heure des miroirs de l'aube. Il s'assied, allume le réchaud pour faire le thé. Eileen remue dans son duvet, ouvre un œil. Roger aime la regarder se réveiller ; même derrière le masque, le passage de la fille vulnérable à la responsable d'expédition est visible. C'est comme si l'ontogène retrouvait le phylogène : le retour à la conscience, le matin, rejoint la maturation vitale. C'est tout ce qui lui manque, maintenant, pour tenir une vérité scientifique : la terminologie grecque. Eileen enlève son masque à oxygène, s'appuie sur son coude.

— Du thé ? lui propose-t-il.

— Ouais.

— Il va être prêt tout de suite.

— Cramponnez-vous au réchaud, il faut que j'aille faire pipi.

Elle s'approche de l'ouverture de la tente, introduit un pot en plastique par une ouverture de son pantalon et se soulage au-dehors.

— Ouah ! Qu'est-ce qu'il fait froid ! Mais le temps est dégagé ! Je vois les étoiles !

— Génial. Le vent a cessé, aussi, vous avez vu ?

Eileen se coule dans son duvet et ils savourent leur thé avec le plus grand sérieux, comme s'ils dégustaient un élixir délicat. Roger la regarde boire.

— Vous ne vous souvenez vraiment pas de notre histoire ? demande-t-il.

— Noon... répond-elle d'une voix traînante. Nous avions une vingtaine d'années, c'est ça ? Non, je ne me rappelle pas grand-chose avant cinquante ans, par là, quand je m'entraînais dans la caldeira. A l'escalade, un peu comme ça, en fait. Mais parlez-moi de nous, dit-elle en sirotant son thé.

— C'est sans importance, répond Roger avec un haussement d'épaules.

— Ça doit faire drôle. D'être seul à se rappeler les choses.

— Oui. Ça fait drôle.

— Je devais être affreuse, à cet âge-là.

— Pas du tout. Vous faisiez des études d'anglais. Vous étiez bien.

— J'ai du mal à le croire, dit-elle en riant. Ou alors, j'ai beaucoup empiré depuis.

— Mais non. Pas du tout. Ce qui est sûr, c'est que vous n'auriez pas fait tout ça à l'époque.

— Ça, je vous crois. Traîner un groupe sur une paroi de falaise, des gens malades..

— Allons, vous vous en sortez très bien.

Elle secoue la tête.

— N'allez pas me dire que cette expédition s'est bien passée ; ça, au moins, je m'en souviens.

— Ce qui s'est mal passé n'est pas de votre faute, vous devez bien l'admettre. En fait, compte tenu de tout ce qui est arrivé, nous nous en tirons très bien, je trouve. Et c'est grâce à vous. Ce n'était pas facile avec Frances et Stephan, la tempête, Marie, tout ça...

— Ah, Marie ! dit-elle en riant.

— Et la tempête, répète Roger. Sacrée course, quand même, cette nuit-là, quand nous avons redescendu Stephan !

Il finit son thé.

— C'était géant ! convient Eileen.

Roger acquiesce. Ils ont au moins ça. Il se lève pour uriner, laissant entrer une bouffée d'air glacial.

— Seigneur, ce qu'il fait froid ! Vous savez combien il fait ?

— Moins soixante, dehors.

— Ah. Ça se sent. La couverture nuageuse avait au moins un avantage.

Dehors, il fait encore nuit, et la paroi de la falaise hérissée de glace luit d'un éclat blanchâtre sous les étoiles.

— J'aime la façon dont vous menez cette expédition, dit Roger. Avec doigté, mais vous avez la situation bien en main.

Il referme le rabat de la tente et se réfugie dans son duvet.

— Encore un peu de thé ?

— Ah, ça oui !

— Allez, venez ici, vous vous réchaufferez plus vite, et je n'aurais rien contre un peu de chauffage central, moi aussi.

Roger opine du chef et roule son duvet à côté du sien en grelottant. Ils sont maintenant accoudés l'un près de l'autre, emboîtés comme des cuillères dans un tiroir.

Ils boivent leur thé en bavardant. Roger se réchauffe, arrête de frissonner. Le plaisir de sentir sa vessie vide, ou le contact de la femme. Ils finissent leur thé et somnolent un moment dans la chaleur. Ils ne remettent pas leur masque pour éviter de se rendormir trop profondément. « Les miroirs seront bientôt là. » « Ouais. » « Tenez, rapprochez-vous un peu. » Roger se souvient de l'époque où ils étaient amants, il y a si longtemps. Dans une autre vie. Elle était un oiseau des villes, à ce moment-là, et il rampait dans les canyons. Et maintenant... maintenant, il est bien, au chaud, tout contre elle, et il a une érection. Il se demande si elle peut le sentir à travers les deux épaisseurs de duvet. Probablement pas. Hmm. Il se rappelle tout à coup que la première fois qu'ils ont fait l'amour, c'était sous une tente. Il était allé se coucher, elle était entrée dans son minuscule compartiment, dans la tente commune, et elle l'avait sauté ! Ces souvenirs n'aident pas son érection à passer. Il se demande s'il pourrait faire quelque chose comme ça cette fois-ci. Ils sont vraiment collés l'un contre l'autre. Toute cette escalade ensemble. C'est Eileen qui compose les cordées, alors elle a dû aimer ça, elle aussi. Et grimper en équipe tient du couple de danseurs. Un ballet dans les rochers. Cette juxtaposition cinétique permanente, le contact physique avec la corde, a quelque chose de sensuel. C'est une relation physique indéniable. Evidemment, tout ça peut être vrai, et l'escalade rester néanmoins une relation profondément asexuée ; il y a assurément bien d'autres choses auxquelles penser. D'un autre côté...

Elle somnole à nouveau. Il la revoit en train de grimper au-dessus de lui. Les choses qu'elle lui a dites, les premiers soirs, quand il était tellement déprimé. Il y a vraiment du prof en elle.

Ces pensées font ressurgir des souvenirs du passé, de son échec professionnel. Pour la première fois depuis il ne saurait dire combien de jours, sa mémoire lui offre la parade habituelle du passé, le théâtre d'ombres fantomatiques. Comment pourrait-il un jour assumer une histoire aussi longue, aussi infructueuse ? Est-ce seulement possible ?

Miséricordieusement, la chaleur du thé, le seul fait d'être allongé ont raison de sa résistance, et il s'endort.

Le jour se lève. Le ciel est comme une feuille de vieux papier et le soleil pareil à une grosse pièce de bronze, très loin en dessous d'eux, à l'est. Le soleil ! Quelle merveille de revoir sa lumière ! Et des ombres ! Sous cet éclairage, la paroi a l'air encore plus en pente et donne l'impression de s'arrêter là. Eileen et Roger sont dans le camp du milieu. Après avoir transporté un chargement vers le camp d'en haut, ils suivent le trajet en zigzag de la corde le long des corniches étroites. La beauté de la paroi, la facilité de l'escalade, le soleil retrouvé, la conversation de l'aube, les plaines de Tharsis, loin en bas ; tout s'allie pour le plus grand plaisir de Roger. Il grimpe avec une énergie renouvelée, franchissant les corniches d'un bond, se régalant de la variété des formes que prend la roche — brute, fracturée, angulaire, aplanie. Comment imaginer qu'elle puisse revêtir une telle splendeur !

La paroi continue à reculer, tant et si bien qu'en haut d'une rampe ils se retrouvent au pied d'un amphithéâtre géant plein de neige. Et au-dessus de ce demi-bol blanc, il y a… le ciel. Ils sont manifestement au sommet de l'escarpement. En tout cas, il n'y a plus rien au-dessus que le ciel. Dougal et Marie s'apprêtent à partir à l'assaut, et Roger les rejoint. Eileen reste en arrière pour attendre les autres.

Les difficultés techniques de l'escalade sont derrière eux. Le bord supérieur de l'immense falaise a été meulé par l'érosion éolienne, sectionné en chicots séparés par des gorges. Ils sont debout au fond d'un grand bol coupé en deux ; en bas, la pente est d'une quarantaine de degrés et s'incurve vers une paroi finale qui est peut-être inclinée à soixante degrés. Mais le fond du bol est plein de coulures profondes de neige poudreuse, sèche et granuleuse, recouverte d'une couche dure, verglacée. Traverser tout ça n'est pas une mince affaire, et ils se relaient souvent en tête. Le premier de cordée crève la plaque dure, s'enfonce dans la poudreuse jusqu'aux genoux, parfois jusqu'à la taille, hausse le pied au-dessus de la plaque de verglas, la crève à nouveau et recommence, tout cela en montant. Ils lestent la corde avec des poids morts, des bouteilles d'oxygène vides, en l'occurrence, qui s'enfoncent profondément dans la neige. Roger prend la tête et se retrouve vite en sueur sous la chaleur du soleil. Chaque pas est un effort pire que le précédent à cause de l'angle croissant de la pente. Au bout de dix minutes, il cède la place à Marie. Vingt minutes plus tard, il se retrouve à nouveau en tête — les deux autres n'ont pas plus de résistance que lui. La raideur de la paroi finale leur procure en réalité un certain soulagement, parce que la couche de neige y est moins épaisse.

Ils s'arrêtent pour chausser leurs crampons et repartent. Ils adoptent un rythme régulier, lent. Coup de talon, un pas, coup de talon, un pas. La lumière éclatante brille sur la neige. Le goût de la sueur.

Lorsque c'est, pour la dixième fois, le tour de Roger d'ouvrir la marche, il constate qu'il est à un jet de pierre du haut de la paroi, et il décide de ne pas céder sa place. La neige est molle sous la couche de verglas, et il doit se pencher en avant, creuser un peu avec son piolet, nager vers la prise suivante, creuser encore, et ainsi de suite, jusqu'à ce qu'il halète dans son masque à oxygène. Il est en nage dans sa tenue soudain trop chaude, mais il approche du but. Dougal est derrière lui. Il retrouve le rythme et s'y tient. Le rythme et rien d'autre. Vingt pas, une pause. Et ainsi de suite, sans trêve ni relâche. La sueur ruisselle le long de sa colonne vertébrale, même ses pieds vont finir par se réchauffer. Le soleil se reflète sur la neige en pente.

Il manque perdre l'équilibre en arrivant sur le plat. Ça lui fait l'effet d'une terrible erreur, comme s'il risquait de basculer de l'autre côté. Mais il est au bord d'un immense plateau qui s'élève, formant un vaste éventail conique, si vaste que c'en est incroyable. Il voit un rocher plat presque vierge de neige et s'en approche en titubant. Dougal est à côté de lui, il enlève son masque, le repousse sur le côté de son visage.

— On dirait que nous sommes arrivés en haut du mur ! dit-il, l'air surpris.

Roger éclate d'un rire un peu haletant.

Dans toutes les escalades de falaises, l'arrivée en haut est une expérience étrange. Après un mois de réalité verticale, l'immensité horizontale paraît extraordinaire, surtout ce plat neigeux qui s'étend comme un gigantesque éventail de chaque côté. La neige s'arrête au bord fracturé de la falaise, derrière eux, s'étend vers le haut, sur la douce pente de l'immensité conique qui se dresse là, devant eux. Ils n'ont pas de mal à croire qu'il s'agit là du plus grand volcan du système solaire.

— Je suppose que la partie difficile est terminée, dit Dougal d'un ton faussement détaché.

— Juste au moment où je commençais à m'échauffer, dit Roger, donnant le signal d'un grand éclat de rire.

Un plateau couvert de neige, jonché de roches noires et de grandes mesas. A l'est, le vide ; loin en dessous, les forêts de Tharsis. Au nord-ouest, une colline qui monte éternellement.

Marie arrive et esquisse une petite danse sur le rocher. Dougal retourne vers la paroi et redescend vers l'amphithéâtre chercher un autre chargement. Il ne reste plus grand-chose à transporter. Ils sont presque à court de vivres. Eileen les rejoint, et Roger lui serre la main. Elle laisse tomber son fardeau et lui donne une accolade digne d'un grizzly. Ils sortent de leurs paquets de quoi faire un repas froid et mangent tout en regardant Hans, Arthur et Stephan remonter du fond du bol. Dougal est déjà presque à leur niveau.

Lorsqu'ils sont tous arrivés en haut, en une petite cordée menée par Dougal, les réjouissances commencent pour de bon. Ils laissent tomber leur fardeau, s'embrassent, poussent des cris. Arthur court en rond comme s'il voulait tout voir en même temps et ne réussit qu'à s'étourdir. Roger ne se souvient pas de s'être jamais senti tout à fait comme ça.

— Notre cache est à quelques kilomètres au sud, dit Eileen après avoir regardé la carte. Si nous y arrivons ce soir, nous pourrons fêter ça au champagne.

Ils avancent en colonne dans la neige, en se relayant pour ouvrir la marche. C'est un plaisir d'avancer en terrain plat, et ils ont si bon moral qu'ils progressent à bonne allure. Plus tard, dans la journée — une journée de soleil complète, la première depuis qu'ils ont quitté le camp de base —, ils arrivent à leur cache, un étrange endroit plein de paquets emballés dans de la toile goudronnée, couverts de neige, et marqué par une chaussée de lave qui s'arrête à un kilomètre environ au-dessus de l'escarpement.

Dans le matériel, il y a une grande tente champignon. Ils la gonflent, entrent par le sas et s'avancent sur le sol de la tente pour la fête du soir. Soudain, ils sont dans un gigantesque champignon transparent, et ils rebondissent sur le sol pneumatique surélevé, transparent lui aussi, comme des enfants sur un lit de plumes. C'est luxueux, extravagant, enivrant. Des bouchons de champagne sautent et volent sous le dôme de cristal. Dans l'air chaud, ils sont très vite grisés, et ils se racontent combien l'escalade était merveilleuse, combien ils l'ont appréciée. L'inconfort, la fatigue, le froid, la détresse, le danger et la peur se dissipent déjà dans leur esprit, se muent en autre chose.

Le lendemain, Marie n'est pas si enthousiaste quant au reste de l'expédition.

— Ce n'est qu'une promenade sur une foutue colline. Et une longue marche, en plus !

— Comment voulez-vous descendre, sinon? demande Eileen d'un ton acerbe. Vous voulez sauter?

C'est vrai. Les dispositions qu'ils ont prises les obligent à escalader le cône du volcan. Il y a un chemin de fer qui descend du bord nord de la caldeira vers Tharsis et la civilisation. Elle utilise, en guise de rampe, l'une des grandes coulées de lave qui gomment l'escarpement au nord. Mais d'abord, il faut qu'ils arrivent au chemin de fer, et l'escalade du cône est probablement la façon la plus rapide et la plus intéressante d'y arriver.

— Vous pourriez redescendre toute seule, ajoute Eileen d'un ton sarcastique. La première descente en solo...

Marie, qui se ressent apparemment des effets du champagne de la veille, se contente de montrer les dents et s'éloigne pour s'amarrer dans l'un des harnais de la voiture. Leur nouvel assortiment de matériel est logé dans une voiture à roulettes qu'ils doivent tirer sur la pente. Pour des raisons de commodité, ils portent déjà les combinaisons spatiales dont ils auront besoin lorsqu'ils seront encore plus haut. Pendant leur ascension, ils vont sortir de la nouvelle atmosphère martienne, ou à peu près. Ils ont l'air bizarres dans leurs combinaisons vert métallisé et leurs casques transparents, se dit Roger. Ça lui rappelle l'époque où il guidait des groupes dans les canyons, alors que ce genre d'équipement était indispensable sur toute la surface de Mars. La possibilité de brancher la radio de leur casque sur la fréquence commune, le fait de se retrouver tous les sept ensemble, quatre tirant la voiture, trois marchant à leur guise devant ou derrière, tout cela fait de cette randonnée un événement plus social que l'escalade de la falaise. De l'escalade à la marche : la première journée est une retombée dans la banalité.

Sur le flanc sud, enneigé, du volcan, des signes de vie apparaissent partout. Des goraks leur tournent autour pendant la journée, à la recherche de déchets. Au crépuscule, des hiboules plongent autour de la tente comme des chauves-souris. Roger voit des marmottes sur les roches et les buttes volcaniques. Dans le système de rigoles qui sillonne le plateau, ils trouvent des pousses torturées de pins de Hokkaïdo, de pins asiatiques et de genévriers de Noctis. Arthur chasse deux mouflons de Dall aux grandes cornes enroulées et ils voient dans la neige des empreintes qui ressemblent à des traces d'ours. « Le yéti », dit Dougal. A la lueur des miroirs du crépuscule, ils repèrent une meute de loups des neiges qui se déploient sur la pente, à l'ouest. Stephan passe tout son temps libre au bord des nouvelles rigoles, à faire des croquis en regardant dans ses jumelles.

— Viens, Roger, je vais te montrer les ottarines que j'ai vues hier.

— Rien que des mutants, marmonne Roger, surtout pour embêter Stephan.

Mais Eileen surveille sa réaction, alors il hoche la tête d'un air dubitatif. Que peut-il dire ? Il suit Stephan vers la rigole pour observer la vie sauvage. Eileen le regarde en riant, mais des yeux seulement, affectueusement.

Toujours plus loin, toujours plus haut, sur l'immense colline. C'est une pente à six pour cent, très régulière, et lisse, en dehors des rigoles, d'une bosse de lave ou d'un petit cratère occasionnel. En dessous d'eux, à l'endroit où le plateau se rompt pour devenir la falaise, le bouclier est marqué par des mesas de belle taille — caractéristiques, leur explique Hans, de la tension qui a fracturé le bouclier. Au-dessus d'eux, la forme conique de l'immense volcan est nettement visible. L'interminable colline qu'ils gravissent monte en pente douce, régulière, et très loin, en haut, ils voient le large sommet aplati. Ils ont encore du chemin à faire. Il est facile de louvoyer entre les rigoles, et l'esthétique de la marche, son seul point d'intérêt technique, devient de savoir quelle distance ils peuvent parcourir tous les jours. Il y a deux cent cinquante kilomètres, de l'escarpement au bord du cratère. Ils tentent de faire vingt-cinq kilomètres par jour, et en font parfois trente. C'est bizarre d'avoir si chaud après le froid intense de l'escalade de la falaise. Les combinaisons spatiales et la tente champignon créent une rupture nette avec l'environnement.

Ça leur fait aussi tout drôle de marcher en groupe. La fréquence commune est le théâtre d'une conversation continue, sur laquelle on peut se brancher à sa guise. Même quand il n'a pas envie de parler, Roger trouve distrayant de suivre les échanges. Hans parle de l'aréologie du volcan et discute avec Stephan de l'ingénierie génétique qui a permis à la vie sauvage d'exister dans cet endroit. Arthur indique des caractéristiques du paysage qui auraient pu échapper aux autres. Eileen et Roger rigolent et ajoutent un commentaire de temps en temps. Même Dougal se connecte sur la fréquence vers le milieu de l'après-midi et fait preuve d'un esprit alerte, incitant Arthur à faire découverte sur découverte.

— Regardez là-bas, Arthur, c'est un yéti !

— Noon ? Vous voulez rire ! Où ça ?

— Là-bas, derrière cette roche.

Derrière la roche, il y a Stephan, qui se soulage.

— N'approchez pas, vous autres !

— Sale menteur, dit Arthur.

— Il a dû glisser. Je crois qu'il était pourchassé par un renard de Weddell.

— Vous vous moquez de moi, là !

— Oui.

— Passons sur un canal privé, fait Eileen. Je ne vous entends pas, avec tous les autres.

— D'accord. Canal 33.

— Pourquoi celui-là ?

— Ah…

C'était il y a longtemps, mais c'est le genre de choses bizarres qui restent gravées dans sa mémoire.

— Ça devait être notre canal privé, lors de notre première randonnée ensemble.

Elle a un petit rire. Ils passent l'après-midi à la traîne derrière les autres, à bavarder.

Un matin, Roger se réveille tôt, juste après les miroirs de l'aube. Les rayons horizontaux, atténués, des quatre soleils du parhélie éclairent leur tente. Roger tourne la tête, regarde sous son oreiller, à travers le fond transparent, le mince sol qui couvre la roche, quelques mètres plus bas. Il se redresse. Le tapis de sol s'enfonce un peu sous son poids, comme un matelas d'eau. Il s'avance doucement sur le plastique souple, pour ne pas réveiller les autres qui dorment à l'endroit où le toit rencontre les lamelles du sol. La tente ressemble vraiment à un gros champignon transparent. Roger descend les marches transparentes pratiquées dans le pied et va aux toilettes, qui se trouvent dans ce qui serait la bague du champignon. En ressortant il tombe sur Eileen, encore à moitié endormie, qui se lave dans la petite cabine située près du compresseur et du régulateur d'air comprimé.

— Bonjour, dit-elle. Vous voulez bien me frotter le dos ?

Elle lui tend l'éponge, se retourne. Il frotte vigoureusement les muscles tendus de son dos, éprouve une pulsion d'intérêt sensuel. Cette chute de reins... Magnifique.

Elle regarde par-dessus son épaule.

— Ça va, je dois être propre, maintenant.

— Ah. Oui, probablement, dit-il avec un sourire en lui rendant l'éponge. Je vais faire un tour avant le petit déjeuner.

Roger s'habille, franchit le sas, s'aventure vers le haut de la prairie dans laquelle ils campent : une prairie surarctique, couverte de mousses et de lichens, jonchée d'edelweiss et de saxifrages mutants, le tout recouvert d'un léger manteau de givre blanc, étincelant, qui craque sous les bottes à chaque pas.

Un mouvement attire le regard de Roger et il s'arrête pour observer un lapin-souris à la fourrure blanche qui ramène dans son terrier une racine arrachée. Il y a un éclair, un vacillement, et un pinson des neiges se pose devant l'entrée du terrier. Le petit lapin lève la tête, regarde le pinson, passe devant lui avec son fardeau. Le pinson fait ce que font tous les oiseaux, la tête allant instantanément d'une position à l'autre, puis s'immobilisant. Il suit le lapin dans son trou. Roger en avait entendu parler, mais c'est la première fois qu'il voit ça. Le lapin ressort à la recherche de nourriture. Le pinson réapparaît, la tête pivotant d'une position à l'autre, un vacillement fugitif, et il regarde Roger. Il vole par-dessus le lapin qui détale, plonge dessus en piqué, repart. Le lapin a disparu dans un autre trou.

Roger traverse le torrent de glace de la prairie, remonte sur l'autre rive. Là, à côté d'un rocher qui lui arrive à peu près à la taille, il y a une drôle de masse d'un blanc pur, avec une sphère blanche au centre. Il se penche pour regarder ça de plus près. Passe un doigt ganté à la surface. Une sorte de glace, apparemment. D'une forme inhabituelle.

Le soleil se lève et un torrent de lumière jaune inonde le paysage. Le demi-globe de glace d'un blanc jaunâtre, à ses pieds, a l'air visqueux. Il frémit. Roger recule. La boule de glace se détache de la paroi rocheuse, se fend au milieu. Un bec émerge, écarte les deux moitiés. Une petite tête bouge à l'intérieur. Des plumes bleues, un long bec noir, incurvé, de petits yeux noirs comme du jais. «Un œuf?» demande Roger tout haut. Mais les deux moitiés de la coquille sont de la glace, c'est une certitude — il la fait fondre entre ses doigts gantés, il sent le froid. L'oiseau — enfin, un oiseau qui aurait de la fourrure sur les pattes et sur le bréchet, de petits moignons d'ailes et un bec garni de crocs — sort en titubant de sa bulle de glace et s'ébroue comme un chien qui sort de l'eau, bien qu'il ait l'air sec. La glace sert apparemment d'isolant, de nid pour la nuit, ou plutôt pour l'hiver. Ça doit être ça. Une boule de bave, ou Dieu sait quoi, murant l'ouverture d'un creux dans la roche. Roger, qui n'avait pas idée que ce genre de chose puisse exister, regarde, bouche bée, l'espèce d'oiseau faire quelques pas en courant et s'éloigner en dérapant.

Une nouvelle créature marche à la surface de Mars la Verte.

Cet après-midi-là, ils sortent du domaine de la prairie surarctique. La roche est nue, il n'y a plus une fleur, plus un animal. Plus rien, que des fissures dans lesquelles s'efforcent de survivre des mousses et de grandes plaques de lichen otoo. Ils ont parfois l'impression de marcher sur un mince tapis tacheté comme le jaspe orbiculaire, jaune, vert, rouge et noir, qui s'étend à perte de vue dans toutes les directions, un tapis incrusté de givre le matin, un peu humide au soleil de la mi-journée, un tapis dingue, multicolore.

— Stupéfiant, murmure Hans en le palpant du bout du doigt.

— La moitié de notre oxygène est produite par cette merveilleuse symbiose...

Quand ils s'arrêtent, à la fin de l'après-midi, ils gonflent la tente et l'amarrent à des blocs de pierre. Hans saute par le sas en agitant son kit atmosphérique et en faisant des bonds.

— Ecoutez, dit-il, je viens de contacter la station radio, qui me l'a confirmé : il y a un système de hautes pressions audessus de nous en ce moment. Nous sommes à quatorze mille mètres au-dessus du niveau moyen, mais la pression barométrique est de trois cent cinquante millibars parce qu'une grosse masse d'air se déplace au-dessus du flanc du volcan cette semaine. Vous comprenez ce que ça veut dire ? demande-il, voyant que les autres le regardent en ouvrant de grands yeux ahuris.

— Non ! répondent trois voix, en chœur.

— Une zone de haute pression, répète Roger, inutilement.

— Eh bien, reprend Hans, un peu confus d'être au centre de l'attention générale, ça suffit pour respirer ! Juste assez, mais ça suffit, je vous assure. Et ça, personne ne l'a jamais fait auparavant — à cette altitude, je veux dire. Respirer à l'air libre, l'air martien !

— Vous voulez rire !

— Nous allons établir un nouveau record d'altitude ici et maintenant ! En tout cas, c'est ce que je me propose de faire, et j'invite ceux qui le souhaitent à en faire autant.

— Attendez une minute ! dit Eileen.

Mais chacun a envie de tenter l'expérience.

— Attendez une minute ! répète Eileen. Ecoutez-moi, pour l'amour du Ciel ! Je n'ai pas envie que tout le monde enlève son casque et tombe raide mort. On me retirerait ma licence ! Nous allons faire ça selon les règles. Et vous, reprend-elle en tendant un index accusateur vers Stephan, je vous interdis de faire ça. Pas question.

Stephan proteste hautement et longuement, mais Eileen reste intraitable, et Hans l'approuve.

— Le choc pourrait provoquer une nouvelle crise d'œdème, c'est certain. Nous n'avons pas intérêt, d'ailleurs, à prolonger nous-mêmes l'expérience. Mais pendant quelques minutes, ça devrait aller. Prenez seulement la précaution de respirer à travers le filtre de votre masque pour réchauffer l'air.

— Vous pourrez nous surveiller et nous sauver si nous tombons raide mort, dit Roger à Stephan.

— Et merde ! répond Stephan. Allez-y, je vous regarde faire.

Tout le monde se regroupe juste sous la coupole de la tente, où Stephan peut théoriquement les tirer dans le sas en cas de besoin. Hans vérifie une dernière fois son baromètre, opine du chef. Ils sont plus ou moins en cercle, tournés vers l'intérieur. Chacun commence à déverrouiller son casque.

Roger est le premier à ouvrir le sien. Il a été guide de canyon pendant des années ; il lui en reste de petits automatismes comme ça. Il soulève son casque, le pose par terre. Le froid lui étreint la tête, fait battre le sang à ses tempes, lui enserre le crâne comme un étau pulsatile. Il avale une goulée d'air : de la glace sèche. Il réprime l'envie de respirer plus vite, craignant de s'abîmer les poumons en les glaçant trop vite. Veiller à respirer régulièrement, se dit-il. Inspirer. Expirer. Inspirer. Expirer. Dougal a un filtre sur la bouche, mais Roger voit bien qu'il a un sourire hilare. C'est drôle comme le haut du visage révèle le sourire. Roger a les yeux qui le brûlent, la poitrine glacée de l'intérieur. Il inspire l'air glacial et tous ses sens sont exacerbés. Le contour du moindre gravillon, à un kilomètre de là, est net et distinct. Des milliers de contours.

— C'est comme si on respirait du protoxyde d'azote ! s'écrie Arthur d'une petite voix de fausset.

Il hurle comme un gamin, émettant des sons étranges, lointains. Roger tourne en rond, sur un patchwork de lave couleur de rouille et de plaques de lichen aux teintes gaies. Une conscience intense du processus de respiration semble le connecter à tout ce qu'il voit. Il se fait l'impression d'être un lichen à la forme étrange, avide d'air comme tout le reste. Un amas de roches, luisant sous le soleil.

— Faisons un cairn, suggère-t-il à Dougal, d'une voix qui sonne faux, il ne saurait dire pourquoi.

Ils vont lentement de pierre en pierre, en font un tas. L'intérieur de sa poitrine est parfaitement défini par chacune de ses enivrantes inspirations. D'autres regardent partout, les yeux brillants, hument, absorbés par leurs propres perceptions. Roger voit ses mains filer dans le vide, voit la chair rose du visage palpitant de Dougal, pareille aux fleurs de silène. Chaque pierre est un bout de Mars, il a l'impression non de marcher mais de flotter, il croit voir le volcan grandir, grandir, grandir. Finalement, il le voit tel qu'il est en réalité. Stephan passe entre eux en souriant derrière la visière de son casque, les deux mains en l'air : ça fait dix minutes. Le cairn n'est pas encore fini, mais ils pourront s'y remettre demain.

— Ce soir, je vais faire un message dans une boîte pour

mettre dedans ! annonce joyeusement Dougal d'une voix sifflante. Nous pourrons tous le signer.

Stephan commence à les rassembler comme un chien de berger.

— Incroyable, ce froid ! dit Roger en regardant autour de lui comme s'il voyait pour la première fois.

Les deux derniers à rentrer sont Dougal et lui. Ils se serrent la main.

— Plutôt ravigotant, hein ?

Roger hoche la tête.

— Très frais, cet air.

— Mais l'air n'est qu'une partie du tout. Une partie du monde, pas de la planète. Exact ?

— Exact, convient Roger en regardant la pente infinie de la montagne à travers la paroi de la tente.

Ce soir-là, ils refêtent ça au champagne. La soirée devient de plus en plus dingue et ils disent de plus en plus de bêtises. Marie essaie d'escalader la paroi intérieure de la tente en prenant le matériau souple à pleines mains, et retombe régulièrement par terre. Dougal jongle avec des bottes. Arthur défie tout le monde au bras de fer et gagne si vite qu'ils décident qu'il doit avoir un « truc » et lui dénient ses victoires. Roger raconte des blagues sur le gouvernement (« combien faut-il de ministres pour verser une tasse de café ? ») et improvise un jeu aussi interminable qu'animé avec des cuillères. Il fait équipe avec Eileen, et en plongeant sur des cuillères, ils tombent l'un sur l'autre. Après, ils se mettent à chanter en rond autour du réchaud, et elle s'assied à côté de lui. Leurs cuisses et leurs épaules sont collées l'une à l'autre. Des trucs de gosses, familiers, confortables, même pour ceux qui ne se souviennent pas de leur enfance.

C'est ainsi que cette nuit-là, quand tout le monde a regagné sa niche sur le pourtour de la tente, Roger a la tête pleine d'Eileen. Il se souvient qu'il lui a frotté le dos, le matin même. Il la revoit jouer, ce soir. Il repense à l'escalade dans la tempête. Aux longues nuits passées ensemble, sous les abris de toile. Et une fois de plus le passé lui revient en mémoire — sa mémoire stupide, incontrôlable, lui ramène des images d'une époque si lointaine que ça ne devrait plus compter… et pourtant. C'était vers la fin de la randonnée, cette fois-là aussi. Elle s'était glissée dans son réduit et l'avait sauté ! Les minces panneaux qui leur permettaient de s'isoler ne leur offraient pas l'intimité dont ils disposent ici. La tente est vaste, le régulateur d'air fait beaucoup de bruit, les sept lits sont éloignés les uns des autres et séparés par des cloisons — transparentes, c'est vrai, mais il fait tellement noir... Le sol souple (si confortable que Marie dit le trouver inconfortable) s'enfonce chaque fois qu'il se retourne, sans un son, et le mouvement ne s'étend pas à plus de quelques mètres. Bref, il pourrait ramper silencieusement jusqu'à son lit, la rejoindre comme elle l'a jadis rejoint, et personne ne le saurait. Lui rendre la monnaie de sa pièce ne serait que justice, non ? Même trois cents ans plus tard... Il ne reste plus beaucoup de temps avant la fin de cette randonnée et, comme on dit, la chance sourit aux audacieux...

Il s'apprête à bouger quand, tout d'un coup, Eileen est là, à côté de lui, et lui secoue le bras.

— J'ai une idée, lui murmure-t-elle à l'oreille.

Et après, pour le taquiner :

— Peut-être que je me souviens de toi, après tout.

Ils continuent à monter, dans la zone rocheuse. Plus d'animaux ni de plantes. Même pas un insecte. Pas de neige. Ils sont au-dessus de tout ça, si haut sur le cône du volcan qu'il devient difficile de voir l'endroit où l'escarpement tombe dans la forêt. Deux cents kilomètres derrière eux, quinze kilomètres en contrebas, on devine le bord de la falaise au fait que le large anneau de neige s'arrête là. En se réveillant, un matin, ils voient une couche de nuages, quelques kilomètres plus bas, qui obscurcit la planète, en dessous. Ils sont au bord d'une immense île conique, dans une mer de nuages encore plus vaste : les nuées forment un océan agité de vagues blanches, le volcan est une grosse pierre couleur de rouille, le ciel un dôme violet sombre, bas, tout cela à une échelle telle que l'esprit a peine à l'envisager. A l'est, surgissant de la mer de nuages, trois larges pics — un archipel —, les trois volcans de Tharsis régulièrement espacés, les princes du roi Olympus. Ces volcans, à quinze cents kilomètres de là, leur donnent un petit aperçu de l'immensité visible...

La roche à cette altitude est légèrement marbrée, si bien qu'on dirait une plaine de muscles pétrifiés. Les petits cailloux, les roches isolées revêtent une présence inquiétante, comme si c'étaient des débris semés par les dieux de l'Olympe. Hans est à la traîne parce qu'il inspecte ces roches. Un jour, ils trouvent une sorte de tertre qui serpente vers le haut de la montagne comme un esker ou une voie romaine ; Hans explique que c'était un fleuve de lave plus dure que le basalte environnant, qui s'est érodé, mettant cette veine au jour. Ils s'en servent comme d'une chaussée surélevée et la suivent pendant toute une journée.

Roger prend le rythme, presse l'allure, laissant la voiture et les autres en arrière. En casque et combinaison, sur la face sans vie de Mars : des siècles de souvenirs l'envahissent, il s'aperçoit qu'il a la respiration inégale, encombrée. C'est mon pays, se dit-il. C'est le paysage transcendant de mon jeune âge. Il est encore là. Rien ne peut le détruire. Il sera toujours là. Il se rend compte qu'il a presque oublié, non à quoi il ressemblait mais l'effet que ça lui faisait d'être dans cette nature sauvage. Cette pensée est une épine dans son exaltation qui va croissant à chaque pas. Stephan et Eileen le suivent. Les autres tirent la voiture, ce jour-là. Roger les remarque et fronce les sourcils. Je ne veux pas en parler, se dit-il. Je veux être seul là-dedans.

Mais Stephan le rejoint, l'air subjugué par cette masse de roche désolée, ce monde de pierre et de ciel. Roger ne peut retenir un sourire.

Et Eileen est contente de marcher à côté de lui, tout simplement.

Mais le lendemain, lorsqu'ils sont tous deux harnachés et tirent la voiture, Stephan s'approche de lui et dit :

— D'accord, Roger, je comprends que tu aimes ça. C'est sublime, vraiment. Et tout à fait le genre de sublime que nous aimons : un paysage pur, un endroit pur. Mais...

Il fait quelques pas en silence. Roger et Eileen attendent qu'il continue, marchant à son rythme.

— Mais il y a de la vie sur Mars. Et tu n'as pas besoin que tout soit comme ça, il me semble. Mars sera toujours là. L'atmosphère ne montera jamais aussi haut, alors tu auras toujours ça. Et le monde en bas, avec toute cette vie qui grouille partout... c'est magnifique.

Le magnifique et le sublime, se dit Roger. Autre dualité.

— Et peut-être que nous avons plus besoin de magnifique que de sublime, non?

Ils continuent à tirer la voiture. Eileen regarde Roger qui ne dit rien. Il ne sait pas quoi dire. Elle sourit.

— Si Mars peut changer, toi aussi, non?

— Cette intense concentration, ce resserrement de soi sur soi au cœur de ces impitoyables immensités, mon Dieu! qui peut les dire?

Cette nuit-là, c'est Roger qui va trouver Eileen, et il lui fait l'amour avec une urgence particulière. Quand c'est fini, il s'aperçoit qu'il a les larmes aux yeux, il ne sait pas pourquoi. Elle lui serre la tête contre sa poitrine, jusqu'à ce qu'il bouge, se retourne et s'endorme.

Le lendemain après-midi, après avoir passé la journée à gravir une colline dont la pente s'adoucit constamment, qui donne toujours l'impression qu'elle va surgir au-dessus de l'horizon, devant eux, ils se retrouvent en terrain plat. Plus qu'une heure de marche, et ils seront à la limite de la caldeira. Ils ont escaladé Olympus Mons.

Ils plongent le regard dans la caldeira. C'est une immense plaine brune, entourée de murailles circulaires. A l'intérieur, des falaises formant des anneaux concentriques, plus petits, tombent vers les cratères effondrés, puis forment dans la plaine circulaire des dépressions rondes, en terrasses, qui empiètent les unes sur les autres. Le ciel, au-dessus d'eux, est presque noir. Ils voient les étoiles, et Jupiter. Cette étoile du soir, tout là-haut, est peut-être la Terre. L'anneau bleu, épais, de l'atmosphère commence en réalité en dessous d'eux, de sorte qu'ils sont sur une grande île au milieu d'une ceinture bleue, surmontée par un dôme de ciel noir. Le ciel, la caldeira, la désolation de pierre circulaire. Un million de bruns, de rouilles, de beiges, de rouges. La planète Mars.

Sur le bord, non loin de là, se dressent les ruines d'une lamaserie bouddhiste tibétaine. Quand Roger voit ça, il en reste bouche bée. Il semble que la structure principale, de couleur brune, ait été une pierre plus ou moins cubique, de la taille d'une grosse maison, sculptée, évidée jusqu'à ce qu'elle comporte plus d'air que de pierre. Lorsqu'elle était occupée, elle devait être hermétiquement scellée, les portes et les fenêtres munies de sas. Maintenant, il n'y a plus de fenêtres. Les murs des bâtiments adossés à la structure principale sont branlants, le toit s'est effondré, offrant l'intérieur au ciel noir. Un mur de pierre à hauteur de poitrine part des bâtiments extérieurs et longe le bord. Des moulins à prière multicolores et des fanions sont accrochés à des sortes de piques. Le léger contact de la stratosphère fait lentement tourner les moulins tandis que les drapeaux pendent mollement.

— La caldeira est aussi vaste que le Luxembourg.
— Vous voulez rire !
— Non, non.

Pour finir, même Marie est impressionnée. Elle s'approche du mur de prière, effleure un moulin à prière d'une main. Regarde dans la caldeira et, de temps en temps, fait tourner le moulin, distraitement.
— Un spectacle ravigotant, hein ?

Il leur faudra quelques jours pour faire le tour de la caldeira jusqu'à la gare. Ils dressent le campement près de la lamaserie abandonnée, et un gros champignon de plastique transparent, plein d'objets multicolores, rejoint la masse de pierre brune.

Les grimpeurs se promènent dans la fin de l'après-midi en parlant tranquillement des roches, ou de la vue dans la caldeira plongée dans l'ombre. Les parois annulaires intérieures paraissent propices à l'escalade en plusieurs endroits.

Le soleil est sur le point de descendre derrière le bord, à l'ouest, et de grandes colonnes de lumière poignardent le ciel indigo, en dessous, plongeant le sommet de la montagne dans une lumière indirecte, inquiétante. Les voix, sur la fréquence commune, sont ravies, calmes, et laissent place au silence.

Une pression sur la main d'Eileen, et Roger s'éloigne tout seul. Le sol est noir, la roche fissurée en un million de morceaux, comme si les dieux lui donnaient des coups de boutoir depuis des millénaires. Rien que de la pierre. Il coupe la fréquence commune. Le soleil va bientôt se coucher. De grands javelots de lumière lavande percent l'infini violet, sur les côtés. Tout là-haut, les étoiles brillent dans le noir. Les ombres s'étendent jusqu'à l'infini. La pièce de bronze brillante qu'est le soleil devient énorme, obèse, ralentit sa descente. Roger fait le tour de la lamaserie. Les murs ouest qui reçoivent les derniers rayons du soleil projettent une lueur orange, chaude, sur le sol et les bâtiments latéraux en ruine. Roger donne de petits coups de pied à la base du mur de prière, replace une pierre tombée. Les moulins à prière tournent toujours — une sorte de bois léger, se dit-il, des cylindres taillés, ornés de grands yeux noirs et de lettres cursives. La peinture, blanc, rouge, jaune, est écaillée. Roger regarde deux yeux orientaux stoïques, imprime une légère rotation à un moulin, éprouve un léger vertige. Le monde partout. Même ici. Le soleil aplati se pose sur le bord, de l'autre côté de la caldeira, à l'ouest. Un petit coup de vent soulève une longue bannière, la fait lentement onduler dans l'air orange vif. « Tout est bien ! » dit Roger, à haute voix. Il imprime au moulin une forte poussée, la dernière, et s'éloigne en décrivant des cercles, comme en proie à un vertige, essaie de tout englober en même temps. « Très bien, très bien ! J'y renonce. J'accepte. »

Il essuie la poussière rouge sur la visière de son casque et repense à l'espèce de petit oiseau qui se libérait à coups de bec de sa gangue de glace. Une nouvelle créature marche à la surface de Mars la Verte.

Comment Arthur Sternbach apporta la balle courbe sur Mars

C'était un grand gamin martien boutonneux, timide et dégingandé, au dos rond et tout en pattes, comme un chiot. Pourquoi ils le faisaient jouer troisième base? Mystère et pomme d'arrosoir. Cela dit, on me faisait bien jouer arrêt court, alors que je suis gaucher et que j'aurais été infoutu d'arrêter une balle à terre. Enfin, j'étais américain, alors on m'avait mis là. C'est toujours comme ça quand on apprend un sport avec la vidéo : il y a des choses tellement évidentes qu'on oublie de vous les signaler. Par exemple, qu'il ne faut jamais confier la position d'arrêt court à un gaucher. Mais pour les Martiens, tout ça c'était nouveau. Il y en avait qui étaient tombés amoureux du base-ball, ils avaient commandé le matériel, l'équipement, roulé des pelouses, et c'était parti.

Et nous étions là, ce gamin — Gregor — et moi. A massacrer le champ intérieur gauche. Il avait l'air tellement jeune que je lui demandai son âge. Il me répondit «huit ans», et je me dis, Seigneur, il ne peut pas être si jeune que ça, puis je réalisai qu'il parlait en années martiennes, évidemment; il devait avoir seize ou dix-sept ans, mais il ne les faisait vraiment pas. Il était arrivé récemment à Argyre — d'où, je ne sais pas —, et il habitait dans la coop locale avec sa famille ou des amis, je n'ai jamais eu le fin mot de l'histoire. En tout cas, il me faisait l'effet d'un solitaire. Il ne ratait jamais un entraînement, bien qu'il soit le plus mauvais membre d'une équipe effroyable, et il était manifestement frustré par ses retraits à la batte et toutes ses erreurs. Je me suis toujours demandé ce qu'il faisait là, en fait. Il était tellement timide ! Il fallait le voir rougir, marmonner, faire le dos rond et se marcher sur les pieds. Il réalisait une synthèse du genre.

L'anglais n'était pas sa langue maternelle. Il était arménien, morave ou quelque chose comme ça. En tout cas, il parlait une langue que personne ne comprenait, à part peut-être quelques vieillards dans sa coop. Sinon, il baragouinait ce qui passait pour de l'anglais sur Mars. Et il faisait beaucoup de fautes. Il avait parfois recours à un traducteur électronique, mais dans l'ensemble il s'arrangeait pour ne pas avoir besoin de parler. Nous devions faire un sacré numéro, tous les deux : Double Patte et Patachon jouant à la baballe. Quand par hasard nous réussissions à jouer une balle, c'était pour la rabattre sur le sol, courir après comme des dératés et l'expédier au-delà de la première base. Nous arrivions rarement à faire des retraits. Nous nous serions fait remarquer. Sauf que tout le monde était comme ça. Le base-ball, sur Mars, était un jeu où on faisait de gros scores.

Enfin, c'était beau quand même. Un rêve, en fait. D'abord, l'horizon, quand on est sur une plaine comme Argyre, n'est qu'à cinq kilomètres au lieu de huit ou neuf. Ça saute aux yeux, quand on vient de la Terre. Le champ intérieur de leurs terrains est d'une taille juste un peu supérieure à la normale, mais le champ extérieur est carrément gigantesque. Le terrain de mon équipe faisait neuf cents pieds à partir du centre et sept cents le long des lignes. Quand on était debout sur la plaque de but, la barrière du champ extérieur était une petite ligne verte dans le lointain, sous un ciel violet, assez près de l'horizon. Ce que je veux dire, c'est que le terrain de base-ball occupait à peu près tout le monde visible. C'était génial.

Ils jouaient avec quatre joueurs de champ extérieur, comme au softball, et pourtant il y avait encore beaucoup de place entre eux. L'air était aussi ténu qu'au camp de base de l'Everest, et la gravité n'est que des deux cinquièmes de la gravité terrestre. Autant dire que quand on frappait la balle bien comme il faut, elle volait comme une balle de golf cognée par un bûcheron. Mais si grands que soient les terrains, il y avait encore un certain nombre de home runs à chaque partie. Il était rare qu'une équipe perde sans marquer un seul point. Jusqu'à mon arrivée, en tout cas.

J'étais venu là après avoir escaladé Olympus Mons pour les aider à fonder un nouvel institut de sciences des sols. Ça, ils avaient eu assez de jugeote pour ne pas essayer de le faire avec des cassettes vidéo. Au début, pendant mes loisirs, je faisais de l'escalade dans les Charitums, et puis j'avais été happé par le base-ball et ça me prenait presque tout mon temps. Très bien, je vais jouer, leur avais-je dit. Mais je refuse de coacher. Je n'aime pas dire aux gens ce qu'ils ont à faire.

Alors je commençais par m'entraîner avec eux comme au football, pour réchauffer tous ces muscles qu'on n'a jamais l'occasion d'utiliser. Ensuite, Werner nous entraînait au champ intérieur, et nous nous mettions à gesticuler comme des matadors, Gregor et moi. Il nous arrivait de temps en temps d'attraper une balle, de l'expédier vers la première base, et le joueur de première base, un gaillard qui faisait largement plus de deux mètres et était large d'autant, rattrapait parfois nos lancers, alors nous nous tapions dans les gants. A force de faire ça, jour après jour, Gregor devint un peu moins timide avec moi, mais à peine. Je vis alors qu'il cognait rudement fort. Il avait des bras aussi longs que j'étais haut, et qui paraissaient dépourvus d'os, comme des tentacules de calmar, si souples aux poignets qu'il imprimait une sacrée force à la balle. Certaines fois, elle continuait à monter même après être passée dix mètres au-dessus de la tête du joueur de première base. Ça, elle y allait, il n'y a pas à dire. Je commençai à penser qu'il venait jouer parce que ça lui permettait non seulement de se retrouver parmi des gens sans avoir besoin de leur parler, mais aussi de lancer des choses de toutes ses forces. Et je compris accessoirement qu'il était moins timide que taciturne. Ou les deux.

Quoi qu'il en soit, notre jeu était grotesque. La frappe s'améliora un peu. Gregor apprit à rabattre la balle vers le bas et à frapper les balles à terre au milieu du terrain ; tout ça avec une certaine efficacité. Quant à moi, à force, je trouvai mes marques. J'arrivais là après avoir passé des années à jouer au softball balle lente, et au début je swinguais tout ce qui bougeait avec une semaine de retard. Entre ça et le fait que je jouais arrêt court, je suis sûr que mes coéquipiers devaient commencer à se dire qu'en fait d'Américain, ils avaient touché le mauvais numéro. Et comme il y avait un règlement qui limitait à deux le nombre de Terriens par équipe, ils étaient sûrement déçus. Mais peu à peu je perfectionnai mon timing, et après ça je frappai vraiment bien. Le truc, c'est que leurs lanceurs ignoraient les balles courbes et à effet. Ces grands échalas prenaient du recul et lançaient le plus fort possible, comme Gregor, mais ils n'avaient pas trop de toutes leurs forces rien que pour envoyer la balle dans le gant du receveur. C'était un peu effrayant, parce qu'il leur arrivait souvent de vous viser sans le faire exprès. Mais quand ils arrivaient à mettre la balle au milieu, vous n'aviez plus qu'à attendre le bon moment. Et si vous touchiez la balle, il fallait la voir voler ! Chaque fois que je réussissais à l'atteindre, ça me faisait l'effet d'un miracle. J'avais l'impression que, en m'y prenant bien, je pourrais la satelliser. En fait, c'est comme ça qu'ils appelaient les home runs : « Elle est sur orbite », voilà ce qu'ils disaient en regardant la balle sortir du terrain et filer vers l'horizon. Ils avaient un genre de cloche de bateau, fixée au back stop, et chaque fois que quelqu'un renvoyait une balle, ils sonnaient la cloche pendant que le batteur faisait le tour des bases. C'était une très jolie coutume locale.

Bref, j'aimais bien ça. C'est un jeu magnifique, même quand on joue comme un pied. Les muscles que je faisais le plus travailler au cours de l'entraînement étaient ceux de mon estomac : j'avais des crampes à force de rire. Je commençai même à avoir un certain succès comme arrêt court. Quand j'attrapais des balles qui passaient à ma droite, je me retournais vers l'arrière pour lancer vers la première ou la seconde base. C'était ridicule, vraiment, mais les gens étaient impressionnés. J'étais le borgne au royaume des aveugles. Non qu'ils ne fussent de bons athlètes, comprenez-moi bien, mais ces gens-là n'avaient pas le sens du base-ball ; pour ça, il faut être tombé dans la marmite quand on est petit. Eux, ils aimaient jouer, c'est tout. Et je comprenais ça : ces balles jaune verdâtre qui volaient dans tous les sens sur ces terrains aussi grands que le monde, sous ce ciel violet… C'était vraiment magnifique. Ah, ce que nous pouvions nous amuser !

Je commençai même à donner quelques tuyaux à Gregor, et pourtant je m'étais bien juré de ne pas coacher. Encore une fois, je n'aime pas dicter leur comportement aux gens. C'est un jeu trop difficile pour ça. Mais quand il frappait des balles en l'air aux joueurs de champ extérieur, c'était difficile de ne pas leur dire de regarder la balle, de courir dessous, puis de lever le gant et de l'attraper, plutôt que de cavaler les bras en l'air comme la Statue de la Liberté. Ou quand ils se mettaient à frapper des balles en l'air à leur tour (c'est plus difficile qu'il n'y paraît), de ne pas leur donner des conseils sur leur jeu. Nous passions notre temps d'échauffement, Gregor et moi, à nous faire des passes, alors rien qu'en me regardant, en essayant de viser une cible si proche, il s'améliora. Il lançait vraiment très fort. Et je m'aperçus qu'il mettait beaucoup de mouvement dans ses lancers. Ils m'arrivaient dessus par toutes les directions, ce qui n'avait rien d'étonnant quand on voyait ses poignets désarticulés. Je devais faire très attention, ou j'aurais loupé la balle. Il était incontrôlable, mais il avait du potentiel.

La vérité m'oblige à dire que nos lanceurs étaient mauvais. Je les adorais, mais ils auraient été incapables de réussir un strike même s'ils avaient été payés pour ça. Ils accordaient régulièrement la première base au frappeur dix à vingt fois par match, et c'étaient des rencontres en cinq manches. Werner regardait Thomas accorder dix fois la première base aux frappeurs, puis il prenait le relais avec soulagement, et il en faisait autant. Il leur arrivait de faire le coup deux fois de suite. Nous restions plantés là, Gregor et moi, pendant que les coureurs de l'autre équipe passaient comme à la parade, ou comme s'ils faisaient la queue à l'épicerie. Quand Werner montait sur le monticule, je restais à côté de Gregor et je lui disais : Tu sais, Gregor, tu lancerais mieux que cette bande de branlos. Tu as un bon bras. Et il me regardait, terrifié, et il marmonnait : Non, non. Non, non, pas possible.

Mais une fois, après s'être échauffé, il me balança une balle courbe vraiment perverse, et je la pris sur le poignet. Tout en me frottant vigoureusement, je m'approchai de lui.

Tu as vu comme la trajectoire de cette balle s'est incurvée ? je lui demandai.

Oui, dit-il en détournant les yeux. Je suis désolé.

Ne sois pas désolé. Ça s'appelle une balle courbe, Gregor. Ça peut être un lancer très utile. Tu as tordu la main au dernier moment, et la balle est partie par le haut, comme ça, tu vois ? Là, refais-le-moi.

Et c'est comme ça que nous nous y sommes mis, en douceur. Je jouais dans le Connecticut, pendant ma dernière année de lycée, et toute la stratégie reposait sur le lancer : courbe, balle glissante, changement de vitesse. Je voyais Gregor faire tout ça comme Monsieur Jourdain faisait de la prose, sans le savoir, mais pour ne pas l'embrouiller je me concentrai sur la balle courbe proprement dite. Je lui dis de me la lancer comme il avait fait la première fois.

Je croyais que tu ne voulais pas me coacher, dit-il.

Je ne te coache pas ! Lance-la-moi comme ça, c'est tout. Et pendant la partie, lance-la droit. Aussi droit que possible.

Il m'invectiva quelque peu en morave et il ne me regarda plus dans les yeux, mais il le fit. Et au bout d'un moment, il apprit à réussir une bonne courbe. Evidemment, la densité de l'air étant inférieure sur Mars, les balles avaient moins de prise. Mais je remarquai que la piqûre de leurs balles à couture bleue était plus épaisse que celle des balles à couture rouge. Ils jouaient indifféremment avec les unes ou avec les autres comme s'il n'y avait pas de différence, mais il y en avait une. Je rangeai cette information dans un coin de ma tête et je continuai à travailler avec Gregor.

Nous nous entraînâmes beaucoup. Je lui montrai comment lancer en position arrêtée, en me disant que s'il tentait un mouvement sans arrêt il allait se faire des nœuds. Bref, vers le milieu de la saison, il lançait des balles courbes vraiment vicieuses de cette position. Nous n'avions parlé de ça à personne. Son lancer manquait encore de précision, mais ses courbes étaient très belles. Certaines fois, il fallait vraiment que je m'arrache pour rattraper. Je m'améliorai aussi à l'arrêt court. Sauf le jour où, lors d'une partie où nous étions menés 20 à 0, selon notre bonne habitude, un batteur frappa une chandelle monumentale et je partis à reculons pour la rattraper, mais comme le vent la poussait de plus en plus loin, je continuai à la suivre et, quand je la rattrapai, je me retrouvai étalé entre les joueurs du champ centre, sidérés.

Tu devrais peut-être jouer au champ extérieur, dit Werner.

Dieu du Ciel ! répondis-je.

C'est ainsi qu'après ça je jouai champ centre gauche ou champ centre droit, et je passai mon temps à courir après des coups en flèche vers la barrière pour les renvoyer vers celui qui interceptait les lancers de champ extérieur. Ou, le plus souvent, à rester planté là et à regarder courir l'autre équipe. Je les gratifiais du vocabulaire habituel, et c'est alors que je remarquai que, sur Mars, personne ne criait jamais rien pendant ces parties. J'aurais aussi bien pu jouer dans une équipe de sourds-muets. Pendant deux cents ans au centre, je dus fournir la bande son pour toute l'équipe, y compris, naturellement, les commentaires sur les jugements de l'arbitre en chef. J'avais une vision restreinte de la plaque de but, mais je m'en serais mieux sorti que lui, et ils le savaient; c'était vraiment marrant. Les gens passaient et disaient : Hé, il doit y avoir un Américain dans le coin!

Un jour, après une défaite sur notre propre terrain — 28 à 12, si je me souviens bien —, tout le monde partit manger un morceau et Gregor resta planté là, à regarder dans le vide. Tu veux y aller? lui demandai-je en indiquant les autres, mais il secoua la tête. Il fallait qu'il rentre chez lui. Il avait du travail. Comme c'était également mon cas, je le suivis en ville, un endroit comme on en voit dans ce qu'on appelle au Texas «la queue de la poêle». Bref, je m'arrêtai devant sa coop, qui était une grande maison, ou un petit immeuble, je n'ai jamais réussi à faire la différence, sur Mars. Il restait planté là, comme un lampadaire, et je m'apprêtais à repartir quand une vieille femme est sortie et m'a invité à entrer. Gregor lui avait parlé de moi, dit-elle dans un anglais approximatif. C'est ainsi qu'on me présenta aux gens qui se trouvaient dans la cuisine. Ils étaient presque tous incroyablement grands. Gregor avait l'air vraiment gêné. Il n'avait pas envie que je sois là, alors je partis aussi vite que je pus. La vieille femme était mariée. Ça devait être les grands-parents de Gregor. Il y avait aussi une jeune fille de son âge à peu près, qui nous zyeutait comme un faucon et dont Gregor évitait minutieusement de croiser le regard.

La fois suivante, à l'entraînement, je lui demandai si c'étaient ses grands-parents.

Pareil que des grands-parents.

Et la fille, qui c'était?

Pas de réponse.

Une cousine, quelqu'un comme ça?

Oui.

Et tes parents, Gregor? Où sont-ils?

Il se contenta de hausser les épaules et commença à me lancer la balle.

J'eus l'impression qu'ils vivaient dans une autre branche de sa coop, quelque part ailleurs, mais je n'en eus jamais vraiment la confirmation. La plupart des choses que je voyais sur Mars me plaisaient beaucoup : la façon dont ils travaillaient ensemble, dans des coops, était beaucoup moins stressante, et ils menaient une vie sensiblement plus détendue que nous, sur Terre. Mais leur système familial — les enfants élevés par des groupes, ou par un parent unique, tout ça — me plaisait moins. Si vous voulez que je vous dise, pour moi, c'est des trucs à avoir des histoires. Des bandes d'ados prêts à tabasser le premier venu. Enfin, peut-être que ça finit toujours comme ça, n'importe comment.

Quoi qu'il en soit, nous arrivâmes finalement au bout de la saison et je devais rentrer sur Terre après ça. Le record de notre équipe était de trois victoires pour quinze défaites, et nous étions bons derniers dans le classement de la saison. Mais un tournoi final fut organisé, un week-end, pour toutes les équipes du bassin d'Argyre, une série de rencontres en trois manches, parce qu'il y en aurait beaucoup. Nous perdîmes tout de suite la première partie, et nous étions dans les derniers au classement. Puis nous perdîmes la suivante, à cause des bases sur balle, surtout. Werner remplaça un moment Thomas, et comme ça ne marchait pas mieux, Thomas remonta sur le monticule pour remplacer Werner. A ce moment-là, je courus depuis le centre pour les rejoindre sur le monticule. Je leur dis : Ecoutez, les gars, laissez lancer Gregor.

Gregor? répondirent-ils d'une seule voix. Pas question!

Il serait encore pire que nous, ajouta Werner.

Comment serait-ce possible? répliquai-je. Dites, les gars, vous venez d'accorder la première base à onze batteurs d'affilée. Il fera nuit avant que Gregor arrive à faire pire.

Alors ils acceptèrent. A ce stade, ils étaient complètement découragés, comme on pouvait s'y attendre. J'allai donc trouver Gregor et je lui dis : C'est bon, Gregor, tu vas pouvoir essayer, maintenant.

Oh non, non non non non non non non. Il ne voulait pas en entendre parler; il jeta un coup d'œil vers les gradins, où il y avait quelques centaines de spectateurs, surtout de la famille, des amis, et quelques curieux qui passaient par là. Et je vis alors que ses grands-parents et sa petite amie ou je ne sais quoi étaient là et le regardaient. Je voyais mon Gregor se fermer comme une huître.

Allez, Gregor, insistai-je en lui mettant la balle dans le gant. Je vais te dire, c'est moi qui vais recevoir. Tu lances et je reçois. Comme à l'échauffement. Lance ta balle courbe, c'est tout. Et je l'entraînai vers le monticule du lanceur.

C'est ainsi que Werner l'échauffa pendant que je m'équipais. Au passage, je mis une boîte de balles à coutures bleues à la disposition de l'arbitre. Je voyais bien que Gregor était nerveux, et je l'étais aussi. Il n'avait jamais lancé, mais je n'avais jamais joué receveur, et les bases étaient pleines ; il n'y avait pas de retrait. C'était un moment de base-ball assez inhabituel.

Lorsque j'eus revêtu mon équipement, je m'approchai de lui. N'aie pas peur de lancer trop fort, lui dis-je. Mets-moi juste ta balle courbe dans le gant. Ne t'occupe pas du batteur, je te donnerai le signal avant chaque lancer : deux doigts pour une courbe, un doigt pour une balle rapide.

Une balle rapide ?

C'est quand tu lances la balle très vite. Ne t'inquiète pas. On va juste lancer des balles courbes, de toute façon.

Tu disais que tu ne voulais pas coacher, dit-il amèrement.

Je ne te coache pas, là, je suis receveur.

Je regagnai donc mon poste derrière la plaque de but. Regarde bien les balles courbes, dis-je à l'arbitre. Des balles courbes ? répéta-t-il.

La minute d'après, c'était parti. Gregor était accroupi sur le monticule comme une grande mante religieuse, le visage rouge, boudeur. Il lança la première balle juste au-dessus de nos têtes, vers le back stop. Le temps que j'aille la récupérer, deux gars marquèrent, mais j'éliminai le coureur qui allait de la première à la troisième base, et je retournai voir Gregor. Bon, lui dis-je, les bases sont dégagées et on a un retrait. On va juste lancer, maintenant. En plein dans le gant. Comme la dernière fois, mais plus bas.

Et c'est ce qu'il fit. Il lança la balle au batteur, qui la rata, et la balle arriva juste dans mon gant. L'arbitre en était baba. Je me retournai, lui montrai la balle dans mon gant et lui dis : Ça, c'était un strike.

Un strike ! hurla-t-il en me regardant avec un immense sourire. C'était une balle courbe, hein ?

Tu parles que c'en était une !

Hé, dit le batteur. Qu'est-ce que c'était que ça ?

On va te montrer, répondis-je.

Après ça, Gregor commença à les laminer. Je n'arrêtais pas de lever deux doigts, et il continuait à lancer des balles courbes. Pas que des strikes, bien sûr, mais suffisamment pour qu'il n'ait pas à accorder trop de bases sur balle. Que des balles à couture bleue. L'arbitre commençait à piger.

Entre deux tours de batte, je regardai derrière moi et je vis que la foule des spectateurs et toutes les équipes qui ne jouaient pas en ce moment-là étaient agglutinées derrière le back stop pour regarder lancer Gregor. Personne sur Mars n'avait jamais vu de balle courbe, et ils n'en perdaient pas une miette. Ils regardaient ça en poussant des oh et des ah, et ils commentaient chaque lancer. Le batteur ratait, ou il tentait mollement un swing, et il se retournait vers la foule avec un grand sourire comme pour dire : Vous avez vu ça ? C'était une balle courbe !

Alors on est remontés au score et on a gagné la rencontre. On a gardé Gregor comme lanceur et on a gagné les trois rencontres suivantes aussi. Pendant la troisième, il lança vingt-sept fois, éliminant les neuf batteurs chacun en trois lancers. Une fois, dans un tournoi universitaire, Walter Johnson avait éliminé les vingt-sept batteurs. C'était comme ça.

La foule était en délire. Gregor était moins rouge. Il se tenait plus droit sur son monticule. Il refusait encore de regarder quoi que ce soit en dehors de mon gant, mais son expression de terreur abjecte était devenue un air de farouche concentration. Il était peut-être sec comme un coup de trique, mais il était grand. Sur ce monticule, il commençait à avoir l'air sacrément formidable.

C'est ainsi que nous remontâmes dans le classement, pour atterrir en demi-finale. Des hordes de gens venaient voir Gregor entre les matches pour lui faire signer leurs balles. Il avait l'air passablement ahuri, mais à un moment donné, je le vis jeter un coup d'œil en direction de sa famille de coop, dans les gradins, et leur faire un petit signe de la main, avec un bref sourire.

Comment va ton bras ? lui demandai-je.

Qu'est-ce que tu veux dire ? répliqua-t-il.

D'accord, répondis-je. Alors, écoute. Je voudrais rejouer au champ extérieur, pour cette partie. Tu peux lancer à Werner ? Parce qu'il y avait quelques Américains dans l'équipe que nous devions affronter ensuite, vous comprenez, Ernie et Caesar, que je soupçonnais de pouvoir lancer une balle courbe. Juste une intuition.

Gregor acquiesça, et je compris que tant qu'il y aurait un gant dans lequel lancer, pour lui, rien d'autre n'aurait d'importance. Alors je m'arrangeai avec Werner, et en demi-finale je me retrouvai au champ centre droit. Nous jouions sous les lumières, cette fois, et le terrain ressemblait à du velours vert sous un ciel crépusculaire violet. Vu du champ centre, tout paraissait minuscule. On se serait crus dans un rêve.

Il faut croire que j'avais eu le nez creux, parce que j'attrapai une frappe tendue d'Ernie, en glissant, et puis j'effectuai une autre course vers le milieu du terrain de trente bonnes secondes, à ce qu'il me sembla, avant d'arriver sous une gigantesque balle en l'air de Caesar. Gregor vint même me féliciter entre deux manches.

Vous connaissez le vieux principe selon lequel un bon jeu défensif mène à un bon jeu offensif. Je ne m'en étais pas mal sorti pendant les rencontres de la journée, mais au cours de cette demi-finale je frappai un lancer haut et rapide, si fort que j'eus l'impression d'avoir carrément raté la balle, qui fila comme une fusée. Home run, par-dessus la barrière du champ centre. Je la perdis de vue dans le crépuscule avant qu'elle retombe.

En finale, je claquai encore un home run au cours de la première manche, et Thomas en fit autant. Ça faisait deux d'affilée, et nous étions en train de gagner. Gregor les ratatinait. Lorsque je revins, lors de la manche suivante, je me sentais bien, et les gens me réclamaient un autre home run. Le lanceur de l'équipe adverse avait l'air vraiment résolu. Il était particulièrement grand, aussi grand que Gregor, mais avec plus de coffre, comme beaucoup de Martiens. Il prit du recul, et me lança la première en pleine tête. Pas exprès ; il ne la contrôlait pas. Puis je manquai plusieurs lancers, en swinguant très tard, jusqu'à ce que le compte soit plein : trois balles, deux strikes, et je me dis : Tans pis, quoi, si je suis éliminé maintenant, ce n'est pas très grave. Au moins, j'ai frappé deux home runs de suite.

Et puis j'entendis Gregor hurler : Allez, coach ! Tu peux le faire ! Cramponne-toi ! Reste concentré ! Tout ça en m'imitant, pas mal d'ailleurs, j'imagine, parce que le reste de l'équipe se mit à rire à gorge déployée. J'imagine que c'étaient des choses que je leur avais moi-même dites ; c'est bien le genre de chose qu'on crie sans y penser au cours d'une rencontre, ça ne veut rien dire. Je ne savais même pas que les autres m'écoutaient. Bref, j'entends Gregor qui m'asticote, et je recule dans le rectangle du frappeur en me disant : Ecoutez, les gars, je ne suis vraiment pas fait pour être coach, j'ai joué dix parties comme arrêt court en serrant les dents pour ne rien vous dire. Au final, j'étais tellement énervé que, sans m'en rendre compte, j'ai tapé la balle comme un bûcheron et je l'ai envoyée par-dessus la barrière du champ droit, plus haut et plus loin que les deux premiers home runs. C'était une balle rapide à hauteur de genou, à l'intérieur. Comme m'a dit Ernie, par la suite : Mon petit vieux, tu l'as bien explosée ! Les gars de l'équipe ont fait sonner la petite cloche de bateau pendant que je faisais le tour des bases, en leur tapant dans la main à chacun en revenant de la troisième à la plaque de but. Je devais avoir un sourire qui me faisait trois fois le tour de la figure. Quand je me suis assis sur le banc, je sentais encore la force du coup dans mes mains. Je la verrai toujours partir comme une fusée.

Bref, nous menions 4 à 0 dans la dernière manche quand l'autre équipe arriva, bien déterminée à nous flanquer la pâtée. Gregor commençait à en avoir plein les pattes, à la longue. Il donna encore quelques bases sur balle, puis il lança une balle courbe, celle-ci facilement frappable, et le grand lanceur de l'équipe adverse me l'expédia loin au-dessus de la tête. Bon, quand il fallait jouer une balle tendue, j'étais dans mon élément, mais dès qu'on m'envoyait une balle en l'air, j'étais perdu. Je tournai le dos au missile et je courus vers la barrière, en me disant que soit elle sortait, soit je la cueillais contre la barrière, mais que, dans l'air, je ne la reverrais jamais. Seulement, c'est vraiment bizarre de courir sur Mars. On va trop vite, et on fait des soleils en essayant de ne pas se retrouver à plat ventre. C'est ce que je fis en voyant la piste d'avertissement[1]. Puis je relevai les yeux et je localisai la balle qui retombait. Alors je fis un bond sur place — c'est-à-dire que j'espérais sauter tout droit en l'air, vous comprenez, mais j'avais pas mal d'élan, et j'avais complètement oublié la gravité. Bref, j'ai bondi comme un diable hors de sa boîte et j'ai rattrapé la balle. C'est stupéfiant, mais je me suis littéralement retrouvé en train de voler par-dessus la barrière.

En retombant, j'ai roulé dans le sable et la poussière, la balle coincée dans mon gant. J'ai ressauté par-dessus la barrière et j'ai levé la balle pour que tout le monde la voie. Mais ils ont accordé un home run au batteur, parce qu'il faut rester à l'intérieur du terrain pour attraper une balle, c'est une règle locale. A vrai dire, ça m'était bien égal. Tout le but du sport, c'est de vous amener à vous surpasser, hein ? Et c'était bien dans l'esprit du jeu que le batteur frappe lui aussi un home run.

Alors on a repris la partie et Gregor a été retiré à la batte. On a gagné le tournoi et on nous a portés en triomphe, surtout Gregor. C'était le héros du jour. Tout le monde voulait lui faire signer quelque chose. Il ne parlait pas plus que d'habitude, mais il se tenait droit comme un i, subitement. Il n'en revenait pas. Ensuite, Werner a pris deux balles et tout le monde les a signées, en guise de trophées pour Gregor et moi. Plus tard, j'ai vu que la moitié des signatures qui figuraient sur ma balle étaient fantaisistes : *Mickey Mantel*, des noms comme ça. Gregor avait écrit : *Au coach Arthur, salut, Greg*. Je l'ai toujours sur mon bureau, à la maison.

1. Bande de gravier située avant la barrière, au bout du terrain, et qui « avertit » le joueur lancé en pleine action qu'il y a un mur droit devant et que le moment est venu de freiner... *(N.d.T.)*

Le doux et le salé

Au début, l'eau des nouveaux ruisseaux était toujours limoneuse. Elle avait dissous les sels contenus dans le sol, et il y en avait tellement que ça ressemblait à de la brique liquide courant dans les plis du terrain. Elle était presque visqueuse et avec les cristaux blancs qui faisaient comme une dentelle fantastique sur les berges, en certains endroits, on aurait dit du sang circulant dans des veines de sucre candi. Et c'était plus près de la réalité que la plupart des gens ne le pensaient.

Vous comprenez, quand le petit peuple rouge était devenu la dix-neuvième réincarnation du dalaï-lama, il avait eu l'illumination et, du coup, il était fort embarrassé : jusque-là, les êtres humains et tous les discours qu'ils tenaient à la surface lui avaient procuré une distraction de choix ; maintenant, ils constituaient un problème pour lui, ou du moins une préoccupation sérieuse. Le petit peuple rouge devait sauver Mars des humains, ces charmants bousilleurs, mais sans leur nuire, et même en les aidant.

En même temps, il comprit les regards de reproche que leur adressaient leurs cultures d'archéobactéries — c'était évident, tout d'un coup. De même que, sur Terre, le dalaï-lama ne mangeait pas de viande, sur Mars, le petit peuple rouge ne devait pas manger les archéobactéries.

Le petit peuple rouge connut aussitôt la famine. Malgré un certain désarroi, il considéra plutôt cela comme un accroissement de conscience, donc bénéfique, et se convertit à un régime végétarien respectueux de la vie, à base de graines et des équivalents bactériens des fruits : le lait et le miel. Il eut longtemps faim, tout le temps qu'il lui fallut pour s'habituer à ces cultures nouvelles, et alla, quand il y était obligé pour faire la soudure, chercher sa nourriture à la surface, dans les détritus des humains. Mais les êtres humains avaient tendance à réagir à ce genre d'activités avec des pesticides, aussi ne s'y résolvait-il que dans les cas désespérés ; les périodes de danger exceptionnel exigent des mesures extrêmes.

En attendant, de même que les êtres humains s'abattaient sur lui par en haut, les archéobactéries, ces ingrates, le rongeaient par en dessous. Beaucoup d'anciens n'avaient pas trouvé l'apaisement avec leur libération ; ils criaient vengeance, ils réclamaient une compensation, certains exigeaient de retrouver leur domination originelle sur le sol martien. C'est malheureux, mais donnez-leur le doigt et les archéobactéries vous prendront le bras ; tous les coins de ma cuisine en sont la preuve. Certains cadres réformés fomentaient la révolution dans les profondeurs, et bien qu'ils soient minoritaires au début, ces mécontents réussirent à empoisonner l'esprit de nombreuses autres archéobactéries, menaçant de déclencher des réactions en chaîne qui contamineraient tous les niveaux de l'écosystème planétaire et finiraient par se faire sentir à la surface.

Le petit peuple rouge était pris en tenaille, comme le sont souvent les modérés. Il fallait, se disait-il, qu'apparaisse une grande compassion, à tous les niveaux de l'écosphère. Mais bien qu'il soit télépathe, et maintenant uni dans l'esprit de grâce bodhisattva, il était divisé sur la politique à tenir face à cette crise. Devait-il se concentrer sur les archéobactéries, comme le pensait une partie du petit peuple rouge, devait-il s'attaquer aux humains, aux deux à la fois, ou ni aux uns, ni aux autres ? Plus de compassion, certes, mais comment ?

Pour finir, l'état d'avancement du terraforming, qu'on appelait parfois la Grande Réhydratation, donna à un groupe de petits savants rouges l'idée d'essayer de résoudre les deux problèmes à la fois.

Ils ne pourraient jamais influencer directement les êtres humains, dirent ces petits savants rouges. Eriger des villes dans le pavillon de leurs oreilles et leur seriner continuellement des principes de bon sens n'avait réussi qu'à les exposer à des périls effroyables dans les cabinets d'oto-rhino-laryngologie. D'autre part, les archéobactéries ne pouvaient plus être retenues contre leur gré dans le monde crypto-endolithique. Alors, sur quoi pouvaient-ils agir ? Ils avaient beaucoup d'eau, de sel, d'archéobactéries, et des tas d'êtres humains. La proposition comportait un mélange de tout ça.

Les dépôts de sel de la surface se retrouvèrent dissous dans la nouvelle hydrosphère. D'énormes dépôts de carbonates, de sulfates, de nitrates avaient été abandonnés par la lente évaporation des anciennes mers martiennes ; ils étaient désormais mêlés à l'eau qui courait à la surface. Le processus de salinisation était encore mal compris, mais il était clair que les eaux de Mars allaient se charger de sel pendant longtemps encore. Entre-temps, les archéobactéries étaient devenues farouchement halophiles. Une espèce, *Haloferax*, pouvait vivre à l'intérieur même des cristaux de sel, et s'en nourrir. Les êtres humains n'étaient pas aussi avides de sel, mais leur sang était presque aussi salé que l'eau des océans de la Terre, et ils avaient déjà tendance à beaucoup trop saler leurs aliments. Le sel était un matériau répandu. Il y avait donc une opportunité à saisir.

Un groupe de petits savants rouges prôna une double intervention subtile. Les archéobactéries seraient libérées à la surface dans des conteneurs de sel pareils, pour elles, à des paquebots voguant sur l'océan. Une fois dans l'eau, elles s'introduiraient aisément dans des hôtes humains puis dans leur flux sanguin. Là, les plus petits vaisseaux du cerveau transporteraient à travers la paroi des cellules certaines de ces archéobactéries, des variétés particulières, conçues par les petits savants rouges afin de créer des champs électriques spécifiques et de déclencher la sécrétion d'hormones et autres éléments chimiques cérébraux propices.

Une partie du petit peuple rouge se récria que c'était une thérapie médicamenteuse et pas autre chose. Le groupe de petits savants rouges défendit la validité de sa proposition en arguant du fait que l'humeur était en grande partie un état chimique, ainsi qu'on l'admettait généralement. D'autre part, le principe d'intervention chimique pouvait être défendu pour raison d'urgence ; il était très possible que les humains soient sur le point de ravager Mars, de dévaster la planète au détriment de sa vie indigène invisible. Pendant ce temps, les archéobactéries étaient en pleine explosion démographique et s'apprêtaient au combat. Une solution neutralisant les deux parties serait la bienvenue. Pour les archéobactéries, ce serait la libération de la surface ; pour le petit peuple rouge, une thérapeutique médicamenteuse ; pour les humains, une mutation délibérée de leurs valeurs. Si personne ne soupçonnait jamais autre chose, où était le mal ? Autant les laisser croire ce qu'ils voulaient.

C'est ainsi que partout, sur le sol de Mars raviné par les pluies, on vit courir des eaux rouges, chargées de sel et d'autres dépôts. Finalement, certains de ces cours d'eau se mêlèrent pour devenir des fleuves qui se déversèrent dans le nouvel océan en formation. Comme la mer du Nord avait été formée par pompage des aquifères enfouis dans les profondeurs du permafrost, ses eaux étaient encore extrêmement pures. C'était en fait un océan d'eau douce, alors que les rivières et les fleuves étaient salés. Les êtres humains ne devaient pas manquer de commenter ce qui était le contraire de la situation sur Terre.

Beaucoup de ces nouveaux fleuves se jetaient du haut des falaises dans la mer, et à ces endroits le rouge moussait, se répandait en ondes circulaires ; on aurait dit qu'on avait déversé de la peinture rouge dans une mare cristalline, virginale. C'est vraiment horrible, se disaient les êtres humains, et encore ils ne savaient pas tout. Puis ils allaient nager dans l'océan tout proche, ils ressortaient de l'eau, mangeaient leur pique-nique, et, quand ils rentraient chez eux, ils se sentaient tout drôles et ils décidaient d'être plus gentils avec leur prochain, cette semaine-là.

La constitution de Mars

Nous, peuple de Mars, sommes réunis, en cette année 2128, sur Pavonis Mons, pour rédiger une constitution qui fournira un environnement législatif à un gouvernement planétaire indépendant. Nous envisageons cette constitution comme un cadre souple, susceptible d'évoluer avec le temps, à la lumière de l'expérience et des conditions historiques. Nous tenons néanmoins à affirmer notre espoir de jeter les bases d'un gouvernement qui défendra les principes suivants : l'autorité de la loi ; l'égalité de tous devant la loi ; les libertés individuelles de mouvement, d'association et d'expression ; le refus de la dictature politique ou économique ; la maîtrise de la vie professionnelle et de la qualité de celle-ci ; la responsabilité commune des ressources naturelles de la planète et le respect de son héritage primitif.

ARTICLE PREMIER : DOMAINE LÉGISLATIF
Première section. Corps législatif

1. Le corps législatif chargé des problèmes globaux de Mars sera un *congrès* à deux chambres, une *douma* et un *sénat.*
2. La douma sera composée de cinq cents membres, choisis chaque année martienne par tirage au sort parmi tous les résidents martiens de plus de dix années martiennes. La douma se réunira toutes les années martiennes à Ls 0 et Ls 180, et restera en session le temps qu'il faudra pour mener son travail à bien.

3. Le sénat sera composé de sénateurs venant de toutes les villes et/ou colonies martiennes de plus de 500 habitants (ce nombre a été porté à 3 000 par le 22e amendement), élus une année martienne sur deux selon le mode de scrutin australien. Le sénat sera constamment en session, à l'exception d'interruptions ne pouvant excéder un mois sur douze.

Section 2. Pouvoirs conférés au congrès

1. La douma élira les sept membres du conseil exécutif selon le mode de scrutin australien.
2. Le sénat élira un tiers des membres de la cour environnementale globale et la moitié des membres de la cour constitutionnelle selon le mode de scrutin australien.
3. Le congrès fera voter les lois permettant : de fixer et de collecter de façon équitable les impôts dus par les villes et les colonies représentées au sénat ; d'assurer la défense commune de Mars ; de réguler le commerce sur Mars et avec les autres mondes ; de réguler l'immigration vers Mars ; d'imprimer la monnaie et d'en réguler la valeur ; de former un système de cour pénale ; et d'instituer un groupe de police et de sécurité permanent afin d'appliquer la loi et de défendre la communauté.
4. Toutes les lois votées par le congrès pourront être amendées par le conseil exécutif. Si le conseil exécutif oppose son veto à une proposition de loi, ce veto pourra être levé par un vote du congrès à la majorité des deux tiers.
5. Toutes les lois votées par le congrès pourront aussi être amendées par les cours constitutionnelle et environnementale. Le veto de ces cours ne pourra être levé mais entraînera la révision de la loi si le congrès le juge utile, après quoi le processus d'approbation de la loi reprendra.

ARTICLE 2. DOMAINE EXÉCUTIF
Première section. Conseil exécutif

1. Le *conseil exécutif* sera composé de sept membres, élus toutes les deux années martiennes par la douma. Les

membres du conseil exécutif devront être résidents martiens au moment de leur élection et âgés d'au moins dix années martiennes.

2. Le conseil exécutif élira un président parmi ses membres, selon le mode de scrutin australien. Il élira ou nommera en outre le nombre de fonctionnaires nécessaires afin d'assumer ses diverses fonctions.

Section 2. Attributions du conseil exécutif

1. Le conseil exécutif dirigera la police globale et les forces de sécurité chargées d'assurer la défense de Mars ainsi que le respect et l'application de sa constitution.
2. Le conseil exécutif aura le pouvoir, révisable par le congrès et soumis à son approbation, d'établir des traités avec les instances politiques et économiques (et toutes les autres instances politiques du système solaire définies au 15e amendement).
3. Le conseil exécutif élira ou nommera un tiers des membres de la cour environnementale et la moitié des membres de la cour constitutionnelle.

ARTICLE 3. DOMAINE JUDICIAIRE

Première section. Cours globales

1. Il y aura deux cours globales, la *cour environnementale* et la *cour constitutionnelle.*
2. La cour environnementale se composera de soixante membres dont un tiers seront élus par le sénat, un tiers élus ou désignés par le conseil exécutif et le troisième tiers élus par les résidents martiens âgés de plus de dix années martiennes. La durée du mandat à la cour environnementale est fixée à dix années martiennes.
3. La cour constitutionnelle se composera de douze membres dont une moitié seront élus par le sénat et l'autre moitié élus ou nommés par le conseil exécutif. La durée du mandat à la cour constitutionnelle est fixée à dix années martiennes.

Section 2. Etendue des pouvoirs de la cour environnementale

1. La cour environnementale aura le pouvoir d'amender toutes les lois votées par le congrès concernant l'environnement martien et aura un droit de veto sans appel sur ces lois si leur impact sur l'environnement est considéré comme anticonstitutionnel ; d'instituer des commissions régionales afin de contrôler les activités de toutes les villes et colonies martiennes et leur impact sur l'environnement ; d'arbitrer les conflits entre les villes ou les colonies portant sur des problèmes d'environnement ; enfin, de réguler la gestion du sol et de l'eau ainsi que les droits d'exploitation, qui seront définis conjointement avec le congrès en remplacement des concepts terriens de propriété ou afin de les adapter pour la communauté martienne.
2. La cour environnementale statuera sur la conformité des dossiers qui lui seront soumis avec les procédés assurant un processus lent, stable et gradué de terraforming, ledit terraforming ayant entre autres finalités une pression d'air maximale de 350 millibars à une altitude de six kilomètres au-dessus du contour zéro, au niveau de l'équateur, ce chiffre pouvant être révisé toutes les vingt-cinq années martiennes.

Section 3. Etendue des pouvoirs de la cour constitutionnelle

1. La cour constitutionnelle est chargée de statuer sur la conformité avec la constitution de toutes les lois votées par le congrès, ainsi que sur les dossiers locaux et régionaux qui pourraient lui être soumis afin de déterminer s'ils concernent les problèmes constitutionnels globaux significatifs ou s'ils entrent en conflit avec les droits individuels définis par la constitution. Les lois locales ou édictées par le congrès qu'elle jugerait anticonstitutionnelles pourraient être amendées et renvoyées devant la cour par les corps législatifs concernés.
2. La cour constitutionnelle supervisera une commission économique de cinquante membres, dont elle désignera vingt

membres parmi les résidents martiens âgés d'au moins vingt années martiennes, et ce pour une durée de cinq années martiennes. Les trente autres membres seront nommés ou élus par les coopératives de guildes représentant les différents secteurs d'activité et les métiers exercés sur Mars (liste provisoire ci-jointe). Cette commission économique soumettra à l'approbation législative un ensemble de lois et de pratiques économiques combinant les services publics fondamentaux, à but non lucratif, et les entreprises privées, à but lucratif et imposables ; elle spécifiera la vocation des services publics et les modalités de leur régulation ; elle fixera des limites de taille légale à toutes les entreprises privées ; elle fixera les grandes lignes du droit des entreprises afin de permettre aux employés de devenir détenteurs de leurs entreprises ainsi que du capital et des profits inhérents ; enfin, elle supervisera les effets bénéfiques d'une économie démocratique, participative.

Section 4. Arbitrage entre les deux cours

1. Le conseil exécutif élira une chambre de conciliation, composée de cinq membres de la cour environnementale et de cinq membres de la cour constitutionnelle, chargés d'assurer la médiation, d'arbitrer et de statuer sur tous les conflits et différends issus des jugements entre les deux cours globales.

ARTICLE 4. LE GOUVERNEMENT GLOBAL ET LES VILLES ET COLONIES

1. Les villes, les canyons sous tente, les cratères sous tente et les petites colonies martiennes jouiront d'une semi-autonomie par rapport à l'état global ainsi que les uns envers les autres.
2. Les villes et colonies seront libres de définir leurs propres lois, pratiques culturelles et systèmes politiques locaux tant que ces lois, systèmes ou pratiques n'abrogent pas les droits individuels garantis par la constitution globale.
3. Les citoyens de toutes les villes et colonies bénéficieront des

droits garantis par cette constitution, et de tous les droits de toutes les autres villes et colonies.

4. Les villes et colonies ne formeront pas d'alliances politiques régionales susceptibles de fonctionner comme des villes-Etats. Les intérêts régionaux seront défendus et assurés par des activités coordonnées occasionnelles et temporaires organisées entre les villes et les colonies.
5. Aucune ville ou colonie ne se rendra coupable d'agression physique ou économique envers une autre ville ou colonie. Tout différend entre deux ou plusieurs villes ou colonies sera soumis à l'arbitrage ou à la décision judiciaire de la cour concernée.
6. La portée matérielle des lois locales définies par une ville ou colonie sera fixée par la commission territoriale, en consultation avec les villes et colonies concernées. Les limites physiques évidentes des cratères, canyons et villes sous tente peuvent agir comme l'équivalent de «limites de cité», mais ces villes, aussi bien que les colonies en plein air diffuses, ont des «sphères d'influence» légitimes susceptibles de se superposer avec les sphères d'influence des villes et colonies voisines. Le territoire situé à l'intérieur de ces sphères d'influence ne devra pas être considéré comme dépendant des villes et colonies, conformément à l'abrogation générale des notions terriennes de souveraineté et de propriété. Néanmoins, toutes les villes et colonies seront légalement consultées en ce qui concerne les questions d'usage du sol, y compris les droits sur l'eau, dans les limites de leur sphère d'influence telle que définie par la commission territoriale.

ARTICLE 5. DROITS ET OBLIGATIONS INDIVIDUELS

Première section. Droits individuels

1. Liberté de mouvement et d'association.
2. Liberté de culte.
3. Liberté de parole.
4. Droit de vote imprescriptible aux élections globales.

5. Droit d'assistance juridique, à être jugé dans des délais raisonnables et garantie d'habeas corpus.
6. Protection contre les investigations ou contraintes déraisonnables, contre l'auto-accusation involontaire, et autorité de la chose jugée.
7. Protection contre tout châtiment cruel ou inhabituel.
8. Liberté du travail.
9. Droit de bénéficier des fruits de son travail selon un taux calculé conformément aux prescriptions de la commission économique, ce taux ne devant jamais être inférieur à 50 %.
10. Droit de regard sur la gestion de son travail.
11. Droit à un salaire minimum sa vie durant.
12. Droit à la santé, et notamment aux pratiques généralement connues sous le nom de « traitement de longévité ».

Section 2. Obligations individuelles

1. Chaque citoyen de Mars offrira, au cours de son existence, une année martienne de travail au service du public. Ce travail, d'où seront exclues la police et l'armée, sera défini par la commission économique.
2. Le droit à posséder ou à détenir des armes mortelles est expressément refusé à tout le monde sur Mars, y compris les fonctionnaires de police et les brigades anti-émeutes.

ARTICLE 6. LE TERRITOIRE

Première section. Objectifs et limites du terraforming

1. L'état primitif de Mars sera pris en considération légale, et ne sera pas modifié, sauf en conformité avec un programme de terraforming destiné à permettre aux êtres humains de survivre à la surface de la planète jusqu'à la limite d'altitude des six kilomètres. Au-dessus de cette limite, l'objectif sera de maintenir la surface aussi proche que possible de son état primitif.
2. La pression atmosphérique ne dépassera pas 350 millibars à une altitude de six kilomètres au-dessus du niveau moyen

du sol, aux latitudes équatoriales (entre 30 degrés nord et 30 degrés sud).
3. La quantité de dioxyde de carbone contenue dans l'atmosphère ne dépassera pas dix millibars.
4. Le niveau d'Oceanus Borealis (la mer du Nord) ne dépassera pas le contour d'1 km.
5. Le niveau de la mer du bassin d'Hellas ne dépassera pas le niveau moyen du sol.
6. Le bassin d'Argyre ne sera pas mis en eau.
7. L'introduction délibérée de toute espèce animale ou végétale, naturelle ou issue du génie génétique, devra être approuvée par les agences de la cour environnementale après étude de l'impact environnemental sur les biomes et les écologies déjà existants.
8. Il ne sera fait appel à aucune méthode de terraforming provoquant l'irradiation du sol, des eaux de surface ou de l'atmosphère martienne.
9. Il ne sera fait appel à aucune méthode de terraforming instable ou susceptible de dégradation rapide, ou de gravement endommager le territoire martien, tel que défini par la cour environnementale.

ARTICLE 7. AMENDEMENTS À LA CONSTITUTION

Chaque fois que les deux tiers des membres des deux chambres de la législature, ou la majorité des électeurs d'une majorité des villes et colonies de Mars, proposeront des amendements à cette constitution, l'amendement proposé sera soumis à référendum lors de la première échéance électorale globale prévue. La majorité des deux tiers sera exigée pour l'adoption d'une loi.

ARTICLE 8. RATIFICATION DE LA CONSTITUTION

Après approbation du texte de cette constitution, article par article, par un vote majoritaire des représentants du congrès constitutionnel, il sera proposé à l'approbation ou au rejet par l'ensemble des citoyens martiens âgés de plus de cinq années martiennes, et si elle est approuvée par une super-majorité des deux tiers, cette constitution deviendra la loi suprême de la planète.

Quelques notes de travail et commentaires sur la constitution, par Charlotte Dorsa Brevia

Préambule. Bien que l'idée même de constitution ait rencontré une certaine opposition, la notion de constitution en tant que « structure de débat » l'a emporté, et le processus s'est amorcé.

1.1.2 L'idée de faire assumer le gouvernement par un jury n'a que rarement été mise en pratique, mais les arguments en faveur de cette idée étaient assez intéressants pour tenter les rédacteurs de la constitution. La possibilité théorique pour n'importe quel citoyen de devenir auteur de loi a eu un impact psychologique et social profondément positif, même si, en pratique, la douma actuelle n'a pas vraiment joué un rôle moteur en matière législative. Ce serait même plutôt le cirque, et elle a toujours un parfum (rafraîchissant) d'amateurisme. Mais alliée à l'autonomie économique dont jouit le *vulgum pecus*, cette sensation tangible d'autogouvernement a élevé le concept de citoyenneté à de nouveaux niveaux de responsabilité et donné aux individus un sens de la collectivité plus fort que jamais.

2.1.1 L'idée de ce conseil exécutif de sept membres a été inspirée par le système suisse. Le but est de dépersonnaliser la fonction exécutive du gouvernement, sans le rendre inopérant, en la transférant à un organisme de la taille d'un congrès. Bien que l'opposition politique entre les membres du conseil soit inévitable, le vote tranchera rapidement les différends et l'exécutif décidera de l'action à entreprendre. La différence avec un comité de conseillers influençant un exécutif unique n'est pas énorme, mais ça supprime la tendance naturelle à personnaliser la politique, à diaboliser les individus ou à les porter aux nues quand, au fond, dans ce domaine particulier de la vie publique, c'est la politique qui compte. Cette méthode a bien marché en Suisse, où beaucoup de citoyens cultivés ne savent pas qui est leur président, mais savent où ils se situent en ce qui concerne tous les problèmes politiques actuels. C'est ce qui s'est passé sur Mars.

2.1.2 La constitution a souvent recours au mode de scrutin australien parce que ses rédacteurs se sont dit qu'il encourageait les candidats à «tendre la main à l'autre». Les électeurs votent pour au moins trois candidats qu'ils placent en première, seconde et troisième position, et ainsi de suite, leur premier choix pesant plus lourd dans un système pondéré. Les candidats sont donc encouragés à solliciter les votes en deuxième ou troisième position de la part des électeurs en dehors de leur propre parti, quel qu'il soit. Sur Terre, cette méthode s'est révélée très efficace auprès des électorats fragmentés, contribuant, au fil du temps, à combler des divisions très profondes. Les rédacteurs se sont dit que, compte tenu de la nature polyglotte de la société martienne, ce système devrait particulièrement lui convenir.

3.1.3 La division du système judiciaire global en deux branches a été contestée lors du congrès constitutionnel, mais il a été finalement décidé que l'expérience martienne était tellement centrée sur les problèmes environnementaux qu'il était normal de consacrer un organisme spécifique à la régulation de cette fonction. A l'époque, certains ont objecté que la cour constitutionnelle était embryonnaire et redondante, mais la preuve du contraire a été faite depuis, le dossier regorgeant toujours de problèmes cruciaux pour la société martienne. On a également dit que la cour environnementale deviendrait, en raison de la nature artificielle de la biosphère même de Mars, l'organisme politique le plus puissant de Mars. Cette prévision s'est révélée beaucoup plus juste, et on pourrait dire que, depuis la constitution, l'histoire de Mars est celle de la façon dont la cour environnementale a intégré son formidable pouvoir au reste de la vie sociale. Mais ce n'est pas forcément une mauvaise sorte d'histoire.

3.2.2 On s'est beaucoup gaussé du fait que la constitution martienne légiférait sur la pression atmosphérique. C'est pourtant le Grand Geste, ainsi qu'on l'a appelé, envers les préoccupations des Rouges qui a permis la ratification de la constitution. Et ça ne fait pas de mal de rappeler aux gens que l'environnement martien est, dans le fond, une question de choix humain. Ce qui, d'ailleurs, a été vrai sur Terre aussi pendant près de deux siècles, mais ce n'est généralement reconnu que depuis le Grand Déluge.

3.3.1 Cette disposition est une tentative de bornage de la frontière complexe entre l'autonomie locale et la justice globale. C'est le paradoxe d'une société libre et tolérante : pour qu'elle marche, l'intolérance ne peut pas être tolérée. Les deux injonctions : « Le peuple peut se gouverner lui-même » et « nul n'opprimera une autre personne », doivent coexister comme une vivante contradiction ou une tension dynamique.

Dans la pratique, les lois locales qui violent l'esprit martien de justice (tel que détaillé dans la constitution) ressortent comme un furoncle sur le visage d'une belle fille.

3.3.2 L'idée selon laquelle la constitution devrait imposer certains modèles économiques a été très controversée lors du congrès constitutionnel. Les débats ont été animés, mais l'argument qui a prévalu était irréfutable : l'économie *est* politique, et une existence politique juste, une vie juste dépendent d'un système économique juste. En fonction de cela, les rédacteurs n'étaient pas libres d'ignorer le problème, ou tous leurs efforts auraient été réduits à une sorte d'énorme farce au regard de l'histoire.

Il est vrai que l'instauration d'une économie participative démocratique a été compliquée et entachée de problèmes et de discussions, mais le débat n'a été ni vicié ni particulièrement séparateur. L'antique argument selon lequel la « nature humaine » ne pourrait fonctionner en dehors d'une hiérarchie économique de type féodal a disparu en fumée à l'instant où les peuples ont été affranchis dans leur travail, et où le capital créé par des générations de travailleurs a été restitué à la collectivité et sa gestion confiée à ses acteurs. Il y a toujours des hiérarchies dans toutes les structures sociales, mais dans un contexte d'égalité globale, elles sont considérées comme le résultat du travail, de l'expérience et de l'âge plutôt que d'un privilège immérité, de sorte qu'elles n'engendrent pas les mêmes ressentiments. En d'autres termes, les gens sont toujours des gens, ils discutent, ressentent, détestent, sont égoïstes, ne partagent qu'avec leurs semblables ou leurs connaissances, et n'est-ce pas ce qu'on entend par « nature humaine » ? Mais dans le cadre économique actuel, ils sont plus ou moins égaux à ceux qu'ils méprisent et ne peuvent grossièrement les opprimer ou être opprimés par eux sur le plan financier. Ça désamorce la colère envers autrui, croyez-moi. L'ennui, c'est qu'il faut avoir bien connu l'ancien système pour apprécier la différence.

3.4.1 On a beaucoup ironisé, lors du congrès constitutionnel, sur cette disposition considérée comme une mesure prise a posteriori pour replâtrer les divergences profondes entre le système judiciaire et le gouvernement. On alla jusqu'à prédire que le gouvernement finirait par être dirigé par cette chambre de conciliation inventée par raccroc.

Ce n'était pas complètement faux. Mais quand bien même, ce ne serait pas forcément une mauvaise chose. Il vaut mieux que le gouvernement trouve son point d'équilibre dans les cours plutôt que, disons, dans les quartiers généraux des armées. Les dossiers débattus devant la chambre de conciliation m'ont toujours paru fascinants : toute la philosophie du gouvernement et de la nature humaine, pinaillée jusque dans les moindres détails bureaucratiques. Evidemment, vous pourrez me répondre : C'était votre travail, Charlotte, vous aimez ce genre de chose. Mais je vous répondrai que, de nos jours, des tas de gens sont comme moi, ils adorent leur travail. Travailler n'est plus perdre du temps à gagner de quoi faire ce qu'on veut, mais (si on a deux sous de jugeote) faire quelque chose qu'on a vraiment choisi parce qu'on trouve ça intéressant, parce qu'on s'implique dans le résultat et qu'on en retire une certaine satisfaction. C'est la situation que la société basée sur cette constitution a réussi à créer. C'est ce que je trouve tellement intéressant là-dedans, voyez-vous.

4.2 Toujours le grand paradoxe : faut-il tolérer l'intolérance ? Mais comment pourrait-il y avoir une justice sans cela ?

4.4 Cette clause a été manifestement incluse dans l'espoir de faire pencher la politique martienne vers le local et le global, abolissant de fait tout ce qui aurait pu ressembler aux Etats nations de la Terre. On pourrait épiloguer sur la responsabilité de l'Etat nation dans les terribles problèmes de la Terre, mais comme personne ne voyait l'utilité d'introduire des nations sur Mars, la clause passa comme une lettre à la poste. L'Etat nation ne manque à personne ici, et à vrai dire, quand on réfléchit au sens du mot patriotisme, on comprend tout de suite c'est un concept qui ne peut concerner Mars.

4.5 Rendre la guerre anticonstitutionnelle ; de cela aussi, on a fait pas mal de gorges chaudes au congrès, mais la mesure est passée quand même. Il se peut que le bien ne se décrète pas, mais ça vaut peut-être la peine d'essayer quand même.

5.1.9 Bien que controversée, cette clause a été un élément majeur du combat pour la justice et l'égalité sur Mars.

5.2.1 Cette mesure a également été empruntée à la Suisse, mais démilitarisée et modifiée afin d'en faire des périodes de bénévolat au service de la collectivité martienne. Le schéma classique est devenu six mois de service après la fin des études secondaires, puis des sessions de trois mois pendant les quatre années suivantes et neuf mois au moment de son choix pendant les années suivantes. L'essentiel du service public est ainsi accompli par les jeunes et fait partie de leur éducation. Une étude a montré que plus de trente pour cent des couples martiens se formaient au cours de leur période de service public, alors, même si ça ne sert pas à grand-chose, ça fait au moins office de mélangeur social et de marieur.

5.2.2 Cette clause a rencontré étonnamment peu de résistance au congrès. Un choix facile, comme disait Art.

6 Le traitement du sol est fondamental pour tous les gouvernements soucieux de permaculture, ainsi, cela va de soi, que la préservation de la biosphère dans l'intérêt des générations futures. La société est « un partenariat non seulement entre les vivants, mais entre les vivants, les morts et ceux à naître » (Edmund Burke). C'est pourquoi nous devons prendre soin du sol.

7 Quatorze amendements ont été votés au cours des vingt dernières années martiennes, c'est-à-dire depuis que la constitution est entrée en vigueur. La plupart remédient aux contradictions inhérentes à la constitution, ou entre les directives locales et globales, ou révisent les lois sur le terraforming afin qu'elles entrent dans le cadre des conditions actuelles.

8 Mesure votée le 11 octobre, M-52, par 78 % de voix pour et 22 % contre. Maintenant appliquée avec succès depuis vingt et une années martiennes.

A ce stade, je crois que la constitution peut être considérée comme une réussite. Ceux qui prétendaient à l'époque que l'idée de constitution était anachronique et superflue n'avaient pas compris sa fonction : être moins une loi « finie », statique, qui résoudrait à jamais toutes les contradictions sociales, qu'un moyen de structurer la discussion, une incitation à plus de justice. Malgré les difficultés rencontrées dans la mise en œuvre des sections plus vagues ou plus radicales du document, je crois que, comme ses grands prédécesseurs américain ou suisse, dans cette mesure, il a réussi.

La forme de gouvernement impliquée par cette constitution pourrait être appelée polyarchie. Le pouvoir est réparti entre un grand nombre d'institutions et d'individus, dans un réseau de contrôles et de réajustements qui réduit toute possibilité d'oppression par quelque hiérarchie que ce soit. Les finalités de la constitution, telles qu'énumérées dans le préambule, se résument à la justice et à la divergence pacifique. Là où elles sont obtenues, tout le reste suivra.

Evidemment, depuis, la constitution a été quelque peu refoulée à l'arrière-plan par l'énorme corpus législatif et toutes les pratiques informelles qui s'y sont attachées, et qui régulent les activités quotidiennes de la plupart des Martiens. Mais il ne faut pas s'en plaindre ; c'était sa fonction dès le départ.

Dans mon esprit, la constitution a été écrite pour donner aux gens l'impression que la façon dont ils géraient leurs affaires n'était en aucun cas « naturelle » ou gravée dans le marbre ; les lois et les gouvernements ont toujours été des inventions artificielles, des pratiques, des habitudes. Ils peuvent changer, ils ont changé, ils changeront toujours. Mais ce n'est pas une raison pour ne pas essayer de les améliorer encore. Et c'est ce que nous avons fait. Ce qu'il en adviendra à long terme, personne ne peut le dire. Mais je pense que c'était un bon début.

Zo, par Jackie

Ça ne m'a pas paru très pénible, mais on m'a fait une péridurale, alors… C'était comme une épreuve d'athlétisme extrêmement ardue que je ne pouvais pas refuser de faire. Je vis les regards condescendants quand je parlai de péridurale, mais moi je dis que nous sommes des animaux terrestres, et ce n'est pas parce qu'on enfante sur une autre planète qu'on n'aurait pas droit à un minimum d'aide de la médecine. Vouloir accoucher selon les méthodes ancestrales relève, même sur Mars, d'une sorte de machisme sans intérêt pour moi.

Elle a toujours été dure, depuis le tout début. On me l'a sortie du ventre, on me l'a posée sur la poitrine et j'ai vu cette petite figure toute rouge qui me regardait droit dans les yeux en poussant des hurlements indignés. Elle était furieuse, ça se voyait aussi clairement que si elle avait été bien plus âgée. Il n'y a aucun doute pour moi qu'on est conscient dans le ventre de sa mère, au moins pendant les derniers mois de sa réclusion, perdu dans des pensées sans paroles pour les exprimer, comme un genre de musique, ou de méditation. Alors on sort avec un caractère déjà formé, intact, complet, et après, on ne change plus. Et de fait, elle a été furieuse pendant des années et des années.

Elle tétait voracement et elle pleurait. On aurait dit qu'elle était inconsolable. Elle dormait mal, elle hurlait dans son sommeil comme elle hurlait en plein jour, elle se réveillait épouvantée par ses propres hurlements et elle hurlait encore plus. Je me suis souvent demandé de quoi elle pouvait bien rêver pour avoir peur comme ça. Depuis des milliers d'années, on dit que ce sont des coliques, mais personne ne sait ce que c'est. Il y en a qui disent que c'est la lente adaptation du système digestif à l'ingestion de nouvelles substances chimiques. A voir comment elle se tortillait, je pense qu'il y a du vrai là-dedans. Mais je pense aussi qu'elle en voulait surtout au monde entier d'avoir été éjectée de mon ventre. Qu'elle était furieuse de l'injuste privation de cette béatitude océanique narcissique. Elle se souvenait de mon ventre. Même plus tard, lorsqu'elle eut oublié qu'elle s'en souvenait, elle ne cessa de faire tout ce qui était en son pouvoir pour y retourner. C'est toute l'histoire de Zo, en réalité.

Ses coliques me rendaient dingue. Je ne pouvais rien faire pour la soulager ou pour l'empêcher de crier. Rien ne marchait, et je vous prie de croire que j'ai tout essayé. Tout ce qui m'est passé par la tête, parce que ça m'exaspérait à un point que vous ne pouvez imaginer. Il lui arrivait de crier pendant dix heures d'affilée. C'est long, dix heures de hurlements de bébé. La seule chose qui marchait un tout petit peu, c'est quand je la tenais, une main sous ses fesses, l'autre derrière sa tête et son cou, et que je la berçais très vite, comme dans une balançoire. Ça la faisait taire, et elle avait même l'air d'aimer ça, ou au moins d'être intriguée. En tout cas, elle arrêtait de hurler. Mais un jour que je faisais ça, une Arabe s'est approchée de moi, a tendu la main et m'a dit :

— Je vous en prie, vous ne devriez pas faire ça, vous allez faire mal au bébé.

— Je lui tiens la tête, répondis-je, en lui montrant.

— Quand même, ils ont le cou si fragile, insista-t-elle, tout énervée, presque affolée.

— Elle aime ça. Je sais ce que je fais.

Mais je ne recommençai jamais. Et je pensai par la suite au courage qu'il faut pour faire à quelqu'un qu'on ne connaît pas des remontrances sur sa façon de s'occuper de ses enfants.

Si la théorie des quatre tempéraments de Michel est fondée, ce dont je doute, alors c'était une colérique. Boudeuse — comme Maya, oui. Pareille. Cette similitude m'ennuyait moins qu'on ne pourrait le penser. J'aimais beaucoup plus Maya qu'elle ne m'aimait — comment ne pas l'aimer, on aurait dit un personnage de Sophocle —, mais elle cherchait tout le temps la bagarre, et je n'étais pas du genre à me laisser marcher sur les pieds. C'était comme avec Zo. Tout est question de biochimie — son humeur, je veux dire. C'est aussi ce que disait Michel, en fait, avec toutes ses corrélations biologiques. Les quatre tempéraments, bien sûr, sauf qu'il y en a quarante, ou quarante mille. Peut-être plus ou moins regroupés dans ses quatre catégories, qui sait. En tout cas, Zo était une colérique à l'état pur.

Elle était extrêmement frustrée, jusqu'à un an, de ne pouvoir ni parler ni marcher. Elle nous voyait tous faire ça, et elle aurait bien voulu en faire autant. Elle est tombée un million de fois, comme une poupée à la tête trop lourde. J'avais toujours un stock de sparadrap sur moi. J'avais toute une trousse de secours, en réalité. Elle babillait sur un ton autoritaire avec tout le monde, mais comme on ne la comprenait pas, ça la rendait furieuse. Elle vous arrachait les choses des mains. Elle flanquait sa tasse, sa cuillère, son assiette par terre, ou elle vous les jetait. Il fallait voir comment elle vous lançait ça, et parfois, elle faisait mouche. Elle vous flanquait des coups de tête avec le derrière de son crâne — deux fois, elle m'a fendu la lèvre, et puis j'ai appris à être plus rapide qu'elle, ce qui la mettait en rogne. Elle se jetait par terre de tout son long et elle tapait du poing et elle trépignait. Et elle braillait. J'avais du mal à ne pas rire de ces crises, mais j'évitais généralement de lui faire voir que je prenais ça à la rigolade, parce que ça la rendait vraiment folle et que son visage devenait d'un violet inquiétant. Alors j'essayais de ne rien montrer. J'appris à l'ignorer. « Oh, c'est encore Zo qui fait son truc, disais-je. C'est comme un orage électrique qui parcourt son système nerveux. Il n'y a rien à faire. Il faut attendre que ça passe. »

Quand elle commença à marcher, elle devint moins hargneuse. Son caractère s'arrangea un peu. Elle apprit aussi très vite à manger toute seule. Elle refusait les chaises hautes, les sièges surélevés ou tous ces trucs de bébé qui étaient autant d'affronts à sa dignité. Une fois qu'elle sut se débrouiller toute seule, elle se mit encore plus en danger qu'avant. Elle mangeait n'importe quoi. Quand je changeais ses couches, je retrouvais du sable, de la terre, des petits cailloux, des racines, des brindilles, de petits jouets — n'importe quoi. C'était un vrai merdier ! Et elle se débattait comme une folle quand j'essayais de la changer. Pas toujours, mais la moitié du temps au moins. C'était comme ça pour toutes les petites tâches de la vie quotidienne : changer de vêtements, se laver les dents, prendre son bain, sortir du bain — la moitié du temps, elle était très coopérative, l'autre moitié, elle n'était pas d'accord et c'était la bagarre. Et si vous lui laissiez prendre le dessus, c'était pire la fois d'après. Vous lui donniez la main et elle vous prenait le bras.

Je suppose que c'est en mangeant de la terre qu'elle s'est rendue malade. Elle a attrapé une variété du virus de Guillain-Barré, mais nous ne le savions pas à l'époque. Nous avons seulement constaté qu'elle avait quarante de fièvre et elle est restée complètement paralysée pendant six jours. Je ne pouvais pas le croire. J'étais encore sous le choc quand elle s'en est sortie et qu'elle a recommencé à bouger — à se tortiller, d'abord, et puis tout le reste. J'étais incroyablement soulagée. Mais je dois admettre qu'après ça elle a été pire que jamais. Ses crises duraient une heure, et si vous l'enfermiez seule dans une pièce, elle s'arrangeait pour tout démolir. Elle s'est cassé les deux mains. Il fallait rester avec elle pour la surveiller. Un moment, j'envisageai sérieusement de capitonner les murs de sa chambre.

Et puis elle était terrible avec les autres enfants. Elle fonçait sur eux et elle les jetait par terre, comme à titre expérimental. Ça n'avait rien de personnel, ce n'était pas de la méchanceté. On aurait plutôt dit qu'elle était dérangée. En fait, par la suite, nous nous sommes demandé si elle n'avait pas eu un problème de perception après sa maladie ; elle était peut-être plus près des choses qu'elle ne le pensait. Alors quand elle s'intéressait à quelqu'un, *boum !* elle lui rentrait dedans. A la crèche, c'était une petite anarchiste guillerette, sauf qu'il fallait tout le temps s'occuper d'elle et je m'en voulais de la leur imposer. Mais j'avais besoin de travailler, je ne pouvais pas être tout le temps avec elle, alors j'étais bien obligée de la leur laisser. Ils ne se plaignirent pas. Pas directement.

Plus elle apprenait à maîtriser le langage, plus elle s'opposait. Le premier mot qu'elle apprit à dire fut NON, et ce fut son mot préféré pendant des années. Elle le disait avec une intense conviction. Les questions-pièges recevaient les NON les plus fermes. Tu veux sortir du bain ? Non. Tu veux lire un livre ? Non. Tu veux du dessert ? Non. Tu veux dire non ? NON.

Elle apprit à parler si vite que je ne me souviens pas vraiment comment c'est arrivé. Pendant quelques mois, elle ne sut dire que quelques mots, et puis, d'un seul coup, elle put dire tout ce qu'elle voulait. D'une certaine façon, elle parut plus détendue, après. Quand elle était de bonne humeur, c'était vraiment bien, et ça durait plus longtemps. Elle était si mignonne que c'en était presque insupportable. Ça doit être une sorte de mécanisme évolutif qui vous empêche de les tuer. Elle était sans cesse en mouvement, elle sautait partout, toujours à la recherche de quelque chose à faire ou d'un endroit où aller. Elle se prit de passion pour les tramways et les camions, et elle criait « Camion ! » ou « Tramway ! ». Une fois, j'étais toute seule, dans le tram ; j'ai vu un camion et j'ai dit : « Ooh, le gros camion ! » Je vous prie de croire que les gens qui étaient assis à côté de moi m'ont regardée d'un drôle d'air.

Mais elle avait toujours un fichu caractère. Maintenant, quand elle se mettait en colère, elle vous engueulait, elle vous tapait dessus et elle vous lançait des choses. Elle vous disait les choses les plus méchantes qui lui passaient par la tête. « Va-t'en ! » « Je ne t'aime pas ! » « Tu n'es pas mon amie ! » « Tu n'es pas ma maman ! » « Tu n'es rien ! » « Je ne t'aime plus ! » « Je te déteste ! » « Tu es morte ! » « Va-t'en ! » On ne pouvait pas s'empêcher de rire tellement c'était basique.

En public, ça pouvait être très embarrassant. Souvent, quand je l'emmenais en promenade, elle regardait quelqu'un qui se trouvait tout près et elle lançait tout haut : « Je n'aime pas ce type ! » Et elle ajoutait parfois : « Va-t'en. »

« Sois polie, Zo, disais-je alors, avec un regard d'excuse, en essayant de faire comprendre qu'elle faisait ça à tout le monde. Ce n'est pas gentil. »

Après une enfance pareille, quand elle entra dans l'adolescence, cet âge terrible, ça ne fit pas beaucoup de différence. Ce fut juste encore un peu plus dur par certains côtés. A certains moments, il était presque impossible de parler avec elle. J'avais l'impression de vivre avec une psychotique. Je passais chaque journée comme dans les montagnes russes avec des grands moments exaltants et des crises de hurlements. Quoi qu'on lui dise de faire, elle commençait par se demander si elle avait envie d'obéir ou non. Généralement, la seule idée qu'on lui dicte son comportement l'offensait et elle optait pour la méfiance, par principe. Elle faisait souvent le contraire de ce qu'on lui disait. Je devais tout prévoir, ou je risquais de gros ennuis. Je devais décider si ça valait la peine ou non de lui dire de faire quelque chose, si c'était vraiment important. Dans ce cas, je devais me préparer à un vrai mélodrame. Une fois je lui ai dit : « Zo, ne tape pas comme ça sur la table », et elle l'a flanquée par terre avant que j'aie eu le temps de l'en empêcher, cassant le pichet à eau et le plateau de la table, qui était en verre. Elle a ouvert de grands yeux ronds, mais elle n'avait aucun regret. Elle était furieuse contre moi, comme si je l'avais piégée. Elle eut même envie de casser autre chose pour voir comment ça marchait.

Tous ces paroxysmes étaient constants, dans un sens comme dans l'autre. Parce que ça pouvait être un vrai bonheur quand elle était de bonne humeur. Nous explorâmes Mars, comme John, au début. Jamais, même pas avec Sax, Vlad ou Bao Shuyo, je n'ai eu plus fortement l'impression d'être en présence d'une intelligence brillante que lorsque je me promenais avec elle dans les landes ou dans les rues d'une ville, quand elle avait trois ans à peu près. C'était comme s'il y avait là quelqu'un qui observait le monde avec intensité et qui effectuait des rapprochements plus rapides que dans mes rêves les plus fous. Elle riait de tout, tout le temps, souvent pour des raisons qui m'échappaient, et elle était si belle, quand elle riait. Elle avait toujours été une enfant exceptionnellement belle, mais quand elle riait elle avait une beauté qui, alliée à l'innocence, vous serrait le cœur. La façon dont nous nous acharnons à détruire cette qualité est le grand crime de l'humanité, inlassablement répété.

Ce qui est sûr, c'est que, grâce à ces rires et cette beauté, je supportais beaucoup plus facilement ses crises de nerfs. On ne pouvait pas faire autrement que de l'aimer, elle était tellement passionnée. Quand elle explosait et qu'elle se jetait par terre en hurlant, en trépignant et en se tordant, je me disais : Bah, c'est Zo. Elle est comme ça. Pas de quoi en faire une histoire. Même ses « Maman, je te déteste ! » n'étaient pas personnels, pas vraiment. C'était juste qu'elle était passionnée. Je l'aimais tant.

Voir Nirgal n'en était que plus pénible. Quel contraste... Je m'occupais de Zo, semaine après semaine, épuisée la plupart du temps, et lui, il passait, toujours aussi vague, agréable et aérien, l'ami de tout le monde, doux et un peu distant. Un peu comme Hiroko. Eh oui, c'était le père de Zo, je l'avoue, maintenant, mais qui aurait pu imaginer qu'elle avait le moindre rapport avec lui, si doux et gai ? Il aurait pu être le Grand Martien, c'est ce que les gens semblaient penser, en tout cas, mais il n'était rien pour elle, je peux vous le dire. Une fois, il est arrivé et tout le monde lui faisait des ronds de jambe — la routine, quoi. Ils étaient tous attirés par lui comme par une sorte de miroir magique. Zo lui a jeté un coup d'œil, s'est tournée vers moi et m'a dit :

— Je n'aime pas ce type.

— Zo...

Un coup d'œil noir, et :

— Va-t'en !

— Zo, sois gentille !

Et j'ajoutai, en le regardant :

— Elle est comme ça avec tout le monde.

Aussitôt, elle courut vers Charlotte et se cramponna à ses jambes des deux bras, en me regardant. Tout le monde se mit à rire et elle se renfrogna. Elle ne s'attendait pas à cette réaction.

— D'accord, dis-je. Elle fait ça avec la moitié des gens et elle fait des mamours à l'autre moitié. Mais les moitiés n'arrêtent pas de changer.

Nirgal hocha la tête et la regarda en souriant, mais il eut encore l'air surpris quand elle répéta tout fort :

— Je n'aime pas ce type.

— Zo, arrête ça ! Sois polie.

Avec le temps, avec les années, je veux dire, elle se poliça un peu. Le monde finit par vous user, vous abraser, on acquiert un vernis de civilisation sur son moi profond. Mais comme je l'aimais quand elle était un petit animal, et qu'on voyait juste ce qu'elle était au naturel ! Comme je l'aimais, alors. Ces jours-ci, nous nous retrouvons pour manger, et elle est la jeune femme la plus arrogante et la plus dédaigneuse qui se puisse imaginer, incroyablement imbue d'elle-même, elle me toise d'une hauteur inimaginable, et moi je la regarde et je ris et je me dis : Tu te crois dure, hein ? tu aurais dû te voir quand tu avais deux ans.

Entretenir la flamme

Une fois, au cours de ses longues courses dans la nature — à cette époque, il avait renoncé à chercher Hiroko mais pas encore au mouvement de la quête —, Nirgal traversa la grande forêt sombre de Cimmeria, au sud d'Elysium. Il avançait plus lentement dans la forêt. Le soleil dardait ses rayons à travers l'épaisse frondaison des pins et des tilleuls, crevait le sous-bois de bouleaux et de pins de Hokkaïdo, et des pinceaux de lumière éblouissante tachetaient les coussins de mousse sombre, les frondes des fougères, les pousses d'oignons sauvages et les tapis de lichen d'un vert électrique. Entre les ombres et les myriades de colonnes parallèles de lumière huileuse, il courait sans forcer, depuis des jours, perdu mais confiant, sûr qu'en allant plus ou moins vers l'ouest il finirait bien par sortir de la forêt et par tomber sur le Grand Canal. Le silence de la forêt n'était rompu que par le pépiement des oiseaux, les soupirs métalliques du vent dans les aiguilles des pins et, à deux reprises, l'appel modulé de coyotes ou de loups, dans le lointain. Une fois, une grosse bête, qu'il ne vit pas, traversa bruyamment les fourrés. Il courait depuis soixante jours.

Seuls le ralentissaient les anneaux de cratères bas, érodés, enfouis sous des couches d'humus et de mousses, de cailloux et de feuilles mortes. C'étaient pour la plupart des cratères sans lèvre. Il les longeait en courant, et il arrivait généralement, plus bas, à l'arc d'une chambre ronde. Il distinguait alors, à travers les branches, un lac rond, peu profond, au milieu d'une prairie. Il le contournait et poursuivait son chemin. Et puis, dans une de ces petites prairies en contrebas, il tomba sur les ruines d'un temple de pierre blanche.

Il dévala la pente douce, s'approcha lentement, d'un pas hésitant. La pierre était de l'albâtre, très blanc. Ça lui rappela le village de pierre blanche des Medusa Fossae. On aurait dit un temple grec, si ce n'est qu'il était rond. Douze minces colonnes ioniques blanches, faites de tonneaux de pierre empilés, disposés autour du socle comme les chiffres d'une horloge. Pas de toit, ce qui accentuait la ressemblance avec un temple grec, ou un arrangement de menhirs comme Stonehenge. Les fissures du socle étaient envahies par les lichens.

Nirgal en fit le tour, le traversa, soudain conscient du silence. Il n'y avait pas un souffle de vent, pas un chant d'oiseau, pas un bruit dans les fourrés. Le monde s'était arrêté. Apollon aurait pu sortir de l'ombre. Quelque chose, peut-être simplement la blancheur des colonnes, lui fit penser au dôme de Zygote, dans ce lointain passé qui lui faisait maintenant l'impression d'un conte de fées, un conte dont le héros aurait été un enfant élevé par une mère animale. L'idée que ce conte de fées d'un lointain passé et le moment dans lequel il vivait faisaient partie de la même vie — de sa vie — était tout simplement impensable pour lui. Il ne pouvait imaginer comment il se sentirait dans un siècle ou deux, en d'autre termes comment se sentaient maintenant Nadia, Maya et les autres issei...

Quelque chose remua, et il sursauta. Mais ce n'était rien. Il secoua la tête, effleura la surface lisse, fraîche, d'une colonne. Une trace humaine dans la forêt. Deux traces humaines : le temple et la forêt. Dans cet ancien cratère érodé.

Deux hommes âgés apparurent à l'autre bout de la clairière. Ils venaient vers le temple. Ils n'avaient pas vu Nirgal. Son cœur bondit dans sa poitrine tel un enfant tentant de fuir...

C'étaient des étrangers. Il ne les avait jamais vus. Deux vieux de type caucasien, chauves, ridés. Un petit, un grand.

Ils le regardaient maintenant avec méfiance.

— Salut ! dit-il.

Ils s'approchèrent. L'un d'eux tenait un pistolet à fléchettes pointé vers le sol.

— Qu'est-ce que c'est que cet endroit ? demanda Nirgal.

L'un des deux hommes s'arrêta, retint l'autre par le bras.

— Vous ne seriez pas Nirgal, des fois ?

Nirgal hocha la tête.

Ils échangèrent un coup d'œil.

— Venez chez nous, dit celui qui avait pris la parole. Nous vous le dirons là-bas.

Ils repartirent à travers la forêt vers le bord du cratère où se dressait une petite cabane de rondins au toit d'ardoises rouge sombre. Les hommes emmenèrent Nirgal dans leur maison, et il dut se pencher pour passer sous le linteau de la porte.

Dedans, il faisait sombre. Une fenêtre donnait sur le cratère. Le haut des piliers du temple était visible entre les arbres.

Ils servirent à Nirgal une curieuse infusion faite avec une sorte d'herbe des marais. Ils étaient des issei, lui dirent-ils, et pas seulement des issei : ils avaient été parmi les Cent Premiers. Edvard Perrin et George Berkovic. C'est surtout Edvard qui parlait. Ils étaient amis. Des collègues de Phyllis Boyle. Le temple du cratère était un monument à sa mémoire. Ils en avaient construit un pareil, tous les trois, il y avait longtemps, avec de la glace, pour s'amuser. Lors de la première expédition vers le pôle Nord, avec Nadia et Ann, en M-2.

— Tout au début, ajouta George avec un sourire implacable.

Ils lui racontèrent leur histoire et Nirgal comprit qu'ils l'avaient souvent répétée. Edvard raconta l'essentiel, George finissant certaines de ses phrases traînantes, ou ajoutant un commentaire de son cru.

— Nous étions là quand tout s'est effondré. Sans raison. Ils ont tout gâché alors que ça aurait si bien pu marcher. Je ne dis pas que nous leur en voulons, mais nous sommes amers. 2061 n'était pas nécessaire.

— On aurait pu éviter tout ça s'ils avaient écouté Phyllis. C'est vraiment la faute d'Arkady.

— Ce Bogdanov, avec sa stupide confiance. Alors que Phyllis avait un plan qui aurait très bien marché, et il n'y aurait pas eu ce désastre et tous ces morts.

— Il n'y aurait pas eu de guerre.

— C'est elle qui nous a sauvés quand on était coincés sur Clarke. Après avoir sauvé tous les autres sur Mars.

Ils s'illuminèrent vaguement en repensant à elle. Ils étaient contents de pouvoir raconter leur histoire. Ils avaient survécu à 61, ils avaient œuvré pour la paix entre les deux révolutions, ils avaient aidé l'ATONU de Burroughs à coordonner les travaux dans le bassin minier de Vastitas, à programmer son exploitation accélérée de telle sorte que les sites menacés de submersion par la mer du Nord soient épuisés avant de disparaître sous l'eau et la glace. C'était une période de gloire, un moment de l'histoire où on pouvait observer le terrifiant pouvoir de la technologie sur le paysage sans se soucier des conséquences : pas de déclarations d'impact environnemental, pas de cicatrices irrémédiables... des milliards de dollars de métaux extraits avant que la glace envahisse les sites.

— C'est à ce moment-là que nous avons trouvé cet endroit, poursuivit George.

— Amazonis regorgeait de métaux, ajouta Edvard. Nous n'avons pas réussi à tout extraire.

— Et maintenant, bien sûr..., reprit George en sirotant son infusion.

Il y eut un silence. George remplit leurs tasses. Edvard reprit le crachoir :

— Nous étions à Burroughs quand la seconde révolution a éclaté. On travaillait pour l'ATONU. Phyllis était déjà morte. Tuée par des terroristes rouges.

— A Kasei.

Nirgal resta impassible.

Ils le regardaient.

— C'était Maya, en fait. Maya, qui a tué Phyllis. C'est ce qu'on nous a dit.

Nirgal soutint leur regard en dégustant son infusion.

Ils laissèrent tomber.

— Enfin, tout le monde le sait. Elle en était bien capable. C'était tout à fait son genre. Une criminelle. Ça me rend encore malade, tout ça. Malade.

— Je n'arrive pas à croire que ça soit arrivé.

— Je me demande parfois si c'est vrai. Peut-être que Phyllis a réussi à s'en sortir et à disparaître, comme Hiroko, à ce qu'on dit. On n'a jamais retrouvé son corps. En tout cas, je ne l'ai jamais vu. Nous étions contre Mars Libre. Contre vous, ajouta-t-il avec un regard de défi.

— Nous méprisions la guérilla rouge. Au moins jusqu'à...

— Mais notre haine, nous la réservons surtout à nos compagnons de crèche, hein ?

— C'est toujours comme ça.

— Nadia, Sax, Maya... La mort, la destruction de masse. C'est tout ce qu'ils nous ont apporté, avec leurs prétendus idéaux. La mort et la destruction de masse.

— Ce n'est pas votre faute, dit George en regardant Nirgal.

— Mais si Phyllis avait survécu... Nous étions à Burroughs pendant les manifestations. Les tergiversations avec l'ATONU. L'inondation de la ville — l'inondation délibérée de la plus grande ville de Mars ! Phyllis n'aurait jamais laissé faire ça.

— Nous étions dans les avions qui ont évacué la population.

— Cinq avions. Cinq, et gigantesques. Nous sommes partis pour Sheffield. Nous étions là-bas aussi quand c'est arrivé. La mort et la destruction. Nous avons essayé de nous interposer. Nous avons essayé de faire ce que Phyllis aurait fait.

— De nous interposer.

— Oui, de nous interposer entre l'ATONU et les Rouges. C'était impossible, mais on a essayé. On a essayé. Sans nous, le câble serait tombé deux fois. C'est un monument à Phyllis, exactement comme notre petit belvédère. Elle était la meilleure avocate de l'ascenseur. Une visionnaire. Alors nous avons fait de notre mieux.

— Après l'armistice, nous sommes partis pour l'est.

— Par la piste, quand c'était possible. En patrouilleur, quand c'était nécessaire. On s'est séparés à Underhill, hein ?

— Et on s'est retrouvés à Elysium. Mais après des aventures comme vous n'en avez jamais entendu. Inénarrable !

— On a traversé la glace de la mer du Nord.

— On a pris le pont au-dessus de la Manche.

— On a traversé la Bosse à pied, tout du long. Et puis finalement on s'est retrouvés ici et on a participé à la construction du port de Cimmeria. Tout en militant pour qu'on l'appelle Boyle Harbor, pour faire pendant au Boone Harbor de Tempe.

— Et à tous les endroits appelés Bogdanov.

— Mais ça n'a pas marché. C'est une héroïne oubliée. Enfin, un jour, justice lui sera rendue. L'histoire jugera. En attendant, nous essayons de promouvoir Cimmeria, et de prospecter un peu dans la forêt.

— Vous n'avez jamais eu de nouvelles d'Hiroko ? demanda Nirgal.

Ils se regardèrent. Nirgal n'avait pas idée de ce que signifiait cet échange, mais c'était comme s'ils tenaient une sorte de conversation silencieuse.

— Non. Hiroko… Il y a si longtemps qu'elle a disparu. Nous n'avons plus jamais entendu parler d'elle. Mais ce n'est pas votre mère ?

— Si, si.

— Et vous, vous n'avez pas de nouvelles d'elle ?

— Non. Elle a disparu à Sabishii. Quand l'ATONU a tout incendié. Il paraît qu'elle a été tuée à ce moment-là, ajouta-t-il en repensant à eux tous. On dit aussi qu'elle se serait enfuie avec Iwao, Gene, Rya et les autres. J'ai entendu dire récemment qu'ils étaient peut-être allés à Elysium. Ou quelque part par ici.

Ils froncèrent les sourcils.

— Je n'ai jamais entendu dire ça. Et toi ?

— Non. Cela dit, même si c'était vrai, ils ne nous l'auraient pas dit.

— Non.

— Mais vous n'avez rien vu par ici, insista Nirgal. Pas de colonies, ou de campements ?

— Non. Enfin…

— Il y a des colonies partout. Mais ils vont tous en ville. Ce sont tous des indigènes comme vous. Quelques Kurdes.

— Rien d'inhabituel.

— Et vous pensez que toutes les colonies sont déclarées ?

— Je crois.

— Je crois.

Nirgal réfléchit. Rares étaient les Cent Premiers qui s'étaient rangés du côté de l'ATONU dès le début ; une demi-douzaine peut-être. Hiroko se serait-elle fait connaître d'eux ? Aurait-elle essayé de se cacher d'eux ? S'ils savaient où elle était, le lui diraient-ils ?

Mais ils ne savaient rien. Il était là, assis dans ce grand fauteuil confortable, en train de s'endormir. Il n'y avait rien à savoir.

Les deux vieillards ratatinés vaquaient silencieusement à leurs occupations dans la pénombre de la pièce. De vieilles têtes de tortues, tapies dans l'obscurité de leur caverne. Ils avaient aimé Phyllis. Tous les deux. Comme des amis. Ou peut-être que ce n'était pas ça. Peut-être que ce n'était pas si simple. Quelle que soit la façon dont ça s'était passé, ils faisaient équipe, maintenant. Allez savoir si ça avait toujours été le cas... Ça n'avait peut-être pas toujours été rose entre les Cent Premiers. Phyllis paraissait être un piètre recours. Tant mieux, qui sait? Qui pouvait dire ce qui s'était passé au début? Le passé était un mystère. Même pour ceux qui étaient là, qui l'avaient vécu. D'autant que, même à l'époque, rien de tout ça n'avait de sens, pas le genre de sens dont les gens parlaient par la suite. Maintenant, ils ruminaient dans l'ombre. Il sentit retomber sur lui l'épuisement de cette longue, cette interminable course.

Laissons-le dormir.

On devrait lui dire.

Non.

Pourquoi pas?

A quoi bon? Tout le monde le saura bien assez tôt.

Quand les choses commenceront à mourir. Phyllis n'aurait pas voulu ça.

Mais ils l'ont tuée. Et elle n'est plus là pour les sauver.

Alors ils n'ont que ce qu'ils méritent? Que tout meure?

Tout ne mourra pas.

Ça mourra si on les laisse faire. Elle n'aurait pas voulu ça.

Nous n'avions pas le choix. Tu le sais. Ils nous auraient tués.

Tu crois vraiment? Je n'en suis pas si sûr. Je pense que tu voulais ce qui est arrivé. Ils ont tué Phyllis, et maintenant, nous...

Nous n'avions pas le choix, je te dis! Allons. Ils auraient pu trouver l'endroit dans les dossiers. Et qui peut dire qu'ils avaient tort, de toute façon?

Vengeance.

D'accord. Vengeance. On n'a qu'à dire ça. Bien fait pour eux. Ça n'a jamais été leur planète.

Beaucoup plus tard, Nirgal se réveilla en sursaut, le cou tordu, et se rendit compte qu'il avait froid. Les vieillards étaient avachis sur la table de cuisine, le nez dans leurs livres, aussi immobiles que des statues de cire. L'un d'eux dormait, rêvant les rêves de l'autre. Qui regardait dans le vide. Le feu était réduit à des cendres grisâtres. Nirgal marmonna qu'il devait repartir. Il se leva, sortit dans le froid qui précède l'aube, marcha un peu et se remit à courir dans la sombre futaie, à courir comme s'il fuyait quelque chose.

Le sauvetage du barrage de Noctis

Le barrage de Noctis n'était pas une bonne idée. Et pour tout arranger, ils avaient saboté l'ingénierie. Ils avaient érigé le barrage à l'embouchure du canyon le plus au sud de Noctis, à l'endroit où le bord est une calotte de basalte reposant sur du vieux grès. Evidemment, dès que le réservoir a commencé à se remplir, le grès s'est gorgé d'eau, ce qui a affaibli les fondations du barrage. Ensuite, le seul trop-plein prévu en cas d'urgence était un gros regard par lequel l'eau s'écoulait dans un tunnel creusé sur le côté et s'évacuait dans le cours supérieur de l'Ius, en contrebas. Le tunnel avait été bétonné, évidemment, mais sous le béton, c'était du grès. Bref, quand le temps se fâcha et que nous vîmes les premières super-tempêtes, le barrage n'était pas conçu pour absorber de tels débordements. Le niveau du réservoir montait très vite. J'étais là l'une des premières fois où ça s'est produit. J'ai tout vu. Eh bien, c'était un sacré spectacle. Nous avions ouvert le regard au moment où on nous avait annoncé des précipitations, mais la différence n'était pas flagrante. Et la roche derrière le béton était déjà tellement minée par les infiltrations que les affouillements ont dû disloquer le béton. Les capteurs du tunnel ont cessé d'envoyer des mesures, et puis on a vu le béton jaillir du trou, au fond, dans les eaux peu profondes du cours supérieur. L'eau cessait parfois complètement de couler pendant une minute ou deux, puis des blocs de béton plus gros que des maisons volaient à des centaines de mètres, comme s'ils avaient été projetés par un canon. C'était une vision très inquiétante pour nous.

L'eau qui coulait dans le tunnel allait évidemment commencer à arracher le grès, et il n'y aurait bientôt plus rien en dessous de nous pour soutenir le côté sud du barrage.

Nous n'avions donc pas le choix : il fallait fermer le regard par en haut. Une chance que nous ayons encore cette possibilité. Mais après, il n'y aurait plus aucun moyen d'évacuer l'eau du réservoir. Et nous n'avions jamais vu des pluies aussi violentes. On aurait dit qu'on avait ensemencé les nuages. Or Noctis Labyrinthus est un bassin hydrographique gigantesque ; à lui seul, le quart sud-est, qui se déversait dans le réservoir, était déjà immense.

Le niveau du réservoir commença par monter de deux mètres à l'heure, puis trois. A cette allure-là, d'ici quelques heures, l'eau allait arriver en haut du barrage et commencer à se déverser par-dessus, après quoi le sommet cèderait forcément à un endroit ou à un autre, et le barrage, d'une hauteur de trois cent trente mètres, se désagrégerait, s'il ne s'effondrait pas d'un seul coup, ce qui était encore plus probable. Les bords, juste en arrière du barrage, s'écrouleraient vraisemblablement aussi. Provoquant une inondation qui emporterait toutes les colonies installées dans le fond des cratères d'Oudemans et de Marineris, peut-être jusqu'à Melas Chasma.

Pendant un moment, après la fermeture du regard, nous nous demandâmes, assez désemparés, ce que nous allions bien pouvoir faire. Mary avait évidemment appelé les services d'urgence du Caire pour qu'ils avertissent les gens d'Oudemans et d'Ius Chasma et leur disent de quitter le cratère et le canyon, ou au moins de monter aussi haut que possible sur les parois, puisqu'il n'y avait pas moyen d'évacuer rapidement autant de gens. Mais au-delà de ça, nous n'avions pas une idée très claire de ce qu'il fallait faire. Nous faisions frénétiquement l'aller et retour entre le poste de commande et le barrage. Nous regardions monter l'eau, puis nous retournions au poste de commande pour vérifier les bulletins météo, tout ça sous une pluie battante. Les bulletins nous donnaient des raisons d'espérer que la pluie allait bientôt s'arrêter — ce qu'elle avait déjà fait en amont, dans l'aire d'alimentation, et plus loin à l'ouest. Et la dernière bourrasque avait surtout apporté de la grêle. Des grêlons gros comme des oranges, qui nous avaient obligés à nous réfugier dans le poste, mais présentaient l'avantage de rester là où ils étaient, par terre, au moins tant qu'ils n'auraient pas fondu. Ce qui nous donnait aussi un peu d'espoir.

Cela dit, les relevés effectués dans le courant, en amont du poste, et les simulations de l'IA étaient sans ambiguïté : le réservoir allait monter plus haut que le barrage, de deux ou trois mètres. Des calculs sommaires m'amenèrent à la conclusion que le haut du barrage ne supporterait pas la violence de l'eau qui se déverserait par-dessus. J'informai les autres de cette inquiétante conclusion.

— Trois mètres ! s'exclama enfin Mary.

Elle exprima alors le regret que le barrage ne fasse pas seulement quatre mètres de plus en hauteur. Ce qui aurait été sûrement bien utile.

Sans vraiment réfléchir, je dis :

— Nous pourrions peut-être le surélever de quatre mètres.

— Comment ça ? demandèrent-ils d'une seule voix.

— Eh bien, dis-je, la pression, en haut, ne devrait pas être trop importante. Il se pourrait qu'une simple barrière de contreplaqué fasse l'affaire.

Ils se marrèrent, mais nous montâmes quand même dans le camion et nous allâmes à fond la caisse, sur une route couverte de grêlons énormes, au chantier de construction du Caire où nous achetâmes tout le stock de contreplaqué. Nous étions trop énervés pour leur dire ce que nous allions en faire.

De retour au barrage, nous dressâmes les plaques de contreplaqué contre la rambarde de plastique et nous les clouâmes au pistolet, juste pour empêcher le vent de les emporter avant que l'eau ne les plaque contre le parapet. Nous n'avions pas fini qu'il se remit à pleuvoir. Nous pressâmes le mouvement, je vous prie de le croire. Je n'ai jamais travaillé sous une pression pareille. N'empêche que, le temps que nous ayons fini, l'eau commençait à lécher le dessus du béton et nous dûmes retourner en courant sur la route, en haut du barrage, où nous avions de l'eau jusqu'aux chevilles. C'était une expérience épouvantable.

Une fois sur la route qui retournait au poste de commande, nous nous arrêtâmes pour regarder en arrière. Si le contreplaqué ne tenait pas, si le barrage cédait, le bord, de ce côté-là, s'effondrerait probablement aussi, et nous étions tous fichus. Mais nous nous arrêtâmes quand même pour regarder. Nous ne pouvions pas nous en empêcher.

Le dernier coup de vent était passé pendant que nous nous démenions, et le ciel était devenu fou : orange foncé à l'est, turquoise intense au nord et au sud. Des couleurs de ciel que nous n'avions jamais vues. Il faisait encore tout noir à l'ouest, mais le soleil pointait sous un nuage, au loin, éclairant la scène à l'horizontale, d'une lueur cuivrée. En dessous de nous, le réservoir continuait à monter, sur notre cloison de contreplaqué. Pour finir, lorsque le crépuscule tomba, l'eau était arrivée un peu au-dessus du milieu des plaques de contreplaqué. Lorsqu'il devint vraiment difficile d'y voir — et j'avoue que je n'avais pas envie d'en voir davantage, tellement notre installation avait l'air précaire —, nous retournâmes à pied au poste de commande.

Arrivés là, nous n'avions plus qu'à attendre. Il se pouvait que toute la structure soit emportée très rapidement. Nous le verrions grâce à la télémétrie, et puis nous serions peut-être emportés à notre tour, balayés avec les murs latéraux. Nous passâmes donc la nuit à scruter les données informatiques en racontant à tout le monde, par téléphone, ce que nous avions fait. J'avais beau déglutir, j'avais une boule dans la gorge. Nous passâmes le temps en nous racontant des blagues — une de mes spécialités, je n'avais jamais fait rire personne aussi fort que cette nuit-là. Après la chute d'une de mes histoires, Mary me serra contre son cœur, et je sentis qu'elle tremblait. Je m'aperçus alors que j'avais aussi les mains tremblantes.

Le lendemain matin, l'eau était toujours au niveau du contreplaqué, mais elle semblait avoir un peu descendu. Notre barrage donnait l'impression de vouloir tenir. Cela dit, le spectacle était toujours aussi terrifiant. La surface du réservoir était tellement haute qu'on aurait dit une illusion d'optique. Et pourtant, elle était bien là, en dessous de nous, étalée dans toute sa couleur et son immensité dans la lumière du matin.

Ainsi donc, le barrage tint le coup. Mais nos réjouissances, lorsque les pompes arrivèrent et que le niveau de l'eau redescendit lentement au-dessous du haut du barrage, furent tempérées, presque étouffées. Nous aussi, nous étions pompés, si j'ose dire. En regardant les plaques de contreplaqué détrempées qui surmontaient le barrage, Mary dit :

— Dieu du Ciel ! Regarde, Stephan, on a fait une Nadia sur ce barrage !

Par la suite, évidemment, tout ça disparut. Je ne peux pas dire que je le regrette.

Grand Homme amoureux

Quand le Grand Homme tomba amoureux d'une femme humaine, ce fut une sacrée histoire.

Elle s'appelait Zoya. Oui, comme Zo Boone. En fait, c'était un clone de Zo, réalisé par des amis de Zo après l'accident qui lui avait coûté la vie. Génétiquement, Zoya était donc une autre fille de Jackie, et par conséquent l'arrière-petite-fille de Kasei, et l'arrière-arrière-petite-fille de John Boone. Et ce n'est pas tout. Comme le corps de Zo avait flotté un moment dans la mer du Nord, qui était légèrement salée, elle avait été, bien involontairement, touchée par la résurgence des archéobactéries. Et dans cette soupe primitive de mer salée, effervescente, elle avait apparemment aussi hérité de certaines caractéristiques du varech et des patèles, des dauphins, des otaries et allez savoir quoi d'autre. Elle était donc beaucoup de choses : grande comme Paul Bunyan, sauvage comme Zo, rebelle comme les archéobactéries, heureuse comme John et aussi tempétueuse et indomptable que la mer du Nord. Telle était Zoya ; Zoya était tout. Elle nageait entre les icebergs, elle volait dans le jet stream, elle faisait le tour du monde en courant en un après-midi. Elle buvait, elle fumait et elle prenait des drogues étranges, elle couchait avec de parfaits étrangers, parfois même avec des amis, et elle laissait tomber son travail dès qu'il y avait de belles vagues sur la mer. Bref, elle cherchait les émotions ; elle bafouait la morale et les conventions. Elle ridiculisait tous les principes du progrès humain. Elle pouvait tuer d'un regard ou d'un coup sur le nez. Sa devise était « S'amuser à tout prix ».

C'est ainsi que lorsque le Grand Homme passa sur Mars, un jour, et vit Zoya surfer sur les vagues de cent mètres de haut de la péninsule Polaire, il eut le coup de foudre. C'était exactement son genre de femme !

Et Zoya n'était pas contre. Elle aimait les hommes grands, et le Grand Homme était grand. Alors ils s'amusèrent ensemble dans tous les coins de Mars. Le Grand Homme prit bien soin de mettre les pieds dans ses anciennes marques de pas afin d'éviter de provoquer de nouveaux désastres et fit de son mieux pour ne pas s'empêtrer dans les choses, mais il n'y avait rien à faire... Ils batifolèrent le long de la crête d'Ius, et il eut beau marcher sur la pointe des pieds, c'est lui qui fit tomber toutes ces falaises, il y a dix ans. Il alla nager avec Zoya et c'est ainsi que la péninsule de Boone's Neck se retrouva sous l'eau, alors qu'il n'en avait que jusqu'aux genoux. Il vola dans le jet stream avec elle, et son ombre provoqua la première année sans été. Mais ils ne remarquèrent rien de tout ça. Ils s'amusaient trop.

Ils essayèrent même de faire l'amour. Zoya grimpait dans les oreilles du Grand Homme, qui la prenait dans la paume de sa main et se mettait à gémir comme King Kong avec Fay Wray, vous voyez ce que je veux dire : Allez, bébé, je t'en prie, fais l'amour avec moi, laisse-moi te faire l'amour, mais elle éclatait de rire, elle tendait le doigt vers son sexe en érection et elle disait : Désolée, Grand Homme. Je voudrais bien, mais ça ne marcherait pas. Enfin, il me faudrait la journée rien que pour grimper sur cette tour irréductible. Autant escalader les Plats dans l'Evier ou l'Other Old Man of Hoy. Et pour lui montrer, elle essaya un peu, escaladant ce promontoire et massant ce qu'elle pouvait. Mais pauvre Grand Homme ! ça lui faisait le même effet que si une fourmi l'avait pincé.

Dommage, disait-elle en allant nager. Je ne peux pas mieux faire.

Mais il le faut, gémissait le Grand Homme, j'en ai envie, j'en ai besoin, tu ne vas pas me laisser comme ça, bref, ce que disent les garçons et les filles du monde entier. Sauf que cette fois, il n'y avait rien à faire. Je regrette, disait Zoya. Je ne peux pas. Si seulement tu étais moins grand.

Et puis, un jour, se sentant un peu frustrée elle-même, elle dit : Ecoute, c'est une question de volonté. Il suffirait que tu sois un peu plus petit pour que ça marche entre nous ! Je te chevaucherais toute la nuit. Tu devrais peut-être essayer de te procurer un sexe plus petit.

Comment ? s'écria le Grand Homme. Que veux-tu dire ?

Ce que je viens de dire : un sexe plus petit. Fais-t'en greffer un autre. Tu te fais couper celui-ci et on t'en recoud un plus petit à la place.

Un plus petit ? Couper ?

C'est la situation qui l'exige, Grand Homme. Il va falloir en passer par là si tu veux que ça marche entre nous.

Quoi ? Comment ?

Une greffe ! Une transplantation ! Tu trouveras ça partout où on transplante des organes. Dans un hôpital, quoi !

Pas question, répondit le Grand Homme. D'abord — et ce n'est pas ma seule objection — les organes transplantés sont prélevés sur des cadavres.

Tu pourrais faire cloner le tien, en plus petit. On sait faire ce genre de chose, à notre époque.

Oh, je t'en prie, dit le Grand Homme. Rien que d'en parler, je me sens tout patraque.

Ce n'est pas ma faute, rétorqua Zoya. Quand on veut, on peut. Et elle s'éloigna à tire-d'aile, toute seule.

Enfin, que voulez-vous ? La vie n'était plus drôle du tout. Le Grand Homme finit par sombrer dans la neurasthénie. Si bien qu'il commença à se renseigner discrètement sur la question. Il alla dans une clinique et raconta une histoire d'ami qui avait une très très petite fiancée. Et il découvrit que les derniers progrès de la biotechnologie des échinodermes permettaient bel et bien de faire ce qu'il voulait. On pouvait l'amputer de ses parties génitales et les remplacer par un greffon cultivé à partir de cellules de l'original. Des cellules de la partie la plus sensible, lui assura un docteur. Une réduction du quart de la moitié lui permettrait d'arriver à la taille voulue pour Zoya.

Le Grand Homme ne connut plus la tranquillité d'esprit. Il était en proie à un cruel dilemme, un gros problème ou un petit ? C'est horrible ! se disait-il. C'est ridicule. Je ne ferai jamais une chose pareille. Je préfère l'oublier. Il quitta la clinique de chirurgie esthétique uro-génitale, bien décidé à ne pas y remettre les pieds.

Mais le Grand Homme était amoureux, et l'amour du Grand Homme était un grand amour. Or l'amour est une grande chose; une chose qui amène à se surpasser. C'est bien triste, une vie sans amour. Et la vie sans Zoya était d'un ennui inconcevable.

Alors, un jour, le Grand Homme dit : Ça va, ça va. D'accord. Et il retourna à la clinique pour qu'ils prélèvent des cellules de l'endroit le plus sensible de son individu. Ça lui fit un mal de chien.

Après cela, il se rendit sur le nuage d'Oort pour communier avec lui-même. Nous jetterons un voile pudique sur cette scène intime. Disons seulement que, lorsqu'il revint, las et plein d'appréhension, il se déclara prêt. Alors Zoya lui tint la main pendant qu'ils lui administraient des litres d'anesthésique et procédaient à l'opération. Et quand il reprit connaissance, ses parties génitales étaient le quart de la moitié plus petites qu'avant.

Ridicule, dit-il.

En hommage à son courage, Zoya avait fait chimiquement momifier son ancien organe et l'avait envoyé par la voie des airs vers Hellespontus Montes, où il avait été placé à côté du massif appelé les Plats dans l'Evier. Depuis, c'est un promontoire très populaire parmi les amateurs d'escalade, qui le gravissent sous toutes ses coutures.

Enfin, lorsque toutes les cicatrices furent résorbées et que le Grand Homme fut physiquement remis, au milieu de l'été, Zoya l'emmena vers le rivage du golfe de Chryse, sur l'une de ses plages favorites, une bande de sable déserte dans une baie isolée.

Veux-tu m'aimer, maintenant? lui demanda le Grand Homme.

Je le veux, répondit Zoya.

Cette fois encore, jetons un voile pudique et laissons-leur un peu d'intimité. Sachez seulement que, lorsqu'ils redescendirent vers le sud, le Grand Homme se sentait incroyablement léger pour la première fois de sa vie; il marchait dix mètres audessus du sol. Il ne savait pas que ça pouvait être si bon.

Plus tard, hélas, Zoya le quitta et lui brisa le cœur, mais il fut bien forcé de s'y faire, ainsi qu'à son organe, réduit à une douce petite chose entre ses jambes. Ça lui faisait un peu drôle, mais ce n'était pas mal, au fond. Comme ça, quand il rencontrait des femmes qui lui plaisaient, il pouvait avoir avec elles des relations assez satisfaisantes. Et quand il tombait sur Zoya, ils renouaient parfois leur ancienne liaison, avec la même passion. Alors, en fin de compte, l'un dans l'autre et tout bien considéré, il se disait que ça valait la peine. Et tous les amateurs d'escalade de Mars se félicitent, eux aussi, de cette décision.

Plaidoyer pour la mise en œuvre de techniques de terraforming sûres

L'Oxia River charrie beaucoup de boue après les orages sur Margaritifer Terra, et ses eaux limoneuses se déversent, à travers les bancs de sable de l'embouchure, dans le golfe de Chryse, qui se teinte de rouge sur trois ou quatre kilomètres. On croirait voir s'épanouir une fleur de sang vers l'archipel, à l'horizon. Quand la marée reflue et que les boues se déposent sur le fond, le lit de la rivière en est presque toujours changé. Parfois, l'embouchure remonte jusqu'à l'autre bout de la plage. Le vieux chenal se comble alors d'alluvions, mais les vagues viennent encore se cabrer sur les berges submergées, qui les domptent. Tout cela évolue, semaine après semaine, tempête après tempête — tout sauf les éléments en cause, évidemment : le soleil, la mer, le ciel —, les falaises qui s'avancent dans la mer, encadrant le canyon de la rivière ; le lagon bordé de plages, les dunes, l'eau du fleuve qui ondoie vers le large, pardessus les barres formées par les hauts fonds, et va se glisser sous les brisants. Tout cela est toujours là.

Enfin, « toujours »... il faut relativiser, bien sûr. Disons que les choses se sont passées comme ça pendant des années. Mais sur Mars, le paysage est en perpétuel changement. Un équilibre ponctuel sans équilibre, comme a dit Sax, un jour. Et avec le refroidissement des années 2210, les années sans été, si on n'avait rien fait, le paysage du delta ne serait pas longtemps resté tel quel.

Mais les méthodes qui semblent receler un espoir de ralentir cette tendance semblent bien drastiques en vérité. Pour les amoureux de ce paysage, l'idée d'un million d'explosions thermonucléaires dans le régolite profond a quelque chose de choquant, de mal. Vous pouvez avancer tous les arguments que vous voudrez sur le confinement des radiations, l'importance vitale de la chaleur souterraine et même l'utilisation de vieilles armes terrestres, un environnementaliste ne peut pas approuver une chose pareille.

Et la stupidité du langage utilisé par certains pour préconiser l'utilisation de ces méthodes industrielles lourdes n'arrangea pas les choses. Ces gens-là n'avaient pas compris le pouvoir de la langue. Ils se gargarisaient de la « destinée manifeste » de Mars, oubliant que cette formule était attachée à un moment précis de l'histoire américaine, intimement lié à une guerre impérialiste de conquête, à un patriotisme aveugle, inepte, et à un génocide dont la plupart des Américains renâclent encore à admettre l'existence. Le fait d'associer cette horrible vieille formule au sauvetage de la biosphère martienne était débile ; mais il s'est trouvé des gens pour le faire quand même.

D'autres, comme Irishka, en furent profondément écœurés. Tout ça pour un problème de vocabulaire. J'assistai à toute la session de la cour environnementale globale, et j'écoutai les arguments pour et contre. Et bien que je travaille sur les mots, je me dis : C'est absurde ; c'est affreux. Le langage n'est qu'un monstrueux ensemble de fausses analogies. Il y a un meilleur moyen de faire valoir son point de vue.

C'est ainsi que, à la fin de la saison, j'emmenai Irishka et sa compagne, Freya, en balade. Nous prîmes la piste équatoriale vers le fjord d'Ares, à l'ouest, puis nous remontâmes en direction du nord-ouest, vers le golfe de Chryse et la route empierrée qui va à Soochow Point, au-dessus de la large plage sur laquelle se jette l'Oxia. Nous arrivâmes, au détour d'un virage, sur la route de la falaise. C'était le début d'une belle matinée d'été, et tout était clair. Clair et bleu : l'horizon était une ligne nettement définie entre le ciel d'un bleu très foncé avec des reflets violacés, comme s'il y avait une pellicule rouge au-dessus du bleu, et la mer d'un bleu presque noir, très transparente, ce jour-là, jusqu'à une grande profondeur. Le paysage était de roche rouge teintée de noir. C'est une caractéristique de la région : le sol s'assombrit au fur et à mesure qu'on va vers Syrtis la noire, à l'est. Il n'y avait pas un poil de vent, et l'eau était si calme que les vagues faisaient comme dans ces bassins à vagues des cours de physique, déroulant nettement leur courbe dans le sillage de la vague précédente, ronronnant, abandonnant derrière elles une dentelle blanche, effervescente, qui venait mousser sur le sable rouge, humide, du rivage.

Je constatai tout de suite que le fond avait encore changé au cours de la dernière tempête. Il y avait un nouveau cordon littoral, sur la gauche de la plage. Et ce banc de sable formait un angle parfait avec les vagues matinales, qui étaient assez hautes. Sans doute le vent soufflait-il avec force dans le grand canyon et le fjord de Kasei, de l'autre côté du golfe de Chryse, formant ces vagues à mille trois cents kilomètres de là. Nous pouvions les voir s'enfler, sur l'horizon, leurs crêtes régulièrement espacées, un peu incurvées vers nous, comme les arcs d'un cercle plus vaste que le golfe de Chryse lui-même. Elles s'enroulaient autour de Soochow Point et de notre plage, plongeant d'abord sur le nouveau cordon littéral puis se brisant en une ligne continue, bien nette, tout le long de la plage, vers la nouvelle embouchure de la rivière, plus loin, à droite. Le courant était rapide, mais pas trop. Chaque vague était légèrement différente, évidemment, les creux peu profonds annonçant des murailles impressionnantes, ou de longues volutes qui s'enroulaient et déferlaient en cascades limpides. Les conditions n'auraient pu être meilleures. « Oh mon Dieu ! dit Irishka. C'est le paradis. »

Nous descendîmes de voiture sur la falaise, nous enfilâmes nos combinaisons, puis nous suivîmes le sentier et nous traversâmes la plage, nos palmes à la main. Les vagues qui venaient mourir sur le sable montaient sur nos bottillons et nous poussâmes des glapissements lorsque l'eau froide (elle était à huit ou dix degrés, mais elle se réchauffa rapidement) s'insinua dans nos combinaisons, à hauteur du mollet. Nous avançâmes dans l'eau jusqu'à la taille, puis nous enfilâmes nos palmes, ajustâmes nos capuchons, et nous sautâmes sous la vague suivante. Le froid nous arracha de grands cris bien que nous n'ayons que le visage d'exposé. Nous avions alors de l'eau jusqu'à la poitrine. Nous restâmes debout sous l'assaut des vagues, nous retournant lorsqu'elles s'écrasaient sur nous, puis nous plongeâmes sous une masse d'eau écumante, et nous nous éloignâmes à la nage.

Prendre le large ne fut pas si facile. Les vagues ont toujours l'air plus petites vues de la plage, et surtout du haut d'une falaise, d'autant qu'il n'y avait personne pour donner l'échelle. Nous étions bien placés, à présent, pour voir que les vagues brisées étaient des murs de deux ou trois mètres de haut, et que passer sous l'une d'elles pouvait être une épreuve assez risquée si on s'y prenait mal. Et nos combinaisons avaient beau être de bonne qualité, on était quand même saisi par le froid au début.

Je plongeai juste avant d'être heurté par une muraille, me détendis et me laissai aspirer. Il existe un courant qui traverse le corps des vagues dans lequel il faut se placer. Je fus secoué par les turbulences comme un drapeau dans le vent, puis je fusai brutalement hors de l'eau. Je crevai la surface et me mis à nager énergiquement dans le sifflement de la muraille bouillonnante suivante, sous laquelle je replongeai. Plutôt que de lutter contre le courant, il vaut mieux calculer son coup afin de profiter de l'aspiration. Irishka était très douée pour ça, et ce jour-là, comme toujours, elle était loin devant nous.

Je plongeai ainsi six fois de suite, puis je vis que je pouvais passer par-dessus ou à travers la prochaine vague juste avant qu'elle se brise, et je pressai le mouvement, donnant de grands coups avec mes longues palmes. En même temps, je sentis que le remous m'aspirait. Je volai littéralement sur l'épaulement, crevai la lèvre, retombai sur la levée et repartis en brasse coulée pour échapper aux turbulences. Vite, loin !

Je me laissai doucement porter par la vague suivante, ce qui me permit de voir que j'étais juste en retrait de la barre. Irishka et Freya étaient là, devant moi. Irishka nagea vers une vague, se retourna et se remit à nager puissamment sur le dos lorsque la vague la cueillit — une grosse masse d'eau, une montagne qui s'enflait, formait une muraille, emmenant Irishka sur son dos, comme par magie, toujours plus haut.

Elle se remit à plat ventre sur la vague, tendit ses gants palmés devant elle et vers le bas, réalisant une petite surface flottante, puis elle effectua un bottom-turn, projetant une gerbe d'eau blanche dans son sillage. Les combinaisons de cette époque vous faisaient ressembler à un oiseau : elles se raidissaient en réaction aux efforts qui leur étaient imposés, et les genoux se verrouillaient, ce qui permit à Irishka d'effectuer un passage en aquaplaning sur la surface de l'eau, ne l'effleurant plus que des mains, du bas des jambes et des palmes.

Elle plana ainsi sur le large dos de la vague, qui déferlait à gauche, à une allure majestueuse, pas très vite, sauf dans les creux occasionnels à travers lesquels elle filait, laissant à Irishka le temps d'effectuer des tracés vers le haut et vers le bas, effleurant la crête et redescendant comme une fusée. Dangereusement loin dans le creux, ce qui l'obligeait à remonter sur le mur, mais avec une énergie accrue, si bien qu'elle remontait très haut, presque jusqu'à la mousse qui plongeait vers le creux suivant. Un tube, oui ! Il y avait une section rapide à mi-distance de la plage, à ce qu'il semblait, où la vague devenait tubulaire sur une longue étendue, de sorte qu'Irishka disparut à ma vue pendant des secondes entières, puis surgit du tunnel, très haut vers l'épaule, et replongeant pour rester dans la vague.

Yooou ! m'écriai-je, et je nageai de toutes mes forces vers la barre. Freya prit une vague juste au moment où j'arrivais, et disparut derrière moi avec un cri excité. J'avais toute la vague pour moi, maintenant, et la suivante avait l'air aussi bonne, sinon meilleure. Je nageai vers la partie la plus abrupte, et me félicitai de mon timing. Je me retournai et nageai vigoureusement vers le rivage. La vague me cueillit, je commençai à dévaler le mur et je sus que je l'avais attrapée. Un bottom-turn, puis je remontai l'épaulement de la vague, étudiant la masse d'eau qui montait sous moi, à ma gauche, mais aussi le ciel et l'embouchure du fleuve à ma droite. Je chevauchais la vague comme un toboggan, dévalant une colline mouvante qui se mouvait éternellement dans la réalité, devant moi.

Chevaucher la vague est une expérience tellement étrange qu'elle est difficile à décrire. Le temps change, ou plutôt la perception qu'on en a, si tant est que ce ne soit pas la même chose. La durée s'allonge, se dilate comme un ballon ; on a l'impression de remarquer dix ou cent fois plus de choses qu'en un instant normal. Et parallèlement, ou dans une oscillation paradoxale, tout semble se condenser en un unique instant ponctuel. On a l'impression d'une petite éternité intemporelle concentrée en quelques secondes. Ça ne dure souvent que quelques secondes, à vrai dire, mais c'est l'impression qu'on finit toujours par avoir, même si ça dure une minute ou plus. Peut-être a-t-on seulement l'impression que ce n'était pas assez long!

Quelque expérience que l'on ait de ces nœuds dans le temps, après, on se rappelle à peine les détails de ce qui a été une journée en perpétuel mouvement. Pour soi, et pour le monde. Quelque chose englue la mémoire; il n'y a peut-être pas de mots pour ça. Les vagues se fondent l'une dans l'autre, et à la fin de la journée, quand on se retrouve sur la plage, dans la réalité ordinaire, si on fait un effort pour se souvenir, seuls certains moments particuliers reviennent à l'esprit, des instants de vision où une image, un mouvement s'est gravé au fer rouge dans le cerveau, pour revenir aux moments les plus inattendus, dans des rêves dont on ne gardera aucun souvenir.

C'est ainsi que de chaque vague individuelle de ce jour-là je ne peux pas dire grand-chose, bien que la première (comme toujours) me soit restée plus vivement en mémoire que les autres. C'était une longue chevauchée pleine d'événements, comme toutes celles qui suivirent. Je planai sur l'épaulement, montant et descendant, traçant un beau sillage sur la vague qui s'enflait, sentant mon corps à la fois immobile et en rapide mouvement, changeant d'angle afin de réorganiser ma trajectoire. Je vis venir la section rapide, et m'installai dans un tube qui dura un certain temps; puis je vis que le tube se refermait. Je passai à toute allure au paradis, ressortis et remontai très haut sur le mur, presque de l'autre côté. J'effectuai un tour complet sur moi-même, retombai dans la vague, effectuai un bottom-turn et remontai. Et comme ça sur toute la longueur de la plage, durant près de deux minutes.

Je chevauchai ainsi je ne sais combien de vagues. Quand c'était fini, nous trouvions plus simple de nous laisser rouler sur le rivage, repartir à pied le long de la plage et nager jusqu'à la pointe plutôt que de nager vers le large et le sud sur toute la longueur de la plage. C'est ce que nous faisions donc : nous chevauchions la vague et repartions à pied en donnant des coups de pieds dans les creux, faisant jaillir des éventails d'écume devant nous. Et nous commentions les vagues en poussant des hurlements éperdus d'admiration pour cette journée éclaboussée de soleil. Et nous repartions pour un nouveau combat, sauvage, épuisant, et nous ressortions, et nous recommencions.

Les vagues prirent de la hauteur au fur et à mesure que le matin laissait place à l'après-midi, puis le vent finit par troubler la surface vitreuse de l'eau. Mais c'était un vent qui venait de l'intérieur des terres, l'ami du surfeur ; en dévalant le canyon sous le soleil de l'après-midi, il nous offrit de belles vagues, tenant les brisants en respect et chassant l'écume de leurs crêtes, une mousse qui retombait comme une pluie tropicale sur le dos des vagues. Parfois, alors que nous étions ballottés par les crêtes, nous voyions certains de ces arcs-en-ciel éphémères dans les embruns que les Hawaïens appellent *ehukai.* A la fin de la journée, je vis Irishka plonger devant moi dans l'épaulement de la même vague. Au bout d'un moment intemporel, je filai dans le tunnel, derrière elle. Nous étions tous les deux immobiles comme des statues et pourtant nous volions dans un immense tube d'eau qui s'enroulait sur notre gauche et au-dessus de nos têtes. Puis je vis le tube se refermer devant Irishka, nous remontâmes et nous explosâmes tous les deux en même temps dans le crachin soufflé par le vent. Alors je me retournai, et je la vis suspendue dans l'*ehukai*, les bras écartés, telle une sirène cambrée sur un arc-en-ciel.

Sélection d'extraits du *Journal d'études aréologiques*

« Un nano-organisme indigène aurait été trouvé dans la région de Ceraunius Tholus ». Vol 56, 2 novembre M-61. Par Forbes, G.N., Taneev, V.L., *et alii*, Département de microbiologie de l'Institut d'études aréologiques d'Acheron.

Le cratère SNC, au pied du flanc nord de Ceraunius Tholus, passe généralement pour la source des météorites SNC retrouvées sur Terre (cf. Clayborne et Frazier, M-4d). Des forages ont été effectués à une profondeur d'1 km sous le flanc nord de Ceraunius Tholus, à des endroits où la température du sol était supérieure de 10 à 50 micro-kelvins à la température moyenne du flanc. La plupart des sites de forage se trouvaient à moins de 4 km du chenal de lave principal, qui allait de la caldeira de Ceraunius au cratère SNC. Cinq puits de forage du côté ouest du chenal de lave (voir carte 1) rencontrèrent les restes effondrés d'une source thermale, qui renfermait de la glace et des poches d'eau liquide de l'ordre du millilitre. Les parois de ces fractures présentaient des formes ovoïdes, de moins de 20 nanomètres, ressemblant aux structures trouvées dans la météorite SNC ALH 84001. Aucune activité métabolique n'a été détectée dans les formes de Ceraunius, mais l'examen au microscope électronique révèle ce qui paraît être des parois cellulaires et des fragments de protéines d'ARN. Des analyses par la technique de PCR ont été effectuées sur les échantillons à l'aide de primaires spécifiques de l'ARN ribosomique, et les produits ont été séquencés, révélant une séquence magnéto-active similaire à celle de certains méthanogènes marins terrestres. Des silicates de l'évent thermique effondré proche du matériau récolté présentaient aussi des structures spongiformes stratifiées d'un aspect fortement stromatolitique, mais deux fois plus fines que celles qu'on a pu observer dans des échantillons terriens. On a pu avancer que c'étaient des stromatolites et que les formes ovoïdes étaient des archéobactéries ou des nanobactéries, soit en sommeil, soit au métabolisme ralenti en réaction à un environnement longtemps défavorable.

« Origine terrienne possible des échantillons du sous-sol de Ceraunius ». Vol 57, 1er juillet M-62. Par Claparede, R., Borazjani, H.X. *et alii*, Département d'écologie de l'Université de Mars, Burroughs.

Nous avons examiné les structures de type nanobactérien découvertes dans les échantillons prélevés lors du forage du flanc nord de Ceraunius Tholus (cf. Forbes et Taneev, M-61a). On y a trouvé les carbonates et les magnétites observés dans ALH 84001, mais aucun mouvement ou action métabolique. Comme dans le cas d'ALH 84001, dans l'Antarctique, on envisage la possibilité d'une récente contamination de la roche, et dans ce cas précis d'une contamination anthropogénique. Une hydratation de la faille en question aurait pu se produire lorsque le tunnel de lave de Ceraunius Tholus a servi de lit à un cours d'eau, de M-15 à M-38. Par ailleurs, alors que les échantillons contiennent des magnétites, on peut se demander si une archéobactérie ou une nanobactérie indigène n'aurait pas évolué, produisant des magnétites quand Mars avait un champ magnétique si faible qu'il ne pouvait avoir aucune influence sur le plan biologique.

« La magnétosphère martienne aurait été sensiblement plus forte au noachien qu'à l'époque actuelle ». Vol 57, 2 avril M-62. Par Kim, C.H., Institut d'aréophysique de Senzeni Na, et Forbes, G.N., Département de microbiologie de l'Institut d'études aréologiques d'Acheron.

Les études paléomagnétiques menées dans la moitié sud de la dichotomie de la croûte démontrent que la paléo-intensité du champ magnétique martien atteignait 250 à 1000 nT vers 1,3 giga-A-m, donc à une époque récente, probablement en raison de la présence d'une dynamo active dans le noyau. On peut en déduire que Mars a généré un moment magnétique supérieur à 10^{13} T-m^3 (par comparaison, le moment de la Terre est de 8 x 10^{15} T-m^3) pendant toute la durée du noachien, de 4,1 giga-A-m à 1,3 giga-A-m (cf. Russell *et alii*, m6j). Le développement du biomagnétisme à une période indigène primitive ne serait donc pas surprenant.

« La paléomagnétosphère reste à déterminer. » Vol 57, 2 août M-62. Par Russell, S., Coop du Laboratoire de Da Vinci.

D'après les dernières publications, la magnétosphère martienne serait négligeable depuis 3,5 giga-A-m environ.

« Similitudes entre les archéobactéries indigènes trouvées sous Ceraunius Tholus et les archéobactéries *Methanospirillum jacobii* du sous-sol de Columbia. » Vol. 58, 1er août M-63. Par Forbes, G.N., Département de microbiologie de l'Université martienne du Caire, Taneev, V.L., Institut d'études aréologiques d'Acheron, et Allan, P.F., Département de microbiologie de l'Université martienne du Caire.

Les organismes de type archéobactérien retrouvés à Ceraunius, et ce qui paraît être des nanofossiles de ces organismes, ressemblent par bien des points de vue physiques et chimiques aux *Methanospirillum jacobii* trouvés dans les roches du lit de la Columbia (voir figure 1.2). Dans tous les échantillons martiens on trouve un isotope d'azote lourd qui distingue l'atmosphère de Mars de toutes les autres réserves de gaz virtuelles du système solaire, ce qui élimine la possibilité de contamination comme origine possible. L'analyse partielle du génome des fragments d'ARN des organismes de Ceraunius présente une analogie de 44,6 % avec l'ADN des archéobactéries *Methanospirillum jacobii* trouvées sous Columbia. Cette analogie exclut une origine indépendante. L'ensemencement de la vie d'une planète à l'autre passe pour l'explication la plus plausible. L'analyse du taux de mutation de Lewontin-Thierry donne une date de division des deux espèces située vers 3,9 giga-A-m, c'est-à-dire vers la fin du bombardement intense.

« Prépondérance d'acides aminés lévogyres dans les organismes de type archéobactérien trouvés à Ceraunius. » Vol. 58, 2 octobre M-63. Par Forbes, G.N., Allan, P.F., et Wang, W.W., Département de microbiologie, Université martienne du Caire, et Taneev, V.L., Institut d'études aréologiques d'Acheron.

De même que les acides aminés lévogyres prédominent dans les *Archaea ceraunii* trouvées à Ceraunius Tholus, les acides aminés dextrogyres prédominent dans les *Methanospirillum jacobii* trouvés dans le sous-sol de Columbia, et dans des proportions similaires (cf. Ellsworth, N.W., 2067a). Les organismes morts depuis plus d'une année martienne présentaient à peu près le même pourcentage d'acides aminés dextrogyres et lévogyres. L'incidence élevée remarquée dans les échantillons prélevés à Ceraunius indique donc soit que les spécimens étaient vivants, soit qu'ils l'étaient encore au cours de la dernière année martienne. Il est maintenant établi (cf. Nabdullah, 2054) que les bactéries extrémophiles dont l'environnement se dégrade réagissent au stress en ralentissant leur métabolisme jusqu'à ce que la division cellulaire se produise moins d'une fois par siècle. Leurs fonctions biologiques étant temporairement suspendues, ou extrêmement ralenties, la meilleure indication de vie réside dans l'état biochimique, comme la présence d'acides aminés lévogyres.

« L'analyse génomique des nanobactéries de Ceraunius et de Columbia révèle une récente division de la population. » Vol. 59, 1er février M-64. Par Claparede, R., et Borazjani, H.X., Département d'écologie, et Olson, G.B., et Tresh, J.J., *et alii*, Département de microbiologie, Université martienne de Burroughs.

Il a été déterminé que, s'il semble y avoir des nanobactéries sous le flanc nord de Ceraunius, l'analyse du génome des fragments d'ADN des deux populations révèle qu'il est identique à 85,4 %. Le résultat de la recalibration du taux de mutation par Nguyen et McGonklin indique que les deux organismes ont subi une division au cours des 5 000 dernières générations.

Il en résulte que les roches de Ceraunius Tholus auraient été contaminées par des nanobactéries terriennes il y a une vingtaine d'années martiennes, c'est-à-dire pendant la période au cours de laquelle le tunnel de lave du flanc nord du volcan a été utilisé comme cours d'eau. Cette pratique a été interrompue par ordre de la cour environnementale globale (cf. *Procédures de la CEG*, M-46, p. 3245-47), le fond du tunnel ayant été trouvé trop poreux et, selon les termes du rapport, « présentant un risque considérable de contamination du régolite profond ».

« Les formations stromatolitiques de Ceraunius Tholus correspondent à la structure et à la composition chimique de la geysérite hydatogène découverte sous Tharsis Tholus. » Vol. 60, 1er mai M-65. Par Borazjani, H.X., Département d'écologie, Robertson, L.D., Wulf, V.W., et Flores, N., Département d'aréologie, Université martienne de Burroughs.
Un dépôt siliceux composé de silicates d'opaline presque pur a été découvert lors de forages dans Tharsis Tholus. La source thermale située à 4,2 km sous la surface du flanc ouest était encore active, et la formation de geysérite résultante est manifestement d'origine abiologique. On n'a trouvé aucune microbactérie, nanobactérie ou archéobactérie, non plus qu'aucun nanofossile, dans les roches analysées, qui ont toutes été prélevées et manipulées à l'aide des techniques stériles préconisées par la CEG.

« L'analyse mitochondrique des *Archaea ceraunii* et des *Methanospirillum jacobii* de Columbia indique que la population de Ceraunius est la plus ancienne des deux. » Vol. 60, 2 mai M-65. Par Forbes, G.N., Département de microbiologie, et Pieron, I.I., Département de génétique, Université martienne du Caire, et Kim, C.H., Institut d'aréophysique de Senzeni Na.
Bien que le processus abiologique explique la formation de geysérite de Ceraunius Tholus, les taux d'imprégnation de la lave basaltique tels que calculés par Russell *et alii*, M-12t, indiquent que les archéobactéries qui tapissent les fractures du basalte ne peuvent avoir pénétré assez rapidement dans la roche

pour être d'origine anthropogénique. L'analyse des mitochondries montre clairement que les *Archaea ceraunii* fossiles trouvées sur le site parmi des spécimens vivants sont plus anciennes que les *Methanospirillum* du sous-sol de Columbia. L'analyse des mitochondries suggère aussi que les espèces terriennes descendantes se sont séparées de leur ancêtre il y a environ 180 années martiennes, à l'époque où le cratère SNC s'est formé, et où les météorites SNC ont été projetées dans l'espace (cf. Matheson, N., 1997b). Il en résulte que les archéobactéries auraient pu arriver sur Terre dans les météorites de SNC.

« Les météorites SNC ne viennent pas forcément du cratère SNC. » Vol. 60, 1er décembre M-65. Par Claparede, R., Département d'écologie ; Xthosa, N., Institut d'aréophysique de Senzeni Na, et Taneev, V.L., Institut d'études aréologiques d'Acheron.

L'analyse spectrographique des météorites de Shergotty et de Zagami montre que les deux pierres diabasiques se composent essentiellement de pyroxènes, la pigeonite et l'augite, et de maskelynite, un verre plagioclase choqué. La maskelynite est zonée, avec des phases annexes de titanomagnétite, d'ilménite, de pyrrhotite, de fayalite, de tridymite, de whitlockite, de chlorapatite et de baddeleyite. Les investigations *in situ* de la diabase bréchiforme du cratère SNC et de la région environnante révèlent que l'ilménite et la whitlockite manquent dans l'inventaire. Les études d'un autre cratère ovale du même âge et de la même taille du massif d'Elysium, le cratère Tf, montrent qu'il présente la même diabase bréchiforme, avec les mêmes phases annexes, que le cratère SNC et les environs. La diabase du cratère Tf présente aussi une texture poecilitique identique à celle que l'on a observée dans la météorite de Chassigny (Banin, Clark et Wänke, 1992). N'importe lequel de ces cratères pourrait être à l'origine des météorites SNC trouvées sur Terre.

« Des caractéristiques exotiques trouvées dans les *Archaea ceraunii* confirment leur origine indigène. » Vol. 64, 1er avril M-69. Par Forbes, G.N., Département de biologie, Faculté de Sabishii.

On a retrouvé un pourcentage d'isotope d'azote lourd typiquement martien dans les archéobactéries découvertes à 2,3 km sous la surface de Ceraunius Tholus, dans d'anciennes sources thermales. L'analyse des mitochondries à l'aide des équations de Thurmond révisées confirme que les *Archaea ceraunii* et les nanobactéries *Methanospirillum jacobii* du fond de Columbia ont un ancêtre commun remontant à 6 000 ou 15 000 générations. On n'a pas encore établi avec certitude le taux de mutation des extrémophiles dont le métabolisme s'est radicalement ralenti, mais tout semble indiquer qu'il serait sensiblement plus lent que précédemment estimé (cf. Whitebook, H., M33f). Cela signifie que la divergence en deux espèces distinctes des nanobactéries de Ceraunius et de Columbia aurait pu se produire il y a 1,8 giga-A-m sinon plus. Le taux d'imbibition du basalte est inférieur à 1 cm par année martienne (cf. Russell *et alii*, M12t), et toutes les *Archaea ceraunii* n'ont pas été trouvées à la surface de roches fissurées et dans l'évent thermique ; on en a retrouvé jusqu'à un mètre de profondeur dans des strates intactes. Ces réflexions, et d'autres, montrent que les *Archaea ceraunii* n'ont pu être introduites *in situ* par un processus anthropogénique. Elles n'auraient pas eu le temps d'y arriver. Compte tenu de toutes ces données, l'origine indigène paraît être la seule bonne explication.

Recherche par mots clés
In *Journal d'études aréologiques*, vol. 65 à 75.

Mot clé — *Archaea ceraunii*
Pas de réponse à l'interrogation.

Odessa

Oh, que nous étions heureux en ce temps-là. En amour, bien sûr. Rien que nous deux ; pas d'enfants ; un travail intéressant ; beaucoup de temps libre ; Mars entière à explorer ensemble. Nous faisions de longues marches dans la nature, nous nous promenions en bavardant. La nuit, nous dormions à la belle étoile. Pendant des années, nous avons passé l'automne à Odessa, à travailler dans les vignes et les caves. Nous louions une petite maison dans un village, près de la plage, à quelques kilomètres à l'ouest d'Odessa, au terminus de la ligne de tram. Un village à flanc de coteau, surplombant l'anse d'une plage, des maisons les unes sur les autres, en bas, dispersées entre les arbres, en haut. Notre maison était assez haut sur la colline, et nous avions vue sur la cime des arbres, les toits de tuiles et la vaste étendue bleue de la mer d'Hellas. Un petit patio sur l'arrière, une table, deux chaises. Beaucoup de vignes en fleurs, un petit citronnier dans un baquet. Presque tous les estivants étaient partis, à ce moment-là, et il n'y avait plus qu'un restaurant d'ouvert, sur la plage. Les chats n'étaient pas farouches, ils avaient le poil luisant et l'air bien nourris, et pourtant ils n'étaient à personne. Au restaurant, l'un d'eux me sauta sur les genoux et se mit à ronronner. Je me souviens de la première fois où nous regardâmes, depuis le patio, la vue, en bas, puis la maison — les murs blanchis à la chaux, la treille, le balcon de la chambre avec sa rambarde en fer, les collines brunes au-dessus de nous, sur l'arrière, la mer et le ciel. Toute cette perfection nous faisait rire. La plupart du temps, le matin, nous allions en tram à la ville, pour travailler, et l'après-midi nous allions à la plage. Ou le contraire. Le coucher du soleil sur le patio, avec un verre de vin. Le dîner dans notre petite cuisine, ou au restaurant, en bas, où il y avait deux gars qui jouaient de la guitare et de la mandoline, le vendredi soir. Et les nuits dans notre maison rien qu'à nous. Des fois, je me réveillais avant l'aube, alors je descendais me faire un café et je sortais sur le patio. Un de ces matins-là, il y avait dans le ciel un nuage en forme d'arête de hareng qui devint rose, puis doré.

Dimorphisme sexuel

La paléogénomique recelait un fort potentiel hallucinatoire. L'étude du matériel fossile ultramicroscopique n'était pas qu'une affaire d'instrumentation, même si son rôle était omniprésent ; il y avait aussi la métamorphose au fil du temps du matériel proprement dit, de l'ADN et de ses matrices, de sorte que les données étaient forcément incomplètes, et souvent très fragmentaires. Il fallait donc bien admettre la possibilité de projection de schémas psychologiques type Rorschach sur ce qui pouvait n'être, en fin de compte, que des processus purement minéraux.

Le Dr Andrew Smith en était plus conscient que n'importe qui. Ça constituait même, en fait, l'un des problèmes cruciaux de son domaine : reconstituer de façon convaincante les traces d'ADN dans l'histoire du fossile, les distinguer de tout un éventail de pseudo-fossiles possibles. L'histoire de la discipline grouillait de pseudo-fossiles, des premiers faux nautiloïdes jusqu'aux célèbres fameuses pseudo-nanobactéries martiennes. Rien n'avançait, en paléogénomique, tant qu'on n'avait pas montré qu'on parlait vraiment de ce qu'on avait dit qu'on parlait. C'est ainsi que le Dr Smith ne s'excita pas trop, au début, sur ce qu'il avait trouvé dans l'ADN génomique d'un fossile de dauphin primitif.

En dehors de toute autre considération, ce travail présentait certains agréments, au départ. Il vivait sur le golfe d'Amazonis, une vaste baie située à l'est d'Elysium, près de l'équateur, tout au sud de l'océan qui faisait le tour du monde. L'été, même depuis qu'il faisait plus frais, l'eau des entrées maritimes dans l'intérieur des terres était aussi chaude que du sang, et des dauphins — acclimatés à partir de dauphins d'eau douce terriens comme le baiji de Chine, le boto de l'Amazone, le susu du Gange ou le bhulan de l'Indus — batifolaient juste devant la plage. Le soleil matinal brillait à travers les vagues, révélant leurs silhouettes fugitives. Ils étaient parfois huit ou dix à jouer dans la même vague.

Il travaillait dans un laboratoire océanographique qui donnait sur le port d'Eumenides Point, labo associé à celui d'Acheron, plus à l'ouest, sur la côte. Eumenides s'intéressait surtout à l'écologie en mutation d'une mer qui devenait de plus en plus salée, et les recherches du Dr Smith portaient plus particulièrement sur les adaptations des cétacés éteints qui avaient vécu à l'époque où la salinité des océans de la Terre n'était pas partout la même. Il avait dans son labo des matériaux fossiles envoyés de la Terre, ainsi qu'une importante documentation comportant les génomes complets de tous les descendants vivants de ces créatures. Le transfert de fossiles de la Terre ajoutait le problème de la contamination par les rayons cosmiques à tous les autres problèmes posés par l'étude de cet antique ADN, mais on considérait généralement ces effets comme mineurs et sans conséquence, raison pour laquelle ces fossiles lui avaient été envoyés. Et, bien sûr, avec les nouveaux vaisseaux rapides propulsés par fusion froide, le temps d'exposition aux rayons cosmiques avait sensiblement diminué. Smith pouvait donc se livrer à ses investigations sur la tolérance au sel des mammifères anciens et actuels, apportant un éclairage nouveau sur la situation martienne et rejoignant le débat en cours sur les paléohalocycles des deux planètes, qui était l'un des sujets brûlants de la planétologie comparée et de la bio-ingénierie.

Cela dit, c'était un domaine de recherche tellement pointu qu'il fallait être de la partie pour y accorder le moindre crédit. C'était un domaine bâtard, complexe, qui ne trouverait d'utilité qu'à très long terme, par opposition avec la plupart des études menées aux labos d'Eumenides Point. Smith avait souvent l'impression d'être marginalisé dans les réunions entre les labos et les rencontres informelles, au café, dans les cocktails, les pique-niques sur la plage, les excursions en bateau et généralement tous les endroits où l'on causait. Il passait pour un original, et seul l'un de ses collègues, Frank Drumm, qui travaillait sur la reproduction des dauphins vivant actuellement sur Mars, manifestait un certain intérêt pour son travail et ses applications. Pis encore, son conseiller et employeur, Vlad Taneev, semblait s'en désintéresser. En tant que l'un des Cent Premiers et co-fondateur du labo d'Acheron, c'était sans doute le mentor scientifique le plus puissant qu'on pouvait avoir sur Mars ; mais dans la pratique il se révélait pratiquement inaccessible, et on le disait en mauvaise santé. Smith était donc pratiquement livré à lui-même : il n'avait plus de patron et plus d'accès aux techniciens du labo, sans parler du reste. Cruelle déception.

Evidemment, il y avait Selena, sa partenaire, colocataire, petite amie, complice, amante… il y avait toutes sortes de façons de définir leur relation, même si aucune ne convenait vraiment. C'était la femme qui partageait sa vie, avec qui il avait fait ses études universitaires, deux post-docs, et s'était installé, à Eumenides Point, dans un petit appartement près de la plage et du terminus du tram qui longeait la côte. De là, quand on regardait vers l'est, on voyait la pointe se dresser toute seule, sur la mer, tel un aileron de requin. Selena faisait de gros progrès dans son propre domaine, l'adaptation bio-génétique des plantes aux eaux saumâtres, sujet de grande importance sur Mars, où ils avaient mille kilomètres de dunes et de sables mouvants à stabiliser sur la côte. Des progrès majeurs, tant sur le plan de la recherche fondamentale que de l'ingénierie biologique et génétique. Et surtout, en rapport avec la situation. Toutes sortes de perspectives s'ouvraient devant elle sur le plan professionnel, y compris, bien sûr, des projets de collaboration particulièrement excitants avec des associations coops/public.

Tout lui réussissait aussi sur le plan privé. Smith l'avait toujours trouvée belle, mais il n'était plus le seul, maintenant que ça marchait si bien pour elle. Il suffisait d'un minimum d'attention pour s'en rendre compte ; la faculté de voir les courbes graciles sous la blouse de labo mangée aux mites et, derrière un style peu recherché, une intelligence acérée, presque farouche. Non, sa Selena ressemblait beaucoup à ses souris blanches quand elle était au labo, mais les soirs d'été, quand le groupe descendait sur la plage dorée, toute chaude, pour nager, elle marchait dans les creux pleins d'eau comme une déesse en maillot de bain, comme Vénus retournant à la mer. Tout le monde, lors de ces soirées, affectait de ne pas s'en apercevoir, mais il était impossible de faire autrement.

C'était parfait. Sauf qu'elle s'intéressait moins à lui. Smith craignait que le processus ne soit irréversible. Ou plus exactement, qu'il ne soit trop tard pour faire marche arrière. Si c'en était arrivé au point qu'il s'en rende compte… Alors il la regardait furtivement, désemparé, vaquer à ses tâches quotidiennes. Il y avait une déesse dans sa salle de bains, qui prenait sa douche, se séchait, s'habillait — un véritable ballet à chaque instant.

Mais elle ne bavardait plus. Elle était perdue dans ses pensées, et elle avait tendance à lui tourner le dos. Décidément, tout foutait le camp.

Ils s'étaient rencontrés dans un club de natation, alors qu'ils étaient étudiants de dernière année à l'université de Mangala. Comme pour faire revivre cette époque, Smith suivit la suggestion de Frank et se remit à nager régulièrement avec lui, dans un club identique d'Eumenides Point. Il allait, le matin, du tram ou du labo au grand bassin de cinquante mètres construit sur une terrasse surplombant l'océan, et il dépensait tellement d'énergie à nager qu'il passait le reste de la journée à planer dans les béta-endorphines, à peine conscient de ses problèmes de boulot ou de sa situation personnelle. Après le travail, il rentrait chez lui en tram et, ayant retrouvé son appétit, il préparait à dîner en grignotant, énervé (quand elle était là) par les piètres talents de cuisinière de Selena et ses petites histoires de boulot. Enervé aussi, probablement, par la faim, et par l'angoisse du drame qui se préparait. Enervé de devoir faire comme si de rien n'était. Mais s'il avait le malheur de lui lancer une phrase acerbe pendant cette heure fragile, ce qui arrivait assez souvent, elle ne desserrait plus les dents de la soirée. Alors il essayait de garder sa mauvaise humeur pour lui, d'achever rapidement les préparatifs du dîner et de manger encore plus vite, pour faire remonter son taux de glycémie.

De toute façon, vers neuf heures elle tombait de sommeil, et il passait le laps de temps martien à lire, ou bien il allait faire un tour sur la plage, dans le noir, à quelques centaines de mètres de chez eux. Un soir, il vit Pseudophobos surgir comme un phare, le long de la côte, vers l'ouest. Quand il rentra, Selena était réveillée et elle bavardait gaiement au téléphone. Elle parut surprise de le voir et elle raccrocha rapidement, l'air de se demander quoi dire, puis elle expliqua :

— C'était Mark. On a les tamaris trois cinquante-neuf, ça y est : on va pouvoir effectuer la réplication du troisième gène qui code pour la tolérance au sel.

— Génial, dit-il en se réfugiant dans la cuisine, où la lumière était éteinte, afin qu'elle ne puisse voir son visage.

Ce qui l'ennuya.

— Tu t'en fiches pas mal, hein, de mon travail ?

— Mais non. Je t'ai dit que je trouvais ça génial.

Elle évacua sa réponse avec un reniflement.

Et puis, un jour, en rentrant à la maison, il la trouva assise au salon, avec Mark. Il comprit au premier coup d'œil qu'ils riaient de quelque chose, qu'ils s'étaient un peu éloignés l'un de l'autre lorsqu'il avait mis la clé dans la serrure. Il ignora tout ça et se montra aussi agréable que possible.

Le lendemain matin, à la piscine, il regarda les femmes qui nageaient dans son couloir. Trois femmes qui avaient nagé toute leur vie. Elles avaient poussé l'exécution du crawl au-delà de la perfection d'un mouvement de danse, les millions de répétitions rendant leurs mouvements aussi coulés que ceux des poissons dans la mer. Il voyait leurs corps filer sous l'eau, révélant leurs lignes élancées — des lignes de nageuses classiques, comme celles de Selena : les épaules larges, qui venaient se coller alternativement à leur oreille, la cage thoracique gainée par les grands dorsaux, les seins fondus dans les pectoraux puissants ou rebondissant à droite, à gauche, au gré des battements de bras. Le ventre encadré par les hanches hautes, soulignées par la coupe échancrée du maillot de bain, les reins cambrés vers les fesses rondes, fermes, les puissantes colonnes des cuisses, les mollets fuselés, les pieds tendus — des pieds de ballerine faisant des pointes. Sauf que la danse offrait une piètre analogie avec la beauté des mouvements. Inlassablement répétés, battement après battement, enchaînement après enchaînement. Il regardait, fasciné au-delà de toute possibilité de réflexion ou d'observation. Ce n'était qu'un aspect d'un environnement saturé sur le plan sensuel.

La femme qui nageait en tête dans leur ligne d'eau, et qui

les entraînait, était enceinte. Pourtant, elle nageait plus vigoureusement que les autres, sans jamais souffler ou haleter, alors que Smith était souvent obligé de s'arrêter pour reprendre sa respiration. Non, elle secouait la tête et disait en riant : « A chaque virage, il me donne des coups de pied ! » Elle en était au septième mois, et elle était ronde comme une petite baleine, mais elle effectuait ses longueurs de bassin si vite que les trois autres ne pouvaient la suivre. Les meilleures nageuses du club étaient tout simplement stupéfiantes. Quand il s'était mis à la natation, Smith avait dû beaucoup s'entraîner pour faire le cent mètres en moins d'une minute, ce qui était un but honorable pour lui. Il y était arrivé une fois, lors d'un meeting, et il en avait été très content. Et puis, par la suite, il avait appris que l'équipe féminine du collège local visait le cent fois cent mètres relais en une minute pour chaque relais ! Il avait alors compris que, bien que tous les êtres humains aient l'air plus ou moins semblables, certains étaient étonnamment plus forts que d'autres. Leur nageuse vedette, qui était enceinte, était au bas de l'échelle par rapport à ces nageuses de force, et elle considérait son entraînement de ce jour-là comme une promenade de santé, alors que sa performance allait bien au-delà de ce dont ses camarades de couloir seraient jamais capables en déployant tous leurs efforts. On ne pouvait s'empêcher de la regarder quand on la croisait, parce qu'elle allait très vite, mais avec une sorte d'économie de moyens : ses mouvements étaient dépouillés à l'extrême, lisses, coulés, elle en faisait moins pour le même résultat que les autres. C'était magique. Et la douce courbe bleue de l'enfant qu'elle avait dans le ventre...

Chez lui, la situation continuait à se dégrader. Selena travaillait souvent tard, et lui parlait de moins en moins.

— Je t'aime, Selena, lui disait-il. Je t'aime.

— Je sais.

Il essaya de se jeter à corps perdu dans son travail. Ils étaient au même labo, ils auraient pu rentrer ensemble, même tard. Parler, comme avant, de leur travail, même s'ils ne faisaient pas exactement la même chose ; c'était toujours de la génomique. Comment deux domaines de recherche auraient-ils pu être plus voisins ? Cela aurait dû les rapprocher.

Mais la génomique était un vaste domaine. On pouvait en occuper des secteurs différents, ils en étaient la preuve vivante.

Smith persévérait, à l'aide d'un nouveau microscope électronique, plus puissant. Et il commençait à obtenir des résultats dans le déchiffrage des schémas de son ADN fossile.

Tout se passait comme si les échantillons qu'il avait reçus n'avaient conservé que ce qu'on appelait l'ADN égoïste de la créature, c'est-à-dire l'ADN génomique, sans fonction codante. Autrefois, ç'aurait été désastreux, mais les laboratoires de Kohl, à Acheron, avaient récemment fait de gros progrès dans le dépouillement des divers buts de cet ADN égoïste, qui se révélait finalement n'être pas inutile, comme on aurait pu le penser, compte tenu de la parcimonie de l'évolution. Leur percée consistait à caractériser des séquences très courtes, disloquées et répétitives de l'ADN égoïste, dont on pouvait prouver qu'elles codaient des instructions pour des opérations d'un niveau hiérarchique supérieur à ce que l'on constatait habituellement au niveau des gènes : la différenciation cellulaire, le séquençage de l'ordre d'information, l'apoptose et ainsi de suite.

Il aurait du mal, évidemment, à utiliser cette nouvelle avancée pour élucider les énigmes que recelait l'ADN génomique partiellement dégradé du fossile, mais les séquences de nucléotides étaient visibles au microscope électronique — ou, pour être plus précis, les remplacements minéraux caractéristiques des couplets d'adénine-thymine et de cytosine-guanine, remplacements bien documentés dans la littérature, étaient là, et clairement identifiables. Des nanofossiles, en effet, mais lisibles pour qui savait les déchiffrer. Et une fois leur lecture achevée, il serait possible de bricoler des séquences de nucléotides vivants identiques aux séquences originales de la créature fossile. En théorie, on pouvait recréer la créature de départ, bien qu'en pratique le génome entier ait complètement disparu, ce qui rendait l'opération impossible. Non que personne n'ait essayé avec des organismes fossiles plus simples, soit en partant de zéro, soit en utilisant des techniques d'hybridation de l'ADN pour greffer des expressions déchiffrables sur des patrons vivants, de préférence issus de l'ancêtre primitif, bien sûr.

Avec cet antique dauphin, probablement un dauphin d'eau douce (bien qu'ils supportent pour la plupart l'eau salée ; après tout, ils vivaient à l'embouchure des fleuves), une résurrection complète était impossible. Ce n'était pas ce que Smith essayait de faire, de toute façon. Ce qui l'intéressait, c'était de trouver des fragments qui n'avaient pas l'air d'être dans les brins contemporains, et de voir ce que ces animaux expérimentaux donnaient dans les tests d'hybridation et dans divers environnements. Chercher les différences de fonctionnement.

Il procédait aussi, quand il pouvait, à des tests de mitochondries qui, s'ils réussissaient, permettraient une datation plus précise du moment où les espèces avaient divergé à partir de leur souche commune. Il pourrait lui attribuer un emplacement précis sur l'arbre généalogique des mammifères marins, qui était très complexe au début du pliocène.

Les deux voies de recherche exigeaient un travail intensif, qui ne demandait pas beaucoup de réflexion mais était très absorbant — l'occupation idéale, en somme. Il travailla ainsi, sans lever le nez, des heures d'affilée, tous les jours, pendant des semaines, puis des mois. Il réussissait parfois à rentrer chez lui par le tram, avec Selena, mais c'était rare. Elle rédigeait ses dernières conclusions avec ses collaborateurs ; Mark, surtout. Elle avait des horaires irréguliers. Le travail évitait à Smith de réfléchir ; c'est pour ça qu'il n'arrêtait jamais. Ce n'était pas une solution, ni même une bonne stratégie ; au contraire, ça paraissait aggraver les choses, mais il continuait malgré un sentiment croissant de désespoir et de deuil.

— Qu'est-ce que tu penses du boulot d'Acheron ? demanda-t-il un jour à Frank en indiquant le dernier listing envoyé par le labo de Kohl, surchargé de notes, posé sur son bureau.

— C'est très intéressant ! On dirait qu'on remonte en amont des gènes, jusqu'au manuel d'instruction complet.

— S'il y en a un.

— Il faut bien, non ? Sauf que je ne suis pas sûr que les données du labo de Kohl fixent un taux de mutants adaptatifs assez haut. Ohta et Kimura suggéraient une limite supérieure de dix pour cent, et ça correspond à mes observations.

Smith acquiesça, rassuré.

— Ce sont probablement des estimations prudentes.

— Sans doute, mais il faut bien faire avec.

— Alors, compte tenu de tout ça, tu penses que j'ai raison de continuer avec cet ADN génomique ?

— Ben oui, évidemment. Pourquoi cette question ? Il est évident que ça va nous révéler des choses intéressantes.

— C'est incroyablement lent.

— Pourquoi n'essaies-tu pas de lire une longue séquence, de la digérer et de la mettre en culture ? Tu verrais bien ce qui en sort.

Smith haussa les épaules. Le séquençage en aveugle du génome entier lui paraissait barbare, mais ce serait sûrement plus rapide. C'est en lisant de petits bouts d'ADN monocaténaire étiquetés par séquence qu'on avait pu identifier rapidement la plupart des gènes du génome humain. Mais pas tous ; les séquences d'ADN régulatrices qui contrôlaient la portion des gènes codant pour les protéines avaient même été ignorées ; sans parler de ce qu'on appelait l'ADN génomique, qui occupait de longues plages entre les séquences plus significatives.

Smith exprima ses doutes à Frank, qui acquiesça, mais dit :

— Ce n'est pas pareil maintenant que la carte est presque achevée. Tu as tellement de points de référence que tu ne peux pas te tromper sur le site de tes fragments sur l'ensemble. Tu n'as qu'à brancher ce que tu as sur le Lander-Waterman et peaufiner avec les variations de Kohl. Même s'il y a des répétitions massives, tu devrais t'en sortir. De toute façon, les segments que tu as sont tellement dégradés qu'ils sont pratiquement réduits à des estimations. Alors, qu'est-ce que tu risques à essayer ?

Smith en convint.

Ce soir-là, il rentra par le tram avec Selena.

— Qu'est-ce que tu penses de l'idée de séquencer à l'aveugle des copies in vitro de ce que j'ai ? lui demanda-t-il timidement.

— Merdique, répondit-elle. Une accumulation de risques d'erreur.

Un nouveau schéma se mettait en place. Il travaillait, nageait, rentrait chez lui en tram. Généralement, Selena n'était pas là. Sur leur répondeur, il y avait souvent des messages de Mark qui lui étaient destinés à elle, où il parlait de leur travail. Ou c'est elle qui annonçait à Smith qu'elle rentrerait tard. Comme ça arrivait de plus en plus souvent, il allait parfois dîner avec Frank ou avec leurs compagnes de piscine, après une séance d'entraînement. Une fois, dans un restaurant sur la plage, ils commandèrent des pichets de bière et ils allèrent se promener sur le sable. Ils coururent dans les flaques, au bord de la mer, ils nagèrent dans l'eau chaude, noire, et jouèrent à s'éclabousser. Ce fut un grand moment de rigolade. Totalement différent de la piscine. Un moment formidable.

Mais quand il rentra chez lui, ce soir-là, Selena lui avait laissé un message disant qu'elle restait travailler avec Mark. Ils mangeraient un morceau, et elle rentrerait super-tard.

Ce n'était rien de le dire. A deux heures du matin, elle n'était toujours pas rentrée. Pendant les longues minutes qui précèdent le laps de temps martien, Smith se dit que personne ne travaillait si tard sur un dossier sans passer un coup de fil chez lui. C'était donc un autre genre de message.

Il éprouvait tantôt une souffrance aiguë, puis de la colère. Cette traîtrise lui faisait l'impression d'une lâcheté. Il méritait au moins une explication, des aveux, une scène. Alors que les longues minutes passaient, sa colère enflait. Puis il craignit, un moment, qu'elle n'ait eu un accident ou autre chose. Mais ce n'était pas ça. Elle était dehors, à faire des folies. Soudain, il fut hors de lui.

Il tira des cartons d'un placard, ouvrit ses tiroirs à la volée et flanqua ses vêtements en vrac dans les cartons, en tassant pour les faire rentrer. Et puis il retrouva leur odeur caractéristique de lessive, et son odeur à elle. Il sentit ses jambes se dérober sous son poids et s'assit sur le lit, le cœur crevé. S'il faisait ça, il ne la verrait plus jamais se déshabiller et se rhabiller. Cette idée lui arracha un gémissement de bête blessée.

Mais les hommes ne sont pas des bêtes. Il jeta ses derniers vêtements dans les cartons et les traîna devant la porte de l'appartement.

Elle rentra à trois heures du matin. Il l'entendit trébucher dans les cartons, étouffer un cri.

Il ouvrit la porte de la chambre à la volée.

— Qu'est-ce que ça veut dire ?

Elle était tellement surprise qu'elle n'arrivait pas à lui servir le discours prévu, et ça la mettait en rage. Elle, en rage ! Du coup, il sentit redoubler sa propre colère.

— Tu sais très bien ce que ça veut dire.

— Ah bon ? Et quoi donc ?

— Mark et toi.

Elle le regarda en ouvrant de grands yeux.

— C'est maintenant que tu t'en rends compte, dit-elle enfin. Au bout d'un an. Et c'est tout ce que tu trouves à faire, ajouta-t-elle en indiquant les cartons.

Il lui flanqua un coup en plein visage.

Aussitôt, il s'accroupit à côté d'elle et l'aida à s'asseoir en disant :

— Oh, Seigneur ! Selena ! Je suis désolé. Je regrette vraiment. Je ne voulais pas faire ça.

La gifler pour lui faire payer son mépris. Parce qu'elle le méprisait de ne pas avoir remarqué plus tôt sa trahison.

— Je ne peux pas croire que j'ai...

Mais elle lui tapa dessus aveuglément, en poussant des cris et des hurlements.

— Va-t'en ! Va-t'en ! Va-t'en ! Espèce de salaud, ordure, non mais, qu'est-ce que... ne me touche plus jamais !

Tout ça le bras devant la figure, d'une voix rendue stridente par la peur, en essayant de ne pas crier, à cause de tous les appartements qui les entouraient.

— Je regrette, Selena, je regrette vraiment, je t'assure. J'étais furieux à cause de ce que tu m'as dit, mais ce n'est pas... je sais que ça ne... Je regrette.

Il s'en voulait maintenant comme il lui en avait voulu à elle. A quoi pensait-il ? Voilà qu'il lui avait donné le beau rôle, maintenant ! C'était elle qui avait rompu le pacte entre eux et qui aurait dû se sentir coupable ! Et c'était elle qui pleurait, lui tournait le dos, s'éloignait soudain dans la nuit. Quelques fenêtres s'allumèrent, chez les voisins. Smith resta planté là à regarder les cartons qui contenaient ses vêtements, les jointures de sa main droite endolories.

Cette vie-là était terminée. Il avait gardé l'appartement près de la plage et continuait à aller au travail, mais les autres, qui savaient ce qui s'était passé, lui battaient froid. Selena attendit pour revenir travailler que l'hématome se soit résorbé, et après ça, elle ne l'accusa pas, ne lui parla jamais de cette nuit-là, mais elle s'installa avec Mark et s'efforça d'éviter Smith au travail. Comme tout le monde. Elle passait parfois la tête dans son réduit pour lui poser une question, d'une voix neutre, sur un aspect logistique de leur rupture. Il ne pouvait plus croiser son regard. Il ne pouvait plus croiser le regard de personne au travail, d'ailleurs, enfin, pas vraiment. C'était bizarre comment on pouvait avoir une conversation avec des gens et donner l'impression de les regarder alors qu'ils s'efforçaient d'éviter votre regard, et que vous ne croisiez pas vraiment le leur non plus. Des subtilités de primates, perfectionnées pendant des millions d'années de vie sauvage.

Il perdit l'appétit, son tonus. Le matin, il se réveillait et se demandait à quoi bon se lever. Il regardait les murs nus de la chambre, où les gravures de Selena avaient été accrochées, et il était tellement furieux contre elle qu'il sentait battre douloureusement les veines de son front et de son cou. Ça le tirait du lit, mais il n'avait nulle part où aller, en dehors du travail. Et là, tout le monde savait qu'il avait battu sa femme, qu'il était un tyran domestique, une brute. La société martienne ne tolérait pas les gens comme ça.

La colère ou la honte ; la honte ou la colère. Le chagrin ou l'humiliation. La rancune ou le regret. L'amour perdu. La fulmination dans l'absolu.

Il n'allait presque plus à la piscine. Les nageuses étaient toujours aussi gentilles avec lui, mais ça lui était pénible de les voir, maintenant. Elles ignoraient complètement ce qui se passait au labo. Elles ne connaissaient que Frank et lui, et Frank ne leur avait pas dit ce qui s'était passé. Ça ne changeait rien. Il était coupé d'elles. Il savait qu'il aurait dû nager davantage, mais il n'y arrivait pas. Quand il décidait de s'y remettre, il revenait nager deux ou trois jours d'affilée, et puis il laissait tomber.

Une fois, à la fin d'une séance d'entraînement qui s'était prolongée jusqu'au début de la soirée — il s'était obligé à y aller, et ça lui avait fait du bien, comme d'habitude —, ils étaient dans l'eau, rouges et fumants, quand ses trois fidèles compagnes de couloir firent rapidement le projet d'aller dans une trattoria après la douche. L'une d'elles le regarda :

— Une pizza chez Rico ?

Il secoua la tête.

— Un hamburger à la maison, répondit-il tristement.

Elles éclatèrent de rire.

— Allez, venez. Il se gardera bien jusqu'à demain.

— Allez, Andy, insista Frank, depuis le couloir voisin. Si tu y vas, je vous accompagne.

— Exactement, dirent les femmes.

Frank nageait souvent dans leur couloir, lui aussi.

— Eh bien..., fit Smith en se secouant. D'accord.

Il les suivit donc au restaurant et les écouta bavarder autour de la table. Il avait l'impression que des volutes de vapeur montaient d'elles, de leurs cheveux mouillés, de leur front. Les trois femmes étaient jeunes. C'était intéressant. Hors de l'eau, elles avaient l'air ordinaires, banales : des femmes ternes, sèches ou rondouillardes, sans grâce, quelconques. Une fois habillées, on ne pouvait imaginer la formidable puissance de leurs épaules, de leurs triceps, leur musculature lisse, ferme. Des otaries en costume de clown, qui se dandinaient sur la piste.

— Ça va ? lui demanda l'une d'elles comme il n'avait rien dit depuis longtemps.

— Oh oui, oui. J'ai rompu avec mon amie, dit-il après une hésitation, en regardant Frank.

— Ah-ah ! Je savais bien qu'il y avait quelque chose !

Elle posa la main sur son bras (ils se rentraient tout le temps dedans, à la piscine).

— Vous n'aviez pas l'air dans votre assiette, ces temps-ci.

— Non, fit-il avec un sourire attristé. Ça s'est mal passé.

Il ne pourrait jamais leur raconter les faits. Et Frank non plus. Mais sans ça, rien dans son histoire n'avait de sens. Alors il ne pouvait pas en parler du tout.

Elles le sentirent, et se tortillèrent sur leurs chaises, cherchant un moyen de changer de sujet de conversation.

— Enfin, soupira Frank, leur tendant la perche. Une de perdue, dix de retrouvées.

— Cent, renchérit l'une des femmes en lui bourrant les côtes.

Il hocha la tête. Essaya de sourire.

Elles échangèrent un regard. L'une des femmes appela le garçon, lui demanda l'addition et une autre dit :

— Si vous veniez chez moi ? On prendrait un bain à remous, ça dissout les soucis.

Elle louait une chambre dans une petite maison avec une cour privative, et les autres locataires étaient en voyage. Ils la suivirent dans la petite cabane de bois, au fond de la cour, elle enleva le couvercle du jacuzzi, le brancha. Puis ils se déshabillèrent et entrèrent dans l'eau fumante. Smith les imita, pas très à l'aise. Les gens, sur les plages de Mars, se prélassaient au soleil sans maillot, ça n'avait vraiment rien d'exceptionnel. Frank n'avait pas l'air gêné. Il était parfaitement détendu. Mais ils ne nageaient pas dans cette tenue, à la piscine.

La chaleur de l'eau leur arracha des soupirs. Celle qui habitait là entra dans la maison et rapporta un tonnelet de bière et des chopes. La lumière de la cuisine tomba sur elle alors qu'elle posait son fardeau et leur passait les chopes. Smith connaissait déjà son corps par cœur, après toutes ces heures de piscine, mais il était choqué de la voir ainsi dénudée. Frank remplit les chopes au tonnelet comme si de rien n'était.

Ils burent leur bière en parlant de choses et d'autres. Deux des femmes étaient vétérinaires. La meilleure nageuse, celle qui avait été enceinte, avait quelques années de plus. Elle était chimiste dans un laboratoire pharmaceutique, pas loin de la piscine. C'était sa coop qui s'occupait de son bébé, ce soir-là. Tout le monde avait de la considération pour elle, même ici, ça se voyait. Ces temps-ci, elle amenait le bébé à la piscine, et elle nageait toujours avec la même énergie, le landau garé juste devant le petit bain. Smith sentait fondre ses muscles dans l'eau chaude. Il buvait sa bière à petites gorgées en les écoutant.

L'une des femmes regarda ses seins dans l'eau et se mit à rire.

— Ils flottent comme des bouées ! D'où l'expression « flotteurs », sans doute ! s'esclaffa-t-elle.

— Pas étonnant que les femmes nagent mieux que les hommes, dit Smith à qui ce détail n'avait pas échappé.

— A condition qu'ils ne soient pas trop gros. Sinon, ils nuisent à l'aérodynamisme.

Leur championne baissa les yeux derrière les verres embués de ses lunettes, la figure rose, embrumée, les cheveux noués sur la nuque, et dit gravement :

— Je me demande si les miens flottent moins parce que j'allaite.

— A cause du lait ?

— L'eau contenue dans le lait est d'une densité neutre, c'est la graisse qui flotte. Les seins vides flottent peut-être plus que les seins pleins.

— C'est le plus gras qui flotte le mieux, berck.

— Tiens, je pourrais faire l'expérience : lui donner la tétée d'un seul sein, plonger dans l'eau, et on verrait si...

Elles riaient si fort qu'elle ne put achever son scénario.

— Ça marcherait, je vous assure! Pourquoi riez-vous comme ça?

Elles redoublèrent d'hilarité. Frank se fendait la pêche, il avait l'air ravi, extatique. Ces amies leur faisaient confiance. Mais Smith se sentait à part. Il regarda la nageuse qui les entraînait : une déesse rose, à lunettes, sereinement vague et insouciante; la scientifique en tant qu'héroïne. La première humaine vraiment complète.

Plus tard, quand il essaya d'expliquer cette impression à Frank, ou au moins de la décrire, Frank secoua la tête et le mit en garde :

— C'est une grave erreur que d'adorer les femmes. Une erreur de catégorie. Les hommes et les femmes sont tellement semblables que ce n'est même pas la peine de parler des différences. Les gènes sont presque complètement identiques, tu le sais. A part quelques secrétions hormonales, elles sont rigoureusement comme toi et moi.

— Quelques secrétions? Il me semble qu'il y a autre chose.

— Oh, pas grand-chose. On commence tous par être du sexe féminin, non? Autant se dire que rien ne vient vraiment changer ça. Le pénis n'est qu'un clitoris hypertrophié. Les hommes sont des femmes. Les femmes sont des hommes. Les deux éléments rigoureusement équivalents d'un même système reproducteur.

— Tu veux rire? fit Smith en le regardant sous le nez.

— Pourquoi dis-tu ça?

— Eh bien, si tu veux savoir, je n'ai jamais vu un homme s'arrondir et donner le jour à un nouvel être humain.

— Bah, ce n'est qu'une fonction spécialisée. Tu n'as jamais vu une femme éjaculer non plus. Mais en fin de compte, on revient tous à la même chose. Les détails de la reproduction n'ont d'importance que pendant une infime fraction du temps.

Non, nous sommes tous pareils. Nous sommes tous dans le même bain. Il n'y a pas de différence.

Smith secoua la tête. Ce serait réconfortant de pouvoir se dire ça. Mais les faits ne confirmaient pas cette hypothèse. Quatre-vingt-quinze pour cent de tous les meurtres de l'histoire avaient été commis par des hommes. Ça, c'était une différence.

C'est ce qu'il dit à Frank, lequel ne fut pas impressionné. Le ratio commençait à s'équilibrer, sur Mars, répondit-il, mais le taux global était inférieur à ce qu'il était sur Terre, ce qui démontrait en beauté que c'était un problème de conditionnement culturel, un artefact du patriarcat terrien qui n'avait plus cours sur Mars. Nourriture passe nature. Sauf que c'était une fausse dichotomie. La nature pouvait prouver tout ce qu'on voulait, insista Frank. Les hyènes femelles étaient des tueuses perverses, les bonobos mâles et les muriquis, de doux coopérateurs. Tout ça ne voulait rien dire, rétorqua Frank. Ça ne leur apprenait rien.

Mais Frank n'avait pas frappé une femme sans en avoir jamais eu l'intention.

Les schémas des ensembles de données des *Inia* fossiles devenaient de plus en plus clairs. Les programmes de résonance stochastiques mettaient en évidence ce qui avait été conservé.

— Regarde, dit Smith à Frank, un après-midi, alors que Frank passait le voir pour lui dire au revoir. Regarde, dit-il en lui montrant l'écran de son ordinateur. Voilà une séquence de mon boto, une partie du GX trois-zéro-quatre, près de la liaison, là, tu vois ?

— Alors ce serait une femelle ?

— Je ne sais pas. Je crois que ça veut dire que oui, mais regarde, tu vois comme ça colle avec cette partie du génome humain. C'est dans Hillis quatre-vingt-cinquante...

Frank entra dans son réduit et regarda l'écran.

— Comparer des génomiques entre eux... Je ne sais pas...

— Ça colle sur plus d'une centaine de sites d'affilée, tu vois ? Ça mène droit aux gènes initiateurs de la progestérone.

Frank plissa les paupières, lui jeta un rapide coup d'œil.

— Mouais, enfin...

— Je me demande s'il y a une vraie persistance à long terme de l'ADN génomique, reprit Smith. Si ça remonte aux mammifères primitifs, précurseurs de ces deux-là.

— Les dauphins ne sont pas nos ancêtres, objecta Frank.

— Non, mais nous avons bien un ancêtre commun quelque part.

— Tu crois ? fit Frank en se redressant. Enfin, si tu le dis. Je ne suis pas si sûr de la congruence des schémas proprement dite. Elle est assez similaire, mais bon...

— Comment ? Tu ne vois pas ça ? Là, regarde !

Frank baissa les yeux sur lui, surpris, puis sur la réserve. Voyant cela, Smith prit peur, il n'aurait su dire pourquoi.

— Enfin, si on veut, fit Frank. Si on veut. Tu devrais peut-être procéder à des tests d'hybridation, pour voir si ça colle vraiment. Ou vérifier avec Acheron la non-répétitivité de l'ADN génomique...

— Mais la congruence est parfaite, voyons ! Ça colle sur des centaines de paires, comment veux-tu que ce soit une coïncidence ?

Frank prit l'air encore plus réservé. Il regarda ostensiblement la porte du cagibi et dit :

— Désolé, moi, je ne trouve pas ça si concluant. Ecoute, Andy, tu travailles comme une brute depuis très longtemps. Et tu es un peu déprimé, aussi, depuis que Selena est partie, non ?

Smith hocha la tête, l'estomac noué. Il l'avait lui-même admis, il y avait quelques mois. Frank était l'une des rares personnes qui le regardaient encore en face, depuis le temps.

— Enfin, tu sais, la dépression a un impact chimique sur le cerveau, c'est bien connu. Ça fait parfois voir des choses que les autres voient moins bien. Ça ne veut pas dire que les schémas ne sont pas là, ils y sont sans doute. Quant à savoir si c'est vraiment significatif, si ce n'est pas seulement une sorte d'analogie, de similitude... Ecoute, conclut-il en baissant les yeux sur Smith, ce n'est pas ma spécialité. Tu devrais montrer ça à Amos, ou aller à Acheron, parler au vieux.

— Hon-hon. Merci, Frank.

— Non, non, ne me remercie pas, Andy. Désolé, j'aurais peut-être mieux fait de me taire. Seulement, tu comprends. Tu passes tellement de temps ici.

— Ouais.
Frank s'en alla.

Il lui arrivait de s'endormir sur son bureau. Il travaillait parfois en rêve. Il s'était rendu compte qu'il pouvait dormir au bord de l'eau, enroulé dans un pardessus, sur le sable fin, bercé par le bruit des vagues qui venaient lécher la plage. Au travail, il regardait les lignes de points, les lettres sur l'écran, il reconstruisait les schémas des séquences, nucléotide après nucléotide. La plupart était rigoureusement sans ambiguïté. La corrélation entre les deux principaux schémas était excellente, beaucoup trop pour que ce soit le hasard. Les chromosomes X de l'homme présentaient manifestement des traces d'ADN génomique d'un lointain ancêtre aquatique, une sorte de dauphin. Ces passages étaient absents dans les chromosomes Y, et la correspondance était aussi plus complète avec les chimpanzés qu'avec les chromosomes X. Frank ne l'avait manifestement pas cru, et pourtant c'était vrai, c'était là, sur l'écran. Comment était-ce possible ? Et qu'est-ce que ça voulait dire ? Comment étaient-ils tous devenus ce qu'ils étaient ? Ils étaient tels qu'en eux-mêmes depuis la naissance. L'homme et le chimpanzé avaient un ancêtre commun, un singe des forêts, et ils avaient divergé en deux espèces distinctes il y avait un peu moins de cinq millions d'années. Le fossile d'*Inis geoffrensis* sur lequel travaillait Smith avait été daté avec précision : il avait 5,1 millions d'années. Près de la moitié des relations sexuelles de tous les orangs-outans étaient des viols.

Une nuit, après avoir quitté le labo, où il travaillait tout seul, il prit un tram dans la mauvaise direction, vers le centre-ville, sans vouloir reconnaître ce qu'il faisait, jusqu'à ce qu'il se retrouve devant l'immeuble où habitait Mark, sous la pente abrupte de la grande dorsale. Il gravit un escalier aux larges marches qui montait sur la crête. De là, on avait une vue plongeante sur les fenêtres de Mark. Selena était là, dans la cuisine. Elle faisait la vaisselle en bavardant avec quelqu'un qui devait être derrière elle. Elle était à moitié retournée ; le tendon de son cou accrochait la lumière. Elle se mit à rire.

Smith rentra chez lui à pied. Ça lui prit une heure. Il ne compta pas les trams qui le dépassaient.

Cette nuit-là, il ne dormit pas. Il descendit sur la plage et s'allongea sur le sable, dans son grand imperméable.

Quand le sommeil vint enfin le chercher, il fit un rêve. Un petit bipède velu, un primate à tête de chimpanzé, marchait comme un petit bossu sur une plage d'Afrique orientale, dans une lumière de fin d'après-midi. L'eau chaude qui stagnait dans les creux était d'un vert translucide. Des dauphins roulaient dans les vagues. Le singe pataugeait dans les flaques. De longs bras puissants, qui avaient évolué pour frapper. D'une détente rapide, il prit un dauphin par la queue, par sa nageoire dorsale. Celui-ci aurait sûrement pu s'échapper; il n'essaya même pas. Une femelle. Le singe la retourna, s'accoupla avec elle, la relâcha, s'éloigna. Quand il revint voir le dauphin dans le trou d'eau, il donna naissance à deux jumeaux, un mâle et une femelle. Toute la troupe du singe vint patauger dans les flaques d'eau tiède, les tua et les mangea. Plus loin, au large, le dauphin en mit deux autres au monde.

Smith fut réveillé par le lever du soleil. Il s'ébroua, s'éloigna dans les flaques d'eau. Il vit des dauphins dans les rouleaux indigo, transparents. Il donna des coups de pieds dans les vagues qui venaient mourir sur le sable, soulevant des gerbes d'eau. Une eau à peine plus froide que la piscine où il allait nager. Le soleil était encore bas sur l'horizon. Les dauphins étaient petits et graciles, juste un peu plus grands que lui. Il surfa sur les vagues avec eux. Ils étaient plus rapides que lui, mais ils se glissaient autour de lui quand il le fallait. L'un d'eux vola au-dessus de lui et creva le cœur de la vague, devant lui. Un autre plongea en dessous de lui. Obéissant à une impulsion, il attrapa sa nageoire dorsale, s'y cramponna et fila dans la vague qui se gonflait autour d'eux. C'était la plus grande expérience de bodysurfing de sa vie, et de loin. Il se cramponna. Le dauphin et ses compagnons firent demi-tour et partirent vers le large, vers la haute mer, mais il ne lâcha pas prise. C'est ça, se dit-il. Puis il se souvint qu'ils respiraient de l'air, eux aussi. Allons, tout se passerait bien pour lui.

Assez est aussi bien qu'un festin

Nous avions construit notre maison sur le tablier du cratère de Jones, par 19 degrés de latitude sud et 20 degrés de longitude. Le tablier était assez peuplé, près de deux cents fermes comme la nôtre étaient dispersées tout autour, mais de chez nous on ne voyait pas d'autres bâtiments. Nous avions pourtant construit en haut d'une large arête assez basse, qui descendait sur le flanc sud-ouest du cratère. Au nord, on voyait les vignes du village des Namibiens et le haut des cyprès qui bordaient leur étang. Et vers le bas du tablier, sur la roche nue, un damier vert clair : de jeunes vergers comme le nôtre.

Il se trouve que lorsque les gens partaient dans l'arrière-pays, ils venaient s'installer sur les cratères, surtout dans les hauts plateaux du Sud. D'abord, il y en avait au moins un million, alors il était facile d'en trouver de vides. Au début, pendant les premières années, les gens s'abritaient dedans. La plupart du temps, ils bâchaient le cratère et réalisaient un petit lac au centre. Le temps que l'atmosphère devienne respirable, les gens avaient compris que s'installer dans un cratère, c'était se terrer dans un trou : des journées courtes, pas de perspective, des problèmes d'inondation et tout ce qui s'ensuit. Alors les nouvelles colonies en plein air remontaient sur les bords, sur le tablier, afin d'avoir une meilleure vue. Selon le climat, la disponibilité en eau, l'environnement en général, l'intérieur était soit complètement rempli d'eau, soit aménagé en rizières autour d'un lac. Pendant ce temps-là, chaque fois que les conditions permettaient de créer un sol convenable, le tablier était cultivé et on y trouvait des champs, des vergers et des pâturages. Dans les fissures qui striaient le tablier comme les plis d'une jupe couraient des torrents tumultueux, l'eau étant amenée en haut à l'aide de pompes, ou aspirée à partir des réservoirs d'eau du bord, eux-mêmes alimentés à la pompe. Les systèmes d'irrigation étaient toujours complexes. Entre-temps, la lèvre elle-même devenait généralement un genre de centre-ville. D'abord c'est de là qu'on avait la meilleure vue, ensuite on était à mi-chemin des vieilles villes de l'intérieur du cratère et des nouvelles colonies qui s'installaient vers le bas du tablier. Les routes du bord appelées Grand-Rue ou Broadway se multipliaient alors que l'urbanisation se développait sur le pourtour. Il y avait des milliers de petits cratères d'un kilomètre de diamètre environ. La population du tour, un millier de personnes, peut-être, était généralement dense et formait une sorte de grand village bien aménagé, très convivial, où tout le monde se connaissait de vue. Puis le tablier se peuplait, oh, pas beaucoup : cinq cents personnes, tout au plus. Quand les cratères étaient plus grands, la population du bord était plus importante, bien sûr. Sur la lèvre d'un cratère de dix kilomètres de diamètre, il n'était pas rare de trouver des villes de cinquante mille habitants. Un peu comme les Etats-cités perchés sur les collines de la Renaissance italienne, ou les villes universitaires du Middle West américain. Chacune avait son caractère, et il y en avait des centaines. Certaines prospéraient et devenaient de petites cités débordantes d'activité, qui redescendaient vers l'intérieur du cratère, transformé en une sorte de parc, avec ses lacs ronds ou ses zones marécageuses paysagées. Apparemment, le tablier était toujours consacré aux cultures. Il fournissait souvent l'essentiel des ressources alimentaires de la ville d'en haut. Tous ces aspects de la culture des cratères apparaissaient spontanément, définissant une sorte de grammaire du paysage qui se combinait à la culture coop émergeante, et, plus simplement, au fait que les besoins des gens de la région étaient ainsi satisfaits d'une façon rationnelle. Evidemment, cela exigeait une certaine planification. Les gens arrivaient dans un cratère inoccupé (la cour environnementale en avait listé près de vingt mille rien que dans les hauts plateaux du Sud), munis de permis et de programmes, et se mettaient au travail. Pendant les dix premières années, la principale activité économique des villes était la construction, souvent assurée par des gens qui savaient ce qu'ils voulaient. Dont certains brandissaient des exemplaires en lambeaux de *A Pattern Language*, ou d'un autre ouvrage fondamental, ou surfaient sur le Net à la recherche de l'inspiration. Mais assez vite, dans tous les cratères, venaient s'installer des gens désireux d'échapper au contrôle de leur groupe d'origine. Ils n'avaient plus, alors, qu'à s'organiser, ce qui se passe remarquablement bien en général, quand le groupe est socialement sain.

Le cratère de Jones était grand — cinquante kilomètres de diamètre —, et la ville du bord était une chose magnifique, toute neuve, avec ses bâtiments transparents en forme de champignon, ses réservoirs d'eau et ses gratte-ciel à façade de pierre dressés aux quatre points cardinaux. Notre groupe de fermiers était composé de gens qui avaient pour la plupart travaillé en ville, et d'une vingtaine de familles qui avaient participé à divers projets agricoles et décidé de s'installer ensemble sur les pentes, d'y fonder des fermes et d'entrer dans l'un de ces cercles agricoles nomades. C'est ainsi que nous demandâmes à la cour environnementale régionale un droit d'intendance sur les terres non revendiquées et sur les arêtes qui rayonnaient à partir du bord sur une quarantaine de kilomètres vers le bas de la paroi sud-sud-ouest. Quand nous eûmes obtenu les permis nécessaires, nous descendîmes nous installer et nous passâmes notre premier hiver sous des tentes. Nous n'avions que cela, à vrai dire : ces grandes maisons de toile d'une époque révolue, généralement transparentes, mais très agréables à vivre. Au moins, on pouvait y voir le monde et le temps qu'il y faisait. Alors, même si nous manquions de presque tout, cet hiver-là nous laissa un tel souvenir que nous décidâmes de bâtir, en guise de structures permanentes, des maisons-disque, afin de pouvoir continuer à « vivre dehors, même quand on était dedans ».

Ces maisons-disque étaient basées sur un principe simple d'un architecte du Minnesota appelé Paul Sattelmeier. Elles offraient un espace ouvert, fonctionnel, tout en étant faciles à construire. Nous nous inscrivîmes pour un moule mobile. Quand il arriva, nous composâmes les commandes et nous le regardâmes cracher d'énormes pièces de poterie, les disques des toits, d'autres, légèrement plus vastes, pour les sols, puis les segments rectilignes des murs, à l'intérieur. Le toit reposait sur une sorte de double M formé par les cloisons intérieures qui divisaient une moitié du cercle ; l'autre moitié était la salle de séjour, une sorte de grande véranda semi-circulaire. La partie cloisonnée était divisée à partir du centre en trois chambres, deux salles de bains et une cuisine. La salle de séjour était tournée vers le bas de la pente, ce qui nous permettait d'avoir une vue imprenable au sud-ouest. Le « mur » extérieur de ce côté était une tenture transparente, qui pouvait rester ouverte, laissant entrer le vent. Nous ne la fermions que rarement, s'il pleuvait ou s'il faisait froid. Il en allait de même avec les chambres donnant sur l'arrière, si ce n'est que la toile était opaque, blanche, colorée ou polarisée. Cela étant, nous la laissions souvent ouverte aussi.

Nous produisîmes donc les pièces nécessaires pour construire seize de ces maisons-disque, puis nous les assemblâmes. Quand on est prêt à mettre la main à la pâte, l'opération n'est pas si coûteuse. Cela dit, nous devons une fière chandelle à la coop de notre ville, qui nous a bien aidés. L'assemblage des maisons-disque est généralement assez simple, et très agréable en vérité. Certaines parties poussèrent tout simplement à l'endroit voulu : il suffisait de mettre les bons matériaux en culture. Ce fut le cas des toilettes, des éviers, des baignoires et du carrelage des sols, par exemple, qui étaient tous en bio-céramique, en fait une sorte de corail auto-extrudable. C'était vraiment joli à voir.

Par ailleurs, bien avant d'entreprendre la construction de nos maisons, nous avions commencé à préparer le sol et à planter nos vergers et nos vignes. Nous cultivions le maximum de nourriture dans des camions-jardins autour des tentes, en utilisant les sols complets que nous avions apportés, mais les cultures qui devaient nous permettre de contribuer à l'économie du cratère Jones étaient la vigne et les amandiers, dont l'expérience prouvait qu'ils venaient bien sur ce flanc du tablier. Les vins de cet endroit avaient un petit goût volcanique, un peu sulfureux, que je n'aimais pas trop, mais ce n'était pas grave. Nous pouvions encore nous améliorer. Et les amandes étaient géniales. Nous préparâmes le sol et plantâmes trois cents hectares d'amandiers et cinq cents de vigne sur de larges terrasses concentriques montant vers la lèvre du cratère, loin au-dessus de nous. Les zones cultivées étaient séparées par des mares et des marécages, qui allaient en s'élargissant vers le bas de la pente. On aurait dit une sorte de patchwork géant accroché à notre petite ferme, située en haut des terres dont nous nous occupions. C'était notre œuvre d'art, et nous nous y investissions complètement, un peu, sans doute, comme les kibboutzim de la première génération. Une vingtaine de couples, dont quatre de même sexe ; onze adultes célibataires, une trentaine d'enfants, et cinquante-trois par la suite. Nous nous déplacions tous beaucoup avec le train à crémaillère qui montait vers le sommet, et aussi latéralement vers les autres fermes de Jones, pour voir du monde, pour voir comment les autres s'en sortaient sur le plan agricole et du point de vue de leur installation. C'étaient tous des artistes.

Je m'étais toujours consacré à l'œnologie, et nous finîmes par produire un bon blanc, mais je me retrouvai surtout, assez bizarrement, dans les vergers d'amandiers. Tout ça parce que je m'étais intéressé au problème des souchets. Nous avions assez vite constaté que des carex venant d'un des marais radiaux envahissaient les vignes, et je les avais éliminés manuellement. Quand les vergers d'amandiers furent infestés à leur tour, on fit appel à moi pour régler le problème. Mais cette fois, ce fut une autre paire de manches. Je regretterai toujours l'introduction des cypéracées sur Mars. Il se trouve que ce sont des plantes faciles à acclimater dans les zones sablonneuses, de sorte qu'au début les gens les ont semées pour créer des prairies. Ce sont des plantes très anciennes, qui ont connu les dinosaures, j'imagine, et qui poussent comme du chiendent. La plupart des tentatives d'éradication sont sans effet sur elles. A vrai dire, j'en suis venu à croire qu'elles prennent ça pour un exercice amical et stimulant, une sorte de massage. Mais ça, je l'ai appris à mes dépens.

Je ne pourrais pas vous dire combien de journées j'ai passées dans nos vergers à arracher les souchets. Nous avions décidé de faire de l'agriculture bio, et donc de ne pas utiliser de pesticides chimiques mais seulement des produits organiques ou le combat à main nue. J'essayai les deux ; je m'efforçai de pratiquer la lutte biologique. Mais j'avais beau faire, ça ne marchait pas. Je passai des heures assis à l'extrémité sud du verger, entre les jeunes amandiers, dans ce qui était en réalité une pelouse mitée pleine de souchets violets, *Cyperus rotundus*. S'il s'était agi de souchets comestibles, dits amandes de terre, certains membres du groupe nous auraient incités à les récolter et à les manger, mais les violets tiennent leur nom de leur rhizome, ou souche, oblong, verruqueux, fibreux, brun au-dehors et blanc dedans, dur comme du bois et amer comme du chicotin. Ces tubercules poussent à une cinquantaine de centimètres de profondeur, sont reliés aux feuilles de la surface par de fines radicelles qui cassent à la moindre traction, abandonnant les rhizomes dans le sol. Au départ, je crus avoir réussi en labourant le sol pour faire sortir toutes les noix. Ça n'avançait pas vite, mais ce n'était pas un travail désagréable. J'étais là, à m'incruster de la terre sous les ongles, à regarder le sol friable à la recherche des petites masses compactes qui étaient en réalité des pierres vivantes. J'arrachais les feuilles de la surface, groupées par bouquets de trois, à la section en V et plus raides que de l'herbe, et j'en faisais du compost, par superstition. Ce qui se révéla prophétique, compte tenu de la suite.

Je labourai minutieusement toute la région envahie, sur une profondeur de cinquante centimètres — et au printemps la région que j'avais traitée était une pelouse épaisse et drue de jeunes souchets. Je n'en croyais pas mes yeux. C'est là que je commençai à prendre le problème au sérieux, et que je découvris l'existence du Groupe de lutte anti-souchets. J'appris alors que, selon certains observateurs, des fragments de rhizome de cinq cents nanomètres de longueur avaient redonné une plante complète en l'espace d'une seule saison.

Il fallait utiliser d'autres méthodes d'éradication. A l'époque, j'avais dû m'arrêter pour recentrer mes activités, parce que notre ferme commençait à participer pleinement à l'un des cercles de travail agricole de la Ligue du Fleuve, ce qui voulait dire que, pendant deux mois, au cours des moissons d'automne, nous devions faire le tour de l'anneau et travailler de ferme en ferme. D'autres groupes passèrent chez nous pendant que nous étions partis, Elke et Rachel étant restées pour superviser le travail. Je vis des souchets en beaucoup d'endroits, autour du cratère de Jones, et je commençai à échanger des histoires et des théories avec les gens qui avaient essayé de les combattre. C'était bien agréable de rencontrer des gens. Je remarquai que certains d'entre eux donnaient l'impression de s'être embarqués dans une croisade, sans réussir à freiner l'invasion des cypéracées, ce qui me sembla un mauvais signe. Mais le 2 novembre, en rentrant chez moi, je tentai de lutter en plantant autre chose par-dessus, suivant la suggestion de quelqu'un qui m'avait dit : « C'est un projet de longue haleine », sur un ton qui laissait penser que ce n'était pas mal d'en avoir un dans sa vie. J'effectuais donc un semis dense de luzerne à l'automne et en hiver, et de pois du Brésil au printemps et en été, avec pour résultat que les souchets disparaissaient parfois pendant des années d'affilée. Mais si j'avais le malheur de semer avec une semaine de retard, au printemps, un tapis de petites pagodes drues pointait à travers l'ancienne couche de végétation desséchée, me renvoyant à la case départ. Après avoir ainsi loupé une récolte de pois du Brésil, je solarisai le sol avec des feuilles de plastique transparent sous lesquelles j'enregistrai des températures proches de l'ébullition. Des gars de l'IPM vinrent voir ça et estimèrent que tout avait dû être détruit sur une profondeur de vingt centimètres. Bon, d'autres dirent deux. Mais quoi qu'il en soit, à la fin de l'été, les matières végétales de la surface étaient complètement grillées. Je retirai donc la feuille de plastique. Et le tapis vert revint de plus belle.

Je n'avais plus qu'une seule solution : sécher et tamiser le sol pendant les quatre années suivantes. Et puis un visiteur mentionna en passant qu'un nouveau pesticide chimique avait donné de bons résultats chez les Namibiens, au nord.

Ce qui souleva une controverse. Certains étaient prêts à poursuivre, sous diverses formes, la stratégie infructueuse de la bataille organique. D'autres proposaient de renoncer et d'abandonner la zone, de la laisser devenir un marécage de souchets. L'ennui, c'est que les souchets ne se contentent pas d'envahir le sous-sol avec leurs rhizomes, ils dispersent aussi leurs graines à tous les vents, de sorte qu'on en voyait apparaître de petites plaques un peu partout dans les endroits sous le vent par rapport à mon verger. Et le vent finit immanquablement par souffler dans toutes les directions. Laisser aller les choses n'était donc pas une option viable. Bref, au bout de huit années de combat, la pelouse était plus luxuriante que jamais. On aurait pu jouer au croquet sur mon terrain, à ce stade.

C'est ainsi qu'une majorité de mon groupe finit par

persuader une petite minorité de faire une exception à notre politique organique bio, et de pulvériser un peu de méthyl 5-{[(4,6 diméthoxy-2-pyrimidinyl)amino] carbyonylaminosulfonyl}-3-chloro-1-méthyl-1-H-pyrazole-4-carboxylate. Nous fîmes de l'application du traitement une sorte de cérémonie de danse masquée balinaise : les gens qui étaient contre l'idée se déguisèrent en démons et nous maudirent, nous pulvérisâmes le produit et nous partîmes un certain temps, pour affaires. Nous fîmes les vendanges dans les vignobles du bord du fleuve, nous participâmes à la construction de terrasses en pierres sèches et nous vîmes certaines parties de Her Desher Vallis, Nirgal Vallis, Uxboi Vallis, Clota Vallis, Ruda Vallis, Arda Vallis, Ladon Vallis, Oltis Vallis, Himera Vallis et la Samara Valles. Ce sont tous de petits canyons dans lesquels coulent des rivières juste au sud-ouest de Jones — une région magnifique, qui rappelle la zone des Quatre Coins, en Amérique du Nord, et, à en croire nos voisins, certaines parties du centre de la Namibie. Quoi qu'il en soit, quand nous rentrâmes chez nous, les pentes du flanc sud-ouest nous rappelaient à présent les beaux petits canyons qui sillonnaient le plateau, ainsi que nous l'avions découvert, des canyons que nous avions maintenant dans la tête et dans le cœur, même si nous ne pouvions plus les voir, des jardins sinueux, sculptés dans le sol, dont le fond abritait des fleuves et des îles couvertes de peupliers. Et les souchets avaient disparu. Pas complètement, mais partout où nous avions traité le sol. Et quand nous nous y prenions assez tôt, les nouvelles pousses n'avaient pas la force de se régénérer et de se réinstaller, parce qu'elles n'avaient pas encore produit de noix dans les profondeurs.

Nous plantâmes donc un nouveau couvre-sol sous les amandiers en fleurs, et la vie continua, dans la ferme de plus en plus luxuriante. Evidemment, les choses changèrent ; Elke et Rachel allèrent s'installer à Burroughs, et plus tard Matthew et Jan en firent autant, en se plaignant, entre autres, que ce n'était plus une ferme bio, ce qui me donnait mauvaise conscience. Mais les gens avec qui ils habitaient m'assurèrent que l'histoire des pesticides était bien la dernière des raisons qui les avaient incités à partir ; et j'eus un choc lorsque j'appris ce qu'étaient certaines de ces raisons. Il faut croire que je ne m'étais pas assez occupé d'eux. A vrai dire, m'expliquèrent-ils, j'étais seul de toute la ferme à prendre au tragique le problème des souchets. Ce que j'avais pris pour une crise et un épineux problème d'invasion biologique était pour eux une question d'entretien, un peu agaçante, mais il y avait beaucoup plus grave, et surtout le fait que j'avais une araignée au plafond.

Evidemment, au regard du grand changement climatique qui devait se produire par la suite, c'était probablement une juste vision des choses. Mais à l'époque, c'était important. Ou plutôt, ça m'amusait. A vrai dire, tout avait de l'importance, en ce temps-là. Il n'y avait rien, en dehors de nous. Nous étions livrés à nous-mêmes, nous cultivions l'essentiel de ce que nous mangions, nous fabriquions presque tous nos outils, et même nos vêtements, avec tous ces gamins qui grandissaient. Nous avions grandi ensemble. Dans des époques pareilles, ça compte, de pouvoir ou non faire marcher son agriculture.

Et puis les choses évoluèrent, comme toujours. Les gamins allèrent à l'école, les gens déménagèrent ; l'ambiance changea. C'est toujours comme ça. Aujourd'hui, c'est encore un endroit où il fait bon vivre, mais on a du mal à retrouver l'ambiance de ces années-là, surtout avec ce froid, et maintenant que les enfants sont partis. Quand j'y pense, je crois que *kibbutz* est le nom que l'on donne à une certaine époque, un moment dans le vie d'une colonie, au début, quand c'est autant une aventure qu'un endroit où habiter. Par la suite, il faut revoir sa conception des choses, inventer une expérience différente, comme sa terre natale, ou autre chose, toute une forme de vie. Mais je me souviens de la première fois que nous avons organisé une grande fête et que nous avons invité les voisins. Nous n'avions mangé que ce que nous avions réussi à faire pousser là, dans nos nouveaux jardins, dans nos nouvelles maisons. Et c'était bon. C'était un endroit où il faisait bon vivre.

Ce qui compte

Peter Clayborne s'occupa longtemps d'hydrologie. Sa coop s'appelait la Redistribution de l'Aquifère Noachien, ou RAN. Il l'avait rejointe parce qu'il s'intéressait à leurs travaux en tant qu'écologiste, et parce qu'il s'intéressait aussi beaucoup, à l'époque, à une femme qui était dans la coop depuis son adolescence. Son ancienneté provoqua, d'ailleurs, des problèmes dans leur relation, par la suite, même s'il est clair que c'était plutôt un symptôme qu'une cause. A part ça, elle leur valut certains des avantages classiques que l'on peut résumer par la formule « payer, bien dire et laisser faire », mais les intérêts de chacun dans l'organisation étaient plus ou moins les mêmes. Les membres potentiels étaient sélectionnés par un comité, et les candidats devaient parfois patienter sur une liste d'attente si les effectifs de la coop étaient stables. Peter avait dû attendre quatre ans que les départs en retraite, ou les départs tout court, et quelques décès accidentels, lui offrent une opportunité. Après cela, lorsqu'il fut membre de la coop, comme tous les autres, il travailla vingt heures par semaine, et vota chaque fois qu'on lui demandait son avis sur la politique d'entrée, en échange de quoi il recevait un revenu et une couverture sociale. L'échelle de salaire couvrait tout l'éventail légal, basé sur le temps de travail, l'ancienneté, la contribution au rendement et à la productivité. Il commença à vingt pour cent du maxi, comme tout le monde, et découvrit que ça suffisait à ses besoins. Certaines années, il redescendait au salaire minimum, qui lui permettait de s'en sortir quand il travaillait comme pendant ses congés, qui étaient de six mois par année martienne. C'était la belle vie.

Mais ils s'éloignèrent lentement l'un de l'autre, sa compagne et lui, et ils finirent par rompre. Ce n'était pas l'idée de Peter. Après ça, il prit une série de congés sabbatiques pendant lesquels il fit différentes choses, loin d'Argyre et de la RAN. Il effectua un mandat à la douma, à Mangala ; il vécut dans une ville flottante de la mer du Nord. Il planta des vergers sur Lunae Planitia. Partout, il était hanté par le souvenir de sa compagne de la RAN.

Et puis le temps passa, comme tout passe. Ce n'était pas l'oubli ; plutôt une sorte d'usure, d'engourdissement. On regarde le passé par le mauvais bout de la lorgnette, se dit-il un jour. Tout ce qu'on voit finit par devenir trop petit pour continuer à nous faire mal, et voilà.

C'était par un de ces froids printemps comme il y en a dans le Nord, avec les vergers qui bourgeonnaient et fleurissaient tout autour de lui, à perte de vue. Soudain, il se sentit libéré du passé, lancé dans une nouvelle vie. Il décida de faire une randonnée à laquelle il pensait depuis longtemps, le long de la lèvre sud des grands canyons de Marineris : Ius, Melas, Coprates et Eos. Cette fameuse longue marche devait marquer une date, pour lui. La célébration de son passage dans une nouvelle existence. Après, il retournerait à Argyre et à la RAN, et il déciderait s'il pouvait, ou non, continuer à y vivre et à y travailler.

Vers la fin de l'expédition, qui se révéla être une dure marche à travers des congères de neige, même si la vue dans les canyons était superbe, évidemment, il arriva à une sorte de chalet suisse situé juste au bord de Coprates Chasma, au niveau de la Dover Gate. Comme la plupart des chalets suisses, c'était en réalité un grand hôtel-restaurant de pierre, avec une terrasse donnant sur le canyon assez grande pour accueillir des centaines de personnes. La bâtisse était toute seule au milieu du désert, loin des routes ou des pistes, mais ce soir-là, elle était quand même pleine de monde — des randonneurs, des alpinistes, des gens qui faisaient du deltaplane — et la terrasse était bondée.

Peter traversa la foule et s'approcha de la rambarde ornée de drapeaux, pour jeter un coup d'œil en contrebas. Juste en dessous de l'hôtel, le canyon se rétrécissait, et la cicatrice de l'antique déluge marquait le fond, d'une paroi à l'autre. Dans la partie la plus basse du canyon subsistait un glacier grisâtre, couvert de caillasse, creusé de trous formés par l'érosion, de mares d'eau fondue et de séracs éboulés. La paroi opposée dressait sa masse imposante et stratifiée par-delà la formidable masse d'air qui étincelait et trémulait dans la lumière de la fin de l'après-midi. Et le chalet était là, tout seul, tout petit, perché au bord du monde.

Il y avait encore plus de monde au restaurant que sur la terrasse, si bien que Peter ressortit. Ça lui était égal d'attendre. Les derniers rayons du soleil faisaient flamboyer les nuages, audessus d'eux, les métamorphosaient en masses bouillonnantes de verre filé rose. Personne ne faisait attention à l'observateur solitaire planté devant la rambarde. En fait, ils étaient plusieurs à faire comme lui.

Un peu avant le coucher du soleil il se mit à faire froid, mais les gens qui venaient se promener dans le coin n'étaient pas frileux, et ils étaient habillés en conséquence, si bien que les tables en terrasse étaient toujours occupées. Pour finir, Peter alla trouver le garçon afin de se faire inscrire sur la liste d'attente. Le type lui indiqua alors, juste au bord de la rambarde, vers le bout de la terrasse, une table de deux qui était occupée par un homme seul.

— Vous voulez que je lui demande s'il veut bien de vous ?

— Bien sûr, répondit Peter. Si ça ne l'ennuie pas.

Le garçon alla se renseigner auprès de l'homme et fit signe à Peter d'approcher.

— Merci, dit Peter en s'asseyant, l'homme le saluant d'un hochement de tête.

— Aucun problème.

Il réchauffait une chope de bière entre ses mains. Puis son plat arriva, et il eut un geste d'excuse.

— Je vous en prie, fit Peter en regardant ce que l'homme avait choisi.

Une sorte de fricassée, du pain, de la salade. Il fit signe au garçon qui passait, indiqua le menu et commanda aussi un verre de vin, le zinfandel local.

L'homme n'avait apparemment rien à lire, Peter non plus. Ils regardèrent les nuages qui filaient dans le ciel, le canyon en dessous, la grande paroi disloquée, de l'autre côté, et les ombres qui couraient vers l'horizon, à l'est, faisant ressortir la moindre anfractuosité, l'angularité du relief.

— Quelles textures, risqua Peter, qui était sevré de conversation depuis longtemps.

— D'ici, on voit bien que la gorge de Brighton est vraiment profonde, acquiesça l'homme. C'est moins visible de tous les autres points de vue.

— Vous l'avez escaladée ?

L'homme acquiesça.

— C'est de la montagne à vaches, en fait. Partout, maintenant, si vous suivez les échelles, ce que font la plupart des gens.

— Ça doit être amusant.

— Oui, quand on est dans un groupe amusant, répondit l'homme en plissant les paupières.

— Vous l'avez fait souvent ?

Il mâcha, avala.

— En tant que guide, fit-il après une nouvelle bouchée. Je guide des groupes dans la région des canyons. Des treks, de la varappe, du canyoning.

— Je vois. Ça doit être bien.

— Ce n'est pas mal. Et vous ?

— La Redistribution de l'Aquifère Noachien. Une coop d'Argyre. Je suis en congé, là, mais j'y retourne.

L'homme hocha la tête, lui tendit la main, la bouche pleine.

— Peter Clayborne, dit-il en serrant la main tendue.

L'homme ouvrit de grands yeux, avala ce qu'il avait dans la bouche.

— Roger Clayborne.

— Tiens ! Joli nom. Ravi de faire votre connaissance.

— Moi aussi. C'est rare de rencontrer des Clayborne.

— En effet.

— Vous êtes de la famille d'Ann Clayborne ?

— C'est ma mère.

— Oh ! je ne savais pas qu'elle avait eu des enfants.

— Je suis le seul. Vous la connaissez ?

— Non, non. Juste de nom. Nous ne sommes pas de la même famille, ou du moins je ne crois pas. Mes parents sont venus avec la deuxième vague, d'Angleterre.

— Je vois. Enfin, nous sommes sûrement cousins quand même. De lointains cousins.

— Sûrement. Issus du premier Clayborne.

— Un potier, sans doute, ou quelque chose comme ça.

— Peut-être. Vous écrivez votre nom avec un i ou un y?

— Un y.

— Moi aussi. J'ai un ami qui l'écrit avec un i.

— Alors ce n'est pas un cousin.

— Ou alors, à la mode de Bretagne.

— Possible.

— Il y a un e à la fin?

— Oui, oui. Bien sûr.

— Chez moi aussi.

Le garçon apporta le plat de Peter. Peter mangea, et comme Roger avait fini et sirotait une grappa, il lui posa des questions sur lui.

— Je suis guide, répéta l'homme avec un haussement d'épaules.

Ça l'avait pris quand il était jeune, dit-il, quand la planète était brute de décoffrage, et ça ne lui avait jamais passé.

— J'aime montrer mes endroits préférés. Leur faire voir comme c'était beau.

Ça l'avait amené à faire partie de divers groupes Rouges, bien qu'il n'ait pas l'air opposé au terraforming, comme la mère de Peter. Il haussa les épaules quand Peter lui posa la question.

— C'est plus sûr, maintenant qu'on a une atmosphère. Et de l'eau tout autour. Enfin, plus sûr par certains côtés, mais par d'autres... Les falaises s'éboulent sur les gens. J'ai essayé d'empêcher l'inondation des canyons, parce que l'eau sature les parois et provoque des éboulements. Nous avons remporté un certain succès, au début. Le barrage de Ganges, qui empêche la mer du Nord d'entrer dans le canyon, c'était nous. Et la suppression du barrage de Noctis...

— Je ne savais pas qu'on l'avait supprimé.

— Eh si. Enfin, c'est tout ce que j'ai pu faire pour la cause Rouge. Je m'y serais bien plus investi, mais... bah, je ne l'ai pas fait. Et vous?

Peter repoussa son écuelle, but un peu d'eau.

— Disons que je suis un Vert.

Roger haussa les sourcils, mais ne fit pas de commentaire.

— Ann n'est pas d'accord, évidemment. Ça a causé des problèmes entre nous. Mais j'ai passé toute mon enfance enfermé. Je ne me lasserai jamais d'être dehors.

— Vous n'aimiez pas les combinaisons.

— Oh non, alors ! Vous aimiez ça, vous ?

Roger haussa les épaules.

— Je m'en accommodais. Je trouvais qu'on était tranquille, dedans. Même si maintenant j'apprécie de sentir le vent sur mon visage. Mais le paysage primitif avait quelque chose de... (Il secoua la tête, incapable d'exprimer sa pensée.) Tout ça a disparu, maintenant.

— Vraiment ? Pour moi, c'est toujours aussi sauvage, dit-il en indiquant le paysage au-dessus de la rambarde, où l'on voyait maintenant des draperies de neige éclairées par le soleil tomber de la partie inférieure d'un gros nuage noir.

— Enfin, sauvage... Tout dépend de ce qu'on entend par là. Quand j'ai commencé à guider des groupes, là, on aurait pu dire que c'était sauvage. Mais depuis qu'il y a de l'air, et tous ces grands lacs, ça me paraît plutôt civilisé. C'est un parc. Pour moi, c'est le sens du Protocole de Burroughs.

— Je ne suis pas au courant.

— Mais si, voyons. L'exploitation du sol, ce grand truc.

Peter secoua la tête.

— Il doit y avoir longtemps, alors.

— Pas si longtemps que ça, objecta Roger en secouant la tête.

— Mais Burroughs était inondé, à l'époque...

— Absolument. Tous les printemps. Réglé comme du papier à musique. Je me demande ce qui a pu se passer après, et j'ai peur que ça empire. Ces longs hivers si froids... pour moi, il y a quelque chose qui nous échappe.

— Moi, j'ai trouvé cet hiver plutôt doux.

Puis un groupe de gens entourèrent leur table. Ils trimbalaient des instruments et tout un tas de matériel. Pendant qu'ils installaient les amplis et les pupitres à musique sur une petite plate-forme, le long de la rambarde, juste à côté des deux Clayborne, une foule de gens masqués envahirent la terrasse comme si l'orchestre précédait une sorte de parade. Roger héla le garçon qui passait précipitamment.

— Qu'est-ce que c'est que ça ?

— Ben, le carnaval. Vous ne saviez pas ? Ça va commencer à se remplir, maintenant que le train est arrivé. Tout le monde va venir ici, ce soir. Vous avez eu de la chance d'arriver tôt.

D'une poche de son gilet il tira un paquet de petits loups blancs et en lança deux sur leur table.

— Amusez-vous bien.

Peter sépara les deux masques, en donna un à Roger. Ils les mirent et eurent un sourire amusé en se regardant. Comme l'avait prévu le serveur, la terrasse et tout le complexe — l'hôtel, le restaurant, les bâtiments annexes, y compris ceux de la coop — se remplirent rapidement. La plupart des gens portaient des masques bien plus sophistiqués que ceux de Roger et de Peter. C'étaient apparemment des gens de la région. Il y avait beaucoup de Suisses dans l'alpinisme et le tourisme en général. Il y avait aussi des Arabes des Nectaris Fossae, et des nomades qui étaient venus en caravane pour la nuit. A l'équinoxe, le soleil se couchait dans l'axe de l'immense gorge du canyon, illuminant toute chose de ses rayons horizontaux. C'était comme si le soleil était bien en dessous d'eux et que sa lumière montait vers eux. La terrasse au bord du monde. Le ciel noir, dans lequel dansaient maintenant des flocons de neige pareils à des écailles de mica.

L'orchestre se mit à jouer. Il y avait une trompette, une clarinette, un trombone, un piano, une guitare basse, des percussions. Ils jouaient fort. Ils venaient de Munich, au sud de Protva Vallis. Les Suisses avaient l'air de les apprécier. C'était un privilège de les avoir là, à en juger par l'accueil enthousiaste qui leur fut réservé. Du jazz hot, qui réchauffait le froid soudain du crépuscule.

Peter et Roger commandèrent un pichet de bière brune et applaudirent avec les autres. Certains des personnages costumés se mirent à danser. La plupart étaient assis, d'autres, restés debout, se promenaient entre les tables, bavardaient entre eux, ou avec les clients assis. Quelques groupes firent porter des tournées de grappa aux musiciens, jusqu'à ce qu'ils soient saturés. Ils cédèrent alors leurs verres aux tables des premiers rangs. Deux ou trois fois, ces toasts médicinaux échouèrent sur la table de Roger et de Peter qui les vidèrent avec ensemble. Sans l'avoir prémédité, ils se retrouvèrent un peu gris. Pendant les « kleine pause », assez fréquentes, ils continuaient à bavarder, mais avec le bruit de la foule ils ne s'entendaient plus et ils avaient du mal à se comprendre.

Pour finir, après un dernier bœuf endiablé (« Le Roi des Zoulous », avec un solo de trompette à tout casser de « notre grande vedette, Dieter Lauterbaun ! »), l'orchestre déclara la fin de la première session. Les deux hommes commandèrent une nouvelle tournée de grappa, qu'ils commençaient, au point où ils en étaient, à trouver bonne : la seule véritable ambroisie ! La soirée était fraîche, mais la terrasse était toujours bourrée de gens costumés qui bavardaient, faisaient la fête. Ils n'étaient pas du genre à rentrer pour quelques flocons de neige tombant sur une table en terrasse ! Les Clayborne reconnurent dans le vent le déplacement de l'air fondamentalement immobile tombant sous son propre poids par-dessus la falaise, dans le canyon maintenant plongé dans l'obscurité.

— Pas mal, hein ?

— Ouais.

— Ça doit être agréable d'emmener des gens dehors par ce genre de nuit.

— Ouais. Quand ils sont agréables.

— J'imagine que ce n'est pas toujours le cas.

— Oh non.

— Mais quand ils sont vraiment bien… vous voyez ce que je veux dire.

— Ah oui. Là, c'est marrant.

— Alors, comme ça, des fois…

— Ben, vous savez ce que c'est. Des fois.

— Sûrement.

— Ce n'est pas comme entre un professeur et son élève, ou un avocat et son client.

— Ce n'est pas une relation de pouvoir.

— Non. Ça ne devrait pas être ça. Je leur montre le chemin. Ils sont libres de le suivre ou non. C'est eux qui me payent. Nous sommes sur un pied d'égalité. Si ça se passe autrement…

— C'est sûr.

— Cela dit…

— Oui… ?

— Je dois admettre que ça arrive moins souvent, ces temps-ci, maintenant que j'y pense. Je ne sais pas pourquoi.

Ils se mirent à rire.

— Question de chance.

— Ou d'âge !

A cette horrible pensée, ils redoublèrent d'hilarité.

— Ouais. Les touristes commencent à se faire vieux.

— Ah ah ah. Exactement. Mais quand même...

— Quand même quoi ?

— Eh bien, le truc, c'est qu'on se donne beaucoup de mal pour pas grand-chose.

— Oui, hein ? Réussir à les ramener chez eux sains et saufs.

— Exactement. Ou ne pas réussir à rentrer avec eux ! Je veux dire, d'une façon ou d'une autre...

— Enfin, celle-ci est quand même pire, c'est clair.

— Ça oui. Je me souviens, la première fois. J'étais jeune, elle aussi...

— C'était l'amour.

— Eh oui. Je l'aimais vraiment. Mais que voulez-vous ? Elle était étudiante. J'étais guide. Je ne pouvais pas laisser tomber comme ça, même si j'avais voulu... Alors je ne l'ai pas fait. Je ne pouvais pas quitter la nature. Et elle ne pouvait pas quitter son travail non plus. Alors...

— Oui. C'est dur. C'est fou ce qu'on entend ce genre d'histoires ! Des gens séparés par leur travail, par ce qu'ils font...

— Par ce qu'ils sont !

— Exact. Se laisser séparer alors qu'on... alors que les sentiments...

— C'est dur. (Gros soupir.) Ça a été dur. Cette fois-là... Je ne sais pas. C'était dur. Rien n'a plus jamais été pareil, après.

Un long silence.

— Vous ne l'avez jamais revue ?

— Eh bien, si, en fait. Nous sommes tombés l'un sur l'autre, et après ça, nous sommes restés en contact. Un peu. Je la vois de loin en loin. C'est toujours pareil. Elle est formidable. Vraiment. Elle a même guidé des randonnées dans les canyons, pendant un moment. Je comprends aujourd'hui encore, après tout ce temps, qu'elle m'ait inspiré des sentiments aussi forts. Et elle éprouve un peu la même chose, on dirait. L'ennui...

— Oui ?

— Eh bien, l'un de nous deux a toujours quelqu'un ! ça ne rate jamais. Elle s'est retrouvée seule quand j'avais quelqu'un, et vice versa. C'est toujours comme ça, conclut-il en secouant la tête.

— Je connais le problème.

— Ah ouais ?

— Ouais. Oh, c'était il y a longtemps. Une histoire un peu pareille, sauf que...

— Quelqu'un que vous avez rencontré ?

— Quelqu'un avec qui j'ai plus ou moins grandi. A Zygote. Vous connaissez Jackie Boone ?

— Pas vraiment.

— Eh bien, quand elle était gamine, elle pensait que j'étais... bref, que j'étais l'homme de sa vie. Enfin, poursuivit-il avec un haussement d'épaules, elle était toute gosse, à l'époque. Et puis, des années après, je suis tombé sur elle alors que j'étais... Enfin, j'étais seul depuis un bon bout de temps.

Profond hochement de tête.

— Et elle... Elle avait grandi. Elle avait vécu à Sabishii et à Dorsa Brevia. Elle était devenue quelqu'un d'important. Une puissance. Mais elle s'intéressait encore à moi. Finalement, j'étais disponible, vous comprenez, et on s'est mis ensemble ; C'était incroyable. J'étais... j'étais amoureux, c'est sûr. Mais le truc, c'est que je ne l'intéressais plus vraiment. Plus de la même façon. C'était juste une façon de régler une vieille affaire. Comme d'escalader une falaise rien que pour se prouver qu'on peut le faire, mais on ne retrouve pas l'impression que ça faisait quand on en était incapable.

— C'est souvent comme ça.

— Tout le temps. Enfin, je m'en suis remis. Elle est devenue, je ne sais pas, un peu bizarre, ces temps-ci, de toute façon. Mais je pense que si nous avions vécu au même endroit, vous voyez ce que je veux dire ? Dans le même état d'esprit, au même moment...

— C'est sûr. C'est exactement la même chose avec Eileen et moi. On aurait pu...

— Ouais.

Le silence lourd, pâteux, de ce qui aurait pu être.

— Les occasions manquées.

— Exactement. Les coups du hasard.

— Il y a des coups qui forgent le caractère.

— Ça, c'est sûr. Mais le destin, c'est le destin. C'est ce qui vous emmène et vous entraîne. Les rencontres de hasard, ce qui se passe, ce qu'on éprouve, quoi qu'on puisse penser. Et ça affecte tout. Tout! La moindre chose. Les gens parlent politique, même quand ils écrivent des livres d'histoire, ils parlent encore politique, et *de* politique; les raisons pour lesquelles les gens font telle ou telle chose... mais c'est toujours l'aspect personnel qui compte.

— Sauf qu'il n'en est jamais question dans les livres. Ils ne peuvent pas en parler. La petite lumière dans les yeux de l'autre.

— Exactement. La façon dont on se laisse captiver...

— Dont on se laisse entraîner.

— Comme par l'amour. Quoi que ça puisse vouloir dire.

— Ça, c'est sûr. Aimer, être aimé...

— Ou pas.

— Exact : ou pas! Et tout change.

— Tout.

— Et personne ne sait pourquoi. Et par la suite, n'importe qui, n'importe où, quelqu'un d'extérieur se penche sur votre histoire et dit : « Cette histoire n'a pas de sens. »

— S'ils savaient...

— Alors, ça aurait un sens.

— Oh oui. Un sens très clair.

— Une histoire de cœur, chaque fois.

— Une histoire d'émotions. Si on pouvait le faire.

— Ce serait une histoire de cœur.

— Oui.

— Oui.

— Oui.

— Autant dire que... quand on essaie de décider quoi faire, et où, et quand, vous voyez ce que je veux dire...

— Oui.

Un autre long silence pensif. Les musiciens revinrent pour une seconde session, et les deux hommes les regardèrent jouer, perdus dans leurs pensées. Pour finir, ils allèrent aux toilettes, puis ils revinrent et se promenèrent dans la foule grouillante, se perdirent et ne se retrouvèrent pas. L'orchestre finit sa seconde session, il y en eut une troisième, et le soleil était sur le point de se lever quand la foule se dispersa enfin, emportant les deux hommes. L'un d'eux partit déterminé à agir. Et l'autre non.

Coyote se souvient

Je l'avais suivie partout, et puis elle a disparu. Vous n'imaginez pas ce que ça peut faire. La perte. Enfin, peut-être que vous le savez. Tout le monde le sait, bien sûr. Qui n'a jamais perdu un être cher ? C'est inévitable. Alors vous comprenez ce que j'ai pu éprouver.

Après, ce sont vos amis qui vous sauvent. Maya. Par la suite, nous n'avons pas pu coucher ensemble parce qu'elle était avec Michel, mais ce n'était pas comme ça avec elle, de toute façon, sauf une seule fois. C'est un peu une sœur, ou encore mieux que ça : une ancienne maîtresse et une amie, qui est pour vous quoi qu'il arrive, qui est là même quand elle n'y est pas. C'est comme ces hallucinations qu'ont les alpinistes en montant très très haut : ils croient voir des amis qui ne sont pas là, qui leur tiennent compagnie dans le jet stream, la zone de mort. Maya, c'est mon frère.

Et Nirgal. Ça me fait vraiment drôle, quand je le regarde, de me dire qu'en lui, dans son matériau génétique, il y a une moitié de moi et une moitié d'Hiroko. Je ne comprends même pas comment c'est possible. Ni pourquoi ça expliquerait quoi que ce soit. Qui sait comment ça marche, de toute façon ? Allez savoir si les gènes ne sont pas le signal aléatoire de quelque chose de plus profond, d'une résonance morphique formelle, ou s'ils n'impliquent pas un ordre... Enfin, on ne peut rien dire, on ne devrait probablement même pas utiliser ces mots-là, parce que ça se passe à un autre niveau, la cause réelle est en dessous, inexpliquée. Sax s'interrogeait toujours sur la part d'inexplicable. Mais nous sommes des esquisses de tourbillons de poussière dans l'inexplicable. Emportés par un vent inconnaissable. Nous nous sommes rentrés dedans, Hiroko et moi, comme deux tourbillons de poussière poussés l'un vers l'autre — ça arrive —, et il en est résulté un autre tourbillon de poussière : Nirgal, cet enfant d'or. C'est un tel plaisir pour moi de le regarder voler à travers la vie, voler toujours plus haut, haut les cœurs ! toujours en mouvement, curieux de tout, en harmonie avec tout. Veinard.

Enfin, ça, c'était quand il était jeune, avant la révolution. Après, les choses ont changé. Peut-être que ce n'était pas si simple ; il cherchait toujours quelque chose. Hiroko… elle fait comme un grand trou dans notre vie à tous. Celle qui est partie. Et puis Jackie ne nous a pas aidés. Ne tournons pas autour du pot, cette femme était une garce. C'est pour ça qu'elle me plaisait, d'ailleurs. Elle était dure, elle savait ce qu'elle voulait. Pour ça, ils se ressemblaient beaucoup, Nirgal et elle. Ça aurait dû marcher. Mais ça n'a pas marché, et ce pauvre garçon s'est mis à errer tout seul dans le monde, comme le vieux Coyote. Sauf que lui, il n'avait pas de Maya — enfin, si, mais pour lui elle remplaçait Hiroko, pas Jackie. Orphelin non de mère, mais de partenaire. J'avais de la peine pour lui. On voit des couples qui mûrissent ensemble, deux vieux arbres qui ne font plus qu'un, leurs deux troncs fondus l'un dans l'autre, comme la double hélice elle-même, et on se dit : Oui, voilà comment ça doit être. On serait moins seul, hein ? Seulement voilà. Pour être deux, il ne suffit pas de le vouloir.

Alors on se rabat sur ses amis, et la solitude. C'est comme ça que j'ai regardé Nirgal vivre sa vie, comme un second moi lâché dans le vent. On vit tous la même histoire. Nirgal est un peu mon frère.

Et Sax est mon frère en étonnement. Franchement, il n'y a pas une âme plus pure au monde. Il est tellement innocent qu'on a du mal à le trouver vraiment intelligent. Toute son intelligence est enfouie dans un trou profond, et pour le reste, c'est un nouveau-né. C'est intéressant de regarder un esprit comme ça s'efforcer d'utiliser son seul don pour éduquer le reste de sa personne. Pour s'en sortir. Après son accident — après que ces ordures lui eurent cramé le cerveau, je devrais plutôt dire — il a dû repartir de zéro, encore une fois. Et la deuxième fois, ça a marché. Il y est arrivé. Michel l'a aidé. Et merde ! Michel l'a lâché comme un vieux vase. Et moi aussi, je l'ai aidé, je crois. J'ai pris le vase dans le four, dans la fournaise. Maintenant, c'est mon frère d'armes, celui que j'aime plus que tout au monde — enfin, tout le monde —, vous comprenez. Il n'y a pas de plus et de moins dans ce domaine. C'est mon frère.

Quant à Michel, je ne peux pas encore en parler. Il me manque.

Et Hiroko aussi, le diable l'emporte ! Si elle lit jamais ça, si elle est vraiment vivante, si elle se cache quelque part, comme ils disent tous, ce dont je doute, puisse-t-elle lire ce message : Le diable t'emporte. Reviens.

Sax, fragments

Quand Sax se faisait appeler Stephen Lindholm, il demandait souvent à son ordinateur, au labo, d'afficher des articles du *Journal de résultats non reproductibles.* Certains des articles étaient vraiment idiots, mais d'autres le faisaient rire. Un jour, il entra en se boyautant encore dans le labo de Claire et de Berkina, et il leur raconta la « Méthode d'enrichissement de données » d'un certain Henry Lewis.

— Mettons que vous fassiez une expérience pour voir à quel niveau de décibels on peut détecter des sons. Vous mettez vos données en tableau, mais vous en voudriez davantage, seulement vous n'avez pas envie de multiplier les expériences, alors vous partez du principe que si un son est inaudible en dessous de x décibels, il sera tout aussi inaudible à tous les niveaux inférieurs, alors vous ajoutez aux résultats de l'essai x toutes les données des niveaux de décibels inférieurs.

— Mouais.

— Ensuite, mettons que vous vouliez prouver que, quand on joue à pile ou face, plus l'altitude est élevée, plus souvent on tombe sur face...

— Pardon ?

— C'est une hypothèse. Alors vous faites vos essais et vous organisez vos données dans un tableau du même genre, comme ça... (Il l'avait imprimé.) Bon, le résultat est un peu ambigu, je vous l'accorde, alors vous n'avez qu'à utiliser la méthode d'enrichissement de données décrite pour les décibels : chaque fois que la pièce retombe sur face, vous ajoutez le résultat à tous les essais effectués sur les barreaux supérieurs de l'échelle, et c'est gagné : plus vous montez, plus la pièce tombe sur face ! C'est très convaincant ! (Il s'affala sur une chaise en gloussant.) C'est exactement comme ça que Simon a démontré que le niveau de CO_2 retomberait après être monté à deux bars.

Claire et Berkina le regardèrent, déconcertées.

— Stephen aime les démonstrations par l'absurde, dit Claire.

— Exactement, admit Sax. J'adore ça, même.

— C'est toute la science, renchérit Berkina. La science en raccourci.

Et ils restèrent là à se regarder, hilares.

« Personne ne peut tirer des choses, y compris des livres, plus qu'il n'en sait déjà. »

Sax, qui avait lu ça dans un livre, sortit faire un tour pour réfléchir à la question.

Quand il revint, il poursuivit sa lecture : « Si on a du caractère, on a aussi son expérience particulière, qui se répète régulièrement. »

Sax trouva que, décidément, ce Nietzsche était un type intéressant.

Plus Sax étudiait la mémoire, plus il s'inquiétait qu'on ne puisse plus rien faire pour l'améliorer. Un jour — ou plutôt une nuit, qu'il avait passée à lire —, sa crainte se changea en une véritable épouvante.

Il relisait la fameuse étude de Rose sur la mémoire des poussins, dont on avait cautérisé le cortex ventro-médian avant ou après des séances d'exercice avec des granulés de nourriture sucrée ou amère. Les poussins auxquels on avait occasionné des lésions de l'hémisphère gauche du CVM oubliaient par la suite les leçons consistant à éviter les granulés amers ; les poussins dont on détruisait l'hémisphère droit s'en souvenaient. Ça laissait penser que le CVM gauche était nécessaire à la mémoire. Mais si les exercices avaient lieu avant les lésions, les poussins n'avaient besoin d'aucun de leurs CVM pour retenir la leçon. Peut-être, avançait Rose, la mémoire était-elle en réalité stockée dans les lobes parolfactifs gauche ou droit, si bien qu'une fois la leçon apprise, aucun des deux CVM n'était plus indispensable. D'autres lésions expérimentales semblaient étayer cette hypothèse, confirmant bel et bien l'existence d'un chemin modèle selon lequel les leçons étaient d'abord enregistrées dans le CVM gauche, passaient dans le CVM droit puis dans les LPO gauche et droit. Si ce schéma était correct, alors la destruction, préalable à l'apprentissage, du CVM droit, dont la preuve était faite qu'elle n'entraînait pas l'amnésie par elle-même, perturbait ce circuit, et les lésions du LPO postérieures à l'apprentissage, qui étaient sans cela de nature à provoquer l'amnésie, ne la provoquaient plus, parce que la mémoire était déjà emmagasinée dans le CVM gauche. Il en découlait donc qu'une lésion du CVM droit antérieure, suivie par une lésion du CVM gauche postérieure, entraînerait aussi l'amnésie, d'abord par blocage du circuit, puis par la destruction du seul réceptacle.

Sauf que les choses ne se passaient pas comme ça. Lésion droite ; apprentissage du poussin ; mémoire activée ; lésion gauche ; le poussin se souvenait toujours de la leçon. La mémoire en avait réchappé.

Sax quitta son bureau et alla faire un tour sur la corniche pour réfléchir à tout ça. Et pour se remettre du choc. Il avait eu la trouille, et ça, personne ne le comprendrait. L'obscurité, les voix qui montaient des restaurants, le bruit des assiettes entrechoquées, le reflet des étoiles sur la mer immobile. Il n'arrivait pas à trouver Maya ; elle n'était dans aucun de ses repaires favoris.

Il s'assit quand même sur un de ses bancs habituels. L'esprit était un mystère. Les souvenirs étaient partout et nulle part. Le cerveau avait une équipotentialité phénoménale. C'était un système dynamique d'une complexité prodigieuse, où presque tout était possible.

En théorie, ça devait être une raison d'espérer. Sûrement qu'avec un système aussi flexible, versatile, ils pourraient rafistoler les pièces défaillantes, rerouter la mémoire, enfin, si l'on pouvait ainsi s'exprimer. C'était très possible. Mais dans une telle immensité, comment pourraient-ils découvrir (assez vite) ce qu'il fallait faire ? La puissance même du système ne le plaçait-elle pas au-delà de leur compréhension ? Plutôt que de le restreindre, l'ampleur de l'esprit humain n'ajoutait-elle pas, en réalité, au grand inexplicable ?

Le ciel noir, la mer noire. Sax se leva et repartit en se tenant à la balustrade, les dents serrées parce qu'il avait soudain pensé à Michel. Lui, il aurait adoré l'idée du grand inexplicable qui était en eux. Il devait apprendre à voir ça avec les yeux de Michel.

La crispation de tous les muscles n'entravait ni ne réorientait ses pensées. Il laissa échapper un gémissement et repartit à la recherche de Maya.

Une autre fois, en pensant à divers aspects du même problème, il retourna sur la corniche et trouva Maya dans l'un de ses repaires habituels. Ils s'assirent sur un banc pour regarder le coucher de soleil, leur casse-croûte dans des sacs en papier.

— La chose qui fait notre spécificité humaine n'existe pas, annonça Sax.

— Comment ça ?

— Eh bien, nous ne sommes que des animaux, pour l'essentiel. Mais nous avons une conscience qui nous met à part, parce que nous avons un langage et une mémoire.

— Ça, c'est indéniable.

— Certes, mais si ça marche, c'est pour une seule raison : le passé. Nous en gardons le souvenir, nous en tirons une expérience. Tout ce que nous avons appris est dans le passé. Or, le passé étant le passé, il n'existe pas à proprement parler. Sa présence en nous n'est qu'une illusion. Alors la chose qui nous rend humain n'existe pas !

— Je l'ai toujours dit, répondit Maya. Mais pas pour la même raison.

« La technologie est un truc qui permet d'arranger le monde de telle sorte que nous ne soyons pas obligés de le subir », lut Sax dans une des rhapsodies des farouches, et il sortit faire un tour.

Une fois sur la corniche, il constata qu'un front orageux venait de passer. Des nuages noirs filaient vers l'est. Le soleil apparaissait par en dessous, couleur d'étain fondu sur le front ouest de l'orage. L'air au-dessus de la ville était immobile, embrumé, un air du soir, sombre entre les plans sombres de la mer et des nuages. Il regarda le reflet de la ville, de l'autre côté du port, et remarqua que la surface de la mer était ridée par endroits, lisse à d'autres, et que la limite entre les zones était tracée avec une précision étonnante, alors que le vent soufflait probablement partout de la même façon. Ça l'intrigua jusqu'à ce qu'il lui vienne à l'esprit que, dans les endroits plans, les rides devaient être aplanies par un film imperceptible d'hydrocarbures. Un moteur de bateau qui fuyait, peut-être. S'il pouvait se procurer un échantillon d'eau et un échantillon du carburant de tous les bateaux, il pourrait probablement trouver le coupable.

En vue de sa balade en mer avec Ann, Sax fit des recherches sur les études psychologiques de la personnalité des savants. Il découvrit que Maslow répartissait les savants en chauds et en froids, ce qu'il traduisait en couleurs — rouge et vert — afin d'éviter toute connotation morale, tout jugement de valeur parasite, ajoutait-il, ce qui fit sourire Sax. Les savants verts étaient des réducteurs, toujours en quête de justification, des gens tenaces, qui appréciaient la régularité, l'explication, la parcimonie, la simplicité. Alors que les savants rouges étaient expansifs, chaleureux, intuitifs, mystiques, souples, et à la recherche de moments cruciaux de « compréhension du pareil ».

— Dieu du ciel ! s'exclama Sax en sortant pour faire un tour.

Dans les allées, au-dessus de Paradeplatz, une haie de roses rouges était en fleurs. Il s'arrêta, inspecta une jeune rose, le nez collé sur ses pétales parfaits. Ce velours rouge sombre, là, sur ce mur de stuc. D'accord, se dit-il. Me voilà, ici présent. Et je me demande ce qui fait ce rouge.

La cosmologie et la physique des particules avaient fusionné en une seule science avant même la naissance de Sax, et depuis lors, les deux camps vivaient dans l'espérance de la théorie de la grande unification qui réconcilierait la mécanique quantique, la gravité, et pourquoi pas le temps. Sauf que, toute sa vie, il avait vu la physique devenir de plus en plus compliquée. On tenait pour établi le postulat des micro-dimensions, et on avançait comme explication la symétrie de cordes relativement simples, mais affreusement petites, x fois trop pour qu'on puisse jamais les observer, cette impossibilité ayant été démontrée mathématiquement. La quête d'une théorie unificatrice définitive était donc, ainsi que le remarquait Lindley, une sorte de quête religieuse ; ou un mouvement messianique dans la religion qu'était devenue la vision scientifique du monde. C'est alors qu'il avait rencontré Bao Shuyo.

Un hiver, à Da Vinci, Bao lui avait expliqué par le menu les derniers développements de la théorie des supercordes. La notion de micro-dimensions supplémentaires coulait de source : il y en avait sept, toutes petites, disposées selon ce qu'on appelait la «sphère sept». Pour situer un point dans nos quatre dimensions traditionnelles, il fallait donc préciser ses coordonnées dans les sept dimensions, et les diverses combinaisons déterminaient la nature de la particule : un muon, un quark *top*, etc. Mais ces points n'étaient que les nœuds des cordes, or l'unité de base de la mécanique quantique était la vibration de la corde entière. Tous les calculs mettaient en évidence de nombreux problèmes de dépassement de la vitesse de la lumière, à moins de postuler l'existence de vingt-six dimensions, ce qu'on avait fait. Mais à ce stade, la théorie n'avait encore amené que les bosons, et pas les fermions. On avait évoqué une dérivée de la corde à vingt-six dimensions qui existait dans dix dimensions, les seize autres étant devenues des propriétés de la corde elle-même et une partie de la géométrie de la super-symétrie. Mais les seize dimensions de corde pouvaient être organisées selon une prodigieuse variété de combinaisons, toutes aussi probables les unes que les autres. Des considérations mathématiques avaient ensuite montré que, de toutes les possibilités, seules deux, SO (32) et $E_8 x E_8$, ne présentaient pas une symétrie en miroir mais étaient orientées à gauche. Or l'univers était droitier. Il était stupéfiant que, sur la myriade de possibilités, il n'en reste que deux. Les choses en étaient restées là jusqu'à cet hiver, où Bao avait montré que $E_8 x E_8$ était la formulation privilégiée, et si on poursuivait le raisonnement, la formule avancée expliquait la mécanique quantique, la gravité et le temps en une seule théorie, complexe, mais claire, et d'une grande puissance.

— C'est si beau que ça doit être vrai, conclut Bao.

Sax hocha la tête.

— Mais cette beauté est sa seule preuve.

— Comment ça?

— C'est impossible à confirmer par l'expérimentation. C'est la beauté des mathématiques qui le démontre.

— Ça, et le fait de rapprocher toutes les observations physiques faisables ! Il n'y a pas que les mathématiques, Sax. Il y a tout ce que nous pouvons voir, et tout est en conformité avec cette unique théorie !

— Exact, dit-il en hochant la tête, mal à l'aise. C'était un bon argument, et pourtant... Je pense que ça devrait prévoir une chose que nous n'avons pas encore vue, qui se produirait parce que c'est la seule bonne explication.

Elle secoua la tête, atterrée par son obstination.

— Sinon, ce n'est qu'un mythe, insista-t-il.

— Le royaume de Planck ne sera jamais observable, dit-elle.

— Enfin. C'est un très beau mythe. Et valable, j'en suis tout à fait convaincu, croyez-moi. Peut-être sommes-nous maintenant arrivés au bout de ce que la physique peut expliquer. Si c'est ça...

— Oui, si c'est ça ?

— Et après, quoi ?

L'imbibition est le fait, pour une roche granuleuse, de s'imbiber d'un fluide par capillarité, en l'absence de toute pression. Sax avait acquis la conviction que c'était aussi une qualité de l'esprit. Il lui arrivait de dire de quelqu'un : « Elle a une grande imbibition », et les gens répondaient : « De l'ambition ? » Alors il répétait : « Non, imbibition. » « Inhibition ? » « Non, imbibition. » Et à cause de son attaque, les gens pensaient qu'il avait encore des problèmes d'élocution.

Les longues marches autour d'Odessa, à la fin de la journée. Sans destination précise, sans autre but, peut-être, qu'un rendez-vous tardif avec Maya, sur la corniche. Ah, flâner dans les rues et les allées... Flâner, *to saunter*... Sax repensa automatiquement à l'étymologie de ce verbe, selon Thoreau : Les Saint Terre, *saunterer*, étaient les pèlerins qui allaient en Terre Sainte. Il aimait cette explication, même si elle était erronée (il l'avait reprise d'un livre de 1691, *Country Words*, de S. et E. Ray). En fait, l'origine de ce verbe avait toujours été obscure, et il se pouvait que ce soit la bonne.

Sax aurait aimé être fixé quand même. Ça faisait du monde un problème à creuser. Mais il avait beau y réfléchir en flânant dans les rues d'Odessa, il ne voyait pas comment faire avancer la réflexion sur la question. Les étymologistes avaient fait leur boulot à fond. Le passé résistait aux recherches.

Automorphisme; idiomorphisme. Sax trouvait que Michel avait sous-estimé ces qualités dans sa théorie sur les personnalités. Il le lui avait d'ailleurs dit : « On se fait soi-même. »

Le comportement altruiste sera choisi de préférence quand $k > 1/r$, k étant le rapport profit du bénéficiaire sur coût pour l'altruiste, et r le coefficient de relation entre l'altruiste et le bénéficiaire ou la somme des bénéficiaires. Dans la version classique de la théorie, r est la proportion de gènes identiques chez deux individus ayant une ascendance commune. Mais que se passe-t-il si l'ascendance commune signifie le même phylum ou le même ordre? Et si r n'était pas fonction de l'ascendance mais d'une communauté d'intérêt? Sax trouvait les sciences sociales très intéressantes.

Pendant un moment, lorsque Sax fut suffisamment remis de son attaque, il lut beaucoup de choses sur les attaques cérébrales et les dommages subis par le cerveau, dans l'espoir d'en apprendre davantage sur ce qui lui était arrivé. Un cas était resté célèbre dans la littérature : celui d'un brillant étudiant de l'institut polytechnique de Moscou, qui avait été blessé à la tête au cours de la Seconde Guerre mondiale. Ce jeune Russe, qui s'appelait Zasetsky, avait subi un important traumatisme de la zone pariéto-occipitale gauche (comme Sax). Il n'avait plus de champ visuel à droite, ne savait plus faire une addition, avait oublié l'ordre des saisons et ainsi de suite. Ses facultés symboliques et conceptuelles avaient été endommagées. Mais ses lobes frontaux étaient restés intacts (comme chez Sax), de sorte qu'il avait conservé toute sa volonté, ses désirs, sa sensibilité réactionnelle. Il avait passé la fin de ses jours à tenter de rédiger un rapport sur son processus de pensée, pour faire avancer la science, et pour s'occuper. C'était le projet de sa vie, d'abord intitulé : « L'histoire d'une terrible blessure », puis rebaptisé : « Je continue le combat. » Il avait écrit tous les jours pendant vingt-cinq ans.

Sax lut ce journal avec une profonde sympathie pour ce Zasetsky. Certaines phrases lui allaient parfois droit au cœur;

ses perceptions lui étaient tellement familières : «Je suis constamment dans une sorte de brouillard, comme dans un demi-sommeil gluant... Mes rares souvenirs sont éparpillés, cassés en mille morceaux. C'est pourquoi je réagis si bizarrement aux mots et aux idées, d'où mes tentatives pour comprendre le sens des mots... J'ai été tué le 2 mars 1943, mais la puissance vitale de mon organisme a fait que je suis miraculeusement resté en vie.»

Le contact de sa main, sur son poignet, comment le décrire !

Alors qu'Ann et Sax étaient secoués par la tempête, Sax sentit un courant ascendant les happer dans le nuage et en conclut qu'ils avaient échappé à la noyade dans une mer déchaînée pour être projetés à bas du ciel. Le dôme du cockpit résisterait probablement au vide de l'espace, mais eux, ils ne résisteraient pas au froid. Il y avait trop de bruit pour se souvenir de quoi que ce soit, mais il aurait voulu se rappeler de dire à Ann : Toute notre vie nous demandons Pourquoi, et nous n'arrivons jamais à dépasser Parce que. Nous nous arrêtons à ce mot, désemparés. Je regrette de ne pas avoir passé plus de temps avec toi.

Les noms des canaux

Laestrygon, Antaeus, Cimmeria, Hyblaeus, Scamander, Pandoraea, Fretum, Hiddekel. Phison, Protonius, Python, Argaeus.

Des noms presque uniquement grecs, latins et hébreux. Certains traduisent des caractéristiques réelles, visibles de la Terre à l'aide de télescopes primitifs : les grands volcans, Hellas et Argyre, les grands canyons, le sol sombre de Syrtis, les calottes polaires mouvantes.

Idalius, Heliconius, Oxus, Hydroates.

Mais les lignes. Les lignes qui reliaient tout. Même à l'époque, on savait que des lignes illusoires apparaissaient entre les taches sombres vues au télescope. C'était un problème d'optique, de vision. Pour qu'on puisse voir une ligne sur Mars, à l'aide d'un de ces télescopes, il aurait fallu qu'elle ait une largeur minimale d'une centaine de kilomètres, on le savait déjà à l'époque. Et pourtant, ces noms. Nous voulons de la vie. Nous voulons vivre.

Cadmus, Erigone, Hebrus, Ilisus.

Si stupide. Mais moi aussi je vis sur un monde que j'aime.

Pyriphlegeton, Memnonia, Eumenides, Ortygia.

Je vis sur le fond plat d'une grande vallée, entre des montagnes visibles presque tous les jours, de chaque côté, une petite, tout près, à l'ouest, une grande, plus loin, à l'est. Une vallée, à perte de vue, du nord au sud. Une vallée aussi large qu'un canal martien.

Bandes son

Avant de travailler, tous les matins, un espresso et « Turbulence », de Steve Howe. Pour *Mars la Rouge, Satyagraha,* de Glass. Pour *Mars la verte, Ahknaten.* Pour *Mars la Bleue, Mishima* et *The Screens.* Pour Maya, Astor Piazzolla, et surtout « Tango : Zero Hour ». Pour Ann, la Troisième symphonie de Gorecki, « Sun Singer » de Paul Winter et « Sakura », le chant populaire japonais. Pour Sax, les derniers quartets à corde et les sonates de Beethoven. Pour Nadia, Louis Armstrong, la période 1946-56, Clifford Brown et Charles Mingus. Pour Michel, le « Köln Concerto » de Keith Jarrett. Pour Nirgal, Najma. Et toujours Van Morrison, Pete Townshend et Yes.

Van quand je suis content
Pete quand je pète les plombs
Steve quand j'ai la pêche
Et quand je suis triste, Astor.

[illegible] soir

Avant de quitter [illegible] la [illegible] [illegible] presse [illegible] [illegible]

[illegible]

Une histoire d'amour martienne

Eileen Monday descend son sac à dos du train qui repart vers le bas de la piste et disparaît derrière le promontoire. Elle sort de la gare déserte et se retrouve dans les rues de Firewater, au nord d'Elysium. Il n'y a personne, il fait noir, une vraie ville fantôme. Tout est fermé, des planches sont clouées sur les portes et les fenêtres. Les gens qui s'étaient installés là sont repartis. Seul signe de vie apparent, sur le quai le plus au nord, un petit amas globulaire de fenêtres et de lampadaires éclairés strie de jaune la glace de la baie. Elle en fait le tour, sur la corniche, sans rencontrer âme qui vive, bien qu'il soit encore tôt. Le ciel est violet dans le crépuscule. Plus que quatre jours avant le début du printemps, mais il n'y aura pas de printemps cette année.

Elle entre dans la chaleur humide et le brouhaha de l'hôtel-restaurant. Les cuistots passent des plats, par une large baie, aux dîneurs installés autour des longues tables, dans la salle à manger. Ils sont généralement jeunes, soit des gars qui font du char à glace, soit les derniers habitants de la ville. Il doit bien en descendre encore quelques-uns des collines, par habitude. Ils ont quand même l'air bizarres. Eileen repère Hans et Arthur ; on dirait deux vieux Pinocchio en train de discourir avec les gens assis au bout de leur table. Deux grosses marionnettes, aux yeux entourés de rides, qui rigolent de leurs propres tartarinades, et de jeunes colosses qui se passent les plats et dévorent leurs pâtes en les écoutant. Les vieillards en tant que distraction. Pas si mal, comme fin.

Mais ce n'est pas le truc de Roger. D'ailleurs, quand Eileen regarde autour d'elle, elle le voit planté dans le coin, auprès du juke-box. Il fait mine de choisir un morceau, mais en réalité il mange là, debout sur une patte. Sacré Roger ! se dit Eileen avec un petit sourire, et elle met le cap sur lui, entre les tables.

— Salut ! dit-il en la voyant, avant de la serrer, d'un bras, contre lui.

Elle se penche, lui plante un baiser sur la joue.

— Tu avais raison, je n'ai pas eu de mal à trouver.

— Non. Je suis content que tu aies décidé de venir, ajoute-t-il en la regardant.

— Oh, du boulot, il y en aura toujours. C'est moi qui suis contente d'en être un peu sortie. Sois béni pour cette idée. Tout le monde est là ?

— Ouais, à part Frances et Stephan. Ils viennent d'appeler et elle a dit qu'ils arrivaient. On pourra partir demain.

— Génial. Viens, on va s'asseoir avec les autres. Je voudrais leur dire bonjour, et manger un morceau.

Roger fronce le nez, fait un geste en direction de la foule bruyante, animée. Sa solitude a été la cause de certaines séparations prolongées entre eux. Alors Eileen le prend par le bras et dit :

— Ouais, ouais, tous ces gens. Elysium est un endroit où il y a beaucoup de monde.

Roger a un sourire torve.

— C'est ce qui me plaît dans cet endroit.

— Mais oui, bien sûr. Loin de la foule déchaînée.

— L'étudiante en anglais qui revient, hein ?

— Et l'ermite du canyon, hein ? réplique-t-elle en riant, avant de l'entraîner vers la foule.

C'est bon de le revoir. Ça fait déjà trois mois. Depuis des années, maintenant, ils forment un couple stable, ils se voient régulièrement. Roger rentre chez eux, à la coop de Burroughs, chaque fois qu'il revient d'excursion. Mais comme il travaille toujours dans l'outback, ils passent pas mal de temps séparés.

Ils rejoignent Hans et Arthur, qui refont le monde — ou plutôt sa création —, lorsque Stephan et Frances arrivent, et ils font un dîner tardif. Leurs retrouvailles sont chaleureuses. Ils ont des tas de choses à se raconter ; ils ne se sont pas revus depuis l'escalade d'Olympus Mons, pour la plupart. Des heures après que les autres convives sont allés se coucher, à l'étage ou chez eux, le petit groupe bavarde encore, au bout d'une des tables. Un groupe de vieux insomniaques, se dit Eileen, qui n'est pas pressée d'aller au lit et de passer la nuit à se tourner et se retourner. Elle se lève pourtant la première, s'étire et déclare qu'elle monte dans sa chambre. Les autres l'imitent, sauf Roger et Arthur, qui ont fait pas mal d'escalades ensemble pendant toutes ces années. Roger était un insomniaque notoire, même au temps de sa folle jeunesse, et il dort toujours très mal. Quant à Arthur, celui qui l'empêchera de parler n'est pas né.

— A demain, lui dit Arthur. A demain dès l'aube, pour la traversée de la mer d'Amazonie !

Le lendemain matin, le char à glace file sur une glace presque toute blanche, sauf en de rares endroits où elle est transparente, et si claire qu'on voit les hauts-fonds à travers. D'autres endroits sont couleur de brique, et ont la texture de la brique, et un grand bruit accompagne le passage des patins du bateau sur de petites dunes de gravier et de poussière. Lorsque le bateau tombe sur une mare de glace fondue, il ralentit brusquement et projette de grandes gerbes d'eau sur les côtés. De l'autre côté de ces mares, les surfaces de glissement grincent comme des lames de patins à glace, puis le bateau accélère et reprend de la vitesse. Le char à glace de Roger est un chris-chraft, leur explique-t-il. Rien à voir avec le squelette d'araignée à laquelle s'attendait Eileen, qui a vu des engins de ce genre à Chryse. On dirait presque un bateau normal, long, large et bas, avec plusieurs patins parallèles fixés à l'avant et à l'arrière de la coque. « C'est mieux sur la glace fracturée, leur a expliqué Roger, et ça flotte si on se retrouve sur de l'eau. » La voile ressemble à une grande aile d'oiseau étendue au-dessus d'eux. La toile et le mât ne font qu'un. Ils sont fondus l'un dans l'autre et changent de forme à chaque bourrasque pour offrir la meilleure prise au vent.

— Qu'est-ce qui nous empêche de nous retourner ? demande Arthur en regardant par-dessus le bastingage, du côté sous le vent, la glace qui file à moins d'un mètre à peine en dessous de lui.

— Rien du tout.

L'inclinaison du pont est satisfaisante, et Roger a un grand sourire.

— Rien ?

— Les lois de la physique.

— Allez !

— Quand le bateau penche, la voile offre moins de prise au vent, à la fois parce qu'elle est inclinée et parce que, constatant le déséquilibre, elle se rétracte. Et puis il y a le ballast, sous le pont : des poids maintenus, par magnétisme, du côté exposé au vent. C'est comme si toute une équipe de rugby était assise sur le bastingage.

— Ce n'est pas rien, proteste Eileen. Ça fait trois choses.

— Exact. Malgré ça, nous pourrions encore dessaler. Mais quand bien même, nous n'aurions qu'à sortir et nous redresser.

Ils sont assis dans le cockpit et regardent la voile, au-dessus d'eux, ou la glace, devant. Les passages les plus difficiles sont repérés par satellite, et le pilote automatique du bateau les évite, de sorte qu'ils effectuent de fréquents changements de cap et sont parfois secoués dans le cockpit. A d'autres moments, ils sont ralentis par des plaques de glace poudreuse. L'appareil freine alors brutalement et projette les passagers non prévenus vers l'avant, sur l'épaule de leur voisin. Eileen rentre ainsi alternativement dans les côtes de Hans et de Frances. Comme elle, c'est la première fois qu'ils montent dans un char à glace, et ils sont épatés par la vitesse qu'il atteint lorsqu'il y a un fort coup de vent, ou sur la glace lisse. Hans calcule que les plaques de sable marquent d'anciens plissements de pression, qui se dressaient comme les plaques sur le dos d'un stégosaure et ont été complètement érodés par le vent, laissant une masse de sable et de limon sur la glace aplatie. Roger hoche la tête. En réalité, le vent abrase la surface de l'océan, et ce qui dépasse le plus disparaît en premier. L'océan est maintenant pris en glace jusqu'au fond, de sorte qu'aucun nouveau plissement de pression n'apparaît plus. Bientôt, tout l'océan sera aussi plat qu'un dessus de table.

Pour leur première journée en mer, le temps est dégagé, le ciel bleu roi s'épanouit sous le vent d'ouest. Sous le dôme de cristal du cockpit, il fait chaud, la pression de l'air est légèrement supérieure à celle de l'extérieur, qui est de trois cents millibars au niveau de la mer et diminue tous les ans, comme avant une immense tempête qui ne viendrait jamais. Ils filent à toute vitesse autour du majestueux promontoire de la péninsule de Phlegra, dont l'immense proue est surmontée d'un temple dorique aux colonnes blanches. Eileen regarde tout ça en écoutant Hans et Frances parler de l'antique phénomène de Phlegra Montes, qui couture la côte nord d'Elysium tel un long vaisseau échoué sur le rivage, étrangement rectiligne pour une chaîne de montagnes martiennes. De même, d'ailleurs, qu'Erebus Montes, à l'ouest, comme si elles n'étaient pas, contrairement à toutes les autres montagnes martiennes, des vestiges de cratères. Hans prétend que ce sont deux anneaux concentriques d'un gigantesque bassin d'impact, presque aussi important que le Big Hit, mais plus ancien, et qui aurait à peu près disparu lors des impacts ultérieurs. Les seuls traces de ce bassin seraient Isidis Bay et l'essentiel des mers d'Utopie et Elysian.

— Et puis les chaînes auraient pu se redresser lors de la déformation de la selle d'Elysium.

Frances secoue la tête, comme toujours. Pas une seule fois Eileen ne les a vus d'accord, ces deux-là. Dans ce cas précis, Frances est d'avis que les chaînes pourraient être encore plus anciennes et seraient des traces de mouvements de plaques tectoniques primitives, voire proto-tectoniques. Toutes sortes d'indices prouvent l'existence de cette ère tectonique primitive, dit-elle, mais Hans fait la moue.

— L'andésite qui prouverait une action tectonique est plus récent que ça. Les Phlegras sont presque du noachien. Un « big hit » pré-Big Hit.

Quelle que soit l'explication, la proue de ce vaisseau de pierre se dresse là, dans toute sa splendeur, au bout d'une étroite péninsule de quatre cents kilomètres de long qui surgit de Firewater et s'enfonce droit dans la glace, au nord. Une longue falaise tombant dans la mer, et la même de l'autre côté. Le pèlerinage, le long de cette épine dorsale, vers le temple, est l'une des plus célèbres randonnées martiennes. Eileen l'a faite à plusieurs reprises, seule ou avec Roger, depuis qu'il l'a emmenée là pour la première fois, il y a une quarantaine d'années. Cette fois-là, ils avaient contemplé une mer bleue festonnée de vagues blanches. Depuis, elle ne l'a pas souvent vue autrement que prise par les glaces.

Il regarde la pointe, lui aussi, et à voir sa tête il doit repenser à cette époque, se dit Eileen. Il s'en souviendrait certainement si on le lui demandait ; sa mémoire incroyable ne donne pas encore de signes de défaillance, et avec le cocktail de drogues mémorielles maintenant sur le marché, qui ont d'ailleurs permis à Eileen de retrouver certains souvenirs, il se pourrait qu'il n'oublie jamais rien de sa vie. Eileen l'envie un peu pour ça, bien que, d'après lui, ce soit à double tranchant. Enfin, maintenant, c'est l'une des choses qu'elle aime en lui. Il se souvient de tout, et pourtant il est resté gaillard et plein d'entrain, même pendant ces années de déclin. Un roc sur lequel elle peut s'appuyer, pendant ses propres cycles de deuil et d'affliction. Evidemment, en tant que Rouge, on pourrait rétorquer qu'il n'a pas de raison de s'attrister. Mais ce ne serait pas vrai. Eileen a bien vu que son attitude était plus complexe que ça ; tellement complexe, même, qu'elle ne la comprend pas tout à fait. Certains aspects de sa mémoire phénoménale, la vision à long terme qu'elle implique ; sa détermination à bien faire ; la joie féroce qu'il trouvait dans le nature sauvage, endurante ; un mélange de tout ça. Elle le regarde observer le promontoire du haut duquel ils contemplaient jadis un monde vivant.

Elle ne saurait dire combien il en est venu à compter pour elle, avec les années. Il y a des moments où c'en est trop pour elle, qu'ils se soient connus toute leur vie ; qu'ils se soient mutuellement aidés à passer des caps difficiles ; qu'il l'ait emmenée en randonnée, pour commencer, la plaçant sur la trajectoire de toute sa vie. Tout cela aurait suffi à faire de lui un personnage crucial de son existence. Mais des gens comme ça, tout le monde en a dans sa vie. Et au fil des ans, leurs intérêts divergents les ont séparés. Ils auraient pu se perdre complètement de vue. Et puis Roger était venu la voir, à Burroughs. Elle avait un compagnon, à ce moment-là, mais elle sentait bien qu'ils s'éloignaient l'un de l'autre depuis des années, et

Roger lui avait dit : Je t'aime, Eileen. Je t'aime. Tu te souviens quand nous avons escaladé Olympus Mons ? Eh bien, maintenant, je crois que le monde entier est comme ça. L'escarpement n'a pas de fin. Nous allons continuer l'escalade jusqu'à ce que nous tombions pour de bon. Et cette escalade, je veux la faire avec toi. On n'arrête pas de se retrouver et de repartir chacun de son côté ; c'est trop risqué. Nos chemins pourraient ne plus jamais se croiser. Il pourrait arriver quelque chose. J'en veux davantage. Je t'aime.

Et c'est ainsi qu'ils s'étaient installés dans sa coop, à Burroughs. Elle travaillait toujours au ministère de l'Environnement et il continuait à guider des treks dans l'outback ou à faire de la voile sur la mer du Nord, mais il revenait toujours de ses treks et de ses croisières, et elle revenait toujours de ses tournées et de ses séjours au loin. Ils vivaient ensemble, chez eux, chaque fois qu'ils pouvaient ; ils formaient un vrai couple. Et pendant les années sans été, puis la petite ère glaciaire et le déclin proprement dit, si elle n'avait pas sombré dans le désespoir, c'était grâce à sa présence immuable. Elle frémit en pensant qu'elle aurait pu traverser ces années toute seule. Travailler comme une folle et s'effondrer... Ça avait été dur. Elle avait vu qu'il s'en faisait pour elle. Cette balade traduisait sa préoccupation : Ecoute, lui avait-il dit un soir qu'elle était rentrée en larmes après avoir reçu un rapport sur l'extinction des espèces dans les zones tropicales et tempérées, écoute, je crois que tu devrais sortir, aller voir ça. Ce n'est pas si terrible. Il y a déjà eu des ères glaciaires, avant. Ce n'est pas un drame.

Elle se terrait de plus en plus à Burroughs, incapable d'affronter ça, mais force lui avait été d'admettre que, en théorie, ce serait une bonne chose. Peu après — très vite, en fait —, il avait organisé ce voyage. Et voilà qu'il avait rameuté certains de leurs amis de l'expédition à Olympus Mons, peut-être pour qu'ils l'aident à la convaincre de venir. Et puis, une fois là, pour lui rappeler cette époque de leur vie. En tout cas, c'était bon de revoir leurs visages souriants, rouges de plaisir, et de voler ainsi sur la glace.

Cap à l'est ! dit le vent. Ils évitent Scrabster, la pointe nord-est d'Elysium, et se dirigent vers le sud, sur la grande plaque de glace blanche insérée dans la courbe de la côte. C'est la baie d'Acadia, ainsi nommée à cause de sa ressemblance supposée avec la Nouvelle-Ecosse et la côte du Maine : une pente abrupte, jadis arc-boutée devant des falaises de granit noir, battues par les flots noirs de la mer du Nord, martelées, tranchées par les brisants. Et maintenant toutes blanches et nettes, sous le saupoudrage d'embruns et d'écume gelés qui givrent la plage et les falaises si bien qu'on dirait un immense gâteau de mariage. Aucun signe de vie à Acadia ; pas un point vert en vue. Ce n'est pas son Elysium.

Arthur repasse la barre à Roger. Il leur fait doubler un cap et là, tout à coup, une île carrée aux falaises abruptes se dresse devant eux. Elle est coiffée de vert... Ah ! une ville flottante, prise par les glaces, près de l'entrée d'un fjord, sans doute dans un profond chenal. Toutes les villes flottantes sont devenues des îles dans la glace. Le vert du haut est protégé par une tente qu'Eileen ne voit pas sous le soleil éclatant.

— Je passe juste chercher le reste de notre équipage, explique Roger. Un jeune couple de mes amis qui va se joindre à nous.

— Quel est ce bâtiment ? s'enquiert Stephan.

— C'est *l'Altamira*.

Roger leur fait décrire une douce courbe, et ils s'immobilisent dans le vent. Il rétracte le dôme du cockpit.

— Au fait, je n'ai pas l'intention de monter là-haut. Quoi qu'on fasse, ça prend la journée. Mes amis devraient nous attendre en bas.

Ils prennent pied sur la glace, dont la surface, d'un blanc opaque, sale, est fissurée et un peu bosselée, de sorte qu'en dehors de certains endroits glissants, les pieds ont généralement une bonne prise. Eileen constate que les plaques glissantes ressortent comme des fenêtres enchâssées dans un toit. Roger parle dans son bloc-poignet, puis les conduit vers le fjord. L'une des parois est munie d'un escalier de granit sur les marches duquel le givre fait comme un tapis pelucheux.

Roger monte quelques marches en mettant les pieds dans les creux formés par les pas de ceux qui l'ont précédé. Du haut du promontoire qui surplombe le fjord, ils ont une bonne vue de la glace et de la ville flottante. Pour une construction humaine, elle est vraiment énorme. Elle fait bien un kilomètre de côté, et le pont est à peine plus bas que l'endroit où ils se trouvent. La partie médiane, couverte par une tente, brille comme un jardin de la Renaissance, un espace enchanté de conte de fées.

Il y a un petit abri de pierre, ou une chapelle, sur le promontoire, et ils suivent le sentier qui y mène. Eileen a les mains, les pieds, le nez et les oreilles gelés. Un grand plateau blanc, qui siffle dans le vent. Elysium se dresse derrière eux, ses deux volcans pointant juste au-dessus de l'horizon, qui est très haut, à l'ouest. En approchant de la petite chapelle, elle prend la main de Roger. Comme toujours, au plaisir que lui apporte Mars est intimement mêlé celui de sa présence. Au spectacle de cette immensité glacée, l'amour l'enlace comme le vent. Il sourit, maintenant. Elle suit son regard et voit qu'il y a deux personnes dans le petit édifice ouvert aux quatre vents.

— Ah, les voilà !

Ils font le tour, et le couple les repère.

— Salut, dit Roger. Eileen, je te présente Freya Ahmet et Jean-Claude Bayer, qui vont se joindre à nous. Freya, Jean-Claude, voici Eileen Monday.

— Nous avons beaucoup entendu parler de vous, dit Freya avec un sourire amical.

C'est un couple de géants. Ils dominent les autres de la tête et des épaules.

— Les deux qui discutent, là-bas, sur le chemin, sont Hans et Frances. Ils discutent toujours. Il faudra vous y faire.

Hans et Frances les rejoignent, bientôt suivis par Arthur et Stephan. Les présentations faites, ils visitent la chapelle, qui est vide, et la vue leur arrache des cris admiratifs. Le côté est du massif d'Elysium, qui empêchait le passage des nuages de pluie, avant, se dresse, toujours aussi noir et désert, toujours pareil à lui-même. Alors que l'immense plaque blanche de la mer et le cube incongru de l'*Altamira* sont nouveaux et étranges. Eileen n'a jamais rien vu de pareil. Impressionnant, oui. Enorme, sublime. Mais ses yeux reviennent toujours vers la petite serre de la ville flottante, minuscule témoignage de vie dans un univers sans vie. Elle veut qu'on lui rende son monde.

En redescendant l'escalier de pierre, elle regarde le granit à nu de la paroi et, dans une faille, elle repère une matière noire, friable. Elle s'arrête pour l'examiner.

— Regarde ça, dit-elle à Roger en grattouillant le givre. On dirait du lichen. Ou de la mousse. Tu crois que c'est encore vivant ? Ça en a bien l'air, non ?

Roger colle son nez dessus, regarde ça de tout près.

— On dirait de la mousse. Morte.

Eileen détourne les yeux, le cœur gros.

— J'en ai marre de ne voir que des plantes et des animaux crevés. Les douze dernières fois que je suis sortie, je n'ai pas vu une seule créature vivante. Enfin, qu'il y ait du déchet, l'hiver, je comprends, mais ça, ça commence à devenir grotesque. Toute cette planète est en train de mourir !

Roger agite la main d'un air incertain, se redresse. Il aurait du mal à dire le contraire.

— Je suppose qu'il n'y a jamais eu assez de soleil, pour commencer, dit-il en regardant la pièce de bronze lumineuse qui projette ses rayons obliques sur Elysium. Les gens voulaient ça, et ils l'ont fait. Les gens sont têtus. Mais la réalité l'est encore plus.

— Mouais, soupire Eileen en tripotant à nouveau la matière noirâtre. Tu es sûr que ce n'est pas un lichen ? C'est noir, mais on dirait que c'est encore un peu vivant.

Il en inspecte un fragment. De petites frondes noires, comme une espèce d'algue minuscule, éraillée, qui se délite entre ses doigts gantés.

— Des lichens foliacés ? risque Eileen. Fruticuleux, peut-être ?

— De la mousse, plutôt. De la mousse morte.

Il dégage la glace et la neige qui recouvre un coin de la paroi. La pierre noire, ou couleur de rouille. Tachetée de noir. C'est partout pareil.

— Il y a quand même des lichens vivants, c'est certain. Et d'après Freya et Jean-Claude, l'environnement, sous la neige, est encore assez vivant. Très robuste. Protégé des éléments.

La vie sous une couverture de neige éternelle.

— Hon-hon.

— Hé, c'est mieux que rien, non ?

— Si. Mais cette mousse, ici, a été exposée.

— Exactement. C'est pour ça qu'elle est morte.

Ils repartent. Roger marche à côté d'elle, perdu dans ses pensées.

— J'ai une impression de déjà vu, dit-il avec un sourire. C'est déjà arrivé. Il y a longtemps, nous avons trouvé une petite chose vivante ensemble, sauf qu'elle était morte. C'est déjà arrivé !

Elle secoue la tête.

— Puisque tu le dis... C'est toi, l'homme-mémoire.

— Mais je n'arrive pas à mettre le doigt dessus. C'est plutôt comme une impression de déjà vu. Enfin, peut-être... peut-être pendant notre première randonnée, quand on s'est rencontrés ? fait-il avec un geste vague en direction de l'est, d'un canyon à l'est d'Olympus, de l'autre côté de la mer d'Amazonie. De petits escargots ou je ne sais plus...

— Comment serait-ce possible ? objecte Eileen. Je pensais que nous nous étions rencontrés alors que je finissais mes études. Le terraforming avait à peine commencé à l'époque, non ?

— C'est vrai, convient-il en fronçant les sourcils. Enfin, il y avait des lichens dès le début. C'est la première chose qu'ils ont propagée.

— Mais des escargots ?

— C'est juste une impression, répond-il avec un haussement d'épaules. Tu ne te souviens pas ?

— Absolument pas. Juste ce que tu m'as raconté depuis, tu comprends.

— Enfin, soupire-t-il avec un nouveau haussement d'épaules, tandis que son sourire s'efface. C'est peut-être une fausse impression.

De retour dans le cockpit et la cabine du char à glace, ils pourraient être autour de la table de cuisine d'un petit appartement, n'importe où. Les deux nouveaux venus, qui frôlent le plafond avec leur tête même quand ils sont assis, font la cuisine.

— Non, je vous en prie, c'est pour ça que nous sommes là, dit Jean-Claude avec un grand sourire. J'adore cuisiner pour de grandes tablées.

En réalité, ils sont venus pour retrouver des amis de l'autre côté de la mer d'Amazonie. Ce sont tous des gens avec lesquels Roger a travaillé ces dernières années, pour lancer des recherches de glaciologie et d'écologie sur le flanc ouest d'Olympus.

Après ces explications, ils écoutent un moment, comme les autres, Hans et Frances discuter du déclin. Frances pense qu'il a été provoqué par l'accroissement rapide de l'albedo de la planète après le pompage de la mer du Nord et sa prise en glace. C'était le premier incident dans une longue série d'événements en cascade qui ont mal tourné, une chute auto-catalytique dans la spirale mortelle de l'effondrement total. Hans pense que ça vient du fait que le permafrost souterrain n'a jamais vraiment dégelé sur plus de quelques centimètres, et que la peau extrêmement fine de la zone vivante paraissait beaucoup plus stable qu'elle ne l'était véritablement. En réalité, elle était très vulnérable aux attaques par des bactéries mutantes. Hans est en effet persuadé que des mutations ont été déclenchées par une arrivée massive d'UV...

— Ça, on n'en sait rien, coupe Frances. Les mêmes organismes irradiés en laboratoire, même dans des laboratoires spatiaux, ne présentent pas les mutations ou le *collapsus* qu'on constate sur le terrain.

— L'interaction avec les éléments chimiques du sol, répond Hans. Pour moi, il y a des moments où tout a l'air d'avoir été salé à mort.

Frances secoue la tête.

— Ça n'a rien à voir. Il n'y a pas synergie quand ces effets sont combinés. Ce n'est qu'une liste de possibilités, Hans, reconnaissez-le. Vous lancez des idées, mais personne n'a aucune certitude. L'étiologie n'est pas comprise.

Ça, c'est vrai. Eileen a travaillé pendant dix ans sur le problème, à Burroughs, et elle sait que Frances a raison. La vérité, c'est qu'en matière d'écologie planétaire, comme dans bien d'autres domaines, les causes premières sont très difficiles à établir. Hans agite la main, ce qui est sa façon de concéder ce point à Frances. En tout cas, il n'ira pas plus loin.

— Eh bien, quand la liste des possibilités est aussi longue que celle-ci, on n'a pas besoin qu'il y ait synergie. Une simple addition de facteurs peut faire l'affaire. Chacun conservant son effet spécifique.

Eileen regarde les jeunes, ou plutôt leur dos car ils s'activent sur les fourneaux. Eux aussi, ils parlent de sel. Et puis elle voit l'un d'eux en mettre une poignée dans le riz.

Ils dégustent leur repas dans les flaveurs du riz basmati. Freya et Jean-Claude mangent assis par terre. Ils écoutent les anciens et ne disent pas grand-chose. De temps en temps, ils rapprochent leurs têtes et discutent entre eux, conversation sous la table. Eileen les voit s'embrasser.

Elle sourit. Il y a longtemps qu'elle ne s'est pas trouvée proche de gens aussi jeunes. Et puis, par-delà leur reflet sur le dôme du cockpit, elle voit la glace, dehors, qui brille sous les étoiles. C'est une image déconcertante. Mais ils ne regardent pas par la fenêtre. Et quand bien même, à leur âge, on ne croit pas à la mort. On est insouciant.

Roger la voit regarder ces jeunes géants et ils échangent un petit sourire. Il les aime bien, se dit-elle. Ce sont ses amis. Quand ils se disent bonne nuit et disparaissent dans le couloir qui mène aux minuscules couchettes situées à la proue, il dépose un baiser sur le bout de ses doigts et leur tapote la tête au passage.

Les anciens finissent de manger, puis restent assis, à regarder par les vitres en sirotant du chocolat chaud arrosé d'alcool de menthe.

— Nous pourrions concentrer nos efforts, dit Hans, reprenant la conversation avec Frances. En appliquant activement les méthodes industrielles lourdes, on pourrait faire fondre l'océan par en dessous, et ce serait gagné.

Frances secoue la tête, fait la moue.

— Vous voulez parler des bombes dans le régolite, c'est ça ?

— Sous le régolite. Comme ça on aurait la chaleur et les radiations seraient piégées. Ça pourrait marcher. Mais il y a d'autres méthodes. On pourrait focaliser une partie de la lumière des miroirs avec une lentille orbitale afin de réchauffer la surface. Faire venir de l'azote de Titan. Diriger des comètes vers des régions désertes ou les faire brûler dans l'atmosphère. Ça corserait la situation en vitesse. Et puis nous allons bientôt lancer d'autres usines à halocarbones.

— C'est vraiment très industriel, remarque Frances.

— Bien sûr. Il ne faut pas oublier que le terraforming est un processus industriel, au moins en partie.

— Je ne sais pas, intervient Roger. Il vaudrait peut-être mieux poursuivre les méthodes biologiques. Concentrer nos efforts, comme vous dites, et envoyer une autre vague dans cette direction. Ce serait plus long, mais bon... moins brutal pour l'environnement.

— L'écopoésis ne marche pas, répond Hans. Ça ne piège pas assez de chaleur dans la biosphère. On ne peut pas aller plus loin que ça, conclut-il avec un geste en direction du dehors.

— Peut-être pas pour le moment, insiste Roger.

— Mouais. Ça vous laisse indifférent, bien sûr. De toute façon, je suppose que vous êtes content du déclin, hein ? Vous n'êtes pas Rouge pour rien.

— Hé, doucement, coupe Roger. Comment pourrais-je m'en réjouir ? J'étais marin.

— Mais vous militiez pour la disparition du terraforming.

Roger élude l'argument d'un geste évasif, jette un timide sourire à Eileen.

— C'était il y a longtemps. Et puis, le terraforming n'a pas disparu, même maintenant. Il n'est qu'en sommeil, ajoute-t-il en indiquant la glace.

— Tu vois, insiste Arthur. Tu souhaites sa disparition.

— Puisque je te dis que non.

— Alors pourquoi as-tu l'air si réjoui, ces temps-ci ?

— Je ne suis pas réjoui, proteste Roger avec un sourire radieux. Je ne suis pas triste, c'est tout. Je ne pense pas que la tristesse soit de mise, compte tenu de la situation.

Arthur lève les yeux au ciel, prend les autres à témoin, les rendant complices de son harcèlement.

— Le monde est en train de geler, et la tristesse n'est pas de mise. Qu'est-ce qu'il te faut ! Je frémis à cette idée !

— Il me faudrait quelque chose de triste.

— Et tu n'es pas un Rouge ! Ben voyons !

— Mais non ! proteste Roger, leurs rires lui arrachant un sourire. J'étais marin, je vous l'ai dit, répète-t-il avec sérieux. Ecoutez, si la situation était aussi catastrophique que vous le dites, alors Freya et Jean-Claude s'en feraient, non ? Or ils ne s'en font pas. Demandez-leur, vous verrez bien.

— Ils sont jeunes, c'est tout, rétorque Hans, faisant écho aux pensées d'Eileen tandis que les autres opinent du chef.

— C'est vrai, reprend Roger. Et c'est un problème à court terme.

Ce qui les fait réfléchir un instant. Un ange passe, et Stephan reprend :

— Et vous, Arthur, que feriez-vous ?

— Moi ? Je n'en ai pas idée. De toute façon, ce n'est pas à moi de le dire. Vous me connaissez. Je n'aime pas dire aux gens ce qu'ils ont à faire.

Ils attendent en silence, en dégustant leur chocolat.

— Enfin, il suffirait d'envoyer quelques petites comètes dans l'océan...

De vieux amis, se moquant d'eux-mêmes. Eileen s'appuie contre Roger. Elle se sent mieux.

Le lendemain matin, ils repartent vers l'est dans un grand *whoosh*, et en quelques heures à peine ils sont seuls sur la mer gelée, hors de vue de toute terre. Ils filent, poussés par le vent, et les patins claquent, sifflent, gémissent ou hurlent selon le vent et la consistance de la glace. Ils ont bientôt l'impression d'être sur un monde de glace, comme Callisto ou Europe. Vers la fin de la journée, ils décrivent une courbe dans le vent et s'arrêtent. Ils descendent, plantent quelques broches à glace autour du bateau et l'emprisonnent au centre d'un réseau de filins. Au coucher du soleil, l'amarrage étant achevé, Roger et Eileen vont faire un tour sur la glace.

— Belle journée pour faire du bateau, hein ? demande Roger.

— Ça oui ! lui assure Eileen, qui ne peut s'empêcher de penser qu'ils marchent à la surface de leur océan. Qu'est-ce que tu penses de ce que Hans a dit hier soir, d'essayer d'en remettre un coup ?

— On entend un tas de gens qui parlent comme ça.

— Et toi ?

— Moi, je ne sais pas. Je n'aime pas la plupart des méthodes dont ils ont parlé. D'un autre côté..., fait-il avec un haussement d'épaules. Ce que j'aime ou non n'a pas d'importance.

— Hum.

Sous leurs pieds, la glace est blanche, grêlée de minuscules cratères : de petites bulles qui ont crevé à la surface.

— Tu as dit que les jeunes ne s'intéressaient guère au problème. Je ne vois pas pourquoi. Ils devraient tenir plus que n'importe qui à ce que le terraforming marche, non ?

— Ils croient qu'ils ont tout le temps.

Eileen a un sourire à cette idée.

— Ils ont peut-être raison.

— Oui. Peut-être. Mais pas nous. Je pense parfois que si nous sommes tristes, ce n'est pas tant à cause du déclin de Mars que du nôtre. (Il la regarde, baisse à nouveau les yeux sur la glace.) Nous avons deux cent cinquante ans, Eileen.

— Deux cent quarante.

— D'accord, d'accord. Mais comme personne n'a vécu plus de deux cent soixante ans...

— Je sais.

Eileen se souvient d'un groupe d'anciens qu'elle a vus, un jour, attablés dans un grand hôtel-restaurant. Ils faisaient des châteaux de cartes parce qu'il n'y avait aucun autre jeu de cartes qu'ils connaîtraient tous ; ils avaient construit un château de quatre étages, et la structure commençait à devenir instable. L'un d'eux avait dit : « C'est comme mes traitements de longévité. » Ils avaient tous ri de bon cœur, mais personne n'avait eu la main assez ferme pour mettre la carte suivante.

— Et voilà, tu as mis le doigt dessus. Si j'avais vingt ans, moi aussi, le déclin ne me ferait ni chaud ni froid. Alors que nous, nous ne connaîtrons probablement pas d'autre Mars. Enfin, tu sais, au bout du compte, peu importe la Mars qu'on préfère. C'est toujours mieux que rien.

Il la regarde avec un petit sourire en coin, la prend par les épaules et la serre contre lui.

Le lendemain matin, ils se réveillent dans le brouillard, mais le vent souffle régulièrement, alors, après le petit déjeuner, ils lèvent ce qui tient lieu d'ancre et repartent vers l'est accompagnés par un petit chuintement. La poussière de glace, la neige pulvérisée, le brouillard givrant — tout cela file autour d'eux.

Et puis, presque aussitôt après leur départ, ils reçoivent un appel radio. Roger prend le casque... C'est la voix de Freya.

— Vous nous avez oubliés !

— *Comment ?* Et merde ! Mais qu'est-ce que vous faisiez hors du bateau ?

— On était descendus sur la glace, faire des bêtises.

— Seigneur ! Vous alors ! (Roger secoue la tête, lève les yeux au ciel, mais ne peut s'empêcher de sourire.) Bon, et maintenant, vous avez fini ?

— Ça ne vous regarde pas ! répond joyeusement Jean-Claude, en fond sonore.

— Mais on peut revenir vous chercher, quand même ?

— Oui, on est prêts.

— Bon. Quelle barbe, alors ! Cramponnez-vous. Il va nous falloir un moment pour revenir en arrière dans ce vent.

— Pas grave. On est chaudement habillés et on a un tapis de sol. On vous attend.

— Comme si vous aviez le choix ! réplique Roger avant de reposer le casque.

Il commence à naviguer pour de bon. D'abord, il se place en travers du vent, puis il commence à louvoyer, remontant le lit même du vent, et le bateau se met à pousser des cris comme une banshee. Le mât-voile est complètement incurvé. Roger secoue la tête, impressionné. Le bruit est tel, maintenant, qu'ils devraient hurler pour se faire entendre, mais personne ne parle. Ils laissent Roger se concentrer sur la navigation. Ils volent dans une blancheur uniforme, la lumière est partout la même et ils ne voient rien, que la glace qui file, juste sous le cockpit. Ce n'est pas la blancheur la plus pure dans laquelle Eileen se soit jamais retrouvée, mais pas loin. Au bout d'un moment, même les extrémités du bateau, même la glace disparaissent. Ils volent — d'un vol vibrant — dans un vide blanc, rugissant. C'est une curieuse expérience cinétique, et Eileen se surprend à écarquiller les yeux, comme s'il y avait en elle une autre sorte de vision qui attendrait ce genre de moment pour entrer en jeu.

Rien à faire. Ils sont dans une blancheur mouvante, c'est tout. Roger a l'air crispé. Il regarde intensément le radar et les autres instruments. Dans le temps, les plissements auraient rendu très dangereux ce genre de navigation à l'aveuglette. Maintenant, ils ne risquent plus de heurter quoi que ce soit.

Soudain, une secousse les projette vers l'avant, le rugissement s'intensifie, tout est sombre en dessous d'eux. Ils franchissent une plaque sableuse. Et puis ils repartent de plus belle dans la blancheur étincelante.

— On arrive, annonce Roger.

Eileen se cramponne en prévision du ralentissement, mais Roger dit :

— Je vais virer de bord, les gars.

Il tire le gouvernail vers ses genoux. Ils filent par vent arrière, puis tournent, tournent, tournent, et prennent le vent par le flanc opposé, la coque du bateau basculant de façon inquiétante vers l'autre côté. Ils entendent «par le ventre» les coups sourds qui accompagnent le déplacement du ballast, sous leurs pieds, et ils repartent dans le hurlement du vent. Ils ont senti et entendu la manœuvre plus qu'ils ne l'ont vue ; Roger a même fermé les yeux un instant. Et puis il y a un moment de calme relatif, jusqu'au prochain empannage. Une boucle en arrière à la fin de chaque changement de bord.

Roger indique l'écran radar.

— Ils sont là, tu les vois ?

Arthur scrute l'écran.

— Assis par terre, si je vois bien.

Roger secoue la tête.

— Ils sont encore au-dessus de l'horizon. Ce sont leurs têtes.

— Espérons-le.

Roger regarde l'écran de l'APS et fronce les sourcils. Il vire à nouveau lof pour lof.

— Nous devons ralentir avant d'arriver sur eux. Le radar ne voit pas plus loin que l'horizon ; même s'ils sont debout, il ne les repérera pas à plus de six kilomètres, or nous allons à près de cent cinquante kilomètres à l'heure. Alors nous devons les localiser grâce à l'APS.

Arthur étouffe un sifflement. La navigation par satellite, pour effectuer un rendez-vous dans cette blancheur...

— Je crois que vous pouvez toujours..., commence Arthur, qui se ferme aussitôt le bec à deux mains.

Roger le regarde en souriant.

— Ça devrait être faisable.

Pour quelqu'un qui, comme Eileen, n'a jamais navigué, c'est un peu dur à croire. En fait, avec ces vibrations et ces mouvements de balancier, elle commence à se sentir un peu barbouillée. Hans, Stephan et Frances ont carrément la nausée. Tous les cinq regardent Roger, qui ne quitte pas l'APS des yeux et manie le gouvernail avec précision, puis soudain il le tire brutalement vers lui. Freya et Jean-Claude apparaissent sur l'écran radar sous la forme de deux colonnes vertes, luisantes.

— Hé, les gars ! appelle Roger dans le micro. Je m'approche de vous par le côté au vent. Agitez les bras et faites bien attention. Je vais essayer d'arriver sur votre gauche, le plus lentement possible.

Il actionne doucement le gouvernail, en observant attentivement les écrans. Ils arrivent de si loin dans le vent que le mât-voile se déploie selon une courbe très tendue, et le navire perd son erre. Roger scrute la blancheur, en avant du bateau. Toujours rien. Rien que le néant d'un blanc pur. Il plisse les paupières d'un air soucieux, rapproche le gouvernail d'un centimètre vers lui. La voile ondule au vent, à présent ; elle a perdu quasiment toute sa courbure. Eileen a l'impression qu'ils sont presque immobiles, qu'ils vont bientôt s'arrêter et repartir en arrière. Et toujours aucun signe des naufragés.

Et voilà qu'ils sont juste devant la proue, à bâbord, deux anges flottant dans la blancheur vers le bateau immobile — ou du moins est-ce ce qu'il leur semble l'espace d'un moment. Ils bondissent par-dessus le bastingage sur le pont avant, Roger utilise l'élan résiduel du bateau pour virer de nouveau bord sur bord et, quelques secondes plus tard, ils volent vers l'est, poussés par le vent, dont le hurlement a bien diminué.

Au coucher du soleil, le brouillard s'est presque dissipé. Le lendemain, il a complètement disparu et le monde est de nouveau là. Le char à glace est amarré à l'ombre énorme d'Olympus Mons qui fait le dos rond sur l'horizon, à l'est. Une montagne qui est un continent s'étend à perte de vue du nord au sud. Un autre monde, une autre vie.

Ils font route vers la côte est de la mer d'Amazonie, qui était célèbre avant le déclin pour sa beauté sauvage. Maintenant, elle se dresse, blanche et nue, sur la glace, comme un conte de fées hivernal : la cascade de Gordii, une chute d'eau d'un kilomètre de haut qui se jetait à partir du plateau côtier dans la mer, est maintenant une barrière de glace au pied de laquelle gît une grande colonne de glace fracassée.

Après ce point remarquable, ils entrent dans la baie de Lycus Sulci, au sud d'Acheron, où le relief est moins violent : de douces collines ondulent sur les falaises de faible hauteur qui surplombent la baie glacée. Dans la baie, ils prennent lentement des bords contre la brise matinale qui souffle du large jusqu'à ce qu'ils arrivent à un dock flottant, maintenant un peu de guingois dans l'étau de la glace, juste devant une falaise. Roger s'y amarre, et ils s'équipent pour descendre à terre. Freya et Jean-Claude ont pris leurs sacs à dos.

Hors du bateau, sur la mer de glace. *Scritch-scritch*, font leurs pas sur la glace, dans le silence stupéfiant. Ils traversent le sable gelé de la plage, puis empruntent une piste qui monte vers le haut de la falaise. De là, une route de terre battue mène au vaste plan incliné du plateau côtier. Ceux qui ont tracé la piste l'ont ornée de dalles. Une dizaine de dalles, puis une marche basse. Lorsque la pente devient plus forte, on dirait plutôt un escalier, un grand escalier sans fin, chaque dalle étant minutieusement placée sous la suivante. Même sous le givre qui recouvre tout, Eileen trouve à ce travail de lapidaire une beauté extraordinaire. Les dalles de quartzite sont disposées avec la même précision que les murs de pierre sèche des Orkney, et leur surface offre un tapis rouge, or, argent et jaune pâle, dont la proportion varie de l'une à l'autre, la dominante changeant au fur et à mesure qu'ils montent. C'est une véritable œuvre d'art.

Eileen gravit la piste, le regard rivé aux dalles, plus haut, encore plus haut, toujours plus haut. Au-dessus d'eux la pente est blanche jusqu'à l'horizon, sur lequel l'énorme masse noire d'Olympus se dresse comme un monde en soi.

Le soleil émerge au-dessus du volcan, embrase la neige. Au bout d'un moment, la piste de quartzite entre dans une forêt. Ou plutôt, un squelette de forêt. Eileen presse le pas pour rattraper Roger. Elle se sent oppressée, un peu apeurée, même. Freya et Jean-Claude sont loin devant, leurs autres compagnons à la traîne.

Roger lui fait quitter la piste, l'emmène entre les arbres ; ils sont tous morts. C'était une forêt de pins queue de renard et de pins à cônes épineux, mais la limite de la végétation arborescente descend jusqu'au niveau de la mer, à cette latitude, et tous les grands et vieux arbres sont morts. Après ça une tempête, ou une série de tempêtes de sable, a dépouillé les arbres de toutes leurs aiguilles, de leurs petites branches et même de leur écorce, ne laissant que ces troncs blanchis, convulsés, et les grosses branches du bas, pareilles à des bras cassés. Le vent a poli le grain spiralé du bois, qui brille dans la lumière du matin d'un éclat vaguement orangé. La glace colmate les fissures jusqu'au cœur.

Ils se promènent entre les arbres largement espacés, en regardent un, parfois, de plus près et repartent. Çà et là, ils voient de petites mares, des lacs gelés. Pour Eileen, on dirait un grand jardin de sculpture ou un atelier en plein air, où un formidable Rodin aurait dispersé un millier d'ébauches de la même idée, toutes belles, composant un parc d'une majesté irréelle et terrible en même temps. Elle éprouve comme une douleur dans la poitrine ; c'est un cimetière. Des arbres morts, fouaillés par le vent chargé de sable ; Mars la morte, leurs espoirs anéantis par le froid. Mars la Rouge, divinité guerrière, reprenant son territoire d'un souffle boréal, glacial. Le soleil brille sur le sol gelé, une lueur graisseuse givre le monde.

— C'est beau, hein ? dit Roger.

Eileen secoue la tête, baisse les yeux. Elle crève de froid. Le vent siffle à travers les branches cassées, dans les rides du bois.

— Non, Roger. C'est mort.

— Comment ça ?

— « L'obscurité croissait rapidement, murmure-t-elle en détournant le regard. Un vent froid commença à souffler de l'est par rafales fraîchissantes. »

— Qu'est-ce que tu racontes ?

— *La Machine à explorer le temps*, explique-t-elle. La fin des temps. « Il aurait été bien difficile d'exprimer le calme qui pesait sur le monde. »

— Ah, dit Roger avec un sourire, en la prenant par les épaules. Le temps a beau passer, on ne se refait pas. Revoilà mon étudiante d'anglais de l'Université de Mars.

— Oui, dit-elle avec l'impression d'une bourrasque dans sa poitrine, comme si le vent la frappait soudain selon un angle inattendu. Mais c'est fini, tout ça, maintenant, tu ne vois pas ? Tout est mort. Tout ce que nous avions essayé de faire ! ajoute-t-elle avec un ample geste du bras.

Un plateau désolé au-dessus d'une mer de glace, une forêt d'arbres morts. Tant d'efforts déployés en pure perte.

— Mais non, répond Roger en lui montrant le haut de la colline.

Freya et Jean-Claude se promènent entre les arbres morts, s'arrêtent pour inspecter un tronc, caressent le grain spiralé, givré, du bois, passent au magnifique cadavre suivant.

Roger les appelle et ils se rapprochent ensemble. Roger dit tout bas à Eileen :

— Maintenant, Eileen, écoute. Ecoute ce qu'ils disent. Regarde-les et écoute-les bien.

Les jeunes les rejoignent. Ils commentent en secouant la tête le spectacle de la forêt aux membres brisés.

— C'est vraiment beau, dit Freya. D'une telle pureté!

— Dites, coupe Roger, vous n'avez pas peur que tout disparaisse, comme cette forêt? Que Mars devienne inhabitable? Vous ne croyez pas au déclin?

Les deux autres le regardent, surpris. Freya secoue la tête comme un chien qui s'ébroue. Jean-Claude tend le doigt vers l'ouest, vers l'immense plaque de glace de la mer offerte en dessous d'eux.

— Il n'y a pas de retour en arrière possible, dit-il en cherchant ses mots. Vous voyez toute cette eau, là, le soleil dans le ciel? Mars, la plus belle planète du monde!

— Mais... le déclin, Jean-Claude? Le déclin!

— Nous ne l'appelons pas comme ça. Ce n'est qu'un long hiver. Les choses sont toujours vivantes sous la neige, attendant le retour du printemps.

— Il y a trente ans qu'il n'y a pas eu de printemps! Vous n'en avez jamais vu un seul de toute votre vie!

— Le printemps, c'est Ls zéro, c'est ça? Le printemps revient tous les ans.

— De plus en plus froid.

— Tout ça se réchauffera.

— Mais ça pourrait prendre des milliers d'années! s'exclame Roger en se régalant de cette provocation.

Eileen lui trouve les mêmes accents qu'à tous les gens de Burroughs. Ses accents à elle, quand le désespoir du déclin l'étreint.

— Je m'en fiche, répond Freya.

— Ça veut dire que vous ne verrez jamais de changement.

Même si vous vivez vraiment très longtemps, vous ne le verrez pas.

Jean-Claude hausse les épaules.

— C'est de travailler qui compte, pas ce qui se passe à la fin. Pourquoi se laisser obnubiler par le résultat ? Tout ce que ça veut dire, c'est qu'on a fini. Mieux vaut être au milieu des choses, ou à leur début, quand tout reste à faire et qu'on ne sait pas encore comment ça peut tourner.

— Ça pourrait échouer, insiste Roger. Il pourrait faire plus froid, l'atmosphère pourrait geler, tout pourrait mourir comme ces arbres, là. Il ne resterait plus rien du tout.

Freya détourne la tête. Cette idée lui déplaît, Jean-Claude le voit bien, et pour la première fois il a l'air ennuyé. Ils ne comprennent pas quelle mouche pique Roger, et maintenant ils en ont assez. Jean-Claude englobe l'austère paysage dans un ample geste du bras.

— Vous pouvez dire ce que vous voulez, dit-il. Que tout ça va s'écrouler, que tout ce qui est vivant va mourir, que la planète restera gelée pendant des milliers d'années — que les étoiles vont tomber du ciel ! Vous aurez beau dire, il y aura toujours de la vie sur Mars.

Si Wang Wei vivait sur Mars et autres poèmes

Si Wang Wei vivait sur Mars, nous passerions plus de temps dehors

EN VISITE

Personne, sur Mars, n'a de maison
Perpétuelle errance de motel en motel
Les amis que j'avais ont tous déménagé
De la plupart je ne croiserai plus la route
Curieuse pensée : toute vie ne dure
Que quelques années
S'installer dans ses habitudes
La même chose tous les jours
Repas chambres rues amis
On pourrait penser que ça durera
Toujours

APRES UN DÉMÉNAGEMENT

Une nuit à moitié réveillé par un rêve
Je cherche la salle de bains.
Eviter l'étagère à livres au pied du lit
La porte, trouver le mur... Pas de mur.
Le vide : moment intemporel, sombre néant

L'espace entre les étoiles...
Ah. Une autre chambre
Pas de mur ici, pas d'étagère à livres
Transfert direct vers une autre salle de bains,
Dans un autre appartement.
Je réalise où je suis
Et tout un univers s'éclipse.

COULEUR CANYON

En bateau dans Lazuli Canyon.
Pellicule de glace sur l'ombre
Le torrent craque sous la proue.
Le courant s'élargit, entre dans la lumière :
Courbe profonde dans l'ancien chenal.
Panaches de buée à chaque souffle.
Eternelle montée du canyon rouge,
Canyon dans les canyons — mise en abîme.
Grès rouille étoilé de noir :
Bloc de pierre sculpté par le vent.
Là, sur une plage rouge, humide —
Mousse verte, roseaux verts. Du vert.
Nature, culture : non. Rien que Mars.
A l'ouest, le violet intense du ciel,
Deux étoiles du soir, une blanche une bleue :
Vénus, et la Terre.

VASTITAS BOREALIS

Roche et sables rouges partout sous l'eau
que nous avons nous-mêmes aspirée du sol
inondant le peu que nous connaissions alors
de cet endroit qui était dans l'air
pareil aux gaz brûlés d'un feu de forge

Le monde vacille tout entier devant nous
comme un brasier dardant ses flèches de feu
dans un air qui n'était pas là lorsque

pour la première fois nous marchâmes sur ce sol
où tout est écrit dans l'eau

CHANSON DANS LA NUIT

Le bébé pleure
Je me lève et vais voir
Il dort encore
Je retourne me coucher

Tant de longues heures
Passées ainsi
Les yeux grands ouverts dans la nuit
La famille endormie

Contre ma jambe, celle de ma femme
Le vent du sud entre par la fenêtre
Un train gronde dans le lointain
Concert électrique vibrant des criquets

Pensées pulsantes de-ci de-là
L'esprit vagabonde çà et là
Combien de fois

DÉSOLATION

Au-dessus de la faille flottent des nuages
Soleil sur la crête au bord du ciel.
Granit blanc, granit orange,
Plaques de neige. Un lac.
Nichés dans la roche,
Arbres et ombres.
Reflets en miettes
Un poisson crève l'eau
Cercles glacés à la surface
Ô cœur, que ne t'épanouis-tu ainsi ?

AUTRE CHANSON DANS LA NUIT

Tourner virer dans les draps froissés
Chaud et froid à la fois. Petits maux
Brûlures de la chair.
Vitesses mentales mal engagées :
Les années accrochent, toussent et hoquettent.
Regrets, nostalgie, chagrin pour rien,
Chagrin pour de bon, soucis pour ci pour ça,
Angoisse sans raison, confusion,
Le passé : souvenirs, souvenirs ?

Fragments de verre peint. La mémoire
S'exprime dans une langue
Que l'on ne comprend plus.
L'avenir, trop bien compris.
Mal au genou, prémonition
Soupirs d'épouse,
Des garçons dans leur chambre...
Redoubler d'efforts, dormir, dormir !

SIX PENSÉES SUR L'ART

Pour Pierre-Paul Durastanti et Yves Frémion

1. Ce que j'ai dans la poche

Je me souviens d'une année à Boston
Je marchais seul au coucher du soleil
La rive enneigée au bord du Charles
Lances noires des arbres dardées vers le ciel
La surface du fleuve, nacre miroitante

Main glacée dans la poche de la veste
Au fond, je retrouve un livre
Titre oublié — n'importe — un livre
Soudain tout devient joie

2. Dans le finale de la Neuvième *de Beethoven*

Ce passage où chaque section du chœur
attaque un thème différent
où l'orchestre à ces chants
en écho mêle les siens
dans cette immense fugue
tant de mélodies naissent et se fondent
qu'on n'en perçoit plus que l'unité
il me souvient alors que Beethoven
l'a écrit étant sourd
ce n'était pour lui que des schémas
sur une page, convergence imaginée
de voix chantant dans son esprit
Il fallait qu'il soit romancier

3. En lisant le journal d'Emerson

« Le chagrin glisse sur nous
« Comme l'eau sur les plumes du canard. »

Emerson Emerson
Si seulement tu avais raison
Mais c'est une illusion
Le chagrin nous l'absorbons
Comme un buvard boit l'encre

4. Le baladeur

J'écoutais *Satyagraha* en courant
Quand je vis un faucon s'envoler
Et chaque plume chaque aile palpitante
S'est mise à chanter dans l'air ensoleillé

5. Les rêves sont la réalité

La journée passe dans un livre
Pendant un moment nous sommes dehors
Un moment en mer dans une barque

Vagues violentes venues de nulle part
Projetées dans la prochaine réalité
Shackleton vit une si grosse vague

Qu'il la prit d'abord pour un nuage
Le bateau plongea dessous ressortit
Plus tard dans un nouveau monde

Sur l'île de Géorgie du Sud
Dormant dans une grotte il se releva
D'un bond en criant et se cogna

La tête sur la paroi de la grotte
Si fort qu'il manqua se tuer
Pour avoir de cette vague rêvé

6. *Vu en courant*

Quatre oiseaux en vol se chamaillent
    émouchet
            pie
                corbeau
                        faucon
tous quatre tournent et virent
en un bref combat aérien

LA TRAVERSÉE DE MATHER PASS

A une bifurcation de ma vie
Je marchais dans Mather Pass.
Les nuages s'amoncelaient à chaque pas
Coiffant le monde de grisaille.

Le tonnerre grondait d'ouest en est
Bruit de barriques dévalant un escalier
Je franchissais Upper Basin
Lorsqu'il se mit à neiger.

Bientôt je marchais dans une bulle blanche
De neige humide collant aux pierres.
Sec et au chaud dans mes vêtements

Je me sentais dépouillé de ma vie.

J'y renonçai. S'envoler
Dans le vent, planer dans les embruns,
Partir ! Ne jamais revenir !
Chaque pas plus haut un pas plus loin.

Une pente de pierre bombée, fracassée,
Montait dans la brume. Muraille éboulée.
La passe en haut, invisible. La piste
Montait toujours sans retour en arrière,

De droite à gauche d'une seule traite,
La Muir Trail, œuvre d'art collective,
Avait coûté une vie. Une plaque apposée
Portait un nom gravé : le mien.

J'étais donc dans la passe.
Les flocons volant d'un côté
Redescendaient de l'autre. J'essayai
De manger me mis à trembler. Continuer.

Je redescendais allégé
Les S blancs de la paroi nord
Lorsque enfin je vis les lacs Palisade
Loin loin en bas. Le soleil reparut.

Dentelle blanche sur l'or du granit,
Un nouveau monde, une nouvelle vie,
Un nouveau monde à rebâtir !
Deux randonneurs dressaient leur tente.

Vous venez de là où il y a eu cet orage ?
Oui, dis-je. J'ai laissé ma vie de l'autre côté
Et maintenant je ne crains plus rien.

LA NUIT DANS LES MONTAGNES

Que ne puis-je dire comme si j'étais
Un promeneur à qui on demande d'où il vient
Entre les collines : « Il y avait des montagnes
Jadis que j'aimais à en avoir le souffle coupé. »
Thomas Hornsby Ferril

1. Campement

Torrent roulant sur les pierres :
Musique forte. Bougie dans la nuit.

A mi-chemin de cette vie :
Ça ne paraît pas si long.

Crêtes, falaises, pics et cols :
Jamais ne cesserai de vous désirer.

Etangs, prairies, torrents et mousses :
Mes genoux vous dénombrent.

Etoiles devant le rabat de ma tente :
Tous mes soucis s'envolent.

2. Territoire

Flamme de bougie, minutes.
Aiguilles de pins, mois.
Branches, années.
Sable, siècles.
Roches et pierres, millénaires.
Lit des rivières, ères entières.
Moi et mes vieux os rompus.

3. Ecrit à la lueur des étoiles

Mots invisibles dans le noir.
Chute d'eau, corde de son,
Précipitation, emportée par le vent.
Arbres noirs sur les étoiles.

Page blanche, vaguement.
J'écris et je vois
Une page blanche, vaguement.
L'histoire de ma vie !

Genièvre, tente, roche, noir.
Vent mourant. Mon cœur
En paix. Vendredi soir.

La Grande Ourse assise sur la montagne.
Amis endormis sous la tente.
Le dos appuyé à la roche blanche,
Pivot de la voûte étoilée tout là-haut :
Prendre le mouvement mon essor.

Qui connaît le nombre des étoiles,
Tous ces points peuplant le noir
Gomment l'obscurité
Et coule la Voie lactée.
Tant d'étoiles ! Le ciel devrait être blanc,
Il faut qu'il soit encré de poussière noire,
Du carbone, comme nous ! Jeté dans l'espace,
Tout pareil.

Au clair des étoiles tout est illuminé.
Les arbres vivants, les pierres endormies.
Cascades, si bruyantes !
Tout le reste...
Comme mon cœur, paisible.

CHOUETTES INVISIBLES

Je me rappelle cette nuit-là sur la crête
J'avais vu une niche, il y a bien des années
Sable plat et broussailles dans le granit fracturé
Juste sur la crête où je pensais la trouver
Et toi, partante pour tout

Nous avions marché jusqu'en fin de journée
De l'eau nous en avions emporté
Pour gravir l'ombre de Crystal Range
Dans le granit brisé des touffes d'herbes
Toujours plus haut vers la lumière

Nous avons trouvé la niche, planté la tente
Entre deux genévriers noueux
Le soleil a sombré dans la vallée embrumée
La lumière coulait hors du ciel
Adossés à la roche nous préparions à dîner

Dans la fin du bleu électrique
Plus riche couleur du monde
Un éclair dans le ciel nous a fait sursauter
Puis un autre et un autre encore
Des formes sombres fondaient sur nos têtes

A peine visibles dans la nuit
Plongeons trop silencieux pour des faucons
Trop gros pour des chauves-souris
Nous étions assaillis par des chouettes
Qui chassaient, petite meute muette

Etrange disjonction des sens
Ailes veloutées pour caresser le silence
Que seul troublait le brûleur de notre réchaud
Nous discernions pourtant la noire palpitation
Qui approchait virait se détournait

Il en vint une, je sentis ses serres
Pris le réchaud le levai bien haut
Flamme bleutée d'un bleuet en fleur
Dansant dans le bleu nuit de l'immensité
Seulement peuplée d'ailes noires frémissantes

J'entends encore nos rires un peu tremblants
A l'idée d'être pris pour de possibles proies
Dans cette explosion d'étoiles
Joyaux enchâssés dans la Voie lactée
Toujours je te reverrai, petite flamme bleue

Nous étions sous notre tente bleue
Quand la lune se leva et que l'air devint bleu
Tout était bleu même en nous
Et le sera toujours
De la couleur du ciel au crépuscule

Tout le temps et l'espace parcourus
Toutes ces années écoulées maintenant
Dormir sous les arabesques des chouettes
Le granit encore dur sous nos corps
Dans le bleu sans bruit prendre notre essor

TENSING

Tensing ne parlait pas bien l'anglais
Faim manger fatigué reposer
Phrases issues d'un pouvoir du sol

De maison de thé en maison de thé nous mena
Dans une contrée durement éprouvée
Fleuves infinis dans les montagnes

Il s'occupa de nos repas
Il veilla à nous faire dormir
Il nous montra le chemin

Dans la gorge du Dudh Khosi
Feuilles vertes gavées d'humidité
Pleurs perpétuels des nuages de mousson

Un soir le couvercle se lève et là
En haut des pics plus haut que les nuées
Un autre monde au-dessus du monde

Tout là-haut nous sommes allés
Namche Bazaar perché dans l'espace
Thyangboche Pengboche Pheriche

En haut des glaciers en haut de leurs parois
Sur la glace et le roc vers Gorak Shep
Dead Crow la dernière maison de thé

L'aube conquiert Kala Pattar
Juchés sur le pic le cou tordu
Voir l'Everest

Enorme masse étincelant au soleil
Sargarmatha Chomolungma
Déesse Mère du Monde

Tensing tend le doigt. Le South Col
Dernier campement de légende
Matériel abandonné terrible histoire des corps

Quatre fois Tensing est venu là
Montant et descendant sous le fardeau
Cascade de glace abyssale Khumbu la blanche

A tout moment le monde pourrait s'effondrer
Et tout serait fini un endroit donc
Comme tous les autres endroits du monde

Auprès de Tensing nous l'ignorons encore
Le monde et la cascade sont une seule et même chose
Nous le lisons sur l'Himalaya de son visage

Brillant comme la glace au soleil
Beaucoup vent dit-il South Col beaucoup vent
Il avait cinquante-quatre ans

Plus tard ce matin-là Lisa fut malade
Il la fit redescendre la tenant par la main
Lui offrant du thé des gorgées d'eau

Il nous ramena à Pheriche
A la maison de thé pendant que Lisa se remettait
Aida les Sherpani qui cuisinaient tout le jour

Nous conduisit à l'ancien monastère
Nous montra le mur des masques-démons
Nous emmena à Thyangboche sous la pluie

Nous fit voir le mandala des moines
Cinq hommes en rouge assis à rigoler
Sur un cercle de sables colorés

Frotter des entonnoirs avec des badines
Pour libérer des ruisselets rouge vert jaune bleu
Tenter une plaisanterie et nous trois

Assis avec eux par une sombre journée de pluie
Assis là sans bouger enfermés
Il nous ramena dans le monde du bas

En bas à Namche, tout en bas à Lukla
Petite piste d'atterrissage taillée dans la paroi
De la gorge avant-poste de toute chose

Nous mena au crépuscule à la coop des sherpas
Où tout le monde regardait la télévision
Alimentée par le générateur Honda à l'arrière

Le concert Live Aid en vidéo
Tout le monde sidéré par l'image
D'Ozzy Osborne mettant la scène en morceaux

Tensing l'homme qui nous guida
S'occupa de nous nous apprit tout
Finit de manger traversa la pièce

S'accroupit à côté de moi montra la télé
America ? dit-il.
Non répondis-je non ça c'est l'Angleterre

RAPPORT SUR LE PREMIER CAS RECONNU D'ARÉOPHAGIE

Pour Terry Bisson

Le jour de mes quarante-trois ans Presque fini
Mars des feuilles dans tous les sens
Dans un roman (comme en tout) la beauté est
Une propriété émergente survenant
Tardivement dans le processus Avant cela
Tout n'est que désordre et chaos Mais grands
Etaient mes espoirs Je sentais
Que ça prenait tournure Je pensais
Donner le dernier coup de collier Qui réaliserait
La convergence de toutes mes aspirations
Chose déraisonnable J'avais en ma possession
Quelques fragments de Mars un gramme ou deux
De la météorite SNC tombée à Zagama au Nigeria
En octobre 1962 après treize millions d'années
Dans l'espace petits bouts de pierre grise
Montés en collier donné à ma femme
Je dévissai le fermoir en pris un morceau
Montai sur mon toit au coucher du soleil
Claire journée les corbeaux revenant
Des champs Sombre masse de la chaîne côtière
Nuages argentés au-dessus à l'ouest
La voûte encore bleue la brise fraîche
Du delta et moi là sur mon toit

Au milieu de ma vie
Sur le point de manger un caillou
Qui s'il n'était pas un faux ramené de Jersey
Etait un vrai morceau de la planète voisine
Je me sentais tout drôle
Je n'ai jamais pu l'expliquer
Même à moi-même je peux seulement dire que
Dans l'espoir d'imaginer Mars j'en étais arrivé
A voir la Terre plus nettement que jamais
Ce beau monde aujourd'hui vivant
Dans la lumière théâtrale du coucher de soleil
De longues lignes d'oiseaux noirs voguant vers l'est
Sous mes pieds ma maison le soleil
Effleurant la chaîne côtière
Je mis le caillou dans ma bouche
Tout continua comme avant
Pas de frisson électrique étranger au soleil
Pas de glossolalie Je tentai de le broyer
Il était trop dur pour céder sous la dent
Le roulai sous ma langue aucun goût
Le frottai sur mes dents un petit caillou
Il me traverserait presque entier
Mais les farouches acides gastriques
Entameraient sûrement sa surface
Et quelques rares atomes je l'espérais
Comme le carbone incorporés à mes os
Effectueraient en moi leur cycle de sept ans ou
Resteraient pour de bon peut-être
Et c'est ainsi qu'assis là Je digérai
Mars le paysage le soleil Sur lequel
Se fermait la paupière de Berryessa
Le vent se lève la vie suit son cours
En haut en bas vibration des moments ordinaires
Soudaine euphorie pincement de douleur tornade
Descendant descendant en spirale dans la
Plus exquise dépendance sensitive
De facteurs inconnus qui n'ombrent rien de tel
Question de volonté discipline exercée jour après
Jour pendant des années pour faire un monde
Transparent en moi et mon esprit chez moi

Et tout en avalant un petit bout d'un autre monde
Celui-ci tournoyait en moi comme une véritable
Californie

LAMENTATION DES ROUGES

Ils n'y comprirent jamais rien
aucun d'eux jamais
jamais sur Terre par définition
et presque jamais sur Mars elle-même
comme elle était au début
comme elle était avant que nous la changions

Comme le ciel devenait rouge à l'aube
comment c'était de se réveiller sous le soleil
la lumière en soi la roche sous la botte
0,38 g même dans nos rêves
et dans nos espoirs pour nos enfants

Comme le chemin toujours se dégageait
même dans le pire des chaos boiteux
qu'apparaisse ou non un fil d'Ariane
dans le moment périphérique perdu
perdu et retrouvé continuer
sur une chaussée dans le paysage bouleversé

Comme une si grande partie en devait être
inférée à travers les combinaisons
qui nous coupaient du monde tactile
nous regardions
pèlerins amoureux d'une lumière au loin
sentant brûler notre feu intérieur
notre corps pareil à tout un monde
l'esprit palpitant dans un fil électrique
de tungstène pensée dans le noir
l'individu en tant que planète
la surface de Mars l'intérieur
de notre âme conscient chacun
de chacun et tous du tout

Comme nous savions que le chemin avait changé
et ne resterait jamais assez longtemps
le même pour que nous le comprenions
Comme l'endroit était là
comme tu pensais à la pierre là

Comme tout ce que nous pensions savoir
dans le ciel tombait en morceau et nous laissait
debout dans le monde visible
façonné par le vent soufflant vers l'horizon
tu pouvais presque toucher
un petit prince sur un petit monde cherchant

Comment les étoiles brillaient à midi
sur les flancs des grands volcans
crevant le ciel entrant
dans l'espace nous marchions dans l'espace
et sur le sable en même temps sachant
que nous savions que nous n'étions pas chez nous comme

Nous avions toujours su que nous n'étions pas
chez nous mais en visite sur cette planète
la Terre le dalaï-lama l'a dit
nous sommes ici pour un siècle tout au plus
et pendant ce temps nous devons essayer
de faire quelque chose de bien quelque chose d'utile

Comme le fit Bouddha avec nos vies
comme sur Mars nous l'avons toujours su
toujours vu sur le visage nu
du sol sous nos pieds l'éperon
et les formes ravinées de nos vies
vierges de tout ornement
roche rouge poussière rouge la matière
minérale nue ici et maintenant
et nous les animaux debout dessus

DEUX ANS

Nous étions frères en ce temps-là toi et moi
Maman souvent au travail dix heures par jour
Pas de crèche pas d'amis pas de famille

Alors nous allions heureux et contents
Au jardin du coin entouré de murs
où des nounous jamaïcaines nous regardaient jouer

Un œil sur leur rejeton abruties de chaleur
Des enfants partout maman suivant sa fille
Moi te suivant si prudent si propret

Des mains te rattrapaient sur la balançoire
Déterminé tu montais sur le pont de singe
Riais gargouillais à gorge déployée

Quand tu retrouvais la terre ferme et te tenais au bord
Regardant l'étendue que tu avais traversée
Plop sur l'herbe et premier déjeuner

Tu me taquines en mangeant et ris de plus belle
Fais mine de refuser le jus de pomme
Le repousse et ris en le voyant renversé

Et ris encore en voyant s'envoler un geai
Vers l'allée crépusculaire des bouquinistes
Retrouver les livres que tu as pris et abîmés

En les lançant par terre pour voir sourire les gens
Jusqu'à ce que je t'arrête et que tu piques une colère
Alors dans le sac à dos et c'est reparti

Ton front collé sur ma nuque vite à la maison
Chauffer le lait de Maman au micro-ondes
Quand tu te réveilleras avec une faim dévorante

J'aurai vérifié la chaleur d'un coup de langue
Te prendrai au creux de mon bras
Te regarderai téter jusqu'au dernier *squick squick*

Tu te rendors pendant que j'écris mon livre
Et pendant une heure je suis sur Mars
Ou à mon bureau perdu dans mes pensées

A regarder l'incessant défilé des voitures
Tes cris nous tirent tous les deux de ce rêve
Et nous voilà revenus au mouvement des étoiles

Pas plus régulier que notre routine
L'indicible ennui et pas que des couches
Des cris de te faire manger à la cuillère

Mais aussi du passage hebdomadaire des balayeurs
Des heures passées à jouer aux cubes
Je les empile tu les fais tomber normal

Et tout ce temps tu apprends à parler
Glossolalie pimentée de noms
Affirmations ordres implacables Aller promener

Me dire de faire les choses Un jeu
Qui te fait rire et de savoir aussi
Que des choses différentes peuvent être pareilles

Camion bleu ciel bleu et tu t'illumines
Ton sourire alors que ton langage s'enrichit
Que la description devient un mode de narration

Pouvoir je crache le soleil je ciel le bleu
Assis ensemble dans ce salon
Chacun dans son monde surpris par la nouveauté

Des objets éloignés perdus l'un pour l'autre
Habitués l'un à l'autre comme des frères siamois
Enfermés à la maison par le temps pluvieux

Je regarde le volley sur ESPN
J'écoute Beethoven je lis le *Post*
Tu fais rouler tes camions en babillant quand

Tu as l'impression d'une perte absorbée concentrée
Dans ton propre espace si bien qu'en te regardant
J'oublie mes si nombreux moi réduits à un seul

Essentiellement heureux que le passé ne soit plus
Je te demande David aimé de Dieu te souviens-tu
De Bethesda comme ma mère me l'aurait demandé

Te souviens-tu de Sion
Et David me regarde avec curiosité et dit Non
Papa pas vraiment je sais comment était la maison

Mais c'est grâce aux photos des albums de Maman
Tu sais Oui mes premiers souvenirs ne sont pas de Sion
Mais de Californie le Noël de mes trois ans

Le tricycle marron monté par mon père près de l'arbre
Mais mon père me dit qu'il était tout monté
Comment pouvons-nous dire ce qui est arrivé ou non

David en te regardant je tremble
Tu sais que le monde est compliqué
Tu sais que tu ne te rappelles pas

Ce moment et maintenant tu en sais si long
Sur la haine la peur la mort
Retrouveras-tu jamais l'exaltation

De voir les cygnes nager sous la jetée
Rires et cris de joie quand ils plongent sur le pain
J'espère que nous sommes plus fort ces moments

Que nous-mêmes plus fort que les souvenirs
Toujours reliés en nous Espérons
Qu'ils nous aideront à repousser l'angoisse

Mon frère mon enfant qui t'éloignes
J'essaierai de me souvenir pour nous deux
Du moment où tu savais être si purement heureux

JE DIS AU REVOIR A MARS

En randonnée seul dans la Sierra Nevada
Je m'arrêtai un soir au bassin du Dragon
Au-dessus des derniers arbres près d'un ruisseau

Coulant d'une fissure dans le granit
Au fond de cette faille
De petites pelouses de mousse verdoyante

Sur les berges des krummholz bonzaïs
Groupés sur de petites cascades noires
Gouttes d'eau transparente brillante

Debout là je regardais
Au-dessus du bassin une main de pierre
En coupe attraper les pierres

Incrustée d'une tapisserie de plantes
De lichen de carex et de saxifrage
Humectant de vert les gravillons dénudés

Sous les crêtes déchiquetées déchirant le ciel
A côté du ruisselet je dressai le bivouac
Tapis de sol mousse sac de couchage

Sac à dos oreiller réchaud à mes pieds
Dans la lumière déclinante mon dîner fumant
Au gargouillis de l'eau sous le ciel

Les étoiles alors surgirent
Sur la crête des montagnes
La lueur rose du couchant ponctuant l'indigo

La ligne frémissante entre les couleurs
Réduites à deux nuances de noir
Myriade d'étoiles la Voie lactée

Articulant parfaitement ma chute dans le sommeil
Jamais ne me suis senti fatigué
De rêver les mêmes rêves

J'entendais les pierres chuter rouler tonner
Dans la gorge de ces montagnes vivantes
Quelque chose me réveilla je mis mes lunettes

Je regardai allongé les étoiles Perséides
Météores striant en tous sens la nuit étoilée
Entre deux battements de cœur

Vite lent long court loin près
Blancs parfois rougeâtres
Parfois semblant siffler freiner exploser

Projeter des ailes d'étincelles
Dans leur sillage Je regardai appuyé au granit
Fasciné par une pluie de météores

Comme je n'en ai jamais vu Les étoiles
Encore à leur place éclairant
Les murailles de granit fracturé

Du bassin tout de pâle blancheur
En même temps que les feux d'artifice
Un trait dans l'air juste au-dessus des pics

Gerbe d'étincelles au-dessus du Fin Dome
Une étoile plongea juste au-dessus de moi
Je poussai un cri m'assis et regardai

Alors qu'un grand BOUM me projetait dans
Un noir territoire crépitant de flammes
Des flammes brûlantes ô mon Dieu

Je criai ô mon Dieu ô mon Dieu
Quittai frénétiquement mon duvet remis mes bottes
Sortis en titubant dans une odeur

De feuilles d'automne brûlant le passé
Je pris ma vache à eau et me précipitai
Pour éteindre les feux qui se rallumaient

Sitôt que je courais vers le suivant ô mon Dieu
Je me ruai vers le ruisseau et cessai de penser
Que c'était l'exploit de ma vie

Eteindre des feux quand il n'y avait pas de bois
Visions entrecoupées d'images récurrentes
A quoi bon cette agitation

J'arrivai à une masse orange vif
Une pierre dressée seule sur une dalle
Une météorite lançant encore de rutilantes flammes

Je m'assis devant
Repris mon souffle
La regardai briller assis en tailleur

Je tendis la main
Sentis sa chaleur de loin
La pure couleur du feu

Des films ondulant à la surface
Incandescents dans le noir
Illuminant le glacis luisant

De la dalle reflétant dans son noir
Miroir la nuit immobile l'air sans un souffle
Légèrement fumeux les étoiles à nouveau

Fixes à leur place la pluie de
Météores avait presque cessé le ruisseau
Babillant comme il n'avait cessé de le faire

Indifférent à la vie dans le ciel
Une sorte de compagnie alors que je regardais
La chaleur brûlante de la visitation

Mes mains alors qu'un film sombre
Voilait son éclat orange
Jusqu'à ce qu'il soit à la fois

Orange et noir je retournai chercher
Mon duvet m'enroulai dedans vigilant
Adieu sommeil pendant tant de nuits

Mais cette fois c'était justifié
Mon visiteur se refroidissait sa lumière
Se croûtait de noirs flocons

Dessous la surface orange plus sombre
La lune se leva sur les pics déchiquetés
Inonda le bassin de sa froide lumière

Ponctua l'eau du ruisseau
L'air sombre conservant une lumière invisible
La météorite orange alors tavelée de noir

Encore chaude au centre
De cette dalle de granit poli
Au centre de ce sombre bassin

A l'aube la roche était du noir le plus pur
Evidemment je la ramenai chez moi
Et la mis sur la cheminée

En souvenir de cette nuit en témoignage
De notre place dans le monde
Jamais je n'oublierai mes impressions

Lorsqu'elle tomba du ciel cette nuit-là
Brillant d'une lueur orangée et moi à côté
M'y chauffant comme à un petit soleil

Mars la violette

Il émerge d'un sommeil agité et part, dans une sorte de stupeur, en quête d'un café. La famille réunie autour de la table de la cuisine. Le petit déjeuner est une succession de tableaux de Mary Cassatt peints par un Bonnard ou un Hogarth.

— Hé, aujourd'hui, je finis mon livre.

— Très bien.

— David, va t'habiller en vitesse. C'est l'heure de l'école.

David lève les yeux de son livre.

— Hein ?

— Va t'habiller, c'est l'heure d'aller à l'école. Tim, tu veux des céréales ?

— Non.

— D'accord.

Il assied Tim sur une chaise devant un bol de céréales.

— Ça va, là ?

— Non.

Il enfourne ses céréales à grandes cuillerées.

L'heure de l'école approche et David amorce sa répétition quotidienne du paradoxe d'Achille et la tortue, une proposition jadis énoncée par un philosophe appelé Zénon et qui raconte comment, plus l'heure d'aller à l'école approche, plus Achille se déplace comme une tortue et moins il perçoit le monde qui l'entoure jusqu'à ce qu'il entre dans un continuum espace-temps complètement distinct, qui n'a que très peu d'interaction avec le nôtre. Se demandant comment Neutrino Boy peut faire preuve d'une telle distraction, son père apprend par cœur les tasses à café tout en préparant le café moulu pour sa petite dose matinale de café turc. Il avait jusque-là l'habitude de se faire un espresso, un café obtenu par extraction de vapeur, mais récemment il est passé à un café turc boueux qu'il prépare lui-même et dont il savoure l'odeur en travaillant. Sur Mars, l'atmosphère étant plus ténue, il n'apprécierait pas autant les choses, et rien n'aurait aussi bon goût que ce café du matin. En fait, Mars pourrait être un cauchemar culinaire où tout aurait goût de poussière, en partie parce que ce serait poussiéreux. Enfin, ils s'y feraient. S'ils pouvaient.

— Tu es prêt ?

— Hein ?

Il fourre Tim et son bol de céréales dans le panier de son vélo et suit David à travers le village, jusqu'à l'école. C'est la fin de l'été dans l'hémisphère Nord, la piste cyclable est bordée de fleurs et il y a de jolis nuages cotonneux dans le ciel.

— Si on allait à l'école à bicyclette sur Mars on ne serait pas obligés de pédaler aussi fort, mais on aurait plus froid.

— Sur Vénus, on aurait encore plus froid.

Une cour d'école pleine d'enfants.

— Passe une bonne journée et écoute bien ton professeur.

— Hein ?

Il dépose Tim à la crèche et rentre à la maison à toute vitesse. Là, il rédige une liste de choses à faire, ce qui lui donne l'impression d'être très vertueux et l'aide à surmonter le sentiment initial, profond, qu'il n'arrivera jamais à faire tout ça, ce qui l'aide, en soi, l'amène à penser que ça ne va pas aussi mal qu'il pensait, et lui donne l'idée de plier la liste en forme d'avion en papier puis de l'envoyer dans la corbeille à papiers. Non qu'il faille déduire aucune relation de cause à effet de cette séquence ; les choses s'arrangeront toutes seules. Ou pas.

Il décide qu'avant de se mettre au travail, il va tondre la pelouse. Il ne faut pas attendre que l'herbe vous arrive aux genoux, surtout si on utilise une tondeuse à main, ce qui est son cas, pour des raisons écologiques, esthétiques, athlétiques et psychopathologique. Son voisin lui fait bonjour de la main et il s'arrête net, frappé par une réflexion soudaine.

— Sur Mars, l'herbe coupée volerait des lames de la tondeuse jusqu'au-dessus ma tête ! Il faudrait que je trouve le moyen de traîner le panier derrière moi ! Mais l'herbe ne serait pas aussi verte.

— Ah bon, vous croyez ? demande le voisin.

A l'intérieur, il récupère la liste et coche la rubrique « tondre la pelouse ». Puis il se rue vers son bureau, prêt à écrire. Intense concentration, aussitôt traduite en action. Aussitôt, du moins, que la caféine d'une nouvelle tasse de café noir boueux s'est déversée dans son circuit sanguin. Le premier mot de la journée vient facilement :

The

Evidemment, il se peut que ce ne soit pas le bon mot. Il réfléchit. Le temps s'écoule selon une double hélice de non-temps éternel, dans cette inexprimable bénédiction. Il révise, réécrit, restructure. La phrase augmente, rétrécit, augmente, rerétrécit, change de couleur. Il fait une tentative de vers libres, de sextine, d'équation mathématique, de glossolalie. Pour finir, il en revient à la formulation d'origine, la complexifiant par une nuance additionnelle :

The End

Ça dit bien ce que ça veut dire. Et ça fait deux fois plus de mots que sa production quotidienne normale. L'heure de la séparation est venue.

L'imprimante imprime le tapuscrit du livre pendant qu'il va chercher Tim à la crèche. Rentré chez lui, il change le petit garçon. Ses protestations forment un contrepoint au bourdonnement de l'imprimante dans la chaleur de l'été, à Davis, sur le 37ᵉ parallèle. 43 degrés. Près de 110 degrés Fahrenheit, selon l'antique échelle de température utilisée pour plaire aux lecteurs américains du vingtième siècle à qui les degrés Celsius ne disent rien. Sans parler des degrés Kelvin, pourtant si intéressants et si commodes, puisqu'ils partent du zéro absolu, comme s'il pouvait y avoir un autre point de départ. En ce moment précis, à moins d'une erreur de calcul, il fait plus de 300 degrés Kelvin.

— Ben dis donc, elle pue, celle-là !

Ce qui, tout bien réfléchi, est une forme de miracle : les couches sentent mauvais à cause des gaz volatiles libérés par les excréments, gaz formés de molécules organiques qui n'existaient pas à l'origine du cosmos, parmi la première génération d'étoiles. Ces odeurs ne sont possibles que depuis qu'un nombre suffisant d'étoiles ont explosé, saturant la galaxie d'atomes complexes. Chaque molécule de cette odeur est donc un signe de l'âge immense de l'univers et de la vraisemblable omniprésence de la vie en tant que phénomène émergent tardif. Elle constitue un mystère cosmologique dans la mesure où elle indique un changement d'ordre de grandeur dans un système entropique, autant dire un miracle. Stupéfiant!

Le téléphone sonne, projetant vers lui, par l'intermédiaire des électrons volant à travers les voies ininterrompues, complexes, du métal, la voix digitalisée de sa bien-aimée, recréée dans son oreille par la vibration de petits cônes de carton renforcé.

— Oh, salut, chou!

— Salut.

Un rapide échange d'informations et de déclarations d'affection, qui se terminent par «N'oublie pas de mettre les patates dans le four».

— Oh, d'accord. Je mets le thermostat sur combien, déjà?

— Trois cent soixante-quinze.

— Fahrenheit?

— Oui.

— Tiens, ça me fait penser : j'ai eu une épiphanie en changeant Tim!

— Vraiment? Et qu'est-ce que tu as vu?

— Euh... hmm... euh... j'ai oublié.

— Ah. Eh bien, n'oublie pas les patates.

— Non, non.

— Je t'aime.

— Moi aussi, chou.

Quand l'imprimante a fini, la pile de papier lui arrive à la taille.

— Trois! trois! trois! répète Tim.

— Mouais. Beaucoup de trois, acquiesce-t-il, un peu ennuyé de la longueur de tout ça, se sentant un peu coupable, aussi, envers les arbres qu'il va falloir abattre pour le publier.

Mais le doute est la vision périphérique de l'imprévoyance qu'est le courage.

— Un sacré pavé, ça, tu l'as dit.

Tim essaie de l'aider en mangeant les pages.

— Non, attends. La continuité a déjà été assez bouleversée comme ça. Arrête.

— Non.

Il met le tapuscrit dans trois boîtes tout en repoussant les assauts de l'enfant affamé.

— Tiens, mange plutôt ça.

Il bourre Tim de cookies tout en mettant l'adresse sur les boîtes et en les affranchissant, démontrant la compétence bilatérale caractéristique du parent américain contemporain — universellement doté de corps calleux hypertrophiés, sans doute. Dommage qu'on ne puisse pas les voir.

— Bon, on va porter ça à la boîte aux lettres. En nous dépêchant, on devrait y arriver avant l'heure de la levée. Il va falloir que je les porte, alors tu vas monter dans le sac à dos pour bébé, d'accord ?

— Non.

— Dans le sac à dos pour grand garçon, alors, hein ?

Dix minutes de corps à corps, mais il déploie des trésors d'ingéniosité et Tim se retrouve dans le sac à dos pour bébé, puis sur son dos. Victoire aux points seulement, parce qu'il a maintenant la lèvre fendue et qu'on lui boxe minutieusement les oreilles.

— Aïe ! Arrête ça tout de suite !

— Non.

Il s'accroupit pour ramasser les trois boîtes et, au lieu de lui marteler les oreilles, on tente de les lui arracher, Tim s'y cramponnant pour ne pas être éjecté du sac à dos. Un puissant rétablissement, une secousse, et il se redresse, le bébé faisant contrepoids aux boîtes nichées contre sa poitrine.

— Ouhf ! Ce serait soixante pour cent plus facile sur Mars ! Allez, on va essayer de marcher, hein ? Bon, pas de problème. Oh, la porte n'est pas ouverte. Hon-hon. Tu peux essayer de l'ouvrir, Tim ? Juste tourner la poignée, hein, s'il te plaît ? Là, je vais juste me pencher un peu... Oups ! Tant pis, je vais le faire moi-même. Allez, laisse-moi faire. Laisse-moi...

— Non.

— Bon, ça y est. On y va... Oh ! Les patates dans le four. On y pensera en rentrant ?

— Non.

— Mais si. Je vais te dire : je vais laisser la porte ouverte et quand on la verra on se dira : « Ah oui, la porte est ouverte, mettre les patates au four. » Allez, c'est parti.

Dehors ; petite rue de village sinueuse, flanquée d'arbres et de fleurs. Le terraforming dans ce qu'il a de plus réussi : une vallée désertique plate, maintenant couverte de fleurs venues de tous les coins de la planète. Toutes oubliées dans la longue marche vers la boîte aux lettres, avec quarante kilos de papier dans les bras et sur le dos un gamin qui se tortille comme un asticot.

— Ah. Oh. Ouaouh !

Il arrive, suant à grosses gouttes et titubant, à la boîte aux lettres, pose son fardeau dessus.

— On a réussi. On y est enfin arrivés. Tu peux croire ça ?

— Non.

Les boîtes sont presque trop grosses pour passer par la fente. Il les pousse dedans. Un bâton trouvé par terre se révèle fort précieux. Il les fait entrer en force, l'une après l'autre.

— Tu aurais dû manger quelques pages de plus. Tiens, je sais même lesquelles j'aurais pu te donner.

— Non.

La dernière boîte passe enfin. Mission accomplie.

Il reste un moment debout là. La sueur franchit la barrière de cette réussite de l'évolution que sont ses sourcils, brouille même sa vision intérieure.

— Allez, on rentre.

— Non.

Ils repartent le long de l'allée. Le soleil se couche au bout de la rue. Les nuages, dans le ciel, à l'ouest, sont maintenant dorés, orange, couleur de bronze, d'étain, violacés, bordeaux, avec une touche de vert chartreuse. Marchez, mes amis, marchez : même si la postérité se rit des stupides vies en boîte que nous menons en cette fin de vingtième siècle, même si nous n'avons pas volé qu'on se moque de nous, il y a encore ces moments de liberté que nous nous accordons, quand nous marchons le long d'une allée au coucher du soleil avec un enfant qui babille sur notre dos. « Zut, on a laissé la porte ouverte ! » Comme un maître Zen, son petit garçon lui flanque des coups sur le côté de la tête, et à cet instant il a un satori — une illumination : la planète tourne sous ses pieds. Le signifiant revêt une signification significative. Et les patates doivent être mises au four. Si grand est son bonheur qu'il a l'impression de planer. Il se sent léger, très léger, tellement léger que si cette qualité pouvait être mesurée, si on pouvait le poser sur une balance à sentiments humains l'aiguille indiquerait exactement (en kilogrammes terriens) 3,141592653589793238462643383279502884197...

Sommaire

Cet ouvrage a été composé
*par l'***Imprimerie BUSSIÈRE**
et imprimé sur presse Cameron
dans les ateliers de
Bussière Camedan Imprimeries
à Saint-Amand-Montrond (Cher),
en septembre 2000

N° d'édition : 6835. N° d'impression : 1324-002781/1.
Dépôt légal : septembre 2000.
Imprimé en France